L'Enfant
du crépuscule

Virginia C. Andrews™

L'Enfant
du crépuscule

FRANCE LOISIRS
123, boulevard de Grenelle, Paris

Titre original : *Twilight's Child*
Publié par Pocket Books,
a division of Simon & Schuster Inc., N.Y.

Traduit de l'américain par Françoise Jamoul

Édition du Club France Loisirs, Paris,
réalisée avec l'autorisation des Éditions J'ai lu

© Virginia C. Andrews Trust, 1992
© Éditions J'ai lu, 1993 *pour la traduction française*
ISBN : 2-7242-8169-1

Chers lecteurs de V. C. Andrews,

Ceux d'entre nous qui connaissaient et aimaient Virginia C. Andrews savent que, pour elle, ce qui comptait le plus au monde, c'étaient ses romans. L'instant où elle prit en main le premier exemplaire de *Fleurs captives* lui procura la plus grande fierté de sa vie. Auteur plein de talent, narratrice unique en son genre, Virginia écrivait chaque jour que Dieu fait avec une ferveur constante. Elle ne cessait d'inventer de nouvelles histoires, projets d'éventuels romans futurs. L'autre grande joie de son existence, égalant presque sa fierté d'écrivain, lui venait des lettres dans lesquelles ses lecteurs lui exprimaient leur émotion.

Depuis sa mort, un grand nombre d'entre vous nous ont écrit pour nous demander si d'autres romans de Virginia C. Andrews devaient paraître. Juste avant sa disparition, nous nous sommes juré de trouver un moyen d'en créer d'autres de la même veine, reflétant sa vision du monde. Avec les derniers volumes de la saga des Casteel, nous nous sommes attelés à la tâche.

En étroite collaboration avec un écrivain soigneusement choisi, nous nous consacrons à prolonger son œuvre en composant de nouveaux romans, comme *Aurore, Les Secrets de l'aube,* et maintenant *L'Enfant du crépuscule,* inspirés par son magnifique talent de conteuse.

L'Enfant du crépuscule est le troisième volume d'une nouvelle série. Nous ne doutons pas que Virginia aurait éprouvé une grande joie à savoir que vous seriez si nombreux à l'apprécier. D'autres romans, dont plusieurs s'inspirent des récits auxquels travaillait Virginia avant sa mort, paraîtront dans les années à venir. Nous espérons que vous y retrouverez tout ce que vous avez toujours aimé en eux.

Sincèrement vôtre,

La famille ANDREWS

PREMIÈRE PARTIE

1

Combat pour Christie

Jimmy et moi roulions vers Saddle Creek, laissant derrière nous les vertes campagnes de Virginie, et les panneaux routiers annoncèrent bientôt les faubourgs de Richmond. Plus nous nous approchions de notre destination, plus mon cœur battait vite à l'idée que j'allais enfin tenir mon enfant dans mes bras. Mon bébé, ma Christie, que j'avais à peine eu le temps de voir en lui donnant le jour, à Grand Prairie. Juste après sa naissance, elle m'avait été retirée pour être emportée loin de moi, sur ordre de Grand-mère Cutler. Ce geste cruel devait être le dernier d'une longue série de tourments que m'avait fait subir mon aïeule avant de mourir, amère, brisée, emplie d'une haine inexplicable envers moi. Et c'était seulement à la lecture du testament que j'avais compris pourquoi elle me détestait à ce point.

— Nous y sommes presque ! annonça Jimmy avec un grand sourire, un peu de patience.

Aussi ému que moi à l'idée que j'allais retrouver Christie, il la considérait déjà comme sa fille et son attitude me causait une joie immense. Cher Jimmy, si bon, si généreux ! Pendant qu'il faisait son service militaire en Europe et que j'étudiais la musique au conservatoire Sarah-Bernhardt, j'étais tombée amoureuse de mon professeur de chant, Michaël Sutton. Jimmy aurait pu m'en vouloir de n'avoir pas su l'attendre, mais non. Il avait compris. Dès qu'il avait su que j'étais enceinte, abandonnée par Michaël et séquestrée par la sœur de Grand-mère, l'abominable Emily, il s'était mis à ma recherche. Et c'était lui, mon héros, qui m'avait arrachée à la sinistre vieille maison où l'on me tenait prisonnière pour y accoucher en secret. Il était arrivé juste après la naissance de Christie, mais trop tard. On m'avait déjà pris ma petite fille pour la faire adopter par des étrangers, selon le plan mis au point par Grand-mère Cutler. Et Jimmy et moi nous étions juré de ne pas connaître un instant de repos tant que mon bébé ne me serait pas rendu.

Et j'allais tenir à nouveau ma Christie dans mes bras, enfin ! Mais ce n'était pas seulement la joie qui me faisait battre le cœur. J'étais encore ébranlée par les événements qui venaient de se succéder, aussi rapides qu'imprévus, bouleversant ma vie et mon avenir. Après les funérailles de Grand-mère Cutler, le notaire nous avait lu son testament... plus un deuxième, resté secret jusque-là. Une lettre de l'homme que j'imaginais être mon Grand-père Cutler, et qui avouait être mon véritable père. Pour réparer ses torts envers moi, l'enfant du péché, il me léguait la majorité des parts de l'hôtel qui faisait la fortune de la famille. De but en blanc, je me retrouvais pratiquement propriétaire de Cutler's Cove.

Mais souhaitais-je le devenir et, surtout, serai-je à la hauteur de ma tâche ? J'entendais encore les imprécations lancées en guise d'adieux par ma demi-sœur Clara Sue, quand nous étions partis chercher Christie. Jalouse de moi depuis toujours, le choc et le dépit avaient encore attisé son envie maladive. La bouche tordue et les poings sur les hanches, elle avait craché son venin :

— Tu te crois capable de remplacer Grand-mère, toi ? Tu vas être la risée du pays ! Si Grand-mère vivait encore, elle en crèverait de rire.

Ces paroles acerbes m'obsédaient comme un défi lancé par la vieille dame en personne, lourd de sarcasmes et de mépris. J'étais tentée de relever le gant, mais je me sentais partagée. Une telle responsabilité m'effrayait. Que deviendraient ma

carrière de chanteuse et tous mes rêves ? Mes rêves !
N'étaient-ils pas morts le triste jour où Michaël m'avait
abandonnée ? Peut-être n'étais-je pas destinée à la scène,
après tout. Autant me dire que le destin avait bien fait les
choses, et prendre les événements du bon côté.

C'était manifestement l'opinion de Jimmy, qui pendant
tout le voyage n'avait pas cessé de faire des projets.

— Dès que j'aurai terminé mon service, nous nous marierons, décida-t-il.

— Et nous vivrons à l'hôtel, dans cette famille de détra-
qués ?

— Bah, pour le cas que j'en fais ! D'ailleurs ce sera toi la
patronne, maintenant, Aurore. Personnellement, je pourrais
devenir directeur technique. Je commence à m'y connaître en
électricité, maintenance, matériel et tout ça...

— Je ne sais pas si je serai de taille, Jimmy. J'avoue que
ça me fait peur.

— Qu'est-ce que tu me chantes là ? Ce M. Updike, le
notaire, est tout prêt à t'aider. Dorfman, le comptable, a
promis de te seconder au mieux. Et personne ne s'attend que
tu prennes tout en charge instantanément, voyons ! Cutler's
Cove sera ta nouvelle école, sourit Jimmy en prenant ma
main dans la sienne. Et dès que je serai libéré, je serai à tes
côtés, pour toujours.

Je ne mis pas sa parole en doute. N'était-il pas près de
moi, en ce moment, quand j'avais le plus besoin de lui ?
Après tant de mensonges, de souffrances et de trahisons, la
coupe était pleine. Je voulais commencer dans la joie ma
nouvelle vie avec Jimmy et Christie, et tout s'annonçait bien.
La perspective de tenir bientôt ma petite fille dans mes bras
rayonnait devant moi, tendre promesse toute vibrante de la
musique du bonheur.

Mais le bonheur, j'aurais dû le savoir, est pareil à l'arc-en-
ciel : il ne vient qu'après l'orage. Et l'orage se préparait.

Après la mort brutale de Grand-mère Cutler, nous avions
eu très peur de ne jamais retrouver Christie. Heureusement,
le notaire de la famille avait servi d'intermédiaire entre
Grand-mère et le couple qui avait emmené ma fille, Sanford

et Patricia Compton. Mis au courant de nos intentions par M. Updike lui-même, ils nous attendaient. Mais la situation était loin d'être aussi simple que nous l'avions cru d'abord.

Saddle Creek, petite ville pimpante des environs de Richmond, nous charma dès le premier coup d'œil. Nichés parmi les pelouses et les buissons en fleurs, ses jolis cottages ressemblaient à des maisons de poupées, et tout favorisait l'illusion. Le ciel bleu parsemé de légers nuages, les jardins caressés de soleil, resplendissants de verdure et de couleurs : on se serait cru dans un livre d'images. Tout était frais, lumineux, comme neuf. Je me souviens d'avoir pensé que je ferais peut-être mieux de laisser Christie où elle était. Et qu'elle serait sans doute plus heureuse dans cet endroit de rêve que là où j'allais l'emmener.

Puis je me rappelai ma propre expérience, la douloureuse découverte de ma véritable identité. Savoir d'où nous venons, qui nous sommes vraiment, comptait plus que tout, la vie m'avait enseigné durement cette leçon. Et j'étais prête à tout pour que ma fille ne connût pas le même sort.

Un agent de police nous indiqua aimablement le chemin de chez les Compton, et nous trouvâmes sans difficulté leur demeure. À la fois propriétaire et directeur d'une filature, Sanford Compton gérait l'une des plus importantes entreprises de linge et toile de la région et sa maison reflétait cette prospérité. Avec sa façade en brique rouge, percée d'une double rangée de fenêtres encadrant un porche colonial, c'était une des plus cossues de la rue.

Jimmy se gara le long du trottoir et nous passâmes entre les piliers blancs du portail, couronnés de boules en cuivre rutilantes. Il donnait accès à une allée d'ardoises, serpentant à travers une vaste pelouse cernée de haies bien taillées. Entre des buissons de roses aux tons éclatants bruissaient de ravissantes fontaines, certaines ornées d'amours, d'autres, d'oiseaux dont le bec laissait échapper un jet d'eau gazouillant.

— C'est une maison ou un musée ? s'étonna Jimmy à haute voix.

— Une maison comme j'aimerais en avoir une, répliquai-je d'un ton songeur... et j'espère bien que nous l'aurons.

— Nous ? Je croyais que nous devions vivre à l'hôtel ?

— Oui, pour commencer, mais pas toujours. Je voudrais avoir un jour une maison comme celle-ci, pas toi ?

Je vis pétiller ses yeux bruns.

— Bien sûr que si ! Et je la construirai moi-même, pourquoi pas ?

Il éclata de rire et je l'imitai, le cœur léger. Dans un moment, Christie serait dans mes bras.

Le carillon de la sonnette résonna longuement, égrenant les notes d'une mélodie classique. Cela n'en finissait pas et Jimmy s'impatienta.

— Ils vont nous jouer tout le répertoire, ou quoi ?

Les hauts battants de chêne finirent par s'écarter, ouverts par un maître d'hôtel noir à la silhouette interminable. Je me présentai aussitôt.

— Je suis Aurore Cutler, et voici Jimmy Longchamp. Pouvons-nous voir M. ou Mme Compton ?

Une voix grave et masculine nous parvint de l'intérieur.

— Je vois ce que c'est, Frazer. Je m'en occupe.

Le maître d'hôtel haussa les sourcils et s'effaça devant un homme de haute taille, aux cheveux roux carotte coupés court et au visage taché de son. Il devait mesurer un bon mètre quatre-vingt-cinq, mais sa façon de tenir les épaules voûtées lui retirait quelques centimètres. Son nez en lame de couteau faisait paraître plus durs ses yeux déjà très enfoncés, d'un bleu de glace. Il saisit la poignée d'un geste si brutal que Jimmy et moi échangeâmes un regard étonné.

— Vous êtes la petite-fille de Liliane Cutler, je présume ? lança notre hôte à mon adresse.

— En effet.

Il me toisa quelques instants avant de hocher la tête.

— Bien, entrez, et finissons-en au plus vite.

Il recula comme à regret, et un frisson d'appréhension me hérissa l'échine. Je saisis la main de Jimmy et nous nous avançâmes dans le hall dallé de marbre où flottait un parfum de fleurs. Au fond, devant nous, s'amorçait un escalier curviligne habillé de moquette bleu clair, aux parois tapissées de portraits. Qu'il s'agît de peintures ou de photographies, tous représentaient des enfants, en train de lire ou de jouer. Absolument tous.

— Le salon est par là, nous indiqua M. Compton avec un geste autoritaire.

Nous nous empressâmes d'entrer dans la pièce.

Tout d'abord, ni Jimmy ni moi ne remarquâmes la présence de Patricia Compton. Assise devant la fenêtre, immobile comme une statue dans sa robe en coton blanc assortie aux rideaux de soie, elle semblait faire partie du décor. Tout était blanc ou de teintes pastel, dans le salon, y compris les meubles. Le plus digne d'intérêt devait être une grande vitrine, sur la droite, où trônait une collection de bibelots précieux. Verre filé, statuettes chinoises, couples, mères avec leurs enfants, animaux et enfants... toujours des enfants. Intimidés par l'aspect immaculé des lieux, Jimmy et moi hésitions sur le seuil, quand j'aperçus enfin Patricia. Rigide sur son canapé, avec ses grands yeux tristes et sa bouche tombante, on aurait dit un clown qui aurait oublié de rire.

— Asseyez-vous, ordonna Sanford Compton en prenant place dans un fauteuil.

Il croisa ses longues jambes et, lorsque je m'approchai du canapé, ajouta avec un imperceptible signe de tête :

— Ma femme, Patricia.

Un timide sourire effleura les lèvres de la jeune femme, mais elle ne tenta même pas d'articuler un son.

— Bonjour, dis-je en lui rendant son sourire.

Elle attachait sur moi ses yeux immenses, noyés de mélancolie, et serrait nerveusement sur ses genoux ses longues mains fines. Comme elle semblait fragile ! Ses cheveux de lin joliment relevés dégageaient son cou menu, et on l'aurait crue suspendue à un cintre invisible, tellement elle se tenait droite. Son regard demeurait littéralement rivé au mien. Résolument, je brisai la glace.

— Nous sommes venus chercher ma fille, Christie.

À l'instant où je prononçai les mots : « ma fille »,
Mme Compton gémit et porta sa main gracile à la naissance
de son cou.

— Du calme, jeta Sanford Compton sans même se retourner vers elle.

Il nous dévisagea tour à tour, Jimmy dans son fauteuil et
moi sur le canapé et finit par laisser tomber :

— C'est tout simplement révoltant.

— Pardon ? (Je croisai le regard de Jimmy, qui se carra
sur son siège d'un air martial.) M. Updike vous a mis au
courant de la situation, pourtant.

— Nous avons reçu un coup de fil du notaire de votre
grand-mère, c'est exact. Pourquoi ne nous a-t-elle pas
appelés elle-même ?

— Ma grand-mère est morte. De façon tout à fait inattendue.

— Ô mon Dieu ! s'exclama Patricia Compton, en pressant
un mouchoir de dentelle sur ses paupières.

— Toi, ne commence pas ! jappa son mari entre ses dents.

La malheureuse se mordit la lèvre, ravalant ses sanglots.
Ses épaules frêles se soulevaient et s'abaissaient mais elle
conservait sa posture guindée. Ses petits seins se dessinaient
à peine sous son corsage.

— Je serai bref, enchaîna rudement Sanford Compton.
Nous avons suivi la procédure légale, signé des papiers, reçu
des documents également signés. Tout est parfaitement en
ordre.

Mon pouls s'accéléra, et j'eus quelque peine à maîtriser
mon trouble.

— Je comprends parfaitement, monsieur, mais M. Updike
a dû vous expliquer la situation.

Le ton de Sanford Compton se fit nettement accusateur.

— À notre connaissance, il s'agit d'un enfant illégitime,
et source d'embarras pour la famille Cutler.

— Pas pour moi, rétorquai-je abruptement. Seulement
pour ma grand-mère.

— Et qu'est-ce que ça change ? intervint Jimmy. C'est
l'enfant d'Aurore, non ?

— Ceci reste à prouver, précisément.

Je me penchai en avant, bouche bée.

— Quoi ! Dois-je comprendre que vous n'êtes pas prêts à nous rendre Christie ? Je suis venue pour la ramener à la maison.

— Elle ne s'appelle plus Christie, mais Violette, comme ma mère. Et sa maison c'est ici.

— Oh, non ! m'écriai-je en me retournant vers Jimmy.

Je n'allais pas perdre Christie, pas maintenant, pas après l'avoir enfin retrouvée !

— Une minute, trancha-t-il d'une voix parfaitement contrôlée. Êtes-vous en train de nous dire que vous refusez de rendre son enfant à Aurore ?

— Nous avons rempli toutes les formalités légales, et les enfants ne sont pas des jouets, rétorqua sévèrement Sanford Compton. Ce ne sont pas des objets dont on se débarrasse à la légère et qu'on reprend quand il vous plaît. Violette a un foyer, maintenant, et c'est ici. Un foyer où elle est aimée, entourée, où elle grandira dans le bonheur et bénéficiera des meilleurs soins possibles. Vous ne pouvez pas vous en défaire comme on rejette un poisson à l'eau, et venir la réclamer ensuite.

— Mais je ne l'ai pas rejetée ! protestai-je, en plein désarroi. C'est ma grand-mère qui m'a volé mon bébé et qui a falsifié ma signature, M. Updike ne vous l'a donc pas dit ?

— Tout ce qu'il a dit c'est que vous aviez changé d'avis. Que vous vouliez reprendre l'enfant. Mes avocats m'affirment que ma position est légale, défendable, et j'entends bien la défendre.

Ces paroles me firent l'effet d'une douche glacée. Allais-je devoir intenter un procès pour qu'on me rende mon propre enfant ? Grand-mère Cutler me poursuivait toujours de sa haine vengeresse. Même morte, elle gardait la haute main sur ma vie et sur mon bonheur.

— Prenez garde, menaça Jimmy qui se contenait à grand-peine, vous commettez une grave erreur. Apparemment, les circonstances vous échappent. Aurore n'a jamais consenti à...

16

— On nous a proposé un bébé dont la mère ne voulait pas, l'interrompit Sanford Compton. Ma femme et moi désirions un enfant depuis des années, en vain, alors que certaines personnes en ont d'une façon fort peu recommandable et tentent de s'en débarrasser. Nous n'avons pas posé de questions. Nous avons accepté les conditions, signé les papiers, et l'enfant nous a été remis. Et maintenant...

« Maintenant vous vous présentez chez nous, en exigeant de tout annuler. Du temps a passé. Nous aimons Violette et elle s'est attachée à nous, particulièrement à ma femme, ce qui n'est pas votre cas. On ne joue pas avec un être humain comme avec une poupée, sachez-le.

— C'est injuste, monsieur Compton ! m'indignai-je.

Et Jimmy perdit son calme.

— C'est surtout idiot, oui !

— Jimmy !

— Il n'a pas le droit de nous parler comme ça. Il ne sait rien de cette histoire.

Sanford Compton se leva brusquement.

— Tout ce que je sais, c'est que nous ne vous rendrons pas le bébé. Et je vous prie de vous retirer immédiatement.

— Vous ne pouvez pas garder sa fille ! aboya Jimmy en bondissant sur ses pieds.

— Notre fille, corrigea tranquillement Compton. Violette est à nous, maintenant.

— C'est ce que nous allons voir ! fulmina Jimmy. Viens, Aurore. Allons prévenir la police. Ces gens sont des voleurs d'enfant.

— Ô mon Dieu ! geignit Patricia qui éclata en sanglots, et cette fois pour de bon.

— Vous êtes contents ? grinça Compton. Ma femme est bouleversée, à cause de vous. Sortez d'ici, ou c'est moi qui appellerai la police.

— Ne vous donnez pas cette peine, riposta Jimmy en prenant ma main. Nous y allons de ce pas, et nous revenons tout de suite. Tout ce que vous aurez gagné, ce sera des ennuis pour tout le monde.

17

Comme s'il répondait à un coup de sonnette, le maître d'hôtel apparut sur le seuil.

— Reconduisez mes hôtes, Frazer, s'il vous plaît.

Avant de quitter le salon, je me retournai vers Mme Compton.

— Je suis désolée, croyez-le, mais je n'ai jamais consenti à me séparer de mon bébé. Ce qui arrive n'est pas ma faute, je n'avais pas l'intention d'en venir là.

Patricia sanglota de plus belle et son mari ordonna d'un ton sans réplique :

— Veuillez vous retirer, maintenant.

Le maître d'hôtel nous céda le pas, puis s'avança pour nous ouvrir la porte.

— Les imbéciles ! grommela Jimmy, assez haut pour être entendu de la pièce.

Nous nous retrouvâmes au grand soleil, mais pour moi le monde était devenu gris. Il aurait pu pleuvoir à seaux, pour ce que je m'en souciais ! La vie ne serait plus jamais belle, pour moi. Je commençais à me croire vouée au malheur, marquée, maudite. Le péché des parents retombait-il toujours sur les enfants ? Je ne pouvais plus retenir mes larmes, et quand nous arrivâmes au portail, je pleurais sans retenue. Jimmy m'attira contre lui et m'embrassa sur la joue.

— Allons, ne pleure pas, je te promets que tout va s'arranger.

— Oh, Jimmy ! Tu ne vois donc pas que tout va de plus en plus mal ? Je ne sais pas pourquoi tu veux m'épouser. Avec moi, c'est le malheur qui t'attend. Je suis maudite, oui, maudite !

— Voyons, Aurore, calme-toi. Tu n'es strictement pour rien dans ce qui arrive. C'est cette satanée vieille sorcière qui est cause de tout, et le mal qu'elle a fait, nous le déferons. Si ces gens sont bornés, tant pis pour eux !

— Je ne peux pas leur en vouloir, Jimmy. Cet homme n'avait pas tout à fait tort. Et cette femme, avec son visage torturé ! Au moment où elle croit enfin avoir un enfant à elle, voilà que nous arrivons pour le lui prendre.

— Mais tu veux Christie, non ?

— Naturellement, mais je ne peux pas supporter de faire souffrir quelqu'un à ce point-là. Pourquoi faut-il qu'une vieille femme ait eu le pouvoir de causer tant de mal ? Pourquoi ?

— Je n'en sais rien, mais c'est comme ça : elle l'a fait, et c'est à nous d'arranger les choses. Je crois que nous devrions commencer par aller prévenir la police.

— Non, nous ferions mieux de chercher un hôtel dans le quartier et d'appeler M. Updike. La police n'y pourra rien, et Sanford Compton a raison : il va falloir intenter un procès.

Je me retournai vers la maison, essayant d'imaginer dans quelle chambre se trouvait Christie. J'étais certaine que les Compton lui avaient procuré tout le confort et le luxe possibles. Si petite, elle ne pouvait pas savoir ce qui lui arrivait. Elle devait simplement se sentir très bien, et moi je m'apprêtais à détruire ce bien-être. Mais je voulais croire à tout prix qu'une fois dans mes bras elle percevrait la différence et saurait qu'elle était avec sa vraie mère, en sécurité, protégée, profondément aimée. Forte de cette espérance, je hâtai le pas et me préparai à livrer bataille pour faire reconnaître mes droits sur mon enfant.

Nous descendîmes dans un petit hôtel des environs de Richmond, ancienne maison bourgeoise restaurée, aux chambres spacieuses, tranquilles et confortables. Mais tous ces avantages nous laissaient indifférents : nous n'étions là que pour donner et attendre des coups de fil et prendre nos dispositions avant l'audience. Quand j'appelai M. Updike, sa réaction me surprit.

— Peut-être serait-il plus sage de laisser les choses comme elles sont suggéra-t-il. Le bébé se trouve en bonnes mains et bénéficiera des meilleurs soins. Sanford Compton est riche et très influent, vous savez.

— Je me soucie fort peu de sa richesse, monsieur Updike. Christie est ma fille, et je la veux. Je croyais que vous aviez exposé clairement la situation aux Compton.

Je m'exprimai avec sécheresse, sans cacher mon mécontentement. Après tout, j'étais la principale actionnaire de

Cutler's Cove, maintenant. S'il tenait à rester le notaire et l'avocat de la famille, M. Updike ferait bien de ne pas l'oublier.

— Je ne suis pas entré dans les détails, reconnut-il. Je tenais avant tout à éviter le scandale. Vous imaginez le bruit qu'une histoire comme celle-là ferait dans la presse ? Cela pourrait nuire à la réputation de l'hôtel.

— Monsieur Updike déclarai-je en détachant les syllabes, si Christie ne m'est pas rendue dans les plus brefs délais, c'est moi qui préviendrai les journalistes.

— Je vois. Je tiens seulement à vous signaler quels risques vous courez. Tout sera étalé au grand jour. Votre aventure avec un homme plus âgé que vous, votre grossesse illégitime, votre...

— Je sais ce que j'ai fait et ce qui s'est passé, monsieur Updike, mais mon bébé compte infiniment plus que tout cela. Si vous ne pouvez pas m'aider, et ceci très vite, je m'adresserai à quelqu'un d'autre.

Le notaire s'éclaircit la gorge.

— Oh, je vous aiderai, naturellement. Je voulais simplement vous signaler tous les aspects du problème, s'empressa-t-il d'expliquer.

— Alors, que faisons-nous dans l'immédiat ?

— Eh bien... j'ai pas mal de relations et je vais m'en servir. Peut-être pourrons-nous obtenir de régler tout ceci en audience privée, en présence d'un juge, des avocats et des personnes concernées. Je vais m'y employer, et avec un peu de chance...

— Bien. Jimmy et moi restons ici pour attendre de vos nouvelles. Pas trop longtemps, je l'espère.

— Comptez sur moi, je vous rappelle. Où puis-je vous joindre ?

Je lui indiquai nos coordonnées et insistai une fois de plus sur mon désir de voir cette affaire se résoudre sans délai. Le lendemain matin, il appelait pour nous apprendre qu'il avait ménagé une entrevue entre les deux parties, en présence de leurs avocats et d'un certain juge Powell, de la Cour suprême, que Sanford Compton et lui connaissaient tous les deux. Ce dernier détail ne me parut pas rassurant.

— Si M. Compton est si influent dans cette ville et que ce juge est son ami, ne risque-t-il pas de se montrer partial ?

— Eh bien... il s'agit d'une tentative d'arrangement à l'amiable, une faveur consentie par le juge aux deux parties, vous comprenez ? Si aucun accord n'est obtenu, nous pourrons toujours avoir recours aux voies légales. Les Compton ne tiennent pas non plus à un procès public.

Il conclut en me donnant l'adresse et l'heure exacte de l'entrevue chez le juge, et promit de nous rejoindre une heure auparavant pour en conférer. La nouvelle me rendit si nerveuse que lorsque nous allâmes déjeuner au restaurant, je fus incapable d'avaler une bouchée. Comme toujours Jimmy s'efforça de me réconforter.

— Tout ira bien, tu verras. Une fois que tout le monde aura compris comment les choses se sont vraiment passées, ce sera vite réglé.

— Je n'en suis pas si certaine que toi, Jimmy. M. Updike a beaucoup insisté sur l'influence et les hautes relations de Sanford Compton, et aussi sur les détails sordides de mon passé.

— Et après ? Ce qui compte, c'est la vérité, et Christie est ta fille, non ?

Son assurance inébranlable me rendit un peu de confiance.

— Quelle chance que tu sois là, Jimmy ! m'écriai-je avec élan. Je n'aurais jamais supporté tout ça sans toi.

— Mais je suis là, dit-il en posant la main sur la mienne, maintenant et pour toujours.

J'aurais voulu lui sauter au cou, mais je me contins. Dans ce restaurant élégant, je ne tenais pas à attirer l'attention sur nous. Il me semblait que tout le monde nous regardait. Jimmy se moqua tendrement de moi et me fit promettre de me rattraper quand nous serions seuls, en lui donnant deux baisers pour un. Il déclara que je devenais paranoïaque, mais je n'y pouvais rien.

L'après-midi où l'audience devait avoir lieu, le ciel se couvrit et le temps se rafraîchit légèrement. L'automne s'annonçait, sournoisement, tel un loup prêt à sortir du bois et dont on voit à peine poindre l'ombre. Mais les oiseaux, eux, savaient déjà. Leur instinct les avertissait que le moment de partir était proche. Les nuages se faisaient plus menaçants et plus sombres, le vent se changeait en bise. Les feuilles desséchées entamaient leur chute murmurante et dans un tournoiement de bruns, de jaunes et de rouges, chuchotaient leur adieu à l'été.

Exact au rendez-vous, M. Updike nous attendait dans les couloirs du Palais de Justice. Il conservait toute l'énergie de l'âge mûr, malgré ses soixante-dix ans sonnés. Sa crinière blanche ondoyait sur son front, sa silhouette ne fléchissait pas et sa carrure en imposait. Le son de sa voix grave et profonde produisit sur moi un effet rassurant. Après une vigoureuse poignée de main, il nous expliqua de quelle façon il entendait conduire l'entretien.

— Laissez-moi parler, ne dites rien avant que le juge Powell ne vous interroge.

J'acquiesçai d'un signe, et juste à cet instant je vis entrer les Compton et leur avocat. Sanford Compton tenait sa femme par le coude, comme si elle avait besoin de son appui, et elle triturait un mouchoir en dentelle entre ses doigts crispés. Le regard apeuré qu'elle nous jeta me serra le cœur.

Felix Humbrick, l'avocat des Compton était un homme de petite taille et de stature plutôt frêle, mais sa voix riche et vibrante me frappa : une vraie voix de ténor. Dès qu'il ouvrit la bouche, je sus que nous n'aurions pas facilement gain de cause.

Nous nous retrouvâmes tous au premier étage dans le bureau du juge, vaste pièce dallée de marbre et presque entièrement tapissée de livres de droit. Derrière la table de travail en chêne, le seul mur que les rayonnages laissaient libre s'ornait de nombreuses photographies encadrées. On y voyait le juge serrant la main de toutes sortes de hauts personnages, et tout ceci conférait aux lieux un cachet officiel, austère, impressionnant. Il semblait qu'élever la voix y serait presque inconvenant, comme dans une église.

Les Compton et leur avocat prirent place d'un côté de la pièce, nous de l'autre, les deux hommes de loi se réservant les sièges les plus proches du bureau. Sanford Compton se comporta comme si nous étions invisibles, mais Patricia lançait de temps à autre dans ma direction un regard fixe, inexpressif. Le juge Powell, au contraire, examinait chacun d'un œil perçant, comme s'il voulait pénétrer ses pensées les plus intimes. Je m'efforçai de deviner les siennes, en pure perte : ses traits impassibles ne laissaient rien paraître. Quand il prit la parole, c'est à peine si je vis remuer ses lèvres. Il ne se permit pas un froncement de sourcils, pas un battement de paupières : une véritable statue de la Justice.

— Tout d'abord, commença-t-il, je tiens à bien spécifier qu'il s'agit d'une entrevue officieuse, sur la demande et avec l'accord des deux parties en présence. C'est pourquoi je n'ai pas fait appel à un greffier pour prendre note des propos échangés. Par conséquent, ni ceux-ci ni les recommandations que je pourrais être amené à formuler n'engageront aucune des deux parties ni ne pourront servir de preuve ou de témoignage devant la Cour, si procès il y a. Me suis-je bien fait comprendre ?

— Oui, Votre Honneur, répondit précipitamment M. Updike.

— Parfaitement, Votre Honneur, dit à son tour Felix Humbrick.

— Bien, approuva le juge en faisant pivoter légèrement son fauteuil. Je vous laisserai donc vous exprimer le premier, ainsi qu'il en a été convenu après entente préalable.

— Merci, Votre Honneur. Comme vous le savez, mes clients, Sanford et Patricia Compton, envisageaient d'adopter un nouveau-né. Naturellement, ils attachaient la plus grande importance aux origines sociales de celui-ci. Ils furent donc très heureux d'apprendre par un ami qu'un enfant répondant à leurs exigences était sur le point de naître dans une famille dont les antécédents étaient parfaitement connus. Cet ami, qui a demandé à ce que son nom ne soit pas révélé, sauf nécessité absolue, était très lié avec Liliane Cutler, propriétaire et directrice de l'hôtel Cutler's Cove.

23

« Mme Cutler a fait savoir à son ami que sa petite-fille, alors étudiante à New York, avait été séduite par un homme d'âge mûr et se trouvait dans une position délicate. Mme Cutler et la jeune fille, pour des raisons évidentes, ne tenaient pas à ébruiter l'affaire. Mme Cutler a donc retiré sa petite-fille du collège pour la confier à l'une de ses sœurs, sage-femme expérimentée, jusqu'à la naissance du bébé.

« Confrontée à cette maternité précoce, illégitime, et qui compromettait sa carrière musicale, la petite-fille de Mme Cutler a consenti à l'abandon de son enfant aux fins d'adoption. À cet effet, elle a signé des documents officiels, acceptant de plein gré de remettre son enfant aux Compton immédiatement après la naissance.

« Comme convenu, les Compton sont venus chercher le nouveau-né, une petite fille. Ils ont fait le nécessaire au point de vue médical pour s'assurer qu'elle était en parfaite santé, et ils se sont très vite attachés à elle. Ils lui ont même donné le nom de la défunte mère de M. Compton.

« Et maintenant, comme vous le savez, la petite-fille de Mme Cutler souhaite reprendre l'enfant. Nous estimons cette requête irrecevable et la dénonçons comme une rupture de contrat, lequel a été conclu légalement et de bonne foi. J'attire votre attention sur le fait que le notaire de la famille Cutler en a lui-même établi les clauses, et que mes clients les ont respectées. L'une d'elles spécifie, je cite : « M. et Mme Sanford Compton, demeurant au 12, Hardy Drive, acceptent la charge pleine et entière de l'enfant ci-dessus désigné à compter du jour où il leur sera confié ; ils s'engagent à ne pas adresser de réclamations à la famille Cutler au sujet de cet enfant qui sera, dès ce jour, placé sous leur seule responsabilité, tant matérielle que morale. »

« Votre Honneur, je me permets de souligner ces termes : pleine responsabilité. Mes clients ont souscrit de grand cœur à cette clause, qui implique, entre autres, qu'Aurore Cutler et la famille renoncent de leur côté à toutes réclamations ou recherches au sujet de l'enfant dont il est question. Tout ceci a été dûment signé, daté et enregistré », conclut l'avocat en déposant le document sur le bureau.

Le juge Powell y jeta un bref regard, tourna la page pour voir les signatures et hocha la tête d'un air impassible. Puis il fit pivoter son fauteuil dans notre direction.

— À vous, monsieur Updike. Votre version ?

— Votre Honneur, nous ne contestons pas ce contrat. Cependant, nous sommes ici aujourd'hui pour présenter des faits nouveaux. Le plus important de ceux-ci est qu'Aurore Cutler n'a jamais donné son accord à ce contrat, dont elle ignorait jusqu'à l'existence.

— Elle l'ignorait ?

— Oui, Votre Honneur.

Je ne pouvais pas voir le visage de l'avocat, mais je perçus son embarras. Le juge insista :

— Vous avez dressé ce contrat sans avoir parlé à la mère ?

— Eh bien, je... oui. Ma cliente m'avait affirmé qu'elle se conformait aux désirs de sa petite-fille. Aurore habitait loin de chez elle, à cette époque, dans les circonstances déjà évoquées. Mme Cutler m'a certifié qu'elle-même et les parents de l'enfant avaient choisi cette solution d'un commun accord et pour le bien de ce dernier.

— Et la signature ? s'informa le juge.

De plus en plus mal à l'aise, M. Updike se tortilla sur son siège et se racla la gorge.

— Apparemment, il s'agit d'un faux.

Cette fois, le juge réagit. Il haussa imperceptiblement le sourcil.

— Un faux ? Dois-je en déduire que vous ne l'avez pas comparée à un original ?

— Je n'avais aucune raison de soupçonner une falsification, Votre Honneur. Je suis le notaire et l'avoué de la famille Cutler depuis de longues années. Et à ma connaissance, Liliane Cutler a toujours fait preuve d'un grand bon sens et de la plus parfaite honnêteté dans la gestion de ses affaires.

— Votre Honneur ! intervint Felix Humbrick.

— Oui ?

— Nous possédons quelques échantillons de la signature d'Aurore Cutler. Selon nous, celle du contrat est authentique, affirma l'avocat en posant ses documents sur le bureau.

Le juge y jeta un coup d'œil.

— Monsieur Updike, je ne suis pas graphologue, mais les deux paraphes me semblent identiques, voyez vous-même.

Le notaire prit les papiers qu'on lui tendait, les examina, ôta ses lunettes et les glissa dans sa poche de poitrine.

— Votre Honneur, j'ignore comment cette falsification a eu lieu, mais je suis certain que c'en est une.

— Je vois, constata le juge. Pouvez-vous nous fournir quelques arguments en faveur de cette opinion ?

M. Updike m'interrogea du regard et comprit le message du mien. Je voulais qu'il aille jusqu'au bout, dise tout ce qu'il estimerait nécessaire de dire pour que Christie me soit rendue. Il se lança.

— Votre Honneur, le décès de Mme Cutler, survenu très récemment, a donné lieu à la lecture de son testament et de certains autres documents. Dans ces circonstances douloureuses, il est apparu qu'Aurore Cutler n'était pas sa véritable petite-fille.

Patricia Compton, qui semblait jusque-là perdue dans ses pensées, releva brusquement la tête et m'observa avec un intérêt soudain.

— Poursuivez, dit le juge Powell.

— Aurore Cutler n'était pas la petite-fille de William Cutler, le mari de Liliane Cutler, mais sa fille.

— Celle de Liliane Cutler, donc ?

— Non, Votre Honneur.

— Je vois. Inutile d'entrer dans les détails.

— Je ne comprends pas ! s'exclama aigrement Sanford Compton. En quoi ces écarts de conduite concernent-ils notre affaire ?

— M. Updike laisse entendre que Mme Cutler pouvait avoir certains motifs personnels d'agir comme elle l'a fait. Nous nous trouvons indubitablement en présence d'une manipulation frauduleuse.

Puis il se tourna vers moi et le sang me monta aux joues. Mon cœur chancela dans ma poitrine.

— Mademoiselle Cutler, niez-vous avoir signé ce contrat ?

— Absolument, monsieur.

— Qu'aviez-vous l'intention de faire à la naissance du bébé ?

— Je l'ignore, Votre Honneur. Mon plus cher désir était simplement de le garder, et j'ai éprouvé un choc en découvrant qu'on l'avait emmené loin de moi.

— Mme Cutler n'avait jamais, soit par des avertissements, soit par des menaces, tenté de faire pression sur vous afin que vous signiez ce papier ?

— Non, monsieur. Je n'ai jamais revu Grand-mère Cutler après avoir été envoyée à Grand Prairie.

— Grand Prairie ? releva le juge Powell en lorgnant vers M. Updike.

— La résidence de la sœur de Mme Cutler, précisa celui-ci.

— Je vois. Donc, jusqu'à votre retour, vous ignoriez l'existence de M. et Mme Compton ?

— C'est cela, Votre Honneur.

— Pourquoi avez-vous consenti à mettre au monde votre enfant secrètement, si vous n'aviez pas l'intention de l'abandonner ?

— Votre Honneur, je n'étais pas en position de discuter les décisions de ma grand-mère, mais je n'avais aucune idée de ses intentions. Maintenant, bien sûr, je m'explique sa haine à mon égard et pourquoi elle tenait tant à se débarrasser d'un enfant né de moi.

— Je vois, répéta une fois de plus le juge Powell, qui se carra sur son siège, avant de s'adresser aux Compton. Monsieur et madame Compton, les informations fournies par M. Updike laissent manifestement de côté certains détails gênants. S'il est exact que vous avez signé un contrat légal, il existe désormais des raisons de le récuser. En cas de débats publics, la Cour voudra naturellement faire toute la lumière sur ces zones d'ombre, qu'à mon avis M. Updike s'est contenté d'effleurer.

« En bref, et si regrettable que cela puisse être pour vous, vous devriez prendre en considération le climat scabreux dans lequel se déroulera le procès. Quels que soient vos droits, cela ne présage rien de bon pour l'avenir de l'enfant. Cette affaire pourrait devenir une aubaine pour les médias.

Patricia Compton fondit en larmes et son mari l'entoura de son bras.

— Nous ignorions totalement ces circonstances particulières, déclara-t-il avec aigreur.

— J'en suis convaincu. Monsieur Humbrick, je recommande — à titre officieux, naturellement — que vous engagiez vos clients à rendre l'enfant à sa mère.

— Nous réfléchirons sérieusement à votre proposition, Votre Honneur. Sanford ?

— Merci, Votre Honneur, se contenta de répondre Sanford Compton.

Puis il aida sa femme à se lever et l'emmena, toute sanglotante, hors du bureau. Felix Humbrick se tourna vers M. Updike.

— Peut-on vous joindre en ville ?

— Je ne sais pas encore où je vais descendre, mais je peux vous appeler à votre bureau. Quel moment vous conviendrait le mieux ?

— Donnez-moi deux heures, répliqua Humbrick en lui tendant la main.

Sur quoi, il sortit derrière ses clients.

Le juge se leva mais je fus incapable d'en faire autant. Son regard m'intimidait tellement que mes jambes me trahissaient.

— Eh bien, voici une situation fort déplaisante, jeune fille. Vous avez connu des expériences pénibles, mais vous n'êtes pas irréprochable, vous non plus.

— Je sais, Votre Honneur.

— Apparemment, vous avez trouvé un champion, constata le magistrat en lançant à Jimmy un regard pétillant. Permettez-moi de vous souhaiter bonne chance.

Je me levai en même temps que Jimmy.

— Merci, monsieur le Juge.

— Je vous rejoins tout de suite, annonça M. Updike.

Nous le laissâmes avec le magistrat pour passer dans le couloir, où Sanford et son avocat s'entretenaient avec animation. Patricia devait avoir regagné sa voiture et les deux hommes ne tardèrent pas à sortir à leur tour. Puis M. Updike réapparut, et fut d'avis que nous nous rendions ensemble à notre hôtel. Nerveuse et terrorisée, je tenais à peine sur mes jambes et le cœur me battait dans la gorge. M. Updike se confondait en regrets pour ce qui s'était passé, affirmant qu'il ne se serait jamais attendu à pareille chose de la part de Grand-mère Cutler. Son respect pour elle était si manifeste que j'aurais aimé pouvoir la voir sous un jour différent, moi aussi. Mais il aurait fallu l'avoir connue plus tôt, beaucoup plus tôt...

Deux heures plus tard, M. Updike rappela Felix Humbrick et je pleurai de joie en apprenant la décision des Compton. Ils renonçaient au combat. Jimmy lui-même en eut les larmes aux yeux et me serra dans ses bras.

— Sanford Compton vous attend le plus tôt possible, ajouta M. Updike. Il ne tient pas à prolonger une minute de plus cette douloureuse histoire.

— Cela se comprend, opina Jimmy. Allons-y tout de suite.

— Merci, monsieur Updike, ajoutai-je à mon tour. Je comprends combien tout ceci a dû vous être pénible.

Selon moi, il avait dû se faire semoncer vertement par le juge Powell pour ne pas s'être assuré que j'étais d'accord. Il n'était pas homme à agir à la légère. Il s'était laissé forcer la main par Grand-mère Cutler, mais pourquoi ? Certains secrets de famille avaient surgi au grand jour, mais une voix me soufflait qu'il restait encore quelques cadavres dans les placards.

Ce fut un Sanford Compton bien différent qui nous reçut quand nous allâmes chercher Christie. Il invita Frazer à nous faire entrer et nous accueillit dans le hall, debout près d'une grosse boîte en carton.

— J'y ai rassemblé tout ce que nous avons acheté pour la petite, nous expliqua-t-il. De la layette, des couches, des jouets pour son berceau, et le lait en poudre recommandé par notre pédiatre. Le vôtre vous conseillera sans doute autre chose, mais en attendant cela vous dépannera. Patricia ne devrait pas tarder à descendre, ajouta-t-il en se retournant.

— J'emmène tout ça dans la voiture et je reviens, annonça Jimmy. Merci beaucoup.

— Je suis navré que tout finisse comme ça, dit Sanford quand nous fûmes seuls. Je n'ai jamais eu l'intention d'ajouter à votre souffrance.

— Ne vous reprochez rien, vous ignoriez la vérité.

— Si je l'avais connue, vous pouvez être certaine que je n'aurais pas laissé les choses aller si loin, reprit-il, et son regard retrouva toute sa dureté. Votre grand-mère, ou la personne que vous appelez ainsi, ne devait pas être une femme commode.

Je ne pus m'empêcher de rire, mais ma gaieté tourna court quand je vis descendre Patricia Compton, mon bébé dans les bras. Elle se déplaçait lentement, comme en transe, et mon cœur bondit d'angoisse à l'idée qu'elle pourrait s'effondrer à tout instant et lâcher ma petite Christie.

— Je voulais m'en charger moi-même, souffla Sanford, mais elle a insisté.

Je m'approchai vivement à la rencontre de Patricia, qui s'arrêta deux marches au-dessus de moi. Christie était enveloppée dans une couverture rose, d'où émergeait à peine son petit nez. Patricia ne me quittait pas des yeux et quand je vis son menton trembler, je n'osai pas tendre les bras pour lui prendre ma fille.

— Elle dort dit-elle enfin. Elle vient juste de téter. Quelquefois, elle s'endort avec la tétine entre les lèvres, comme ça, tout d'un coup. Elle s'arrête de boire et elle ferme les yeux, tout simplement. C'est un bébé adorable, ajouta-t-elle en souriant.

Puis, à l'instant où Jimmy rentrait, son regard dériva vers Sanford.

— Donne son bébé à Mlle Cutler, maintenant, Patricia, dit-il avec douceur, mais fermement.

— Pardon ? Ah oui ! Oui, bien sûr.

Elle me tendit Christie et je m'avançai vivement pour la recevoir dans mes bras. Quand je baissai les yeux sur son petit visage, le poids qui m'oppressait la poitrine s'évanouit et la joie me dilata le cœur. J'avais oublié combien ma fille était blonde : ses cheveux l'auréolaient comme un halo de soleil.

— Merci, Patricia. Je suis désolée de vous causer un tel chagrin.

Je vis sa lèvre frémir et ses épaules se soulever.

— Patricia, tu avais promis ! lui rappela Sanford.

Elle respira profondément et pressa ses poings menus sur sa poitrine.

— Je te demande pardon.

— Nous ferions mieux de partir, Aurore, intervint Jimmy. Nous avons une longue route devant nous.

— C'est vrai. Merci pour toutes ces choses, Sanford.

Il hocha la tête et je pus voir que lui aussi retenait ses larmes. Je suivis Jimmy vers la porte et au moment où Frazer la repoussait dans notre dos, nous entendîmes Patricia pleurer. Une longue plainte aiguë, désolée, le gémissement de la mère à qui on vient d'arracher son petit.

Le lourd vantail de chêne se rabattit, Dieu merci, enfermant ce cri terrible dans la demeure. Malgré tout, nous hâtâmes le pas vers le portail pour fuir la clameur d'agonie de Patricia Compton. Aucun de nous ne prononça un mot jusqu'à ce que Jimmy ait mis le moteur en marche. Et même alors, je ne pus m'empêcher de me retourner vers la maison qui aurait pu être le foyer de Christie. Puis je fermai les yeux, m'efforçant d'enfouir cette image au plus profond de moi, de la verrouiller dans ma mémoire. Quand je rouvris les paupières, ce fut pour voir le délicieux petit visage de mon bébé, ma toute petite qui attendait mes baisers.

2

Retour à Cutler's Cove

Avant de partir pour Saddle Creek, j'avais prié Mme Boston de préparer pour Christie la chambre qui faisait face à l'appartement de Grand-mère Cutler. Ses deux grandes fenêtres donnaient sur le parc et son papier bleu clair me plaisait. J'aurais pu choisir l'ancienne nursery, mais c'est là qu'avait eu lieu mon enlèvement, et je ne tenais pas à y installer ma fille.

Jimmy monta le carton que nous avait remis Sanford Compton. Mme Boston le vida, rangea chaque chose à sa place et le mit de côté.

— C'est bon d'avoir un nouveau-né chez nous, observat-elle, surtout quand la mort est passée par là. Ça chasse les ombres qu'elle a laissées dans la maison. Et puis c'est un rudement beau bébé, il faut bien le dire !

Je la remerciai de bon cœur. J'avais plus ou moins espéré que Mère voudrait voir Christie, mais elle resta enfermée chez elle et ne daigna même pas s'apercevoir que nous étions rentrés.

Après le départ de Mme Boston, quand j'eus couché Christie dans son berceau j'eus soudain le sentiment désagréable d'être épiée. Je me retournai pour apercevoir Clara Sue appuyée au chambranle, les bras croisés sous les seins et un mauvais sourire aux lèvres.

— Tu n'as pas honte de la ramener ici ? lança-t-elle avec dédain. Après tout, c'est une bâtarde, comme toi !

— Certainement pas. Ce qui s'est passé ne l'empêche pas d'être un bébé merveilleux. Quant au mot que tu viens de prononcer, ne le répète jamais, ou tu le regretteras.

— Et quand elle grandira ? riposta-t-elle d'un ton fielleux, en choisissant les mots qui faisaient mal. Quand elle voudra savoir qui est son père, que lui répondras-tu ?

— Dès qu'elle sera en âge de comprendre, je lui dirai la vérité. Elle ne grandira pas dans le mensonge, comme moi.

— C'est dégoûtant, humiliant ! Cela nuit à la réputation de l'hôtel et Grand-mère ne l'aurait jamais toléré.

Je regardai Clara bien en face et m'avançai lentement vers elle, les poings serrés, l'air si résolue que son rictus haineux s'évanouit, remplacé par une expression d'effroi. À chaque pas que je faisais dans sa direction, elle reculait d'autant.

— Écoute-moi bien, car je ne me répéterai pas. Ne t'avise pas de dire un mot, un seul mot qui puisse rabaisser Christie à ses propres yeux, tu m'entends ? Si quelqu'un nuit à la réputation de l'hôtel, ici, c'est bien toi ! Ne t'approche jamais de ma fille, je te l'interdis. Si jamais j'apprends que tu répands des médisances, gare à toi ! J'aurai vite fait de dégonfler tes joues bouffies et de te débarrasser de tes kilos superflus !

J'avais crié, le poing levé, et elle comprit le message. Après m'avoir lancé un dernier regard noir, elle s'en fut sans demander son reste.

Les jours suivants n'apportèrent aucun changement notable : je me sentais plus que jamais orpheline. Je n'ignorais pas que Randolph, déjà si occupé du vivant de sa mère, ne parvenait pas à se remettre de sa mort. Lui autrefois si souriant, si élégant, le type même de l'aristocrate du vieux Sud, errait comme une âme en peine, les yeux caves et cernés de noir. Il n'adressait la parole à personne, à moins de ne pouvoir s'en dispenser, et encore ! Sa voix se réduisait à un murmure presque inaudible.

J'avais connu peu d'hommes aussi pointilleux sur le chapitre de la toilette, mais il ne prenait plus aucun soin de lui-même. Il se montrait en vêtements froissés, cravate en tire-bouchon et chaussures éculées, inconscient du spectacle qu'il offrait. Un tel changement ne pouvait avoir échappé à Mère, mais elle affectait de l'ignorer. Et je savais que, si quelqu'un se risquait à y faire allusion en sa présence, elle se masserait le front d'un air épuisé, supplierait qu'on épargne ses nerfs fragiles et écarterait d'un geste « ce sujet inconvenant ».

Entre Clara Sue, renfrognée comme toujours, et Philippe qui boudait parce que je ne lui consacrais pas mes moindres instants de loisir, l'atmosphère de l'hôtel devenait franchement pesante. Les clients eux-mêmes s'en rendaient compte et commençaient à s'en plaindre. Tous regrettaient Grand-mère et « l'ambiance élégante et familiale » qu'elle avait su créer autour d'elle. Tout le monde attendait avec impatience la fin de la saison.

Environ huit jours après notre retour de Saddle Creek, la permission de Jimmy s'acheva. Son soutien m'avait été si précieux pendant ces dures semaines d'épreuve que je tremblais de le voir partir. Une fois de plus, je me sentais abandonnée. Aussi tristes l'un que l'autre de nous séparer, nous nous dîmes un dernier adieu dans l'intimité de sa voiture, devant l'hôtel.

Il faisait gris, de lourds nuages dérivaient sur l'océan couleur de plomb, figé, sinistre. Sur les pelouses, un vent aigre chassait les feuilles mortes et les éparpillait dans toutes les directions, tels des déments dansant une gigue macabre.

— Ne sois pas si chagrine, implora tendrement Jimmy. Je t'appellerai chaque fois que j'en aurai l'occasion, et à ma première permission, j'accours.

— Je n'y peux rien, larmoyai-je. Cet hôtel est plein de monde, sans doute, mais j'y suis tellement seule ! Personne ne se soucie de moi.

Les yeux noisette de Jimmy pétillèrent.

— J'étais sûr que ça se passerait comme ça. Tellement sûr que j'ai préféré... enfin, mettons que j'ai décidé de passer à l'action.

Il dit cela d'un air si mystérieux que je souris à travers mes larmes.

— Passer à l'action ? Tu pourrais être plus clair ?

— Hum... mm-oui, fit-il en guise de réponse.

Il plongea la main dans sa poche, l'en retira serrée comme un poing et me la tendit, toujours fermée. Puis il ouvrit les doigts et là, posée sur sa paume, je vis briller une ravissante bague de fiançailles, ornée d'un énorme solitaire. J'en eus le souffle coupé. Il me fallut quelques secondes pour retrouver la voix.

— Jimmy ! Quand as-tu acheté ça ? C'est une folie !

Il éclata de rire et me passa l'anneau d'or au doigt.

— En Europe, au cours d'une petite visite à Amsterdam. C'est le grand marché du diamant et le meilleur coin pour faire des affaires, ajouta-t-il, tout fier de son expérience. Les copains se moquaient de moi parce que je ne dépensais pas un cent de ma solde, mais ça valait la peine. Tes yeux sont déjà moins tristes, et tu as l'air émerveillée, si tu savais... oh oui, ça valait la peine !

Émerveillée, oui, je l'étais. Médusée, bouleversée, et même un peu étourdie. Pendant un instant, j'eus l'impression bizarre que la voiture tanguait. J'avalai une grande goulée d'air.

— Ça va bien, Aurore, tu es sûre ?

— Oui, c'est juste... la surprise, je suppose. Oh, Jimmy ! m'exclamai-je en lui jetant les bras autour du cou.

Nous nous embrassâmes comme nous ne l'avions jamais fait auparavant, et je le gardai contre moi le plus longtemps possible. Quand nous nous séparâmes, il essuya doucement mes joues mouillées de larmes et je vis à nouveau scintiller dans ses yeux cette lueur malicieuse que j'avais appris à aimer.

— Tu sais quoi ? Un de ces jours, tu vas redevenir Aurore Longchamp, finalement. Et grâce à moi.

— Mais c'est vrai ! Plutôt amusant, non ? Oh, Jimmy, comme le temps va me sembler long !

Une fois de plus, nos lèvres se joignirent, puis il déclara qu'il ne pouvait plus différer son départ.

— Les retards sont sévèrement punis, chez nous, crois-moi. C'est autre chose qu'une retenue à Emerson Peabody ! Allez, prends bien soin de toi et de la petite Christie.

Je me fis violence pour quitter la voiture, mais il le fallait. Jimmy abaissa la glace, nous échangeâmes un dernier baiser et il mit le moteur en marche. Je le suivis des yeux en agitant la main jusqu'à ce qu'il eût disparu au tournant de l'allée.

La bise d'automne dérangeait mes cheveux et je rentrai à l'hôtel en étreignant frileusement mes épaules. J'avais froid. Mais, à mon doigt, le diamant brillait comme un rayon d'espoir et sa seule vue me réchauffait le cœur. Brisée par tant d'émotions, je montai lentement l'escalier, les yeux mi-clos. J'avais besoin d'une bonne sieste et j'allai droit à la chambre de Christie, pour la prendre dans mon lit et m'endormir en la serrant contre moi. Mais quand je me penchai sur le berceau... il était vide.

Pendant quelques instants, je refusai le témoignage de mes sens. Christie, disparue ? Impossible ! Souriant de ma sottise, je fermai les yeux, les rouvris... mais rien n'y fit. Toujours pas de Christie.

Mme Boston avait dû l'emmener pour une raison ou une autre, me raisonnai-je. Mais déjà mon cœur s'affolait, cognant comme un marteau-pilon contre mes côtes. Debout, immobile, je laissai passer plusieurs secondes en m'efforçant de reprendre mon souffle et mon calme, puis je sortis et me mis en quête de Mme Boston. Je commençai par sa chambre : personne. Je finis par la découvrir dans la cuisine, en conversation avec Nussbaum, le chef cuisinier. Ils se retournèrent d'un seul mouvement à mon approche et mon air égaré, mes joues en feu les avertirent que quelque chose n'allait pas.

— Que se passe-t-il, Aurore ? s'exclama la gouvernante.

Christie n'était pas dans ses bras, naturellement. Pour quelle raison l'eût-elle amenée là ?

— C'est Christie, elle... elle...

J'avalai péniblement ma salive et achevai dans un flot de larmes :

— Elle a disparu !

— Quoi ! s'effara Nussbaum.

— Disparu ? répéta Mme Boston. Il doit s'agir d'une erreur.

— Allons, allons, me réconforta le chef en m'entourant de son bras. Je suis sûr que la petite n'a pas de mal.

Mais il jeta un bref regard à la gouvernante, dont les traits reflétaient la plus vive inquiétude.

— Allons voir là-haut ! décida-t-elle sans hésiter.

36

Elle me précéda d'un pas vif dans le corridor, puis dans l'escalier, et une fois de plus je me retrouvai devant le berceau vide. Mme Boston secoua la tête.

— Je n'y comprends rien. Je l'ai quittée il y a vingt minutes à peine, elle dormait à poings fermés !

Devant ce constat accablant, qui ne laissait plus place au doute, je perdis tout contrôle de moi-même.

— Oh, non ! hurlai-je d'une voix suraiguë, non, pas ça !

La puissance de mon cri fit jaillir Mère de ses appartements.

— Que se passe-t-il ? demanda-t-elle avec humeur.

La gouvernante répondit pour moi.

— C'est le bébé, madame. Il n'est plus là, quelqu'un l'a pris.

Du coup, l'expression agacée de Mère fit place à l'épouvante. Sa bouche se convulsa, ses yeux s'agrandirent démesurément. Ces mots effrayants n'étaient pas nouveaux pour elle, bien sûr. Elle les avait déjà entendus, le jour de mon enlèvement, mais à cette époque-là il s'agissait d'un simulacre. Et voilà que tout recommençait, mais pour de bon cette fois. Elle recula, refusant la réalité.

— Non, vous... vous devez vous tromper. Cela ne peut pas recommencer ! Je ne pourrais pas le supporter, pas deux fois. Est-il donc interdit d'être heureux dans cette maison maudite ? marmonna-t-elle à mi-voix.

Et elle s'enfuit hors de la pièce.

— Allons chercher de l'aide, décida Mme Boston.

Je ne pouvais pas m'arrêter de trembler. Et Jimmy qui venait de partir, au moment où j'avais le plus besoin de lui ! Seigneur, implorai-je silencieusement, faites qu'on ne m'ait pas pris ma Christie, je vous en supplie. Faites que tout ça ne recommence pas, qu'elle ne connaisse pas le même sort que moi ! Et si Mère avait raison ? Si cette maison était maudite ? Le destin semblait prendre un malin plaisir à rejouer les mêmes tours, méditai-je en ravalant mes larmes. Et je suivis la gouvernante hors de la chambre. Nous nous élançâmes dans l'escalier, jusqu'au grand hall où elle rassembla le personnel.

— Quelqu'un a pris Christie dans son berceau, annonça-t-elle aussitôt. Que tout le monde se mette à sa recherche. La consternation se peignit sur tous les visages, et ce fut le branle-bas général. Les chasseurs s'éparpillèrent dans toutes les directions, bientôt rejoints par les réceptionnistes. Les serveurs qui se trouvaient là sortirent pour faire le tour des bâtiments. À mesure que la nouvelle se répandait, le nombre des volontaires augmentait pour finir par englober presque tous les employés de l'hôtel. Philippe, qui jouait au poker avec ses collègues pendant la pause, arriva en courant lui aussi.

— C'est vrai ce qu'on raconte ? La petite a disparu ?

Je ne pus que hocher la tête. Et je m'effondrai sur une chaise, enserrant mon torse entre mes bras comme si ce geste pouvait seul empêcher ma poitrine de se fendre en deux. J'avais la nausée, l'estomac douloureux, et la gorge si nouée que je pouvais à peine respirer. À tout moment, j'éprouvais le besoin de fermer les yeux et de chercher mon souffle. Femmes de chambre, employés, tout le monde s'efforçait de me réconforter, y compris Mme Boston. Et finalement, quelqu'un cria du fond du couloir :

— Le bébé ! Il est retrouvé !

— Christie ! appelai-je en bondissant sur mes pieds.

Mon énergie revenue comme par miracle, je volai plus que je ne courus dans la direction d'où venait la voix. Quelques secondes plus tard je vis Millie Francis, la responsable de la lingerie, déboucher dans le hall en tenant ma Christie dans ses bras.

— Elle n'a rien ? m'alarmai-je.

— Absolument rien, n'ayez crainte.

Les yeux arrondis de surprise, ma petite fille promenait autour d'elle des regards emplis de curiosité. Que serai-je devenue si nous ne l'avions pas retrouvée ? Je préférai ne pas y penser. Je la reçus des mains de Millie et la serrai tendrement contre moi.

— Où était-elle ?

— J'ai failli ne pas la voir tellement il est sage, ce petit trésor. Elle était couchée là, tout tranquillement.

— Couchée où ?

— Dans une panière de la lingerie, sur une pile de serviettes.

Tous ceux qui se trouvaient là s'entre-regardèrent, effarés.

— Comment est-elle arrivée là ? demanda Mme Bradley, la doyenne des réceptionnistes. Et qui a bien pu la mettre dans un panier à linge ?

— Ce ne peut être qu'une mauvaise plaisanterie, affirma l'un des chasseurs.

— En tout cas, merci à tous ! m'écriai-je avec élan. Merci de tout cœur pour votre aide.

— Apparemment, la petite n'a rien, fit remarquer Mme Boston.

Elle et moi nous empressâmes de monter Christie dans ma chambre et de la déshabiller. Nous l'examinâmes sur toutes les coutures, sans découvrir la moindre marque sur sa peau. Elle gigotait, tout sourires et pleine de vie.

— Qui a bien pu faire une chose pareille ? s'interrogea la gouvernante à haute voix.

Quelques instants plus tard, Clara Sue se montra sur le seuil, l'air réjoui.

— Qu'est-ce qu'il se passe ? J'ai manqué quelque chose de palpitant ?

Les yeux de Mme Boston se rétrécirent, soudain méfiants.

— Où étiez-vous passée ?

— Je me suis endormie en écoutant des disques, pourquoi ?

— Bizarre, je n'ai rien entendu.

— Vous êtes peut-être dure d'oreille ? ironisa mon aimable sœur. D'ailleurs...

Elle se tourna vers moi, le regard pétillant de joie mauvaise.

— J'ai mis des disques pendant la sieste de Christie, et ça ne l'a pas dérangée du tout ! C'est un bébé si mignon, pas vrai, Aurore ?

Là-dessus, la chipie tourna les talons.

Mme Boston et moi échangeâmes un coup d'œil éloquent. Elle était blême de rage.

— À partir d'aujourd'hui. madame Boston, Clara Sue ne mettra plus les pieds dans ma chambre. Et je ne veux plus la voir rôder autour de Christie, ni de près ni de loin.

— Soyez tranquille, me rassura la gouvernante. J'y veillerai.

Christie dormit dans mon lit, cette nuit-là. Les événements de la soirée m'avaient tellement secouée que je tremblais de frayeur, et je mis un temps fou à me calmer. J'éprouvais à tout instant le besoin de vérifier si ma fille allait bien, et s'il m'arrivait de somnoler, je me réveillais en sursaut pour m'assurer qu'elle était toujours là. Finalement, aux premières lueurs de l'aube, je tombai dans un profond sommeil et Christie me laissa dormir. On aurait dit qu'elle sentait que j'avais besoin de repos. Elle ne pleura pas pour réclamer son biberon, et ce fut Mme Boston qui me réveilla. Je fis de mon mieux pour chasser ma torpeur et me levai pour préparer le lait de Christie, mais la gouvernante s'en était chargée.

— J'ai pensé que ça devait être l'heure, expliqua-t-elle en me tendant le biberon.

— Merci, madame Boston, c'est très gentil de votre part.

Je m'installai dans le rocking-chair, ma Christie dans les bras, et l'observai pendant qu'elle buvait. Elle avait les yeux de Michaël, à mon avis, mais son nez et sa bouche étaient les miens. Comme elle me dévisageait en serrant ses poings minuscules ! Ses lèvres dessinaient un O si parfait que c'en était comique. Pendant toute la tétée, elle ne détourna pas une seconde son regard du mien.

Je m'étais déjà occupée d'un bébé, quand maman était tombée malade après la naissance de Fern, mais cela remontait à loin. À une autre vie, me semblait-il. Pourtant, quand il avait fallu prendre soin de Christie, toute mon expérience m'était revenue d'un seul coup.

— Mon Dieu ! gémit la voix de Mère, quel remue-ménage, hier soir ! Je me demande encore si je n'ai pas rêvé.

Absorbée par mes réflexions, je ne l'avais pas entendue entrer. Je ne m'étais même pas aperçue que Mme Boston était sortie.

40

— Tu n'as pas rêvé, Mère. Il s'agissait d'une très méchante plaisanterie de Clara Sue, j'en ai peur. Elle a pris Christie et l'a déposée à la lingerie, dans un panier. Elle le nie, naturellement, mais je suis sûre que c'est elle.

Mère secoua la tête d'un air hagard, comme si elle se trouvait encore sous l'effet d'un somnifère. Et quel spectacle elle offrait ! Je n'en croyais pas mes yeux. Elle, toujours si coquette, qui ne se montrait jamais sans être coiffée, pomponnée, parée, même quand elle se disait malade... le changement survenu dans toute sa personne me laissait sans voix. Vêtue d'une de ses plus vieilles robes, échevelée, sans fard et sans un seul bijou, le teint blafard... était-ce bien l'élégante Laura Sue qui me dévisageait ainsi ? Elle s'avança dans la chambre et grimaça un sourire dédaigneux.

— Tu es grotesque, ma pauvre fille.

— Moi, Mère ? Et pourquoi ?

— Mais regarde-toi, avec ce bébé dans les bras, sans mari, et accablée de toutes ces responsabilités. Ah, si tu m'avais écoutée quand je t'ai mise en garde, avant que tu n'ailles rechercher ta fille !

Mère poussa un soupir et reprit son sermon.

— Son père vous a abandonnées, et tu es encore si jeune ! On pouvait critiquer la façon dont Grand-mère Cutler menait son monde, je te l'accorde. Mais en ce qui te concerne, elle avait pris la bonne décision. Le bébé aurait vécu dans une excellente famille, tandis que maintenant... te voilà avec un fardeau sur les bras.

Je la dévisageai fixement, sans lui laisser une chance de détourner les yeux.

— Je te reconnais bien là, Mère ! Un fardeau, ma Christie que j'aime de tout mon cœur ? Elle est ce qui compte le plus au monde pour moi, et je ferais n'importe quoi pour elle. Mais pour toi, Mère, tout était plus simple. Tu as consenti facilement à te défaire de ton enfant, sans songer aux conséquences, et tu crois que tout le monde est aussi égoïste que toi. Toi, toi, toi, toujours toi ! Tu n'as jamais songé qu'à toi. Eh bien moi, je considère Christie comme une bénédiction du ciel. Et si je porte un fardeau, Mère... (je lui jetai les derniers mots d'un ton venimeux, comme si je lui crachais à la figure)... c'est toi !

Elle me regarda un moment, battit des paupières et m'adressa ce sourire enfantin dont elle jouait si bien.

— Je ne veux pas me laisser entraîner dans une querelle avec toi, Aurore. Plus maintenant, plus jamais. Pense et fais ce que tu veux. Je voulais seulement te donner un conseil, celui qui me paraît le meilleur. Maintenant, suis-le ou pas, c'est ton affaire. Le pire, dans tout ça...

Elle s'interrompit et, incapable de s'en empêcher, baissa les yeux sur Christie.

— Le plus affreux, c'est que tu as fait de moi une grand-mère avant l'âge. En tout cas, conclut-elle en reculant vers la porte, je ne permettrai à personne de m'appeler « Grand-mère Cutler », ça non !

— Comme tu voudras, Mère, mais crois-moi... tu seras la première à le regretter. Cela te manquera.

Ma mère éclata d'un rire haut perché.

— Moi, des regrets ? Qu'est-ce qui me manquerait, selon toi ? Les biberons, les rots et les couches sales ? Non merci, très peu pour moi. J'en ai eu mon compte !

— Toi, Mère ? Tu ne sais même pas ce que c'est qu'élever un enfant. Tu avais des nourrices pour t'occuper d'eux... ou bien tu t'en débarrassais !

— C'est ça, riposta Mère, les yeux humides. Retourne le couteau dans la plaie. Tu aimes ça, avoue-le ? Tu ne me pardonneras jamais, même si je te le demande à genoux. Tu estimes que je n'ai pas encore assez souffert. Personne ne sait quels sacrifices j'ai faits, et je continue à me sacrifier !

— Mère, dis-je en recouchant Christie après avoir attendu son rot, ne te rends pas ridicule, je t'en prie.

Toute surprise par mon savoir-faire, elle m'observa en écrasant deux larmes minuscules, et tout à coup son visage s'éclaira. Elle tendit la main vers moi.

— Qu'est-ce que c'est que ça ?

— Quoi donc ?

Je me demandais ce qu'elle avait bien pu remarquer de bizarre sur ma personne. J'avais complètement oublié mon solitaire.

— Cet anneau. On dirait une bague de fiançailles.

— Mais c'en est une, Mère. Jimmy et moi avons décidé de nous marier.

— Oh, non ! gémit-elle en portant la main à son front. Peut-on être sotte à ce point-là ! Tu comptes vraiment épouser ce garçon, un militaire sans le sou, sans nom, sans situation ? Quand vas-tu te décider à écouter mes conseils ?

— Jimmy et moi nous nous aimons, Mère. Nous avons traversé beaucoup d'épreuves ensemble et nous voulons...

— Vivre un grand amour, je sais. L'amour, ricana-t-elle en renversant la tête, comme cela sonne bien dans les romans ! Mais dans la réalité, c'est autre chose. L'homme qui saura t'offrir ce que tu mérites, voilà celui qu'il faudra aimer. D'ailleurs, l'amour n'est que la satisfaction d'un besoin, tu peux me croire. Je te parle par expérience.

— Ton expérience, Mère. Pas la mienne.

Elle écarta les bras en un geste d'impuissance, manifestement dépassée.

— Mais qu'est-ce qui ne va pas, chez toi ? Du jour au lendemain, tu te retrouves à la tête de Cutler's Cove, riche, puissante, considérée. Tous les beaux partis de Virginie et d'ailleurs vont faire la queue devant ta porte. Les hommes les plus séduisants, les plus en vue, les plus fortunés se disputeront tes faveurs. Ils te couvriront de cadeaux et te feront les promesses les plus folles, comme l'ont fait mes soupirants. Et quand tu te décideras, tu pourras choisir le dessus du panier, toi aussi.

— Cela ne m'intéresse pas, Mère. Jimmy et moi nous nous aimons, je te l'ai déjà dit. Le reste n'a aucune importance à nos yeux, et je regrette que tu ne le comprennes pas, tu serais moins malheureuse. Tu n'as personne pour t'aimer, sauf toi-même. Et il ne doit pas te rester beaucoup de raisons de t'aimer, n'est-ce pas, Mère ?

— Tu es vraiment cruelle, Aurore. C'est fou ce que tu ressembles à ton père !

— Justement, Mère, si tu m'en disais plus ? Qu'est-ce que je tiens de lui ?

J'aurais bien voulu l'amener à me parler de l'auteur de mes jours et de ce qui s'était passé. J'avais besoin de savoir. Mais elle éluda la question.

— Assez, je suis à bout, tout ceci m'écœure au plus haut point. Fais ce que tu veux, grommela-t-elle en se retirant, c'est ton affaire.

Et elle disparut dans ses appartements où elle s'enferma, pour continuer à s'apitoyer sur elle-même. Loin de la convaincre, je n'avais fait qu'apporter de l'eau à son moulin.

Philippe et Clara Sue partis, l'un pour l'université, l'autre pour le collège, mon éducation commença. Je n'ignorais pas ce qui m'attendait. Juste après la lecture du testament, M. Updike et M. Dorfman, le gérant expert-comptable de l'hôtel, m'avaient soumis un plan de travail pour ce que le notaire appelait « la période intérimaire ». Plan qui visait à assurer au mieux la direction de l'hôtel pendant que j'apprendrais le métier, jusqu'à ce que je sois capable d'assumer pleinement mes nouvelles responsabilités. J'avais du pain sur la planche, mais je savais que je serais bien épaulée.

M. Dorfman, petit homme chauve aux lunettes épaisses comme des culs de bouteille, était aussi timide dans ses rapports avec autrui qu'excellent dans sa partie. Tenir une conversation avec lui relevait du tour de force. Il ne vous regardait jamais en face, déplaçait les papiers posés sur son bureau, tripotait son stylo... Bref, chaque fois que je venais lui parler, j'avais le sentiment de le déranger dans un entretien avec un interlocuteur invisible.

— Je crains de n'avoir pas de très bonnes nouvelles à vous donner, déclara-t-il au cours de notre première entrevue. Je viens de terminer le bilan complet de vos biens et valeurs. Vous savez, je présume, que l'hôtel est lourdement hypothéqué, et que depuis des années les revenus de Mme Cutler ne servaient qu'à rembourser les intérêts ?

J'ouvris des yeux ronds mais, contrairement à mon attente, M. Dorfman ne se formalisa pas de mon ignorance, au contraire. Il parut ravi d'avoir quelque chose à m'apprendre. Et il se lança dans des explications détaillées sur les hypothèques, les taux d'intérêts et la signification de tout ceci pour l'affaire familiale. J'en tirai ma conclusion personnelle :

— Autant dire que nous sommes pauvres, si j'ai bien compris ?

Ce fut la première fois que M. Dorfman sourit... du moins à sa façon. Je vis se relever les coins de ses lèvres.

— Mais non ! Tous les grands propriétaires ont recours au système des hypothèques, et ils ne sont pas plus pauvres pour ça, loin de là. Une entreprise comme la vôtre emploie un personnel très nombreux, et vos biens fonciers représentent une véritable fortune. Certaines années, comme vous le verrez, les rentrées sont considérables. Au cours des trois dernières, par exemple, nous avons réussi à équilibrer les frais. Et même enregistré un certain bénéfice, ajouta le comptable, comme s'il voulait me remonter le moral.

— Mais si tous nos biens sont grevés par une hypothèque, d'où vient ce bénéfice ?

— Vous ne remboursez pas le capital, seulement les intérêts ce qui fait tout à fait l'affaire des banques. Elles y trouvent leur profit et ne tiennent pas à s'encombrer de la gestion d'un complexe hôtelier, croyez-moi.

— Je n'y comprendrai jamais rien ! m'écriai-je avec découragement.

— Patience ! Dans quelque temps, vous en saurez aussi long que moi, vous verrez. J'ai pris la liberté de préparer quelques documents à votre intention, étudiez-les avec soin. Surtout ceux qui concernent les frais de fonctionnement de l'hôtel, insista le comptable en me tendant une énorme liasse de feuillets. Nous en reparlerons dans quelques jours, ce n'est pas si compliqué qu'il y paraît.

Je parcourus rapidement les papiers d'un œil incrédule : certains remontaient à vingt années en arrière. Quel programme ! pensai-je avec un frisson. Autant dire que je commençais mes Hautes Études Commerciales...

Je me carrai sur mon siège.

— Et Randolph, que pense-t-il de tout ceci ?

Je n'aurais pas été fâchée de lui passer la main, du moins pour le moment, mais c'était trop demander. Je le compris quand M. Dorfman haussa un sourcil.

— M. Updike ne vous a donc pas dit... et moi qui pensais que vous étiez au courant...

— Au courant de quoi ?

Le gérant pianota quelques instants sur son bureau et pour la première fois depuis mon entrée dans la pièce me regarda bien en face.

— M. Randolph est incapable d'assumer la moindre responsabilité, déclara-t-il sans se troubler, et ceci depuis longtemps. Il en allait déjà ainsi du vivant de Mme Cutler. Pour être franc, vous en savez déjà plus que lui.

— Quoi ! Je sais qu'il lui arrive de se comporter de façon un peu bizarre, et de s'occuper de choses qui peuvent sembler futiles, mais de là...

— Mme Cutler n'a jamais confié la moindre tâche importante à son fils, Aurore. Pas même le soin de déposer de l'argent à la banque.

M. Dorfman se mit à feuilleter un dossier, me laissant digérer cette révélation surprenante. Moi qui me figurais que l'appui de Randolph me laisserait le temps de m'occuper de Christie, je tombais de haut. La liasse de papiers posée sur mes genoux me parut soudain beaucoup plus lourde. Cet héritage n'était pas un cadeau du ciel, finalement, mais un fardeau. Tant de gens dépendaient de moi, désormais ! Et si je ne m'en sortais pas ? Si mon inexpérience leur faisait perdre leur emploi ? Ce serait terrible.

— Monsieur Dorfman, je ne...

— Laissez-moi vous dire que vous serez secondée par des gens extrêmement capables, Aurore. Mme Cutler connaissait son affaire. Et si nous avons connu de mauvaises années, la faute n'en incombait ni à elle ni à ses subordonnés mais à la conjoncture. Ni avare ni prodigue, en toutes choses elle agissait avec mesure et je suis là pour vous aider à poursuivre dans cette voie. D'ailleurs... quand Mme Cutler a pris en main la direction de cet hôtel, en se mariant, elle n'était guère plus âgée que vous ne l'êtes aujourd'hui.

— Peut-être, mais elle avait M. Cutler !

Le gérant fit rouler son stylo entre ses doigts.

— Je ne voudrais pas dire du mal des défunts mais votre père, le père de Randolph, n'était pas ce qu'on appelle un homme d'affaires. Mon père était son comptable, en ce temps-là, et donc je sais de quoi je parle. L'hôtel ne serait jamais devenu ce qu'il est à présent sans Mme Cutler.

« Quoi qu'il en soit, reprit-il, apparemment pressé d'en finir, sachez que vous pouvez compter sur moi. Si vous aviez besoin de moi pour quoi que ce soit en mon absence, mon numéro de téléphone personnel figure en première page du dossier.

Je me levai lentement, remerciai M. Dorfman et sortis d'un pas de somnambule. Ce fut seulement au beau milieu du couloir que je me demandai où j'allais ainsi. Et brusquement, je compris qu'il était temps de me décider : je pris le chemin du bureau de Grand-mère Cutler.

Arrivée là, je m'arrêtai malgré moi, prête à frapper. Puis je poussai la porte et m'avançai de quelques pas, le cœur battant, comme si je m'attendais à me trouver en présence de mon aïeule ressuscitée. Je croyais presque distinguer la silhouette familière, le buste droit, les cheveux d'argent bleuté impeccablement coiffés. Je revis les frêles épaules rejetées en arrière, le tailleur bleu ouvert sur un chemisier à jabot... Grand-mère tourna même ses yeux glacés de mon côté, et j'entendis en imagination ses paroles de reproche.

— Que viens-tu faire ici ? Comment oses-tu entrer chez moi sans frapper ?

Je promenai mes regards autour de moi. Le parfum du lilas flottait toujours dans la pièce lambrissée de bois sombre, où tout portait l'empreinte de Grand-mère. Chaque objet, chaque détail, chaque meuble, du tapis bleu foncé au divan tendu de cretonne pastel, tout reflétait sa personnalité, son austérité. Sur son bureau de chêne, chaque chose était restée telle qu'elle l'avait laissée. Les stylos dans leurs supports, les papiers bien empilés, une petite boîte de bonbons dans un coin et le téléphone dans un autre. Et son agenda trônait au milieu du sous-main.

D'un pas résolu, je m'approchai de la fenêtre et tirai brusquement le cordon des rideaux. Ils s'ouvrirent en grand et le soleil entra d'un coup, inondant de lumière les meubles sévères et chassant les ombres dans les recoins de la pièce. Je revins sur mes pas et levai la tête vers le portrait de Grand-père Cutler. Ou plutôt, du mari de Grand-mère : William Cutler, l'homme dont je savais depuis peu qu'il était mon véritable père.

Le tableau le montrait assis à ce même bureau, dans le fauteuil de cuir rouge clouté de cuivre, et légèrement penché en avant. Sur le moment, j'eus l'impression qu'il me fixait de ses yeux bleus, même quand je m'éloignais de lui. L'artiste avait dû recevoir pour consigne d'insister sur la force de caractère de son modèle, et l'on remarquait d'abord la distinction un peu hautaine de mon père. Cependant, le contour des lèvres exprimait, à dessein ou non, un aspect tout différent de la nature de William Cutler : un charme souriant teinté d'un brin de frivolité.

Mais quel homme avait-il été, réellement ? Je l'imaginais mal en libertin, et pourtant c'était bien cet homme qui avait séduit ma mère et abusé d'elle... ou du moins c'est ce qu'elle prétendait, mais rien n'était moins sûr. En tout cas, il fallait posséder un curieux sens moral pour coucher avec la femme de son propre fils. De toute évidence, il avait éprouvé des remords de conscience puisqu'il s'était confessé par écrit et avait fait de moi son héritière. Il avait également montré beaucoup d'égards et de compassion envers son épouse, en faisant en sorte que tout ne soit révélé qu'après la mort de Grand-mère Cutler.

Je le regardai droit dans les yeux, ces yeux bleus si pareils aux miens. À part certains points de ressemblance physique, je devais tenir autre chose de lui, mais quoi ? Deviendrais-je aussi ambitieuse que lui, aussi capable, serai-je à la hauteur des responsabilités qui m'incombaient ? Posséderais-je son charme et son don inné de plaire à la clientèle ? Avait-il aimé ses employés, s'était-il montré juste envers eux, et saurais-je l'être ? Je découvrais en moi une curiosité insatiable à son propos et me demandais qui interroger. Certains membres du personnel qui avaient servi de son temps devaient toujours travailler à l'hôtel. Ceux-là pourraient me parler de lui, du moins je l'espérais, car Mère ne m'inspirait aucune confiance. Quant à Randolph... Pauvre Randolph ! D'après mes propres constatations, il ne fallait pas compter sur lui non plus, du moins pour le moment.

Je contournai la vaste table de travail pour aller m'asseoir sur le siège de Grand-mère Cutler, et tout changea. À l'instant où j'y pris place, j'éprouvai une soudaine confiance en moi. Je me sentis plus capable d'accomplir ma tâche, comme revêtue des pouvoirs et des moyens de l'ancienne occupante du fauteuil. De là, tout paraissait plus simple, ramené à des proportions naturelles et rassurantes. La pièce elle-même semblait plus petite et moins impressionnante à mes yeux, et j'imaginai ce que je ferais pour la rafraîchir. Changer les meubles et le tapis, pour commencer. Et accrocher de nouveaux tableaux aux murs : des peintures aux tons vifs et chaleureux.

Je croyais presque entendre Grand-mère fulminer et grincer des dents, tout près de moi, et je me renversai en arrière. Peut-être serai-je à la hauteur, finalement. Pourquoi pas ?

Je rêvais ainsi depuis quelques instants quand je repris conscience de l'heure : il était temps d'aller m'occuper de Christie. Je bondis sur mes pieds et sortis précipitamment, mais je n'allai pas loin. Patty, une des plus âgées de nos femmes de chambre, m'arrêta dans le hall.

— Vous feriez bien de descendre à la buanderie, suggéra-t-elle d'un air mystérieux.

— Pourquoi ? Il y a une machine en panne ?

J'allais lui conseiller de s'adresser à M. Dorfman mais elle secoua la tête avec énergie.

— Il vaudrait mieux que quelqu'un aille y voir, insista-t-elle avant de s'éclipser, sans autre explication.

Perplexe, je fis appeler Mme Boston pour qu'elle me remplace auprès de Christie et je pris le chemin du sous-sol.

Tout d'abord, je crus qu'il n'y avait personne dans la vaste salle où s'alignaient les machines à laver, puis j'aperçus Randolph, dans un coin. Debout près d'une table utilisée d'ordinaire pour plier le linge, il se penchait sur une double rangée de gobelets doseurs en plastique, disposés en un ordre impeccable le long des bords. Il tenait une cuiller à la main, le genre de cuiller dont on se sert pour mesurer la farine ou le sucre, mais lui, c'était de la lessive qu'il mesurait. Il la puisait dans deux grandes bassines, emplies de poudre de deux marques différentes, et la versait dans les gobelets. Je m'approchai doucement de lui.

— Randolph, qu'est-ce que tu fais là ?

Il ne se retourna même pas, tout occupé à transvaser soigneusement sa lessive. Je posai la main sur son bras.

— Randolph ?

Il leva sur moi des yeux égarés, injectés de sang.

— J'avais raison, grommela-t-il. Je m'en étais toujours douté, d'ailleurs !

— Et de quoi te doutais-tu, Randolph ?

Il s'interrompit et grimaça un sourire inquiétant.

— Cette marque, là, à ma droite... Elle coûte plus cher mais elle est plus concentrée, donc plus économique, tu comprends ? Autrement dit, c'est la plus coûteuse la plus intéressante. Je l'ai déjà dit à Mère, mais elle ne m'a pas écouté. Elle était occupée à... je ne sais plus quoi, peu importe. Mais j'avais raison, répéta-t-il, les yeux brillants et souriant d'un air de plus en plus bizarre. J'avais raison.

— Est-ce que cela vaut vraiment la peine que tu te donnes tout ce mal, Randolph ? Je veux dire... tu ne crois pas que tu perds ton temps ?

— Quoi ?

Il tourna vers moi ses yeux bleus fixes, si dépourvus d'expression que j'en eus froid dans le dos. J'aurais juré qu'il ne me reconnaissait pas.

— Désolé, marmonna-t-il, je dois terminer ce test. Je te parlerai plus tard, d'accord ? Merci, merci beaucoup.

Sur ce, il se remit à puiser sa poudre pour la verser dans les gobelets avec une précision méticuleuse. J'observai un moment son manège et m'élançai dans l'escalier pour prévenir ma mère. Il fallait qu'elle sache.

En arrivant sur le palier du premier, j'eus la surprise d'entendre résonner le rire de Mère et ralentis le pas. Bientôt me parvint le son d'une autre voix, masculine celle-ci. Je frappai discrètement à la porte de l'appartement et pénétrai dans le salon.

— Oui ? fit Mère, sans chercher à cacher sa contrariété.

Vêtue d'un de ses plus jolis ensembles, chandail en angora bleu et jupe légère assortie, elle était installée sur le canapé dans une pose pleine d'abandon. Ses cheveux lustrés coulaient en vagues dorées sur ses épaules, des diamants brillaient à ses oreilles et à ses poignets. En face d'elle, les jambes nonchalamment croisées, un homme on ne peut plus séduisant et distingué se prélassait dans la bergère.

— Aurore, gazouilla Mère en souriant jusqu'aux oreilles, laisse-moi te présenter M. Bronson Alcott, un très ancien et très, très cher ami.

Et elle rougit un peu, ce qui la rendit plus ravissante que jamais.

— Voici donc la jeune fille dont on m'a tant parlé, dit Bronson Alcott en se tournant vers moi.

Il avait une longue silhouette élégante, une fine moustache brune, un visage au modelé classique et sans défaut. La lampe Tiffany versait une lumière chaude sur ses cheveux châtains coupés court, et un sourire dansait dans ses yeux d'aigue-marine.

— Bonjour, dis-je platement.

— Bronson dirige la filiale de Cutler's Cove de la Banque Nationale, Aurore. C'est la Nationale qui nous a consenti le prêt hypothécaire.

— Ah !

Je reportai mon attention sur M. Bronson Alcott. Remarquablement bronzé, pour un banquier. Et que signifiait ce petit air amusé ? On aurait dit qu'il allait me faire un clin d'œil ! Il tenait croisées sur le genou ses longues mains fines et bien dessinées. Il ne paraissait pas plus de quarante-cinq ans, mais je le soupçonnai d'en avoir un peu plus.

— Vous me voyez ravi d'avoir enfin l'occasion de vous rencontrer, Aurore.

Sa voix vibrante et profonde s'accordait parfaitement à son éternel sourire... un sourire des plus charmeurs, il fallait bien l'admettre. Et Mère semblait sous le charme. Elle savourait chacun de ses gestes, chaque parole tombée de sa bouche. Il se leva pour me serrer la main et me détailla d'un regard si appuyé que le feu me monta aux joues. Il ne semblait pas très pressé non plus de lâcher ma main.

— Est-ce une bague de fiançailles que j'aperçois ? demanda-t-il en pressant mes doigts entre les siens.

— En effet, acquiesça Mère avec sécheresse.

— Félicitations. Et qui est l'heureux élu ?

Cette fois encore, Mère répondit avant moi.

— Oh, quelqu'un que vous ne risquez pas de connaître, Bronson !

— Il n'est pas d'ici ? s'enquit le souriant Bronson en inclinant la tête d'un geste engageant.

— On peut dire ça comme ça, intervint à nouveau Mère en affectant de se polir les ongles. Il est dans l'armée.

— Il s'appelle James Gary Longchamp, lançai-je en la foudroyant du regard.

Apparemment, Bronson resterait debout tant que je le serais moi-même. Le parfait gentleman du Sud, devant qui les femmes se sentaient toutes un peu Scarlett. À contrecœur, j'allai m'asseoir aux côtés de ma mère et il regagna sa bergère.

— Et à quand le mariage ? voulut-il savoir.

— Dès que Jimmy... Dès que James sera libéré, me repris-je, non sans couler un nouveau regard noir en direction de Mère.

Elle émit un petit rire nerveux et gémit en se frottant les ongles :

— Je lui ai pourtant dit de ne pas se presser de choisir. Enfin, j'ai essayé de lui faire comprendre que tous les beaux partis de Virginie auraient les yeux sur elle, mais non ! Elle s'accroche à son amour d'enfance, cette petite sotte.

Une flamme de gaieté s'alluma dans les yeux de Bronson.

— Ne nous montrons pas trop sévères, Laura Sue. Nous aussi, nous avons connu ça.

Mère devint toute rose de confusion.

— Mais c'était différent, Bronson ! Complètement différent.

— Sachez, jeune fille, que votre mère m'a brisé le cœur autrefois, et que je ne lui ai jamais tout à fait pardonné. Mais quoi ! Je n'ai pas dû être le seul cœur brisé, en ce temps-là. Elle avait une ribambelle de soupirants, d'ici jusqu'à Boston.

Manifestement soulagée, Mère éclata d'un rire cristallin et Bronson enchaîna aussitôt :

— Je ne serais pas étonné que vous suiviez ses traces, Aurore.

Son regard s'attarda sur moi et, du coin de l'œil, je surpris l'expression de Mère. Elle était verte de jalousie.

— Je ne suis pas pressée, monsieur Alcott.

— Appelez-moi Bronson, je vous prie. J'ose espérer que nous deviendrons grands amis, et pas seulement associés, insista-t-il, avec un vrai clin d'œil cette fois. Oh à propos... (Il tira de sa poche une montre de gousset suspendue à une longue chaîne d'or, ouvrit le boîtier et consulta le cadran.) Je ferais mieux de retourner à mes obligations, au lieu de faire l'école buissonnière. Il est grand temps !

Il se leva et acheva à mon intention :

— Puis-je espérer que votre mère et vous me ferez le plaisir d'une visite à Bel Ombrage ?

— C'est le domaine Alcott, s'empressa de m'apprendre Mère. Une magnifique propriété au nord-ouest de Cutler's Cove.

À la façon dont elle regarda Bronson en disant cela, je crus deviner qu'elle s'était rendue maintes et maintes fois chez lui, et connaissait le chemin par cœur.

— Pourquoi pas ? Nous viendrons sans doute vous voir tous ensemble un jour prochain, répondis-je en appuyant sur le *tous*.

Mère eut un sourire furtif, mais celui de Bronson ne changea pas. Il saisit ma main et la porta à ses lèvres.

— Au revoir, Aurore. Je suis enchanté d'avoir fait votre connaissance.

53

Il m'enveloppa d'un long regard qui semblait ne devoir jamais finir et qui me troubla profondément. J'eus le sentiment qu'il voulait graver mes traits dans sa mémoire. Plusieurs secondes s'écoulèrent avant qu'il ne se tourne vers ma mère.

— Laura Sue...

Elle se leva et il l'embrassa sur la joue, mais si près des lèvres qu'il dut les frôler au passage. Mère lorgna de mon côté et fit entendre un de ses petits rires nerveux, haut perchés. Bronson s'inclina, se retira, et j'osai la regarder en face. Elle était cramoisie et j'aurais pu jurer que son cœur battait aussi vite que le mien.

— Seigneur ! s'exclama-t-elle un peu trop hâtivement, c'est fou ce qu'une visite peut vous épuiser, je ne m'en rendais pas compte. S'habiller, se pomponner... quel effort ! Je crois que j'ai besoin d'un peu de repos annonça-t-elle en marchant vers sa chambre.

— Mère, attends ! Je ne suis pas venue sans raison.

Elle s'immobilisa, la mine renfrognée.

— Qu'y a-t-il encore ?

— C'est Randolph. Il n'a pas l'air très bien et je l'ai même trouvé... bizarre.

Quand je lui eus raconté la scène de la buanderie, Mère haussa les épaules.

— Et alors ? Je ne vois rien de bien nouveau là-dedans. Randolph est Randolph, conclut-elle, comme si cela expliquait tout.

— Mais tu ne penses pas qu'il va de plus en plus mal ? Il n'a plus aucun souci de son apparence et...

— Je t'en prie, Aurore ! C'est seulement sa façon de prendre le deuil pour sa mère bien-aimée, ça lui passera. Moi aussi, j'ai eu des problèmes de santé, ces temps-ci.

— Oui, mais la tienne se rétablit miraculeusement sur commande, ironisai-je.

— Je suis trop lasse pour supporter ça, répliqua Mère en gagnant sa chambre. Bien trop lasse.

Elle s'empressa de refermer la porte et moi de retourner dans mes appartements, où je trouvai Mme Boston en train de câliner Christie en chantant une berceuse. Le spectacle m'attendrit jusqu'au sourire.

— Ah, Aurore ! s'écria la gouvernante en découvrant ma présence. J'attendais seulement qu'elle se rendorme.

— Merci, madame Boston. Je sais que vous avez déjà assez de travail comme ça, sans avoir besoin du mien.

— Oh, je n'appelle pas ça du travail, protesta-t-elle en replaçant doucement Christie dans son berceau. Est-ce que le visiteur de votre mère est parti ?

Je crus discerner dans sa voix, dans son regard, une nuance de reproche.

— Oui, il vient de sortir. Vous le connaissez, madame Boston ?

— Tout le monde connaît M. Alcott. Dans le temps, on ne voyait que lui, à l'hôtel.

— Vraiment ?

— Comme je vous le dis. Votre mère avait des tas de soupirants mais c'est le seul qui ait continué à venir après qu'elle eut épousé Randolph.

— Et lui, il ne s'est jamais marié ?

Maintenant que j'y songeais, je n'avais pas vu d'alliance à son doigt.

— Oh non ! Il est toujours célibataire, c'est même un des plus beaux partis de Cutler's Cove.

— Je me demande bien pourquoi. Vous le savez vous ? Il est si bel homme !

Mme Boston avait la mine de quelqu'un qui sait à quoi s'en tenir, mais elle haussa les épaules.

— Oh, vous savez comment ça se passe, surtout dans cet hôtel. Les gens bavardent à tort et à travers...

— Et que disent-ils madame Boston ?

— Que votre mère l'a tellement fait souffrir qu'il n'a jamais pu en aimer une autre, et ne pourra jamais plus. Mais assez de papotages, conclut-elle en se redressant. J'ai de l'ouvrage qui m'attend.

— Madame Boston !

Déjà presque arrivée à la porte, elle se retourna.

— Quand M. Alcott a-t-il mis fin à ses visites ?

55

Sa bouche se pinça et je crus comprendre qu'elle redoutait d'avoir la langue trop longue, puis elle laissa tomber d'un ton réticent :

— Juste après votre enlèvement, mais ça ne signifie pas qu'ils ont cessé de se voir !

Elle se mordit la lèvre, comme pour ravaler ses paroles, et ajouta tout à trac :

— Et ne comptez pas sur moi pour colporter des ragots, surtout ! Ce n'est pas mon genre, ne m'en demandez pas plus.

Comment l'aurais-je fait ? Elle avait tourné les talons, me laissant seule avec mes questions.

3

Apprentissage

Christie grandit beaucoup au cours des mois suivants, ses traits s'affirmèrent, son caractère aussi. Toujours de bonne humeur, elle ne pleurait que lorsqu'elle avait faim ou qu'il fallait la changer. À part cela, elle ne réclamait aucune attention particulière, et pourtant le personnel ne demandait qu'à la dorloter. Chaque fois que je descendais avec elle, c'était la même chose. Femmes de chambre, réceptionnistes, serveurs, tout le monde s'arrangeait pour s'approcher d'elle, la cajoler ou tapoter ses joues rebondies. Elle souriait, ravie, et ses admirateurs acceptaient joyeusement de recevoir ses poings minuscules dans la figure. Très éveillée, curieuse de tout, elle ne s'ennuyait jamais. Elle pouvait passer des heures avec un jouet, à le palper, le goûter, le retourner sur toutes ses faces et en suivre les contours du bout de ses petits doigts. Elle examinait tout ce qu'elle parvenait à saisir et si quelque chose la faisait rire, elle battait des mains et ouvrait tout ronds ses grands yeux rayonnant de joie de vivre. Par sa seule présence, elle éclairait et réchauffait la journée la plus maussade, tel un petit soleil.

Quand je la tenais sur mes genoux, elle promenait ses menottes sur mon visage, tâtait mon nez, ma bouche, et poussait de petits « oooh » irrésistibles. Si je souriais, elle souriait. Si je faisais mine de la gronder, elle cessait aussitôt et m'écoutait avec gravité. Je jouais souvent à cache-cache avec elle, en me dissimulant sous sa couverture. Je la faisais glisser doucement, révélant peu à peu mes cheveux, mon front... mais Christie gardait son sérieux jusqu'à ce qu'elle voie mes yeux, et c'était alors une explosion de rire. Elle roucoulait de plaisir.

Vers neuf mois, elle eut les cheveux assez longs sur la nuque pour que je puisse les peigner. C'était déjà une vraie petite femme qui adorait qu'on la baigne, qu'on la coiffe, qu'on la pomponne... et surtout qu'on l'embrasse et la caresse. Quand nous chantions pour elle, Mme Boston ou moi, elle nous écoutait avec une attention extraordinaire. À la voir si calme, si concentrée, on aurait juré qu'elle avait retenu les mélodies et attendait la suite.

Il en allait de même avec la radio, les disques, les jouets musicaux, ses préférés, qu'elle voulait toujours que je remonte. Tout le monde le savait, et pour son premier anniversaire, elle fut inondée de livres sonores, moulins à musique, enregistrements de chansons enfantines et carillons. Il y eut même un piano miniature, son cadeau favori. Ce pouvoir de produire elle-même des sons harmonieux la fascinait.

Au début, je tentai de me partager entre elle et l'apprentissage de mes nouvelles fonctions, mais à l'approche du printemps mes activités se multiplièrent. Je décidai d'engager quelqu'un pour s'occuper d'elle et me souvins de Sissy, la jeune femme de chambre noire avec qui j'avais travaillé moins de trois ans auparavant. Grâce à elle j'avais pu rencontrer Mme Dalton, l'infirmière engagée pour être ma nourrice, et Grand-mère Cutler lui avait fait payer cette audace en la renvoyant. Justement, je venais d'apprendre qu'elle se trouvait de nouveau sans travail, et je savais que Mme Boston l'appréciait beaucoup. Très liée avec sa mère, elle fut d'avis que je ne pourrais trouver mieux.

C'est ainsi que mon ancienne collègue revint à Cutler's Cove quand Christie n'était âgée que de quelques mois, pour me seconder auprès d'elle.

Sissy était restée la même, ou peu s'en fallait, mais les changements survenus en moi et dans ma vie la stupéfièrent, Nous en avions des choses à nous dire ! Nous évoquâmes longuement le passé, et Sissy m'apprit la mort de Mme Dalton.

— Elle était déjà très malade la dernière fois que je l'ai vue, observai-je. Et pour vous deux, ta mère et toi, ça n'a pas été trop dur ? Cela m'a fait beaucoup de peine d'apprendre que Grand-mère Cutler t'avait renvoyée pour m'avoir aidée.

— Oh, je me suis débrouillée. J'ai travaillé quelque temps dans un grand magasin, et c'est là que j'ai rencontré Clarence Potter. Nous sommes pratiquement fiancés et comptons nous marier dès que nous aurons assez d'économies. Mais d'ici là, je serais ravie de m'occuper de Christie, tu peux me croire !

Patiente et douce, Sissy fit instantanément la conquête de Christie et elle aussi tomba sous le charme. Le moindre progrès de ma petite fille la ravissait autant que moi. À tout instant, elle descendait au bureau pour m'annoncer que Christie venait de se mettre debout, ou d'avancer d'un pas, ou de répondre à son nom. (« À onze mois, tu te rends compte ! ») Ma fille était très précoce et se développait beaucoup plus rapidement que la moyenne des enfants. Elle avait à peine treize mois quand je l'entendis prononcer distinctement : « maman ».

Aussitôt, j'entrepris de lui enseigner d'autres mots, et sa façon d'articuler faisait l'émerveillement général. Je m'appliquais particulièrement à lui apprendre à dire « papa », et pour cause. Jimmy devait bientôt venir en permission, et j'espérais lui faire cette surprise.

Il ne se passait pas de semaine sans qu'il m'appelle ou m'écrive, et de mon côté je noircissais des rames de papier. Je lui décrivais par le menu les faits et gestes de Christie, mes activités à l'hôtel, sans lui épargner un détail. Comptes, commandes entrevues avec M. Dorfman, tout y passait. Je devais l'ennuyer à mourir, mais il ne se plaignait jamais.

— Les copains sont jaloux de moi, m'annonça-t-il un jour au téléphone. Il y en a tellement qui ne reçoivent jamais de courrier de chez eux !

Il essaya plusieurs fois de venir me voir, mais il se présentait toujours un contretemps quelconque. Finalement, il parvint à obtenir un week-end entier de liberté : il était temps ! Mais ce qu'il ne me dit qu'au dernier moment, c'est qu'il s'était engagé pour une dernière mission : la surveillance du canal de Panama. Six mois d'affilée, sans congé.

— En contrepartie, je serai libéré avec six semaines d'avance. J'ai pensé que ça valait le coup, m'expliqua-t-il en déposant un baiser sur mon menton tremblant. Allons, voyons ! Nous pourrons nous marier six semaines plus tôt que prévu, ça ne te fait pas plaisir ?

— Si, bien sûr ! Mais te savoir à nouveau si loin...

— Écoute, tu vas avoir un travail fou et le temps passera vite, tu verras. Pour tous les deux. Et nous pouvons faire des projets solides maintenant. Des projets de mariage.

Je savais qu'il avait raison, et nous passâmes deux journées merveilleuses. L'hôtel disposait d'un bateau à moteur et de deux voiliers, à quai dans la baie, et nous décidâmes de nous offrir une journée en mer. L'été approchait, il faisait déjà très chaud. Munis par les soins de Mme Boston d'un panier de pique-nique, nous embarquâmes dans le canot à moteur pour aller mouiller à deux kilomètres au large. Jimmy pêcha, je nageai, des heures délicieuses s'écoulèrent insensiblement jusqu'à ce que le soleil décline à l'horizon. Assis côte à côte sur le pont, nous savourâmes le doux balancement des vagues en contemplant le couchant. Le ciel s'embrasait à l'ouest, le bleu de l'océan s'assombrissait, la silhouette de l'hôtel se détachait très nettement sur son coteau qui dominait la mer.

— C'est vraiment un endroit superbe, commenta Jimmy. Je suis sûr que nous y serons heureux. À condition, naturellement, que tu ne deviennes pas une de ces femmes d'affaires surmenées... comme ta grand-mère Cutler, par exemple.

— Ça, jamais !

— C'est ce que tu dis mais moi qui n'ai pas passé beaucoup de temps ici, j'ai bien vu que tu avais déjà changé. Tu es toujours en train de signer ceci, de répondre à cela, d'écouter les réclamations de tel ou tel... tu es déjà un peu comme elle, en fait.

— J'essaie seulement de me mettre au courant le plus vite possible, Jimmy. Tu as vu dans quel état est Randolph ? On ne peut pas compter sur lui. Tout retombe sur M. Dorfman,

M. Updike et moi. Mais j'aurai toujours du temps pour toi, c'est promis.

— Ne fais pas de promesses que tu ne pourras pas tenir.

— Tu cherches à me faire peur, c'est ça ? Arrête de me taquiner, ce n'est pas drôle !

Il éclata de rire et m'embrassa sur le bout du nez.

— Très bien, j'arrête... Je me rattraperai quand tu seras Mme Longchamp !

Du coup, je me déridai et nous nous lançâmes dans des projets de voyage de noces. Jimmy aurait aimé que nous allions au cap Cod.

— Ça doit être magnifique au printemps, et puis, rappelle-toi : papa parlait toujours de nous y emmener.

— Il parlait d'aller dans un tas d'endroits, Jimmy. Papa vivait de rêves et d'espoirs, en ce temps-là.

— Je sais, mais ce coin-là c'était différent. Il le trouvait... magique. Maman et lui n'y sont jamais allés mais nous, nous irons. D'accord ?

— Oui, Jimmy. Je voudrais déjà y être. Ça va être dur d'attendre !

Ce ne fut pas facile, en effet, mais je me jetai à corps perdu dans le travail et le temps passa plus vite que je n'aurais cru. Cet été-là, Philippe et Clara Sue partirent pour l'Europe en voyage d'études et je ne fus pas fâchée d'être débarrassée de ma demi-sœur. Je ne lui avais pas pardonné sa farce cruelle aux dépens de Christie, et je ne cachais pas mon opinion. Elle continuait de nier, naturellement. Et à son retour, je pouvais m'attendre à des plaisanteries douteuses à propos de mon mariage. J'en avais déjà eu quelques échantillons.

— Est-ce que Jimmy va se marier en uniforme, à ton avis ? Et qu'est-ce qu'il va répondre au pasteur ? « Oui, mon capitaine ». ?

Parmi toutes ces tracasseries, sa préférée consistait à dénigrer la qualité de ma bague de fiançailles.

— On dirait du verre, ma parole ! Mais je suis sûre que ce pauvre Jimbo croyait acheter un diamant, pas vrai ?

Et à chaque fois, je fulminais :

— Essaie encore de l'appeler Jimbo, et tu verras !

Mais elle se contentait de rire en secouant ses frisettes et s'en allait sans se presser, satisfaite de m'avoir fait sortir de mes gonds.

Je la trouvais de jour en jour plus méchante, et il m'était odieux de penser que le même sang coulait dans nos veines. Car si nous avions la même couleur d'yeux, de cheveux et quelques-uns des traits de Mère, pour le reste nous étions aussi différentes que le jour et la nuit. En outre, elle continuait à lutter contre l'embonpoint. Pour l'instant, sa silhouette pouvait encore être qualifiée « d'opulente et voluptueuse » (plus que la mienne !), mais elle frôlait l'obésité. Et malgré sa folie des sucreries, elle était toujours en train de faire un régime. Son intérêt pour les garçons croissait à vue d'œil et je m'étais laissé dire qu'au collège, un véritable essaim de soupirants lui tournait autour.

Philippe rentrait rarement à Cutler's Cove. Il réussissait brillamment à l'université où il accumulait distinctions et honneurs dans tous les domaines. Président de sa fraternité d'étudiants, bien vu de ses professeurs, capitaine de son équipe d'aviron, il était on ne peut plus populaire. La revue de son collège lui consacrait de nombreux articles qu'il arrivait à Mère de nous montrer à Mme Boston et à moi, quand elle se sentait la fibre maternelle.

Quant à Randolph, dont l'état mental et physique ne cessait de se dégrader, ni Philippe ni Clara Sue ne semblaient s'en soucier. Sa conduite étrange leur inspirait plus de gêne que d'intérêt. J'essayais bien de le tirer de cette humeur dépressive en lui confiant de temps à autre un travail sérieux, mais j'y perdais ma peine. Il en venait rarement à bout, et en général quelqu'un d'autre devait s'en charger.

La seule chose qui pouvait l'arracher à ce marasme était la présence de Christie, et Sissy ou moi l'amenions souvent dans son bureau. Il la laissait ramper dans la pièce en désordre et farfouiller tout à son aise. Vers quatorze mois, elle commença à brandir tout ce qui lui tombait sous la main en gazouillant :

— Téça ?

Ce qui, pour nous tous, signifiait clairement : « Qu'est-ce que c'est que ça ? » Avec une inlassable patience, Randolph lui répondait toujours, et Dieu sait si elle posait des questions ! Tout excitait sa curiosité, le moindre objet trouvé sur le bureau, du presse-papiers au trophée sportif. Randolph lui en expliquait gravement l'histoire, comme s'il s'adressait à une jeune fille, et elle l'écoutait avec un sérieux désarmant. On aurait juré qu'elle comprenait.

M. Dorfman avait raison, en ce qui concernait l'hôtel : je ne m'en tirais pas trop mal. Tout se passait comme si l'impulsion donnée par Grand-mère Cutler se faisait toujours sentir, et les affaires continuaient sur leur lancée. La plupart des clients, l'un après l'autre, me confièrent combien elle leur manquait, et de mon côté je feignis de partager leurs sentiments. Mais ce qui me surprit et me fascina, je l'avoue, ce fut la façon dont parlaient d'elle ceux qui fréquentaient l'hôtel depuis longtemps, parfois trente ans sinon plus. La personne qu'ils décrivaient correspondait si peu à celle que j'avais connue !

Chaleureuse, affectueuse, Grand-mère Cutler ? C'était pourtant ainsi qu'ils la voyaient. Une vieille dame insista beaucoup sur le fait que, pour elle, venir à Cutler's Cove c'était se retrouver « en famille, comme chez soi ». Inouï, quand on pensait à la façon dont la même femme nous avait traitées, Mère et moi. On aurait dit qu'il s'agissait d'une autre.

Malgré la répulsion qu'elle m'inspirait, sa personnalité m'intriguait. Je passais des heures à fouiller parmi les dossiers, feuilletant les lettres de ses clients ou les doubles de ses réponses, cherchant des traces, des indices. Qui était vraiment cette femme pour qui ma haine demeurait si vivace, presque deux ans après sa mort ?

Hormis Randolph, personne n'avait pénétré dans ses appartements de l'étage depuis sa disparition, même pas Mme Boston. On n'avait touché à rien, chaque chose était restée comme elle l'avait laissée, le dernier jour. Ses vêtements dans les placards, ses bijoux dans leurs coffrets, ses parfums et ses produits de beauté sur la coiffeuse. Chaque fois que je passais devant sa porte un frisson me parcourait l'échine et j'éprouvais le désir fugitif de jeter un coup d'œil chez elle. Longtemps, je résistai à cette attraction quasi maléfique, et un beau matin je finis par y céder : je tournai la poignée. Mais à ma grande surprise, je trouvai la porte fermée à double tour, et quand j'interrogeai Mme Boston elle m'apprit que c'était la volonté de Randolph.

— Il n'y a que lui qui ait la clef, et pour ma part j'aime autant ça, commenta-t-elle en rentrant le cou dans les épaules. Je ne suis pas pressée de mettre les pieds là-dedans !

Je la quittai sans insister, j'avais d'autres chats à fouetter. Mes responsabilités s'accroissaient, la confiance des employés à mon égard aussi. Ils étaient de plus en plus nombreux à venir me confier leurs problèmes. Un jour, M. Dorfman entra dans mon bureau à seule fin de me féliciter.

— J'ai entendu les clients parler de vous, Aurore. Ils vous trouvent très chaleureuse, très distinguée. En un mot, tout à fait comme votre grand-mère.

Je le dévisageai, ébahie, et pas très sûre que ce fût là un compliment.

— Et les plus âgés d'entre eux adorent que vous leur ameniez votre fille leur dire bonjour, renchérit le comptable. C'est une idée charmante, et même excellente. Ils ont le sentiment d'être un peu les grands-parents de Christie.

— Mais elle est très sociable, et je ne fais pas ça dans un esprit commercial !

— Tant mieux. Vous agissez avec naturel, comme le faisait Mme Cutler. Elle aussi savait partager son univers personnel avec ses hôtes. C'était surtout cela qui donnait à Cutler's Cove un cachet irremplaçable à leurs yeux, et vous entretenez la tradition.

— Mais comment vont nos affaires, monsieur Dorfman ?

— Plutôt bien. Nous ne crevons pas le plafond, mais nous maintenons la barre. Félicitations. Vous avez décroché le diplôme de Hautes Études Commerciales de Cutler's Cove.

Je ne pus m'empêcher de sourire. Une plaisanterie, dans la bouche de M. Dorfman ? Cela relevait du miracle ! Malgré moi, malgré mes projets et désirs, je m'étais pliée à la loi : l'hôtel avant tout. Était-ce une autre clause du testament de Grand-mère, ou devait-il en être ainsi ?

Je levai les yeux sur le portrait de mon père et une fois de plus, je croisai son regard. Il semblait ravi et complice comme si William Cutler se réjouissait de ma curiosité lui qui détenait la réponse à toutes mes questions.

Dès que Jimmy connut la date de sa libération, j'indiquai à Mère celle de notre mariage. Et quand elle eut bien compris que nous ne changerions pas d'avis, ce fut le branle-bas de combat. Elle se lança dans les préparatifs comme si ce tourbillon d'activités devait faire oublier à tout le monde sa conduite passée. Elle-même ne paraissait pas s'en souvenir et son aplomb me stupéfiait. Tout le personnel de l'hôtel et probablement toute la ville connaissaient les faits, pourtant. Depuis la lecture du testament, son secret n'en était plus un. Mais elle se comportait avec une aisance confondante, comme si elle n'avait rien à se reprocher.

Loin d'éprouver la moindre gêne, elle promenait dans tout l'hôtel des grands airs de princesse rétablie dans ses droits. Et quelle assurance elle affichait, maintenant que Grand-mère Cutler n'était plus là pour lui rabattre le caquet ! Persuadée qu'elle en imposait, que personne n'oserait se permettre un sourire en sa présence, elle se pavanait comme une reine qui vient d'accéder au pouvoir.

Personnellement, je commençais à la trouver pitoyable et pourtant, jamais elle n'avait été aussi éblouissante. Elle s'habillait à ravir, ses cheveux d'or et ses yeux transparents rayonnaient, son teint resplendissait de fraîcheur. Gracieuse, précieuse, elle papillonnait dans toute la maison en octroyant paroles et sourires à tout venant. Croyait-elle vraiment se protéger des commérages, éblouir tout le monde par l'éclat de ses bijoux, le raffinement de ses manières ? Apparemment, et elle ne s'en privait pas.

Rien ne convenait mieux à ses nouveaux desseins que le rôle de mère de la mariée, chargée de mettre sur pied ce qu'elle appelait « la plus fracassante réception jamais donnée à Cutler's Cove ». Pour sa campagne de préparatifs, elle transforma son salon privé en quartier général. Là, trônant dans son fauteuil bleu, les mains plaquées aux accoudoirs, elle recevait avec une majesté royale une armée de serviteurs, commerçants, photographes, imprimeurs et décorateurs. Chacun fut sommé de lui soumettre plans, devis et projets, qu'elle acceptait ou rejetait, selon son bon plaisir. Sa décision prise, les malheureux exclus n'étaient plus admis en sa présence ni autorisés à la joindre, même par téléphone.

— Écoute, Aurore, m'annonça-t-elle un beau matin, j'ai toujours ma robe de mariée. Avec quelques petites retouches de rien du tout, elle devrait t'aller comme un gant, et j'aimerais tellement que tu la portes ! Qu'en dis-tu ? Elle est toujours à la mode, tu sais ? Elle a tellement d'allure !

Son idée ne m'emballait pas mais je finis par céder, pour lui faire plaisir. Et même si je lui gardais rancune pour ses mensonges et sa lâcheté, je la laissai diriger les préparatifs à sa guise. Après tout, elle s'y entendait mieux que moi ! Elle était née dans la meilleure société, elle y avait grandi, en connaissait tous les usages. Elle savait mieux que personne agencer les détails d'un grand dîner, jusqu'à la façon de plier les serviettes. Je m'en remis donc à elle.

Je crois que tout ceci n'avait pas grande réalité pour moi, jusqu'au jour où Mère me fit appeler dans sa chambre pour me montrer un échantillon de faire-part. Une carte découpée en forme de cathédrale, avec un couple de mariés imprimé en relief : le tout blanc sur blanc, détail que Mère estimait suprêmement raffiné. J'ouvris lentement la double page et lus ce qui suit :

M. et Mme Randolph Boyse Cutler
vous prient d'assister au mariage
de leur fille Aurore avec James Gary Longchamp
le samedi 26 octobre à 11 heures
à l'hôtel Cutler's Cove.
La cérémonie sera suivie d'une réception.

Mère guettait ma réaction. En utilisant de la sorte le nom de Randolph, elle laissait entendre qu'il était mon véritable père, et le malheureux devait sans doute le croire lui-même. Et puis, c'étaient Mère et lui qui recevaient, non ? Je gardai mes réflexions pour moi.

Au cours des dernières semaines, Mère conféra pratiquement tous les jours avec les membres du personnel qui avaient un rôle à jouer dans l'affaire, à quelque titre que ce soit. Nussbaum, le chef cuisinier, Norton Green le maître d'hôtel, M. Stanley et *tutti quanti*. Elle changeait d'avis à tout instant, harcelait son monde et de tous côtés me revenaient les plaintes des employés surmenés. De l'avis général, « la petite Mme Cutler » leur compliquait singulièrement la tâche.

Cela m'amusa de l'entendre appeler ainsi. Le surnom lui était resté, bien que Grand-mère ne fût plus là. Et malgré ses mines et ses embarras, jamais elle ne détrônerait la vieille dame dans l'esprit de ceux qui l'avaient servie.

Randolph ne fut pas utile à grand-chose, pendant cette période fébrile, autant dire à rien du tout. Il ne s'était jamais remis de sa dépression mélancolique. Un soir, en passant devant l'ancien appartement de Grand-mère Cutler, je crus entendre des sanglots étouffés et m'arrêtai pour écouter. J'aurais juré que c'était Randolph qui pleurait ainsi, et je heurtai doucement à la porte. Les pleurs cessèrent mais personne ne se montra et je passai mon chemin. C'est seulement plus tard, quand il vint me voir de lui-même, que je mesurai à quel point l'état du pauvre Randolph s'était aggravé.

Je travaillais dans le bureau quand un bruit léger me fit lever les yeux. Randolph se tenait sur le seuil, le cou tendu.

— Ah, tu es là ! J'espérais bien te trouver ici. Tu es occupée ?

Je l'accueillis avec le sourire.

— Occupée ? Pas vraiment. De quoi s'agit-il ?

Il entra précipitamment, serrant un sac en papier sur sa poitrine.

— Oh, rien de très sérieux. Mais j'ai bien étudié la question : tu avais raison.

— J'avais raison ? m'effarai-je. À propos de quoi ?

Il retourna son sac, renversant sur le bureau une bonne demi-douzaine de boîtes de trombones. Il arborait un petit air satisfait, comme s'il venait d'accomplir un exploit.

— Tu avais deviné juste, ces gens nous roulaient. Regarde ce que j'ai découvert. Chacune de ces boîtes est censée contenir cent trombones, mais j'ai compté : il en manque toujours cinq ou six. Cinq ou six, et nous les achetons en gros ! Tu te rends compte de ce qu'on nous vole, à la fin ?

— Randolph, je n'ai jamais...

— Après notre entretien de l'autre jour, j'étais sûr que tu serais contente de ma découverte.

— Notre entretien ? Quel entretien, Randolph ?

Il ne tiqua pas, ne battit pas d'un cil mais entreprit de replacer les boîtes dans le sac. Puis il le referma et recula de quelques pas, l'air tout fier, comme un écolier qui vient d'épeler le mot-piège dans un concours d'orthographe. Je devinais qu'il attendait un compliment de ma part, mais je ne savais que dire.

— Je suis désolée, Randolph, mais je ne vois pas du tout de quoi tu me parles.

Le son de ma voix dut lui suffire, car il interpréta ma réponse à sa manière.

— Ah oui, tu m'y fais penser ! J'ai commencé à éplucher les factures du boucher, et là encore tu avais vu juste. (Il extirpa de sa poche intérieure une liasse de reçus, tellement vieux que les bords s'effritaient.) Pour la viande rouge et la volaille, on ne nous a pas fait la ristourne convenue. Je ne sais pas encore au juste de combien on nous a floués, mais j'étudie la question. Je te donnerai des résultats précis en fin de semaine et nous reverrons ça avec eux, d'accord ? Bien, ajouta-t-il en tournant les talons, je ne veux pas abuser davantage de ton temps, Mère.

— Mère ?

Déjà sur le pas de la porte, Randolph pivota vers moi.

— Je te reverrai au dîner, Mère.

Et là-dessus, il s'éclipsa.

Je me renversai en arrière, abasourdie. C'était donc ça ! Il refusait tout simplement d'accepter la mort de sa mère, il continuait à se faire croire qu'elle était toujours en vie. Mais de là à me prendre pour elle, moi ! Était-ce parce que j'occupais son fauteuil ? Quand même, tout ceci devenait par trop étrange, à croire que Grand-mère Cutler continuait à exercer son pouvoir depuis l'empire des morts. Il fallait que Mère soit mise au courant. Je me levai sans plus attendre et quittai le bureau pour me rendre chez elle.

En traversant le hall, j'aperçus Randolph en train de parler à l'un des employés de la réception, près du comptoir. Je continuai mon chemin vers l'aile réservée à la famille, mais il m'arrêta d'un signe de la main. Qu'allait-il me dire, cette fois, et en public, par-dessus le marché ?

— Ah, Aurore ! lança-t-il d'une voix enjouée, bien différente de celle qu'il avait un instant plus tôt. Laura Sue m'apprend que la date du mariage est fixée. Quelle grande nouvelle !

Je le dévisageai, perplexe. Il me reconnaissait donc maintenant ? Quel changement radical, en quelques secondes ! Malgré moi, je louchai vers le bureau de Grand-mère et un frisson me hérissa la nuque. Se pouvait-il que l'esprit de la vieille dame hantât réellement cette pièce ?

— Eh bien, insista Randolph comme je gardais le silence, tu dois être folle de joie, non ?

— Oui, m'entendis-je répondre sans enthousiasme.

Pour tout dire, la rapidité du changement survenu en lui me terrifiait. Il passait d'une émotion à l'autre comme une girouette au vent.

— Parfait, parfait ! Mère adore les fêtes de famille et crois-moi, ce mariage-là fera sensation. Bon, eh bien je retourne au travail. J'ai promis à Mère... Je lui ai promis...

Sans achever sa phrase, il s'engouffra dans son bureau et je montai aussitôt chez Mère, que je trouvai en conférence avec un décorateur. Elle voulait quelque chose d'original pour la salle de bal et s'efforçait d'imposer ses vues.

— Il faut que je te parle, Mère, annonçai-je en entrant, et je me tournai vers son visiteur. Veuillez m'excuser de vous interrompre, monsieur. Il s'agit d'une question urgente.

Il se hâta de rassembler ses esquisses.

— Bien sûr, je comprends.

Un instant plus tard, seule avec Mère, j'avais droit à une réprimande exaspérée.

— Eh bien, Aurore ? Pourquoi me déranges-tu en plein travail ? J'ai une journée très chargée, aujourd'hui, et j'avais une décision importante à prendre.

— Elle attendra, Mère. Pourquoi n'as-tu rien fait au sujet de Randolph ? Sa conduite devient franchement anormale.

— Oh ! Alors c'est ça, ton problème ? Que veux-tu que j'y fasse ? Et pourquoi nous en occuper maintenant, en plein milieu de... de tout ça !

— Parce que son état s'aggrave sérieusement, Mère.

Je lui décrivis ce qui venait de se passer dans le bureau de Grand-mère Cutler et lui répétai les paroles de Randolph. Sa première réaction fut un soupir excédé.

— Il ne veut pas accepter la mort de sa mère, et après ? Je l'ai mis je ne sais combien de fois en face des faits, mais il ne m'écoute pas, ou il ne veut pas savoir. Non, crois-moi, trancha-t-elle en pinçant les lèvres, le mieux est d'ignorer son comportement. Il finira par s'en sortir tout seul.

— L'ignorer ? Une anomalie pareille ? Tu ne penses pas qu'il devrait consulter un médecin ?

La voix de Mère se teinta d'amertume.

— Pour quoi faire ? Tout ce dont il a besoin, c'est de sa chère maman, et ce n'est pas un médecin qui la lui rendra. Dieu merci ! ajouta-t-elle entre ses dents.

— Mais il faut faire quelque chose, voyons ! Il va vraiment de plus en plus mal. Pour l'instant, le personnel supporte ses fantaisies, mais il devient plus bizarre de jour en jour. Il a les yeux cernés, il flotte dans ses vêtements. Je m'étonne que tu n'aies pas remarqué à quel point son état est préoccupant.

— Cela s'arrangera tout seul, avec le temps.

— Non, affirmai-je en plantant les poings sur les hanches. Cela ne s'arrangera pas tout seul.

Devant mon obstination, elle finit par capituler.

— Très bien, Aurore ! S'il ne va pas mieux d'ici peu, j'appellerai le Dr Madeo. Tu es contente ?

— Je m'attendais que tu sois la première à t'inquiéter, Mère. Randolph n'est pas mon vrai père, mais il est ton mari.

— Oh, je t'en prie ! gémit-elle en portant la main à son front d'un geste théâtral. Ne recommence pas, nous avons trop à faire en ce moment. Envoie-moi le décorateur en sortant, tu veux bien ?

J'abandonnai la partie. Mère était très douée pour ne voir et n'entendre que ce qui l'arrangeait. Comme les autruches, elle se cachait la tête dans le sable et le tour était joué. Il en avait toujours été ainsi, et rien ne pourrait la changer, ni maintenant ni jamais. Écœurée, je la laissai à ses préparatifs.

M. Updike lui soumit une longue liste d'invités. Avec beaucoup de tact, il nous fit observer que cette réception serait en quelque sorte ma présentation dans le monde, l'équivalent d'un bal de débutante. À cette occasion, je serais officiellement introduite dans la bonne société de Virginie.

Mère reprit à son compte les paroles du notaire et s'en servit pour souligner toute l'importance de sa participation à ce grand événement. La renommée des Cutler avait subi quelques dommages, et c'était le moment ou jamais de lever la tête, de montrer à tous que nous restions une des familles les plus distinguées du comté. Pour les hôtes riches et influents qui composaient l'essentiel de la liste, l'hôtel devait demeurer ce qu'il avait toujours été : le rendez-vous élégant et recherché d'une élite privilégiée.

Jimmy et moi nous réservions d'ajouter quelques noms à ce répertoire. J'envoyai une invitation à Trisha, ma meilleure amie au conservatoire Sarah-Bernhardt, en lui demandant d'être ma demoiselle d'honneur. Nous en adressâmes une à papa, qui répondit instantanément par téléphone. Ce fut Jimmy qui reçut l'appel : papa n'était pas certain de pouvoir se déplacer. Sa seconde femme, Edwina, se trouvait à nouveau enceinte et sa grossesse ne se déroulait pas très bien.

— Encore enceinte ? répéta Jimmy. Et moi qui espérais t'avoir comme garçon d'honneur !

Nous étions aussi choqués l'un que l'autre par l'empressement de papa à fonder une nouvelle famille. Edwina avait déjà mis au monde un garçon, Gavin, un mois ou deux avant la naissance de Christie.

— Je déteste faire des promesses que je ne suis pas sûr de tenir, Jimmy. Si je peux, je viendrai, mais si Edwina ne va pas mieux d'ici là, il faudra que je reste près d'elle. Tu comprends ça, mon gars ?

— Oui, papa, répliqua sombrement Jimmy.

Mais au regard qu'il me jeta quand il eut raccroché, je sus qu'il n'en était rien... pas plus que pour moi. Comment comprendre un monde où nous avions grandi en nous croyant frère et sœur, pour découvrir que ce n'était pas vrai ? Et pour nous retrouver séparés, transplantés chacun dans une nouvelle famille, du jour au lendemain ? Non nous ne comprenions pas. Nous ne pouvions pas oublier maman, Sally Longchamp. Et nous n'acceptions pas de voir papa fonder un nouveau foyer avec une autre. En cela, je suppose que nous n'étions pas très différents de Randolph. Lui aussi s'accrochait au passé, refusant de le voir s'altérer, niant le changement de toutes ses forces. Sauf que pour nous la vie commençait. Il n'était pas question de fuir la réalité ni de nous réfugier dans des chimères.

Quinze jours avant la date fixée pour le mariage, Philippe revint de l'université pour le week-end. J'étais à l'étage quand il arriva, en train de passer à Christie un de ses petits costumes marins.

— On dirait que tu as fait ça toute ta vie ! lança Philippe du seuil de la chambre.

Je ne l'avais pas entendu approcher et levai vivement la tête. Il portait un pantalon kaki, une veste bleu marine avec l'insigne de sa fraternité agrafé au revers et une cravate rayée. Le hâle qu'il devait à la pratique de l'aviron avivait l'éclat de ses yeux bleus, ajoutant encore à leur charme insolent.

— J'ai appris le métier très jeune, Philippe, m'empressai-je de répondre. Tu as vu Randolph ?

— Pas encore. Mère m'a exposé ses projets pour la réception et je suis venu tout droit vous souhaiter bonne chance. Vous n'avez pas besoin de mon aide ?

— Nous ? C'est ton père qui en a besoin, plutôt ! Il se conduit de plus en plus bizarrement.

— Je sais, Mère m'en a touché deux mots. Puis-je entrer ?

— Si tu veux, concédai-je à contrecœur.

Il ne se le fit pas dire deux fois et s'approcha promptement de la table où j'achevais de coiffer ma fille.

— Salut, Christie !

Elle lui répondit par ce regard intense, brûlant de curiosité, réservé à ceux qu'elle ne voyait pas souvent. Je savais ce qu'elle attendait de moi : des présentations.

— C'est Philippe, mon bébé. Répète : Philippe.

— Quoi ! Elle sait parler ?

— Bien sûr. Elle a bientôt deux ans et on ne peut pas la faire taire, quand elle s'y met. Allons, Christie, dis : Philippe. (Elle secoua énergiquement la tête.) Elle fait ça pour nous taquiner, expliquai-je.

— C'est une beauté, affirma-t-il avec conviction. Tout le portrait de sa mère.

Je lui jetai un bref coup d'œil et portai Christie dans son parc, où elle se mit aussitôt à tapoter sur son piano. De temps en temps, elle lorgnait du côté de Philippe, quêtant ouvertement son approbation.

— C'est très bien ! s'exclama-t-il en applaudissant.

Ce qui la fit rire, et elle reprit aussitôt son récital.

— Sérieusement, Philippe, dis-je après quelques instants de ce manège, tu devrais insister pour que Randolph soit vu par un médecin. Il a fondu, il a une mine à faire peur et il se néglige, ce qui ne lui ressemble pas. Et non seulement il se figure que Grand-mère est toujours en vie, mais voilà qu'il me prend pour elle !

— C'est une simple crise dépressive, commenta Philippe en haussant les épaules. Ça lui passera.

— Franchement, ça m'étonnerait ! explosai-je, révoltée par sa nonchalance. Mais bon... nous n'allons pas nous chamailler pour ça. Ce n'était pas mon intention.

— J'apprécie hautement cette insigne faveur, riposta-t-il, les yeux pétillants de malice. C'est toujours ça.

— Philippe ! Tu ne changeras donc jamais ? Tu es aussi égoïste que Mère !

Il éclata de rire.

— Ce n'est pas moi qui te contredirai, Aurore. Je ne veux plus de querelles entre nous, plus jamais. Je ne m'attends pas que tu me pardonnes pour ce que je t'ai fait autrefois mais...

— Non, pas ça. Je ne peux pas.

— Mais j'espère au moins regagner ton... ton amitié. Si je la mérite, bien sûr. Et j'aimerais tant !

Je le dévisageai avec attention. Il semblait vraiment repentant, décidé. Ses yeux avaient perdu leur petite lueur moqueuse.

— Que veux-tu exactement, Philippe ?

— Une autre chance. Une chance de vivre avec toi une relation fraternelle, peut-être. Pour commencer, je pourrais... prendre une part active à ton mariage, par exemple.

— Une part active ? Et comment cela ?

— Eh bien... Mère m'a dit qu'Ormand Longchamp ne pourrait pas être le garçon d'honneur de Jimmy. Je me demandais si... si je pourrais le remplacer.

— Toi ?

— J'en serais très fier. Mais je sais que Jimmy n'acceptera pas, si tu n'es pas d'accord.

— Et s'il n'était pas d'accord, lui ?

— Mais je ne demande qu'à rétablir entre nous des... des rapports familiaux normaux, pas plus.

Je faillis éclater de rire à mon tour.

— Des rapports familiaux normaux, vraiment ? Je ne sais même plus ce que cela signifie !

— N'empêche, cela me ferait plaisir, je t'assure.

Je scrutai ses traits, perplexe. Parlait-il sincèrement ? Peut-être en avait-il assez des tricheries et des conflits lui aussi. Peut-être aspirait-il à connaître ce que tout le monde trouve si naturel mais qui semblait inaccessible aux Cutler, une bonne et simple vie de famille ? Il me paraissait différent, mûri, assagi. Les révélations contenues dans le testament, les événements qui s'en étaient suivis, tout cela avait dû le traumatiser, comme nous tous. Apprendre que son grand-père

74

avait été l'amant de sa mère... il n'y avait pas de quoi être fier ! Les Cutler devraient faire leurs preuves pour reconquérir le respect, l'admiration dont ils jouissaient autrefois dans leur cercle doré. Peut-être serait-ce notre tâche à nous, la nouvelle génération ?

— Très bien, Philippe. J'en parlerai à Jimmy.

— Super ! s'exclama-t-il en se laissant tomber sur une chaise. Alors, il paraît que tu diriges l'hôtel de main de maître ? Tu es une vraie femme d'affaires, à ce qu'on dit.

— J'ai encore beaucoup de choses à apprendre... mais je me débrouille, admis-je avec une pointe d'orgueil.

— Quand j'aurai fini mes études je te donnerai un coup de main. J'ai des idées fabuleuses pour changer certaines choses, agrandir, moderniser...

— Attention, Philippe, je t'arrête ! N'oublions pas que cet hôtel est une véritable institution. Nous visons et nous avons une clientèle triée sur le volet, attachée à ses traditions et qui ne voudrait pas les voir changer.

Je vis ses yeux s'agrandir de surprise.

— Pendant un moment, j'ai cru entendre parler Grandmère Cutler en personne.

— Quelle imagination ! Je ne vois vraiment pas en quoi je peux lui ressembler.

— Tout est possible, ma chère. C'est Grand-mère qui a fait de cet endroit ce qu'il est à présent, et si tu refuses d'y rien changer... c'est lui qui déteindra sur toi.

— On verra bien, grommelai-je avec humeur.

Mais j'étais troublée. Se pouvait-il que je sois toujours aux prises avec ma terrible grand-mère, même après sa mort ? Et si Philippe avait raison ?

Il me décocha un sourire enjôleur.

— Bon, je vais chez mon père voir ce que je peux faire pour lui. Puis-je dîner avec Jimmy et toi, ce soir ? Je repars demain, tu comprends, et je n'aurai plus tellement l'occasion de vous voir avant le mariage.

— Entendu, nous dînerons ensemble.

— Merci ! s'écria-t-il en se levant. Oh, j'oubliais ! J'ai rencontré une fille, à l'université. Elle s'appelle Betty Ann

Monroe et nous... nous défrayons la chronique, si tu vois ce que je veux dire. J'ai l'intention de lui donner mon insigne cette semaine, ce qui revient pratiquement à des fiançailles officielles.

— Félicitations.

— Je crois qu'elle te plaira. Elle est très intelligente et très sérieuse.

— J'en suis ravie pour toi, Philippe. J'espère avoir bientôt le plaisir de la connaître.

Je ne mentais pas. J'étais enchantée d'apprendre qu'il en aimait une autre, cela fortifiait mon espoir de le voir changer. Peut-être finirions-nous par avoir, selon ses propres termes, « des rapports familiaux normaux »... pourquoi pas ?

— Merci, Aurore. Je... je voudrais que nous tirions un trait sur ce qui s'est passé entre nous et que...

— Je n'en parlerai jamais à personne, si c'est cela qui te tracasse. (C'était cela, je le compris à son air soulagé.) J'en ai bien trop honte moi-même.

Son sourire tout neuf s'évanouit.

— Bon, eh bien... je ferais mieux d'aller chez mon père. À tout à l'heure, à table, ajouta-t-il en s'esquivant.

Quand Jimmy fut de retour, un peu plus tard, je lui fis part de la proposition de Philippe. Il ignorait tout de ce qui s'était passé entre nous. À l'époque je n'aurais jamais osé lui dire que Philippe m'avait violée. Et plus le temps avait passé, plus je m'étais efforcée d'enfouir ce douloureux épisode au tréfonds de ma mémoire.

— Garçon d'honneur ? s'étonna Jimmy. C'est très gentil de sa part, et je n'y vois pas d'inconvénient... à moins que tu n'en voies un, toi, acheva-t-il en coulant vers moi une œillade furtive.

Avait-il deviné, pressenti quelque chose ? Philippe et moi étions amoureux l'un de l'autre, à Emerson Peabody, et Jimmy devait y penser. Mais cela datait du temps où nous ignorions tous deux que j'étais une Cutler, moi aussi. Je détournai les yeux, peut-être un peu trop vite.

— C'est à toi de décider, Jimmy.

— Il a toujours le béguin pour toi, pas vrai ?

— Ça m'étonnerait, répondis-je sans arrière-pensée.

Et je lui parlai de Betty Ann Monroe, ce qui le rendit rêveur.

— Bon, nous verrons. Peut-être est-il temps de nous réconcilier, tous les deux ? Après tout, c'est mon futur beau-frère... et ce futur-là approche à grands pas ! conclut-il en m'embrassant.

Il se dirigeait vers la salle de bains pour prendre une douche quand il se retourna subitement.

— Au fait, Randolph est passé à l'atelier, tout à l'heure. Il voulait connaître le compte exact des clous et des boulons, tu imagines ? Il parlait d'en faire l'inventaire lui-même !

Je lui appris ce qui s'était récemment passé entre Randolph et moi, et lui rapportai ma conversation avec Mère à ce sujet.

— Il serait temps qu'on s'occupe de lui sérieusement Aurore. C'est vraiment trop triste.

Cher Jimmy ! Il montrait plus de compassion envers Randolph que sa femme et son fils. À mon avis, c'était ça, le plus triste.

Pendant qu'il se douchait, le téléphone sonna : c'était Trisha. Surexcitée par la nouvelle de mon mariage, elle brûlait de me rapporter les derniers potins du collège ; et plus encore d'exercer sa verve aux dépens de notre hôtesse à la pension pour étudiants, Agnès Morris.

— Toujours aussi théâtrale, cette chère Agnès, et de plus en plus barbouillée de peinture. Un vrai masque ! Oh, à propos : Mme Liddy a demandé de tes nouvelles. Elle est ravie, tu penses, et elle t'envoie ses amitiés.

— Brave Mme Liddy, elle me manque. Elle a été si gentille pour moi ! Je l'inviterai peut-être un de ces jours à Cutler's Cove, pour un week-end. Et je voudrais que tu sois déjà là, Trish. Si tu savais comme j'ai envie de te revoir !

— Moi aussi.

Un silence plana entre nous, lourd de malaise. Quelle était cette chose que mon amie n'osait pas me dire ? Elle se décida enfin.

— Il y a aussi quelques nouvelles de Michaël Sutton, mais je n'étais pas sûre que tu tiennes à les connaître.

— Cela m'est égal. De quoi s'agit-il ?

— Oh, les colonnes des journaux sont toujours pleines de ragots sur ses conquêtes, bien sûr. Mais il a décroché un premier rôle dans une création, à Londres, et l'avant-première a fait un tabac.

— J'en suis ravie pour lui.

— Après la façon dont il t'a traitée, ce mufle !

— Je ne veux plus penser à tout ça, Trish. Je suis heureuse, j'ai Christie, c'est tout ce qui compte. Michaël n'existe tout simplement plus pour moi. Cela me laisse même complètement indifférente que tu m'en parles.

Là, je mentais. Tout au fond de moi, je savais que je n'oublierais jamais la trahison et l'abandon de Michaël. Je l'avais follement aimé, et il avait méprisé mon amour.

— Tant mieux, alors ! Tu crois que tu te remettras au chant, Aurore ?

— J'espère... plus tard. Pour l'instant, entre Christie et l'hôtel, je n'ai pas une seconde à moi.

— Je grille d'impatience de voir ta fille. À qui ressemble-t-elle le plus ?

— Un peu à Michaël, mais pour le moment... surtout à moi, mentis-je pour la seconde fois.

Cela faisait si mal de retrouver les traits de Michaël dans ceux de mon bébé. Il me fallait toujours prendre sur moi pour chasser les souvenirs qui me hantaient.

— Bon, il faut que je file, maintenant. J'ai un tas de trucs ineptes à faire, je te rappelle. Salut !

— Salut, Trish.

Je gardai le récepteur en main quand Trisha eut raccroché, croyant entendre encore l'écho de sa voix. Elle me rappelait tant d'heureux moments ! J'étais innocente, alors, et si jeune. J'avais la tête pleine de rêves... Au souvenir de mon arrivée à New York, je ne pus m'empêcher de sourire. Tout m'émerveillait et m'effrayait à la fois. La circulation, la hauteur des immeubles, la foule. Et je ne savais quelle contenance adopter devant les excentricités d'Agnès Morris, l'ancienne actrice qui nous hébergeait comme hôtes payants, dans sa maison devenue foyer d'étudiants. Et d'un seul coup, Trisha était entrée dans mon existence. Elle m'avait révélé New York, la rue, les boutiques, la vie nocturne et les cafés, les théâtres et les musées. Elle m'accompagnait, le jour de l'audition de Michaël Sutton, qui devait choisir un petit nombre d'élèves pour sa classe de chant. Nous étions surexcitées ce matin-là. Nous avions fait le trajet en courant, la main dans la main et le cœur battant la chamade. Et puis, nous l'avions vu, lui. Beau comme un acteur sur la couverture d'un magazine. Et il m'avait regardée.

Jamais je n'oublierais le trouble qui s'était emparé de moi lorsque j'avais croisé son regard. Un courant était passé entre nous, chargé de promesses et de merveilles offertes. Nous avions vécu, Michaël et moi, un de ces romans comme on en décrit dans les livres, un véritable rêve d'amour. Et quels duos nous chantions, tous les deux ! Même après tout ce temps, je retrouvais les moindres inflexions de sa voix.

— Eho ! s'exclama Jimmy qui sortait de la douche, une serviette autour des reins. Tu souris aux anges ou tu as quelqu'un au bout du fil ?

Je sursautai, pour découvrir que je tenais toujours le récepteur à la main.

— Pardon ? Oh, c'était Trisha. Elle est emballée par la nouvelle, tu penses !

— Tant mieux. Tu es sûre que tu vas bien, Aurore ?

Il m'examinait d'un œil perspicace. Je replaçai le combiné sur sa fourche. et répondis d'une voix morne :

— Oui... enfin, non. Oh, Jimmy ! Serre-moi contre toi, serre-moi très fort, comme si c'était la dernière fois.

En un instant, il fut à mes côtés, me prit dans ses bras et fit pleuvoir des baisers dans mes cheveux. Je me blottis contre sa poitrine.

— Ne dis pas ça, me gronda-t-il gentiment. Cette fois-là n'est pas près d'arriver ! D'ici là, nous avons un très, très long chemin à faire ensemble.

Il voulait me réconforter, se montrer tendre, mais ses paroles pleines de douceur ne m'apportèrent aucun apaisement. Chacune d'elles m'atteignit comme une lame.

Le cœur lourd, je renversai la tête pour qu'il prît mes lèvres, quêtant de toutes mes forces un peu de chaleur et d'espoir.

4

Le grand jour

À mesure que la date du mariage approchait, l'excitation des préparatifs gagnait l'hôtel tout entier, moi y comprise. Les nerfs à fleur de peau, j'avais l'impression d'évoluer sur une scène gigantesque, d'être la cible unique de la curiosité générale. On m'observait, on me souriait à tout propos. Toute cette effervescence me montait à la tête et me donnait des palpitations, au point que je devais parfois m'asseoir un instant. On aurait dit que j'avais du champagne dans les veines.

La seule fausse note vint de Clara Sue, naturellement. Déjà mortellement jalouse de moi, elle ne supportait pas que j'accapare ainsi l'attention. Chaque fois qu'elle appelait du collège, c'était pour entendre parler de mon mariage, même par Philippe. Non seulement elle refusait de rentrer à la maison, mais elle finit par s'attirer de sérieux ennuis, dont je fus informée sans tarder.

Le jour de congé de Sissy, je mettais Christie au lit quand Mère fit irruption chez moi, en larmes. De véritables larmes, cette fois, qui ruisselaient de ses ravissantes paupières. Un mouchoir de dentelle à la main, elle se mit à arpenter la chambre.

— Je ne sais vraiment pas quoi faire, Aurore ! Mme Turnbell a déjà téléphoné deux fois. Clara Sue n'obtient que de mauvaises notes, elle sème le désordre en classe, dans les pavillons des internes, partout. On l'a surprise avec deux autres filles, en train de fumer et de boire du whisky la nuit ! Et maintenant...

Mère se laissa tomber sur un fauteuil, l'air mourant.

— Maintenant, voilà qu'on l'a trouvée dans la chambre d'un garçon, seule avec lui ! acheva-t-elle en sanglotant.

Du coup, Christie s'assit pour la dévisager, les yeux ronds. Cette femme qui paraissait ignorer son existence demeurait un mystère pour elle.

— Je ne peux pas demander son aide à Randolph, se lamenta Mère. Le pauvre, il fait pitié ! J'ai beau lui dire qu'il se rend ridicule, il ne m'entend même pas. Il me tue à petit feu, et maintenant Clara Sue... Oh, non ! C'est trop, je ne pourrai jamais, Aurore, tu le sais bien. C'est au-dessus de mes forces.

— Je t'avais conseillé de faire examiner Randolph par un médecin, Mère.

— Mais j'en ai appelé un. Le mien.

— Tiens, première nouvelle ! Et quand est-il venu ?

— La semaine dernière.

Mère eut un geste désinvolte indiquant son désir d'écarter le sujet, mais je ne m'en laissai pas détourner.

— Et qu'en a conclu ton médecin ?

— Il voulait que Randolph soit placé en observation dans un centre de santé mentale et y subisse un traitement. Un asile, tu te rends compte ? Que penseraient les gens ? Un Cutler, chez les fous ! Et moi, j'aurais l'air de quoi, mariée à un malade mental ? Quelle humiliation !

— Mais lui, Mère ? insistai-je avec fermeté, en attachant sur elle un regard incisif. Et sa santé ?

— Oh, il s'en sortira ! J'ai demandé au docteur de lui prescrire des sédatifs et il a dit qu'il y réfléchirait. En attendant, tout retombe sur mes épaules. Tu ne pourrais pas faire quelque chose, Aurore ?

— Moi ? Et que voudrais-tu que je fasse ?

— Je ne sais pas, moi, tu pourrais... appeler Mme Turnbell et lui parler de Clara Sue. Il est question de la renvoyer d'Emerson Peabody.

Pour le coup, j'éclatai de rire.

— Moi, appeler Mme Turnbell ? Elle ne pouvait pas supporter ma vue et ne pensait qu'à se débarrasser de nous, Jimmy et moi.

Je n'étais pas près d'oublier l'injustice avec laquelle elle nous avait traités, tous les deux.

— Mais tout est différent, avec ta nouvelle position ! Tu n'auras qu'à promettre une donation plus importante, tout ce qu'elle voudra. Si Clara est renvoyée, quelle honte pour nous tous, en plus de...

— De la tienne, Mère.

Elle darda sur moi des yeux étrécis par la haine.

— Et voilà, tu m'accables au moment où j'ai le plus besoin d'aide, c'est bien de toi ! Et moi qui me mets en quatre pour que ton mariage soit une réussite ! Tu pourrais me manifester un peu plus de gratitude et de respect, quand même ! Tu sembles oublier que je suis ta mère.

Je secouai lentement la tête : l'inconscience de Mère touchait au sublime. Elle n'hésitait devant rien, dès qu'il s'agissait de préserver son confort et sa tranquillité.

— Mère, même si nous étions plus proches l'une de l'autre, et même si je voulais t'aider dans cette affaire, je ne pourrais pas. Essaie de comprendre, à la fin ! Mme Turnbell n'accepterait probablement même pas de me répondre au téléphone. Et Clara Sue, qui te dit qu'elle m'écouterait ? Elle me déteste et m'en veut à mort, elle ne me l'a jamais caché.

« Non, Mère, insistai-je avec force, cette fois tu dois assumer tes responsabilités. Va voir Mme Turnbell, fais convoquer Clara Sue et discutez la question.

— Moi, mettre les pieds dans ce collège et me fourrer dans ce guêpier ? En voilà une idée ! (Elle écrasa une larme du bout du doigt et éclata d'un rire aigu.) Ce serait grotesque !

— Mais c'est toi, sa mère. Pas moi.

— Sans doute, mais je ne vois pas pourquoi je devrais en souffrir. Et si tu ne veux pas m'aider...

Elle réfléchit quelques instants et son visage s'éclaira.

— J'irai voir M. Updike. Après tout, à quoi sert un notaire sinon à résoudre ce genre de problèmes ?

— Il n'est pas censé se substituer aux parents, Mère. Il est là pour nous conseiller et nous aider à gérer nos biens.

— Taratata ! M. Updike a toujours été plus ou moins de la famille. Grand-mère Cutler le traitait comme tel et il en était ravi. Il m'aidera, je le connais. Il appellera la directrice et l'empêchera de renvoyer Clara Sue, affirma-t-elle en se levant.

Ce faisant, elle aperçut son reflet dans le miroir de ma coiffeuse et poussa un gémissement horrifié.

— Tu vois ? Tu vois dans quel état je suis, avec toutes ces histoires ? Là, regarde : cette ride. Elle s'allonge et se creuse à vue d'œil.

Son doigt désignait le coin de sa paupière, où bien entendu je ne vis rien. Sa peau lisse et fraîche semblait préservée des ravages du temps.

— Et ce n'est pas tout ! reprit-elle en soulevant ses boucles, tu sais ce que j'ai découvert ce matin, en me coiffant ? Un cheveu blanc !

— Mais tout le monde vieillit, Mère. Tu n'espères quand même pas avoir l'air d'une jeune fille toute ta vie ?

— Quand on prend soin de sa personne, Aurore, et quand on évite de se laisser envahir par les problèmes des autres, on peut rester jeune et jolie très longtemps.

— Les autres ? Tu veux dire Clara Sue et Randolph ? Il s'agit de ta fille et de ton mari ! lui fis-je observer sans indulgence.

— Inutile de me le rappeler, rétorqua-t-elle en prenant le chemin de la porte.

Mais, sur le point de sortir, elle se retourna :

— Un jour tu me comprendras, Aurore. Et tu verras que si quelqu'un méritait un peu de sympathie dans cette maison, c'était moi !

Sur ce, elle s'éloigna en reniflant comme une enfant.

J'aurais voulu la rappeler, lui dire que je la plaignais, sincèrement. Je la plaignais pour son égoïsme qui l'empêchait d'aimer, même ses enfants. Pour son espoir futile d'arrêter le temps, au lieu de l'accepter de bonne grâce, et pour ce qui l'attendait. Un beau matin, elle se réveillerait sans illusions, prisonnière d'un corps vieillissant. Elle haïrait les miroirs, et la seule vue des portraits de sa jeunesse lui serait un supplice. J'aurais voulu lui dire tout cela, mais je me tus. À quoi bon perdre mon temps ?

Elle appela M. Updike, qui obtint un répit pour Clara Sue. Mme Turnbell consentit à la garder provisoirement, sous réserve qu'elle se conduise bien, ce qui selon moi ne durerait pas longtemps. Et quand M. Updike suggéra d'augmenter notre donation, je refusai tout net, à la plus grande joie de Jimmy quand il apprit la nouvelle. Il ne portait pas Mme Turnbell dans son cœur.

— J'aimerais bien débarquer dans son bureau, un de ces jours, rien que pour voir sa tête !

— Elle ne vaut pas le déplacement, Jimmy.

— D'accord, s'esclaffa-t-il, mais si par hasard je passais dans le coin...

Je fus bien forcée de rire avec lui. La vie avait de ces ironies, quelquefois... Qui pouvait prévoir les tours et détours du destin ?

Quelques années plus tôt, quand je me croyais encore une Longchamp et vivais avec papa, Jimmy et Fern, j'avais traversé une bien dure épreuve. Arrachée au foyer que j'aimais, j'avais été accueillie comme un chien dans un jeu de quilles par ma véritable famille, les Cutler de Cutler's Cove. Jamais je n'oublierais l'horreur de cette nuit-là. Terrifiée, j'avais été conduite par un couloir de service directement chez Grand-mère Cutler, qui m'avait traînée plus bas que terre. Résolue à m'humilier de toutes les façons possibles, elle m'avait affublée d'un nouveau nom, transformée en femme de chambre. Et moi qui avais nettoyé les toilettes et fait les lits j'occupais désormais sa place, dans son bureau. C'était moi qui signais les chèques et prenais toutes les décisions. J'avais mon merveilleux bébé, j'allais épouser Jimmy... J'aurais pu caresser des idées de vengeance, mais je m'en défendis. Je ne voulais pas gâcher ces moments bénis. Le temps n'était pas à la rancœur mais à l'amour, à l'espérance et au pardon.

Je ne me fâchai même pas lorsque Clara Sue m'appela, quelques jours avant le mariage, pour m'annoncer qu'elle ne pourrait pas y assister.

— J'ai un rendez-vous que je ne peux pas annuler, affirma-t-elle, espérant sans doute que je lui demande de le faire.

Au lieu de quoi, je répondis très calmement :

— Tu m'en vois désolée, Clara Sue.

— Les gens ne s'apercevront même pas de mon absence, de toute façon !

À cette pique, destinée à me culpabiliser, je rétorquai du tac au tac :

— C'est possible, mais je ferai de mon mieux pour la leur rappeler, rassure-toi.

— Et d'abord, c'est idiot d'épouser le garçon que tu prenais pour ton frère ! poursuivit-elle, inconsciente du sarcasme. Aucun des élèves qui t'ont connue n'arrive à le croire.

— Tu sauras les en convaincre, je suis tranquille.

— Ce n'est pas ce que je voulais dire !

— Excuse-moi, Clara Sue, mais j'ai un tas de choses à faire. Il faut que je raccroche. Merci pour ton appel et pour tes vœux de bonheur.

Là-dessus, je reposai le combiné sur sa fourche et me renversai dans mon fauteuil en souriant. Et crac ! Même pas le temps de répondre, cette chère Clara. Elle devait bouillir. Un instant, je l'imaginai, fumant comme une chaudière avec de la vapeur qui lui sortait des oreilles, et j'éclatai de rire. Elle s'en était donné du mal pour me gâcher la journée ! Mais sans le savoir, elle avait obtenu l'effet contraire.

Et de toute façon, je n'eus pas le temps de me tracasser : Trisha arriva le lendemain. Nous étions si heureuses de nous retrouver que nous manquâmes exploser de joie, toutes les deux. Je la guettais sur le perron et la voiture de l'hôtel n'était pas encore arrêtée devant l'entrée que Trisha en bondit comme un farfadet. Toujours la même, décidément, survoltée, pétillante, ses beaux yeux verts étincelant d'espièglerie. Un peu plus âgée et plus élégante, naturellement. Ses cheveux bruns ramenés d'un côté bouclaient à hauteur d'oreille, son ensemble rose et blanc lui allait à ravir.

— Ce que tu es belle, Trish !

— Merci, tu n'es pas mal non plus. Et cet endroit... la classe ! On croit rêver.

Le parc était particulièrement beau, par cette chaude journée d'un printemps tout neuf. Tout fleurissait. On venait de tondre les pelouses et une délicieuse odeur d'herbe coupée flottait partout. À nos pieds, l'océan miroitait de mille feux sous le soleil.

— Quelle merveille ! s'écria Trisha en me saisissant le bras. Et tout ça t'appartient ! Je veux tout voir, tout de suite. La chapelle où tu te marieras, la salle de bal et ta robe de mariée... mais d'abord la robe !

— La demoiselle d'honneur est censée m'aider à choisir le trousseau de mon voyage de noces, je te rappelle. Ma mère me l'a bien spécifié.

— Je sais, gloussa Trisha en prenant ma main. Allez, montre-moi tout.

Autant donner la main à un feu follet ! À peine avais-je conduit Trisha d'un côté qu'elle exigeait de voir l'autre. Si nous croisions quelqu'un, elle voulait aussitôt connaître son nom, ses attributions. Quand je l'emmenai à la cuisine, Nussbaum insista pour lui faire goûter un feuilleté aux fruits de son invention. Elle roula des yeux et se lécha les lèvres d'un air si théâtral que le chef lui-même éclata de rire.

Puis je l'emmenai dans mes appartements. J'en profitai pour entrer chez Mère, qui nous accueillit avec des mines altières du plus haut comique. Mais pas question de rire, oh non ! Nous réussîmes à nous contenir, et ce fut seulement dans ma chambre que nous laissâmes libre cours à notre hilarité.

— C'est fou, jubila Trisha, elle est exactement comme tu l'avais décrite ! Tu te rappelles, quand cette chère Agnès nous jouait ses morceaux de bravoure ? J'ai cru la voir dans *Mary Stuart, reine d'Écosse* !

Pour lui éviter une surprise gênante, je parlai à Trisha de l'état de Randolph et elle eut un hochement de tête attristé. Puis nous passâmes en revue mon trousseau de jeune mariée, une toilette pour chaque jour de la lune de miel, comme s'il s'agissait de costumes pour une pièce. La lingerie nous amusa beaucoup, surtout les chemises de nuit transparentes. Et tout en bavardant, Trisha me demanda de brancher la radio. Je m'étonnai de découvrir tant d'airs nouveaux. Je m'étais tellement absorbée dans mon travail que je n'étais plus au courant de rien.

Ces retrouvailles avec Trisha m'apportaient une bouffée de jeunesse. Mûrie, aguerrie bien malgré moi par mes nouvelles responsabilités, j'avais vieilli un peu trop vite en subissant ce baptême du feu. Princesse condamnée à servir l'État, je me voyais offrir une dernière chance de vivre comme n'importe quelle jeune fille, sans souci de l'étiquette. Avec Trisha, je pouvais me pâmer devant les acteurs de cinéma, feuilleter des magazines, m'égayer des derniers potins de Sarah-Bernhardt. En évitant toutefois, d'un commun accord et avec des précautions de Sioux, tout ce qui pouvait de près ou de loin se rapporter à Michaël Sutton. Nous papotions encore lorsque Sissy entra, tenant Christie par la main.

— Quelle beauté ! s'ébahit Trisha, lorsque j'eus fait les présentations.

Instantanément, les yeux de Christie s'illuminèrent. À mon avis, la vanité était son point faible, elle devait tenir à la fois de Mère et de Michaël. Pendant quelques instants, elle joua les timides et coula des œillades vers Trisha, comme si elle attendait qu'on la supplie de s'approcher. Puis, comme toujours, elle déploya tous ses charmes, se jeta au cou de Trisha et se laissa cajoler.

Sa nouvelle conquête en soupira d'admiration.

— Quel amour de bébé ! Elle a les beaux yeux de Michaël.

— Je sais.

Ce fut notre unique allusion au père de Christie pendant tout ce long week-end.

Peu après, nous descendîmes pour aller rejoindre Jimmy qui vérifiait le matériel de la piscine tout en supervisant le travail des jardiniers. Trisha et lui furent enchantés de se revoir. Quand nous le quittâmes pour rentrer à l'hôtel, Christie entre nous deux, elle me glissa à l'oreille qu'elle le trouvait plus beau que jamais.

— Tu en as de la chance, Aurore ! Un hôtel prestigieux, un beau garçon qui t'aime, un bébé magnifique... il ne te manque rien. Sans compter ton talent : tu peux reprendre le chant quand tu veux. Tu es consciente de ton bonheur ? Eh bien, insista-t-elle, comme je gardais le silence, tu n'as pas le sentiment que le plus dur est derrière toi ?

— Quelquefois, dis-je en me retournant vers Jimmy, qui me fit signe de la main. À d'autres moments, j'ai l'impression d'être dans l'œil du cyclone ; dans un calme trompeur, trop beau pour durer. J'ai peur sans savoir pourquoi, au point d'en avoir le vertige. Je voudrais pouvoir capturer l'instant qui passe et le garder à jamais, comme une photographie.

Pendant quelques secondes, Trisha m'observa d'un air étrange puis je vis reparaître son sourire.

— C'est parce que tu n'as pas eu la vie facile, tout simplement. Alors tu ne peux pas croire à ta chance. C'est tout à fait normal.

— Tu crois ? J'espère que tu as raison, Trish !

Elle me serra dans ses bras et nous regagnâmes l'hôtel pour nous consacrer aux derniers préparatifs.

La veille du grand jour, nous procédâmes à une répétition de la cérémonie. Revenu de l'université le matin même, Philippe se chargea de Randolph veillant à ce qu'il se trouve au bon endroit au bon moment. Mais jusqu'à l'arrivée du pasteur, ce fut Mère qui prit les choses en main. Elle régla les mouvements et déplacements de chacun comme un ballet dans les moindres détails. Randolph ne tenait plus en place et fut très soulagé quand on l'autorisa à retourner à « son travail ». À grand renfort de soupirs Mère fit comprendre à tous quel fardeau Randolph était pour elle. Et naturellement, elle eut besoin de se retirer dans sa chambre pour prendre un peu de repos et se préparer à la grande journée. Le vrai mariage.

Je m'éveillai très tôt ce matin-là, avant le lever du soleil. Mais je restai couchée dans mon lit, le regard au plafond. En ce jour solennel entre tous, les souvenirs les plus tristes et les plus heureux de ma vie se présentaient à ma mémoire, comme autant d'éclairs. Je me retrouvais toute petite fille, au foyer des Longchamp, quand maman me brossait les cheveux en me racontant les beaux rêves qu'elle faisait pour moi. Sally Jean imaginait que je deviendrais la plus belle des femmes, et même que j'épouserais un prince, pourquoi pas ? « Tu vivras dans un endroit merveilleux, avec une armée de serviteurs à ta disposition », prophétisait-elle.

Et dans le miroir, je la voyais pencher la tête et m'envelopper d'un regard lumineux de tendresse.

Puis elle m'apparaissait pâle et malade, les yeux éteints, fébrile comme la dernière fois que je l'avais vue vivante, à l'hôpital. Je sentais sa main crispée serrer la mienne, je pouvais même voir et entendre Jimmy sangloter. Et un autre visage surgissait de la nuit, celui de papa, sombre et défait, dévoré de chagrin.

J'étouffai un sanglot et m'aperçus que j'avais les yeux pleins de larmes. C'était le jour de mon mariage, Mère avait fait tout ce qu'il fallait pour que ce fût une fête grandiose et brillante, et pourtant ! C'était eux, papa et maman Longchamp, que j'aurais voulu avoir à mes côtés. Comme ils me manquaient ! Il me semblait que j'allais me marier sans que mes vrais parents soient là. Randolph serait un piètre substitut de père, le pauvre ! Et quant à Mère... Pour Mère, il s'agissait bien moins de mes noces que de sa réception à elle, et de son bal.

Même s'il m'en coûtait, je ne pouvais pas m'empêcher de songer à Michaël, à nos heures passionnées dans son appartement de New York. C'était là qu'il m'avait prodigué les promesses les plus folles, éblouie de rêves d'amour et de gloire, grisée de projets d'avenir. Combien de merveilles ne m'avait-il pas fait miroiter ! Un mariage fracassant auquel assisteraient toutes sortes de célébrités, sous les caméras des photographes. Une lune de miel sur la Côte d'Azur, un chalet en Suisse, des croisières, des nuits de fête en mer. Et un double triomphe sur scène, où notre talent nous hisserait instantanément au rang de superstars.

Le beau mirage s'évanouit comme une bulle qui crève. Tout cela avait-il seulement existé ? Sans ma Christie, j'aurais pu en douter.

Mais cela avait bel et bien eu lieu, tout comme l'horreur endurée pendant ma grossesse, à Grand Prairie. Cet épisode-là, je ne pouvais pas l'effacer d'un coup de gomme. Douleur et chagrin, rires et sanglots, amertume, espérance... tout cela resterait pour toujours inscrit dans ma mémoire, et jamais je ne pourrais m'en délivrer.

Je finis pourtant par émerger de ce chaos de pensées lugubres, quand le soleil se montra. Ses premières flèches s'infiltrèrent par la fente des rideaux, répandant la chaleur et l'espoir. J'entendis Christie s'agiter dans son lit. Quelques instants plus tard, elle babillait dans son jargon et ouvrait ses yeux ensommeillés, curieux de nouvelles découvertes. J'imaginai sa surprise, quand elle me verrait dans ma robe de mariée ! Du coup, je retrouvai le sourire et sautai du lit pour m'occuper d'elle.

Elle sut tout de suite qu'il était beaucoup plus tôt que d'habitude et leva sur moi un regard étonné. Je la pris dans mes bras, l'embrassai, la portai jusqu'à la fenêtre et ouvris tout grands les rideaux. Le printemps resplendissait, une aube rose s'allumait à l'horizon de l'est. Christie fut aussi fascinée que moi de voir les teintes sombres de la nuit se diluer dans le jour levant. De minuscules plumets de nuages surgissaient du ciel nocturne, telles des vapeurs montant de la mer. Partout les oiseaux s'éveillaient, ramageaient, pépiaient pour saluer le retour du soleil.

— Quel joli matin, mon trésor, non ? Maman a beaucoup de chance, pour son mariage !

Des rayons dorés jouaient dans ses cheveux, allumant des flammes dans ses boucles blondes. Nimbée de cette auréole de lumière elle m'observa un instant avec gravité, comme si elle comprenait, avant de se retourner vers la fenêtre. Elle eut alors un sourire angélique, si délicieux que je me sentis fondre. J'embrassai ses joues rondelettes et décidai que, puisque nous étions réveillées, nous pouvions aussi bien commencer la journée.

Sissy ne tarda pas à venir offrir ses services et Mme Boston me monta le petit déjeuner sur un plateau. Ses premiers mots furent pour me parler de Mère.

— Cette nuit, je me suis levée, comme ça m'arrive souvent, depuis quelque temps, et devinez quoi ? J'ai vu de la lumière chez la petite Mme Cutler... à quatre heures du matin ! Je suis allée jeter un coup d'œil, discrètement, et...

— Et quoi ?

— Je l'ai trouvée devant sa coiffeuse, figurez-vous. En train de se pomponner. Heureusement, elle ne m'a pas vue ! Peut-être qu'elle ne s'est pas rendu compte de l'heure, avec tout ce qu'elle avait en tête et tout ce branle-bas.

Possible, pensai-je avec indifférence. Mais de la part de Mère, plus rien ne m'étonnait.

Un peu plus tard, Trisha entra pour m'assister dans mes préparatifs et Sissy eut la gentillesse de nous laisser seules. Elle emmena Christie pour l'habiller ailleurs.

— Nerveuse ? s'enquit mon amie en voyant trembler mon bâton de rouge entre mes doigts.

Je me forçai à sourire et nous nous lançâmes dans l'opération la plus délicate de ma toilette : ma coiffure. Nous y mettions la dernière main quand Mère fit une brève apparition avant de descendre accueillir nos invités. Je dus m'avouer qu'elle était en beauté, dans sa robe de satin ivoire. Et même éblouissante.

Le bustier en dentelle rebrodée de perles dégageait ses jolies épaules, à peine voilées par un châle diaphane. Elle portait sa plus grosse rivière de diamants, les pendants d'oreilles assortis, et au poignet gauche le fameux bracelet dont elle aimait vanter le prix. Un cercle d'or massif incrusté d'émeraudes. et de rubis qui valait à lui seul, prétendait-elle, Cutler's Cove tout entier. Je savais qu'elle attendait nos compliments.

— Tu es ravissante, Mère.

— C'est bien mon avis, madame Cutler.

— Merci, vous êtes gentilles. J'étais juste venue te souhaiter bonne chance et voir si tu n'avais besoin de rien, Aurore. Je ne vais plus avoir un instant à moi.

— Tout va très bien, Mère, ne t'inquiète pas. Et merci pour tes vœux.

Elle nous gratifia d'un sourire et s'en fut, impatiente de s'exhiber dans son grand rôle : Sa Majesté la reine de Cutler's Cove.

Ce qui me surprit, par contre, ce fut l'obstination de Jimmy à respecter la tradition. Il refusa de me voir, ou de me laisser le voir, avant notre entrée à la chapelle. « Il paraît que ça porte malheur, m'avait-il dit, et on a déjà eu assez de malchance comme ça ! Inutile de tenter le sort. »

Je tremblais tellement quand Trisha et moi gagnâmes l'endroit où nous devions attendre que j'étais sûre de trébucher en remontant la nef. Et Randolph, comment allait-il se comporter ? Philippe alla le chercher au dernier moment, juste avant que la musique ne commence. Ils étaient tous deux en grande tenue, mais quelle différence entre eux ! Le smoking dernier cri de Philippe lui allait à la perfection, alors que celui de Randolph flottait tristement sur son corps amaigri. On aurait dit qu'il pendait à un cintre. Philippe avait veillé à tout : son père était impeccablement coiffé, rasé de près. Il paraissait plutôt ému et il lui arrivait de sourire mais l'instant d'après tout changeait. Il s'agitait, le regard vide, ou se tournait vers son fils pour lui parler à l'oreille. Cette attitude m'alarma.

— Tu es sûr qu'il va bien, Philippe ?

— Mais oui, ne t'inquiète pas. Il s'en tirera très bien, pour le peu qu'il a à faire ! Tu n'as jamais été si belle, Aurore. J'ai droit au baiser porte-bonheur, avant la cohue ?

— Bien sûr.

Son regard s'alluma et il se pencha pour m'embrasser sur les lèvres, mais je lui offris la joue. Déçu, il y déposa un baiser furtif et se redressa.

— Bonne chance, Aurore.

— Merci, Philippe.

— Je ferais bien d'aller rejoindre le marié, maintenant. Je l'ai laissé dans un état ! Ému comme une jeune fille.

Randolph parut tout affolé de se retrouver seul, mais je lui pris la main et il tapota la mienne en souriant.

— Quel grand jour, ma petite fille ! L'hôtel bourdonne comme une ruche. Mère n'est jamais aussi efficace que lorsqu'elle est sous pression.

Trisha et moi échangeâmes un regard inquiet mais grâce à Dieu, Randolph n'eut pas le temps d'en dire plus. Les premiers accords de l'hymne nuptial résonnèrent et nous nous avançâmes le long de la nef.

Comme Jimmy était beau, debout près de l'autel ! Plus nous approchions, plus ses yeux rayonnaient. Personne ne m'avait jamais autant aimée, me dis-je avec émotion. Et personne, jamais, ne m'aimerait autant que lui. Il était la chance de ma vie.

J'avais tellement peur de commettre une maladresse que c'est à peine si j'osai risquer un coup d'œil à droite ou à gauche. Dans l'assistance, essentiellement composée des notables de la région, je reconnus certains visages. Les Updike, les Dorfman, assis sur le même banc. Les hommes souriaient, les femmes observaient tout avec une attention sans faille. Certaines me détaillaient d'un air désapprobateur. Elles me donnaient le sentiment d'être une intruse, une Cendrillon qui aurait troqué ses haillons contre une robe de princesse, pour en usurper la place.

J'aperçus Mère, distribuant les sourires avec de gracieux mouvements du cou : ses diamants lançaient des feux sur sa peau de pêche. Debout à ses côtés, Bronson Alcott me jetait des regards empreints de sympathie. Il avait grande allure en smoking, l'œillet à la boutonnière. De l'autre côté de l'allée centrale se tenait Sissy, ma petite fille dans les bras. Christie était exquise dans sa robe blanche à jupons bouffants. Ses cheveux lustrés brillaient comme de l'or fondu. Grave et concentrée, elle buvait des yeux le fascinant spectacle qui se déroulait devant elle. Mais sitôt qu'elle m'aperçut, son visage s'illumina.

Çà et là, j'entrevis quelques sourires chaleureux, plus sincères que les autres : ceux des cadres du personnel qui n'étaient pas retenus à l'hôtel.

Je pris place aux côtés de Jimmy et sa main enveloppa la mienne, rassurante, réconfortante. Le pasteur commença par une brève prière de grâces, invitant tout le monde à remercier Dieu pour cet événement merveilleux. Quand il s'interrompait, je redoutais le silence qui se faisait dans la chapelle.

Il me semblait que tout le monde pouvait entendre battre mon cœur. Puis le ministre entama le rituel, mais juste avant qu'il ne demande : « Qui donne cette femme en mariage ? », Randolph approcha ses lèvres de mon oreille.

— Je ne vois pas Grand-mère Cutler, chuchota-t-il, elle a dû être retardée. Je reviens tout de suite.

— Quoi ? Non, Randolph, je t'en prie !

Je me retournai pour le retenir, mais il remontait déjà la nef à vive allure.

Un murmure d'étonnement parcourut l'assemblée, Mère chancela, Bronson lui entoura la taille de son bras. Le pasteur attendit un moment, regarda Mère, qui murmura quelque chose à Bronson. Et, à ma surprise indignée, il s'avança vers le ministre et lui adressa un signe de tête. Le révérend se hâta d'enchaîner :

— Qui donne cette femme en mariage ?

— Moi, dit Bronson.

Une fois de plus, un frémissement courut dans la foule mais la cérémonie se poursuivit. Non sans une certaine répugnance, me sembla-t-il, Philippe tendit l'alliance à Jimmy pour qu'il la glisse à mon doigt.

Quand vint le moment du serment, je levai les yeux vers lui mais mon attention fut distraite par le manège de Philippe. Lui aussi remuait les lèvres, articulant les mots consacrés : « ... pour le meilleur et pour le pire dans la maladie et la santé... », exactement comme s'il m'épousait par procuration, à travers Jimmy, en quelque sorte ! Et en même temps que lui, il formula silencieusement le « oui » définitif. J'en fus si ébranlée que pendant un instant, je perdis mes esprits et n'entendis pas le pasteur qui m'invitait à répéter le serment. Mais je me repris, passai l'anneau au doigt de Jimmy et le regardai dans les yeux pour prononcer les paroles qui nous liaient à jamais.

— ... Jusqu'à ce que la mort nous sépare.

Nous nous embrassâmes, l'assistance applaudit et, ensemble, nous avançâmes dans la nef. Voilà, c'était fini. J'étais Mme James Gary Longchamp.

Dans le hall de l'hôtel, tout était prêt pour le cocktail et la réception. Jimmy et moi nous plaçâmes aux côtés de Mère pour accueillir les invités, et M. Updike se joignit à nous. C'était une idée de Mère, qui comptait sur le notaire pour nous présenter aux personnalités que je n'avais pas encore eu l'occasion de rencontrer. C'est Randolph qui aurait dû remplir ce rôle, mais il en était bien incapable, hélas ! Et où pouvait-il bien être, au fait ? Quand je demandai de ses nouvelles à Philippe, il me répondit qu'il irait voir ce qu'il devenait. À demi rassurée, je me consacrai à mes devoirs d'hôtesse.

Une fois qu'ils nous avaient salués, les arrivants se dirigeaient à leur gré vers l'un ou l'autre des deux grands bars dressés sur les côtés du hall. Mère avait commandé tout exprès pour l'occasion les costumes des serveurs et des serveuses. Chemise blanche, pantalon, veste et nœud papillon rouges pour les uns ; chemisiers rouges, veste, jupe et nœud blancs pour les autres. Ils se faufilaient entre les groupes, offrant aux invités champagne et hors-d'œuvre, canapés aux crevettes, au caviar, aux anchois, petits pâtés et cent autres délices, élaborés sous la houlette de Nussbaum.

Quand l'assistance fut au complet, Jimmy, Trisha et moi nous offrîmes quelques gourmandises et rafraîchissements. Il régnait une excellente ambiance et tout le monde semblait ravi, surtout Christie. Accompagnée de Sissy, elle avait pris position en face de l'orchestre, installé dans un angle, et n'en bougeait plus. Les yeux brillants, elle observait les cinq musiciens, se trémoussait et tapait des mains en cadence. Philippe s'était éclipsé pour aller s'informer de Randolph. Il revint enfin, pour m'apprendre que son père était dans son bureau.

— Il est occupé, à ce qu'il dit. Il m'a paru un peu perdu, mais pas plus que d'habitude.

— Il ne compte pas nous rejoindre ?

Philippe se dirigeait déjà vers un groupe de jeunes gens de sa connaissance.

— Dans un moment, lança-t-il par-dessus son épaule.

Ce fut tout ce que j'en tirai.

Juste avant qu'on n'annonce le dîner dansant, Bronson Alcott s'approcha de moi et me prit à part.

— J'espère que vous ne m'en voulez pas pour ce qui s'est passé à la chapelle ? En voyant divaguer Randolph au pire moment qui soit, votre mère s'est affolée et m'a supplié d'intervenir.

— Je comprends, affirmai-je. Et je vous remercie.

Son visage s'éclaira.

— Alors je peux vous donner le baiser de félicitations ?

J'inclinai la tête. Ses lèvres caressèrent ma joue, s'y attardèrent, et sa main pressa la mienne avec affection.

— Bonne chance, tous les deux. Vous formez un couple superbe !

— Merci, Bronson.

Je le vis s'éloigner en direction de Mère, qui tenait sa cour au milieu d'un essaim d'admirateurs enthousiastes. Accablée de compliments, elle savourait son triomphe.

Peu de temps après, la musique s'interrompit et le chef d'orchestre invita l'assemblée à gagner la salle de bal. Pour cela, il fallait passer sous une arche immense où s'entrelaçaient des roses rouges et jaunes, composant l'inscription : BONNE CHANCE AURORE ET JAMES. De l'autre côté se tenait le maître d'hôtel, sa liste d'invités à portée de la main, prêt à conduire chacun à sa table. Un décor en polystyrène blanc, aux sujets de circonstance, faisait le tour de la pièce. Cloches et clochetons, anges, fleurs, avec un motif spécial pour le mur du fond : la gigantesque silhouette d'un couple de mariés sur les marches de l'autel.

Chaque table se distinguait par une composition originale de fleurs naturelles. Des bouteilles de champagne millésimé rafraîchissaient dans des seaux d'argent, et devant chaque couvert attendait un cadeau souvenir. Étuis en or pour boîtes d'allumettes, avec la date et les prénoms des mariés gravés dans un cœur ; agendas reliés en cuir, portant la même formule imprimée en relief, soulignant l'image d'un couple. Pour les femmes, petits miroirs de poche, avec au dos cette légende : AURORE ET JAMES, CUTLER'S COVE.

Tandis que chacun gagnait sa place, je suggérai à Mère d'aller voir si Randolph allait bien.

— Et pour quoi faire ? se récria-t-elle en grimaçant comme si elle avalait du vinaigre. Il est affreusement déprimant, et il a déjà causé assez d'embarras comme ça.

— Mais...

Un rire cristallin m'interrompit. Quelqu'un faisait signe à Mère, qui s'empressa de m'abandonner. Je confiai mon inquiétude à Jimmy.

— Je vais chez Randolph pendant que les gens s'installent. J'en ai pour une minute.

— Entendu, je t'attends.

Il m'embrassa sur la joue et je me hâtai vers le bureau de Randolph. Je le trouvai à sa table de travail, griffonnant sur un bloc-notes. Il n'avait pas répondu quand j'avais frappé et gardait le nez baissé sur ses feuillets.

— Randolph ? hasardai-je en m'avançant vers lui. Tout va bien ?

Il leva les yeux, les reporta sur son bloc, où je ne découvris que d'informes gribouillages. Et soudain, une larme roula sur sa joue, glissa jusqu'à son menton tremblant.

— Mère n'est plus là, c'est fini. Elle nous a quittés.

— Oh, Randolph ! m'exclamai-je, partagée entre la tristesse et le soulagement de le voir lucide. Oui, c'est fini.

— Et je n'ai même pas eu l'occasion de lui dire au revoir ! Nous étions toujours si occupés...

Il jeta un regard malheureux au portrait de Grand-mère posé sur son bureau et releva la tête.

— Nous ne nous sommes jamais dit ce que nous aurions pu nous dire, en tout cas moi. Je ne lui ai jamais vraiment parlé, elle qui m'a toujours soutenu, protégé.

— Je suis désolée, Randolph. Je sais que tu as longtemps refusé la réalité, mais c'est peut-être mieux ainsi. Peut-être vas-tu enfin te réaliser, devenir celui qu'elle voulait que tu sois.

— Je n'en sais rien. Je me sens tellement... perdu.

— Tu te reprendras, Randolph. Je le sais.

Il m'adressa un sourire ému, reconnaissant.

— Comme tu es belle, Aurore !

— Merci. Je me marie aujourd'hui, lui rappelai-je avec douceur. La cérémonie et le cocktail sont terminés, le repas va être servi dans la salle de bal. Tu ne veux pas te joindre à nous ? Il est grand temps que je me montre à ton bras, insistai-je avec chaleur.

Il promena autour de lui un regard incertain.

— Oui, dans un moment. Quand je serai un peu remis. (Il levait sur moi des yeux pleins de mélancolie, mais déjà ne me voyait plus.) Bonne chance !

— Ne tarde pas trop, je t'en prie.

— J'arrive, promit-il en essuyant sa joue du bout du doigt. Merci, Aurore.

À l'entrée de la salle, je trouvai Jimmy en compagnie de Mère. Elle trépignait d'impatience.

— Où étais-tu passée ? On n'attend plus que nous !

— Je suis allée voir Randolph. Il y a un mieux, il commence à accepter la réalité.

— Grand bien lui fasse ! Il aura mis le temps.

— Mais il a besoin d'aide, Mère. Besoin de toi.

— Pour l'amour du ciel, Aurore, tu ne vas pas recommencer avec cette histoire ? C'est ton jour de noces, tâche d'en profiter !

— Il a dit qu'il dînerait avec nous, insistai-je en jetant un regard par-dessus mon épaule.

Juste à cet instant, la musique cessa et un roulement de tambour se fit entendre. Le maître de cérémonie s'empara du micro.

— Mesdames, messieurs, vos hôtes : M. et Mme Cutler, et les jeunes époux : M. et Mme James Gary Longchamp.

— Mais... et Randolph ? m'écriai-je. Où est-il ?

— Nous ne pouvons pas attendre plus longtemps, décréta Mère en marchant vers la porte. Il a déjà dû oublier. Allons, Aurore !

— Je crois qu'il est temps d'y aller, appuya Jimmy.

J'acquiesçai en silence et glissai mon bras sous le sien. Une dernière fois, je regardai en arrière, mais Randolph demeurait invisible. La tête haute, Mère passa la première sous l'arche de fleurs et s'avança vers la table d'honneur installée sous un dais, au bout de la salle. Elle marchait d'un pas aérien, comme portée par les applaudissements. Tout le monde s'était levé. Jimmy et moi suivions plus posément, saluant et souriant à la ronde. Nous allâmes directement à la grande table où se trouvaient déjà les Updike, les Dorfman, Philippe et Bronson Alcott, placé à la droite de Mère. À sa gauche, la chaise de Randolph demeura vide. Trisha, Christie et Sissy étaient un peu plus loin, sur la droite. Jimmy et moi nous assîmes au milieu et tout le monde nous imita, mais M. Alcott se releva aussitôt.

Le premier soin du personnel de service avait été d'emplir les coupes de champagne. M. Alcott leva la sienne.

— Le moment est venu de porter un toast aux jeunes mariés, annonça-t-il. Je suis heureux d'être celui à qui revient cet honneur.

Là-dessus, il se tourna vers nous.

— C'est avec joie que les habitants de Cutler's Cove accueillent parmi eux M. et Mme James Gary Longchamp, et leur souhaitent santé, bonheur et succès. Puissiez-vous connaître de longues années d'union, dans l'harmonie et la félicité. À James et Aurore !

— À James et Aurore !

Deux verres tintèrent et, instantanément, toute la salle résonna d'un cliquetis cristallin. Nous comprîmes le signal, et Jimmy surmonta sa timidité : nous échangeâmes un baiser rapide. On rit, on nous acclama, la musique reprit et le repas commença.

Le menu était d'une simplicité recherchée. Melon glacé, salade, potage du chef, et comme plat principal filet mignon aux petits légumes. Mère avait commandé tout spécialement au boulanger des petits pains en forme de cloche. Et l'on prenait soin d'espacer les services, afin que tous puissent profiter à la fois des plaisirs de la danse et de la table.

Je dansai deux fois avec Jimmy, puis Philippe vint m'inviter. Mais je n'acceptai pas avant d'avoir consulté Jimmy du regard. Un instant, ses yeux se rétrécirent, puis il se radoucit et me donna son accord d'un signe.

100

— Je m'incline devant Mère, observa Philippe en m'enla-
çant, elle s'est surpassée. On n'a jamais vu pareille fête à
Cutler's Cove ! Grand-mère n'aurait pas approuvé.

— Mère ignore la valeur de l'argent, Philippe. Elle s'en
soucie comme d'une guigne.

— Eh, mais... tu parles comme une vraie Cutler !

— Ne te moque pas de moi, j'essaie seulement d'être
réaliste. C'est moi qui tiens les cordons de la bourse, ne
l'oublie pas.

— N'empêche, je suis content qu'elle n'ait pas regardé à
la dépense, puisque c'est pour toi ! Je me demande si mon
mariage ressemblera au tien ? J'aimerais bien.

— Es-tu déjà fiancé officiellement ?

— Pas encore, mais ça ne va pas tarder. Les parents de ma
fiancée sont très, très riches.

— J'en suis ravie pour toi, Philippe.

— Bien sûr, ce n'est pas l'argent qui compte le plus,
reprit-il en me faisant virevolter. L'essentiel, c'est d'épouser
la fille qu'on aime.

— Mais c'est ton cas, n'est-ce pas ?

Il attacha sur moi un regard brûlant de désir.

— C'est toi que j'ai toujours voulue, Aurore. Tu le sais.

— Et toi, tu sais très bien que c'est impossible, alors à
quoi bon en parler ?

— Tu as raison. Inutile de retourner le couteau dans la
plaie.

La danse terminée, je lui demandai d'aller voir ce qui
pouvait bien retenir Randolph.

— Tes désirs sont des ordres, répliqua-t-il en exécutant
une courbette.

Je n'eus pas le temps de regagner ma place. La musique
reprit, une main se posa sur mon épaule et me fit pivoter. Je
me retrouvai face à face avec Bronson Alcott.

— M'accordez-vous la prochaine danse ?

Je lorgnai vers le dais et j'aperçus Jimmy, qui s'entretenait
avec un membre du personnel.

— Volontiers.

Bronson m'attira contre lui et m'entraîna sur la piste.

— Savez-vous que j'envie énormément James ? Il va rendre jaloux tous les célibataires de la région, l'heureux gaillard !

— Je vois les choses autrement, monsieur Alcott. C'est moi qui ai une chance folle de l'épouser.

Mon cavalier sourit jusqu'aux oreilles.

— Ne devriez-vous pas m'appeler Bronson ? J'insiste. Je n'aime pas me rappeler notre différence d'âge.

— Je ne m'étonne plus que vous vous entendiez si bien avec Mère ! Elle aussi veut toujours se rajeunir.

Il éclata de rire et m'emporta dans une savante pirouette. Je dus m'avouer que je me sentais merveilleusement bien, dans ses bras. Il était si courtois ! J'avais l'impression d'être une princesse. Et il me guidait avec tant d'adresse que l'on se retournait sur nous. Peu à peu, les autres couples cessèrent de danser pour nous admirer, et bientôt toute l'assistance eut les yeux rivés sur nous. Surtout Mère, dont les traits exprimaient un curieux mélange de jalousie et de tristesse. Quand le morceau prit fin, quelques personnes battirent des mains.

— Nous avons remporté un franc succès, commenta Bronson. Merci.

Je le remerciai à mon tour et me hâtai de rejoindre Jimmy. Il avait l'air tout malheureux.

— Vivement que tout soit fini, lui soufflai-je à l'oreille. Je voudrais déjà être en voyage de noces !

Ses yeux s'illuminèrent et il m'embrassa tendrement. Puis Sissy nous amena Christie, et, en la tenant chacun par la main, nous la conduisîmes sur la piste. C'est là que Philippe nous trouva, dansant gaiement tous les trois, quand il revint de chez Randolph. Il avait découvert son père endormi sur le divan de son bureau.

— Je n'ai pas osé le réveiller, Aurore.

— C'est peut-être aussi bien, finalement.

La musique s'interrompit brusquement, et le maître de cérémonie s'approcha du micro pour faire une annonce.

— Beaucoup d'entre vous savent que la ravissante mariée possède un grand talent de cantatrice. Sans doute réussirons-nous à la persuader de nous chanter quelque chose ?

— Oh, non ! me récriai-je, prise de court.

Mais toute l'assemblée fit chorus et je lançai un regard implorant vers Trisha et Jimmy.

— Vas-y, m'encouragea-t-il.

— C'est ça, renchérit mon amie. Montre-leur ce qu'on sait faire à Sarah-Bernhardt !

À contrecœur, je me laissai conduire jusqu'au micro, consciente du fait que l'orchestre attendait mes instructions. Et je me souvins d'une vieille chanson que Sally Jean fredonnait souvent, autrefois. Par le plus grand des hasards, les musiciens la connaissaient aussi. Ils jouèrent les premières mesures, et je me lançai :

— « J'ose avouer que je vous aime... »

Toute la salle écoutait, suspendue à mes lèvres, certains se balançaient doucement au rythme de la mélodie. Et quand je me tus, un tonnerre d'acclamations éclata. Jimmy rayonnait de fierté, Bronson Alcott m'observait en souriant, Mère minaudait en recueillant les félicitations de ses voisins. Et moi, je me hâtai de rejoindre Jimmy.

Peu après, on apporta le gâteau de mariage et Jimmy et moi nous acquittâmes du rite traditionnel : le découpage. Là encore, on applaudit, et les serveurs circulèrent entre les tables pour procéder à la distribution.

La collation et le bal se prolongèrent assez tard, et même un peu trop pour moi. À vrai dire, je ne fus pas fâchée de voir s'achever cette longue journée : je m'étais levée très tôt, j'avais mon compte d'émotions et de fatigue. Par contre, Mère débordait d'énergie, elle qui d'habitude ne pouvait lever le petit doigt sans se plaindre. Elle se grisait comme d'un nectar des compliments qu'on lui adressait, surtout s'ils émanaient de la gent masculine. Et elle s'ingéniait à retenir les invités qui venaient prendre congé d'elle.

— Mais il est encore si tôt, voyons !

Peu à peu, cependant, l'assemblée s'éclaircit, jusqu'à ce qu'il ne restât plus qu'une douzaine de personnes. Les Updike, les Dorfman et Bronson Alcott furent les derniers à s'en aller. Jimmy et moi ne perdîmes pas une minute pour aller nous changer.

Nous étions fin prêts, valises bouclées, billets d'avion réservés. La voiture de l'hôtel nous attendait pour nous conduire à l'aéroport. Jimmy descendit nos bagages, j'aidai Sissy à mettre Christie au lit, expliquai à ma petite fille que maman partait pour quelque temps et lui recommandai d'être bien sage. Elle parut comprendre, me serra très fort contre elle et m'embrassa plus longuement qu'à l'ordinaire.

— Ne t'inquiète pas, Aurore, me rassura Sissy, je prendrai bien soin d'elle.

— Je le sais, Sissy. Merci beaucoup.

— Tu étais une mariée ravissante, ajouta-t-elle, les larmes aux yeux.

— Ce sera bientôt ton tour, Sissy.

Elle retrouva le sourire et nous échangeâmes une étreinte pleine d'affection. En allant rejoindre Jimmy et Trisha, je croisai Mère qui montait, titubant de lassitude et gémissant à fendre l'âme.

— Je n'en peux plus ! Je pourrais dormir une semaine d'affilée !

— Merci pour tout, Mère. C'était une réception magnifique.

Ses traits fatigués se détendirent.

— N'est-ce pas ? C'est aussi mon avis.

— Sauf pour Randolph, ajoutai-je. J'espère que maintenant tu vas pouvoir t'occuper de lui ?

Elle se rembrunit instantanément.

— Je t'en prie, oublie-le un peu ! me reprocha-t-elle avec humeur.

Tandis qu'elle reprenait son ascension (en se plaignant bien haut d'avoir mal aux pieds), je dégringolai les dernières marches et courus à la rencontre de Jimmy. Trisha se tenait près de la porte, prête à partir elle aussi. Elle nous accompagnait à l'aéroport. Comme je traversais le hall, je vis Philippe quitter le comptoir de la réception et s'approcher de moi.

— Bon voyage, Aurore. Amuse-toi bien.

— Merci.

— J'aimerais tant partir avec toi !

Cette fois, il n'obtint pas de réponse. Je fis la sourde oreille et me précipitai dans les bras de mon mari.

5

Miel amer

Ce fut avec un soulagement intense que je me coulai sur la banquette de la limousine et posai la tête sur l'épaule de Jimmy. Ses doigts jouèrent dans mes cheveux, il écarta une mèche de mon front et y déposa un baiser. Les yeux fermés, je souris de plaisir.

— Voilà une jeune mariée qui a l'air de faire un bien joli rêve, murmura-t-il tendrement.

— C'est vrai.

— J'en fais partie, au moins ?

Je rouvris les yeux et rencontrai son regard concentré, où flottait une sourde inquiétude. Je la compris. Après tout, j'avais follement aimé un autre homme et porté son enfant, Jimmy pouvait à bon droit s'interroger sur mes songeries. À cet instant, je mesurai l'immensité de son amour. Il ne m'avait jamais demandé si j'aimais encore celui qui m'avait abandonnée. Redoutait-il de connaître la réponse ? Soupçonnait-il que je n'aurais pas su mentir ? Après tout, il m'arrivait encore d'avoir une pensée pour Michaël... surtout lorsque je tenais Christie dans mes bras.

Mais Jimmy voulait faire table rase du passé. Il croyait en la force de notre amour, certain qu'il ne ferait que croître avec le temps. Il avait tout misé sur cette certitude, sa vie, son cœur. Et je le lui rendais bien.

— Tu seras toujours au centre de mes rêves, Jimmy. Maintenant et à jamais.

Nous échangeâmes un long baiser puis je laissai retomber ma tête sur son épaule. Il me serra très fort contre lui, et je me blottis dans ses bras pour n'en plus bouger jusqu'à l'aéroport.

Nous avions un vol direct pour Princetown, à la pointe du cap Cod, d'où un taxi nous conduisit jusqu'au motel. Il était près de minuit quand nous nous installâmes enfin, épuisés mais ravis, dans notre appartement qui donnait sur la mer. Notre chambre ouvrait sur un petit balcon, que deux marches seulement séparaient de la plage. De là, rien n'arrêtait la vue, le regard balayait tout l'océan. Un spectacle à couper le souffle, par cette claire nuit piquetée d'étoiles. Leur flamboiement m'émerveilla : je me croyais au bord du monde. Jimmy perçut mon émotion, se rapprocha sans bruit et m'entoura l'épaule de son bras.

— Heureuse ?

— Oh oui, Jimmy ! J'ai l'impression que le ciel est à portée de ma main.

Une sorte de sourire pétilla dans ses yeux, désarmant de candeur juvénile.

— Les étoiles semblent si proches, souffla-t-il contre ma joue.

— Et comme elles scintillent ! Même en fermant les yeux, je les vois encore.

Il rit, me fit pivoter pour m'embrasser sur la bouche et m'enleva dans ses bras.

— Madame James Gary Longchamp...

En trois pas, il m'avait portée jusqu'au lit, où il me déposa, puis il se pencha sur moi et me caressa longuement les cheveux.

Une fois déjà, quand j'étudiais le chant à New York, il était venu me rendre visite et nous avions failli faire l'amour, dans sa chambre d'hôtel. C'était avant que je ne rencontre Michaël ; tout aurait pu commencer là. Nous nous étions étendus l'un près de l'autre et j'avais fermé les yeux, mais même ainsi je n'avais pu chasser les images du passé. Jimmy non plus. Nous avions grandi en nous croyant frère et sœur, nos souvenirs de ce temps là demeuraient trop vivaces. Et j'avais beau me répéter que nous n'étions pas du même sang, cela n'y changeait rien. Sagement, Jimmy avait décidé qu'il était trop tôt. Nous nous étions caressés, embrassés, mais sans franchir les dernières limites. Un mur nous séparait, cimenté de mensonges, d'erreurs coupables, de fausses apparences ; et qui n'aurait jamais dû exister, pour commencer. Existait-il encore ? Une fois de plus, Jimmy m'offrit une chance de différer le passage à l'acte.

— Fatiguée Aurore ?

— Non, répliquai-je en portant la main au col de mon chemisier.

Il interrompit mon geste.

— Laisse-moi faire. Contente-toi de fermer les yeux et de regarder tes étoiles.

Je souris. Mais à l'instant où les doigts de Jimmy se posèrent sur le premier bouton, mon cœur se mit à battre une charge frénétique. Un à un, les boutons cédèrent, mon chemisier descendit le long de mes bras ; l'agrafe prestement détachée, mon soutien-gorge s'envola. Les paupières toujours étroitement closes, je sentis Jimmy changer de position, ôter mes chaussures et faire glisser ma jupe sur mes jambes. Puis ce fut le tour de mon slip en dentelle et, cette fois, j'ouvris les yeux. Ceux de Jimmy brûlaient d'un tel désir que j'en eus le vertige. Et c'est à peine si je l'entendis demander, tant il parlait bas :

— Tu te souviens, quand tu me surprenais en train de t'épier, pendant que tu te déshabillais ?

Si je m'en souvenais ! Il devenait rouge comme une pivoine.

— Oui.

— Je ne pouvais pas m'en empêcher, ça me fascinait de voir ton corps se transformer. Je me disais que c'était mal, mais tu m'attirais comme un aimant.

— Et ces bonds que tu faisais dans nos vieux divans-lits, quand nous nous touchions par hasard, tu te rappelles ?

— Oui.

Il porta la main à ma poitrine offerte, puis les lèvres, et je distinguai le froissement de ses vêtements. L'instant d'après il était nu lui aussi, étendu contre moi. Et nos fantasmes les plus fous, tout ce que nous avions cru coupable et défendu, tout devint réalité.

Ses lèvres sur mes seins, impatientes et pourtant si douces ; ses mains qui m'attiraient à lui, de plus en plus près dans l'âpreté de son désir... tout cela était vrai. Pendant une fraction de seconde, l'ombre de notre passé truqué s'interposa entre nous, puis elle s'évanouit. Et nous partageâmes le don que la vie réserve à l'homme et à la femme, l'éblouissement de l'union charnelle, l'amour demandant toujours plus et donnant toujours davantage, dans la joie indicible des corps et des cœurs. Mes veines charriaient du feu, pulsaient dans chaque fibre de ma chair un flot continu d'étincelles. Soudés l'un à l'autre, gémissant de plaisir, nous chevauchions un océan furieux qui nous portait jusqu'aux limites de nous-mêmes.

Quand il s'apaisa, nous nous regardâmes comme deux naufragés après la tempête, haletants, incrédules devant l'intensité de notre passion. Les doigts entrelacés, les yeux grands ouverts sur la nuit, nous contemplâmes longtemps le ciel fourmillant d'étoiles. L'océan reflétait leurs feux scintillants, on eût dit que le monde entier se réjouissait de nous voir enfin mari et femme.

Ensemble, nous nous laissâmes couler dans un sommeil d'enfant, si profond que nous ne vîmes pas se lever l'aube. Plus tard seulement, éveillés par la caresse de la brise de mer, nous échangeâmes un long regard plein de tendresse.

— Bonjour, madame James Gary Longchamp. Quel effet ça fait d'avoir changé de nom ?

— Ça creuse : j'ai une faim de loup !

Jimmy éclata de rire, et moi aussi. Douchés et habillés en deux temps, trois mouvements, nous gagnâmes tout droit la salle à manger et nous fîmes servir jus de fruits, œufs au bacon et café sur la terrasse, à l'ombre d'un grand parasol.

Le déjeuner fini, nous allâmes à la pêche aux coquillages dans le sable humide. Chaque nouvelle trouvaille nous arrachait des cris d'enthousiasme.

— Tu as vu ces couleurs ? C'est fou !

— Et celui-ci ? Christie va les adorer.

Nous revînmes à l'hôtel avec un panier plein, et l'après-midi nous redescendîmes sur la plage. De longues heures passèrent ainsi, à se dorer au soleil ou à nager, ce qui nous mit en appétit. Nous avions grande hâte de goûter le fameux homard du cap Cod. Selon les plans minutieusement dressés par Jimmy, nous allâmes dîner sur le port, dans un restaurant de fruits de mer où il avait réservé une table. « Hier dans les eaux de la baie, ce soir dans votre assiette », proclamait l'enseigne. Pauvre homard !

En tout cas, il était succulent, et notre souper aux chandelles fut très romantique. De notre table, nous pouvions voir les feux des bateaux se refléter sur l'océan, certains très loin au large, telles des étoiles qui seraient tombées du ciel.

Après le dîner, nous partîmes flâner au hasard dans la ville, admirant les vitrines et choisissant les cadeaux que nous souhaitions rapporter. Nous revînmes au motel sans nous presser, la main dans la main.

Nos ébats amoureux ne furent pas moins enflammés que la veille, cette nuit-là. Après ces heures de grand air et cette soirée si bien remplie, le sommeil nous surprit une fois de plus dans les bras l'un de l'autre. Et comme la veille, ce fut ainsi que le matin nous trouva, réveillés par la brise et la caresse du soleil.

Jimmy avait prévu une journée de kayak, et aussitôt après le petit déjeuner nous descendîmes vers l'embarcadère. Là, le loueur de bateaux nous donna quelques leçons, assorties des conseils indispensables. Puis, chacun dans son embarcation et dûment équipés de nos gilets de sauvetage, nous pagayâmes vigoureusement à travers la baie. Ce fut une promenade assez mouvementée, et on ne peut plus divertissante. Jimmy se livra à quelques excentricités téméraires et finit par tomber à l'eau. Heureusement, l'océan était calme, mais nous ne fûmes pas fâchés de revoir la côte, après une randonnée pareille.

En approchant, je m'avisai que notre loueur de bateaux n'était pas seul à nous attendre sur la jetée. À ses côtés, je reconnus l'un des réceptionnistes du motel, qui nous faisait de grands signes.

— Qu'est-ce qu'il peut bien nous vouloir ? me demandai-je à voix haute.

Le premier, Jimmy sauta de son kayak et m'aida à descendre du mien. Il n'eut pas le temps de me répondre. Le réceptionniste le fit pour lui.

— Nous venons de recevoir un appel urgent pour vous, madame Longchamp. C'est pourquoi je suis venu jusqu'ici.

Mon sang ne fit qu'un tour.

— Savez-vous de qui émane la communication ?

— D'un certain M. Updike. Tenez, j'ai noté ses coordonnées sur cette fiche, dit l'employé en me fourrant un papier dans la main. Il a insisté pour que vous le rappeliez au plus tôt.

— Oh, Jimmy ! m'écriai-je, et ma voix se fêla. Il est sûrement arrivé quelque chose à Christie.

— Allons, allons, pas de conclusions hâtives. Il s'agit peut-être d'une décision importante que M. Updike ne pouvait pas prendre sans te consulter.

Rien moins que rassurée, je l'approuvai d'un signe et nous partîmes au pas de course vers notre appartement pour téléphoner. M. Updike décrocha dès la première sonnerie.

— Je suis navré d'interrompre votre lune de miel, Aurore, mais il s'est produit un... un tragique accident.

— Lequel, monsieur Updike ? (Un frisson glacé me parcourut, et Jimmy me prit la main.) Qu'est-il arrivé ?

— Randolph est mort.

— Randolph ? Mais comment... que s'est-il...

— Il devait être à bout, j'imagine, incapable d'en supporter plus. Hier, il a quitté l'hôtel sans que personne le voie sortir, en fin d'après-midi probablement. Il a dû errer toute la soirée, pour finir par aboutir au cimetière.

— Au cimetière ?

— Oui. Il s'est évanoui sur la tombe de sa mère, où le gardien l'a trouvé ce matin. Il a appelé une ambulance mais... il était trop tard. Le médecin dit qu'il s'est littéralement laissé mourir. Le diagnostic officiel sera : décès par défaillance cardiaque.

110

— Pauvre Randolph ! Il a tellement souffert, et personne n'est venu à son aide !

— Non, c'est bien vrai. Tout le monde est sens dessus dessous, ici. Et... hum !... (M. Updike s'éclaircit la gorge)... votre mère...

— ... est incapable de se rendre utile, je sais. Je vois d'ici les médecins défiler dans tout l'hôtel.

— Et encore, si ce n'était que ça ! Elle a insisté pour que M. Dorfman renvoie les clients et ferme la maison. Il n'a pas osé prendre cette responsabilité, naturellement, c'est pourquoi il m'a appelé. Je lui ai dit que je vous consulterais avant de décider quoi que ce soit.

— Et quel est votre avis personnel, monsieur Updike ?

— Mme Cutler n'aurait jamais fermé, ça non ! « Que le spectacle continue », voilà ce qu'elle aurait dit. Comme un directeur de théâtre.

Du coup, je n'hésitai plus.

— Alors nous fermons, monsieur Updike. Les clients comprendront, et c'est la seule chose décente à faire. Jimmy et moi rentrons immédiatement. Quelle date a-t-on fixée pour les obsèques ?

— Votre mère souhaitait qu'elles aient lieu demain, mais le pasteur l'a convaincue de les différer d'un jour. Il y aura beaucoup de monde, Philippe et Clara sont déjà là.

— Bien, monsieur Updike. Tout ceci est désolant, vraiment.

Je reposai doucement le récepteur et fournis à Jimmy les précisions qui lui manquaient encore.

— J'avais pourtant dit à ma mère que Randolph allait très mal, mais elle ne m'a pas écoutée. Ni elle ni ses enfants ne se souciaient de lui !

— Ne te reproche rien, Aurore. Tu as fait ce que tu as pu.

— Je sais, mais c'est si affreux... pauvre Randolph ! Même morte, elle s'arrange encore pour détruire les gens !

— Tu penses à... (Sourcils froncés, Jimmy m'étudia d'un œil préoccupé.) Ne dis pas des choses pareilles, tu finirais par y croire.

111

— Mais pourtant, Jimmy, le mal laisse des traces plus profondes que le bien. C'est comme les odeurs : les bonnes s'évaporent et les mauvaises restent, mais pourquoi ?

— C'est juste une impression, Aurore, mais ce n'est pas vrai. Nous gardons quand même de bons souvenirs, non ?

— Oui, acquiesçai-je à contrecœur, mais ce sont les mauvais qui nous marquent le plus. La blessure ne guérit jamais tout à fait. Et cette horrible femme qui continue à nous gâcher la vie... (Je réfléchis un instant les yeux rétrécis par une détermination farouche.) Il va falloir que je trouve un moyen de nous en débarrasser !

— Aurore, tu me fais peur quand tu parles comme ça, me reprocha doucement Jimmy. Cela ne te ressemble pas, c'est comme si... tu devenais une autre. L'Aurore que j'ai connue n'aurait jamais pensé à se venger.

— Il ne s'agit pas de se venger, Jimmy, mais de survivre.

Il détourna tristement les yeux et je regrettai aussitôt mes paroles. Mais je ne pouvais pas m'empêcher de croire que Grand-mère Cutler, du royaume des morts s'acharnait toujours à détruire toute forme de bonheur. Et surtout le mien.

Partir au pied levé ne fut pas simple, mais le gérant du motel se chargea des démarches pour nous. En changeant d'avion à Boston, nous atterrîmes vers neuf heures du soir à Virginia Beach où nous attendait Julius, le chauffeur de l'hôtel, le visage ravagé de chagrin.

Tout le monde ou presque avait aimé Randolph. Malgré son incompétence notoire et les troubles psychiques apparus après la mort de sa mère, il était bon, courtois, pétri de toutes les délicatesses du vieux Sud. Avant sa dépression, il avait toujours un mot aimable pour chacun, fût-il milliardaire ou domestique. Clients et employés s'étaient affligés de voir se dégrader son état physique et mental. Les seuls à y demeurer indifférents étaient les membres de sa famille.

Julius, lui, exprima une sympathie sincère.

— Je suis navré de vous voir obligée de rentrer si tôt, madame Longchamp.

— Merci, Julius. Tout ceci est vraiment désolant.

— Oui, madame, tout l'hôtel est en deuil. Les gens pleurent dans tous les coins et M. Dorfman nous a fait éteindre presque toutes les lumières.

Julius avait raison, une atmosphère lugubre pesait sur Cutler's Cove, aussi bien les bâtiments que les jardins. Du ciel bas commençait à suinter une petite bruine froide, qui engluait toutes choses dans son voile humide. La grande maison paraissait aveugle, déserte, et comme drapée dans un linceul. Ce fut une impression étrange de trouver le grand hall sans lumière et presque vide. Au comptoir de la réception, seule Mme Bradley assurait la permanence. Robert Garwood, un des plus anciens chasseurs de l'hôtel, accourut pour monter nos bagages.

— Je vais tout de suite voir quels services on a fermés et lesquels fonctionnent encore, annonça Jimmy.

Il s'éloigna avec Julius et je suivis Robert dans l'aile réservée à la famille. La porte de Mère était close, comme d'habitude. Mais dès que je m'engageai dans le couloir, Philippe sortit de sa chambre et s'avança à ma rencontre. Rasé de frais, il portait un peignoir de bain de l'hôtel, éponge bleu marine et C majuscule doré sur la poche, et paraissait parfaitement détendu.

Le sourire aux lèvres, il s'approcha pour m'embrasser sur la joue, et sa main s'attarda sur mon épaule.

— Je ne pensais pas que tu reviendrais, Aurore.

— Bien sûr que si ! m'écriai-je en me dégageant. Pourquoi ne serai-je pas rentrée ?

— Eh bien... ce n'était pas ton père, après tout, et tu étais en pleine lune de miel. Alors, tu as pris du bon temps ?

Comment pouvait-il se montrer si léger, alors que son père venait de mourir dans des circonstances aussi tristes ? Son sourire aguicheur m'inspira un brusque dégoût.

— Tu ne respectes donc rien, Philippe, même pas la mémoire de ton père ?

Une gifle ne lui aurait pas fait plus d'effet. Son visage se réfrigéra.

— Mais je suis très affecté, je t'assure. La preuve : je suis
là. Il a fallu que j'abandonne mes cours, non ?
— Décidément, tu ne penses qu'à toi ! Et Randolph,
alors ? Il ne compte pas ?
Je le plantai là, bouche bée, sans lui laisser une chance de
répondre et me rendis à la nursery où ma petite fille dormait
à poings fermés. Les yeux rouges, Sissy m'accueillit sur
le seuil et je l'attirai dans le couloir pour ne pas éveiller
Christie.
— C'est terrible ce qui s'est passé, hoqueta-t-elle en
s'essuyant les yeux. Clarence m'a raconté que les vêtements
de M. Cutler étaient tout déchirés, comme s'il était passé à
travers des barbelés. Il est mort en s'accrochant au tombeau
de sa mère, la face contre terre, tu te rends compte ! (Elle en
frissonna.) Le pauvre homme, ce qu'il a dû souffrir !
— Je sais, Sissy. Et Christie, comment a-t-elle pris ça ?
— Elle sait qu'il est arrivé un malheur, bien sûr : tout le
monde reniflait dans tous les coins. Mais nous l'avons gardée
le plus possible dans sa chambre, Mme Boston et moi.
Naturellement, elle n'arrête pas de te réclamer.
Je m'avançai sur la pointe des pieds jusqu'au lit, où
Christie dormait comme un ange. Quel amour, avec ses
boucles dorées emmêlées sur le front ! Une vraie poupée de
porcelaine. Je la bordai avec soin et sortis pour aller défaire
nos bagages. Mais Mme Boston se trouvait déjà sur place,
avertie de notre arrivée, et s'employait précisément à
déballer nos vêtements.
— C'est juste histoire de m'occuper, dit-elle en fondant
en larmes, et nous échangeâmes une étreinte affectueuse.
— Et comment va ma mère, au fait, madame Boston ?
La gouvernante eut un soupir éloquent.
— Elle s'est enfermée dans ses appartements et on ne
l'a pas revue. Elle sonne pour se faire servir, c'est tout. Je
suppose qu'elle n'a pas bougé de son lit.
— Et qui a pris les dispositions pour les funérailles ?
— M. Updike, j'imagine.
— Enfin, il faudra bien que je la voie, de toute façon !
Autant y aller tout de suite.

Mère était bien enfermée dans sa chambre, en effet, et je frappai discrètement du doigt.

— Mère ? Tu es réveillée ?

Silence. Après quelques secondes d'attente, j'allais partir quand des pleurs étouffés me parvinrent.

— C'est toi, Aurore ?

Je poussai la porte et m'avançai dans la pièce, où seule une lampe de chevet versait un peu de lumière. Mère semblait plus menue que jamais dans son immense lit, renversée sur ses oreillers de satin et le drap remonté jusqu'au cou. Je ne lui trouvai pas trop mauvaise mine, pour une veuve éplorée. Elle avait dû passer des heures à se coiffer, se parer, se pomponner. Les lèvres soigneusement laquées de rouge, elle portait un collier de perles et les boucles d'oreilles assorties.

Elle s'assit d'un mouvement vif, tendit les bras vers moi et je m'approchai lentement pour répondre à son invite.

— Je suis si heureuse que tu sois revenue, Aurore ! Tout ceci a été si affreux ! On t'a raconté ? gémit-elle en se laissant retomber en arrière, comme si notre étreinte l'avait vidée de toute son énergie. Il a erré Dieu sait où, dans les petits chemins, tenant des propos incohérents sur sa mère aux passants, même aux inconnus. Il ne pouvait pas mourir comme tout le monde, non ? Ah, on n'a pas fini de jaser dans les chaumières, crois-moi !

— Je ne crois pas que Randolph se soit beaucoup soucié du qu'en-dira-t-on, Mère.

— Bien sûr que non. Il n'est plus là, lui ! Tout ça lui est bien égal, lança-t-elle avec humeur.

D'un revers de main, elle écrasa les grosses larmes qui lui roulaient sur les joues et se redressa sur son séant.

— M. Updike n'arrête pas de m'appeler à propos de ces funérailles de malheur ! Je ne veux plus entendre un mot là-dessus, Aurore. Il faudra t'en occuper.

— Et pourquoi pas Philippe ou Clara Sue ?

— Clara Sue ne sort pas de sa chambre, et Philippe suit les traces de son père. Il dit amen à tout ce que je veux. Eh bien je ne veux rien, justement. Tout ce que je souhaite c'est d'en finir au plus vite avec cette corvée.

115

— J'ai beaucoup de peine pour Randolph, Mère. Je t'avais prévenue qu'il allait très mal, et Philippe aussi. Personne ne paraissait se soucier de lui.

Je m'étais exprimée un peu plus durement que je ne l'aurais voulu, mais je commençais à en avoir assez de leur indifférence. Ceux que Randolph avait aimés ne voyaient dans sa mort qu'un désagrément.

— N'essaie pas de me culpabiliser, Aurore, protesta Mère en tendant vers moi un index accusateur. Je ne pouvais rien pour lui. Il était obsédé par la mémoire de sa mère. Il a toujours été en adoration devant elle, il la traitait comme une déesse. Jamais il ne l'a vue sous son vrai jour, méchante, rouée, mesquine. À ses yeux, tout ce qu'elle faisait était bien. Elle n'avait qu'à lever le petit doigt et il obéissait comme un toutou. Il voulait toujours être auprès d'elle ? Eh bien, il y est !

— Je suis sûre qu'il n'a pas désiré mourir ainsi, Mère, intervins-je avec douceur. Il n'était plus lui-même.

— Oh si ! rétorqua-t-elle en balayant mes objections d'un geste, il l'a voulu, crois-moi. Il était un peu dérangé, mais il savait ce qu'il faisait. En tout cas...

Elle poussa un soupir interminable.

— ... c'est fini, ou presque ! Il ne reste plus que cet horrible enterrement. Mais qu'on m'épargne les détails, surtout, je ne suis pas en état de les supporter. Je veux que tout soit terminé au plus vite. Tu veux bien t'en charger, Aurore ?

— Nous agirons comme il se doit, avec décence et dignité, rétorquai-je en rejetant les épaules en arrière.

Ce fut plus fort que moi, cette attitude me vint tout naturellement. J'eus conscience de ressembler à la personne que je haïssais le plus au monde, et le regard effaré de Mère me confirma dans cette impression.

— Et tu trouveras la force de te conduire en épouse aimante, ajoutai-je. Il y aura foule, tu peux en être sûre, et tous ces gens que tu admires tant auront les yeux fixés sur toi.

— Ô mon Dieu, geignit-elle, je n'aurai jamais le courage.

— Tu l'auras, j'en suis certaine. J'appelle immédiatement M. Updike pour prendre les dernières dispositions et je reviens t'en faire part.

Sur ce, j'amorçai un mouvement de retraite, mais Mère me rappela.

— Aurore !

— Oui, Mère ?

— Je suis si heureuse de pouvoir... m'appuyer sur toi, sourit-elle à travers ses larmes.

— Alors remercie le vigile qui a reconnu Ormand Longchamp et l'a dénoncé à la police, Mère. Sans lui, je ne serais pas là.

Son émouvant sourire s'évanouit.

— Comment peux-tu te montrer si cruelle avec moi en un moment pareil ? larmoya-t-elle.

Les paroles de Jimmy resurgirent dans ma mémoire. « L'Aurore que j'ai connue n'aurait jamais songé à se venger... » Et s'il avait raison ? Si j'étais en train de laisser Grand-mère Cutler me détruire en me modelant à son image ? Ébranlée, je me radoucis.

— Pardonne-moi, Mère. (Son visage enfantin s'éclaira.) Je vais m'efforcer de te faciliter les choses.

— Merci, Aurore. Aurore !

Une fois de plus, elle me retint au moment où j'allais sortir, pour me confier d'une toute petite voix :

— Je l'ai aimé... autrefois.

— Alors quand tu prieras pour lui, Mère pense à celui qu'il a été, et non au malheureux qu'il était devenu.

Sur ce, je m'éclipsai, la laissant pleurer tout son soûl dans son mouchoir brodé.

M. Updike et M. Dorfman furent d'avis que le convoi de Randolph devait, comme celui de sa mère, faire halte une dernière fois devant l'entrée de l'hôtel, où le pasteur prononcerait quelques mots d'adieu. Mère laissa paraître un désespoir très convaincant, lorsque je lui appris la nouvelle.

— Oh non, pas ça ! Je ne veux pas revivre ces instants dramatiques. Je ne pourrais pas.

Elle s'y résigna, pourtant. Et une fois les détails de la cérémonie mis au point, elle recouvra subitement tout son allant. Elle décida que la robe qu'elle avait portée à l'enterrement de Grand-mère Cutler ne faisait plus l'affaire pour celui de Randolph.

— Je ne me souciais pas de ma toilette, ce jour-là, expliqua-t-elle. Mais cette fois-ci, c'est différent.

Son couturier favori fut mandé d'urgence à l'hôtel et sommé de créer en vingt-quatre heures une robe de deuil dernier cri. Mère voulait une taille cintrée, des manches bouffantes et un décolleté plongeant. Surpris mais empressé, le couturier s'exécuta. Et quand je vis le résultat, le jour venu, l'idée me traversa que Mère confondait funérailles et bal masqué. Manucurée, coiffée de main de maître, elle s'était même fait faire un traitement facial sous prétexte que le chagrin l'avait défigurée. Il ne lui manquait plus qu'un loup de velours noir.

Quant à Clara... ni Jimmy ni moi ne l'avions aperçue, depuis notre retour précipité. Claquemurée dans sa chambre, comme Mère, elle aussi se faisait monter ses repas sur un plateau. Néanmoins, je m'étais laissé dire qu'elle passait son temps au bout du fil, à papoter avec ses amies du collège. Quand elle se montra enfin, le matin des obsèques, elle détourna la tête à mon approche.

La famille était censée se rendre au cimetière dans la limousine de l'hôtel, mais là encore Clara Sue se distingua. Certains de ses amis assistaient à la cérémonie et elle monta dans leur voiture. À ma grande surprise, Mère n'éleva aucune protestation.

— Pas de scènes ce matin, Aurore, implora-t-elle quand je lui fis remarquer l'insensibilité de Clara. Ce serait au-dessus de mes forces. Faisons comme si de rien n'était, et finissons-en au plus vite.

Le ciel aussi portait le deuil. Gris et lourd, il laissait présager la pluie, qui heureusement ne tomba pas. L'église débordait, les gens se massèrent sur le parvis et aux alentours pour entendre l'éloge funèbre. Et Clara Sue avait daigné nous rejoindre sur le banc de la famille.

Juste derrière nous, les Dorfman et les Updike voisinaient avec Bronson Alcott, placé là sur la demande expresse de Mère. De temps à autre, il lui tapotait affectueusement l'épaule, et je la vis une fois tendre le bras derrière elle pour lui prendre la main. Elle avait grande allure, je dus me l'avouer. Son deuil élégant flattait sa beauté blonde, elle resplendissait comme une perle dans un écrin de velours noir. À intervalles réguliers, qu'on eût dits programmés, elle se tamponnait les yeux avec son mouchoir en dentelle, les fermait, les rouvrait. Et décochait un sourire ému à celui ou celle dont elle croisait le regard plein de sympathie.

L'éloge du défunt terminé, et tandis que le pasteur faisait valoir la participation des Cutler à la communauté, les assistants commencèrent à rejoindre leurs voitures pour suivre le corbillard jusqu'à l'hôtel. Tout le personnel fit cercle autour de lui, et du haut du perron le ministre prononça son allocution. Il s'étendit sur la tradition instaurée par la famille Cutler, insista sur le rôle qu'avait tenu l'hôtel dans la vie de Randolph. « Bien plus qu'une entreprise : un foyer, soulignat-il. Et c'est d'ici que nous voulons t'adresser un dernier adieu, Randolph Boyse Cutler, avant de te conduire au lieu de l'éternel repos. Ta tâche sur cette terre est achevée. »

Bien peu furent capables de retenir une larme, surtout parmi les employés. Certains, réconfortés par leurs collègues, sanglotaient sans retenue. Quand je franchis le portail du cimetière, l'image d'une certaine petite tombe se présenta à ma mémoire avec une précision douloureuse. Ma propre tombe, érigée là en témoignage de ma mort symbolique ! Comme en ce jour lointain où je l'avais découverte, je fermai un instant les yeux sur cette vision terrible.

Randolph fut enterré aux côtés de ses parents, et Mère me jeta un regard éloquent lorsqu'on descendit le cercueil dans la fosse. Message muet qui me disait, une fois de plus, que Randolph se trouvait là où il avait voulu. Mais j'en doutais. Malgré le culte qu'il vouait à sa mère, je ne pouvais pas croire qu'il ait souhaité mourir ainsi. Pour moi, son esprit troublé s'était simplement égaré dans un labyrinthe de souvenirs, cherchant un sens à sa triste vie désormais privée de sa lumière.

Le pasteur dit une dernière prière, la foule commença à se disperser, et je me préparai à m'en retourner avec Jimmy. C'est alors que Clara Sue quitta brusquement le groupe de ses amis et fonça sur moi comme une furie, le visage convulsé. Sauf que ce n'était pas le chagrin qui la défigurait, mais un hideux mélange de rage et de jalousie. Il n'avait tenu qu'à elle de se joindre au groupe de la famille, mais elle ne supportait pas de me voir entourée, recevant les condolé- ances et les témoignages de sympathie. Comme je me diri- geais vers la sortie, elle me barra le passage et se campa devant moi, la tête haute et les joues enflammées.

— Alors, tu es contente ?

Son glapissement provoqua des murmures de stupeur, et quelques assistants se rapprochèrent. Mon regard dévia vers Jimmy, puis revint lentement à Clara.

— Pardon ?

— Depuis qu'on t'a ramenée chez nous, tout va de mal en pis dans la famille. Et quand on t'a donné le contrôle de tout, voilà ce que mon père est devenu ! Rien, et moins que rien !

— C'est faux, Clara Sue. Il y a déjà longtemps que Randolph...

— Je t'interdis de me parler de *mon* père, tu entends ? (Elle tendit le cou vers moi, les yeux rétrécis jusqu'à n'être plus que deux fentes sinistres.) Tu ne nous as causé que des ennuis, tu as rendu Grand-mère si malade qu'elle en est morte. Et maintenant, c'est le tour de mon père !

— Tu es injuste, Clara Sue. Et ce n'est ni le moment ni le lieu...

— Clara Sue, tu te donnes en spectacle, intervint Jimmy, aussitôt soutenu par Philippe.

— Il a raison. Tu te conduis comme une sale gamine trop gâtée.

Elle éclata d'un rire suraigu, hystérique, et les témoins de la scène ouvrirent des yeux effarés.

— J'étais sûre que vous la défendriez. Vous êtes amou- reux d'elle, tous les deux !

Le cercle des curieux se resserra et le murmure s'enfla, gros de scandale. Piqué au vif, Philippe rougit, remonta les épaules et s'avança vers sa sœur, les poings serrés.

— Tu vas te taire, oui ?

Loin de se laisser intimider, elle ne bougea pas d'un pouce et le défia de son sourire le plus torve. Il était sur le point de la gifler, je le sentais, et devant la tombe toute fraîche de leur père !

— Oh, Clara Sue, larmoya Mère.

Je me retournai pour la voir s'effondrer dans les bras de Bronson Alcott, et Philippe m'imita. Mais Clara Sue, elle, s'avança droit sur moi.

— Et maintenant, regarde ce que tu as fait !

— Ce que *j'ai* fait ? Moi ?

— Oui, toi. Et je n'aurai pas un instant de repos jusqu'à ce que je t'aie chassée d'ici, reprit-elle, totalement indifférente à l'évanouissement de Mère.

On s'empressait autour d'elle, pourtant, pour voir Bronson l'éventer de son mouchoir. Mais Clara Sue n'avait pas fini de cracher son venin.

— J'engagerai des avocats et, crois-moi, je trouverai un moyen de me débarrasser de toi !

— À ta guise, rétorquai-je sans m'émouvoir. Tu ne respectes rien ni personne, à part toi, bien entendu. Tu fais honte à la mémoire de ton père.

Là-dessus, je me joignis au groupe qui entourait Mère. Elle n'avait toujours pas repris connaissance, et finalement Bronson Alcott la souleva dans ses bras et l'emmena. Le troupeau de curieux s'ouvrit sur leur passage, encore sous le choc. Les paroles venimeuses de Clara Sue se répandaient à la vitesse de l'éclair, et ce fut sous un feu croisé de regards que nous suivîmes Bronson Alcott jusqu'à la limousine. Julius lui ouvrit la portière et il déposa doucement son fardeau sur le siège arrière.

Les paupières de Mère battirent, s'ouvrirent, et se refermèrent.

— Vous feriez mieux de la ramener tout de suite à l'hôtel, me conseilla Bronson à voix basse. Je vous suis.

— En effet... Merci.

Je montai dans la voiture avec Jimmy et Philippe, qui s'empara aussitôt de la main de Mère et la tapota, exactement comme eût fait Randolph. Ses efforts pour la réconforter finirent par porter leurs fruits : elle ouvrit les yeux.

— Je vais bien, murmura-t-elle avec un pauvre sourire. Enfin, c'est terminé... c'est bien terminé, n'est-ce pas ?

— Oui, Mère, la rassura Philippe.

Du coup, son sourire s'affermit... et elle referma les yeux.

Bronson Alcott nous avait précédés, en fait, et il nous attendait. Dès que nous eûmes aidé Mère à descendre, il lui tendit un bras qu'elle s'empressa de prendre. La tête inclinée sur l'épaule de Bronson, elle gravit en chancelant les marches du perron et ce fut ainsi que nous fîmes notre entrée, sous le regard du personnel attentif. Mme Boston s'avança aussitôt du fond du hall pour offrir son aide, et Mère passa du bras de Bronson Alcott au sien. Mais avant de se retirer, elle décocha un grand sourire à son chevalier servant, en même temps qu'un regard ému où je crus lire bien davantage que de la simple gratitude. Puis, suspendue au bras de la gouvernante, elle se laissa entraîner vers ses appartements.

Philippe allait partir à son tour, quand il se ravisa.

— Je tiens à m'excuser pour ce qu'a dit Clara Sue. Elle devient vraiment gênante pour tout le monde, mais je ne vais pas la laisser vous créer des ennuis.

— C'est peut-être le chagrin qui lui trouble la cervelle, suggérai-je. Et puis je suis trop fatiguée pour y penser, de toute façon. J'aimerais prendre un peu de repos et faire un brin de toilette avant d'accueillir nos visiteurs.

Sur ce, Jimmy et moi prîmes le chemin de notre appartement pour nous changer. Peu après, les proches de la famille arrivèrent, en même temps que tous ceux qui tenaient à nous présenter leurs condoléances. M. Updike, M. Dorfman et moi nous étions mis d'accord pour servir dans le hall une collation très simple, thé, café et gâteaux. Mère garda la chambre et ce fut donc avec Philippe et Jimmy que je répondis aux manifestations de sympathie et m'entretins avec nos hôtes. Clara Sue demeura invisible, et nous apprîmes un peu plus tard qu'elle n'était pas revenue à l'hôtel.

La journée avançait quand, finalement, Mère fit une de ses réapparitions spectaculaires. Toujours en grand deuil, elle s'épanouit littéralement sous une avalanche de baisers, poignées de main et paroles émues, à croire qu'elle y puisait des forces nouvelles. Loin de s'en lasser, elle s'en grisait comme d'un élixir de jouvence. Une fois ou deux, j'entendis son rire argentin et la vis sourire, surtout à Bronson, me sembla-t-il. Fidèle au poste, il ne la quitta pas d'une semelle tant qu'il resta des visiteurs, et il fut le dernier à s'en aller.

Nous ne fûmes pas fâchés de nous retrouver seuls, Jimmy, Philippe et moi, et nous nous empressâmes d'aller nous restaurer à la cuisine. Comme tout le monde à l'hôtel, ou presque, Nussbaum avait cherché dans le travail un dérivatif à son chagrin. Il restait assez de nourriture pour soutenir un siège et j'y fis grand honneur, malgré ma fatigue : j'étais littéralement affamée.

Le soir, Mère ne parut pas à la salle à manger mais se fit servir chez elle, comme d'habitude. Ce dont nous évitâmes de parler, mais tout le monde le savait, c'est qu'elle avait invité Bronson Alcott à partager son dîner.

— Clara Sue ne reviendra pas à l'hôtel, annonça Philippe en prenant place à table. C'est peut-être mieux comme ça.

Je haussai un sourcil intrigué.

— Comment cela, elle ne reviendra pas ? Où est-elle ?

— À Richmond. Elle m'a fait prévenir par une de ces petites pimbêches qu'elle appelle ses amies.

— Elle rentre au collège, si tôt ? Mais...

— C'est aussi bien comme ça, coupa Philippe. Pour ma part, je m'en vais demain matin. Je n'ai rien à faire ici et je ne tiens pas à manquer mes examens.

Jimmy et moi échangeâmes un bref regard avant de baisser le nez sur notre assiette, et Philippe enchaîna :

— Quant à Mère, elle se remettra sans moi, je ne m'inquiète pas pour elle. Mais bien sûr, si tu estimes avoir besoin de moi pour une raison professionnelle, Aurore...

— Non, non, M. Updike et M. Dorfman ont tout prévu. Nous rouvrirons pour le week-end, annonçai-je. Il vaut mieux pour tout le monde que le travail reprenne.

Il m'en coûtait de l'admettre, mais sur ce point Grand-mère Cutler avait probablement raison. Malgré tout, je me félicitais d'avoir fermé quelques jours, par respect pour la mémoire de Randolph.

— Très juste, commenta Philippe, c'est pourquoi je tiens moi aussi à m'y remettre. Je voudrais...

Il joua pendant quelques instants avec sa fourchette avant d'achever :

— Je voudrais m'excuser encore une fois pour Clara Sue, elle devient vraiment insupportable. Je veillerai à ce qu'elle vous laisse tranquilles, tous les deux.

Jimmy hocha la tête et je fus sur le point de répondre, mais je m'en abstins. J'aurais voulu dire que Clara Sue n'avait pas changé et ne changerait probablement jamais. Qu'elle resterait ce qu'elle était quand nous nous étions connues, égoïste, méchante et sournoise. Mais je ne tenais pas à jeter de l'huile sur le feu. La situation était déjà suffisamment pénible comme ça.

Peu après, Jimmy et moi montâmes jeter un dernier coup d'œil sur Christie avant de nous retirer pour la nuit. Comme nous passions devant chez Mère, un rire perlé nous parvint à travers la porte close.

— Mère semble miraculeusement guérie de son chagrin, observai-je à mi-voix, ce qui fit sourire Jimmy.

Mais un peu plus tard, étendue dans ses bras, je me sentis brusquement très triste et me blottis contre son épaule.

Par la fenêtre, nous pouvions voir le ciel immense où toute la journée avaient plané de gros nuages, sombres et mornes comme nous l'étions nous-mêmes. Maintenant, ils accouraient, s'amoncelaient, prêts à crever sur nos têtes. De temps en temps, perçant la grisaille, nous parvenait le bref scintillement d'une étoile.

— Je ne peux pas m'empêcher de penser au jour où maman est morte, chuchota Jimmy. J'avais le cœur si lourd, si tu savais ! J'ai cru qu'il allait s'arrêter et que j'allais mourir de chagrin.

— Je me souviens que tu as couru comme un fou de l'hôpital jusqu'à la maison, tout d'une traite.

— J'avais seulement besoin de sentir mes talons taper par terre, de cogner quelque chose, n'importe quoi. Mais enterrer son père et filer rejoindre ses amis, comme Clara Sue, ça me dépasse. Je ne comprends pas mieux Philippe, d'ailleurs. Retourner à l'université, comme ça, tout de suite... Tu appelles ça une famille, toi, Aurore ?

— Non, Jimmy.

— Tu crois que nous deviendrons comme eux, si nous restons à l'hôtel et si nous élevons nos enfants ici ?

— J'espère que non. Je crois que nous nous aimons trop pour qu'une chose pareille nous arrive, ajoutai-je précipitamment.

Il acquiesça d'un signe de tête. Mais même dans la pénombre, grâce à l'infime clarté que jetaient les étoiles, je lus son anxiété dans ses yeux et ma gorge se serra. J'aurais tant voulu lui promettre, lui jurer que notre amour et notre bonheur n'auraient pas de fin. Qu'il pouvait croire en eux aussi fermement, aussi sûrement qu'au cycle des saisons.

Mais le regard d'acier de Grand-mère Cutler demeurait présent à ma mémoire et je ne parvenais pas à l'en chasser. Allait-elle me hanter toute la vie ? Pouvait-elle vraiment nous atteindre et nous faire du mal ?

Je me serrai plus fort contre Jimmy, et il me caressa tendrement les cheveux.

Dehors, par-delà les jardins, Randolph reposait aux côtés de sa mère. Avait-il trouvé la paix ? Et s'il était en paix, pourquoi nous avait-il fallu payer si cher pour cela ?

6

Soirée à Bel Ombrage

Dans les jours qui suivirent la mort de Randolph, une prodigieuse transformation s'opéra chez ma mère. Elle venait à peine de prendre le deuil, que déjà elle renonçait à se cloîtrer dans ses appartements. En fait, elle émergea un beau matin de sa langueur éplorée avec une énergie volcanique. Mais ces forces toutes neuves ne lui servirent en aucune façon à se rendre utile, bien au contraire. Elle se détourna résolument de tout ce qui se rapportait de près ou de loin à l'entreprise familiale. Elle n'accueillait plus les clients, évitait toute activité liée au fonctionnement de l'hôtel. J'appris qu'elle ne pouvait plus supporter de traverser le hall, même quand elle avait besoin de la limousine. Fuyant les regards critiques, elle prit l'habitude d'utiliser une porte latérale, comme si le but de ses allées et venues devait rester secret. Et il m'arrivait de penser que c'était le cas, même quand elle prenait soin d'annoncer qu'elle sortait faire une course, déjeuner ou dîner en ville avec de vieux amis.

Car elle s'était découvert de vieux amis, tout à coup. J'aurais pu compter sur les doigts de la main le nombre de fois où, à ma connaissance, elle avait reçu l'un ou l'une d'entre eux, et je ne me souvenais pas de l'avoir jamais vue rendre visite à qui que ce soit dans le voisinage. Mais subitement, tout changea.

Un jour où elle sortait pour une de ces fameuses visites amicales, je la rencontrai dans le hall. Elle avait dû retourner ses placards pour y dénicher une de ses anciennes toilettes, peut-être plus très neuves mais en tout cas fort élégantes. On

126

aurait juré que ses vêtements de deuil, pourtant signés par un grand couturier et à peine portés, avaient provoqué chez elle une véritable fringale de couleurs. On ne la voyait plus qu'en vert vif, rose tendre, bleu pastel, dont les nuances éclataient de fraîcheur. Sa robe était bleue ce jour-là, assortie d'un adorable chapeau. Coiffée « en coup de vent », fardée avec soin et parée comme une châsse, elle bondissait littéralement en descendant l'escalier. Ses boucles dansaient sur ses épaules et je crus même l'entendre chantonner.

— Aurore ! s'exclama-t-elle en découvrant ma présence.

Un instant, elle parut gênée, presque coupable, puis elle pirouetta sur elle-même en souriant.

— Comment me trouves-tu ?

Je dus m'avouer qu'elle semblait rajeunie, comme libérée d'une ombre où elle aurait langui et dépéri. Rayonnante, rose et blonde comme une pêche fraîche cueillie, elle pétillait de vitalité.

— Ravissante, Mère. Où vas-tu, aujourd'hui ?

— Oh, juste retrouver quelques amies de collège pour déjeuner, et peut-être faire un peu de lèche-vitrines, débita-t-elle comme une leçon bien apprise.

Je dus laisser paraître un certain scepticisme, car elle se crut obligée d'ajouter :

— Et pourquoi ne pourrais-je pas sortir ? J'en ai assez d'être enfermée dans cet appartement ! J'y ai passé tellement de temps à me remettre de ceci ou de cela qu'il me fait l'effet d'une prison, maintenant. Et d'ailleurs...

Les coins de sa bouche s'abaissèrent comme si elle allait pleurer.

— ... cet endroit me rappelle tellement le pauvre Randolph ! C'est trop triste d'avoir toutes ses affaires sous les yeux, il faut que je m'en débarrasse. J'en donnerai à Philippe, et aussi à l'Armée du Salut, comme ça mon malheur pourra au moins servir aux pauvres.

— Quelle délicate attention, Mère !

— Et la lumière ? enchaîna-t-elle sans se laisser démonter. Tu as remarqué comme cet appartement était mal exposé ?

Pas étonnant que Grand-mère Cutler nous l'ait attribué ! Le sien a le soleil presque toute la journée.

— Et si tu t'y installais, Mère ?

— Dieu m'en garde ! Je ne veux rien avoir de commun avec cette affreuse vieille femme, se récria-t-elle avec une grimace de dégoût.

Puis, en un clin d'œil, elle retrouva sa mine angélique.

— Bon, il faut que je me sauve, Julius m'attend dans la voiture. Je trouverai peut-être quelque chose pour toi, en faisant mes courses.

Elle s'envola comme une alouette et je montai chercher Christie. La saison d'été battait son plein, je me laissais de plus en plus accaparer par ma tâche et Jimmy me rappelait parfois, très gentiment, ma promesse de ne jamais les négliger pour mon travail, tous les deux. À plusieurs reprises, j'avais dû quitter la table pour aller régler divers petits problèmes, et quand je regagnais ma place je lisais dans ses yeux ce reproche muet : « Je te l'avais bien dit. »

Mais M. Updike et M. Dorfman s'en remettaient de plus en plus à moi, désormais. J'étais assaillie de coups de fil, réclamations, questions émanant du personnel ou des fournisseurs. Chaque matin, je trouvais dans mon agenda une liste impressionnante de choses à faire et de personnes à joindre. La charge me pesait de plus en plus, bien au-delà de ce que j'aurais cru. J'en venais à me demander comment Grand-mère Cutler avait fait pour diriger l'hôtel avec une telle poigne, elle qui était tellement plus âgée que moi. Et plus j'avais de choses en tête, plus je me sentais coupable de ne pas consacrer assez de temps à ma petite Christie.

Elle poussait comme un champignon. Sans que je m'en sois rendu compte, mon délicieux bébé s'était transformé en une petite fille ravissante, éveillée, curieuse de tout. Randolph lui manquait beaucoup, plus qu'à n'importe qui sans doute. Je savais par Sissy qu'elle demandait très souvent à aller dans son bureau. Il s'était toujours montré si patient avec elle, si heureux de la voir arriver au beau milieu de ses étranges occupations ! Je finis par dire à Sissy de m'amener Christie dans mon bureau, mais pour moi, ce fut moins facile. Je ne faisais pas de la figuration, je travaillais vraiment. Et pendant que j'expliquais quelque chose à ma fille, les gens qui s'impatientaient au téléphone ou derrière ma porte n'appréciaient pas beaucoup de devoir attendre que j'aie fini. Il fallait bien m'exécuter, pourtant. Christie répétait sa question en tirant sur ma jupe tant qu'elle n'avait pas obtenu son explication.

Parfois, quand il se sentait d'humeur magnanime, Jimmy venait la chercher pour faire un tour en mototondeuse, ou tout simplement regarder les peintres ou les ouvriers en pleine action. Rien ne l'ennuyait, elle prenait autant de plaisir à observer les travailleurs manuels que le comptable qui manipulait sa calculette. Tout le monde, tout l'intéressait.

Grâce aux jouets éducatifs, son vocabulaire s'était prodigieusement enrichi. Les clients qui demandaient son âge s'étonnaient toujours qu'elle eût à peine plus de deux ans. Élevée dans un perpétuel va-et-vient d'étrangers, elle était vite devenue très sociable et ne se montrait maniérée que lorsqu'on la complimentait sur sa toilette ou sa beauté.

Je ne pouvais m'empêcher de me demander si elle aurait la coquetterie de Mère. En tout cas, elle était très infatuée de sa petite personne et, depuis qu'elle possédait un nécessaire à coiffer, elle passait des heures devant son miroir. La première fois que Sissy lui fit les ongles, elle demeura patiemment assise pendant toute l'opération, puis elle se pavana dans tout l'hôtel pour faire admirer ses mains.

La seule personne qui ne lui accordât pas la moindre attention, c'était Mère. Si par hasard elle la rencontrait dans les couloirs ou dans le hall, elle lui décochait un grand sourire, naturellement. Mais je ne me faisais pas d'illusions : je savais que c'était pour la galerie. Elle ne proposait jamais de passer un moment avec Christie, ne permettait jamais à Sissy de la lui amener dans ses appartements. La seule fois où Christie s'y était aventurée, Mère avait vertement prié Sissy de la faire sortir, de crainte qu'elle ne casse un de ses précieux bibelots.

Les nouvelles « occupations » de Mère la retenaient de plus en plus au-dehors, depuis quelque temps. Elle partageait rarement nos repas et ne voyait plus les clients qu'en passant. Un jour, Philippe m'appela spécialement pour avoir de ses nouvelles. Il avait tenté plusieurs fois de la joindre et se demandait pourquoi elle ne répondait pas à ses appels.

— L'année se termine, Aurore, et j'ai l'intention de prendre de petites vacances aux Bermudes avec Betty Ann. Ses parents m'ont invité pour quelques jours et je voulais que Mère le sache.

Et que moi aussi je le sache, compris-je à demi-mot.

— Quand l'as-tu appelée pour la dernière fois, Philippe ?

— Cela doit faire une semaine, et j'avais déjà téléphoné deux fois, avant ça. Elle va bien au moins ?

— Oh oui ! Je ne l'ai jamais vue si bien portante ni si dynamique... bien que je ne la voie pas beaucoup, à vrai dire. Elle est toujours par monts et par vaux. Elle passe presque toutes ses journées dehors, quand ce n'est pas la soirée.

— Hmm... cela ne lui ressemble pas, commenta-t-il. En tout cas, transmets-lui mon message, tu veux bien ? Je t'enverrai des cartes postales des Bermudes.

— Et toi, amuse-toi bien.

— Merci. En rentrant, je te promets de prendre ma part de travail, tu verras.

— Attention, tu ne sais pas à quoi tu t'engages !

Il éclata de rire.

— Est-ce à la nouvelle Mme Cutler que j'ai l'honneur de parler ? Je crois entendre Grand-mère !

— Sûrement pas. Je suis moi-même, et personne d'autre.

En tout cas, j'avais tout fait pour ça. Redécoré le bureau, changé le sombre tapis bleu pour une moelleuse moquette beige. Ajouté des lampes et accroché de nouvelles peintures aux tons vifs et lumineux. Un seul des anciens tableaux avait gardé sa place : le portrait de mon père. Je ne m'étais pas senti le droit de l'ôter.

Il y avait des photographies encadrées de Jimmy et Christie un peu partout sur mon bureau, et je permettais à Sissy de laisser des jouets dans un coin de la pièce. De plus, Jimmy veillait à ce que les vases soient toujours pleins de fleurs fraîches, dont le parfum avait remplacé celui de

Grand-mère Cutler : le lilas. L'air embaumait l'œillet, la rose, le jasmin, n'importe quelle fleur de saison... sauf le lilas.

Il me restait une question à poser à Philippe, avant de raccrocher. Je l'avais gardée pour la fin.

— Au fait, et Clara Sue ? Qu'est-ce qu'elle devient ?

— Je n'ai jamais pu l'avoir au bout du fil, elle non plus. Mais elle m'a fait savoir par des amis communs qu'elle compte passer l'été à Jersey, chez une camarade dont les parents ont une villa sur la côte. Je suis sûr qu'elle va terriblement te manquer, s'égaya Philippe.

— Mère est au courant ? Elle ne m'a rien dit.

— Clara Sue ne daigne prendre contact avec elle que pour une chose : lui demander de l'argent.

Je savais ce que je voulais savoir et, après avoir souhaité de bonnes vacances à Philippe, je raccrochai. Je ne revis Mère qu'en fin de journée, quand je montai pour me changer avant le dîner. Je venais de prendre une douche et j'étais en peignoir, enturbannée d'une serviette de bain, quand j'entendis frapper à ma porte.

— Toc, toc ! fit Mère d'une voix flûtée en passant la tête à l'intérieur.

— Entre, je t'en prie.

Elle aussi venait de prendre une douche, et même de se changer. Je la trouvai très élégante dans sa robe du soir cramoisie. Apparemment, elle était rentrée depuis un certain temps et se préparait à ressortir.

— Je viens de m'acheter ça aujourd'hui, dit-elle en virevoltant pour faire bouffer sa jupe. Qu'est-ce que tu en penses ?

Le bustier baleiné cintrant la taille et d'où jaillissait un flot de fronces vaporeuses me parut très élégant. Je ne cachai pas mon admiration.

— Je te trouve superbe.

Le visage de Mère s'illumina.

— Merci. Je me sens très bien, je dois dire.

Elle gloussa comme une enfant, manifestement enchantée d'elle-même et de la vie. Se souvenait-elle seulement qu'elle avait eu un mari ? Jamais veuve ne s'était aussi vite consolée.

131

— Et où vas-tu, ce soir ?

Je m'attendais à l'une de ses réponses évasives, mais ce fut avec un grand sérieux qu'elle annonça :

— Ce soir, je suis invitée à dîner dans un des plus grands restaurants de Virginia Beach.

— Oh... et par qui ?

— Bronson Alcott, répondit-elle très vite.

Et aussitôt, elle entreprit de se justifier.

— Je ne vois pas ce qu'il y a de mal à me montrer au bras d'un homme du monde, et toi ? Les gens ne s'attendent tout de même pas à ce que je me laisse dépérir comme ce pauvre Randolph ! Je suis encore jeune et séduisante, ce ne serait pas juste. D'ailleurs...

Elle ne s'interrompit que le temps de souffler.

— ... Bronson est un vieil ami, et même un ami de la famille. Ce n'est pas comme si je changeais de soupirant tous les jours.

— Tu es assez grande pour savoir ce que tu dois faire, Mère.

— Exactement, approuva-t-elle en se penchant vers le miroir de ma coiffeuse. C'est bien mon avis.

— Au fait, Mère : Philippe a téléphoné, dans la journée. Tu l'as rappelé ?

— Philippe ? Non, pourquoi ? Qu'est-ce qu'il voulait ?

Son fils l'intéressait visiblement moins que la boucle folle qu'elle s'efforçait de remettre en place.

— Il se demandait pourquoi tu ne donnais pas signe de vie. Tu n'as jamais répondu à ses appels.

— Ah bon ? s'étonna-t-elle, l'air de trouver cet oubli très drôle. Et il t'a paru inquiet ?

— Oui, et assez intrigué, mais je lui ai dit que tu étais sortie de ta retraite et qu'on ne te voyait pratiquement plus à l'hôtel, ironisai-je ouvertement. (En pure perte, il faut le reconnaître.)

— Tu as bien fait.

— Il voulait te prévenir qu'il comptait partir en vacances avec les parents de sa fiancée. Ils l'emmènent aux Bermudes aussitôt après ses examens de fin d'année.

— Merveilleux ! Quelle chance qu'il ait choisi une fille dont la famille est si riche et si distinguée, tu ne trouves pas ? Je m'en réjouis pour lui. Il y a au moins quelqu'un qui écoute mes conseils.

J'ignorai délibérément l'allusion.

— Il m'a également appris que Clara Sue ne reviendrait pas à l'hôtel cet été, il en est presque sûr. Tu le savais ?

— Comment ça elle ne reviendra pas ? releva-t-elle d'un ton réprobateur. Où ira-t-elle, alors ?

— Avec une amie, sur la côte de Jersey.

— Bon, eh bien tant mieux ! Je ne sais pas si j'aurais eu la patience de la supporter en ce moment. Il se trouve que ma vie est un peu sens dessus dessous, tu comprends. Mais par bonheur... je sais comment retomber sur mes pieds ! conclut-elle dans un éclat de rire.

Et à nouveau, elle pirouetta vers la coiffeuse, donna une pichenette à ses pendants d'oreilles et caressa du bout des doigts sa rivière de diamants. Elle buvait littéralement des yeux l'image éblouissante que lui renvoyait le miroir.

J'allai ouvrir mon placard dans l'intention de choisir une toilette pour le dîner. L'hôtel était comble, et j'avais beaucoup de clients à accueillir ce soir-là.

— J'en suis heureuse pour toi, Mère.

— C'est gentil, merci. Oh, mais que je suis sotte ! Je bavarde, je bavarde et j'allais oublier pourquoi j'étais venue.

— Ah bon ? Je croyais que tu étais venue me montrer ta nouvelle robe.

— Oui, pour ça aussi, bien sûr.

— Et quoi d'autre ? insistai-je, sentant qu'il y avait anguille sous roche.

Mère prit une profonde inspiration.

— Bronson aimerait que vous dîniez avec moi chez lui, James et toi. Mardi, si cela vous convient.

Mon attention s'aiguisa.

— Un dîner, chez Bronson Alcott ?

— Oui, un grand dîner, même, tu peux me croire. Et j'aimerais tant que vous connaissiez Bel Ombrage ! N'oublie pas non plus que Bronson est directeur de la banque à laquelle nous empruntons, précisa-t-elle d'un ton significatif. Refuser ne serait pas très adroit.

— Si j'y vais, ce ne sera pas sous la menace ! répliquai-je abruptement.

Mère se raidit comme si je lui avais craché à la figure.

— Je ne voulais pas... je pensais simplement que tu devais respecter certaines convenances, Aurore. Tu as une position dans le monde, maintenant.

— Très bien. J'en parlerai à Jimmy.

— Mais quelles raisons aurait-il de ne pas venir ?

— Jimmy ne se laisse pas impressionner par ce genre de choses, Mère. Mais je n'ai pas dit qu'il refuserait, inutile de t'alarmer.

Elle se détendit instantanément.

— C'est très gentil à toi, Aurore. J'aimerais tellement que nous devenions bonnes amies, malgré les petits froissements qui ont pu se produire entre nous.

Des petits froissements ? Elle avait de ces mots ! Laisser Grand-mère Cutler tramer mon faux enlèvement et me persécuter tout à son aise après mon retour, elle appelait cela « des petits froissements » ? Et le fait qu'elle ne soit jamais venue me voir à New York, n'ait pas empêché Grand-mère de m'envoyer chez son abominable sœur Emily, à Grand Prairie, c'étaient de petits froissements, ça aussi ? Et son refus de venir en aide au pauvre Randolph, l'abandon de ses enfants à eux-mêmes, quel nom donnait-elle à cela ?

Deux grosses larmes tremblèrent aux coins de mes paupières, et je me détournai pour qu'elle ne les vît pas.

— Il faut que je m'habille pour dîner, Mère.

— Bien sûr ! s'exclama-t-elle en courant vers la porte. Je te laisse.

Mais, sur le point de sortir, elle virevolta en riant.

— Quand même ! N'est-ce pas merveilleux que tu t'en tires aussi bien ? Grand-mère Cutler doit se retourner dans sa tombe !

Toute pensive, j'écoutai son rire perlé s'éloigner dans le couloir. Elle avait peut-être raison, à propos de Grand-mère Cutler. Peut-être ne travaillais-je aussi dur que pour l'égaler, sinon la dépasser. Peut-être désirais-je qu'elle se retourne dans sa tombe, sans jamais trouver le repos.

« Pardonne-moi, Jimmy, m'entendis-je murmurer. Pardonne-moi, mais la vengeance est si douce... »

À ma grande surprise, non seulement Jimmy ne se fit pas prier pour accepter l'invitation, mais il parut très pressé de se rendre chez Bronson Alcott.

— On m'a tellement parlé de cette maison, tu comprends ? Surtout Buster Morris, qui fait quelques petits travaux d'entretien à Bel Ombrage.

Je ne pus m'empêcher de sourire. Jimmy était devenu très populaire à Cutler's Cove, surtout auprès de ses subordonnés. Il ne prenait pas de grands airs et ne prétendait pas tout savoir, tenait compte de l'opinion des vétérans et, surtout, ne cherchait pas à leur imposer de nouvelles habitudes. On ne l'en appréciait que davantage.

— Et qu'est-ce qu'on t'a raconté sur Bel Ombrage, Jimmy ?

J'avais bien des raisons de m'intéresser à Bronson Alcott, outre ses relations avec Mère. Il s'était introduit dans ma vie si naturellement, avec son sourire conquérant, ses manières persuasives, ses yeux au charme irrésistible et provocant. Et ce mystère qui flottait autour de lui...

Il était beau, élégant, séduisant, aussi sûr de plaire qu'une vedette de l'écran. Il affichait les manières aisées d'un homme important et fortuné, parfaitement éduqué. On ne pouvait pas ne pas le remarquer. Mais alors, pourquoi ne s'était-il jamais marié ? Par désespoir de n'avoir pu obtenir la main de Mère ? La réponse de Jimmy coupa court à mes rêveries.

— Eh bien, d'abord que tout est beaucoup trop grand pour un homme qui vit seul, d'après Buster. Je ne parle pas des domestiques, naturellement. Il y a dix chambres, un salon, une salle de séjour gigantesque où l'on pourrait donner des réceptions, une bibliothèque et un office. La cuisine est aussi grande que celle de l'hôtel, toujours d'après Buster, et le parc est absolument immense. Il s'étend jusqu'à la baie, avec une vue fabuleuse sur l'océan, et j'oubliais ! Il y a une piscine et un court de tennis derrière la maison.

« Buster dit que le père de Bronson l'a fait bâtir en revenant de la Première Guerre mondiale, dans le style anglo-normand. C'est un manoir, paraît-il.

— Un manoir ?

— C'est comme ça qu'on appelle ça. Une sorte de petit château campagnard. C'est français, mais ça rappelle aussi le style Tudor anglais, précisa Jimmy, fier de ses connaissances toutes fraîches.

— On dirait que vous parlez beaucoup de Bel Ombrage, Buster et toi ? fis-je observer d'un ton taquin.

— Eh bien, c'est juste que... je m'intéresse à l'architecture, à la construction, enfin tout ça. Eh bien... (Il rougit comme un écolier pris en faute.) J'aimerais bien faire bâtir un de ces jours, moi aussi. J'ai déjà repéré un coin bien tranquille de la propriété, vers le sud. Une petite colline. Buster trouve que ce serait parfait pour le genre de maison que j'ai en vue.

— C'est vrai, Jimmy ? Ce serait fantastique !

Ses traits s'illuminèrent.

— Et puis je ne serais pas fâché de voir Bel Ombrage d'un peu plus près, de toute façon.

C'est ainsi que le mardi soir, sur notre trente et un, nous montâmes dans la limousine en compagnie de Mère. Je n'avais pas renouvelé ma garde-robe, depuis l'époque de mes études à New York. Sur la suggestion de Mère, je m'accordai l'après-midi du mardi pour courir les boutiques. Comme il s'agissait d'un dîner de gala, je choisis ma toilette en conséquence. Une robe mi-longue en satin noir, avec bretelles extra-minces et large ceinture en soie noire. Mère tomba en extase quand je déballai mon paquet. Elle s'empara de ma robe, la déploya devant elle et se contempla dans mon miroir.

— Elle est parfaite, Aurore. Absolument parfaite ! Justement, nous sommes presque de la même taille... tu pourras me la prêter, un de ces jours ?

— Bien sûr, Mère.

— Oh, laisse-moi t'aider à t'habiller, je t'en prie !

— Je sais m'habiller toute seule, protestai-je.

Mais en voyant sa mine déconfite, je me radoucis aussitôt. On aurait dit qu'elle allait fondre en larmes.

— Après tout, si tu y tiens... tes conseils ne seront pas de trop.

— À la bonne heure ! s'écria-t-elle en plaquant ma nouvelle robe sur son buste. Nous nous préparerons ensemble, comme une mère et sa fille pour un grand bal... un bal de débutantes, pourquoi pas ? Oh, je voudrais déjà y être !

Fidèle à sa promesse, Mère vint assister à mes préparatifs, ce mardi-là. Sur ses conseils, j'apportai un léger changement à ma coiffure, en relevant mes cheveux d'un seul côté, style « coup de vent ». Je laissai Mère brosser ma frange et consentis à la suivre dans ses appartements pour procéder à la cérémonie du maquillage.

Jimmy s'amusa beaucoup de nous voir partir ensemble, Mère me tirant par la main. Mais lorsque je fus assise à sa coiffeuse, écoutant ses suggestions sur la façon de me faire les yeux, de choisir mon rouge à lèvres, de me parfumer, j'eus un petit pincement au cœur. Je ne pus m'empêcher de me demander ce qu'eût été ma vie si nous avions toujours été aussi proches l'une de l'autre, depuis ma naissance. Puis je pensai à Sally Jean et je me sentis coupable. J'aimais toujours maman, elle me manquait, mais j'avais été privée de tout ce qui compose l'univers des femmes, et cela aussi me manquait.

J'aurais pu vivre dans le luxe et l'élégance, moi aussi. Si j'avais grandi auprès de Mère, nous aurions été traitées en princesses : les deux princesses de Cutler's Cove. Et sans doute ne serait-elle pas devenue si égoïste, si elle avait eu une fille à qui se confier. Nous aurions été amies, nous appuyant l'une sur l'autre, partageant nos peines et nos espoirs.

Toutes ces choses qui m'avaient été refusées, je les voulais pour Christie. Je nous voyais déjà, assises l'une près de l'autre devant un miroir, quand elle serait plus grande. Je l'aiderais à se préparer pour son premier bal, ou sa première sortie. Je serais pour elle la mère que je n'avais jamais eue.

— Et voilà ! chantonna Mère, c'est fini. Avoue que tu es cent fois plus belle comme ça, non ?

J'examinai longuement mon reflet. Je paraissais plus âgée, et je me trouvai grande allure. La coquetterie de Mère était-elle en train de déteindre sur moi, par hasard ? Je dus faire un grand effort pour détourner les yeux du miroir.

— Merci, Mère. Et maintenant, il est temps d'aller passer ma robe et de voir comment Jimmy se débrouille.

— Ne t'inquiète pas, c'est très chic d'être en retard. D'ailleurs, Bronson n'attend pas autre chose de ma part badina-t-elle. Tu sais ce qu'il m'a dit, une fois ? (Elle étouffa un petit rire.) Que si j'arrivais à l'heure à mon enterrement, le pasteur serait tellement stupéfait qu'il en tomberait raide mort.

Jimmy fut fortement impressionné en me voyant reparaître. Il en siffla d'admiration.

— Tu es tout simplement... éblouissante.

— Merci. Tu n'es pas mal non plus : le bleu marine te va très bien.

Je m'empressai d'enfiler ma robe, pris le bras de Jimmy et l'entraînai devant le miroir en pied. Pendant quelques secondes, notre image nous coupa le souffle.

— Est-ce bien la petite fille qui se barbouillait de boue en jouant à la dînette au fond de la cour ? se moqua tendrement Jimmy.

— Et serait-ce le garçon à qui on a dû faire des points de suture, quand il s'est fracassé la tête en tombant de son vélo ?

Il éclata de rire.

— Ah, çà, tu ne l'as pas oublié ! Tu as eu tellement peur, ce jour-là !

— Tu avais du sang plein la figure, Jimmy, j'ai cru que tu allais mourir. Et tu t'es moqué de moi, en plus !

— Je te demande pardon, je n'ai pas pu m'en empêcher. J'ai eu tellement peur moi-même en voyant tout ce sang ! Il fallait bien que je trouve un moyen de te calmer.

— J'avais quel âge déjà ? Quatre, cinq ans ?

— Cinq. Et la colère de papa ! Il hurlait : « Nous n'avons pas d'argent à gaspiller pour ce genre d'idioties ! » Tu te souviens ? (J'inclinai la tête.) Je n'ai plus eu le droit de faire du vélo pendant des semaines, après ça. Cette bonne vieille bécane... Il a fallu que je la laisse dans un déménagement, il n'y avait pas de place dans le coffre. Je ne peux pas te dire ce que ça m'a fait de la voir rester contre le mur de la maison, quand on est partis.

Sa voix s'étrangla sur ces derniers mots, dans un effort pour contenir ses larmes. Je l'embrassai sur la joue.

— Peut-être que nous nous attardons trop sur le passé, Jimmy. Pourquoi ne pas penser plutôt à l'avenir ?

— Tu as raison, mais c'est plus fort que moi. De temps en temps, je réfléchis à tout ça et je me demande ce que Fern a bien pu devenir. M. Updike n'a toujours rien trouvé ?

Il avait essayé, en tout cas, sur ma demande et à maintes reprises, mais sans résultat. Il ne se faisait pas d'illusions, ce que je ne voulais pas dire à Jimmy, mais je lui exposai la situation telle que la voyait le notaire.

— Non, Jimmy. Les gens qui adoptent un enfant tiennent à garder le secret, pour éviter que l'ancienne famille ne se manifeste. L'enfant les prend pour ses vrais parents. Et si jamais il découvre la vérité, il n'a aucun moyen de retourner dans sa famille demander des explications.

— Je comprends. J'aimerais seulement qu'on puisse la voir, savoir ce qu'elle devient, à quoi elle ressemble. À mon avis, elle doit être le portrait de maman, tu ne crois pas ?

— C'est probable. Elle a ses yeux et ses cheveux noirs.

La voix de Mère nous parvint du corridor.

— Je suis prête !

— Sa Majesté nous appelle, sourit Jimmy en m'offrant le bras. On y va ?

Mère avait refusé jusqu'à la dernière minute de me laisser voir sa toilette, une robe en satin blanc de nacre, outrageusement décolletée. Le bustier sans épaulettes lui remontait la poitrine à tel point qu'on devinait la pointe de ses seins. Par contraste, la jupe froncée tombait sagement jusqu'au-dessous de la cheville. Mais ce qui retint mon attention, ce fut le collier que Mère avait choisi : un énorme diamant taillé en poire suspendu à sa chaîne d'or blanc, avec les pendants d'oreilles assortis. Je me souvenais très bien d'avoir déjà vu ce collier, et pour cause. Ce jour-là, il était au cou de Grand-mère Cutler.

Mère drapa son châle en dentelle sur ses épaules et tournoya comme une ballerine.

— Alors ? Comment me trouvez-vous ?

— En beauté, répliqua Jimmy sans cacher son admiration.

— Merci, James. Aurore est ravissante, elle aussi.

Si mère attendait que je lui retourne le compliment, elle fut déçue. Je demandai tout à trac :

— Où as-tu pris ce collier ?

Elle laissa échapper un petit rire nerveux.

— Ce collier ? Oh, c'est une des dernières choses que Randolph m'ait données avant de... de nous quitter.

— Mais n'appartenait-il pas à Grand-mère ?

— Et alors ? Pour le cas qu'elle en faisait ! Tout ce qui intéresse une femme normale la laissait complètement froide. Va voir dans ses placards, tu auras une idée de ses goûts. Elle ne se maquillait pratiquement jamais, et je ne sais même pas si elle se parfumait. Le savon et la brosse, pouffa Mère, voilà à quoi se résumaient ses soins de beauté ! Pas étonnant si elle remplissait son bureau de lilas !

— Quand même, grommelai-je, assez haut pour qu'elle puisse l'entendre. J'ai du mal à croire que Randolph t'ait donné des objets personnels de sa mère.

— Eh bien, il se trouve que si. En fait, c'est moi qui lui ai demandé ce collier et il s'est empressé d'aller le chercher. Il a même dit qu'elle tenait à ce que je le porte, et moi... (Mère s'esclaffa sans retenue.) Moi, je lui ai répondu ceci : « La prochaine fois que tu la verras, Randolph, remercie-la de ma part ! »

— Oh, Mère ! Tu n'as pas fait ça ? Entretenir le pauvre Randolph dans son délire, mais c'est... immoral !

— Quelle importance, au point où il en est ? Tout ce qui se trouve chez Grand-mère Cutler est à nous, maintenant. À toi et à moi.

— Et Philippe et Clara Sue, Mère ? Clara Sue n'aimerait pas être exclue du partage.

— Bon, à eux aussi, d'accord.

— Je croyais que tu ne voulais rien avoir en commun avec Grand-mère Cutler, pourtant ?

— Mais je ne parlais pas de ce genre de choses, voyons ! Je t'en prie, ne recommençons pas à nous quereller, pas ce soir. Surtout pas ce soir, insista-t-elle en retrouvant le sourire. Nous avons un si beau chevalier servant ! Vous m'offrez votre bras, James ?

Jimmy rougit, me consulta du regard, hocha la tête et Mère s'empressa de glisser un bras sous le sien.

— Je crois que nous allons faire notre petit effet dans le hall, tous les trois ! s'exclama-t-elle.

Mais l'escalier n'était pas assez large pour nous trois, et Mère ne semblait pas disposée à lâcher sa prise. Ce fut donc moi qui m'effaçai pour les laisser descendre côte à côte. Mais au bas des marches, Jimmy se retourna, me sourit et, à nouveau, m'offrit son bras.

— Madame Longchamp...

— Merci, monsieur Longchamp, répliquai-je, et nous fîmes notre entrée dans le hall.

Mère eut lieu d'être satisfaite. Clients et employés, tout le monde ouvrit des yeux ronds sur notre passage, et ce fut comme à la parade que nous nous avançâmes vers le perron où nous attendait Julius. Dès qu'il nous aperçut, il se précipita pour nous ouvrir la porte, puis courut à la voiture pour nous tenir la portière. Mère monta la première et insista pour que Jimmy s'assît entre nous.

— À Bel Ombrage ! lança-t-elle d'un ton conquérant.

— Bien, madame, obtempéra Julius.

Et la limousine démarra silencieusement.

Il faisait encore assez clair pour que nous distinguions chaque détail du paysage, tandis que nous roulions sur la route sinueuse qui menait au domaine Alcott. Bel Ombrage se dressait sur une hauteur dominant Cutler's Cove, et la demeure correspondait en tout point à la description de Jimmy. C'était une élégante construction en pierre, à colombages normands d'un effet très décoratif, avec une cheminée latérale. Une tour conique abritait l'entrée principale, dont la porte cintrée en pin noirci ne comportait qu'un seul battant. Deux rangées de fenêtres s'alignaient sous le haut toit pentu, et celles de l'étage comportaient toutes un balcon de fer forgé. Des haies bien taillées cernaient les abords immédiats de la maison, ouvertes sur un parc au désordre savant et plein de surprises. Après ce qui nous parut être une promenade parmi les jardins et les fontaines, Julius bondit de la voiture et vint ouvrir la portière pour aider Mère à descendre. Jimmy et moi nous empressâmes d'en faire autant.

— Eh bien, s'écria-t-elle en balayant l'espace d'un ample geste de la main, n'est-ce pas merveilleux ?

À nos pieds s'étendaient le village et le port, où les gens, les voitures, les bateaux semblaient autant de petits jouets animés. Le soleil plongeait derrière l'horizon dans une gloire de rayons, baignant toutes choses d'une lumière chatoyante, paradisiaque. Mère semblait en extase.

— Je pourrais rester ici ma vie entière en contemplation, si je m'écoutais.

— N'en faites rien, le dîner serait froid ! fit la voix de Bronson Alcott.

Nous nous retournâmes d'un seul mouvement, pour l'apercevoir debout sous le porche, les bras croisés, une pipe d'écume à la main. Il portait un veston de velours bleu nuit, souligné au col et à la poche d'un liseré d'or, et un foulard de soie écarlate lui tenait lieu de cravate. Ses cheveux châtain foncé prenaient des reflets d'ambre dans le jour déclinant. Et le même sourire qui flottait sur ses lèvres dansait dans ses yeux d'un bleu saphir.

— Bronson ! s'écria Mère, vous nous espionniez ?

— Certainement pas, se défendit-il en s'avançant pour lui prendre la main. J'ai vu arriver la voiture et je me demandais ce qui vous empêchait d'appuyer sur mon bouton de sonnette. Ce pauvre Livingston fait les cent pas dans le hall comme un futur papa dans une salle d'attente.

Mère lui répondit par un éclat de rire.

— Livingston est mon maître d'hôtel, expliqua Bronson à notre intention. Il est chez nous depuis... eh bien, depuis plus longtemps que moi, en fait. Il servait déjà chez mon père. Bienvenue à Bel Ombrage, tous les deux.

Il serra brièvement la main de Jimmy, puis son regard s'abaissa sur moi, s'attarda, me détailla sans hâte et sans rien omettre.

— Vous êtes absolument délicieuse, commenta-t-il sans me quitter des yeux. Telle mère, telle fille.

Ce compliment indirect ne parut pas enchanter Mère.

— Et maintenant, à qui la faute si nous sommes en retard pour le dîner ?

— Désolé, s'excusa Bronson en s'effaçant devant nous. Par ici...

Et il nous introduisit dans sa prestigieuse demeure.

Livingston se tenait juste à l'entrée du hall, sa haute silhouette filiforme bizarrement penchée en avant. Son visage cireux aux yeux délavés offrait un contraste saisissant avec son habit noir, et sa position voûtée produisait un effet curieux. Il ne pouvait pas faire un pas sans donner l'impression d'escalader une montagne.

— Bonsoir, Livingston, gazouilla Mère.

— Bonsoir, madame, croassa la voix rocailleuse du majordome.

— Livingston, dit à son tour Bronson, voici Monsieur et Madame Longchamp.

Le maître d'hôtel inclina la tête, nous le saluâmes d'un « bonjour » discret, puis il alla refermer la porte et je pus enfin accorder toute mon attention à la maison. Dès l'entrée, je fus frappée par la suprême élégance de chaque détail. Sol et bancs de marbre, tentures de velours brun foncé, peintures de différentes écoles, de la Renaissance à l'époque moderne. Bronson nous conduisit d'abord à la bibliothèque, lambrissée de vieux chêne à panneaux de cuir, puis dans son cabinet de travail. Un immense portrait de ses parents trônait au-dessus du bureau, et je me surpris à examiner le visage de sa mère. Elle me rappelait vaguement quelqu'un, mais qui ? Je n'eus pas le temps de m'attarder sur la question, car mon intérêt fut éveillé par un second portrait, sur la gauche. Celui d'une jeune femme.

Très jeune, même : sans doute moins de vingt ans. Des cheveux châtain clair tombant sur les épaules, un visage souriant à l'ovale délicat et des yeux d'un vert transparent. Assise dans un grand fauteuil capitonné, ses mains fines croisées sur les genoux, elle ne semblait pourtant pas très à l'aise. Quelque chose dans le mouvement de ses épaules causait une impression bizarre, indéfinissable.

Bronson aussi contemplait le portrait, et je surpris son regard admiratif. Il souriait, et la ressemblance entre son sourire attendri et celui de la jeune femme me laissa rêveuse. Puis je découvris entre eux bien d'autres traits semblables, et je m'avisai qu'ils auraient pu être frère et sœur.

— Ma sœur Alexandra déclara-t-il au même instant.

— Elle est vraiment très jolie, Bronson.

— Était, corrigea-t-il en soupirant. Elle est morte il y a un peu plus de vingt-deux ans.

— Oh, je suis désolée...

— Que lui est-il arrivé ? s'enquit vivement Jimmy.

— On ne le dirait pas à la voir ainsi, mais elle souffrait continuellement. Elle était atteinte d'une dégénérescence des os. Poser pour ce portrait fut très douloureux pour elle mais elle a tenu bon. Elle voulait me laisser ce souvenir ajouta-t-il avec un sourire ému.

— Cessez de ruminer ces idées noires, intervint Mère. C'est trop déprimant.

— Pardon ? Oh, oui... bien sûr. Quelle indélicatesse de ma part, juste après que le pauvre Randolph...

— Je vous en prie, implora Mère, pas ce soir !

— Non, vous avez raison, concéda Bronson. Jimmy et Aurore doivent être curieux de faire le tour de la maison. Suivez-moi.

Derrière lui, nous passâmes sous l'escalier de marbre pour visiter d'abord un salon à la française, et même la cuisine où le chef et son assistant s'affairaient à préparer notre dîner. Un fumet alléchant nous chatouilla les narines.

— Je vous promets un régal de gourmets, annonça Bronson.

Après quoi, il nous conduisit directement à la salle à manger, pièce immense dont les hautes fenêtres rasaient le plafond, encadrées de somptueux rideaux roses galonnés d'or. Un lustre en cristal dominait la longue table qui aurait pu accueillir vingt convives, et qu'entouraient des chaises capitonnées, à haut dossier. À l'instant où nous y prîmes place, un valet de pied et une soubrette surgirent comme par enchantement, l'un portant le champagne dans un seau à glace et l'autre nos verres sur un plateau d'argent. Quelques instants plus tard, le vin pétillait dans les coupes.

— J'aimerais porter un nouveau toast, commença Bronson en se tournant vers moi. D'après mes informations... et j'ai des informateurs un peu partout, précisa-t-il à l'intention de Mère, les débuts dans l'hôtellerie de notre jeune directrice paraissent des plus prometteurs. Donc, je lève mon verre à l'avenir de l'hôtel Cutler's Cove, qui s'annonce des plus brillants.

— Oh, Bronson ! protesta Mère, un toast pour un hôtel ? C'est aux gens qu'il convient d'en porter !

— Très bien, alors. Aux deux plus jolies femmes de Cutler's Cove.

— Voilà qui est mieux, se radoucit Mère, et nous levâmes nos coupes.

À la seconde même où nous les reposions sur la table, le festin commença.

Comme entrée, on servit des escargots de Bourgogne, suivis d'une délicieuse salade de radis. Chaque recette restait le secret du chef, affirma Bronson, y compris celle du savoureux pain français. Et il m'avertit que si jamais je songeais à lui soutirer quelques renseignements pour l'hôtel, je ferais mieux d'y renoncer.

— Oh, n'ayez crainte, ripostai-je en imaginant la réaction de notre chef si je risquais seulement une pareille suggestion. Nussbaum n'apprécierait pas du tout, il est bien trop fier pour cela.

— Fier ? releva Mère en fronçant son petit nez. Affreusement susceptible, tu veux dire !

Surtout avec elle, m'amusai-je intérieurement. Mais déjà, on servait des sorbets pour que nous puissions nous rafraîchir le palais avant de passer au plat de résistance. Ce fut un canard à l'orange, accompagné de riz brun et d'asperges à la sauce hollandaise, présentées à part. Le valet faisait office d'échanson, et la soubrette allait et venait sans bruit, guettant le moment opportun pour remplir nos verres à eau. Bronson n'avait pas menti : ce dîner fut un vrai régal.

Mère ne mangeait guère plus qu'à l'ordinaire, pourtant. Elle picorait comme un oiseau. Mais Jimmy et moi étions déjà rassasiés quand on apporta le dessert : un somptueux baba au kirsch nappé de crème Chantilly. Comment nous réussîmes à lui faire honneur, je me le demande encore. Mais quand nous eûmes savouré notre café noir, j'eus toutes les peines du monde à me hisser sur mes pieds.

— Un petit tour dans le parc avant les alcools ? suggéra Bronson. Je crois que nous avons tous besoin de nous dégourdir les jambes.

— Avec plaisir, acquiesça Jimmy, toujours aussi curieux de visiter le domaine.

— Et il est vrai que j'en ai besoin, dus-je avouer.

Mais la proposition ne fut pas du goût de Mère.

— Eh bien pas moi, et je connais les lieux de toute façon. Je vous attendrai dans le salon français, Bronson.

— Je vous en prie, Laura Sue... une petite promenade nous sera profitable à tous, je vous assure.

Le regard de Bronson se fit si câlin, si persuasif que Mère finit par céder.

— Bon, très bien, soupira-t-elle comme si elle nous octroyait une faveur insigne. Si tout le monde insiste...

À mon avis, Bronson ne dut pas être dupe de sa petite mise en scène, car je vis ses yeux pétiller. Il nous précéda dans le hall, où Livingston accourut aussi vite qu'il en était capable pour nous ouvrir la porte, et nous suivîmes le chemin dallé qui serpentait à travers les pelouses. De bosquet en bosquet, en passant par un kiosque et un petit étang, nous revînmes derrière la maison pour découvrir les courts de tennis et une piscine de dimensions respectables. Piscine, pavillons, fontaines, tout était illuminé, y compris les allées. Jimmy marchait devant avec Bronson, discutant architecture et jardins, tandis que Mère se plaignait de n'être pas chaussée pour une pareille randonnée.

— Une randonnée, Mère ! Tu exagères, protestai-je.

Ce qui ne l'empêcha pas de geindre tout le long du chemin du retour, jusqu'à ce qu'elle puisse enfin se laisser tomber sur le confortable canapé du salon. Quelques instants plus tard, Livingston apparut avec le sherry et fit circuler le plateau. Jimmy et moi avions pris place côte à côte dans les deux grandes bergères, à droite de la cheminée de marbre. Bronson était resté debout. Dès que Livingston se fut retiré, il leva de nouveau son verre, mais en direction de Mère, cette fois. Ils échangèrent un regard de conspirateurs, puis Bronson se retourna vers nous.

— Voici venu le grand moment, commença-t-il. Celui de porter *le* toast qui compte entre tous, et aussi... de faire une déclaration.

Le petit rire nerveux de Mère fut pour moi comme un signal d'alarme, et mon pouls s'accéléra brusquement.

Toute la soirée, une petite voix m'avait soufflé ce que je refusais d'entendre. Comme je refusais de voir les œillades qu'échangeaient Mère et Bronson, la façon dont ils se tenaient la main sur la table... Je coulai un regard furtif du côté de Jimmy, et je lus dans ses yeux qu'il partageait mes soupçons. Nous n'étions pas venus dîner simplement pour admirer Bel Ombrage, finalement.

— Nous voulions que vous soyez les premiers à savoir, poursuivit Bronson. N'est-ce pas, Laura Sue ?

Encouragé par un sourire de Mère, il enchaîna aussitôt :

— Demain, nous annoncerons nos fiançailles officielles... si toutefois on peut parler de fiançailles, corrigea-t-il très vite. Nous comptons nous marier dans moins d'une semaine.

— Une semaine ! me récriai-je malgré moi. Mais il n'y a pas deux mois que Randolph est mort !

Mère parut se faner sous mes yeux.

— Je savais que tu dirais quelque chose comme ça, Aurore ! Mon bonheur n'a jamais compté pour toi.

147

— Voyons, Mère, à quoi d'autre pouvais-tu t'attendre ?
Comment peux-tu faire une chose pareille, si tôt après la
mort de Randolph ?

— Tu devrais pourtant savoir, toi mieux que personne,
que notre mariage n'en était pas un. Randolph était marié
à sa mère, il ne vivait que par elle, et dans son ombre. Tu
n'imagines pas combien j'en ai souffert, acheva-t-elle d'une
voix éteinte, qui se brisa sur un sanglot.

— Allons, allons, Laura Sue, lui reprocha tendrement
Bronson. Reprenez-vous.

Il posa son verre, vint s'asseoir à côté d'elle et lui entoura
les épaules de son bras. Mais elle ne désarma pas.

— Aurore ne sait pas ce que j'ai enduré, c'est pour cela
qu'elle me déteste, gémit-elle en levant sur lui ses yeux
brillants de larmes.

— Alors peut-être est-il temps de tout lui dire, Laura Sue.

Bronson attacha sur moi un regard lourd de signification,
d'une telle intensité que ma gorge se noua. Mère pâlit affreusement et lui lança un coup d'œil angoissé.

— Il est temps, Laura Sue, répéta-t-il en lui tapotant la
main.

— Non ! objecta-t-elle avec une vigueur inattendue. C'est
déjà trop pénible de me rappeler tout ça, je ne pourrais pas
supporter d'en parler.

— Alors laissez-moi m'en charger, insista Bronson, Et
tâchons d'oublier nos rancunes, surtout maintenant. Que rien
ne nous empêche de prendre un nouveau départ, ni amertume
ni regrets. J'aimerais tant que nous formions une vraie
famille !

— Comme vous voudrez, concéda-t-elle. Faites ce qui
doit être fait, mais je voudrais rentrer. Je suis fatiguée.

— Entendu, Laura Sue. James pourrait vous raccom-
pagner, et Aurore bavarder encore un peu avec moi ? Mon
chauffeur la reconduira plus tard.

— Très volontiers, acquiesça Jimmy en se levant.

Mais je protestai :

— Jimmy a le droit d'entendre, lui aussi !

Il se pencha vers moi pour me chuchoter à l'oreille :

— Bronson souhaite peut-être te dire certaines choses en tête à tête, Aurore. La présence d'un autre homme pourrait le mettre mal à l'aise. Tu me raconteras plus tard.

Il serra ma main d'un geste rassurant, puis se retourna vers les autres pour leur signifier son accord d'un regard.

Mère en soupira de soulagement.

— Merci, Bronson, nous avons passé une soirée merveilleuse. Une soirée que j'aimerais pouvoir compter parmi mes plus chers souvenirs, ajouta-t-elle à mon intention, avec un sourire éblouissant.

Bronson les escorta jusqu'à l'entrée, Jimmy et elle, et ne tarda pas à reparaître. Puis il s'assit en face de moi, croisa les jambes, porta son verre à ses lèvres et entama son récit.

7

Nouvelles révélations

— Il va falloir que je vous parle un peu de moi, Aurore, sinon vous ne pourrez jamais comprendre pourquoi ni comment tout s'est passé.

Bronson avait retrouvé son sourire enjôleur et il se pencha sur moi, le regard plus brillant et plus intense que jamais.

— Je suis né dans une ancienne famille fortunée, très en vue, et j'ai été ce que l'on appelle un enfant gâté. Mon père était pourtant un homme à poigne, qui ne badinait pas avec les principes, mais ma mère était une femme tendre et douce, dévouée corps et âme à son mari, à ses enfants et à l'image de la famille Alcott.

« Dès notre plus jeune âge, elle nous inculqua ce sentiment de la famille, à ma sœur Alexandra et à moi. Nous apprîmes très tôt qu'il nous incombait de faire respecter notre nom, que nous étions un modèle pour la société, la nouvelle classe dirigeante du Sud, en quelque sorte. Nous possédions argent, pouvoir, et l'existence de bien des gens dépendait de nous.

« En tant qu'investisseur et banquier, mon père exerçait pleinement ce pouvoir. Et moi, j'en vins très vite à me considérer comme un petit prince, destiné à hériter du trône et à maintenir la tradition des Alcott.

« La réalité n'était pas aussi grandiose, certes. Mais les riches et les puissants ont tendance à croire à l'image flatteuse qu'ils se forgent d'eux-mêmes, et ce fut certainement le cas de mon père. Enfin...

Bronson soupira et son regard se voila de tristesse.

— ... comme je vous l'ai dit, reprit-il pensivement, ma sœur Alexandra souffrait depuis sa naissance d'une maladie invalidante. Ce fut peut-être cela, ou l'habitude qui nous fut donnée de nous accorder trop d'importance, je n'en sais rien. Mais elle devint de plus en plus mélancolique, se persuada qu'elle était responsable de son état et qu'elle décevait gravement nos parents, surtout mon père.

« C'était une étudiante brillante, malgré sa maladie ; elle travaillait avec ardeur pour réussir. Je l'aimais infiniment et j'aurais fait n'importe quoi pour elle.

Il s'interrompit, le temps d'un sourire, et reprit le fil de ses souvenirs.

— Elle me reprochait toujours de lui consacrer trop de temps. « Tu devrais sortir davantage avec tes amis répétait-elle, courtiser les filles, au lieu de passer ta vie avec une infirme ! » Mais moi, j'étais incapable de l'abandonner.

« Aucun garçon ne l'invita au bal de la promotion. Ce fut moi qui dus la forcer à y aller, même si elle ne pouvait pas danser. J'étais le seul à l'accompagner au spectacle, le seul à lui proposer des promenades en voiture sur la côte ou en montagne. Je l'emmenais en mer, et même faire du cheval, elle qui était à peine capable de ce genre d'exercices. Il vint un moment où elle ne sortit plus que parce que j'insistais, et encore... en se faisant prier.

« "À quoi bon te donner tout ce mal Bronson ?" me demandait-elle à chaque fois que je m'entêtais ainsi. Je ne pouvais pas lui répondre que j'aurais voulu concentrer le plus de choses possibles dans le peu de temps qu'il lui restait à vivre, et c'était bien peu ! Mais je n'avais pas besoin de le dire : elle comprenait.

« Je suppose que ma dévotion pour elle découragea de nombreuses jeunes femmes. En tout cas, de vilaines rumeurs commencèrent à se répandre sur notre compte. Bien des gens s'étonnaient de cet attachement exceptionnel entre frère et sœur. On le trouva exagéré, puis on parla de mœurs contre nature. Mais je n'allais pas abandonner ma sœur par crainte des ragots, ni pour le plaisir de courtiser une jolie fille entichée de ses propres charmes.

— Et ma mère était une de ces jolies filles, n'est-ce pas ?

Bronson me considéra d'un œil absent, pianota sur le bras de son fauteuil et finit par se lever pour aller se camper devant les grandes baies vitrées. Il y demeura pendant un long moment, contemplant sans les voir le parc et l'océan, avant de se retourner vers moi. Et cette fois, son visage n'avait plus rien d'inexpressif. J'y reconnus cette douleur que je connaissais bien, pour l'avoir lue parfois dans les yeux de Jimmy au temps où nous nous croyions encore frère et sœur. La souffrance d'un amour sans espoir, le désir torturant de la femme inaccessible.

— Votre mère, dit-il enfin, votre mère était et est encore la plus jolie femme de Cutler's Cove. Et comme toutes les jolies femmes, elle n'est pas dépourvue de vanité.

— Oh, quant à la vanité, rétorquai-je sans indulgence, Mère en a reçu plus que sa part !

Bronson ébaucha un sourire et secoua lentement la tête.

— Je ne le nie pas, mais je comprends pourquoi elle est ainsi. Vous ne savez pas grand-chose de la vie de votre mère ni de son enfance, je me trompe ?

— Non. Elle ne m'en parle jamais. Et chaque fois que je l'ai interrogée, elle a changé de sujet comme si je l'agaçais. Tout ce que je sais, en fait, c'est qu'elle était fille unique et que ses parents sont morts.

— Oui, elle était fille unique, et elle adorait... non, elle idolâtrait son père. Mais Simon Thomas était un libertin s'il en fut jamais, et il ne lui a jamais accordé l'attention dont elle avait tant besoin. Ses frasques défrayaient la chronique. Sa malheureuse femme en souffrait, tout en s'efforçant de faire bonne figure. Laura Sue a grandi dans un univers d'illusion, de méfiance, de mensonge et de trahison. Et c'est pourquoi...

La voix de Bronson devint soudain très grave.

— C'est pourquoi elle avait si désespérément besoin d'amour et d'égards, bien plus que n'importe quelle femme. Mais je l'aimais. Je l'ai aimée comme un fou, dès le premier instant où je l'ai vue. Je me rappelle... (Un sourire fugitif éclaira son regard outremer.) Je garais ma voiture au coin de sa rue et je restais là pendant des heures, dans le seul espoir de la voir passer.

Il demeura un long moment à fixer le mur, comme si l'image de Mère y était peinte, et s'arracha brutalement à sa rêverie.

— J'ai donc commencé à lui faire la cour, et pendant un certain temps... ah le bon temps ! On nous regardait comme le couple idéal. Mais subitement, on a découvert que ma mère était atteinte d'une leucémie, qui l'a emportée très rapidement. Alexandra fut si affectée par sa disparition inattendue que je dus lui consacrer de plus en plus de temps.

— Ce que votre chère Laura Sue n'a pas supporté, j'imagine ?

— Laura Sue avait besoin d'un homme à sa dévotion, tenta d'expliquer Bronson. Je voulais être celui-là, j'ai désespérément tenté de l'être, mais je ne pouvais pas délaisser Alexandra.

— Et c'est Mère qui vous a laissé choir ! achevai-je à sa place. Comment pouvez-vous continuer à l'aimer ? Les hommes sont-ils donc si aveugles, si stupides ?

Il ne put s'empêcher de rire.

— C'est possible. Mais pour une jeune femme qui a déjà tant souffert, je vous trouve bien sévère, Aurore. Je me serais attendu à plus de compassion, de compréhension.

Je me sentis rougir. Et s'il avait raison ? N'étais-je pas en train de me transformer en cette femme au cœur de pierre que Jimmy redoutait de me voir devenir ?

— Je suis désolée, Bronson. Pardonnez-moi.

Il regagna son fauteuil, but quelques gorgées de sherry, posa son verre et reprit sa position inclinée en avant, le menton dans les mains.

— Laura Sue fut envoyée dans un pensionnat pour y parachever son éducation et je m'absorbai dans mes études. J'essayais de cacher mon chagrin à ma chère Alexandra, sans y parvenir. Elle était très intuitive, surtout quand il s'agissait de moi. Elle se culpabilisait terriblement, s'accusait de gâcher ma vie et tentait de me dissuader de m'occuper d'elle. Elle a même supplié mon père de la faire entrer dans un établissement pour handicapés. Mais il avait honte de son infirmité et refusait tout simplement de la reconnaître.

« Quelque temps plus tard, j'appris les fiançailles de Laura Sue avec Randolph Cutler. Et le croiriez-vous ? Ce fut comme si un nuage noir se dissipait. Maintenant que je n'avais plus aucune chance, mon tourment m'accordait enfin un peu de répit.

— Avez-vous aimé d'autres femmes, Bronson ?

— Oh, jamais rien de sérieux ! Je devais avoir perdu mes illusions, commenta-t-il avec un sourire désenchanté. Ce fut une période assez difficile de mon existence, je dois dire. Mon père eut un infarctus, survécut pendant plusieurs semaines à l'hôpital et finit par y mourir. Je pris donc sa succession à la banque.

« Je me retrouvais seul avec Alexandra, mais son mal ne cessait d'empirer. J'engageai une infirmière à plein temps pour la soigner, pris mes repas dans sa chambre, la promenai en fauteuil roulant. En somme, je passais encore plus de temps qu'auparavant auprès d'elle, sachant que ses jours étaient comptés. Elle ne se plaignait jamais, au contraire. Elle faisait tout ce qu'elle pouvait pour ne pas être un fardeau pour moi. Et puis, une nuit...

Une larme roula sur la joue de Bronson et il la laissa couler, comme s'il ne savait pas qu'il pleurait.

— Une nuit, elle s'éteignit doucement dans son sommeil, en souriant.

Moi aussi je pleurais, maintenant, et je me tamponnai furtivement les paupières. Bronson surprit mon geste et reprit le contrôle de lui-même, mais son regard demeura sombre et malheureux.

— À ce moment-là, Laura Sue avait épousé Randolph, et Philippe était né. J'allais souvent à l'hôtel pour discuter affaires avec Mme Cutler, et nous dînions ensemble, elle, Randolph, Laura Sue et moi.

— Cela devait être un supplice pour vous, qui l'aviez tant aimée !

Il parut heureux de se sentir compris.

— Oui, mais c'était aussi un délicieux tourment. J'attendais ardemment ces instants où il me serait permis de la voir, de toucher sa main, de m'asseoir à côté d'elle. Et je ne tardai pas à me convaincre qu'elle partageait mon émoi. Je le lisais dans ses yeux.

« Elle vivait des moments très difficiles, elle aussi. Mme Cutler n'avait jamais approuvé le mariage de Randolph et n'était pas femme à cacher ses sentiments. La tension était telle entre elle et sa bru qu'elle en devenait presque tangible.

« Mais avec M. Cutler, il en allait tout autrement. Le père de Randolph avait une réputation d'amateur du beau sexe, et la méritait. Il adorait séduire, en particulier les jeunes clientes de l'hôtel, et il courait toutes sortes de rumeurs sur ses incartades. Personne ne pipait mot devant Mme Cutler, cela va de soi. Ce petit bout de femme en imposait à tout le monde. Rien ne lui résistait, ni personne.

— Oh ça, inutile de me le dire ! J'ai payé pour le savoir.

— Pardon ? Oh, oui, c'est vrai. Mais où en étais-je ?

Un instant troublé, Bronson reprit le fil de son récit.

— Un soir, très tard (j'étais déjà couché), j'entendis sonner à l'entrée et Livingston qui courait ouvrir. J'enfilai précipitamment ma robe de chambre et mes pantoufles et descendis quatre à quatre dans le hall. J'y trouvai Laura Sue échevelée, sans fard et les yeux tuméfiés, vêtue d'une vieille robe passée à la diable. On voyait tout de suite qu'elle était hors d'elle-même et au bord de la crise de nerfs. Livingston en tremblait de frayeur, il osait à peine la regarder.

« Je l'ai fait entrer dans ce même salon, et lui ai offert du sherry. Elle a vidé son verre d'un seul coup et s'est effondrée sur le canapé en sanglotant. Elle marmonnait des mots sans suite, mais je finis par y trouver un sens, et je compris. Ce qu'elle essayait désespérément de me dire, c'était que son beau-père l'avait violée.

« Ce fut un choc terrible pour moi, naturellement. Je passai rapidement de la stupeur à la pitié, puis à la rage. Deux fois je faillis courir à l'hôtel pour régler son compte à ce monstre, mais à chaque fois elle me supplia de n'en rien faire.

« Finalement, je me calmai, et elle aussi. Je la gardai dans mes bras pendant des heures, à l'embrasser, la rassurer, lui promettre que je serais toujours là pour l'aider. Je m'engageai à lui trouver un avocat, je lui offris mon toit, mais elle était absolument terrifiée. Et j'eus beau plaider ma cause, elle ne voulut pas entendre parler d'intenter une action en justice. Mais au moins...

Bronson laissa un instant dériver son regard, avant de le reporter sur moi.

— Au moins, nous nous sommes avoué notre amour. Et Laura Sue est restée toute la nuit chez moi.

— Quoi ! Alors qu'elle venait d'être violée ?

— Oh, nous sommes sagement restés dans les bras l'un de l'autre, et le lendemain matin, elle est retournée à l'hôtel. Mais elle est revenue me voir, de temps en temps. Nous trouvions plus prudent de nous rencontrer chez moi, et d'ailleurs Mme Cutler ne m'invitait plus.

Une expression de gêne coupable passa sur les traits de Bronson, puis il se redressa et prit une grande inspiration.

— Nous prenions toutes sortes de précautions, mais rien n'échappait à Mme Cutler. Peu de temps après, Laura Sue s'aperçut qu'elle était enceinte, compta les jours et comprit qu'elle attendait l'enfant de son beau-père. Vous, Aurore. Quand elle lui annonça son état, Mme Cutler l'accusa d'avoir une liaison avec moi et en déduisit que j'étais votre père.

« Finalement, elles eurent une explication et Laura Sue lui dit la vérité. Naturellement, Liliane Cutler refusa d'admettre les faits ouvertement, mais Laura Sue et moi devinâmes qu'en son for intérieur, elle savait que c'était vrai. La situation s'envenima. Mme Cutler défia Laura Sue d'oser souffler mot de cette histoire. Elle la menaça de dénoncer publiquement notre liaison, de trouver des témoins, et de la poursuivre en justice pour diffamation. Laura Sue n'était pas de taille contre une pareille adversaire. Je lui suggérai plusieurs fois de divorcer pour m'épouser, mais sa belle-mère la terrifiait.

« Les choses en étaient là quand M. Cutler eut son attaque. Il mourut au cours de la semaine et Laura Sue perdit tout espoir de prouver quoi que ce soit. Puis, à mesure qu'approchait la date de votre naissance, Mme Cutler fit de plus en plus durement sentir sa dépendance à Laura Sue. Elle alla même jusqu'à convoquer son notaire pour expliquer à sa bru ce qui l'attendait si elle ne lui obéissait pas au doigt et à l'œil.

« Et c'est ainsi, par la terreur, qu'elle lui imposa cette machination du faux enlèvement. Vous connaissez la suite.

— Oui, commentai-je d'un ton amer. Malheureusement pour moi.

— Mais vous ignorez combien Laura Sue en a souffert, Aurore. Elle était dévorée de remords.

— Cela me paraît toujours difficile à croire, et je ne suis pas sûre d'y arriver un jour.

Bronson eut un hochement de tête conciliant.

— Je sais. Comment un enfant pourrait-il comprendre que sa mère l'a abandonné ? Mais peut-être finirez-vous par lui pardonner, qui sait ?

Je me mordis la lèvre et me perdis dans mes pensées. Pardonner ? J'en doutais. Et je ne m'en cachai pas.

— C'est peut-être parce que vous êtes un homme, et follement épris, que vous ne voyez pas l'égoïsme de Mère. Le pardon vous est facile, mais moi... je ne vous promets rien, Bronson.

— Tout ce que je vous demande, c'est d'essayer, répliqua-t-il sans insister. Encore un peu de sherry ?

— Volontiers.

Il se leva pour aller chercher la bouteille, remplit nos verres, et j'attendis qu'il eût repris sa place pour poser la question qui me brûlait les lèvres.

— Bronson, que savait Randolph de tout ceci, au juste ?

— Tout. Ou plutôt, Laura Sue lui a tout dit, mais il n'a pas voulu savoir. Cela fait bien longtemps qu'il s'est retiré dans sa tour d'ivoire, mais c'est surtout sa mère qui l'y a poussé, enfermé. Je le connaissais bien. Il n'avait aucune confiance en lui et se reprochait d'avoir déçu les espérances qu'elle fondait sur lui. Il avait osé se marier contre sa volonté, et elle le lui a fait payer par toutes sortes de petites avanies.

157

Ce fut son seul geste de rébellion, et elle ne le lui a jamais pardonné.

« À force d'humiliations, elle a réussi à en faire une chiffe molle, à peine l'ombre d'un homme. Et sans aucun regret ni remords, à mon avis. Je pense même qu'elle devait se réjouir d'avoir gâché la vie de Laura Sue.

Je dressai l'oreille.

— Comment cela ? Que voulez-vous dire ?

— Randolph était toujours aux petits soins pour Laura Sue, comme s'ils filaient le parfait amour. Je crois même qu'il l'aimait toujours, à sa façon. Mais depuis que M. Cutler l'avait violée, ils faisaient chambre à part.

Chambre à part ? Je laissai le sherry me pénétrer de sa chaleur et me redressai subitement sur mon siège.

— Mais c'est impossible, voyons ! Clara Sue...

— Clara Sue est ma fille, acheva tranquillement Bronson.

Puis il se renversa en arrière, comme pris de faiblesse, les joues enflammées. Ce que je m'expliquai à la fois par l'effort qu'avait dû lui coûter cette révélation, et par la quantité de sherry qu'il venait de boire. Plusieurs verres d'affilée, sans doute, pour se donner du courage. Et moi, à ma façon, j'étais aussi émue que lui. L'esprit en déroute et le cœur en tumulte, je sombrais dans un maelström d'émotions contradictoires. Je passais de la haine pour Mère à la pitié, de la pitié pour Randolph à la haine pour sa faiblesse. Je méprisais Bronson pour avoir laissé Mère le tourmenter ainsi pendant tant d'années, je l'admirais pour la loyauté de son amour envers sa sœur.

Mais le pire et le plus tragique, je venais de le comprendre, c'est qu'il se trouvait toujours quelque chose pour empêcher les gens d'agir selon leur cœur et pour leur propre bien. Si Mère s'était montrée moins égoïste, elle aurait épousé Bronson et connu le bonheur. Elle ne se serait pas placée elle-même sous la tutelle de Grand-mère Cutler, n'aurait pas mené cette vie désastreuse. Tout cela, méditai-je avec une ironie amère, elle aurait pu l'éviter. Et brusquement, je rompis le silence qui s'était établi entre nous.

— Je suis fatiguée, je voudrais rentrer.

— Bien sûr, dit Bronson en se levant d'un bond. Je fais prévenir le chauffeur d'amener la voiture, j'en ai pour un instant.

Pendant sa courte absence, je réfléchis à la portée de ses aveux. Clara Sue était sa fille. Je comprenais maintenant pourquoi le portrait de sa mère m'avait laissé cette impression de ressemblance insaisissable. Et Clara Sue n'était pas une Cutler, ce qui rendait nos liens de parenté encore plus ténus. J'en éprouvai un sentiment de gratitude envers la providence. Je me sentais si différente de cette fille sournoise et cruelle ! Tout s'expliquait, enfin presque. Car ce n'était certainement pas de Bronson qu'elle avait hérité des traits de caractère aussi déplaisants, il fallait bien le reconnaître.

Et un autre aspect ironique de la situation m'apparut soudain. Clara Sue irait vivre chez ses vrais parents mais sans le savoir. Et moi, j'avais passé presque toute ma vie avec des gens qui n'étaient pas les miens, sans le savoir non plus. Pour elle comme pour moi, la famille n'aurait été qu'une illusion mensongère... une de plus.

Je n'étais pas d'humeur bavarde lorsque Bronson revint me chercher pour m'escorter jusqu'au perron, et je ne trouvai rien à répondre au souhait qu'il exprima :

— J'espère que nous formerons une véritable famille, désormais.

Je le fixai d'un regard vide, comme s'il évoquait des chimères. La famille ! Ce mot me semblait aussi creux qu'une bulle de savon, à présent. Un mirage, un rêve, un mythe ! Tout perdait sa réalité, rien ne valait plus la peine qu'on y croie. Frères et sœurs, parents, êtres aimés... qui était qui, dans tout cela ? À quoi rimaient les preuves de tendresse, les attentions délicates, les anniversaires, les succès joyeusement célébrés ? Sur quoi reposaient la douceur d'une soirée de Thanksgiving, la chaleur d'une réunion autour d'une table de fête ? Sur du vent, de la fumée, l'illusion la plus complète.

— Aurore...

Sur le point de monter dans la voiture, je me retournai vers Bronson. Il m'avait pris le bras et me fixait d'un air implorant.

— Si vous écoutez votre cœur, Aurore, j'espère que vous nous pardonnerez nos faiblesses et nos erreurs.

Je baissai la tête, la relevai presque aussitôt et rencontrai à nouveau son regard torturé.

— Je n'ai rien à pardonner à qui que ce soit Bronson. Merci de m'avoir parlé avec tant de confiance, et de vous soucier assez de moi pour tenir à mon pardon.

Ses yeux bleus retrouvèrent tout leur éclat.

— Bonne nuit, chuchota-t-il dans un sourire.

— Bonsoir, Bronson. J'ai beaucoup apprécié le dîner.

La limousine démarra et je me retournai vers la maison : Bronson n'avait pas quitté sa place. Il nous suivit du regard jusqu'au moment où la voiture disparut sous le couvert des arbres, pour s'engager dans les chemins sinueux qui descendaient la colline. En bas, des lumières brillaient aux fenêtres, et je pensai aux familles heureuses réunies autour de la lampe. On devait bavarder, rire, regarder la télévision, écouter de la musique... ou s'ennuyer, qui sait ? Peut-être ces gens nous enviaient-ils, nous les riches propriétaires de Cutler's Cove ! Je commençais à bien connaître ces ironies de la vie. Peut-être les habitants de ces petites maisons trouvaient-ils leur existence fastidieuse, et rêvaient-ils de l'échanger contre la nôtre ? Ils devaient l'imaginer passionnante, idéale, heureuse et bien remplie... S'ils avaient su !

S'ils avaient su ce que coûtait ce luxe, édifié sur le mensonge et les larmes. Ces demeures somptueuses n'étaient qu'une façade en carton-pâte ; le sourire triomphant de leurs occupants, une grimace. Qui eût voulu échanger son humble sort contre celui de Bronson Alcott, en sachant combien le malheureux avait souffert ?

Je contemplai l'immensité de l'océan, le croissant de lune qui perçait la blancheur des nuages, et un accès de mélancolie m'étreignit le cœur. J'aurais voulu remonter le temps, redevenir la petite fille qui croyait courir vers sa mère pour se faire consoler quand elle s'était fait mal. J'aurais voulu entrer en coup de vent dans un de nos misérables logements d'alors, peu m'importait lequel. Me jeter au cou de maman et sentir ses baisers m'inonder le visage et les cheveux.

160

S'il avait suffi d'un baiser, d'un instant pour guérir tous les chagrins, blessures plaies, et bosses dont la vie nous accable !

Mais ceux-là sont bien plus longs à guérir. Ils restent bien ancrés au fond de nous. Et pourquoi ? Parce que personne n'est là pour nous réconforter et nous consoler, sauf nous-mêmes.

J'en étais là de mes réflexions quand la voiture attaqua la pente de Cutler's Cove, et le poids qui m'oppressait s'allégea soudain. Moi, j'avais quelqu'un. Derrière les murs de l'hôtel m'attendaient Jimmy et Christie. Plus que jamais, il importait de rester unis, de nous appuyer l'un sur l'autre... et sur notre amour.

Le calme régnait dans l'hôtel. La plupart des clients avaient regagné leurs chambres, certains bavardaient encore dans le salon et d'autres s'attardaient au-dehors, paressant dans les chaises longues. Je montai droit à l'appartement et passai d'abord voir Christie, qui dormait sur le côté, son ours dans les bras. Je la bordai avec soin, déposai un baiser sur son front et m'en fus raconter à Jimmy tout ce que je venais d'apprendre. Lui aussi était déjà couché.

Il m'écouta avec une attention extrême, ponctuant mon récit de petits hochements de tête. Quand j'eus terminé, je me jetai dans ses bras.

— Oh, Jimmy ! C'était affreux d'écouter Bronson raconter tout ça, toutes ces horreurs entre des gens qui auraient dû s'aimer, et être heureux.

— Notre vie ne ressemblera jamais à ça, je te le promets.

— Nous ne pourrons peut-être pas l'empêcher, Jimmy. On dirait que cet endroit est maudit !

— La seule malédiction qui existe, c'est celle que les gens prononcent contre eux-mêmes, affirma-t-il tranquillement.

Je m'éloignai brusquement de lui.

— Jimmy, je veux que nous ayons notre bébé tout de suite.

Il ne répondit pas, mais je vis reparaître dans ses yeux cette ombre de tristesse qui le hantait parfois.

— Qu'est-ce qu'il y a, Jimmy ? Tu ne serais pas heureux d'avoir un enfant ?

— Bien sûr que si. C'est juste que... j'ai reçu une lettre de papa, hier.

— Quoi ! Et tu me le dis seulement maintenant ! Qu'est-ce qu'il raconte ? Il va venir bientôt ? Parle, à la fin !

— Edwina a fait une fausse couche, et avec cette histoire de dîner, je n'ai pas voulu t'en parler plus tôt. Elle va bien, mais ils sont tous les deux très déprimés.

— Et tu as peur que la même chose m'arrive, c'est ça ?

— Non, mais... tu es tellement accaparée par ton travail, en ce moment. Tu n'as déjà pas le temps de t'occuper de Christie, ni de moi.

— Avoir un bébé compte beaucoup plus pour moi que tout le reste, Jimmy.

Il se renversa sur son oreiller et me regarda me déshabiller. Mais même lorsque je me fus glissée à ses côtés, entièrement nue, il eut assez de maîtrise de lui-même pour dominer son désir.

— Ne fais pas ça parce que tu te sens déprimée toi aussi, Aurore. Tu pourrais le regretter.

— Jamais, murmurai-je contre sa bouche.

Et je l'embrassai longuement, passionnément, excitant si bien son ardeur qu'il dut renoncer au contrôle qu'il s'imposait. Il me prit avec fougue et m'emporta si loin et si haut dans le plaisir que ma mélancolie s'évapora sans laisser de traces.

Plus tard, étendue contre lui, je vis par la haute fenêtre le croissant de lune pointer entre les nuages. Non, pensai-je alors, le passé ne peut rien contre nous, si nous savons garder intacte la force vive de notre amour.

Mère ne descendit pas le lendemain matin. Elle ne parut pas au déjeuner, ne sortit pas non plus de la journée. Je savais par Jimmy qu'elle avait pleuré pendant tout le trajet du retour, la veille au soir, et ceci me rendait rêveuse. Bronson s'était efforcé de me la présenter sous un jour favorable, c'est-à-dire telle qu'il la voyait. Une petite fille affamée de tendresse,

162

devenue plus tard une femme ravissante et fragile, qui s'était jetée elle-même dans le piège d'un mariage voué au désastre. Bronson l'aimait toujours, et ses sentiments ajoutaient de flatteuses couleurs au tableau. Mère était loin d'être une innocente victime. Mais moi, n'étais-je pas en train de m'endurcir le cœur, de devenir de plus en plus froide et cruelle ?

Obsédée par cette crainte, lasse de haïr et de lutter, je décidai de me rendre chez Mère.

Je la trouvai au lit, presque aussi dolente et abattue qu'autrefois, avant mon mariage et la mort de Randolph. Elle n'avait pratiquement pas touché au plateau monté par Mme Boston. Renversée dans ses oreillers, les cheveux épars et le visage sans fard, elle gardait les yeux obstinément fermés.

— Qu'est-ce qui ne va pas, aujourd'hui, Mère ?

Ses paupières battirent et elle contempla longuement le plafond avant de répondre.

— Rien, sauf que j'en ai assez des querelles et des sous-entendus venimeux, ils me rendent malade. Je n'ai jamais été très solide, Aurore, ajouta-t-elle en se haussant lentement sur les coudes, et toutes ces années de souffrances n'ont rien arrangé. L'âge ne m'a pas épargnée, lui non plus, et il est temps de le reconnaître : je ne suis plus jeune, soupira-t-elle en se laissant retomber dans ses oreillers.

Joli numéro, pensai-je à part moi, très réussi. Et je me détournai un instant pour qu'elle ne me vît pas sourire.

— Mais... et tes projets de mariage, Mère, ta nouvelle vie avec Bronson ? Tu crois qu'il a envie d'épouser une vieille femme toute grise et toute ridée ?

— Bronson ne m'épousera pas si tu t'y opposes, énonça-t-elle d'un ton lugubre, et encore moins si tu fais un scandale. Il dit que nous devons nous réconcilier, sinon rien ne se passera bien.

— Mais je ne m'y oppose pas, Mère, je ne suis pas de ceux qui jettent la pierre. Si vous tenez à vous marier, eh bien, mariez-vous !

Paroles magiques : elle s'illumina comme un arbre de Noël.

— Aurore ! Tu veux bien, vrai de vrai ? C'est fantastique ! s'écria-t-elle en se redressant d'un coup de reins.

— Tu as l'intention de donner une réception ici ? m'informai-je, en me demandant comment elle s'y prendrait pour tout préparer en une semaine.

— Oh non, nous n'avons pas besoin de ça ! Nous irons à New York. Nous serons mariés par un juge de paix, et nous irons voir des tas de spectacles à Broadway ! (Elle s'empara du plateau, l'installa devant elle et commença à piocher dans sa salade.) Et tu sais quoi ? J'ai renouvelé ma garde-robe tout exprès pour l'occasion. C'est à ça que je passais mes après-midi, depuis des semaines !

— Tu avais pris ta décision depuis si longtemps ?

— Quoi ? Oh, enfin je pensais... Oui, finit-elle par avouer, incapable d'improviser une excuse. Je sais que ça peut paraître un peu choquant, mais à quoi bon nous mentir à nous-mêmes ? Nous le désirions, nous savions que ça arriverait, alors pourquoi faire semblant ? Je voulais être prête, moi !

— Je vois. As-tu dit la vérité à Clara Sue ?

Si c'était le cas, cela pouvait expliquer la décision de Clara Sue de passer l'été ailleurs.

— Non, pas encore.

— Alors que sait-elle, au juste ?

— Seulement que nous allons nous marier, c'est bien suffisant pour l'instant. Pourquoi compliquer les choses à plaisir ?

— C'est à toi et à Bronson de décider, Mère. Mais crois-moi, c'est terrible de découvrir que votre père ou votre mère ne... enfin, qu'un de vos parents n'est pas le bon.

— Justement, releva-t-elle, sans saisir le véritable sens de mes paroles. Clara Sue a déjà bien assez souffert en perdant celui qu'elle prenait pour son père, pourquoi lui causer plus de peine ? Ce serait comme si elle le perdait deux fois !

Elle eut un petit sourire triomphant et reprit aussitôt, les yeux brillants d'excitation :

— Nous commençons une nouvelle vie, Bronson et moi, rien ne doit gâcher notre bonheur. J'espère que tu viendras nous voir souvent, Aurore ? Nous donnerons de grands dîners, tout Cutler's Cove se bousculera à notre porte. Bronson connaît tout le monde, enfin : tous ceux qu'il faut connaître.

— Nous verrons, Mère. Quand comptez-vous partir ?

— Eh bien, voyons... (elle fit mine de réfléchir)... je crois que Bronson a parlé de venir me prendre en fin de journée.

— Aujourd'hui ! m'écriai-je, abasourdie.

Mais si leur décision dépendait de mon attitude, comment avait-elle pu prévoir ma réaction ? J'en riais toute seule. Bronson soupçonnait-il ses talents de comédienne ? Peut-être. Il pouvait avoir décidé de s'en accommoder, ou s'imaginer qu'il pourrait l'en corriger. L'amour est magicien, méditai-je. Il a vite fait de vous changer en doux rêveur... ou en fourbe accompli, comme dans le cas de Mère.

— Oui, confirma-t-elle, aujourd'hui. Alors envoie-moi Mme Boston, tu veux bien ? J'ai besoin de son aide pour faire mes bagages, et j'ai quelques instructions à lui donner à propos de mon déménagement.

Comme tout allait vite, maintenant qu'ils avaient pris leur parti ! Je n'en revenais pas.

— Et Philippe, Mère ? Il est au courant ?

— Philippe ? Mais il est toujours chez les parents de sa fiancée, je lui en parlerai plus tard. Si jamais il appelle pendant que je suis à New York, tu n'auras qu'à lui annoncer la nouvelle toi-même.

— Mais tu n'as rien de particulier à lui dire ?

— Rien de spécial, répliqua-t-elle en repoussant son plateau. D'ailleurs, il ne s'est jamais beaucoup occupé de moi. Coté sentiments, il ressemble beaucoup à Grand-mère Cutler.

— Très bien, Mère. Je t'envoie Mme Boston.

— Merci, Aurore. Ah, au fait...

J'étais sur le point de sortir quand elle ajouta :

— Merci, Aurore. Merci de te montrer si compréhensive. Tu es une jeune femme remarquable, une vraie dame.

— Je te souhaite beaucoup de bonheur, Mère, dis-je en passant la porte. Sincèrement.

J'avais failli éclater de rire. Je quittais une femme transfigurée, littéralement ressuscitée des morts. Remise sur pied en un éclair, elle virevoltait dans sa chambre comme un papillon.

En fin d'après-midi, la limousine de Bronson se gara devant le perron. Les préparatifs de Mère n'étaient pas passés inaperçus, et la nouvelle avait déjà fait le tour de l'hôtel. Bronson fut accueilli par des regards avides et des chuchotements montèrent de tous les coins du hall.

Les bagages de Mère attendaient près de la porte. Une demi-douzaine de valises et deux grandes malles noires, que le chauffeur de Bronson entreprit de charger dans la voiture, aidé par les chasseurs de l'hôtel. Selon la consigne de Mère, Mme Boston était déjà montée la prévenir de l'arrivée de Bronson. Dès que j'en fus avertie, je m'empressai de venir l'accueillir. Il me parut plutôt gêné de se voir l'objet de l'attention générale.

— Eh bien, s'efforça-t-il de plaisanter, nous avons droit à une édition spéciale, ce soir.

— Cinq colonnes à la une ! rétorquai-je sur le même ton. À quand le mariage ?

Il transféra son poids d'un pied sur l'autre et m'offrit un sourire un peu crispé.

— Demain.

— Je tenais à vous souhaiter bonne chance, Bronson.

— Merci, dit-il en serrant la main que je lui tendais. J'étais sincère, hier soir, vous savez. J'espère que nous formerons une vraie famille.

Je n'eus pas le temps de répondre. Annoncée par un éclat de rire haut perché, Mère fit son apparition. Radieuse et tout émoustillée, elle s'épanouissait à chaque pas de sa traversée du hall. Capter les regards d'autrui était chez elle un besoin vital, elle n'en recueillait jamais assez, s'en abreuvait avec délices. Bronson lui tendit les mains, l'attira à lui et l'embrassa sur la joue.

— Vous êtes fraîche comme la rosée, Laura Sue.

— Vous trouvez ? minauda-t-elle avec une modestie feinte. Je devrais pourtant être horrible, je n'ai pas arrêté une seconde !

Elle pivota vers moi, lâcha la main de Bronson et s'empara de la mienne.

— Au revoir, Aurore, murmura-t-elle avec un sourire éblouissant, toute rose de plaisir.

Ses yeux étincelaient, elle pétillait comme un feu de joie. Et brusquement, je compris la véritable raison de son allégresse : elle s'échappait, enfin ! Elle se libérait de l'ombre de Grand-mère Cutler et du poids des mauvais souvenirs. À cet instant-là, je l'enviai. Quel tort m'étais-je fait à moi-même, en acceptant mon héritage et en renonçant à mes rêves ?

Mère me serra dans ses bras, sa lèvre effleura ma joue et je lui soufflai à l'oreille :

— Au revoir et bonne chance, Mère.

— Nous vous appellerons dès notre retour, promit Bronson.

Je les suivis dehors, où Jimmy surveillait quelques travaux du côté des fontaines. Il s'avança pour serrer la main de Bronson et eut droit à un baiser de Mère, ce qui le fit rougir jusqu'à la racine des cheveux. Puis il me rejoignit et, debout côte à côte, nous regardâmes le couple monter dans la voiture.

Mère leva les yeux sur la façade de l'hôtel et je surpris une curieuse expression sur ses traits, un mélange de joie et de tristesse. Une larme roula sur sa joue, puis d'autres, d'autres encore. Mère pleurait, sans comédie, cette fois ! Bronson l'attira contre lui et elle enfouit son visage au creux de son épaule. Ce fut ainsi que je les vis partir, accrochés l'un à l'autre comme deux amoureux. Deux amoureux qui auraient manqué une première fois leur chance, et bien décidés à ne pas laisser échapper la seconde.

Le jour déclinant étirait démesurément l'ombre de l'hôtel. La limousine sortit de cette zone sombre et pour moi ce fut comme si Mère glissait entre les doigts d'un fantôme : celui de Grand-mère Cutler. Le soleil arracha un éclair aux chromes de la voiture, puis elle disparut au détour d'une allée.

— Et voilà ! commenta Jimmy en promenant autour de lui un regard circulaire. C'est quand même drôle non ? La vieille

Mme Cutler est morte et enterrée, le pauvre Randolph aussi, et maintenant ta mère se marie et s'en va pour Bel Ombrage. Et Clara Sue ira vivre avec eux, si ça se trouve.

— Oh, elle ira, sois tranquille. J'y veillerai.

— En somme, il ne reste plus que nous.

— Et Philippe.

— Ah oui. Et Philippe. Je l'oubliais, celui-là.

Quelques jours plus tard, la veille du retour de Mère et de son nouvel époux, Philippe revint des Bermudes, reposé par ses vacances et hâlé comme un vieux loup de mer. Son premier geste fut de venir frapper chez moi.

— Hello ! lança-t-il en passant la tête à l'intérieur.

— Philippe ! Tu viens d'arriver ?

— Oui, dit-il en s'avançant pour me saluer d'un coup de chapeau imaginaire. En pleine forme et prêt à m'atteler à la tâche.

Mais devant mon attitude un peu raide, il mit fin à son petit jeu pour m'examiner d'un œil attentif.

— Il y a quelque chose qui ne va pas ?

— On ne t'a pas encore annoncé la grande nouvelle, on dirait.

— La nouvelle ? Quelle nouvelle ? (Il souriait encore, mais son regard s'était chargé d'inquiétude.) Il n'est rien arrivé à Mère, au moins ?

— Si, mais elle va très bien, rassure-toi. Elle s'est remariée. Pour l'instant, elle est en voyage de noces.

— Tu plaisantes ?

— Pas du tout. Elle et Bronson Alcott sont partis depuis six jours pour se marier à New York. Presque tous les biens de Mère sont déjà à Bel Ombrage.

Son sourire vacilla, mais reparut presque aussitôt.

— Eh bien, que veux-tu... c'est la vie, comme disent les Français. Et c'est tout à fait Mère, tiens ! Elle sait prendre les trains en marche. (Savait-il quelque chose de plus ? Je me le demandai.) Vous comptez vous installer dans son appartement, Jimmy et toi ?

— Non, nous nous trouvons très bien dans le nôtre.

— Bon, alors je le prends. Ce sera peut-être là que nous vivrons, Betty Ann et moi.

— Ah bon ?

— Nous avons décidé de nous fiancer cet automne, annonça-t-il. Et sitôt que nous aurons notre diplôme en poche, nous nous marierons.

— Je m'en réjouis pour toi, Philippe. Félicitations.

Il me dévisagea longuement, si intensément que je dus baisser les yeux, et murmura très bas :

— D'ici peu, nous dormirons l'un près de l'autre, tu te rends compte ?

— Nos chambres seront tout près l'une de l'autre, tu veux dire.

Son sourire s'élargit.

— Oui, bien sûr. Nos chambres. Eh bien, ajouta-t-il en tapant dans ses mains, voilà beaucoup de changements, et ce n'est pas fini ! Au fait, Clara Sue est au courant ?

— Si elle ne l'est pas, ça ne va pas tarder, répliquai-je d'une voix dure.

— Ah oui ? Comment ça ?

— J'ai pris la liberté d'expédier tous ses effets personnels à Bel Ombrage.

Philippe ouvrit des yeux ronds, franchement incrédule, puis il éclata de rire.

— Toi alors ! Tu n'y vas pas par quatre chemins ! Tout à fait Grand-mère Cutler. Bon, eh bien je vais m'occuper de mes bagages, ajouta-t-il sans me laisser une chance de répondre.

Et il disparut, riant encore.

Je me levai et m'approchai de la fenêtre, toute pensive. La comparaison de Philippe aurait dû m'irriter au plus haut point, mais ce n'était pas le cas, pour une fois. Il nous fallait bien ressembler tant soit peu à Grand-mère Cutler pour survivre, non ? Du moins, je tâchai de m'en persuader.

Mais quand je me retournai vers le portrait de mon père, je crus déceler un léger changement sur ses traits. J'aurais juré qu'il avait froncé les sourcils.

8

Fragile arc-en-ciel

Le lendemain de son retour, Mère m'appela de Bel Ombrage pour m'entretenir des merveilles de sa lune de miel à New York. D'une voix vibrante d'excitation, elle évoqua les lumières de Broadway, la foule élégante des théâtres, la rue, le bruit, la musique... tout ce que j'avais connu et tant aimé, moi aussi. Et plus elle babillait, plus elle éveillait en moi de souvenirs... surtout ceux de Michaël. Toute à son récit, Mère ne me fit grâce d'aucun détail. C'est à peine si elle s'arrêta pour reprendre haleine avant de se lancer dans une description circonstanciée des musées et des galeries de peinture qu'ils avaient visités.

— Bronson est tellement cultivé, si tu savais ! C'est curieux, quand même, constata-t-elle d'une voix teintée de tristesse... On peut connaître quelqu'un depuis toujours, et en même temps ne pas le connaître du tout.

Je saisis l'occasion qu'elle me laissait de glisser un mot.

— C'est très vrai, Mère, et même quand il s'agit de nos proches. Au fait, as-tu parlé à Philippe ?

— À Philippe ? Non, tu es la première personne que j'appelle, Aurore. Tu peux toujours lui annoncer que je suis rentrée : s'il veut me téléphoner, libre à lui. Comment a-t-il réagi en apprenant la nouvelle ?

— Il n'a pas eu l'air trop bouleversé, si c'est ce que tu veux dire. Un peu surpris, c'est tout.

Mère eut son petit rire nerveux.

— Tout à fait lui ! Tu vois bien que j'avais raison de ne pas m'en faire.

— Tu sais que les affaires de Clara Sue sont à Bel Ombrage, au moins ?

Je posais la question pour la forme. J'étais sûre que Livingston s'était empressé de le leur apprendre, à peine arrivés.

— Oui... fit-elle en laissant traîner sa voix. C'est elle qui a demandé à s'installer ici ?

— Non. J'ai pris la décision moi-même.

— Elle pourrait ne pas apprécier, ou même en faire toute une histoire.

— Qu'elle la fasse chez toi, alors ! Je n'ai pas le temps de m'occuper de ses caprices de gamine. Sa place est près de toi, décrétai-je avec fermeté.

Mère fit contre mauvaise fortune bon cœur.

— Bronson espérait qu'elle viendrait vivre avec nous. Il le souhaitait, souligna-t-elle.

Mais je devinai son dépit. Je savais ce que ce mariage représentait pour elle : un nouveau départ, une nouvelle jeunesse. Elle ne voulait ni enfants ni contraintes d'aucune sorte. Elle s'attendait à une sorte de coup de baguette magique, une véritable cure de jouvence.

— Alors tout est pour le mieux, approuvai-je. Bon, il faut que je te quitte, le travail m'attend. Je suis heureuse de te savoir de retour, Mère.

J'allais raccrocher quand elle s'écria :

— Aurore, attends ! Quand venez-vous dîner chez nous, tous les deux ? Enfin, tous les trois, bien sûr : Philippe aussi. Bronson aimerait vous avoir samedi, ça irait ? Les Steidman seront là, ajouta-t-elle d'un ton affecté. M. Steidman, tu vois qui je veux dire ? Le promoteur de ce nouveau complexe touristique, près de Virginia Beach. Un projet de plusieurs millions de dollars, entre parenthèses.

— Je ne peux pas te répondre pour Philippe, Mère, mais tu sais que nos samedis sont toujours très chargés. Surtout ce week-end : c'est la première fois depuis des semaines que nous refusons du monde, précisai-je avec fierté.

Ma satisfaction la laissa complètement froide.

171

— Oh, vraiment ? Comme tu voudras, Aurore, mais tu ne sais pas ce que tu manques.

— Désolée, Mère, mais je n'y peux rien. C'est la pleine saison, en ce moment.

— Méfie-toi, Aurore, tu deviens assommante avec ton travail ! Ne te laisse pas dévorer par lui.

— Je te préviendrai dès que j'aurai une soirée de libre, accordai-je, de guerre lasse. Promis.

— Alors dépêche-toi, s'il te plaît. Je tiens à ce que les réceptions de Bel Ombrage deviennent quelque chose de très sélect, et les invités seront triés sur le volet. Bronson sait qui est vraiment riche et qui se donne des airs, tu comprends ?

— Tu ne devrais pas attacher tant d'importance à ces choses, Mère. Si les gens sont sympathiques, pourquoi t'occuper de leur compte en banque ?

— Vraiment, Aurore ! Tu n'as pas encore compris la valeur des relations ? Et dire que tu es à la tête d'un des plus grands hôtels du pays ! s'esclaffa-t-elle.

— J'attache plus de prix à l'amitié qu'à l'argent, rétorquai-je, agacée par son petit rire évaporé. Et certainement plus qu'à la situation des gens ou à la valeur de leur maison.

— Tu changeras.

J'abandonnai le combat : autant hurler dans l'oreille d'un sourd. Mère demeura quelques instants silencieuse, puis repartit sur sa lancée, m'exposant en détail ses projets pour son grand dîner, y compris le menu. Je m'estimai heureuse quand elle m'offrit enfin l'occasion de lui dire au revoir.

En tout cas, elle n'avait pas menti. Bronson et elle étaient à peine rentrés à Bel Ombrage que la réputation de ses fabuleux dîners faisait déjà rêver tout le voisinage. On aurait juré qu'elle s'était mise en campagne pour reconquérir un prestige social quelque peu terni par les scandales de la famille Cutler. Jimmy, Philippe et moi nous rendîmes enfin à l'une de ses fameuses soirées, mais elle n'en continua pas moins à nous accabler d'invitations.

Nous avions du pain sur la planche, à vrai dire. L'été s'annonçait comme un des plus chauds depuis des lustres, l'hôtel tournait à plein et les demandes de réservations menaçaient de faire sauter le standard. Philippe se révéla très compétent et prit rapidement sa part de responsabilités. Il s'installa dans le bureau de Randolph, et j'en vins très vite à apprécier son assistance. Elle me soulageait d'un grand poids et me laissait plus de temps à consacrer à Jimmy et Christie.

Jimmy avait pris goût à ses nouvelles activités. Il ne craignait pas de retrousser ses manches, au contraire : toutes les occasions lui étaient bonnes. Et malgré son titre ronflant de directeur technique, il n'était pas rare qu'on le trouve en train d'aider les ouvriers à creuser une tranchée, ou perché sur une mototondeuse. Mais il ne servait à rien de lui acheter d'élégants uniformes : c'était de l'argent jeté par les fenêtres. Il s'empressait de les noircir de cambouis ou de les tacher de vernis. C'était un besoin chez lui : il fallait qu'il mette la main à la pâte. Si un radiateur fonctionnait mal, ou si le filtre de la piscine se bouchait, on pouvait être sûr de trouver Jimmy sur place, en train de démonter la tuyauterie.

Un après-midi, cet été-là, il entra dans mon bureau, le visage maculé de graisse et en s'essuyant les mains avec un vieux chiffon. Quand il le remit dans sa poche arrière, il en tira une enveloppe et me la tendit sans un mot. Il adorait faire des surprises, surtout à moi, et j'accueillis celle-ci en souriant.

— De quoi s'agit-il, Jimmy ?

— C'est de papa, dit-il simplement, en faisant glisser de l'enveloppe un jeu de photographies.

Je les examinai rapidement. Il y en avait de papa avec sa femme Edwina et le petit Gavin, qui portait le nom du père de papa, et d'autres de Gavin tout seul.

— Il y a aussi une lettre, ajouta Jimmy en posant un papier sur ma table de travail. Papa dit qu'ils n'attendent qu'une occasion pour venir nous voir.

— Ce serait merveilleux, Jimmy ! C'est fou ce que Gavin ressemble à papa : il a les même yeux, les mêmes cheveux noirs. Et je trouve Edwina très jolie, pas toi ?

C'était une brune élancée, aux yeux noisette, qui devait avoir la même taille que papa, d'après la photo.

— Si, reconnut Jimmy, laconique.

Mais son regard m'apprit que nous pensions la même chose au même instant : Edwina était moins jolie que maman.

— Papa semble très heureux, observai-je en parcourant la lettre. Et très fier de son dernier fils.

— Oui, et je suppose que nous devrions être contents d'avoir un nouveau petit frère, commenta-t-il sombrement. Fern aussi, sauf qu'elle n'en sait rien et ne le saura sans doute jamais. Et à propos de ce que je t'avais demandé... tu as parlé à M. Updike d'engager un détective privé ?

Il m'interrogeait du regard, avidement, anxieusement, comme si sa vie entière dépendait de ma réponse. Je n'osai pas lui dire que ce projet n'emballait pas beaucoup le notaire, ni qu'il avait tenté de m'en détourner.

— Oui, il s'en occupe et il a promis de me rappeler dans la semaine.

— Tant mieux. Bon, je ferais mieux de m'y remettre, maintenant, dit-il en poussant l'enveloppe vers moi. Tiens, je te laisse tout ça.

Une fois seule, je contemplai longuement les photos de papa et de sa nouvelle famille. Ormand me parut plus maigre, plus vieux, l'ombre de ce qu'il avait été : l'homme que je prenais pour mon père. Il semblait se forcer à sourire, tenter désespérément de simuler le bonheur et de tourner le dos à un passé qui ne voulait pas se laisser oublier. Je devinai qu'il lui serait pénible de venir nous voir. Se retrouver en face de moi ne ferait qu'ajouter au fardeau de sa culpabilité, qui pesait déjà si lourd sur ses épaules. Mieux valait qu'il s'abstienne, qu'il reste où il était. Dans un nouvel univers, une nouvelle vie dressée comme un rempart contre les mauvais souvenirs.

Je ne savais pas que je pleurais. Je le compris quand une larme tomba sur la photo de papa, me révélant toute l'étendue de mon chagrin. Il monta en moi comme une nausée, me tordit le cœur et les entrailles. Le sang se retira de mes joues, mon pouls s'accéléra de façon frénétique, au point que le souffle me manqua, Je bondis sur mes pieds et n'eus que le temps de courir aux lavabos, où je rendis mon déjeuner. Ma faiblesse était telle que, pendant d'interminables secondes, je restai à genoux sur le carrelage des toilettes. Quand je trouvai enfin la force de me lever, ce fut pour aller m'effondrer sur un canapé du bureau, le temps de reprendre haleine.

Je ne me sentais pas fiévreuse, simplement exténuée. Je voulus me remettre au travail mais la nausée revint et je dus à nouveau courir aux lavabos. En fin d'après-midi, je finis par me décider à consulter un médecin. Mais je ne voulais pas inquiéter Jimmy. Je me contentai donc de faire dire à Julius de sortir la voiture.

J'oubliais que garder un secret était chose pratiquement impossible à Cutler's Cove. Il me fallut prévenir la réception que je m'absentais, et Mme Bradley vit bien que je n'étais pas dans mon assiette. Elle avertit Mme Boston, qui en parla à Robert Garwood, et la rumeur atteignit rapidement les oreilles de Jimmy. Si bien qu'en sortant du cabinet du Dr Lester, le médecin qui suivait ma petite Christie, je trouvai mon mari qui arpentait la salle d'attente comme un lion en cage. Il n'avait même pas pris le temps de se débarbouiller le visage et les mains.

— Comment as-tu su où j'étais ? m'écriai-je.

Jimmy se tourna vers le praticien, que j'avais choisi pour deux raisons essentielles : sa compétence indéniable, et son don de mettre ses patients à l'aise. Son bon sourire gagnait leur confiance et les rassurait.

— Qu'est-ce qui ne va pas, docteur ? Que se passe-t-il ?

— Rien de grave, monsieur Longchamp... à moins que vous ne soyez fâché d'apprendre que votre femme est enceinte.

— Enceinte !

L'angoisse qui planait dans les yeux de Jimmy s'évapora, remplacée par un ébahissement comique, puis par la joie la plus folle. Il en bégayait.

— Mais je... je ne...

Le Dr Lester éclata de rire.

— Toutes mes félicitations, monsieur Longchamp.

— Est-ce qu'elle va bien ? Je veux dire...

— Tout va bien, monsieur Longchamp. Soyez sans crainte.

— James Gary Longchamp ! m'exclamai-je, les poings aux hanches. Tu n'as pas honte de débarquer ici dans un état pareil ?

Il voulut protester, ne réussit qu'à bégayer de plus belle et je finis par le prendre par la main.

— Allons, viens. Nous avons des tas de choses à faire.

Du coup, il retrouva la parole.

— Qu'est-ce que j'entends ? Il n'est plus question de te tuer au travail, maintenant, oh non ! Et ne t'avise pas de protester, Aurore, déclara-t-il en posant un doigt sur mes lèvres. Je vais être papa et j'ai mon mot à dire, figure-toi !

Ce fut à mon tour d'éclater de rire.

— Ce n'est pas encore pour demain, Jimmy, et la grossesse n'est pas une maladie. Je ne suis pas comme ma mère, moi. Je n'ai pas besoin qu'on me dorlote, alors ne commence pas.

— Bien, bien. Nous en reparlerons.

— Hum-hum ! fit le Dr Lester. Ceci n'est plus de mon ressort.

Sur ce, il se retira dans son bureau et Jimmy et moi reprîmes le chemin de l'hôtel. Nous savions que la nouvelle se répandrait comme une traînée de poudre et que tout le monde partagerait notre joie. Je n'en revenais pas moi-même. J'attendais l'enfant de Jimmy ! Nous allions voir au moins un de nos rêves se réaliser, finalement.

Deux jours plus tard, avertie par Bronson, Mère m'appela. Bronson savait parfois plus vite que moi ce qui se passait à l'hôtel. Je soupçonnais M. Dorfman d'être son principal informateur, et je ne m'en formalisais pas. Après tout, Cutler's Cove représentait un investissement considérable pour la banque de Bronson, et son conseil d'administration devait faire pression sur lui pour qu'il surveille de près la nouvelle — et surtout très jeune — propriétaire, afin de s'assurer qu'elle était à la hauteur de sa tâche.

— Je ne m'étonne pas que tu ne m'aies rien dit, commença Mère, sans même songer à me demander si j'allais bien. Tu parais bien pressée de me rendre à nouveau grand-mère, je me demande pourquoi. Tu viens à peine de te marier, et tu es si jeune ! Tu mènes une vie bien remplie, tu as un travail fou, et voilà qu'il te faut un nouveau bébé !

— Mère, vouloir des enfants n'a rien d'anormal. Tu parles comme si je m'étais moi-même condamnée à mort.

— Tu verras, tu verras prophétisa-t-elle d'un ton plaintif, comme si c'était elle qui allait avoir un bébé. Il te faudra des mois pour retrouver ta ligne, et encore : si tu la retrouves.

— Je ne m'en fais pas pour ça, Mère. J'ai retrouvé ma ligne sans problème après la naissance de Christie, non ?

— Tu dis ça parce que tu es jeune et naïve, mais tu changeras d'avis, crois-moi. Tu tiens vraiment à te retrouver avec une demi-douzaine d'enfants ?

— Tu en as bien eu trois, Mère.

— Hélas, ne m'en parle pas !

Elle poussa un soupir à fendre l'âme et ajouta, comme si ma grossesse risquait de causer un scandale :

— Je parie que la nouvelle a déjà fait le tour de la ville.

— Je suppose que les gens ont d'autres sujets de distraction, Mère. Sinon je les plains, ils doivent mourir d'ennui.

— Tu ne te rends pas compte de la place que nous tenons dans cette communauté, Aurore. Nous ne pouvons pas ouvrir la bouche ou lever le petit doigt sans que cela donne lieu à des commentaires. Nous ne sommes pas n'importe qui, à Cutler's Cove ! Autant dire que nous vivons dans une vitrine, que cela nous plaise ou non.

— Tu n'as pas toujours détesté cette idée, Mère, lui rappelai-je.

Un peu vertement, sans doute, mais elle commençait à me porter sur les nerfs. Je n'aimais pas voir ainsi analysés, disséqués, les moindres de mes faits et gestes.

— J'étais jeune en ce temps-là, un peu frivole et très malheureuse... je pensais que tu l'avais compris, gémit-elle avec des larmes dans la voix. Oh, et puis fais ce que tu veux, après tout ! Tu ne m'écoutes jamais, de toute façon. Quoi que je fasse, tu me donnes toujours tort.

— Je t'écoute, Mère. Mais je ne suis pas de ton avis, c'est différent.

— Pourquoi faut-il que nos conversations dégénèrent toujours en querelles ? interrogea-t-elle d'un ton rêveur, comme si elle s'adressait à quelqu'un d'autre que moi. Bon, parlons d'autre chose ! Bronson et moi avons décidé de partir en croisière, cet automne. L'Italie, la Grèce, les îles...

« Bronson m'a proposé de vous inviter, Jimmy et toi. Mais je suppose que maintenant, dans ton état...

— Remercie Bronson de ma part, Mère. Pour le moment, il faut que j'aille me reposer. Je suis fatiguée.

— Et voilà, c'est bien ce que je disais ! En pleine saison d'été, il faut que tu t'arranges pour tomber enceinte ! Tu n'as même plus la force de bavarder au téléphone. Franchement, je me demande ce que mes enfants ont dans la tête.

— Ce doit être vraiment dur pour toi, Mère. Avoir acquis une telle sagesse et ne trouver personne qui veuille en profiter !

Une fois de plus, mon ironie tomba à plat.

— Exactement, approuva Mère. C'est tout à fait ça.

Je m'empressai de raccrocher avant d'éclater de rire.

Je m'attendais plus ou moins à ce que Mère prenne la nouvelle ainsi, mais j'étais loin de prévoir la réaction de Philippe. Quand je lui annonçai que j'étais enceinte, il me dévisagea longuement sans mot dire perdu dans ses pensées. Puis il parut revenir à la réalité, sourit et m'ouvrit les bras pour me couvrir de baisers. Sa joie paraissait sincère et pourtant, quelque chose dans l'éclat de ses yeux m'inquiéta. Il se comportait comme si c'était lui, et non Jimmy, le père de mon futur bébé !

— Il va falloir apporter certains changements à ton plan de travail, Aurore, tu ne dois pas te surmener. Plus question de rester debout pendant des heures à la porte de la salle à manger, ni de faire le tour des tables pour t'assurer que les clients sont satisfaits. Laisse-moi ce soin. Et si quelqu'un te réclame à l'autre bout de l'hôtel appelle-moi dans mon bureau, je m'en chargerai. Je t'en prie, implora-t-il en m'embrassant sur la joue une fois de plus. Nous devons prendre toutes les précautions possibles pour notre petit bonhomme.

Après quelques secondes de stupéfaction totale, je sortis précipitamment pour aller régler un problème laissé en suspens. Mais le vrai problème, c'était la surprenante réaction de Philippe. Est-ce qu'il y avait un sort, dans cette maison ? Quelque chose qui portait tous les gens de la famille à se réfugier dans l'illusion ?

Randolph, pour commencer. Ensuite Mère... Et maintenant, Philippe ? Je me surpris à faire des vœux pour que cela ne m'arrive jamais.

Entre Jimmy et Philippe, qui n'arrêtaient pas de me tourner autour pour s'assurer que j'allais bien et n'en faisais pas trop, je commençais vraiment à avoir l'impression de vivre dans une vitrine, comme disait si bien Mère. Mes deux protecteurs avaient passé la consigne au personnel, et je ne pouvais pas faire un pas sans me sentir observée par des yeux vigilants. Monter ou descendre trois marches relevait du défi. Si j'allais faire un tour dans le parc, des femmes de chambre se montraient aux fenêtres et des chasseurs croisaient comme par hasard mon chemin. Quelques instants plus tard, Jimmy ou Philippe surgissaient de nulle part pour s'informer de ce que je venais faire là. Si j'osais soulever quoi que ce soit pesant plus d'une livre, toute personne présente abandonnait instantanément ses occupations pour me délivrer de mon fardeau. Porter Christie dans les escaliers déclenchait l'équivalent d'une sirène d'alarme. Sissy elle-même s'empressait d'intervenir. Finalement, elle m'avoua que Philippe et Jimmy lui avaient formellement donné l'ordre de m'éviter le moindre effort.

Au début je trouvai cela presque drôle, mais au bout de quelques semaines de ce régime, je n'en pouvais plus. Et un soir où Philippe et Jimmy se présentèrent presque à la même seconde pour m'escorter jusqu'à la salle à manger, je leur exprimai mon opinion sans mâcher mes mots.

Jimmy venait d'entrer dans mon bureau quand Philippe s'encadra dans l'embrasure.

— Je passais voir si je pouvais me rendre utile, Aurore.

Je jaillis littéralement de mon fauteuil.

— Et que penses-tu pouvoir faire, Philippe ? Me porter dans tes bras ? Manger mon dîner à ma place ? Et toi Jimmy ! Tu avais besoin de donner des ordres à Sissy ? Je ne peux même plus soulever Christie de son berceau ou la déposer dans son parc !

Il écarta les mains en un geste d'excuse.

— J'avais cru... le Dr Lester a dit...

— Que je ne devais rien faire de plus que d'habitude, voilà ce qu'il a dit. Mais pas de me transformer en invalide !

J'avais presque hurlé. Cette seconde grossesse ne ressemblait pas du tout à la première : j'avais toujours les nerfs à vif. Mes nausées s'étaient calmées, mais mon caractère se modifiait. Et je n'étais pas du tout certaine que mon état fût seul en cause. Ne devais-je pas cette irritation à mon travail, mes responsabilités... bref, n'étais-je pas en train de devenir de plus en plus semblable à Grand-mère Cutler ?

— D'accord, capitula Jimmy. Je te demande pardon.

Mais Philippe s'obstina.

— Nous voulons seulement te rendre service, Aurore.

— Eh bien, n'en faites rien. Je n'ai pas besoin de vous !

La virulence de ma riposte les laissa aussi abasourdis l'un que l'autre.

— Je... je vais voir comment ça se passe en bas, bégaya Philippe en s'éclipsant.

Je retombai sur mon fauteuil et m'affalai sur le bureau, la tête entre les mains. Jimmy me rejoignit aussitôt, me prit gentiment par l'épaule, et instantanément, je fondis en larmes. Cela m'arrivait de plus en plus souvent, ces temps-ci. Mais je n'en parlais à personne, et surtout pas à lui. Savais-je moi-même d'où venaient ces accès de tristesse ? Les affaires marchaient bien, Christie embellissait de jour en jour, Jimmy et moi nous aimions et désirions ardemment la venue du bébé. Mais pour un oui ou pour un non, un nuage fugitif, un crayon cassé... j'éclatais en sanglots et pleurais comme un enfant.

Il m'arrivait fréquemment de m'éveiller la nuit, à cette heure incolore qui précède l'aube, et de scruter la pénombre avec la bizarre impression de n'être plus moi-même. Est-ce que je perdais la raison ? Mes épaules se soulevèrent convulsivement sous la main de Jimmy. Aussitôt, il s'agenouilla près de moi et me força à relever la tête.

— Eh bien, ma chérie, qu'est-ce qu'il se passe ?

— Je n'en sais rien, hoquetai-je. C'est... c'est plus fort que moi.

Jimmy se releva, me remit sur mes pieds, m'attira contre lui et me caressa doucement les cheveux.

— Tout va bien, murmura-t-il en faisant pleuvoir des baisers sur ma joue, tu es juste un peu fatiguée. Pas physiquement, peut-être... (il cueillit une larme au coin de ma paupière)... mais nerveusement, émotionnellement. Rends-toi compte, Aurore chérie, il s'est passé tant de choses en si peu de temps !

Je respirai un grand coup, ravalai mes sanglots et cherchai le regard de Jimmy. J'y lus une ferveur attentive, inquiète, qui me remua le cœur.

— J'ai peur, Jimmy, avouai-je enfin.

— Peur ? Mais de quoi ? D'avoir un autre enfant ?

— Oh non, pas de ça ! J'en suis ravie, tu le sais bien. J'ai simplement peur de changer, de devenir ce que je ne veux pas être, justement. Est-ce que je suis tellement différente, Jimmy ? Dis-moi que non ! Dis-moi que je suis toujours Aurore Longchamp, ton Aurore, la fille dont tu es tombé amoureux.

— Mais bien sûr ! me rassura-t-il en souriant. Et si jamais tu deviens cette femme épouvantable dont tu parles, ne t'inquiète pas : je te préviendrai !

Je ne répondis rien, mais il me semblait que le bureau se refermait sur moi. Que Grand-mère Cutler y demeurait présente et me tenait toujours sous son emprise, bien que j'aie pratiquement tout changé dans la pièce, y compris la couleur des stylos. Un jour, sans raison aucune, j'avais fait venir trois femmes de chambre pour qu'elles passent le bureau entier à l'aspirateur et le récurent dans tous les coins.

181

Exactement comme si je redoutais qu'une trace quelconque de Grand-mère Cutler n'y subsiste et ne m'atteigne d'une façon invisible, insidieuse. Je ne l'avais jamais dit à Jimmy, mais cette peur me poursuivait dans mes cauchemars. Et s'il avait entendu parler de mon grand nettoyage, il n'y avait jamais fait allusion.

— Oh, Jimmy ! m'exclamai-je en me jetant à son cou. Je ne veux pas devenir quelqu'un d'épouvantable !

— Cela ne t'arrivera pas, chuchota-t-il en me serrant dans ses bras. Je t'en empêcherai.

— C'est vrai, Jimmy ? Tu me le promets ?

— Je te le jure... et maintenant, débarbouille-toi le museau. Sissy a préparé Christie pour dîner avec nous, ce soir. Mademoiselle reçoit déjà les clients avec des airs d'héritière du trône.

J'éclatai de rire.

— Mais c'est bien ce qu'elle est, une vraie petite princesse. En tout cas, c'est pour ça qu'elle se prend, il n'y a qu'à la regarder.

Je caressai du doigt la joue de mon mari.

— Merci, Jimmy. Merci de m'aimer tellement.

— Même si je le voulais, je ne pourrais pas m'en empêcher, dit-il en prenant mes lèvres.

Nous échangeâmes un long baiser. Puis je me rafraîchis le visage et nous sortîmes dans le hall pour aller remplir nos devoirs d'hôtes.

L'été s'acheva sans que je l'aie vu passer. Tout le monde travaillait dur, à l'hôtel, mais moi j'avais Christie et j'étais enceinte. Je fus tout étonnée de découvrir un beau matin que le mois d'août était fini ; déjà, il fallait penser à organiser le long week-end du *Labor Day*[1]. L'hôtel était bondé, comme il l'avait été à chaque fin de semaine pendant tout l'été. Deux fois déjà, au cours de la saison, le chef d'orchestre m'avait demandé de chanter pour nos clients le samedi soir. Je savais

---

1. Dans presque tous les États-Unis, la fête du travail (*Labor Day*) se célèbre le premier lundi de septembre.

déjà qu'il me présenterait la même requête pour le Labor Day : les habitués insistaient pour m'entendre, affirmait-il. D'ailleurs il arrivait souvent que des clients m'arrêtent pour me prier de me produire à nouveau, surtout quand je faisais ma tournée entre les tables, pendant le dîner. Et la musique me manquait.

À plusieurs reprises, j'avais tenté de me remettre au piano. Et quand Trisha s'était annoncée pour un week-end, à la fin de sa session d'été, j'avais bondi de joie. Comme toujours, elle me parla de ses cours d'art dramatique et de chant, et je l'écoutai, toute rêveuse. Je gardais une telle nostalgie de mes années d'études à New York ! Et, comme toujours aussi, elle me fournit quelques bribes d'informations sur Michaël Sutton.

— Sa tournée à Londres s'est terminée plus tôt que prévu, pour une fois. Certaines rumeurs commençaient à circuler sur son compte.

— Des rumeurs ? (Je savais combien les milieux du spectacle étaient friands de commérages, mais Trisha semblait accorder un certain crédit à la nouvelle.)

— Oui, il paraît qu'il boit. Et même qu'il serait en Suisse pour une cure de désintoxication.

— Quel dommage !

— Il n'a que ce qu'il mérite, avait riposté Trisha.

Mais il m'était difficile d'en vouloir à Michaël, et pour cause ! Chaque fois que je regardais ma petite Christie, c'étaient ses traits à lui que je voyais. Elle lui ressemblait de plus en plus, comme s'il revivait en elle... comment aurais-je pu le haïr ? Et elle, que ressentirait-elle quand elle serait assez grande pour que je lui révèle qui était son véritable père ? J'étais bien résolue à ne pas trop attendre pour le lui dire, car Clara Sue n'attendrait pas, elle. Je savais qu'elle saisirait la première occasion pour parler.

Ni Mère ni Philippe ne mentionnaient jamais le nom de Clara Sue, et comme elle avait passé tout l'été chez son amie, il m'arrivait rarement de lui accorder une pensée. Mais juste avant le week-end du Labor Day, le vendredi, elle réapparut sans crier gare. Je faisais la sieste, rite que je m'étais résignée à observer à la seule condition d'être avertie si quelque chose d'imprévu se passait. Philippe et Jimmy avaient donné leur parole. Et même sans y croire aveuglément, je ne m'étais pas trop fait prier. Ma grossesse n'était pas encore visible, je commençais tout juste à prendre du poids, mais je me sentais de plus en plus fatiguée depuis quelque temps. Et je n'étais pas fâchée de m'accorder une petite pause dans la journée, pour souffler un peu.

Cet après-midi-là, un coup de tonnerre me réveilla en sursaut. Instantanément, je tournai les yeux vers la fenêtre, juste à temps pour voir le soleil disparaître derrière un rempart de gros nuages noirs. L'orage se rapprochait très vite, des éclairs zébraient le ciel presque sans discontinuer. Le fracas était tel que je n'entendis pas le pas de Clara Sue marteler le couloir quand elle sortit de sa chambre, après l'avoir trouvée complètement vide.

Apparemment, Mère ne lui avait rien dit du déménagement, à supposer qu'elle lui ait parlé plus d'une ou deux fois pendant tout l'été. Ce fut du moins ce que je conclus en voyant une Clara Sue folle de rage entrer comme un cyclone dans ma propre chambre.

Elle n'avait pas dû se refuser grand-chose pendant ces longues vacances entre amis. Sa silhouette rondouillarde s'était encore épaissie, elle accusait dix kilos de plus qu'à notre dernière entrevue. Surtout dans cette robe d'un violet criard décolletée jusqu'au nombril, et qui la boudinait comme une gaine rétrécie au lavage. Avec ses longs cheveux frisottés, ses paupières noircies de mascara et ses ongles rouge foncé, je la trouvai franchement vulgaire. Mais je ne pris pas la peine d'exprimer mon opinion, je savais qu'elle s'en souciait comme d'une guigne. Les poings aux hanches, elle me foudroyait du regard.

Je me redressai, m'assis sur le bord du lit et glissai les pieds dans mes mules.

— Qu'est-ce que tu veux, Clara Sue ?

Ses prunelles s'étrécirent et le bleu glacé de ses yeux brilla d'une dangereuse lueur métallique. Elle s'avança plus près.

— Comment as-tu osé toucher à mes affaires ? Qu'en as-tu fait ?

— Mère ne t'a rien dit ? Elles sont à Bel Ombrage, voyons : c'est là que tu vas vivre.

— Et qui a décidé ça ? grinça-t-elle entre ses dents.

Malgré la crainte qui s'insinuait en moi, je conservai mon calme.

— Moi.

Clara Sue poussa un hurlement de bête prise au piège, plaqua violemment les mains sur ses oreilles et, les doigts crispés, tira sur ses mèches blondes comme si elle voulait les arracher. Et subitement elle fonça sur moi, tête baissée et les yeux révulsés.

— Espèce de garce ! aboya-t-elle en m'assenant un tel coup de poing sur la tempe que je basculai sur le côté. Tu crois que tu vas régenter ma vie, à moi aussi ? Je ne te laisserai pas faire !

Prise de court, je n'avais pas eu le temps de faire un geste pour me protéger. Je reçus de plein fouet l'impact de son poids, roulai à bas du lit, heurtai au passage la chaise de ma coiffeuse et atterris sur le plancher, entraînant le siège avec moi. Je le redressai, m'y appuyai pour me relever et réussis à me mettre à genoux, mais Clara Sue fut plus rapide que moi. Son pied m'atteignit en plein ventre, en même temps qu'elle crachait une bordée d'invectives.

— Je t'apprendrai à toucher à mes affaires ! Je t'apprendrai à me donner des ordres ! Tu vas payer, Aurore ! Tu vas payer pour tout le mal que tu m'as fait !

J'étais bien incapable de répondre, je souffrais trop, la douleur montait de mon ventre à ma poitrine. Je cherchai mon souffle, suffoquai, tombai en avant... et cette fois ce fut une véritable grêle de coups qui s'abattit sur mes reins et mes côtes, ponctuée de hurlements de rage. Clara Sue frappait et glapissait en même temps, comme une démente en pleine crise. J'avais fermé les yeux.

Quand je les rouvris, tout tournait autour de moi. J'eus l'impression de tomber dans un tunnel, happée dans une spirale descendant vers l'obscurité d'en bas. J'essayai de crier et tendis les bras devant moi dans une pauvre tentative pour éviter d'autres dommages.

Avant de m'évanouir, je crus reconnaître les voix de Jimmy et de Philippe. L'un d'eux éloigna Clara Sue, mais lequel ? Qui poussait de telles clameurs dans le couloir, Sissy, Mme Boston ? Clara Sue continuait à tempêter. Jimmy, ou bien Philippe, essaya de me relever... et tout devint noir.

Je repris conscience sur la banquette arrière de la limousine. Je percevais des voix mais comme étouffées par la distance, et quand je voulus parler la mienne se refusa à sortir de ma poitrine. Là aussi j'avais mal, tout mon corps souffrait et se plaignait. La douleur irradiait de mon ventre dans toutes les directions, sa poigne de feu m'étreignait le cœur, il s'emballait et défaillait tour à tour. Mes poumons me brûlaient comme une forge et je devais chercher mon souffle. Je m'aperçus que ma tête reposait sur un oreiller, et cet oreiller sur les genoux de Jimmy. Pauvre Jimmy, qui me caressait les cheveux et ne me quittait pas du regard, les yeux pleins de larmes. Je tentai de lui sourire, mais mon visage demeurait figé comme un masque.

— Du calme, murmura Jimmy, nous sommes presque arrivés.

Presque arrivés... Presque arrivés... Les mots s'égrenaient comme des gouttes d'eau, résonnant vaguement dans ma tête, et mes paupières semblaient si lourdes... elles se fermaient malgré moi.

La dernière fois que je parvins à les ouvrir, j'étais sur un chariot dans un couloir d'hôpital. Je vis défiler les lampes du plafond, j'entendis une voix de femme — une infirmière ? —, puis celle du Dr Lester.

Et je me sentis rassurée. Le Dr Lester était là. Tout allait s'arranger.

— Elle a une hémorragie, docteur.

— Vite, dépêchons-nous !

Quelque chose de chaud coulait le long de mes jambes. Et mon cœur à nouveau s'affola, battit à grands coups qui se répercutaient sous mon crâne. Je sentis qu'on me soulevait, puis qu'on me déposait sur un lit, et je replongeai dans l'inconscience.

Je m'éveillai dans une chambre toute blanche, Jimmy assis à mon chevet, la tête affaissée sur la poitrine. Il ne savait pas que j'avais ouvert les yeux et pleurait sans contrainte, à chaudes larmes. Mon regard fit le tour de la pièce et s'arrêta sur une large fenêtre entrouverte. La brise soulevait les rideaux rose uni, apportant cette odeur d'humidité qui suit les orages d'été.

— Jimmy, appelai-je, d'une voix si faible que je ne la reconnus pas moi-même.

Il releva la tête, balaya d'un geste les larmes qui sillonnaient ses joues et prit ma main entre les siennes.

— Comment te sens-tu, ma chérie ?

Comment je me sentais ? Cotonneuse, complètement engourdie. Les spasmes avaient disparu, ne me laissant qu'une vague sensation douloureuse dans tout le ventre.

— Jimmy, répétai-je en tremblant.

— Je sais, je sais, ma chérie. Elle a été ignoble, une vraie furie. Nous n'arrivions pas à l'arrêter, on aurait dit qu'elle était possédée. Quand j'ai réussi à l'écarter de toi, elle est partie en hurlant comme une folle à travers tout l'hôtel.

« Je vais l'attaquer en justice ! s'emporta-t-il. Je veux qu'elle aille en prison, c'est tout ce qu'elle mérite. Je veux qu'elle soit traitée comme une criminelle de droit commun, une... (il hésita à prononcer le mot terrible)... une meurtrière.

Oh non, priai-je silencieusement. Pas cela, pas cela...

— Oui, une meurtrière, répéta Jimmy.

Et ce fut comme si Clara Sue était toujours là, à me cribler de coups de pied, encore et encore...

— Le bébé... Est-ce que... je l'ai perdu ?

Jimmy hocha la tête en se mordant la lèvre et je me tournai brusquement du côté du mur. À quoi bon lutter contre le mauvais sort ? Le nuage noir qui toute notre enfance avait plané sur nos têtes était toujours là, lourd de menaces. Jamais je ne connaîtrais le bonheur, et Jimmy non plus, à cause de moi. Je n'aurais jamais dû l'épouser. En acceptant d'être sa femme, je l'avais enchaîné à la malédiction qui était mon lot en ce monde.

— Le Dr Lester affirme que tout ira bien, dit Jimmy d'une voix rassurante. Que dans quelque temps tu pourras essayer de nouveau... Qu'il n'y a aucune raison de...

— Oh, Jimmy ! m'écriai-je en me retournant vers lui, il y aura toujours une raison. Il y aura toujours quelque chose qui tournera mal, un incident qui viendra tout gâcher ! À quoi bon espérer, à quoi bon essayer ?

— Ne parle pas comme ça, Aurore, je t'en supplie. D'ailleurs ce n'est pas vrai. Nous avons eu de bons moments, de grandes joies, et nous en aurons toujours. Et d'abord, nous avons l'hôtel, ce qui prouve bien...

— L'hôtel ! explosai-je dans un cri de haine, sans chercher à cacher mon amertume. Mais tu ne vois donc pas que cet héritage immense a été le chef-d'œuvre de Grand-mère Cutler, la dernière touche à sa vengeance ?

Il secoua résolument la tête.

— Si, Jimmy, affirmai-je en faisant un effort pour m'asseoir. (Un élancement douloureux me contraignit à y renoncer, mais je n'en continuai pas moins.) L'hôtel n'est pas un cadeau, c'est un fardeau, il finira par nous détruire. Je devrais le vendre, tiens ! Oui, c'est ça : vendons-le. Et avec l'argent, nous pourrons commencer une nouvelle vie ailleurs toi, moi et Christie.

— Nous verrons, concéda-t-il, désireux avant tout de m'apaiser. Nous verrons.

— Mais tu ne comprends donc pas, Jimmy ? Elle est toujours là ! C'était elle qui me frappait, à travers Clara Sue, je le sais.

— Allons, allons, Aurore. Ne te mets pas martel en tête, tu vas te rendre encore plus malade.

— C'était elle, Jimmy ! C'est elle qui a tué mon bébé, marmonnai-je en fermant les yeux. C'était... elle...

Déjà, je glissais dans le sommeil, et je me retrouvai en plein cauchemar. Cette fois c'était Grand-mère Cutler elle-même qui s'acharnait à me rouer de coups, en souriant, heurtant méchamment mon ventre du bout de son petit soulier pointu. Je m'éveillai en sursaut secouée de frissons. J'avais dû dormir longtemps, car il faisait noir dans la chambre. Sur le seuil, Jimmy s'entretenait à voix basse avec Philippe.

— Elle est réveillée, constata Philippe, et tous deux s'approchèrent de mon lit. Salut, Aurore ! Comment te sens-tu ?

— Fatiguée. Très fatiguée... mais je meurs de soif.

Instantanément, Jimmy happa le gobelet d'eau posé sur ma table de nuit et glissa la paille entre mes lèvres. Je bus avidement, avec délices. La fraîcheur du liquide apaisait miraculeusement le feu qui m'avait trop longtemps brûlé les entrailles. Je me forçai à sourire.

— Cette fille est un monstre ! vitupéra Philippe. Je ne la considère plus comme ma sœur, et je le lui ai dit. Elle pourrait tomber d'une falaise et se casser le cou, ça me serait bien égal !

— Nous pouvons toujours porter plainte contre elle, grommela Jimmy.

— Vous devriez, en effet. Elle mériterait qu'on l'enferme au fin fond d'une oubliette et qu'on jette la clef.

J'allais exprimer ma réprobation quand on frappa à la porte. Nous nous retournâmes tous les trois, pour voir entrer Bronson et Mère.

Ils devaient rentrer d'un dîner en ville ou d'une soirée au théâtre, à en juger par les soins que Mère avait apportés à sa toilette. Cheveux relevés, fardée à outrance et parée comme une idole, elle ramenait frileusement son manteau de zibeline sur sa robe écarlate.

— Brr... il fait frisquet, ici ! Pourquoi laisse-t-on cette fenêtre ouverte ?

— Cela ne me gêne pas, Mère.

— Dans ce cas... fit-elle avec une petite moue. Alors, comment vas-tu ?

— Je m'en remettrai.

— Tant mieux, je déteste les hôpitaux ! Toutes ces odeurs de médicaments me rendent malade. Quand ma mère a dû être hospitalisée, je ne suis allée la voir qu'au dernier moment, crut-elle bon de nous préciser, comme s'il y avait de quoi se vanter.

Bronson rejoignit Philippe auprès de mon lit et me sourit avec bonté.

— Je suis navré pour ce qui s'est passé, Aurore. Quand Clara est arrivée à Bel Ombrage, je lui ai interdit de quitter sa chambre.

— Elle doit déjà être repartie pour vagabonder Dieu sait où, commenta Philippe. Elle n'en fait qu'à sa tête.

— Plus pour longtemps, releva Bronson, avec un regard si résolu à l'adresse de Philippe que celui-ci dut détourner le sien. Ta mère vient juste d'apprendre qu'elle avait obtenu des résultats désastreux en classe, dans toutes les matières.

Mère laissa échapper un petit cri d'angoisse, et Bronson enchaîna :

— Apparemment, elle s'est arrangée pour intercepter ses bulletins scolaires, afin que nous ne sachions rien.

C'était possible, mais il me suffit de regarder Mère pour éprouver de sérieux doutes. Je la soupçonnai d'avoir tout simplement ignoré les bulletins, pour ne pas avoir à faire face au problème.

Bronson me tapota la main avec affection.

— Si nous pouvons faire quoi que ce soit pour toi... Ce tutoiement m'alla droit au cœur. Je me sentis adoptée.

— Merci, murmurai-je, les lèvres tremblantes.

Et subitement, Mère parut retrouver toute son énergie.

— Eh bien, peut-être accepteras-tu de venir faire cette croisière avec Jimmy, finalement, quand tu seras sortie d'ici. Pensez-y, tous les deux.

— Ils peuvent partir tranquilles, se hâta d'approuver Philippe. Je m'occuperai de tout, ne vous en faites pas.

Mais je répliquai tout aussi promptement :

— Je ne me sens pas très en train pour une croisière, à vrai dire.

— Justement, insista Mère. Tu as besoin de te changer les idées. C'est à ça que servent les croisières, n'est-ce pas, Bronson ?

— Chaque chose en son temps, répondit-il prudemment.

— Eh bien alors, puisque tu vas mieux... commença Mère, oubliant déjà l'épreuve que je venais de subir, nous

190

allons te laisser. Je ne peux pas supporter l'atmosphère des hôpitaux. Si jamais je tombe gravement malade, il faudra me soigner à domicile. Bronson ?

— Mais oui, promit-il. Tout ce que tu voudras. Bon rétablissement, Aurore, ajouta-t-il en se penchant pour m'embrasser sur la joue.

Mère m'envoya un baiser du bout des doigts et tous deux se retirèrent.

— Je ferais bien d'y aller, moi aussi, annonça Philippe. Lui aussi me gratifia d'un baiser, sur le front celui-là, et il nous laissa seuls. Pendant un long moment, nous nous regardâmes en silence, tristes et pensifs.

— Jimmy, demandai-je enfin, qu'as-tu dit à Christie ? Il secoua la tête, hésita... et sourit.

— Elle croyait que tu allais à l'hôpital pour avoir ton nouveau bébé, tu te rends compte ? Quel numéro, cette petite bonne femme !

— Oh, Jimmy ! m'écriai-je en fondant en larmes, Jimmy ! En un instant, il fut à mon chevet.

— Non, Aurore. Ne pleure pas.

— Mais c'est pour cela que j'aurais dû venir, sanglotai-je, pas pour...

— Je sais, ma chérie, et cela arrivera. Très bientôt, je te le promets. Allons, voyons, nous en avons vu d'autres, non ? Est-ce que nous n'avons pas toujours vu briller l'arc-en-ciel après l'orage ? Il reviendra toujours, aussi longtemps que nous nous aimerons.

Je lui souris à travers mes larmes. Il était si beau, si fort ! J'étais la plus heureuse des femmes de l'avoir auprès de moi.

— À la bonne heure ! s'exclama-t-il avec tendresse. Je retrouve mon Aurore d'autrefois.

Et comme je fermais les yeux, il s'inquiéta :

— Fatiguée ?

Je me contentai de hocher la tête.

— Très bien, je te laisse dormir. Mais je ne serai pas loin, sois tranquille.

— Rentre à la maison, Jimmy, je me sens déjà mieux. Tu as besoin de repos, toi aussi.

— Ah, ne recommence pas à donner des ordres ! me taquina-t-il gentiment. Tu es en vacances.

J'abandonnai le combat, je n'avais plus la force de discuter. Je sentis ses lèvres effleurer mes paupières, puis ma bouche, et m'efforçai d'ouvrir les yeux. J'eus le temps de le voir agiter la main, puis la fatigue eut raison de moi. Et ce fut sur cette dernière vision de Jimmy que je glissai dans un sommeil peuplé de rêves, qui me ramenèrent bien loin en arrière, au temps de notre enfance.

Où et quand ? Je l'ignorais moi-même : nous avions été si souvent trimbalés d'un endroit à l'autre ! Je m'étais écorché le genou en tombant et il saignait beaucoup. Je me précipitais à la maison, mais maman n'était pas là, elle travaillait, il n'y avait personne pour me consoler. Je pleurais depuis longtemps, assise sur le plancher, quand la porte s'ouvrait enfin et Jimmy courait vers moi. Il examinait ma blessure, allait à la salle de bains, revenait avec un gant humide et me lavait le genou. Puis il me faisait un pansement, me soulevait dans ses bras et m'installait confortablement sur notre divan-lit.

Nous avions été si souvent laissés à nous-mêmes, comme des orphelins... et les orphelins n'ont pas vraiment le temps d'être des enfants comme les autres. Ils avancent dans la vie comme si une sorte d'inconnu au visage sévère les tirait par la main, toujours plus vite, et soudain les abandonnait sans crier gare. Seuls et désemparés, ils erraient à la recherche de leur identité, d'un lieu où ils se sentiraient enfin chez eux. Le trouverions-nous jamais, cet endroit inaccessible ?

Mon seul espoir était que Jimmy ait dit vrai. Nous avions traversé tant d'orages, et chaque fois vu briller l'arc-en-ciel. Mais cette fois, me demandai-je le cœur serré, que pouvions-nous attendre ? De quel coin de l'horizon se lèverait notre arc-en-ciel étincelant ?

DEUXIÈME PARTIE

9

La vie continue

Malgré mon désir et mes espoirs, je mis des mois à me rétablir. Le Dr Lester affirmait que je ne présentais aucun trouble physique, et pourtant je me sentais lasse, sans goût à rien et sans ressort. Pendant ma grossesse, je pouvais travailler des heures d'affilée sans la moindre fatigue, mais maintenant une heure suffisait à m'exténuer. Je me retirais fréquemment dans mes appartements, en général pour faire la sieste. Mais parfois je restais tout simplement étendue, les yeux grands ouverts, rêvant au bébé que j'avais perdu.

Jimmy insista beaucoup pour que nous prenions des vacances d'hiver, en Floride, par exemple. Il aurait bien aimé pêcher dans les îlots du large. Mais je remettais toujours le départ à plus tard et il finit par abandonner.

— Tu te comportes comme un ours en hibernation, disait-il souvent.

Il y avait de ça. J'accueillis avec joie les mauvais jours d'hiver, car ils m'incitaient à dormir, et le sommeil seul m'apportait un peu de soulagement.

Rien ne m'intéressait, pas même les plans de Jimmy pour notre nouvelle maison. Quand il me montra ses premiers dessins, j'essayai de paraître attentive mais il ne fut pas dupe de mon manège. Un coup d'œil lui suffit pour comprendre que je faisais semblant. Et lui qui s'était lancé dans ce projet dès mon retour de l'hôpital, dans l'unique espoir de ramener un peu de joie dans notre vie de couple ! Il tentait par tous les moyens, au prix d'efforts incessants, de m'arracher à mes idées noires.

Et finalement, un après-midi de printemps où il me trouva étendue dans notre chambre, les yeux au plafond, il explosa. Je ne l'avais pas vu dans une telle rage depuis les jours où papa nous faisait lever en pleine nuit, pour partir sur les routes en abandonnant nos plus chers trésors et nos amis du moment.

— Cela ne peut plus durer, Aurore ! attaqua-t-il avec tant de violence que je faillis bondir de saisissement.

Il se mit à arpenter furieusement la chambre, au point de faire trembler les murs, et poursuivit sans baisser le ton :

— Tu te laisses dépérir, tout le monde l'a remarqué. Et tout le monde se fait du souci. Christie elle-même en est perturbée.

— Je suis désolée, Jimmy, dis-je en refoulant les larmes qui me brûlaient les yeux.

— Ça ne sert à rien de t'excuser si tu dois rester couchée ici jour après jour, nuit après nuit, à t'apitoyer sur toi-même. Une chose terrible nous est arrivée, je sais. J'en souffre autant que toi, mais je ne peux rien y changer, ni toi non plus. La vie continue et nous devons prendre un nouveau départ, un point c'est tout.

« J'ai parlé au Dr Lester, poursuivit-il sur sa lancée. Il affirme qu'il n'existe aucune raison physique pouvant expliquer ton comportement. Et tu sais à quoi ça t'a menée, tout ça ? Tu as laissé Clara Sue gagner, te détruire et du même coup nous détruire. Et tu lui as offert la satisfaction de savoir qu'elle avait atteint son but !

À bout de forces, il se laissa tomber sur une chaise, tête basse et les mains abandonnées sur les genoux. Cela me fit mal de le voir dans un tel désarroi. Je m'en voulais à mort. Il s'était toujours montré patient, aimant, compréhensif, mais là, j'avais trop demandé. Pour la première fois, je compris que je courais le risque de le perdre. Il fallait que je me ressaisisse.

— Jimmy, je suis désolée, répétai-je en me redressant, je n'ai pas voulu tout ça, je t'assure. Et j'aimerais tant agir autrement ! Mais chaque fois que j'essaie, c'est comme si je plongeais dans un brouillard noir, et j'ai l'impression que je ne reverrai jamais la lumière.

— Aurore... tu sais que tu te conduis de plus en plus comme ta mère ? C'est ça que tu veux devenir, une éternelle alitée qui passe son temps à gémir sur ses malheurs ?

« Nous en avons vu de dures, d'accord, et ce n'est sans doute pas fini. Mais nous sommes jeunes, il faut tenir le coup et donner le meilleur de nous-mêmes. Et Christie, dans tout ça ? Et le bébé que nous aurons un jour, et nous deux ?

Sa voix se fêla dans l'effort qu'il faisait pour contenir ses larmes, et je m'interdis de pleurer.

— Tu as raison, Jimmy. Je deviens aussi égoïste que Mère, ce n'est pas juste pour toi.

— Pas seulement pour moi, rétorqua-t-il en se levant d'un bond, pour toi non plus. Et maintenant, j'insiste pour que tu descendes de ce lit et que tu viennes faire un tour avec moi.

— Faire un tour ?

— Je me prépare à donner le premier coup de pelle aux fondations de notre nouvelle maison. Ça s'arrose, non ?

— Quoi ! Tu commences les travaux ?

Il se passait tant de choses autour de moi, et je n'en savais rien ! Avant ma fausse couche, on n'aurait pas changé une poignée de porte sans que j'en sois la première avertie.

— Mais oui, j'attendais que le temps se radoucisse et maintenant, je vais mettre les bouchées doubles. Je veux que nous soyons chez nous pour l'été. Je trouve que tu as raison, finalement : cela ne nous réussit pas de vivre dans cet hôtel. Je ne crois pas à toutes ces histoires de fantômes et autres sornettes ! affirma-t-il en balayant l'air d'un geste éloquent. Mais ta grand-mère a laissé sa marque partout, c'est un fait. Vivre nuit et jour dans cet hôtel finit par devenir pesant, et je sais que cette atmosphère a un mauvais effet sur tes nerfs.

« Là-bas au moins, même si nous habitons officiellement dans la propriété, nous serons chez nous. Nous nous sentirons libres, dans un endroit bien à nous, conçu par nous et entièrement conforme à nos désirs. D'ailleurs...

Il eut une brève hésitation et poursuivit d'un ton pensif :

— Philippe termine ses études cette année. Il se marie à la fin de l'année scolaire et il compte vivre à l'hôtel avec sa femme. Il vaut mieux pour tout le monde que chacun préserve sa vie privée.

Je découvris subitement que je prenais un intérêt très vif aux paroles et aux projets de Jimmy. Je n'avais pas oublié l'expression de Mère quand elle avait quitté l'hôtel pour aller vivre avec Bronson Alcott. On aurait dit qu'un poids lui tombait des épaules : elle échappait enfin à l'ombre terrible de Grand-mère Cutler ! Elle avait retrouvé toute sa joie de vivre. Alors... pourquoi pas moi ?

— Tu as raison, Jimmy ! Donne-moi une minute pour me refaire une beauté, je ne veux pas manquer ça.

— J'espère bien ! C'est pour t'emmener là-bas que j'étais monté. Alors quand je t'ai vue comme ça, en train de broyer du noir, je n'ai pas pu le supporter. Je te demande pardon si je me suis montré un peu brutal.

— Ne t'excuse pas, Jimmy, je le méritais. Et tu as bien fait de me secouer, dis-je en lui plantant un baiser sur la joue.

Je me rafraîchis le visage, enfilai un joli pull bleu à torsades et nous nous échappâmes discrètement par un escalier de service.

Le terrain choisi par Jimmy se trouvait à environ huit cents mètres au sud de l'hôtel, sur une hauteur boisée dominant l'océan. De ce côté, rien n'arrêtait la vue, et la maison serait quand même isolée par les arbres du reste de la propriété. Un emplacement idéal.

— Il nous faudra quelques-unes de ces voiturettes qui servent sur les terrains de golf, expliqua Jimmy. Ce sera plus pratique pour faire la navette. De toute façon, ce n'est pas vraiment très loin de l'hôtel.

— En effet, et je serai ravie de faire le chemin à pied. Ce sera très agréable.

Et c'était vrai, j'appréciais beaucoup la promenade. Le printemps commençait tout juste, l'air gardait une certaine fraîcheur piquante et de petits nuages légers dérivaient dans le ciel d'un bleu intense. Ce petit froid nous rosissait les joues, et je sentais ma peau picoter sous les premières caresses du soleil. Comme une fleur longtemps privée de jour, je m'épanouissais dans la lumière.

En débouchant sur le chantier, nous trouvâmes Buster Morris et le conducteur du bulldozer qui bavardaient en nous attendant. Aussitôt, Buster exhiba la bouteille de champagne et les quatre verres qu'ils avaient cachés, Jimmy et lui, et tenaient prêts pour mon arrivée. J'éclatai de rire. Comme c'était bon tout à coup de rire ainsi, sans contrainte ! Il me semblait que je n'avais pas ri depuis des années.

Quand il eut rempli nos quatre verres, Jimmy leva le sien.

— À notre maison. À une longue vie d'amour et de bonheur sous son toit !

— À l'amour et au bonheur ! reprit Buster avec entrain.

Et nous trinquâmes joyeusement avant de vider nos verres. Puis nous nous écartâmes tous les trois, Jimmy, Buster et moi tandis que le mécanicien grimpait à son poste. Quand les dents de la pelle mécanique mordirent la terre pour la première fois, Jimmy serra fortement ma main dans la sienne.

— Félicitations, madame Longchamp, dit Buster. Et bonne chance !

— Oui, félicitations, madame Longchamp, et bonne chance ! répéta Jimmy.

Et il m'embrassa sur les lèvres.

Après cela, il ne se passa pas un jour sans que je vienne au moins une fois sur le chantier, seule ou avec Christie, pour voir Jimmy surveiller les travaux de notre nouvelle maison. Une demeure coloniale classique, à un étage, avec son porche à colonnes et ses deux marches. En étroite collaboration avec un architecte, Jimmy en avait lui-même établi les plans.

Il y aurait cinq chambres, un studio, une salle de séjour, un office, une salle à manger spacieuse et une grande cuisine donnant accès aux quartiers des domestiques. Fortement impressionné par le vestibule et l'escalier de marbre de

Bronson Alcott, Jimmy en avait dessiné de tout à fait semblables. Quant à la décoration et aux aménagements inté-
rieurs, ils étaient laissés à mes soins. Mère et Bronson
vinrent plus d'une fois nous offrir leurs suggestions —
surtout Mère... — et les prévisions de Jimmy se réalisèrent.
À mesure qu'avançaient les travaux, je me passionnais pour
mon rôle de décoratrice. Je me plongeais dans les magazines
spécialisés, les catalogues d'ameublement, et plus la maison
prenait tournure, plus je m'emballais. Je m'y voyais déjà.

Dès que Christie eut compris que nous allions habiter là,
elle voulut savoir où serait sa chambre. Jimmy la lui montra,
et, comble d'imprudence, lui fit faire le tour du propriétaire.
Après cela, elle ne nous laissa plus une minute en paix.
À tout moment elle exigeait d'aller visiter ses futurs appartements. Puis, quand la maison fut aux trois quarts achevée,
les clients prirent l'habitude d'en faire un but de promenade.
Ni Jimmy ni moi n'étions très enthousiasmés de les voir
débarquer sur le chantier, mais nous aurions eu mauvaise
grâce à les en empêcher. Jimmy décida qu'une fois la maison
terminée, il ferait construire une jolie clôture pour signaler
discrètement à chacun que notre retraite ne faisait pas partie
du parc.

— Une des chambres sera pour ton petit frère ou ta petite
sœur, dit-il à Christie au cours d'une de ses visites d'inspection.

— Ma petite sœur ? Où est-ce qu'elle se cache ? demanda-
t-elle en écartant les mains d'un geste comique. Je la cherche
partout et je ne la trouve jamais !

C'était une enfant précoce, qui se développait rapidement
et dont les réflexions étonnaient tout son entourage. Elle
n'avait pas encore trois ans, et déjà nous devions lui acheter
des jeux éducatifs prévus pour des enfants de six ans au
moins. Elle avait commencé à explorer toute seule le clavier
du piano, et ne se contentait pas de tapoter au hasard. Les
petites mélodies qu'elle inventait me surprenaient moi-
même. Sissy se plaignait toujours de ne pouvoir lui raconter
une histoire en entier : Christie les connaissait toutes par
cœur et annonçait toujours la fin à la moitié du récit.

— Je ne sais pas où est ton petit frère ou ta petite sœur, Christie lui répondit Jimmy en me jetant un coup d'œil éloquent. Il ou elle se cache peut-être dans ta maman ?

Je ne compris que trop bien l'allusion. Nous avions essayé pendant des mois d'avoir un nouvel enfant, sans résultat. Le Dr Lester ne cessait de nous répéter que, physiologiquement, rien ne m'empêchait d'être à nouveau enceinte. Je savais que Jimmy me soupçonnait d'opposer une sorte de refus mental à cette grossesse, et d'être inconsciemment la cause de cet échec.

— Tu n'as pas peur d'être à nouveau enceinte, Aurore ? me demanda-t-il une nuit, à quelque temps de là.

— Non, répondis-je un peu trop vite.

Mais tout au fond de moi, je savais qu'il voyait juste. J'avais surmonté ma dépression, je m'intéressais réellement à mon travail et à notre maison, mais je ne parvenais pas à chasser le sentiment qu'une malédiction pesait sur moi. Et je redoutais de mettre un enfant au monde.

— Il ne faut pas avoir peur, Aurore. Nous n'avons que de bonnes choses à espérer de l'avenir.

— J'essaie, Jimmy, affirmai-je. Je t'assure que j'essaie.

Mais au lieu de penser à un nouvel enfant, de l'espérer, je me jetai tête baissée dans les activités de la pleine saison. Ajoutées aux travaux de la maison, elles ne nous laissèrent pas une minute de répit.

Nous en étions là quand, une semaine environ après l'envoi des invitations pour le mariage de Philippe, Mère décida de nous réunir à Bel Ombrage pour un petit dîner en famille. Ce serait une soirée intime, expliqua-t-elle, histoire de nous présenter Betty Ann, la fiancée de Philippe. Il n'était pas question que je vienne si Clara Sue venait aussi mais Mère affirma qu'elle ne serait pas là.

Clara Sue avait été envoyée dans un pensionnat de jeunes filles, non sans mal. Bronson avait dû consentir une confortable donation pour qu'on accepte et qu'on garde sa fille. L'institution se trouvait d'ailleurs assez loin, en Floride. À en croire Philippe, il avait rompu tout contact avec sa sœur depuis son agression contre moi.

— J'ai honte d'elle, me dit-il un jour au téléphone, et je n'ai pas l'intention de l'inviter à mon mariage. D'ailleurs, elle s'en moque bien.

— Tu ne peux pas faire ça, Philippe ! C'est quand même ta sœur, et tu imagines un peu tous les ragots qui vont circuler dans le pays ? Mère en sera malade.

— Mais tu ne viendras pas si je l'invite, je me trompe ?

— Je n'en sais rien. Cela fait plus d'un an, après tout. Et je devrais pouvoir réussir à l'éviter, avec le monde qu'il y aura.

— Je n'ai pas envie de prendre le risque. Pour moi, ta présence compte beaucoup plus que la sienne, Aurore.

Finalement, je promis d'assister à son mariage, que Clara Sue vienne ou pas. Il manifesta une telle gratitude que j'en fus gênée. Je saisis le premier prétexte venu pour raccrocher.

Je supportais encore très mal les compliments de Philippe. Je devinais ce qu'il ne disait pas, la passion qui couvait en lui, tel un volcan apparemment éteint mais prêt à entrer en éruption à tout moment. Mon seul espoir était que son mariage y mettrait fin. Mais quand je fis la connaissance de Betty Ann, je me sentis nettement moins optimiste.

Mère avait fait les choses en grand. Malgré sa promesse de s'en tenir à un dîner de famille, elle ne put s'empêcher d'inviter quelques-unes des plus éminentes personnalités du voisinage. Quand je reçus un carton avec la mention « tenue de soirée de rigueur », je compris ce qui nous attendait : une des fameuses réceptions de Bel Ombrage. Mère inaugura celle-ci par un cocktail dansant, avec un orchestre de trois musiciens. Elle ne manquait aucune occasion de rétablir son prestige social au sein de la communauté.

Aussi ne fûmes-nous pas surpris, en arrivant, de voir une impressionnante file de limousines garées le long de l'allée. Un peu à l'écart, les chauffeurs faisaient cercle pour bavarder, et Julius alla les rejoindre. Quant à nous, Livingston avait à peine ouvert la porte que Bronson accourait pour nous accueillir.

— Laura Sue est en pleine forme, ce soir, nous annonça-t-il, et je crus sentir dans sa voix une note d'avertissement.

Quelques instants plus tard, Mère se détachait d'un groupe d'amis et s'avançait à notre rencontre. Elle portait une robe en velours noir au décolleté audacieux, ce qui ne m'étonna guère, mais sa parure en diamants était nouvelle pour moi. Sa coiffure stylée dégageait avec art son visage rayonnant, et l'éclat de ses yeux rivalisait avec celui des pierreries.

— Aurore, James ! s'écria-t-elle avec ravissement, quelle joie de vous voir en si bonne santé, tous les deux !

Sur quoi elle m'accorda une brève accolade et tendit le bout de ses doigts à Jimmy.

— Nous nous sommes vus avant-hier, Mère, fis-je observer sèchement.

— Avant-hier, vraiment ? minauda-t-elle en gratifiant d'un sourire un vieux monsieur qui passait par là. Il me semble qu'il y a des siècles ! Aurore, Jimmy, vous ne connaissez pas M. Parkins, je crois ? Le président de Belle Rive, la société de placements ?

Le vieux monsieur s'arrêta un instant et, les présentations faites, nous échangeâmes quelques propos anodins. Dès qu'il nous eut quittés, je pris Mère par la main et l'attirai à moi.

— Je croyais qu'il s'agissait d'une soirée en famille, Mère ? Un dîner intime pour faire connaissance avec la fiancée de Philippe ? Ce ne sera pas possible, avec tout ce monde !

— C'était mon intention, admit-elle en battant des cils, mais j'ai réfléchi. Ce serait dommage de manquer cette occasion de mettre Betty Ann en contact avec certaines de nos sommités locales, non ? Nous aurons tout le temps d'apprendre à nous connaître, et je trouve que nous avons besoin d'un peu de distraction, tous autant que nous sommes. Cela pimente l'existence et c'est excellent contre les idées noires.

Sur ces entrefaites, un serveur passa avec un plateau chargé de flûtes à champagne, et Jimmy en prit deux, une pour chacun de nous.

— Où sont Philippe et Betty Ann ? s'informa-t-il en me tendant la mienne.

Mère soupira.

— En fait, avoua-t-elle, je leur ai demandé de ne pas arriver trop tôt. J'ai jugé que leur entrée serait plus... sensationnelle quand tous nos invités seraient déjà là. Ce n'est pas votre avis ?

— Et où les tiens-tu cachés ? Dans un bosquet du parc ?

Mère éclata de rire et nous prit tous les deux par le bras.

— Passons au salon, j'ai un tas de gens à vous présenter.

Je cherchai le regard de Bronson, et il m'adressa ce sourire bien à lui qui signifiait : Je te l'avais bien dit ! Une bonne demi-heure plus tard, Philippe et Betty Ann firent leur fameuse « entrée sensationnelle ».

Je n'avais pas vu Philippe depuis un certain temps, et je trouvai sa ressemblance avec Randolph plus évidente que jamais. Il me parut plus grand, plus mûr. Toujours aussi mince, il avait conservé son hâle éclatant, son sourire charmeur et son regard étincelant. Il était superbe dans son smoking noir. Le parfait spécimen du gentleman fortuné, à qui tout réussit.

Je ne pus m'empêcher de penser que son aisance et sa beauté soulignaient cruellement la gaucherie et le visage ingrat de sa fiancée. Avec sa bouche trop petite, ses sourcils trop rapprochés, son teint plâtreux, la pauvre Betty Ann avait l'air maladive à côté de lui. Ses cheveux ternes, bien trop tirés, faisaient paraître son front démesurément grand. Et sa robe de satin noir, malgré son élégance, compensait mal cette absence d'attraits.

Ce n'était certainement pas le physique sans grâce de Betty Ann qui avait retenu l'attention de Philippe, mais alors quoi ? Sa personnalité, supposai-je. Elle devait être très intelligente et très brillante. Mais quand les présentations furent achevées, je lui ôtai mentalement ces qualités.

Elle faisait suivre chacun de ses rares propos d'un petit rire niais, et prononçait mon nom avec hésitation, comme si elle s'exerçait à une langue étrangère. Est-ce qu'elle souffrait de difficultés d'élocution ? Il fallait lui arracher les mots, et elle répondait aux questions par oui ou par non, ou encore par un simple « hum-hum ». La seule conclusion qui me vint à l'esprit fut qu'elle devait être prodigieusement intimidée.

À la première occasion, Mère la prit par la main et lui fit faire le tour du salon, pour la présenter à chacun de ses invités l'un après l'autre. Elle en parlait comme s'il s'agissait d'un objet rare que Philippe aurait déniché dans une galerie d'art, en insistant sur la richesse fabuleuse de sa famille. Et tandis qu'elle décrivait les propriétés des Monroe, leur yacht, leur avion et le reste, Betty Ann restait plantée là, sans mot dire, les traits figés dans un sourire idiot.

Au début, je me sentis navrée pour elle, puis je finis par trouver la situation comique. Mère avait beau faire, elle ne parvenait pas à dégeler la malheureuse Betty Ann. Telle une poupée mécanique grandeur nature, elle souriait, s'inclinait, battait des cils et débitait les paroles appropriées, comme un texte enregistré. Elle se tenait très droite, marchait à pas comptés, sirotait son champagne à petites gorgées parfaitement espacées, et ponctuait la conversation de petits rires et de hochements de tête. On aurait dit un trophée humain que Philippe aurait gagné dans un concours, ou le prix accordé au meilleur camarade par une fraternité d'étudiants.

— Eh bien, me demanda-t-il dès que nous nous retrouvâmes en tête à tête, comment la trouves-tu ?

Je fis appel à toute ma diplomatie.

— Il est un peu tôt pour juger, Philippe. Mais si vous vous aimez, qu'importe l'opinion des autres ?

— Les autres, je m'en moque. Toi, tu seras toujours quelqu'un de spécial pour moi, Aurore.

Il parvint à sourire mais ses lèvres tremblaient, et je ne pus soutenir la tristesse que je lus dans ses yeux. Je détournai les miens.

— Tu sais bien ce que je veux dire, Philippe.

— Bien sûr, approuva-t-il avec une gaieté forcée. Betty Ann m'adore. Elle me répète sans arrêt qu'elle a beaucoup de chance de m'avoir. Elle est très douce. Et très, très riche, par-dessus le marché.

— Tant mieux, Philippe. Si tu es heureux comme ça, je le suis pour toi.

Les yeux de Philippe cherchaient instamment les miens, et je cédai : nos regards se nouèrent.

— Malgré ce que je viens de dire, Aurore, tu sais bien que tu restes la seule femme qui compte pour moi. Les autres seront toujours du second choix. Et d'ailleurs...

Il risqua un petit sourire hésitant.

— Quand je regarde Betty Ann, c'est toi que je vois. Mais ne t'inquiète pas, elle n'en sait rien ! Elle ignore qu'autrefois, il y a une éternité, nous avons été amoureux, toi et moi. Oh, bien sûr, elle connaît ton histoire... mais pas cette partie-là, je la garde pour moi. Ici, ajouta-t-il en plaquant la main sur sa poitrine. Ne sois pas fâchée, je t'en supplie. C'est plus fort que moi.

Qu'aurais-je pu lui répondre ? Ses yeux irradiaient de passion et de désir. Je croyais en avoir fini avec lui, je m'étais trompée. Cela ne finirait jamais. Jimmy avait raison, ce serait une bonne chose d'habiter à l'écart, loin de Philippe et de Betty Ann. Mais même cela, j'en avais peur, ne serait pas suffisant.

Je comprenais maintenant pourquoi il avait choisi une fille aussi terne et insignifiante. Il lui serait bien plus facile d'oublier son physique. De me voir quand il la regarderait, d'imaginer mes lèvres quand il l'embrasserait, Rien que d'y penser, j'en avais des frissons. Et je fus grandement soulagée quand Mère m'appela pour me présenter quelqu'un d'autre. Aussitôt après, Jimmy quitta Bronson avec qui il bavardait pour s'approcher de nous.

— Que se passe-t-il, Aurore ? Ça n'a pas l'air d'aller. Tu ne te sens pas bien ?

— Ce n'est rien, j'ai dû boire un peu trop de champagne.

— Si c'était le cas, tu aurais les joues rouges, alors que tu es blanche comme un linge, insista Jimmy. Non, il y a autre chose. Est-ce que c'est en rapport avec Philippe ? De quoi parliez-vous ?

— Mais je t'assure que ce n'est rien ! protestai-je trop vivement, ce qui lui fit hausser le sourcil. Je n'ai même pas entendu ce que Philippe me disait ! Je... je n'étais pas dans mon assiette, si tu veux tout savoir. J'avais mal au cœur, mais ça va mieux.

— Des nausées ? demanda-t-il vivement, une lueur d'espoir au fond des yeux.

— Non, Jimmy, je ne suis pas enceinte. Je viens juste d'en avoir la preuve, rappelle-toi.

— Oh ! fit-il d'une voix déçue. En tout cas, si ça t'arrive encore, je veux que tu voies le Dr Lester.

Peu de temps après, on annonça le dîner. Nous étions vingt à table, et Mère avait placé Betty Ann et Philippe à ses côtés, il me fut donc difficile de parler à la jeune femme. Ce fut seulement après le café que j'en trouvai l'occasion, quand nous allâmes toutes les deux prendre l'air dans le patio. Betty Ann semblait un peu plus détendue.

— Quelle belle nuit, s'exclama-t-elle, et quelle belle vue ! Votre mère aussi est très belle. Il est difficile de croire que vous êtes ses enfants, Philippe et vous.

Son vocabulaire ne brillait pas par sa richesse, mais l'intention y était.

— C'est à elle qu'il faut dire ça, Betty Ann. Vous êtes sûre de faire sa conquête.

Elle pouffa derrière sa main.

— Cela va être si passionnant de vivre à l'hôtel ! D'après Philippe, il s'y passe toujours quelque chose, on ne s'ennuie jamais.

— Ça, c'est bien vrai.

— Et je suis très impressionnée par tout ce que vous faites, Aurore. Surtout quand on pense que vous n'avez même pas été à l'université ! Philippe me parle sans arrêt de vous, observa-t-elle, mais sans la moindre jalousie. Il vante énormément vos talents, surtout en musique.

— Alors là, je suis sûre qu'il exagère !

— Pas du tout, il est très connu pour sa franchise. D'ailleurs, il écoute très souvent cette cassette de vous, et je trouve que vous avez une voix superbe.

— Une cassette, dites-vous ? (Je me demandai comment Philippe se l'était procurée.) Et qu'est-ce que je chante, sur cette bande ?

Quand Betty Ann m'eut énuméré quelques titres, tout s'éclaira. Philippe m'avait enregistrée pendant que je chantais pour les clients, à mon insu. Cette découverte produisit sur moi un effet déplaisant comme si on m'avait espionnée. Pourquoi Philippe ne m'avait-il jamais rien dit ?

— Il est si fier de vous ! Et c'est si beau cette affection entre frère et sœur, surtout quand on pense à tout ce qui vous est arrivé.

— Oui commentai-je avec un sourire éteint.

— Un jour, il faudra que nous prenions le temps de parler, toutes les deux. Je veux tout savoir. Comment vous viviez avant, comment on vous a retrouvée, ce que vous avez éprouvé en revoyant les vôtres...

— C'est loin d'être aussi passionnant que vous semblez le croire, je le crains.

— Oh, mais si ! Philippe a toujours les larmes aux yeux quand il en parle... surtout quand il décrit votre premier jour à l'hôtel, quand vous avez découvert que vous étiez frère et sœur. J'en pleure moi-même, avoua Betty Ann.

Et elle reprit, tout émue :

— Philippe est si romantique ! Si beau ! Et il a un tel sens de l'humour ! Toutes mes amies sont folles de jalousie. Mes parents aussi l'adorent, surtout mon père. Il admire énormément ses qualités d'homme d'affaires. J'ai vraiment de la chance, vous ne trouvez pas ?

Pauvre Betty Ann ! J'éprouvai un soudain élan de pitié pour elle. Que deviendrait-elle si jamais elle découvrait la vérité ? Chaque regard aimant que lui adressait Philippe m'était destiné. Chaque fois qu'il l'embrassait avec passion, c'était à moi qu'il pensait. Si elle avait pu savoir !

Elle allait être trompée, utilisée, flouée. Philippe s'était trouvé une innocente jeune femme qui correspondait par hasard à ses ambitions sociales. Elle serait incapable de comprendre, ou même de deviner son odieux manège. Elle avait été distinguée par le plus beau garçon de l'université, le plus populaire, le plus séduisant et le fils d'une famille d'hôteliers réputée dans tous les États-unis. Tous ses rêves de jeune fille se réalisaient en lui.

J'aurais voulu dire quelque chose, épargner à cette pauvre fille une vie de duperies et d'illusions. Puis la pensée me traversa que cela ne changerait rien. Elle pourrait très bien accepter Philippe même en sachant la vérité, pour l'avoir, lui. Je voyais bien qu'elle en était éperdument éprise... Je croyais presque entendre les paroles de Mère :

« Tout le monde consent à être plus ou moins déçu ou trompé, Aurore. C'est le prix qu'il nous faut payer pour la petite part de bonheur qui nous revient. »

C'était ainsi que Mère avait vécu. Ce serait ainsi que vivraient Betty Ann et Philippe. Et j'aurais beau ruer dans les brancards, me révolter tant que je voudrais, j'étais sûre qu'au bout du compte il en irait de même pour moi.

— Je suis très heureuse pour vous, Betty Ann, me contentai-je d'affirmer. Heureuse... pour vous deux.

— Que font là toutes seules mes deux femmes préférées ? claironna derrière nous la voix de Philippe.

Il se glissa entre nous, nous prit toutes les deux par la taille et me lança un regard soupçonneux :

— Vous n'êtes pas en train d'échanger des confidences à mon sujet, au moins ?

— Quel égocentrique ! ripostai-je. Qu'est-ce qui te fait croire que nous parlons de toi ?

— C'est mon petit doigt qui me l'a dit.

Cette légère crispation au coin de sa lèvre, était-ce un sourire ou une grimace ? Je me le demandais encore quand il nous attira plus étroitement contre lui.

— Je suis content que vous vous entendiez, toutes les deux. Et si vous commenciez par vous tutoyer ? Plus tôt vous apprendrez à vous connaître, plus vite nous nous retrouverons en famille, comme avant.

— J'ai hâte de me rendre utile à l'hôtel, déclara Betty Ann. Je tiens à participer, même de façon minime.

— Je suis certain que nous trouverons quelque chose qui te convienne, affirma Philippe. (Mais ce fut à moi qu'il sourit.) Ne serait-ce que l'accueil des clients à la porte de la salle à manger, comme le faisaient Mère et Grand-mère.

— Oh, j'adorerais ça, Philippe !

— Je vais être le plus heureux des hommes, avec deux jolies femmes à mes côtés, commenta-t-il en m'adressant un bref clin d'œil.

Puis il embrassa la joue de Betty Ann et se retourna pour atteindre la mienne, mais je me dérobai.

— Nous ferions mieux de rejoindre les autres avant que Mère ait une attaque, dis-je en me libérant de son bras. Et je m'enfuis comme si je m'échappais d'un mauvais rêve.

Claudine Monroe, la mère de Betty Ann, prit fermement en main les préparatifs du mariage. Mère essaya plus d'une fois de donner son avis, mais ses tentatives furent impitoyablement repoussées. Plus la date de la cérémonie approchait, et plus elle se plaignait d'être ainsi mise à l'écart.

— Je suis traitée comme une invitée ordinaire, me confiat-elle un matin au téléphone. Et maintenant voilà que cette femme... (Mère n'appelait plus autrement la mère de Betty Ann)... cette femme ne daigne même plus me parler au téléphone. Je n'arrive à joindre que sa secrétaire. Sa secrétaire, tu te rends compte ? Il lui faut une secrétaire pour ses relations mondaines ! On me répond sèchement que mon message sera transmis, mais cette femme ne me rappelle jamais. Tu trouves ça poli, toi ?

— Il s'agit du mariage de sa fille, Mère. Toi, tu as eu le mien.

— Et qui s'en serait occupé, si je n'avais pas été là ? D'ailleurs, ce qui me chiffonne le plus, Aurore, c'est que ces gens se croient au-dessus de nous. Si tu voyais comme cette femme me regarde de haut ! Je ne supporte pas ça. Ils s'imaginent qu'ils nous sont supérieurs, et pourquoi ? Parce qu'ils habitent près de la capitale et fréquentent des sénateurs et des politiciens !

— Je suis sûre que tout se passera bien, Mère. Pour une fois que les responsabilités tombent sur quelqu'un d'autre, prends du bon temps, c'est ton tour. Et si la mère de Betty Ann te traite en invitée, eh bien, sois son invitée.

— Tu as raison. Pourquoi ferais-je profiter cette femme de mon expérience ? Qu'elle se débrouille !

— Elle a dû s'entourer de professionnels compétents, Mère. Je suis certaine qu'elle est bien conseillée et reçoit toute l'aide nécessaire.

— Grand bien lui fasse ! Et au fait, esquiva Mère, se hâtant de passer à un terrain plus sûr, tu as choisi la moquette pour la grande chambre ?

— Je me suis décidée pour du beige, finalement.

— Surtout pas ! C'est impossible à nettoyer. À mon avis...

Je la laissai parler tout en glissant de-ci de-là un vague « mmmoui... », ce qui me permettait de réfléchir à mon travail. J'étais devenue très habile à ce petit jeu, à la longue. Généralement, je profitais de ces intermèdes pour remplir des papiers en retard. Mais cette fois-ci, quand elle aborda brusquement un troisième sujet de conversation, je dressai l'oreille. Elle commença par fondre en larmes.

— Eh bien, Mère, qu'est-ce qu'il t'arrive ?

Sa voix se fêla.

— Clara Sue s'est sauvée du pensionnat. Elle... elle est partie avec un homme !

— Quoi ! Quand ?

— Il y a déjà un mois, mais je n'osais pas en parler. Je n'ose toujours pas, d'ailleurs, mais si je continue à garder ça pour moi, je vais devenir folle. Tout cet argent jeté par les fenêtres ! Bronson dit que nous ne pouvons rien faire : elle est majeure, maintenant.

— Il a raison, Mère. D'ailleurs, même avant ses dix huit ans, est-ce qu'elle tenait compte des conseils de Randolph ou des tiens ? Tu sais bien que non. Avec quel genre d'homme est-elle partie ?

J'aurais pu formuler la question autrement : qui pouvait bien avoir envie de vivre avec Clara Sue ? C'était surtout cela que je me demandais.

— Un homme qui a quinze ans de plus qu'elle, pleurnicha Mère. Et divorcé, en plus. Avec deux enfants : un garçon et une fille de douze ans !

— Et où l'a-t-elle rencontré ?

— Dans un bowling, tu te rends compte ! Heureusement, les gens d'ici ne savent rien, mais tu imagines l'effet que ça fera quand ils sauront ? Et attends ! Elle veut amener cet homme à la remise des diplômes de Philippe, et à son mariage. J'en mourrai de honte, mais tu crois que ça la dérange ? Pas du tout !

— Tâche de voir le bon côté des choses, Mère : c'est quelqu'un d'autre qui l'a sur les bras, maintenant.

— Ce n'est pas le moment de faire de l'esprit, Aurore ! Tu crois que j'ai besoin de ça, à cette époque de ma vie ? Je vais vieillir de dix ans, oui ! D'ailleurs, je pense me faire faire un de ces traitements antirides dont on parle en ce moment, j'en ai bien besoin.

— Mère, combien de fois faut-il te le répéter ? Il faudrait une loupe pour voir la moindre ride sur ton front !

— Tu es bien gentille, Aurore, mais je sais bien ce que *je* vois dans mon miroir. Oh, quelle histoire ! Ma santé n'y résistera pas. Mais qu'est-ce que nous pouvons faire, dis-moi ?

— Excuse-moi, Mère. On frappe à la porte.

— Je suis bien certaine que non, Aurore. Tu cherches seulement à te débarrasser de moi. Tout le monde cherche à se débarrasser de moi, ces temps-ci. Philippe, cette femme, Clara Sue... et maintenant, tu t'y mets ! larmoya-t-elle. Heureusement que j'ai Bronson.

— Il y a vraiment quelqu'un, Mère. Nous sommes en pleine saison, rappelle-toi.

— Oh, cet hôtel ! Il faudra donc toujours qu'il passe avant moi ? C'était déjà comme ça avec Randolph, ensuite avec Philippe, et maintenant c'est avec toi !

— Le travail ne se fait pas tout seul, Mère.

— Aurore ! Tu sais que tu parles exactement comme Grand-mère Cutler ? On croirait l'entendre.

— Mère...

— Non, Aurore, j'ai raison. Tu ne vis plus que pour l'hôtel, depuis quelque temps. C'est à se demander pourquoi. Enfin ! Je te laisse, puisque tu n'attends que ça.

Mère exhala un soupir pathétique et ajouta précipitamment avant de raccrocher :

— Aux premiers ragots qui te reviennent aux oreilles, préviens-moi, que je puisse me préparer au pire !

Quand je racontai toute l'histoire à Jimmy, il trouva cela plutôt comique. Mais pourquoi Philippe ne m'avait-il pas avertie ? Il m'appelait une fois par semaine, maintenant, sinon deux. À ma grande surprise, je découvris qu'il n'était pas au courant non plus.

— Mère ne m'a rien dit, affirma-t-il quand j'y fis allusion, et je n'ai pas parlé à Clara Sue depuis des mois. Un homme plus âgé qu'elle, et divorcé ? Tu m'en diras tant ! Je me demandais comment elle finirait. Elle n'est bonne à rien, ne s'est jamais beaucoup souciée de l'hôtel, n'a jamais réussi en classe ni montré le moindre intérêt pour les études... Oh, et puis tant mieux, tiens ! Au moins, nous voilà débarrassés d'elle !

Sur ce point précis, je conservais quelques doutes.

10

Histoires de famille

Il y eut un monde fou à la cérémonie de remise des diplômes. Jimmy et moi nous y rendîmes avec Bronson et Mère, dans la limousine de Bronson. J'aurais voulu emmener Christie, mais Mère affirma que ce n'était pas la place d'un enfant. J'en vis pourtant beaucoup, et même de plus jeunes que Christie. J'étais sûre qu'elle se serait beaucoup amusée.

Le printemps s'achevait, il faisait si beau que la cérémonie se déroulait à l'extérieur. Mère était dans tous ses états, naturellement. Elle se retournait toutes les cinq minutes, redoutant de voir arriver Clara Sue et son compagnon, comme elle nommait désormais l'homme en question.

Les Monroe ne daignèrent pas s'asseoir près de nous. Ils étaient venus en nombreuse compagnie et ne s'arrêtèrent qu'un instant pour nous saluer. Je compris alors pourquoi Mère appelait Claudine Monroe « cette femme », et je l'approuvai. La mère de Betty Ann ne parut pas très désireuse de nous connaître, Jimmy et moi, et se montra plutôt cassante. Les présentations faites, elle s'empressa de nous quitter pour aller rejoindre ses parents et amis. Stuart Monroe, son mari, fut nettement plus amical et chaleureux à notre égard. Apparemment, c'était de sa mère que Betty Ann tenait son physique ingrat. La haute taille et les grands airs de Claudine Monroe ne suffisaient pas à compenser un visage quelconque. Elle avait le même teint blême que sa fille, et des cheveux encore plus ternes, si c'était possible.

Nous venions à peine de prendre place quand le maître de cérémonie fit signe à l'orchestre d'attaquer l'hymne du collège.

— Où est-elle ? chuchota Mère, qui ne cessait de tourner la tête comme une girouette sous la tornade.

— Elle a peut-être changé d'avis au dernier moment ? suggéra Bronson.

— Si seulement c'était vrai !

Les premiers accords retentirent et l'assistance se leva pour saluer l'entrée des lauréats. Dès qu'il nous eut repérés, Philippe nous gratifia d'un grand sourire. Les mèches blondes qui s'échappaient de son bonnet carré brillaient au soleil, son regard bleu étincelait. Il était superbe, et Bronson prit plusieurs photos de lui. Quand tous les étudiants furent présents sur le podium, le public se rassit et la cérémonie commença. J'avais complètement oublié Clara Sue, et le principal orateur — un sénateur de l'État — arrivait au milieu de son discours quand un murmure se propagea derrière nous et nous fit tourner la tête. Clara Sue et son « compagnon » descendaient l'allée centrale.

Tout émoustillée par le désordre qu'elle provoquait, Clara Sue fonçait tête baissée en remorquant par la main un homme effectivement plus âgé qu'elle. Mais ce n'était pas cette arrivée intempestive qui choquait le plus les assistants, c'était Clara Sue elle-même, ou plutôt sa toilette. Une mini-jupe en cuir blanc serrée comme un bandage et une blouse transparente au décolleté scandaleux. En fait, tandis que ma demi-sœur se déhanchait sur ses talons aiguilles, ses seins menaçaient à tout moment de jaillir du chiffon qui lui tenait lieu de corsage.

Ses cheveux, toujours frisottés, étaient crêpés comme une crinière, et elle n'avait pas lésiné sur le maquillage. Mascara bleu, fond de teint à la louche et rouge à lèvres carmin, elle dégoulinait de fard. Et elle se dandinait sans vergogne, faisant tinter ses immenses boucles d'oreilles et regardant effrontément dans les yeux les hommes éberlués.

Quant à son fameux compagnon, avec ses cheveux grisonnants, il faisait encore plus vieux que je n'aurais cru. Grand, maigre, le nez pointu et les yeux globuleux, la bouche molle et le menton fuyant, il ne payait vraiment pas de mine. Tristement vêtu d'un complet couleur de poussière, on aurait dit un représentant de commerce qu'elle aurait racolé dans la rue.

Quand elle nous eut enfin localisés, Clara Sue s'arrêta à notre hauteur. Bronson avait gardé deux places, le plus loin possible de Jimmy et de moi. Elle s'installa en dérangeant tout le monde, et trouva moyen de s'affaler sur un vieux monsieur assis à côté de nous. Les yeux lui jaillirent de la tête quand il se retrouva devant cette opulente poitrine qui lui ballottait sous le nez. Cramoisi de gêne, il se figea comme un mannequin de vitrine jusqu'à ce que le « compagnon » de Clara l'ait aidée à se relever. Les mains aux hanches, elle se laissa guider entre les sièges et s'effondra en gloussant aux côtés de Bronson. Des regards courroucés convergèrent sur nous de toutes parts. Pris de court, le sénateur s'était arrêté au beau milieu d'une phrase. Heureusement, il retrouva le fil de son discours et l'attention se détourna de nous.

Si Mère avait pu se faufiler sous sa chaise, elle l'aurait fait. Recroquevillée sur son siège, elle regardait droit devant elle, comme si ce qui se passait à ses côtés n'avait rien à voir avec elle.

— Désolée d'être en retard, s'esclaffa Clara Sue, assez haut pour être entendue à six rangs de là. J'avais égaré l'invitation et j'ai oublié l'heure !

— Chuut ! fit une voix excédée.

— Mais il faut que je vous présente Charlie, quand même ?

— Après le discours, dit Bronson, un doigt sur les lèvres.

Clara Sue fit la moue, et nos regards se rencontrèrent. Le sien brûlait de haine, ses yeux avaient pris une dureté minérale. Elle croisa les bras sous ses seins outrageusement découverts et se carra sur sa chaise comme un enfant boudeur.

Juste après le discours, on procéda à la remise des diplômes, ce dont Clara Sue se désintéressa totalement. Une fois de plus, elle revint à la charge pour présenter son compagnon. Bronson acquiesça, et je devinai à son expression qu'il préférait se débarrasser de cette corvée au plus vite.

— Charlie Goodwin, dit Clara Sue. Il est propriétaire d'un stand de bowling à Tampa. Charlie, voici mon beau-père et ma mère.

Bronson serra la main de Charlie Goodwin, mais Mère se contenta d'un battement de paupières et d'un semblant de sourire. Naturellement, Clara Sue s'était bien gardée de nous présenter, Jimmy et moi. Ce fut Bronson qui s'en chargea, quand chaque lauréat eut reçu son diplôme et que le podium commença à se vider. Je n'aimai pas du tout le regard insistant que posa sur moi Charlie Goodwin, ni la grimace qui lui servait de sourire.

— Ravi de vous connaître, marmonna-t-il en me tendant une main grêle et humide.

Jimmy n'eut droit qu'à un bref coup d'œil, puis Charlie Goodwin reporta son attention sur moi. Instantanément, Clara Sue se pressa contre lui pour lui murmurer quelque chose à l'oreille. Ses yeux s'élargirent, il gloussa de rire. Et je pus voir combien il était flatté d'être l'objet des attentions d'une aussi voluptueuse jeune femme. Il en roucoulait d'aise.

Juste avant l'arrivée de Philippe, Mère prit Clara Sue à part et je ne pus m'empêcher d'entendre leur conversation.

— Est-ce que tu te rends compte du tort que tu me fais ? geignit Mère. Tu déranges tout le monde, tu te fais remarquer par une tenue provocante au possible et en plus... tu amènes cet homme !

— Ah, ne commence pas, Mère, je t'en prie ! Je suis très heureuse avec Charlie.

— Heureuse ? Avec un homme deux fois plus âgé que toi ? Allons donc !

— Il *paraît* deux fois plus âgé que moi, mais c'est seulement à cause de ses cheveux gris. D'ailleurs, ça fait très distingué.

— Distingué ! cracha Mère avec dégoût. Tu n'es pas difficile !

— Voilà Philippe, il faut que je le lui présente, riposta Clara Sue, abandonnant Mère plus morte que vive.

Nous n'eûmes que le temps de féliciter Philippe et Betty Ann avant de quitter le campus : une minute de plus et Mère défaillait de honte. Pendant tout le trajet de retour, elle ne cessa de se lamenter sur l'humiliation qu'elle venait de subir.

— Vous imaginez ce que les Monroe doivent penser de nous ? Et tous leurs amis ? Pauvre Philippe ! J'ai souffert pour lui quand elle lui a présenté ce... ce personnage, devant tous ses camarades de collège ! Qu'est-ce qu'elle peut bien trouver à ce genre d'individu ? Quelqu'un peut me le dire ?

Comme ni Bronson ni moi n'avions de réponse à lui offrir, elle se tourna vers Jimmy.

— Et vous, James ? Vous qui avez été dans l'armée, Qu'en pensez-vous ?

Ce que l'armée venait faire là-dedans, aucun de nous trois n'en avait la moindre idée, mais Jimmy tenait une réponse toute prête.

— C'est juste une crise de révolte adolescente, à mon avis.

— Mère l'approuva d'un signe de tête, et il se pencha pour me glisser à l'oreille :

— Et ce n'est sûrement pas la dernière !

Philippe insista pour revenir à l'hôtel et travailler pendant la dernière semaine avant son mariage. Jimmy estimait qu'il aurait la tête ailleurs et ne serait pas bon à grand-chose, mais Philippe répliqua qu'il deviendrait fou s'il ne trouvait pas à s'occuper. Et comme nous devions emménager dans les semaines à venir, il passa beaucoup de temps avec Jimmy à mettre la dernière main aux travaux.

— Je crois qu'il avait raison, me confia Jimmy un soir, au moment de nous coucher. Ces derniers jours d'attente le rendent complètement fou.

— Que veux-tu dire ?

— Qu'il me suive partout dans la maison, je veux bien. Qu'il soit sans cesse à regarder par-dessus mon épaule, passe encore. Mais ces questions qu'il pose...

— Quel genre de questions, Jimmy ? Que veut-il savoir ?

— Eh bien... à quel endroit exact nous mettrons notre lit, par exemple. De quel côté tu dormiras. Qui de nous deux prendra tel ou tel placard. Qu'est-ce que ça peut bien lui faire ? Cet après-midi, il s'est assis devant la coiffeuse et il s'est regardé dans le miroir pendant tout le temps que j'ai passé dans la chambre. J'ai dû l'appeler trois fois avant qu'il m'entende. Il avait l'air complètement dans les nuages.

« Je sais que les amoureux sont parfois bizarres, Aurore, mais là... Eh, qu'est-ce qu'il t'arrive ? Tu en fais une tête ! On dirait que tu as vu un fantôme. Ça ne va pas ?

— Si, si, répondis-je en souriant. En fait...

Je n'aimais pas mentir, et je débitai tout d'une traite :

— Je me rappelais justement dans quel état j'étais moi-même, le jour où tu es venu me voir à New York. J'étais sur des charbons ardents, et quand j'ai vu que tu n'arrivais pas...

— Je me souviens. J'étais en retard et je me faisais un sang d'encre, moi aussi. Mais dès que je t'ai vue, j'ai tout oublié. Nous étions ensemble et c'est tout ce qui comptait. Tu crois que Philippe et Betty Ann s'aiment de cette façon-là ?

J'évitai prudemment son regard.

— Je n'en sais rien, Jimmy. Elle a l'air d'être folle de lui, en tout cas.

— Et moi, j'ai bien de la chance que tout ait fini comme ça, que tu sois sa sœur et non la mienne. Je ne sais pas si j'aurais pu en choisir une autre. Ça m'étonnerait.

— Oh, Jimmy ! m'écriai-je en me laissant tomber sur le lit, à demi nue.

— Eh, mais tu pleures ? (Il s'assit contre moi et m'entoura l'épaule de son bras.) Pourquoi pleures-tu ?

— C'est juste... de joie. Parce que je suis près de toi et que tu es près de moi.

Il sourit et m'embrassa tendrement, longuement.

Nous essayâmes encore une fois d'avoir un enfant, cette nuit-là. Je le désirais de toutes mes forces et tout mon corps vibrait de cet espoir quand je me donnai à Jimmy. Mais un peu plus tard, quand nous nous écartâmes l'un de l'autre pour dormir, je compris au sentiment de vide qui m'envahit que nous avions manqué cette chance. Je commençai à douter qu'elle nous soit jamais accordée, et cette pensée me terrifia.

Se pouvait-il que le seul enfant que j'aurais mis au monde fût celui de Michaël ? Jimmy en aurait le cœur brisé. Il rêvait de fonder une famille. Il ne cessait de parler de Fern, de poser des questions sur les recherches de M. Updike. Je n'osais pas lui révéler que le détective avait abandonné l'enquête, toutes les pistes ayant abouti à des impasses. Je n'avais pas le courage de lui dire que nous n'avions pas le droit de continuer. Que la loi était contre nous, et qu'en insistant, nous nous exposions à des poursuites. Mais M. Updike m'en avait avertie.

Incapable de dormir, je me tournais et me retournais dans mon lit, les pensées en déroute. Chaque fois que je fermais les yeux, je voyais Philippe dans ma nouvelle chambre maintenant presque achevée, examinant tout d'un œil gourmand, ma coiffeuse, la baignoire... Sauf que dans mon imagination, j'étais en train de prendre un bain. Je levais la tête, et subitement je l'apercevais sur le seuil, et il me toisait en souriant. J'essayais de le chasser mais il s'approchait et proposait de me laver le dos. Les événements s'enchaînaient, et je n'y pouvais rien. Philippe commençait à me frotter les épaules, puis sa main descendait, atteignait mes seins...

Je m'entendis gémir, atterrée par l'audace de mes propres visions. Mais ce n'était pas ma faute, c'était celle de Philippe ! Sournoisement, subrepticement, comme un renard dans un poulailler, il se glissait en tapinois dans mon univers. Par de petites manœuvres pour commencer, des riens... et brusquement il surgissait au cœur de mes pensées.

Impuissante, je dus revivre chaque phase de mon viol. Je m'étais sentie tellement frustrée, piégée, dans cette cabine de douche. Je n'avais pas osé crier, de peur de provoquer un scandale. Et finalement, je n'avais pas réussi à repousser Philippe.

Et voilà que tout recommençait ! J'étais à nouveau en son pouvoir. Je n'osais pas appeler Jimmy au secours, de crainte qu'il ne découvre la vérité. Tout au fond de moi, je sentais qu'il se doutait de quelque chose. Ses soupçons n'avaient pas encore pris forme, mais un jour il se les formulerait clairement, et alors... ce serait si terrible que cette seule pensée m'arracha un nouveau gémissement.

— Aurore ? Tu ne te sens pas bien ?

— Moi ? Oh, mais si. Je faisais un mauvais rêve, c'est tout.

— De quoi rêvais-tu ?

— Je préfère ne pas en parler, mais tout va bien, Jimmy.

Il m'embrassa pour me rassurer, et je finis par m'endormir en m'efforçant de croire que mes craintes étaient vaines.

Mais au cours de la même semaine, en fin d'après-midi, Philippe entra dans mon bureau et se laissa tomber sur un canapé. Comme les secondes passaient sans qu'il ouvre la bouche, je finis par lui demander ce qu'il me voulait : sa réponse ne me plut guère. Il était venu passer un moment, comme ça, juste pour me regarder travailler ! Aussitôt sur la défensive, je me carrai dans mon fauteuil et ne mâchai pas mes mots :

— Je ne suis pas une bête curieuse, Philippe ! Si tu as du temps à perdre, pourquoi ne vas-tu pas tenir compagnie à Mère ? Elle a grand besoin de réconfort, ces temps-ci !

C'était peu dire. Certaine que Clara Sue et Charlie assisteraient au mariage, Mère ne vivait plus. Elle affirmait que Clara Sue ferait un nouvel esclandre et couvrirait la famille de honte. Mais sa futilité l'emportait sur ses appréhensions, et elle se préparait fébrilement à ce grand événement mondain. Elle se mit en quatre pour dénicher la robe la plus éblouissante et la plus coûteuse de la ville. Son coiffeur attitré dut lui proposer une demi-douzaine de créations avant qu'elle en trouve une à son goût. Et chaque matin, pendant la semaine qui précéda le mariage, elle se fit faire un masque de beauté. Trouvant soudain sa taille épaissie et ses bras un peu trop potelés, elle se soumit à un régime draconien. Et un beau jour, je la vis accourir à l'hôtel dans tous ses états. Elle croyait s'être découvert un soupçon de double menton et voulait que je la rassure à ce sujet.

— Moi, aller voir Mère ? s'esclaffa bruyamment Philippe. Tu plaisantes ! Pour l'entendre rabâcher ses lamentations ? Nous ne ferions que nous taper sur les nerfs, tous les deux. Très peu pour moi !

219

— Mais je ne peux pas travailler tant que tu restes assis là, Philippe !

Il finit par se lever, mais il n'en avait pas terminé.

— Votre maison est superbe, constata-t-il, sans grand enthousiasme.

— Merci.

— En fait, je ne suis pas enchanté de vous voir déménager. Clara Sue est partie, Mère aussi, et maintenant c'est ton tour... je vais me retrouver tout seul, en somme.

— Mais tu as Betty Ann, et je suis sûre que vous aurez des enfants. Vous serez bien contents d'avoir l'aile familiale pour vous tout seuls.

— Oui, dit-il en contemplant le tapis à ses pieds.

Puis il leva la tête et me sourit, mais ce fut un étrange sourire sans joie.

— Tu ne m'as jamais demandé où nous allions passer notre lune de miel, Aurore. Alors tu ne le sais pas ?

Un frisson d'appréhension me courut le long du dos.

— Non. Où irez-vous ?

— Exactement au même endroit que vous. À Provincetown, au cap Cod. C'est Jimmy qui m'a renseigné. Il ne t'en a pas parlé ?

Mon pouls s'accéléra brutalement. Je savais pourquoi Jimmy n'avait rien dit : il ne voulait pas m'inquiéter.

— Tu n'es donc jamais allé au cap Cod, Philippe ?

— Oh si, très souvent, et Betty Ann aussi. Ses parents ont une maison à Hyannis Port.

— Alors pourquoi ne pas aller ailleurs, pour voir quelque chose de nouveau ? (Question de pure forme : je devinais déjà la réponse, et je ne me trompais pas. Une étincelle malicieuse s'alluma dans les yeux de Philippe.)

— On ne va pas en voyage de noces pour contempler le paysage, répliqua-t-il avec un petit sourire suggestif. Je suis prêt à parier que vous n'avez pas fait beaucoup d'excursions, tous les deux.

— Le temps nous a manqué, rappelle-toi. Randolph est mort.

Il ne se laissa pas démonter, loin de là. Son regard se fit encore plus insistant, son sourire plus insinuant, et il osa demander :

— Est-ce que Jimmy est un bon amant, au moins ?

— Je ne tiens pas à aborder ce sujet avec toi, Philippe, ripostai-je d'une voix tranchante.

Mais son insupportable sourire s'élargit encore. Il inclina la tête sur l'épaule et me fixa avec une attention aiguë.

— Vous deviez penser sans arrêt au temps où vous viviez comme frère et sœur, j'imagine. Ça n'a pas dû être facile de surmonter le passé... mais peut-être n'y êtes-vous pas arrivés ?

— Encore ! Je viens de te dire que je ne voulais pas parler de ça.

— D'accord, d'accord, je te demande pardon. Je dois être un peu nerveux, c'est normal. Je ferais peut-être bien d'aller voir Mère, finalement. J'ai besoin de distraction. Désolé de t'avoir dérangée, débita-t-il en prenant le chemin de la porte.

Mais au moment de sortir, il s'arrêta.

— N'empêche... c'est bien vrai que je vais me sentir seul, maintenant. Tu me manqueras. Je regretterai tous ces bruits qui me parlaient de toi, tes allées et venues dans ton appartement... On entend pratiquement tout à travers ces vieux murs, tu sais ?

Je rougis jusqu'au blanc des yeux.

— Oh, ne te figure pas que je t'espionnais, pas du tout. Mais à la longue, on finit par bien identifier certains sons... Enfin ! Peut-être que nous ferons bâtir, nous aussi, et pas très loin de chez vous. Comme ça, il ne restera plus personne dans l'aile de la famille... à part le fantôme de Grand-mère ! conclut-il en riant.

La gorge nouée, je le regardai franchir la porte et la refermer doucement derrière lui. Le cri de terreur qui m'étouffait refusait de sortir, et le silence qui régnait dans la pièce me fit frissonner. J'étreignis mes épaules et me tassai dans mon fauteuil. On aurait dit qu'un glaçon se formait dans ma poitrine, diffusant dans tout mon être un froid mortel.

Finalement, je n'eus plus qu'une ressource : je quittai la pièce et sortis faire quelques pas dans le parc, au grand soleil. Là, je ne tardai pas à trouver Jimmy, qui surveillait une équipe de laveurs de carreaux.

— Bonjour, toi ! s'écria-t-il du plus loin qu'il m'aperçut.

Puis il vit mon expression et changea de visage.

— Il y a quelque chose qui ne va pas ?

— Oh, Jimmy ! Je veux déménager tout de suite, demain si c'est possible !

— Demain ?

— Oui, demain.

— Mais la plomberie n'est pas terminée, le téléphone n'est pas branché...

— Alors quand pourrons-nous emménager ?

— Nous mettons déjà les bouchées doubles, mais en faisant un petit effort nous pourrions être prêts dans... mettons une semaine ? Mais pourquoi es-tu si pressée, tout à coup ?

— Pour rien. C'est juste que... tu avais raison à propos de l'hôtel. J'ai vraiment très envie de me sentir chez moi.

— Très bien, je vais voir s'il n'y a pas moyen d'accélérer le mouvement. Pendant ce temps-là, tu pourrais commencer à faire les paquets ?

— Entendu. Je vais tout de suite en parler avec Mme Boston et Sissy. Merci ! m'écriai-je en sautant au cou de Jimmy. Je sais que je dois souvent t'ennuyer...

— M'ennuyer, toi ? Sûrement pas. Mais me faire souffrir, peut-être, répliqua-t-il d'un air mi-sérieux, mi-badin. Enfin... de temps en temps.

— James Gary Longchamp ! Tu n'as pas honte de me taquiner comme ça ?

Il éclata de rire et l'angoisse qui m'habitait s'évanouit comme par enchantement. C'était si bon de l'avoir à mes côtés ! Il était ma force et mon appui, le soleil de ma vie, l'arc-en-ciel qui brillait après chaque orage.

Le cœur en paix, je retournai à mes occupations et repoussai mes idées noires à leur véritable place : dans les oubliettes de ma mémoire.

Mais les ennuis et les soucis semblaient avoir un don particulier pour se rappeler à moi. Deux jours avant le mariage de Philippe, je reçus la visite inopinée de Clara Sue et de son tenancier de bowling, Charlie Goodwin. Je lisais le rapport financier de Dorfman, accompagné de ses recommandations hebdomadaires quand la porte de mon bureau s'ouvrit avec fracas sur une véritable vision de cauchemar. Clara Sue, moulée dans la même robe violette qu'elle portait la dernière fois que je l'avais vue seule, dans les terribles circonstances que je ne devais jamais oublier. Toute ma vie je la reverrais telle qu'elle m'était apparue ce jour-là, pour m'arracher ce que j'avais de plus précieux au monde : mon enfant à naître. L'horreur de ces instants me poursuivrait jusqu'à ma dernière heure.

Les mains aux hanches, Clara Sue occupait entièrement la largeur de la porte et tout d'abord je ne vis pas l'homme qui se tenait derrière elle. Mais quand elle s'avança dans la pièce, il se montra, chapeau en main, son visage de fouine fendu par un vilain sourire en biais.

— En voilà des changements dans le bureau de Grand-mère, nasilla Clara Sue, l'œil mauvais. Tu n'as pas regardé à la dépense ! Et tout ça pour ton petit confort personnel, je suppose ?

Je rétorquai d'un ton rien moins qu'aimable :

— C'est *mon* bureau, maintenant, Clara Sue. Qu'est-ce que tu veux ? Dépêche-toi, j'ai du travail.

— Moi et Charlie on veut te parler, pas vrai, Charlie ?

— Hon-hon, grogna Charlie, avec son sourire fuyant.

Clara Sue se rengorgea.

— Charlie est un homme d'affaires, figure-toi. Il sait tout sur ce genre de trucs, annonça-t-elle en balayant le bureau d'un grand geste, comme si les murs étaient tapissés de comptes rendus de la Bourse.

— Et de quoi voulez-vous me parler, au juste ?

— De l'hôtel, tiens ! Qu'est-ce que tu crois ?

Elle s'affala dans un fauteuil, croisa ses jambes gainées de nylon et ordonna :

— Assieds-toi, Charlie.

L'obéissant Charlie prit aussitôt l'autre fauteuil et Clara Sue annonça la couleur :

— Alors, comment vont les affaires ?

— Plutôt bien. Si tu désires...

— Je vais te dire ce que je veux, m'interrompit-elle aussitôt. J'étais la préférée de Grand-mère Cutler et elle tenait à ce que ce soit moi qui hérite de tout, plus tard.

Je m'adossai à mon siège en souriant.

— J'ai peine à le croire, Clara Sue. Je ne pensais pas grand bien de Grand-mère, mais je ne l'ai jamais prise pour une imbécile.

Clara Sue bondit et je pris un certain plaisir à voir se tordre les coins de sa bouche. Sa grimace de triomphe n'était plus qu'un souvenir.

— Tu peux raconter ce que tu veux ! Mais j'ai souvent parlé avec elle, avant que tu viennes nous empoisonner la vie.

— Je ne tiens pas à en discuter avec toi, Clara Sue. Nous n'avons strictement rien à nous dire et je vais devoir te prier de sortir. Je n'ai pas de temps à perdre.

— Pas si vite, Aurore ! Et ne me donne pas d'ordres, je te l'ai déjà dit la dernière fois qu'on s'est vues. Tu n'as pas oublié la dernière fois, pas vrai ? (Je vis reparaître son sourire torve et une lueur de haine filtra entre ses paupières.) Nous étions dans ta chambre, insista-t-elle avec un rire cruel. Je portais justement la même robe et...

— Tais-toi, espèce de criminelle ! fulminai-je, perdant tout contrôle de moi-même. Non, je n'ai pas oublié ce que tu m'as fait ce jour-là, et je ne l'oublierai jamais. Tu as commis un meurtre et je t'interdis d'en parler devant moi. Et si je ne savais pas que tout est arrivé par accident, je ne pourrais même plus supporter ta vue. Tu ignorais que j'étais enceinte. Mais ce malheur aurait pu être évité si tu ne t'étais pas acharnée à me haïr. Je n'ai jamais cherché à te faire du mal, moi.

— Que veux-tu, ricana-t-elle, ce sont des choses qui arrivent ! J'ai eu le cœur brisé quand j'ai appris la nouvelle. Dire que j'aurais pu être tante pour la deuxième fois et que j'ai manqué cette chance ! Comment va ta fille, au fait ? Est-ce

qu'elle ressemble à sa chère Tatie Clara ? J'aimerais tellement la voir ! J'ai des tas d'histoires à lui raconter... comme
celle de la princesse Aurore et d'un grand méchant loup
nommé Michaël, acheva-t-elle avec un sourire fielleux.

Cette fois, c'était trop ! Elle osait menacer de révéler à
Christie ce qu'elle était trop jeune pour comprendre.

— Sors d'ici ! explosai-je, ulcérée par tant de bassesses.
Disparais avant que je te fasse jeter dehors ! Si je ne savais
pas que nous sommes de la même famille, je ne pourrais pas
le croire.

— Oh non, siffla-t-elle entre ses dents, je ne vais pas
partir si vite. Pas avant que tu aies entendu ce que nous avons
à te dire, pas vrai, Charlie ?

Comme un pantin dont elle eût tiré les ficelles, Charlie
Goodwin opina du bonnet.

— C'est vrai, madame Longchamp.

— Appelle-la Aurore, susurra Clara Sue, venimeuse. Ou
plutôt Eugénie, comme l'avait baptisée Grand-mère Cutler.

J'estimai le moment venu de passer à l'attaque.

— Eh bien, monsieur Goodwin, qu'avez-vous à me dire ?

— Euh... Clara Sue m'a mis au courant de cette histoire
de testament et... et tout ce qui s'ensuit... Enfin bref, madame
Longchamp. Pour en venir au fait, il me semble que Clara
n'a pas reçu la part d'héritage qui lui est due. Je suis très
ferré dans ce genre de subtilités légales, argent, patrimoine,
testaments, et par conséquent...

Je coupai court à ce flot de paroles embarrassées.

— Clara Sue sait parfaitement que nous avons un avoué :
Mᵉ Updike, le notaire de la famille. Si elle estime avoir des
réclamations à faire, qu'elle s'adresse directement à lui.

— Ben voyons ! grinça ma charmante sœur. Il fera tout ce
que tu voudras, forcément. Tu l'as entortillé dans tes filets,
comme tous les autres !

J'ignorai délibérément son intervention.

— Je me conformerai en tout point aux conseils de mon
notaire, monsieur Goodwin. Si vous croyez devoir présenter
une requête au nom de Clara, prenez contact avec lui. Je me
ferai un plaisir de vous indiquer son numéro de téléphone.

Ce disant, j'ouvris un tiroir et y pris une carte de visite que je tendis à Charlie Goodwin.

— Pas besoin de téléphoner ! aboya Clara Sue. Dis-lui, Charlie.

— Que souhaitez-vous me dire, monsieur Goodwin ?

— Eh bien, j'ai parlé de la situation de Clara Sue avec mon avocat, et il estime qu'il y a lieu de contester la légitimité du testament. Surtout celui de votre grand-père, qui vous avantage énormément.

« Je ne voudrais pas vous manquer de respect, madame, mais les faits sont les faits. Et il est indéniable que vous êtes une enfant illégitime, ce qui n'est pas le cas de Clara Sue. Elle devrait donc avoir droit, semble-t-il, à... hum... une plus grosse part du gâteau.

— Ah oui ? C'est donc ça !

— Tu y es ! triompha Clara Sue. C'est bien ça.

Mon regard dériva sur Charlie Goodwin et je compris brusquement ce qui attirait cet homme vers la pauvre Clara. Elle avait dû lui parler de la fortune de sa famille et il avait vu là un bon filon à exploiter. Et maintenant qu'il se croyait tout près d'aboutir, il en bavait littéralement : on aurait dit un cochon flairant la truffe. Sûr de ma capitulation, il se pourléchait les babines à l'idée du coquet pourcentage que j'allais consentir à Clara Sue sur les revenus de l'hôtel. Eh bien, ils allaient être déçus !

Je me levai, prête à lâcher ma petite bombe-surprise.

— Je crains d'avoir à vous détromper, annonçai-je avec le plus grand calme. Il y a erreur.

Et tout en contournant le bureau, je ne pus m'empêcher d'évoquer ma première rencontre avec Grand-mère Cutler. C'était de cette place même qu'elle m'avait toisée de toute sa hauteur, humiliée, écrasée de son pouvoir. Et quel pouvoir elle détenait, de quelle poigne elle menait son monde, malgré sa frêle stature ! Le sentiment de sa propre supériorité la soutenait comme un corset de fer. Elle y puisait une force et une autorité incontestées, quasi royales. D'une inflexion de voix, elle faisait sentir à tous qu'il eût été non seulement inutile, mais dangereux de contrecarrer sa formidable volonté.

— Comment ça ? glapit Clara Sue. Quelle erreur ?

Je m'assis sur le bord du bureau et m'y appuyai confortablement.

— Ce n'est pas moi qui suis l'enfant illégitime, Clara Sue. C'est toi.

Elle éclata d'un rire aigu, irritant au possible.

— Je ne plaisante pas, Clara. (Son rire d'hyène se cassa net.) Toi qui m'as traitée de bâtarde pendant tant d'années, sache que c'est exactement ce que tu es.

— Qu'est-ce que tu nous chantes ? Qu'est-ce que tu as encore inventé ? Ça veut dire quoi, tout ça ?

Elle s'était levée, prête à fondre sur moi, mais le sens de mes paroles faisait déjà son chemin en elle. Et je savourai délicieusement le plaisir de la voir se décomposer.

— Cela veut dire, ma petite sœur chérie, que l'homme que tu prenais pour ton père ne l'était pas. En fait, tu n'as pas la moindre goutte de sang Cutler dans les veines.

Charlie Goodwin n'était pas beau à voir non plus. Joues creuses, lèvres pincées, il tournait vers moi un visage cendreux où tous les traits s'étaient affaissés brutalement, sauf les yeux globuleux : ils menaçaient de lui sortir de la tête. Clara Sue lui lança un regard affolé.

— Je ne suis pas une Cutler, moi ? C'est ridicule ! Ne la crois pas, Charlie. Elle ment sur toute la ligne !

— Je ne te demande pas de me croire, Clara Sue, ni même de m'écouter. Va simplement trouver Mère et pose-lui la question toi-même... ou plutôt non. (Je me redressai brusquement et ce fut à mon tour de sourire.) Pose-la donc à Bronson Alcott. Il te dira la vérité, lui, ajoutai-je en regagnant ma place.

— Tu mens ! Tu n'es qu'une sale petite menteuse !

— Tu en es sûre ? Sinon c'est très facile à vérifier. Comme je viens de te le dire, il te suffit d'aller...

— Je n'irai nulle part. Et toi, va-t'en au diable ! Tout ça n'est qu'un ramassis de mensonges.

— Du calme, Clara Sue, intervint Charlie. Inutile de t'énerver. Reprends-toi.

227

— Comment, inutile de m'énerver ? Elle a manigancé tout ça pour me priver de ma part d'héritage, et il faudrait que je reste calme !

— Ignorais-tu que Bronson Alcott et Mère s'aimaient depuis longtemps, avant qu'elle épouse Randolph ? demandai-je d'une voix suave.

Elle sourcilla, ce qui m'apprit ce que je voulais savoir. Elle aussi avait entendu parler de cette vieille histoire.

— Et alors ? contra-t-elle. Ça ne prouve rien.

— Effectivement, ça ne prouve rien. Mais après mon enlèvement, Mère a renoué avec Bronson et tu es le fruit de leurs amours. Jusqu'à présent, il importait peu que le secret soit gardé ou non. Mais si ton besoin de vengeance va jusqu'à intenter une action en justice, je crains fort que la vérité n'éclate au grand jour.

— Sale garce ! rugit Clara en sautant sur ses pieds. Espèce de satanée petite garce ! Tu es aussi méchante que Grand-mère Cutler ! Viens, Charlie, allons raconter à Mère tout ce qu'elle a dit, et tu verras bien qu'elle a menti. Allez, secoue-toi ! vociféra-t-elle aux oreilles du malheureux Charlie, toujours figé dans son fauteuil.

Il en jaillit instantanément et Clara Sue l'empoigna par le bras pour l'entraîner vers la porte.

— On se reverra, Aurore, fais-moi confiance. Tu n'en as pas fini avec moi.

— J'ai bien peur que si, lui renvoyai-je d'une voix unie, parfaitement contrôlée. Nous n'avons désormais plus aucune raison de nous revoir.

Ce calme olympien mit le comble à sa fureur. Elle pivota sur ses talons et sortit avec son Charlie en claquant la porte derrière elle.

Le cœur battant, je me laissai doucement aller en arrière. J'étais assez contente de moi, je ne pouvais pas le nier. J'avais pris un certain plaisir à moucher Clara Sue. C'était son tour de découvrir qu'elle avait vécu toute sa vie dans le mensonge, et plus le mien. Le plus triste, dans tout ça, c'était qu'elle ne souffrait pas pour les bonnes raisons. Cela lui était bien égal que sa famille vole en éclats. Tout ce qu'elle regrettait, c'était de ne pas pouvoir me soutirer plus d'argent. Oh, bien sûr, ce serait la fin de sa brève romance avec Charlie Goodwin. Une fois persuadé que Clara n'était pas la mine d'or qu'il espérait, le peu reluisant Charlie la laisserait tomber comme une vieille chaussette, aucun doute là-dessus. Son petit univers en miettes, il ne lui resterait que la déception, l'amertume et la solitude pour en rebâtir un nouveau.

Je ressassais toujours ces pensées mélancoliques lorsque Mère m'appela, quelques heures plus tard. Je m'y attendais un peu.

— Clara Sue et son compagnon sortent d'ici, m'annonça-t-elle. Quel besoin as-tu eu de lui raconter tout ça ? Comment as-tu pu me faire une chose pareille ?

Je la mis au courant du chantage que sa fille avait tenté d'exercer sur moi, ce qui coupa court à ses lamentations.

— J'en étais sûre ! Dès que j'ai vu cet individu, j'ai deviné quel genre d'homme c'était. Quand même, ce n'est pas gentil d'avoir dit la vérité à Clara. Elle qui me plaçait sur un piédestal ! Qu'est-ce qu'elle doit penser de moi, maintenant ?

— Ne te fais pas d'illusions, Mère. Elle n'a jamais eu le moindre respect pour toi. Quant à son amour pour Randolph, permets-moi d'en douter. Elle n'a jamais aimé qu'elle-même.

— C'est bien possible, reconnut Mère en soupirant.

Et elle se lança dans une description de la crise de rage de Clara Sue, un fort long récit qui me réjouit les oreilles.

— Et pour finir elle a réclamé de l'argent à Bronson, tu te rends compte ?

— Ce ne sera pas la dernière fois, Mère, commentai-je d'un ton désabusé.

— Je sais, mais... nous nous sentons coupables. N'empêche que j'ai pris Clara Sue à part et je lui ai bien fait comprendre que, si elle continuait à vivre avec cet homme, nous lui couperions les vivres.

— Ne t'inquiète pas pour ça, Mère. Maintenant qu'il ne peut plus rien en tirer... c'est lui qui va lui tirer sa révérence.

— Tu as sans doute raison, Aurore. Tu en sais bien plus long sur tout ça que moi à ton âge. Quand même, la situation a son bon côté, finalement.

— Ah oui, lequel ?

— Clara Sue a décidé que, puisque Philippe n'est pas vraiment son frère et que Randolph ne lui était rien, Charlie et elle ne sont pas obligés d'assister au mariage. Ouf ! Je respire.

Du coup, j'éclatai de rire. Mère avait une façon si personnelle de tirer parti des choses !

Le jour du mariage, nous prîmes tous les quatre le même vol pour Washington. La cérémonie religieuse eut lieu dans une église magnifique, et la réception dans la salle de bal d'un des plus luxueux hôtels que j'eusse jamais vus. Nous avions invité près de trois cents personnes, et les Monroe pas loin de cinq cents : ce fut grandiose.

Mais, pour moi comme pour bien d'autres, l'élément le plus sensationnel de cet événement mondain fut Betty Ann elle-même. J'éprouvai un véritable choc en la voyant descendre la nef.

Elle s'était teint les cheveux en blond.

— Je l'ai fait pour Philippe, me confia-t-elle dès que nous pûmes échanger quelques paroles à l'écart. Il me le demandait depuis des semaines, et j'ai voulu lui réserver une surprise. Tu trouves que ça me va ?

Ça ne lui allait pas précisément, non, surtout avec ses gros sourcils noirs. Mais je compris à quel point elle désirait plaire à Philippe.

— Bien sûr ! Je suis seulement... un peu étonnée, mais c'est une question d'habitude.

— Philippe y est déjà habitué, lui. Si tu avais vu son expression, quand il m'a vue comme ça pour la première fois ! Il était transporté. Nous allons être très heureux ensemble, tu ne crois pas ?

Elle cherchait si manifestement à se rassurer que j'eus pitié d'elle.

— J'en suis certaine, affirmai-je.

Mère ne parut pas accorder d'importance particulière à la transformation de Betty Ann, si toutefois elle y prit garde. Elle avait bien d'autres chats à fouetter ! Tout la fascinait : le décor somptueux, l'importance de la foule, le nombre des serviteurs er l'abondance de nourriture et de champagne. Le cocktail à lui tout seul valait un festin de mariage. Des cuisiniers en bonnet blanc découpaient des tranches de roast-beef et servaient des plats d'énormes crevettes. Le buffet croulait sous les hors-d'œuvre et deux orchestres se relayaient. Tout cela pour l'heure du cocktail, mais que dire du dîner !

Il y eut sept services, et le repas se prolongea jusqu'à plus de minuit. Des toasts furent portés par des sénateurs et des députés, et même par un gouverneur. Nous avions fort à faire avec nos propres invités, mais Stuart Monroe s'arrangea pour nous présenter bon nombre des siens, parmi les plus importants.

De son côté, entre ses amis de l'université et ceux des Monroe, Philippe était très occupé, lui aussi. Mais vers la fin de la soirée, il trouva quand même le temps de m'inviter à danser.

— Alors, voulut-il savoir, que penses-tu de Betty Ann ?

— Pourquoi lui avoir demandé de se teindre en blonde, Philippe ?

— Comme si tu ne le savais pas ! (Mon cœur battit la chamade. Bien sûr que je savais.) Si je ne peux pas t'avoir, toi, murmura-t-il à mon oreille, je veux pouvoir faire semblant...

Je refusais encore de le prendre au sérieux. J'avais tort, et je m'en aperçus dès mon retour à Cutler's Cove. Dans le couloir de mon appartement, je vis Mme Boston venir à ma rencontre.

— Alors, tout s'est bien passé ?

— Je n'ai jamais vu de réception pareille, madame Boston. Mère n'en est pas encore remise !

— M. Philippe était dans tous ses états. Nous avons déjà emballé presque toutes vos affaires pour le déménagement, vous comprenez. Au moment de partir, quand il a vu que vous ne veniez pas lui donner ce que vous lui aviez promis, j'ai bien cru qu'il allait piquer une crise.

— Ce que je lui avais promis ?

— Oui, alors je l'ai aidé à fouiller dans les cartons, jusqu'à ce qu'il trouve.

— Jusqu'à ce qu'il trouve quoi, madame Boston ?

— Mais... votre chemise de nuit, et le parfum.

Je la dévisageai, les yeux ronds.

— Philippe a emporté une de mes chemises de nuit... et mon parfum ?

— Je n'aurais pas dû lui donner ? Il disait que c'était un cadeau pour sa lune de miel, s'effara Mme Boston, remarquant enfin mon trouble. J'ai fait une bêtise ?

— Non, non, je... cela n'a rien à voir avec vous. N'y pensez plus.

Elle me sourit, rassurée.

— Bon, eh bien alors... bonsoir, Aurore.

Je gagnai ma chambre d'un pas de somnambule.

Philippe était en voyage de noces. Il avait réservé une suite dans le motel où nous étions descendus, Jimmy et moi. Il avait obtenu de Betty Ann qu'elle se fasse teindre les cheveux dans ma nuance de blond. Il allait lui demander de mettre ma chemise de nuit, de porter mon parfum. Quand il la prendrait dans ses bras, il fermerait les yeux et c'est à moi qu'il penserait. C'est moi qu'il caresserait.

Et moi, parce que je savais cela, je me sentais salie. Et déloyale envers Jimmy. Même si tout cela se passait dans l'imagination de Philippe, c'était comme s'il me violait une seconde fois.

11

Sourires et larmes

Deux jours plus tard, nous emménagions dans notre nouvelle maison. Ce fut délicieux de voir Christie préparer elle-même sa petite valise et insister pour la porter toute seule. Elle y avait placé sa brosse à cheveux, deux poupées de chiffon, une robe d'été, une paire de socquettes bleues et un recueil de comptines. Tout attendrie je me revis avec ma propre valise, si souvent faite et refaite depuis que j'avais l'âge de Christie, jusqu'à ce que je vienne habiter Cutler's Cove. Sauf que la mienne était toujours bourrée à craquer. Je l'avais encore, d'ailleurs. Elle devait se trouver quelque part dans le grenier de l'hôtel, parmi tout un fatras de vieilleries.

— Je suis prête, annonça Christie dès qu'elle eut bouclé la sienne.

Jimmy la prit dans ses bras et l'emmena avec lui pour surveiller le déménagement. J'avais trop de travail à l'hôtel pour les accompagner, et je passai la matinée dans mon bureau. C'est là que j'eus la surprise de voir arriver Mme Boston, venue me proposer ses services pour la nouvelle maison. Elle savait que j'aurais besoin d'une femme de confiance. Sissy et son fiancé avaient économisé assez d'argent et leur mariage ne devait plus tarder.

Le geste de la gouvernante me toucha autant qu'il me flatta. Elle quittait Philippe et l'aile familiale où elle avait si longtemps servi pour nous suivre, Jimmy et moi ! Je la remerciai avec effusion et lui dis de faire ses paquets sur-le-champ. Et quand je vis son visage s'éclairer, je devinai qu'elle aussi éprouvait un sentiment de délivrance en quittant l'hôtel. Qu'elle aussi fuyait de vieux fantômes, les mêmes qui semblaient ressusciter chaque soir et nous guetter quand nous nous retirions dans nos appartements, la journée de travail achevée.

— J'ai besoin de changer de décor, expliqua-t-elle. Il y a trop de vieux souvenirs, ici. Je les sens qui me tournent autour comme des revenants. Il en sort de tous les coins. Il me faut de l'air, de la lumière, du nouveau !

Si c'était vraiment ce qu'il lui fallait, elle dut être comblée. La maison était lumineuse et aérée au possible. Avec ses grandes baies, ses marbres blancs et sa décoration aux tons vifs et gais, elle paraissait ensoleillée même les jours de pluie. Tous les curieux qui y défilèrent au cours de la première semaine s'extasièrent sur les « lustres étincelants », « les couleurs éclatantes » et « l'impression de chaleureuse intimité » que l'on éprouvait chez nous.

La seule note discordante — en tout cas pour moi — vint de Philippe. Le soir de notre installation, il appela de Provincetown.

— Je voulais être sûr que tout s'était bien passé, Aurore, et vous souhaiter bonne chance.

— C'est vraiment très gentil de penser à nous en pleine lune de miel, rétorquai-je, sur la réserve.

— Oh, le temps n'est pas si beau que je l'espérais. J'ai presque envie de rentrer à Cutler's Cove, finalement.

Sur cette surprenante information, il se lança dans une série de plaintes à propos de tout : la plage, le restaurant, la chambre, rien ne répondait à son attente. Lorsque je lui rapportai cette conversation, Jimmy haussa les sourcils.

— Qui pourrait écourter sa lune de miel sans y être obligé, voyons ! Philippe devait dire ça en l'air.

Mais les jeunes mariés rentrèrent la veille du jour prévu, le soir, alors que nous avions déjà quitté l'hôtel. Nous fûmes assez perplexes quand le carillon de l'entrée résonna. Et plus encore en voyant Betty Ann et Philippe, qui s'était muni d'une bouteille de champagne.

— Nous n'étions pas là pour pendre la crémaillère, alors nous venons rattraper le temps perdu, expliqua-t-il. Si nous ne sommes pas importuns, naturellement.

— N-non, fit Jimmy, incapable de dissimuler sa stupeur. Entrez.

Laissant les deux hommes au salon, j'emmenai Betty Ann visiter la maison. Mme Boston venait de coucher Christie, mais elle ne dormait pas encore et j'entrouvris sa porte pour jeter un coup d'œil dans sa chambre.

— Tu sais qui est là, ma chérie ?

Elle s'assit brusquement dans son lit et fit voltiger les boucles d'or qui frôlaient ses épaules.

— Bien sûr, c'est Tatie Bett !

« Tatie Bett » comprit que le surnom lui resterait, et nous échangeâmes un sourire complice.

— Cette maison est merveilleuse, me dit-elle en sortant. J'espère qu'elle vous portera bonheur.

— Merci. Mais quel dommage que vous ayez eu si mauvais temps pour votre lune de miel !

— Du mauvais temps ? Pas du tout, il a fait beau tous les jours ! L'eau était même parfois si chaude que je n'en revenais pas, moi qui connais la région.

Je digérai lentement l'information, qui confirmait mes soupçons.

— Et comment as-tu trouvé le motel ?

— Parfait sous tous rapports. Je serais bien restée plus longtemps mais Philippe en a eu vite assez de ne rien faire, surtout pendant que vous aviez tous tant de travail à l'hôtel. Il adore Cutler's Cove, c'est pourquoi je n'ai pas protesté quand il a insisté pour rentrer avec un jour d'avance. Et puis... il était tellement impatient de vous voir installés dans votre nouvelle maison !

Nous rejoignîmes Philippe et Jimmy au salon, où l'on n'attendait plus que nous pour porter un toast.

— Au nouveau foyer de James et d'Aurore ! dit Philippe en levant sa coupe. Puisse-t-il être le lieu où tous les rêves se réalisent.

235

Son souhait prononcé, il me dévisagea avec une attention soutenue et attendit que je porte mon verre à mes lèvres pour en faire autant. Il but en même temps que moi, et quand il eut fini, déclara pensivement :

— C'est une très bonne idée de vivre en dehors de l'hôtel, finalement. On se sent chez soi, comme tout un chacun. Même du vivant de Grand-mère, les clients avaient tendance à envahir l'aile réservée à la famille. Peut-être serons-nous bientôt très proches voisins, Jimmy et moi.

Il ne m'avait pas quittée des yeux et souriait à ses pensées, mais de quoi s'amusait-il ainsi ? De moi ? Quel rôle m'attribuait-il dans le jeu de ses passions et de ses désirs ? Je pris sur moi d'y mettre fin.

— Ce ne devrait pas être à moi de le dire, mais il se fait tard, et nous avons beaucoup de nouveaux arrivants demain matin. Je dois être à l'hôtel de bonne heure.

— Moi aussi, je commence tôt, dit aussitôt Philippe en se levant. Nous allons vous laisser.

Et quand tous deux nous eurent souhaité bonne nuit, il ajouta à mon intention, le regard pétillant :

— Je suis de l'avis de Betty Ann : nous entamons une nouvelle vie, tous les quatre.

Je ne répondis rien, Jimmy non plus, et nous les reconduisîmes jusqu'à la porte. Mais au bas de l'escalier, alors que nous nous apprêtions à monter, Jimmy demanda :

— Qu'est-ce que tu en penses ? Tu trouves qu'ils ont l'air heureux, comme tous les jeunes mariés devraient l'être ?

— Il me semble.

— Si tu avais entendu comment il parlait d'elle, pendant que vous visitiez la maison ! Ça en devenait gênant, par moments.

— Je ne comprends pas... explique-toi.

— Quand j'ai voulu savoir pourquoi il rentrait si tôt, il m'a répondu qu'il était tout simplement exténué.

Le pied sur la première marche, je m'arrêtai brusquement.

— Exténué ? Il a vraiment dit ça ?

— Oui, et il m'a donné un tas de précisions sur leurs relations physiques, l'appétit insatiable de Betty Ann sur ce plan... enfin, des détails tellement intimes ! Quel besoin avait-il de me parler d'elle comme ça, à ton avis ?

— Aucune idée, mais je ne trouve pas ça très élégant.

— On aurait juré que... c'était comme si...

— Si quoi ?

— Comme s'il voulait me faire dire le même genre de choses sur toi, établir des comparaisons... enfin, le style ragots de vestiaire, tu vois. Je ne l'aurais jamais cru comme ça.

— Et... tu lui as parlé de nous, Jimmy ?

Son sourire me répondit avant lui.

— Pour ce qu'il en sait, je pourrais aussi bien être moine, et toi bonne sœur ! dit-il en m'embrassant dans le cou.

J'éclatai de rire, mais c'était un rire de soulagement.

Quand Philippe et Betty Ann se furent installés dans l'aile familiale, les choses se tassèrent un peu. Le travail nous absorbait tous entièrement, la saison dépassait nos espoirs. Depuis la modernisation de Cutler's Cove, c'était de loin la plus réussie. Grand-mère Cutler n'avait jamais fait paraître d'annonces dans les magazines ou les journaux. Elle estimait que la réputation de l'hôtel était une publicité suffisante, et que les clients se recrutaient par le bouche à oreille. Pendant très longtemps, cela s'était avéré suffisant, en effet. Mais une nouvelle génération de vacanciers faisait son apparition, et j'estimais qu'il fallait nous adresser à eux. Je convainquis donc M. Dorfman de faire paraître des encarts publicitaires dans certaines revues touristiques et dans les grands quotidiens, et les résultats furent immédiats. Les réservations affluèrent, nous fûmes sollicités par des agences de voyages, et nos revenus accusèrent une montée en flèche. Pour la première fois depuis longtemps, M. Dorfman évoqua la possibilité de nous agrandir et de procéder à de nouveaux aménagements. De mon côté, j'avais pris contact avec des organismes spécialisés dans la prospection de sites, et je lui en fis part.

— Mme Cutler n'aurait jamais admis cela, me rappela-t-il. Elle s'en tenait strictement à la tradition de Cutler's Cove.

— Je sais, mais les choses changent. Et si nous voulons survivre, il faut suivre le mouvement.

M. Dorfman me dévisagea avec une telle intensité que je finis par lui demander ce qui n'allait pas.

— Oh, rien, rien ! Je songeais simplement à notre première rencontre. Ce n'est pas si vieux, et vous avez tellement mûri ! Je vous demande pardon, se reprit-il en rougissant jusqu'aux sourcils. Je ne voulais pas dire...

— Ne vous excusez pas, monsieur Dorfman. C'est plutôt agréable à entendre. J'apprécie, croyez-le bien.

Tous ces projets emballaient Philippe et il était prêt à foncer tête baissée, mais je mis un frein à son ardeur. Prudemment, je lui demandai d'étudier très soigneusement le terrain, ce qu'il fit. Et, à ma profonde satisfaction, il fut bientôt entièrement absorbé par sa tâche.

Ce qui m'étonna le plus, ce fut la rapidité avec laquelle Betty Ann s'adapta à la vie de l'hôtel, et le plaisir qu'elle y trouva. Elle se révéla une hôtesse accomplie, bien qu'un peu formaliste parfois, surtout avec les personnes âgées. Elle ne manquait jamais un dîner, et assurait même l'accueil des clients au petit déjeuner. Elle apprit à s'habiller, fréquenta le salon de coiffure et d'esthétique de l'hôtel, et mit à profit les conseils reçus. Bien coiffée, bien maquillée, vêtue avec élégance, elle avait nettement meilleure allure. Sa silhouette était son principal atout, et elle sut vite la mettre en valeur. Si elle ne devint pas une beauté pour autant, elle y gagna beaucoup.

Peu à peu, nous nous installâmes dans nos nouvelles habitudes. Mère continuait à donner ses dîners, désormais très recherchés, et rien ne l'enchantait plus que de nous avoir tous les quatre à la fois Philippe, Betty Ann, Jimmy et moi. L'été passa, puis l'automne, et l'hiver arriva sans qu'aucun incident notable vînt déranger cette routine. Puis, par un après-midi comme les autres où je travaillais dans mon bureau, Mme Boston m'appela au téléphone.

— Excusez-moi de vous déranger, commença-t-elle. C'est juste pour vérifier...

— Vérifier quoi, madame Boston ?

— Que vous avez bien permis à Clara Sue d'emmener Christie faire une promenade en camion.

Je faillis bondir de mon fauteuil.

— Quoi ! Quel camion ?

— Doux Jésus ! gémit la gouvernante. Je voulais vous appeler avant, mais Clara Sue m'a affirmé qu'elle était passée à l'hôtel d'abord et que vous étiez d'accord.

— Mais de quoi parlez-vous, madame Boston ? Quel camion ? répétai-je, luttant contre la panique viscérale qui montait en moi.

Clara Sue, après tout ce temps ? Je m'interdis d'imaginer le pire.

— Un de ces gros camions-remorques. Clara Sue était avec le chauffeur. Elle a visité la maison et au moment de sortir elle a demandé à Christie si elle voulait venir faire un tour avec un ami. Un certain Skipper, je crois bien. Il a des tatouages plein les bras.

« Christie n'y tenait pas trop, mais Clara Sue a insisté. Elle a dit que vous lui aviez donné la permission et elle a emmené la petite.

— Ô mon Dieu ! J'arrive tout de suite, madame Boston.

Je raccrochai précipitamment, envoyai un chasseur prévenir Jimmy que je l'attendais chez nous et courus à la maison. Je venais d'écouter toute l'histoire pour la deuxième fois lorsque Jimmy fit son entrée. Je le mis rapidement au courant.

— Je ne peux pas croire qu'elle ait osé faire ça ! fulminat-il. Cette fois, elle a été trop loin. Non mais, pour qui se prend-elle ?

Il se fit décrire le véhicule en détail.

— Un camion-remorque ? Cela ne devrait pas être trop difficile à localiser, observa-t-il en courant vers la porte. Si je leur mets la main dessus, à ces deux-là !

— Attends, Jimmy ! Peut-être vaut-il mieux...

C'était inutile : il était déjà loin. Je me retrouvai seule avec une Mme Boston effondrée.

— C'est de ma faute, Aurore. J'ai cru...

— Ne vous reprochez rien, vous ne pouviez pas deviner qu'elle mentait. Heureusement que vous avez eu des doutes, dis-je pour lui remonter le moral.

C'était ce que j'avais de mieux à faire, étant donné l'état du mien. Au moins, cela m'empêchait de piquer une crise de nerfs. À tout hasard, j'appelai Bel Ombrage mais Clara Sue ne s'y trouvait pas. Ce fut Bronson qui décrocha : il ne savait même pas que sa fille était à Cutler's Cove.

— Ta mère et elle se sont disputées la semaine dernière à propos de son nouvel ami, justement. Depuis, nous ne l'avons pas revue. Pour le moment, Laura fait la sieste mais je la préviendrai dès son réveil. Aussitôt que tu auras des nouvelles, appelle-nous. Et si nous entendons parler de quelque chose, tu seras la première avertie.

— Merci, Bronson.

— Je suis navré, cette pauvre Clara tourne vraiment mal, ajouta-t-il avant de raccrocher.

Après cela, je restai près du téléphone avec Mme Boston, guettant un appel de Jimmy. Plus d'une heure après, il n'avait toujours pas fait signe et Mme Boston nous prépara du thé, que nous prîmes devant la fenêtre. :

— Nous devrions peut-être téléphoner à la police et leur dire... ce qui s'est passé, médita ma compagne à voix haute.

Je compris qu'elle évitait de prononcer le mot « enlèvement », tout comme je m'efforçais de ne pas y penser. Mais au point où nous en étions, sans nouvelles de Jimmy, je commençai à envisager sérieusement cette possibilité. Christie n'éprouvait pas beaucoup d'affection pour Clara Sue. Elle ne l'avait jamais appelée « Tatie Clara », elle était toujours mal à l'aise en sa présence. Je n'avais aucune peine à imaginer combien elle devait être malheureuse et effrayée, en ce moment même. Et la savoir piégée dans cette cabine de camion, entre Clara et l'un de ses minables compagnons de rencontre, me faisait courir des frissons sous la peau. L'angoisse me tordait les entrailles. Je devais faire des efforts prodigieux pour ne pas me mettre à hurler.

Finalement, après vingt longues minutes d'attente supplémentaires, la voiture de Jimmy s'arrêta devant la maison. Nous nous précipitâmes à sa rencontre.

— Pas la moindre trace d'eux, nous apprit-il d'emblée. À croire qu'ils se sont évaporés ! Vous êtes certaine de m'avoir bien décrit ce camion, madame Boston ?

— Absolument ! gémit-elle en fondant en larmes.

Je m'empressai à nouveau de la réconforter, mais ma décision était prise.

— Jimmy, nous ferions mieux d'appeler la police.

Il acquiesça, rentra dans la maison et j'entourai de mon bras l'épaule de la gouvernante inconsolable.

— Ne pleurez pas, madame Boston, personne ne songe à vous accuser. Allons, venez vous asseoir au salon.

Moins de dix minutes plus tard, une patrouille de police arrivait. À peine avions-nous terminé d'exposer la situation que les hommes couraient à leur voiture pour communiquer par radio à d'autres équipiers le signalement du camion-remorque. Puis l'attente recommença lente, torturante. Quand la nuit tomba, mon angoisse redoubla et je laissai couler mes larmes.

Enfin, peu après la demie de sept heures, un bruit de moteur nous attira tous les trois au-dehors. Dans l'éclat des gyrophares, une voiture de police remontait l'allée, suivie d'un gros camion-remorque. Dès qu'il s'arrêta, la portière s'ouvrit et Clara Sue se pencha pour déposer Christie à terre.

— Maman ! cria-t-elle en se jetant dans mes bras.

Je la serrai contre moi et la couvris de baisers, laissant Jimmy s'occuper de Clara Sue. Il ne perdit pas une seconde.

— Comment as-tu osé emmener cette enfant sans permission ? vociféra-t-il, fou de rage.

— En voilà du tapage ! feignit de s'étonner Clara Sue, toujours perchée sur son siège. Qu'est-ce qu'il se passe ? Moi et Skipper on a juste emmené la petite manger des hamburgers, pas vrai, chéri ?

— Ouais, grogna le grand escogriffe assis à côté d'elle.

Elle pinça les lèvres, farfouilla dans son sac où elle pêcha une brosse à cheveux et adressa un sourire sucré à l'officier de police.

— Tout le monde se plaint toujours que je néglige la famille, geignit-elle. Et pour une fois que je me comporte comme une tante, ça déclenche une émeute ! Tu vois à quoi ça sert d'être gentil, Skipper ? minauda-t-elle en jouant de la brosse à cheveux comme si elle préparait son entrée en scène.

— Espèce de petite garce ! grinça Jimmy, hors de lui.

Le dénommé Skipper lui montra le poing par la fenêtre.

— Eh, doucement, mec ! Attention à ce que tu dis.

— Descends me répéter ça ! contra instantanément Jimmy.

Le nouveau « compagnon » de Clara ouvrit sa portière, mais deux policiers se hâtèrent d'intervenir.

— On se calme, énonça tranquillement le plus grand, avant de se tourner vers moi. Madame Longchamp, désirez-vous porter plainte ?

— Porter plainte contre nous ? rugit Clara Sue. Je suis la tante de la petite, quand même ! Je l'ai emmenée faire un tour, je lui ai offert un bon dîner et elle s'est bien amusée, pas vrai, Christie ?

Christie enfouit son visage au creux de mon épaule. Je voulais en finir au plus vite avec toutes ces turpitudes, mais pas sans avoir exprimé ma façon de penser.

— Tu es aussi irresponsable que méchante, Clara Sue. C'est ignoble de terroriser un enfant par plaisir ! Je ne porterai pas plainte, mais je t'interdis, tu m'entends ? je t'interdis de remettre les pieds sur cette propriété.

— Et voilà ce qu'on gagne à être aimable ! modula-t-elle d'une voix acidulée. Tu as vu ça, Skipper ? Allez, viens, on s'en va. Profitez bien de votre chance, nous lança-t-elle avec un rire acerbe. Tout ce que vous avez, vous me l'avez volé !

Là-dessus, elle claqua violemment sa portière.

Jimmy s'élança vers le camion, mais un policier le retint et nous regardâmes le lourd véhicule s'éloigner le long de l'allée. Pendant toute la durée de cette scène, Christie avait gardé le visage contre mon épaule. Je lui demandai tendrement :

— Tout va bien ma chérie ?

Elle fit signe que oui et releva enfin la tête.

— Tante Clara Sue m'a fait asseoir dans un restaurant et elle m'a dit de la regarder danser avec Skipper. Il sent mauvais et il lui manque des dents ici, ajouta-t-elle en désignant sa gencive supérieure.

— Pauvre petite ! murmura Mme Boston. Tu as faim, Christie ?

— Si nous lui donnions d'abord un bon bain chaud, madame Boston ?

— Bien sûr, approuva la gouvernante en tendant les bras. Viens avec moi, trésor.

Christie ne se fit pas prier : elle lui sauta au cou.

— Nous veillerons à ce que ces deux-là quittent la ville, madame Longchamp, dit alors l'officier responsable.

— Merci beaucoup.

— Où les avez-vous trouvés ? voulut savoir Jimmy.

— Dans ce cabaret qui fait restaurant, le Gosier Sec.

— Je n'aurais jamais pensé à les chercher là... une chance pour eux ! grommela-t-il entre ses dents.

Je lui pris le bras et l'entraînai dans la maison, où nous avaient précédés Mme Boston et Christie. Une fois de plus, Clara Sue avait fait des siennes et ce n'était sûrement pas fini. Elle me faisait penser à un nuage noir dérivant dans un beau ciel d'été, toujours prêt à crever sur nos têtes et à nous gâcher la journée.

Vers la fin du printemps, nous apprîmes que Betty Ann était enceinte. Je m'en réjouis pour elle naturellement, et Jimmy aussi, mais je n'en ressentis que plus fortement mon propre échec. Sur les instances de Jimmy, nous subîmes de nouveaux examens médicaux, de nouveaux tests, à l'issue desquels nous nous retrouvâmes dans le cabinet du Dr Lester.

— Je ne suis pas surpris par les résultats, nous annonça-t-il en se caressant le menton. Vous êtes tous les deux en parfaite santé.

— Alors qu'est-ce qui cloche, docteur ? Nous faisons pourtant tout ce qu'il faut pour... Je veux dire...

Jimmy s'interrompit, prenant soudain conscience de ma gêne.

— Je comprends, intervint le Dr Lester, qui se pencha en avant pour m'observer d'un œil scrutateur. Aurore, comment vous sentez-vous ces temps-ci ? Je pourrais dire « émotionnellement », mais je n'irai pas par quatre chemins : êtes-vous heureuse ?

Heureuse ? (Je coulai un regard vers Jimmy, qui attendait ma réponse aussi impatiemment que le médecin.) Mais bien sûr ! Comment ne le serions-nous pas ? Nous avons une nouvelle maison, Christie se porte comme un charme, l'hôtel marche bien, nous nous entendons à merveille... bien sûr que je suis heureuse, répétai-je.

Mais bizarrement, ma voix sonna faux et le Dr Lester haussa les sourcils.

— Hm-hmm ! Donc, psychologiquement, tout va bien. Pas de ces sautes d'humeur dont nous avons déjà parlé, pas d'accès de tristesse apparemment sans raison ?

— Quelquefois, si... mais c'est rare.

— Je vois, commenta le Dr Lester, qui resta quelques instants silencieux et méditatif. La nature suit ses propres voies, dit-il enfin. La médecine peut faire beaucoup, mais certaines choses échapperont toujours à son contrôle.

— Et ces médicaments pour développer la fertilité ? s'enquit Jimmy. Qu'en pensez-vous ?

Il songeait donc à ce genre de chose ? Il ne m'en avait jamais rien dit !

— Dans votre cas, ce serait parfaitement inutile et certains d'entre eux ont des effets secondaires mal connus. Pourquoi courir des risques et mettre en danger votre progéniture ?

— N'en parlons plus, c'était juste... enfin, je pensais...

— Et moi, voici ce que je pense, Jimmy. Laissons faire la nature. Quand toutes les conditions physiques, mentales et psychologiques seront réunies, ce qui doit arriver arrivera.

« N'oublions pas qu'Aurore a vécu une expérience traumatisante, dans ce domaine. Le corps a ses raisons, ajouta le médecin en souriant et vous connaissez le dicton : chat échaudé craint l'eau froide. Non, croyez-moi, patientez encore un peu, conclut-il en se levant.

Et il nous raccompagna jusqu'à la porte.

— C'est ma faute Jimmy ! m'écriai-je quand nous eûmes regagné la voiture. Je sais que c'est ma faute, le Dr Lester nous l'a bien fait comprendre.

— Pas du tout, et ne va pas te monter la tête. Tu n'as pas souhaité cette « expérience traumatisante », quand même ! Tu sais quoi ? dit-il avec son désarmant sourire en m'embrassant sur la joue, nous allons suivre son conseil : recommencer ! C'est tout ce qu'il nous reste à faire.

En janvier, le lendemain du jour de l'an, Betty Ann mit au monde des jumeaux, un garçon et une fille. Blonds tous les deux, du même blond que Philippe et moi, leurs yeux noirs étaient ceux de Betty Ann mais en plus brillant, et comme parsemés de paillettes d'ambre. Ils avaient les mêmes petits nez, les mêmes bouches minuscules, avec la lèvre supérieure bien dessinée. Côte à côte dans leur berceau, dans la nursery de la maternité, ils semblaient reliés l'un à l'autre comme s'ils étaient encore dans le ventre de leur mère. Si l'un des deux se mettait à crier, l'autre l'imitait aussitôt. Avec un ensemble parfait, ils remuaient leurs membres fluets et serraient leurs poings miniatures, et ne pleuraient pas autrement qu'en duo.

Lorsque Jimmy souleva Christie dans ses bras pour lui faire admirer ses nouveaux cousins, elle en resta muette de stupeur. Ses yeux allaient de l'un à l'autre dans un va-et-vient régulier de métronome.

— Nous avons appelé le garçon Richard, annonça fièrement Philippe. Richard Stanley Cutler. Et la fille, Mélanie Rose. Tu sauras prononcer leurs noms, Christie ?

Elle inclina la tête, encore trop étonnée pour parler.

— Alors essaie, je t'en prie. Dis : Ri-chard.

— Richard, articula-t-elle avec aisance.

— Et maintenant : Mélanie Rose.

— Mél... (Christie hésita, me consulta du regard et, dans son excitation, oublia le reste.) Mél... Mélodie ! acheva-t-elle, déclenchant un fou rire général.

— Adopté ! s'exclama gaiement Philippe : J'adore.

La façon dont Mère accueillit la naissance des jumeaux ne me surprit pas outre mesure. Bronson se réjouit pour Philippe et Betty Ann, mais sa femme ne montra qu'une stupéfaction frisant le désarroi. Deux petits-enfants d'un coup. Deux raisons de plus d'être appelée « Grand-mère » ! Elle parvint à faire bonne figure devant Philippe et Betty Ann, mais ne s'attarda pas longtemps auprès des bébés. Elle se réfugia dans la fuite, réserva instantanément des places pour une croisière et, le lendemain, Bronson et elle étaient partis pour deux semaines.

L'arrivée des jumeaux à l'hôtel fut le grand événement de cette nouvelle année. Philippe avait engagé une nurse et dès qu'elle commença à les promener, les deux bébés blonds devinrent une sorte d'attraction. On s'arrêtait pour les voir, on s'attroupait autour de leur landau. Et ils saisissaient les mains qu'on leur tendait, gazouillaient et distribuaient des sourires comme s'ils avaient conscience de leur pouvoir. Tout le monde s'accordait pour les trouver charmants.

Christie rayonnait d'orgueil quand Betty Ann ou Philippe lui permettait de pousser le double landau dans les couloirs ou les allées. Le matin, en s'éveillant, ses premières paroles étaient pour demander quand elle pourrait voir Richard et Mélodie. Elle allait avoir cinq ans, elle était assez grande pour se rendre toute seule à l'hôtel. Betty Ann me certifia, et je pus le vérifier moi-même, qu'elle faisait preuve d'une maturité au-dessus de son âge quand elle s'occupait des jumeaux. C'était aussi l'avis de leur nurse, Mme Caldwell, une femme entre deux âges et douée d'un caractère débonnaire. Elle permettait à Christie de prendre les bébés sur ses genoux, et même de leur donner le biberon.

— Elle les adore et ils le lui rendent bien, me dit-elle un jour. Quand ils pleurent, il suffit qu'elle en prenne un dans ses bras pour qu'il se calme, et l'autre s'arrête instantanément. J'ai vu pas mal de jumeaux dans ma vie, mais ceux-là ! On dirait qu'ils ne font qu'un.

La rentrée de septembre causa beaucoup d'émotions à Christie. Autant elle se réjouissait d'aller à l'école, autant elle détestait l'idée d'être séparée des jumeaux toute la journée. Sissy et moi avions commencé à lui apprendre à lire, et elle épuisait son entourage à force de questions. Bien souvent, en l'entendant harceler quelqu'un, je pensais à la patience avec laquelle Randolph lui parlait, alors qu'elle savait tout juste articuler quelques mots. Elle était si ouverte à tout, si concentrée, et si obstinée ! Quand elle s'était mis une idée en tête, elle n'abandonnait jamais avant d'avoir obtenu satisfaction.

Et elle s'était mis en tête d'apprendre la musique. Très impressionné par ses dons, Milt Jacobs, notre pianiste me demanda l'autorisation de lui donner quelques leçons. Il voulait le faire à ses moments perdus, pour le seul plaisir de la voir progresser, mais j'insistai pour le rétribuer. Christie devint donc son élève, et dès lors eut des journées vraiment bien remplies pour une enfant de cinq ans. À deux heures et demi, Julius allait la rechercher à l'école. À trois heures et demie, elle prenait sa leçon de piano dans la salle de bal. Après quoi, elle courait aider Mme Caldwell pour le repas du soir des jumeaux.

Elle était devenue la chouchoute de l'hôtel, à présent. Et quelquefois en traversant le hall, je la voyais perchée sur un tabouret derrière le comptoir de la réception, sérieuse comme un pape dans son rôle d'hôtesse. Les employés lui avaient même appris à répondre au téléphone. On imagine la surprise des clients qui entendaient cette petite voix enfantine les renseigner sur le prix d'une suite ou d'une chambre à deux lits ! Pour les détails au-dessus de sa compétence, naturellement, elle daignait passer la communication à un réceptionniste.

En bref, l'hôtel était désormais son terrain de jeux. Elle appelait tous les chasseurs par leur prénom, ainsi que de nombreux serveurs et garçons d'étage. Elle reconnaissait également les habitués, qui étaient tous en adoration devant elle. Et je ne devais jamais oublier le jour où elle reçut son premier pourboire.

Elle arriva tout essoufflée dans mon bureau, ses couettes blondes dansant sur les épaules, et me tendit un dollar.

— Regarde, maman !

— Un dollar ! Où l'as-tu trouvé ?

— C'est M. Cratère qui me l'a donné parce que je lui ai apporté un verre de lait chaud dans le salon de jeu. Et je n'en ai pas renversé une goutte !

— M. Cratère ? Oh, M. Carter, tu veux dire ? C'est très bien, Christie. Il faudra montrer ce dollar à papa.

— À Tatie Bett aussi, décréta-t-elle. J'y vais tout de suite !

Et elle se sauva en sautillant, le menton haut et le poing serré, me laissant toute songeuse. Quelle différence entre son enfance et ce que nous avions vécu, Jimmy et moi ! Toujours par monts et par vaux, à faire et défaire nos valises... comme les clients de l'hôtel en somme. À peine avions-nous trouvé des amis qu'il fallait les quitter, et nous avions vite oublié jusqu'à leurs noms. J'aurais été bien incapable de retrouver celui d'une seule amie d'école. Pour Christie c'était tout le contraire. Elle avait une immense famille : l'hôtel entier, clients et employés. Des dizaines de personnes qui l'entouraient d'affection et de soins, veillaient sur elle... et qu'elle aimait.

Il y avait au moins une chose qu'elle tenait de Michaël : son besoin d'attirer les regards. Elle recherchait la compagnie, adorait s'exhiber en public, chanter, réciter ou jouer du piano, peu importe. Elle ne se faisait jamais prier, cédait à la première invite et se grisait d'applaudissements.

Nous menions une vie plutôt agréable à l'hôtel, à vrai dire. Grâce à Dieu, mes craintes au sujet de Philippe s'apaisaient de jour en jour. Absorbé par son travail et ses enfants, il semblait satisfait de la vie qu'il s'était choisie et, tout comme moi, résigné à son sort. Quand nous nous réunissions ou sortions ensemble, tous les quatre, il se montrait attentionné envers Betty Ann. Et même s'il lui arrivait de me jeter un regard songeur, il ne faisait plus jamais allusion à l'amour secret qui lui rongeait le cœur.

Et pourtant, un beau jour d'été où je promenais les jumeaux dans le parc avec Mme Caldwell, il nous rejoignit et me chuchota à l'oreille :

— Tu sais pourquoi je suis si heureux d'avoir des jumeaux ?

Il souriait si tranquillement que je m'attendais à une plaisanterie anodine.

— Non, pourquoi ?

— Parce que c'est comme s'il y en avait un pour Betty Ann et un pour toi. Je sais que vous essayez d'avoir un autre bébé, poursuivit-il sans me laisser le temps de protester, et aussi que vous n'y arrivez pas. Avec moi, tu y serais arrivée. Lequel des deux aimerais-tu avoir ?

Comme je me taisais, encore sous le choc et rouge d'embarras, il reprit en baissant les yeux vers les jumeaux :

— Je me dis souvent que c'est Richard qui est le tien. Va savoir pourquoi, mais il me fait penser à toi.

Je l'entraînai hors de portée des oreilles de Mme Caldwell.

— Qu'est-ce qu'il te prend, Philippe ? Betty Ann serait désespérée si elle t'entendait. Ce sont vos enfants !

— On ne commande pas à ses rêves, que veux-tu...

— Eh bien, tu devrais essayer ! ripostai-je vertement.

Et je m'éloignai de lui, le cœur battant.

Je crois que le plus pénible pour moi, dans tout ça, c'était que mon incapacité à être mère fût devenue un sujet de commérages. Bien sûr, je comprenais que les gens se posent des questions. Dans une petite communauté comme Cutler's Cove, les nouvelles allaient vite. Tout le monde savait sans doute déjà qu'aucune raison médicale n'expliquait notre échec, et les langues devaient aller bon train. Au cours de nos conversations téléphoniques, Mère avait souvent fait allusion à la curiosité que provoquait ma situation.

— Cette commère de Catherine Peabody m'a demandé ce que vous attendiez, tu te rends compte ? J'avais bien envie de lui dire de se mêler de ses affaires ! J'ai répondu que vous aviez trop de jugeote, tout simplement. Qu'à votre âge, et avec tout le travail que vous aviez, vous ne teniez pas à vous encombrer de marmots.

— Dis-leur ce que tu veux, Mère. Ça m'est égal.

Mais cela ne m'était pas égal, oh non ! Je me posais des questions, moi aussi. Je me rongeais d'inquiétude, cela devenait une obsession, qui me pesait et m'épuisait de plus en plus. J'étais sur le point d'abandonner, de renoncer à tout espoir.

Et Jimmy devait commencer à penser de même, lui aussi. Non que nous ayons cessé de faire l'amour, loin de là. Mais il ne m'interrogeait plus sur ma santé, mes symptômes éventuels, ce qu'il faisait toujours auparavant. Et depuis la naissance des jumeaux, il pensait de plus en plus souvent à Fern. Il entretenait une correspondance régulière avec papa. Nous l'invitions toujours à venir nous voir avec Edwina, mais il survenait toujours un empêchement. Jusqu'au jour où Jimmy décida que nous irions nous-mêmes leur rendre visite.

J'avais quitté l'hôtel de bonne heure pour aller m'asseoir dans le petit belvédère que nous venions de faire construire, et que nous appelions la gloriette. L'après-midi s'achevait, le soleil étirait de longues ombres bleues sur les pelouses et les parterres. Au loin, l'océan argenté miroitait doucement, et je le contemplais d'un œil mélancolique. Toute la journée j'avais pensé à maman, à notre enfance, à ce passé qui m'apparaissait maintenant comme un rêve.

— Alors, c'est là que tu es ? fit la voix de Jimmy. Je te cherchais partout !

Je faillis sursauter. Je ne l'avais pas entendu approcher.

— Je suis rentrée plus tôt, aujourd'hui. Je n'avais pas le cœur à l'ouvrage.

— Tu devrais te reposer plus souvent, cet hôtel marche tout seul. D'ailleurs, c'est pour ça que je te cherchais justement. J'ai reçu des nouvelles de papa, aujourd'hui, et des photos. Tiens, regarde comme Gavin a changé !

Je pris les clichés qu'il me tendait et me penchai pour les examiner. Le petit Gavin avait les cheveux noirs et bouclés de papa, ses yeux bruns, son regard dur, mais aussi un délicieux sourire.

— Et si j'allais voir mon nouveau petit frère ? suggéra Jimmy. C'est quand même anormal que je ne le connaisse pas !

— Bonne idée, mais tu devrais y aller seul, à mon avis.

— Sans toi ! Et pourquoi ça ?

— Je ne sais pas, c'est juste une impression mais... je crois que papa ne se sentirait pas très à l'aise en face de moi. C'est sans doute pour ça qu'il n'est jamais venu. Tu n'auras qu'à lui dire que j'ai trop de travail en ce moment.

— Tu es sûre que ce n'est pas le contraire ?

— Comment ça, le contraire ?

— Que ce n'est pas plutôt toi qui te sens mal à l'aise à l'idée de le voir ?

— Comment peux-tu dire ça, Jimmy ? Je l'ai invité plusieurs fois non ?

— Peut-être parce que tu savais qu'il ne viendrait pas. Et d'ailleurs... tu n'as pas eu l'air tellement déçue de ne pas le voir arriver !

Son regard s'aiguisa et je dus baisser le mien. Jimmy avait toujours su lire en moi, et j'en eus une nouvelle fois la preuve.

— C'est toi qui me parlais toujours de pardon, Aurore. Toi qui me poussais à revoir papa. Et maintenant, c'est toi qui continues à lui en vouloir.

— Non, Jimmy, ne crois pas ça ! Je ne lui en veux pas, seulement...

— Seulement quoi ?

— J'ai peur, Jimmy. Je ne sais pas de quoi au juste, mais c'est comme ça.

Il parut un instant désarçonné.

— De quoi as-tu peur ? De revenir sur le passé ?

— Eh bien oui, avouai-je avec soulagement. Papa nous a élevés comme si nous étions frère et sœur, et nous voilà mari et femme. Je n'oserais pas le regarder en face.

— Mais... il savait la vérité, lui !

— Pas moi, Jimmy. Pendant tout ce temps, je les ai pris pour mes vrais parents, maman et lui. Et je pense qu'ils avaient fini par oublier qu'ils ne l'étaient pas. La vérité n'a pas qu'un seul visage, elle se modifie sans cesse, et nous avions la nôtre. Papa ne pourra jamais oublier que nous partagions le même lit, les mêmes repas de misère, et parfois les mêmes vêtements. Quand il nous reverra, il aura tout ça présent à l'esprit. Et malgré toute ma bonne volonté, je ne pourrai pas l'empêcher d'avoir honte.

— Mais...

— Vas-y tout seul, Jimmy, je t'en prie. Juste pour cette fois. Nous y retournerons ensemble, je te le promets.

Il m'enveloppa d'un long regard méditatif.

— D'accord, dit-il enfin, il faut que je parle de Fern avec papa, de toute façon. Lui aussi la cherche. Mais comment se fait-il que le détective de M. Updike n'ait toujours rien trouvé ? Ça me dépasse !

— Jimmy... (Je m'accordai le temps de respirer un grand coup.) Nous avons renoncé aux services de ce détective.

Son visage vira au rouge brique.

— Quoi ! Et pourquoi ça ?

— Je te l'ai déjà dit, Jimmy. La loi interdit ce genre de recherches, et M. Updike m'a conseillé d'y mettre fin.

— Ah oui ? Je croyais que les riches trouvaient toujours le moyen de contourner la loi, quand ça faisait leurs affaires ! Après quoi, on charge un avocat du genre de ce M. Updike de tout arranger. Nous pourrions en trouver un qui soit plus accommodant, qu'en penses-tu ? Et d'abord... pourquoi ne m'as-tu pas prévenu que vous abandonniez l'enquête ?

— Je ne voulais pas te faire de peine, Jimmy.

— Eh bien tu as eu tort. Tu aurais dû me le dire. Papa aussi croyait que les recherches continuaient, le pauvre !

— Jimmy, même si nous la retrouvons, tu imagines ce qu'elle pourra ressentir ? Elle a presque dix ans, maintenant. Elle vit dans une autre famille, sous un autre nom. Il y a de grandes chances pour qu'elle ignore la vérité. Nous pourrions lui faire plus de mal que de bien, penses-y.

— Si vraiment tu aimais toujours Fern comme une sœur, Aurore, tu ne parlerais pas comme ça ! riposta rudement Jimmy, le regard noir de colère et de chagrin.

Et il s'en fut sans ajouter un mot, me laissant seule dans la gloriette.

Mon cœur pesait comme du plomb dans ma poitrine, le sang s'était retiré de mes joues. Jimmy ne s'était jamais emporté à ce point contre moi, et je ne l'avais jamais aussi profondément blessé. Pourquoi avoir attendu si longtemps pour le mettre au courant, et pourquoi l'avoir fait de cette façon ? Froidement, durement. Je n'en revenais pas moi-même. C'était comme si Grand-mère Cutler avait parlé par ma bouche.

Je m'élançai sur les traces de Jimmy et le trouvai derrière la maison, immobile, le regard perdu au loin. Je lui sautai au cou.

— Oh, Jimmy, pardonne-moi ! Je ne voulais pas te faire de cachotteries, et encore moins te parler sur ce ton. Bien sûr qu'il faut retrouver Fern ! Rien n'est plus important au monde que de savoir qui on est vraiment, je suis bien placée pour le savoir. Je me demande ce qui m'a pris. Ce doit être la frustration, le désespoir de ne pas avoir d'enfant de toi. Je sais que tu le désires tant, Jimmy !

Il abaissa sur moi un regard aigu, pénétrant, inquisiteur.

— Pas toi, Aurore ?

— Si, bien sûr que si ! Je le souhaite de tout mon cœur.

— Très bien, soupira-t-il, j'irai voir papa sans toi... pour cette fois.

— Jimmy, si tu veux vraiment que je t'accompagne...

— Non, je crois que tu as raison, c'est peut-être mieux comme ça. D'ailleurs, je ne resterai pas longtemps.

— Tu me manqueras quand même, Jimmy.

Il m'embrassa, mais moins longuement, moins tendrement que d'habitude, et me quitta aussitôt pour aller faire ses valises.

Mon cœur se serra douloureusement, et j'eus soudain très froid. Une imperceptible fêlure venait d'entamer notre bonheur, notre amour peut-être. Je reconnus ce souffle ténu mais glacé qui annonce à l'oiseau délaissé que l'hiver est proche.

12

Les vieux démons se réveillent

Jimmy partit très tôt le surlendemain, sous un ciel maussade et menaçant. L'océan lui-même paraissait gris, et le ressac battait tristement la plage. Des rafales de bise secouaient rudement les arbres du parc. Je frissonnais sur le perron où nous attendions l'arrivée de Julius, qui devait conduire Jimmy à l'aéroport. Il avait déjà dit au revoir à Christie avant son départ pour l'école, il ne nous restait plus qu'à nous faire nos adieux. Et nous les remettions au dernier moment.

Au petit déjeuner, nous avions surtout parlé travail, et Jimmy m'avait laissé une liste de choses à surveiller en son absence.

— Cela m'ennuie de te charger de tout ça, Aurore. Mais si je ne pars pas maintenant, je sens que je ne partirai jamais.

— Ne t'inquiète pas, Jimmy, je m'occuperai de tout, m'étais-je empressée de le rassurer.

Nous évitions soigneusement de nous regarder, ce matin-là. J'avais passé une mauvaise nuit, à regretter ce que j'avais dit l'avant-veille et à m'interroger sur ma répugnance à faire ce voyage. J'aurais voulu parler à Jimmy, lui demander pardon, mais il dormait profondément. Finalement, j'avais sombré dans le sommeil et je ne l'avais même pas entendu se lever. C'était Mme Boston qui m'avait réveillée sans le vouloir, en préparant Christie pour l'école.

Et maintenant, la limousine approchait, ralentissait...

— Bon, dit simplement Jimmy en soulevant sa valise. Je t'appellerai dans la soirée.

254

Il se pencha pour m'embrasser et je posai mes deux mains sur ses épaules. J'aurais aimé le retenir, prolonger notre baiser le plus longtemps possible, mais il se libéra pour s'élancer vers la voiture. Aussitôt, Julius empoigna son sac et alla ouvrir le coffre.

— Jimmy ! m'écriai-je en tendant les bras vers lui.

Il se retourna, les yeux brillants de larmes contenues.

— Oui ?

— Fais bien attention à toi !

— Je tâcherai. Je t'appellerai ce soir, répéta-t-il, et il s'engouffra dans la limousine.

Julius regagna sa place derrière le volant et, figée dans une stupeur incrédule, je regardai s'éloigner la voiture. Ce fut seulement quand elle eut disparu dans un tournant que je me décidai à rentrer. Tout me parut désert, lugubre, désolé. Je pouvais entendre les battements de mon cœur, tristes comme des pas dans une maison vide.

Je me précipitai dans l'escalier et courus me jeter sur mon lit, pour pleurer tout mon soûl dans mon oreiller.

— Tout va bien, Aurore ?

Alertée par mes sanglots hystériques, Mme Boston venait d'entrouvrir la porte. Je m'assis instantanément et balayai mes larmes d'un revers de main.

— Oui, madame Boston, tout va bien. Ce n'est rien.

— Si vous avez besoin de quoi que ce soit, je suis là, dit-elle d'une voix pleine de sollicitude. Vous ne voulez rien de particulier ?

Ce que je voulais... elle ne pouvait pas me le donner malheureusement ! Je voulais effacer les cicatrices laissées par des années de malheur. Enterrer les mauvais souvenirs qui me hantaient, sinistres chauves-souris guettant la moindre faiblesse de ma part pour me torturer. J'avais besoin de courage, d'un courage tout neuf qui me permettrait de leur faire face, et de les rejeter à leur vraie place : dans l'ombre épaisse de l'oubli.

Jimmy possédait ce courage, lui. Son amour pour moi était tel qu'il lui donnait la force de surmonter les vieilles terreurs du passé. Mais je l'avais déçu. Je l'avais lu dans ses yeux, et maintenant je savais quel chagrin lui rongeait le cœur. Je le partageais. Mais, plus faible que lui, j'avais besoin d'un peu de temps pour briser les chaînes qui me retenaient encore.

Jimmy parti, son regard me poursuivait comme un reproche et je décidai de me réfugier dans le travail. Je me plongeai dans les comptes et le courrier, passant d'une activité à l'autre sans m'accorder le temps de souffler. J'avais bien trop peur, si je quittais ma forteresse de chiffres et de mots, de me retrouver face à face avec ce terrible regard noir. De temps en temps, je pensais au pauvre Randolph et à son obsession des détails insignifiants. Comme je le comprenais, maintenant ! Il s'efforçait simplement de fuir la réalité... tout comme moi.

Mais je fus bientôt déchargée du soin de trouver une diversion à ma tristesse, hélas ! Dès ce premier jour, les soucis vinrent d'eux-mêmes au-devant de moi. Et comme Philippe était en voyage d'affaires, je dus y faire face toute seule. Vers la fin de la matinée, le directeur du personnel d'étage vint frapper à ma porte, bouleversé. Fait d'autant plus alarmant que cela ne lui ressemblait guère.

— Que se passe-t-il, monsieur Stanley ?

— Quelque chose d'épouvantable, madame Longchamp. Marie White, une des femmes de chambre, vient de m'avertir qu'un de nos clients était... décédé. M. Parker : elle l'a trouvé dans sa chambre.

M. Parker ? Je connaissais bien ce charmant vieux monsieur, qui fréquentait l'hôtel depuis au moins vingt ans. Il était très distingué, très généreux, et il adorait Christie. Il lui avait offert un chèque de cent dollars pour son dernier anniversaire.

— Êtes-vous bien certain que M. Parker soit...

— Je suis monté moi-même chez lui, madame Longchamp. Il était effondré dans son fauteuil, près de la fenêtre, et... hum ! (M. Stanley glissa un doigt nerveux sous son col de chemise.) Je crains qu'aucun doute ne soit possible.

— Je vois. Tenez cette chambre fermée à clef, naturellement. Je vais de ce pas consulter M. Dorfman. Ce ne doit pas être la première fois que pareille chose se produit.

— Je suis désolé, s'excusa le malheureux Stanley comme s'il était fautif. J'ai dit à Marie de ne parler de ceci à personne, pour le moment. Je serai dans mon bureau si vous avez besoin de moi.

— Parfait, approuvai-je en me levant.

Nous nous séparâmes dans le couloir et je me rendis tout droit chez M. Dorfman.

— Bien regrettable, commenta-t-il sans état d'âme, cependant ce genre de... d'incidents s'est déjà produit. C'est inévitable, quand on reçoit autant de personnes âgées.

— Et que convient-il de faire, en pareil cas ?

— Je vais appeler une ambulance, naturellement. Il vaut mieux que nos autres clients ignorent que tout est déjà fini. Je parlerai moi-même aux infirmiers, ils coopéreront. Notre communauté ne vit que de tourisme, vous comprenez.

— Ils coopéreront ? Qu'entendez-vous par là ?

— On parlera de troubles respiratoires nécessitant l'hospitalisation, et M. Parker sera transporté sur une civière avec un masque à oxygène.

— Mais pourquoi toute cette mise en scène ?

— C'est ainsi que Mme Cutler réglait ce genre de situations, expliqua le comptable. La mort produit toujours une fâcheuse impression, vous savez. En agissant ainsi, nous évitons cet écueil en ménageant la sensibilité de nos clients.

— Quand même... cela ne me paraît pas très honnête.

— C'est ainsi qu'aurait agi Mme Cutler, souligna M. Dorfman. Si elle était encore là, elle vous dirait que le pauvre M. Parker n'y verrait aucun inconvénient. Beaucoup de nos clients sont très âgés, Aurore. Pensez-y.

« Ce regrettable événement pourrait les inciter à se méfier de la nourriture et à se demander si leur chambre est bien exposée, enfin ce genre de choses... Non, croyez-moi, cela risquerait de soulever de sérieux problèmes. Tout le monde va s'affoler au moindre bobo et on verra défiler tous les médecins de la ville. Quant au malheureux Julius, il passera son temps à faire la navette entre l'hôtel et l'hôpital, parce que nos vieux habitués auront brusquement besoin d'un bilan de santé.

« Je regrette de me montrer si abrupt, Aurore, mais nous devons préserver notre image de marque. Les gens viennent ici pour se détendre, prendre du bon temps et oublier les mauvais côtés de l'existence. Excusez-moi pour le sermon...

Le comptable interrompit sa tirade, comme frappé d'une idée subite, et parut un instant tout contrit.

— Je ne me reconnais pas moi-même : Mme Cutler ne vous aurait pas parlé autrement ! Bien entendu, M. Updike sera informé de tout ceci, n'oublions pas le côté légal des choses, acheva-t-il.

Et il me dévisagea tranquillement, attendant que je lui donne le feu vert. Mais je ne pouvais m'y résoudre. J'éprouvais le besoin de m'opposer à sa décision, simplement parce que Grand-mère Cutler aurait pris la même. Je songeai même à appeler les pompes funèbres et à faire tendre un dais à l'entrée de l'hôtel. Quelle gifle pour mon arrogante grand-mère ! Cette seule idée m'apportait une immense satisfaction.

Mais, d'autre part, j'avais conscience qu'un tel geste eût été puéril et stupide. Il n'aurait pu que me causer du tort, blesser des gens que j'aimais bien, et tout cela pourquoi ?

— Entendu, approuvai-je. Faites comme par le passé, monsieur Dorfman.

Il décrocha aussitôt le téléphone pour appeler une ambulance, en recommandant bien qu'elle se présente à une entrée latérale. Quelques personnes la verraient, sans doute ; mais cela ne produirait pas la même impression que si la civière qui emmenait M. Parker traversait le hall.

Tout se passa bien. Sous le regard vigilant du comptable, le vieux M. Parker quitta discrètement l'hôtel par un temps gris et pluvieux tout à fait de circonstance. Mais en voyant le vieillard s'éloigner en chariot roulant, le visage dissimulé sous un masque, je ne me sentis pas très fière de moi. Et encore moins lorsque, certains clients m'ayant posé des questions, je dus répondre que M. Parker avait eu un malaise et qu'on estimait devoir le mettre en observation.

— Ils finiront par savoir la vérité, dis-je à M. Updike. C'est une question d'heures.

— Sans doute, mais le choc sera très atténué, me rassura-t-il en me tapotant l'épaule. Vous vous en êtes très bien tirée, ma petite Aurore.

Je devinai qu'il était sur le point de dire : « Mme Cutler aurait été fière de vous », mais il me vit froncer le sourcil et acheva simplement :

— Oui, très bien.

Jusque-là, l'urgence des événements m'avait empêchée de trop songer à l'absence de Jimmy. Mais quand je me retrouvai seule entre les quatre murs de mon bureau, je compris combien mon mari me manquait. Combien j'avais besoin de sa force, de son appui. J'aurais tant voulu l'avoir à mes côtés pendant cette épreuve ! Je fus tentée de l'appeler dans le Texas pour le mettre au courant, puis je consultai la pendule et me ravisai. Il venait à peine d'arriver, il faisait connaissance avec son petit frère, et je voulais lui gâcher cette joie ? Non, mes problèmes pouvaient attendre.

La fatigue, elle, n'attendit pas. En fin d'après-midi, le contrecoup de toutes ces émotions se fit sentir et je me renversai sur le dossier de mon fauteuil, exténuée. Christie était rentrée de l'école. Elle avait pris sa leçon de piano, joué avec les jumeaux, demandé (et obtenu) la permission de dîner avec eux. Personnellement, je n'avais pas très faim et je décidai que je me contenterais d'un thé un peu plus tard. Il n'était pas question que je manque l'accueil des clients à la salle à manger, ce soir. Pas après ce qui venait d'arriver. Je rangeai promptement mes papiers avant d'aller me changer à la maison, et je venais de me lever quand on frappa discrètement à ma porte. C'était Betty Ann.

Elle avait pris du poids pendant sa grossesse, naturellement, et n'en avait pas perdu beaucoup depuis. Mais curieusement, cela lui allait bien. Ses rondeurs l'adoucissaient, elle y gagnait en grâce et j'avais toutes raisons de croire que sa vie à l'hôtel lui réussissait. Ses anciennes amies de l'université venaient souvent la voir et, grâce aux fameux dîners de Mère, elle s'était fait des relations dans la meilleure société de la ville. Elle consacrait son temps à ses enfants, son travail, sa vie mondaine et donnait l'impression d'être parfaitement heureuse. Ce fut donc une surprise totale pour moi, lorsqu'elle eut soigneusement refermé la porte, de la voir subitement fondre en larmes.

Triste journée, décidément ! On aurait presque pu croire que le mauvais temps s'infiltrait partout, jusque dans notre vie, pour la noyer dans sa grisaille. Tout incitait aux idées noires, à la dépression, à la mélancolie.

— Qu'y a-t-il, Betty Ann ? demandai-je en m'avançant vivement à la rencontre de ma belle-sœur.

Ses sanglots redoublèrent et je la guidai jusqu'au canapé, où je l'aidai à s'asseoir avant de prendre place à ses côtés. Elle avait déjà dû beaucoup pleurer, à en juger par ses yeux bouffis. Elle hoqueta :

— Je ne peux plus supporter ça, Aurore ! Je... je te demande pardon. Il fallait que je parle à quelqu'un.

— Tu n'as pas besoin de t'excuser, voyons. Nous sommes sœurs, tu peux me raconter ce qui ne va pas. Que s'est-il passé ? Un problème avec les jumeaux ?

— Non, ils vont bien, Dieu merci.

— Une petite brouille de famille, alors ?

Cela ne m'aurait pas étonnée. L'arrogante Claudine Monroe ne perdait pas une occasion de reprocher à sa fille la vie qu'elle menait à l'hôtel. Elle estimait que Betty Ann « s'abaissait » en accueillant elle-même les clients.

— Non, c'est... (Betty Ann eut un long soupir tremblé)... c'est Philippe !

— Philippe ? répétai-je, alarmée. (Est-ce qu'il lui avait fait des confidences à mon sujet par hasard ?) Qu'est-ce qui ne va pas entre vous ?

— Depuis une semaine, il va régulièrement passer la nuit dans une autre chambre. Je ne comprends pas pourquoi. Je ne lui ai rien fait, nous ne nous sommes pas disputés. Il... il se lève tout d'un coup et il s'en va, comme ça.

— Il se lève et il s'en va ? Tu veux dire qu'il se couche avec toi et...

— Oui ! gémit-elle en écrasant ses larmes, il se lève et il disparaît. Au début j'ai cru que... qu'il allait voir... je ne sais pas, moi, une fille quelconque ou même... une femme de chambre. J'ai eu tellement peur que je n'ai même pas osé poser de questions.

— Je ne vois pas du tout Philippe en train de courtiser une de nos femmes de chambre, Betty Ann.

Elle déplia le petit mouchoir qu'elle triturait dans son poing et se moucha bruyamment.

— Non, ce n'est pas du tout ca. Je l'ai suivi la nuit dernière, il va tout simplement... coucher ailleurs. Dans une autre chambre.

— Ailleurs ? Et où cela ?

— Dans ton ancien appartement.

Un froid soudain me transperça jusqu'aux os. J'eus l'impression de recevoir un seau d'eau glacée sur la tête.

— Mon ancien appartement ? Tu es sûre ?

— Oui. Est-ce que ça veut dire qu'il ne peut plus me supporter, d'après toi ? Est-ce que c'est comme ça que les divorces commencent ?

— Non, je ne crois pas. Lui as-tu demandé pourquoi il se comportait de cette façon ?

— Oui, ce matin. Il a répondu qu'il était incapable de dormir et qu'il avait besoin de mouvement. Il a dit aussi que cela ne valait pas la peine d'en faire une histoire et m'a interdit d'en parler à qui que ce soit. Mais je ne peux pas garder ça pour moi, et je sais que tu ne bavarderas pas. Que dois-je faire, Aurore ? Est-ce que c'est normal ? Est-ce que ça vous est déjà arrivé, à Jimmy et à toi ?

Je fis signe que non et réfléchis quelques secondes avant d'émettre un avis. Il valait ce qu'il valait mais qu'aurais-je pu dire d'autre ?

— Il faut lui en parler, Betty Ann ; tranquillement, sans t'énerver. Lui faire comprendre combien cela te perturbe.

— Tu crois vraiment ?

— J'en suis sûre. Quand il verra combien tu t'inquiètes, il changera d'attitude.

Si mon accent paraissait convaincu, je l'étais nettement moins, mais le visage de Betty Ann s'éclaira.

— Quelle chance d'avoir une amie comme toi, Aurore !
Je m'en voulais de t'ennuyer après la journée que tu as
passée, mais je n'ai pas pu m'en empêcher.

— Tu as bien fait, affirmai-je en lui tapotant la main.

Cette fois, elle parut tout à fait rassurée.

— À ce soir, alors. Je ferai de mon mieux pour t'aider à
parler aux clients, surtout que Philippe n'est pas rentré. Il ne
sait toujours rien au sujet du pauvre M. Parker.

— Il saura toujours assez tôt, commentai-je en me levant.

Betty Ann en fit autant et je la reconduisis jusqu'à la porte.
Avant de sortir, elle m'embrassa sur les deux joues.

— Je vais voir comment se passe le dîner des jumeaux et
je file m'habiller. Merci encore !

Je lui souris et la regardai s'éloigner dans le corridor. Mais
dès qu'elle eut tourné le coin, je me précipitai dans le hall
et pris la direction du corps de logis réservé à la famille. Ce
fut plus fort que moi, il fallait que je sache. Je grimpai les
marches à une vitesse record et courus d'une traite jusqu'à
mon ancien appartement. La porte n'était pas fermée à clef :
je la poussai et fis quelques pas à l'intérieur.

Nous avions laissé tous nos meubles, y compris les
tentures et la literie, ne voulant que du neuf pour notre maison. Je balayai le salon d'un regard et passai dans la chambre
où je m'arrêtai net, en étreignant brusquement mes épaules.
J'avais les joues en feu, je retenais mon souffle. L'air semblait soudain devenu irrespirable. Les yeux écarquillés, je
fixais le lit qui avait été le nôtre. Les couvertures étaient
rabattues et, de mon côté, on avait étendu avec soin une
chemise de nuit... ma chemise de nuit. Celle que Philippe
avait prise pour la faire porter à Betty Ann pendant leur lune
de miel. Je m'approchai lentement, pressentant déjà ce qu'il
me restait à découvrir. Je ne m'étais pas trompée, un parfum
montait du lit : le mien. La chemise et les draps en étaient
imprégnés. De l'autre côté, le second oreiller portait encore
l'empreinte de la tête de Philippe.

Fascinée autant par la frayeur que par l'étrangeté de tout
ceci, je demeurai longtemps figée sur place, incapable de
faire un mouvement. Puis je perçus un bruit de pas dans le

couloir et mon cœur s'affola. Je retraversai le salon sur la pointe des pieds et tendis l'oreille. Philippe ? Il ne fallait pas qu'il me trouve ici ! Il serait furieux, je n'osais même pas prévoir sa réaction. Il comprendrait certainement que Betty Ann m'avait parlé... Les pas s'arrêtèrent à la porte de leur appartement et je risquai un coup d'œil dans le couloir. C'était bien Philippe, qui rentrait chez lui.

Dès qu'il eut disparu à ma vue je me ruai dans le couloir et dévalai l'escalier sans me retourner, comme si j'avais le diable à mes trousses. En débouchant dans le hall, j'éprouvai un soulagement extraordinaire à retrouver le bruit des voix, le mouvement, l'activité. Ce fut comme si je m'éveillais au sortir d'un cauchemar. Je quittai l'hôtel en toute hâte pour aller me changer à la maison.

J'en avais à peine franchi le seuil que je ressentais déjà l'absence de Jimmy. Tout dans notre nouveau foyer portait la trace de sa présence. Le fauteuil où il aimait s'asseoir me semblait vide, sa place à table resterait inoccupée. Le parfum de son eau de toilette flottait encore dans la chambre et la salle de bains, tout me parlait de lui. Et pour la première fois depuis notre installation, il ne serait pas là ce soir.

Je m'habillai sans traîner et retournai à l'hôtel, où Betty Ann vint aussitôt me rejoindre. Elle aussi s'était changée. Rafraîchie, pomponnée, elle paraissait détendue et heureuse, comme si rien ne s'était passé. Et moi qui savais ce qu'elle endurait, je m'émerveillai de son aisance, de sa tenue et de la maîtrise dont elle faisait preuve pour remplir ses devoirs d'hôtesse.

— J'ai demandé à Philippe de me retrouver un peu plus tard en tête à tête, m'apprit-elle, les yeux brillants d'espoir. Nous irons boire un verre quelque part, pour parler tranquillement. Je crois que tout va s'arranger.

— J'en suis certaine, approuvai-je avec chaleur.

Pieux mensonge. La pauvre Betty Ann soupçonnait-elle seulement la gravité du problème ? Je n'eus pas le temps de m'appesantir sur la question : Philippe s'approchait de nous.

263

— Il paraît que j'ai manqué un grand moment ! s'exclama-t-il, et je sais de quoi je parle. J'ai déjà été témoin de ce genre d'accident.

Sur ce, il se lança dans un récit détaillé de l'événement.

— C'était une cliente, et c'est moi qui l'ai découverte. Vers les cinq ou six heures de l'après-midi, je ne sais plus pour quelle raison, j'ai dû aller lui parler dans sa chambre. Comme elle ne répondait pas, j'ai jeté un coup d'œil et j'ai vu tout de suite que quelque chose n'allait pas. Elle était étendue sur son lit, blanche comme un linge sous une incroyable couche de fard. C'est même cela qui m'a frappé le plus : tout ce rouge. Elle avait dû se maquiller juste avant de mourir.

— Philippe ! gémit Betty Ann. Je t'en prie, change de sujet. Je ne supporte pas d'entendre parler de ces choses, cela me rend malade.

Je la dévisageai avec stupéfaction : Mère ne se serait pas exprimée autrement. Un regard de Philippe m'apprit qu'il pensait la même chose que moi.

— Entendu, dit-il en nous offrant le bras. Je vous emmène dîner ? Il faut que je me partage entre vous deux, puisque Jimmy n'est pas là.

Je refusai poliment mais fermement.

— Non, merci, Philippe. Je ramène Christie à la maison, je me contenterai d'un petit en-cas. Amusez-vous bien, tous les deux.

Là-dessus, je tournai les talons sans lui laisser le temps de protester.

Ce fut seulement vers le soir que Christie prit vraiment conscience de l'absence de Jimmy. Jusque-là, nous ne nous étions jamais séparés, tous les trois. Précoce et vive, elle me soumit à un véritable feu roulant de questions et perçut très vite la nouveauté de la situation.

— Pourquoi papa a-t-il été obligé de partir ? Pourquoi est-ce que ce n'est pas son papa à lui qui est venu ? Pourquoi on n'y est pas allés tous les trois ?

Aucune de mes réponses ne la satisfaisant, elle se réfugia dans un silence boudeur. Elle avait les mêmes réactions que Michaël quand elle ne pouvait pas obtenir ce qu'elle voulait. Quant à moi...

Je faillis sauter en l'air quand le téléphone sonna, et je fis des vœux pour que ce soit Jimmy. C'était bien lui. Jamais je n'avais été aussi heureuse d'entendre sa voix. Je commençai par lui dire combien il me manquait, puis je lui expliquai ce qui s'était passé à l'hôtel et comment nous nous en étions tirés.

— Cela n'a pas dû être drôle. Si seulement j'avais été là pour t'aider !

— Tu ne peux pas savoir comme j'aurais voulu que tu y sois, Jimmy. Mais je suis si contente que tu connaisses enfin ton frère ! Comment va papa ?

— Bien. Il est très déçu que tu ne sois pas là, mais il compte bien venir un de ces jours. D'ailleurs, il va te le dire lui-même.

Mon souffle se bloqua dans ma gorge. Il y avait si longtemps que je n'avais pas parlé à papa !

— Comment vas-tu, ma chérie ?

Sa voix aimante et chaude fit resurgir en moi toute la douceur du passé. J'oubliai les mauvais moments, ceux où papa se fâchait ou s'enivrait. Je ne me souvenais que de sa tendresse, et elle me poignait le cœur.

— Très bien, papa, dis-je après un long silence. Et toi ?

— On fait aller. Quel dommage que tu n'aies pas pu te libérer ! Je pense souvent à toi, tu sais ?

— Moi aussi, papa.

— J'ai appris que tu t'étais mise en quatre pour me faire sortir de prison, Aurore. On voit que tu as de la cervelle. J'ai toujours su que tu deviendrais quelqu'un.

— N'exagérons rien, papa. Je suis très bien entourée, et les choses marchaient déjà toutes seules avant que je m'y mette.

— Pas de fausse modestie avec moi, ma chérie, je te connais trop bien. Ce n'est pas à un vieux singe qu'on apprend à faire des grimaces !

Là-dessus, papa éclata de rire et je regrettai plus que jamais de ne pas être près de lui, moi aussi. Je l'avais si souvent entendu dire ces mots, et rire ainsi !

— Jimmy m'a parlé de l'hôtel, reprit-il. Ça a l'air fabuleux, comme coin ! On viendra faire un tour cette année, promis juré.

— J'y compte bien, papa.

— Bon, je te repasse Jimmy.

— Aurore ?

— Oh, Jimmy, si tu savais ce que tu me manques ! Et à Christie aussi. Elle me fait des scènes impossibles parce que nous ne t'avons pas accompagné. J'en suis malade.

— Toi aussi tu me manques, Aurore, mais j'aurai peut-être de bonnes nouvelles à t'annoncer, d'ici un jour ou deux. Une idée à nous, papa et moi. J'espère que ça marchera.

— De quoi s'agit-il, Jimmy ?

— Je ne veux rien dire avant d'être sûr.

Je n'en tirai pas plus. Christie se suspendait à ma jupe pour que je lui donne le combiné, ce que je fis. Elle l'étreignit comme s'il s'agissait de Jimmy en personne.

— Bonsoir, papa ! Quand est-ce que tu reviens, déjà ?

Elle écouta pendant quelques instants, me lança un regard noir en promettant à Jimmy d'être sage, puis son petit visage s'illumina.

— Papa va me rapporter quelque chose de très spécial, m'annonça-t-elle en me tendant le combiné.

— Si tu es sage.

— Je serai sage, affirma-t-elle gravement.

Je repris l'écouteur.

— C'est encore moi...

— Alors salut, moi. Embrasse moi pour moi ce soir, tu veux ?

— Oh, Jimmy !

— Je te rappelle bientôt. Je t'aime.

— Moi aussi je t'aime. Reviens vite.

J'attendis qu'il ait raccroché pour reposer le combiné sur sa fourche, et encore, pas tout de suite. J'écoutai longtemps résonner la tonalité, comme si elle pouvait encore me relier à Jimmy. Il m'en coûta de couper ce lien.

— Pourquoi pleures-tu, maman ?

Moi, je pleurais ? Je touchai ma joue ruisselante et souris à Christie.

— Parce que je suis heureuse d'avoir parlé à papa.

— Si tu es heureuse, alors pourquoi tu pleures ?

— Il arrive qu'on pleure de joie, Christie. Cela t'arrivera. Et maintenant en route ! décidai-je en lui prenant la main. Il est l'heure de te mettre en pyjama.

Et je l'entraînai dans l'escalier.

C'était le jour de congé de Mme Boston, et elle était allée voir sa sœur en ville. Elle ne voulait pas me laisser seule, mais j'avais insisté bravement.

— Je suis restée seule très souvent, madame Boston. J'ai l'habitude.

Maintenant, je regrettais cette fanfaronnade. Jamais je n'avais eu autant besoin de compagnie.

— Je veux que papa vienne me dire bonsoir, décréta Christie quand je la bordai dans son lit.

Je déposai un baiser sur son front.

— Tu sais bien qu'il n'est pas là, Christie.

— N'empêche, je veux qu'il vienne m'embrasser. Je ne m'endormirai pas tant qu'il ne sera pas venu.

— Reste éveillée toute la nuit, alors.

Elle croisa les bras sur son drap et me jeta un regard de défi. Je savais que j'aurais dû me montrer plus compréhensive et plus tendre, mais ce fut plus fort que moi. Sa tristesse me rendait la mienne moins pesante. Je la laissai seule, mais tous les quarts d'heure je revins jeter un coup d'œil dans sa chambre. À ma grande surprise elle garda les yeux grands ouverts pendant près d'une heure avant de succomber au sommeil.

Une fois couchée, je décidai de lire jusqu'à ce que je tombe de fatigue, mais la tentative échoua. Les mots ne voulaient rien dire, je ne parvenais pas à me concentrer sur ma lecture. J'étais sur le point de renoncer et d'éteindre quand le carillon de la porte d'entrée retentit.

Qui pouvait bien sonner chez nous ? Si l'on avait besoin de moi à l'hôtel, il suffisait de m'appeler. Perplexe, et pas très rassurée, j'enfilai à la hâte une robe de chambre en soie, nouai la ceinture en descendant l'escalier et traversai le hall pour aller ouvrir. Je me retrouvai devant un Philippe titubant et souriant jusqu'aux oreilles.

— 'soir, marmonna-t-il en s'accrochant au chambranle.

— Philippe Cutler ! Est-ce que tu as bu, par hasard ?

Moi, j'ai bu ? Pas... pas... pas plus que ça, bégaya-t-il en rapprochant le pouce de l'index. Je peux entrer ?

Je restai sur mes positions.

— Il est tard, Philippe. Qu'est-ce que tu me veux ?

— Seul... seulement parler un peu, dit-il en s'avançant d'un pas trébuchant.

Il se rattrapa de justesse : un peu plus et il s'étalait de tout son long. Je n'eus pas d'autre choix que de refermer la porte.

— Comment oses-tu te conduire ainsi, Philippe ? Que diraient les clients s'ils te voyaient ?

Il se boucha les oreilles et gémit d'un ton comique :

— Juste ciel ! Le fantôme de Grand-mère ! « Comment oses-tu te conduire ainsi ? Que diraient les clients s'ils te voyaient ? »

— Philippe !

— J'ai besoin de boire un verre, grogna-t-il en louvoyant vers le salon.

Il savait où Jimmy rangeait les alcools, et mit le cap sur l'endroit qui l'intéressait. Je l'arrêtai au milieu de la pièce en le harponnant par le poignet.

— Tu as assez bu comme ça, Philippe.

— Aurore ! s'égaya-t-il en pivotant vers moi. Tu es ravissante ce soir. Juste comme je t'imaginais, avec les cheveux défaits. Je parie que tu ne portes qu'une chemise de nuit là-dessous, je me trompe ?

— Rentre à l'hôtel, Philippe. Va immédiatement retrouver ta femme, tu m'entends ?

Il acquiesça d'un signe, mais sans bouger d'un pouce.

— Ma femme, articula-t-il, les lèvres étirées en une grotesque parodie de sourire. C'est toi qui serais ma femme si ce gardien n'avait pas reconnu ton père ! (Il me prit par les épaules et posa le front dans mes cheveux.) Nous nous serions sauvés avant que Grand-mère ait eu le temps de dire quoi que ce soit...

Au ton de sa voix, je devinai qu'il revivait une chimère familière, une comédie qu'il s'était jouée maintes et maintes fois.

— Philippe, tu rêves tout éveillé. C'est complètement ridicule !

Il empestait le whisky, son haleine me soulevait le cœur. Je tentai de le repousser mais il resserra l'étreinte de ses doigts sur mon épaule.

— Non, ce n'est pas ridicule.

Sa main descendit le long de mon dos, ses lèvres caressèrent mes paupières. Et je me débattis tant et si bien que je finis par me libérer. Il vacilla, m'enveloppa d'un regard nébuleux et sa voix devint un chuchotement rauque.

— Écoute, Aurore... il n'est pas encore trop tard, pour nous deux.

— Qu'est-ce que tu racontes, Philippe ! (Je reculai d'un pas.) Comment oses-tu seulement imaginer une chose pareille ?

— Mais tu ne comprends pas ! protesta-t-il avec une énergie soudaine. Écoute moi, à la fin... Je sais que vous n'arrivez pas à avoir d'enfant, Jimmy et toi. Mais nous...

Il se rapprocha de moi et acheva dans un souffle :

— Nous, nous y arriverions.

Instinctivement, je plaquai les mains sur mon ventre.

— Quoi !

— Nous réussirions, et personne n'aurait besoin de le savoir, même pas Jimmy. Il croirait que le bébé est de lui, tu comprends ? Ce serait notre secret, notre précieux petit secret. Mes enfants sont superbes, non ? Le nôtre serait aussi beau, insista-t-il, se prenant au jeu. Et s'il était blond, qui s'en étonnerait ? Tu es blonde, toi aussi.

Il avait vraiment tout prévu, décidément !

— Je te le demande, implora-t-il encore. Pour toi, pour nous... pour la famille.

— Philippe, tu es encore plus fou que je ne le croyais. Je sais que tu es ivre, sans quoi tu ne parlerais pas comme ça. Mais c'est déjà impardonnable d'imaginer de pareilles choses. Je suis ta sœur, nous sommes du même sang !

— Et alors ? Nous n'avons pas le même père, non ?

Cette fois, je haussai le ton.

— Philippe ! Même si nous n'étions pas parents, je serais fidèle à Jimmy. Jamais je ne pourrais le tromper.

— Oh si ! riposta-t-il avec un sourire aguicheur. Tu es comme moi : nous tenons de Mère, tous les deux, ne l'oublie pas.

— Non ! vociférai-je, et maintenant sors d'ici. Disparais, tu m'entends ? Va retrouver ta femme et oublie ces idées malsaines. (Ma voix monta brusquement dans l'aigu.) Allez, va-t'en !

— Aurore... notre enfant... balbutia-t-il en se rapprochant de moi d'un pas chancelant.

Je m'élançai vers la porte pour lui échapper, mais son état d'ébriété ne lui avait pas ôté tous ses réflexes. Il me saisit par le bras et m'entraîna vers le canapé. Cette fois, Je hurlai.

— Philippe ! Arrête !

Je perdais mon temps. Il m'enferma dans ses bras, me renversa en arrière et m'inonda le visage de baisers.

— *Philippe, ça suffit ! Tu as déjà commis un acte épouvantable, ne recommence pas !*

Je tentai de me libérer d'une secousse, mais je ne réussis qu'à perdre l'équilibre. Et je tombai avec lui sur le canapé, écrasée sous son poids. Une fois de plus, je lui criai d'arrêter et j'essayai même de lui mordre l'oreille, mais ses bras m'enserraient comme un étau.

— Aurore, Aurore, murmura-t-il en promenant ses lèvres au creux de mes seins.

Je m'épuisais dans cette lutte inégale. La tête me tournait, je refusais de croire à ce qui m'arrivait. Quand la main de Philippe s'aventura sur ma cuisse, je parvins à dégager un bras et lui martelai la tête et l'épaule de coups de poing. Autant taper sur un mur : il ne sentait rien. Anesthésié par l'alcool, il continuait son manège et faisait de moi ce qu'il voulait. Il était presque trop tard...

Non, pas trop tard. Un petit cri nous parvint et je me raidis dans les bras de Philippe. Le cri se répéta, juste derrière nous : Christie se tenait sur le seuil. Par miracle, Philippe l'entendit aussi et s'immobilisa tout net.

— Maman !

Je repoussai Philippe, m'assis d'un bond en refermant ma robe de chambre et passai la main dans mes cheveux. Il ne fallait pas que Christie voie ce spectacle ! Je me forçai à sourire.

— Qu'est-ce qui ne va pas, ma chérie ?

— J'ai cru que c'était papa. Est-ce qu'il est revenu, maman ?

Philippe s'était redressé et s'appuyait au dossier du canapé, les yeux fermés. Je me levai et pris ma petite fille dans mes bras.

— Non, ma poupée, c'est ton oncle Philippe.

— Oncle Philippe ?

Le regard papillotant de Christie dériva vers le canapé, et Philippe ouvrit les yeux. Il gardait tout juste assez de présence d'esprit pour comprendre ce qui se passait.

— Salut, Christie ! fit-il avec un petit geste de la main.

— Est-ce que Tatie Bett est là aussi ?

— Non, ma chérie. Oncle Philippe est simplement venu en passant, il avait quelque chose à me dire à propos de l'hôtel. Il allait justement partir.

Philippe se leva lourdement et rajusta tant bien que mal le désordre de ses vêtements.

— Exact, confirma-t-il. Il est tard, il faut que je rentre chez moi.

Il parvint à marcher droit jusqu'à l'entrée, puis il se retourna vers nous.

— Chez moi... pour retrouver mes rêves, ajouta-t-il en s'inclinant. Bonsoir, gentes dames.

Christie pouffa, mais je ne dis rien jusqu'à ce que la porte se fût refermée.

— Il est amusant, oncle Philippe, observa Christie.

271

— Pas vraiment non.

Les mots m'avaient échappé, mais Christie n'y prit pas garde, ou n'en comprit pas le sens.

— Allons, au lit maintenant ! déclarai-je avec soulagement.

Et je la portai jusqu'à sa chambre.

Mais quand je l'eus recouchée, je descendis pour fermer la porte à clef. Puis je fis le tour du rez-de-chaussée pour éteindre les lumières et remontai, mais j'avais toujours le cœur battant quand je regagnai mon lit. J'enfouis mon visage dans l'oreiller de Jimmy et m'endormis en le serrant dans mes bras.

Le lendemain matin, je me demandai sérieusement si je n'avais pas fait un cauchemar. J'habillai Christie avant de faire ma toilette, je pris le petit déjeuner avec elle, puis je la conduisis moi-même à l'école. Cela me fit du bien de m'occuper d'elle, et j'abordai d'un cœur un peu plus léger que la veille ma journée à l'hôtel. Mais il n'y avait pas une heure que j'étais dans mon bureau qu'on frappait à la porte. C'était Philippe... et dans quel état !

Pâle, le visage défait, la cravate nouée à la diable ; presque négligé, lui toujours si élégant. Des mèches en désordre barraient son front soucieux et il avait des cernes sous les yeux.

— Aurore, commença-t-il piteusement, je suis venu m'excuser pour ma conduite d'hier soir. J'avais trop bu et... j'ai perdu la notion des choses.

Je lui lançai un regard furibond.

— Ne t'avise pas de remettre les pieds chez moi sans y avoir été invité, Philippe. Dire que Christie a failli voir...

— Je sais, je sais, je ne me le pardonnerai jamais.

Il avait l'air si malheureux, le nez baissé sur ses souliers, que je sentis fondre ma colère. Je me détendis et me laissai aller dans mon fauteuil.

— Tu veux que je te dise, Philippe ? Tu ne tournes pas rond, en ce moment, tu devrais voir un spécialiste. Si tu ne t'y décides pas, j'ai bien peur que tu ne finisses comme ce

272

pauvre Randolph. Tu te comportes vraiment bizarrement, quelquefois.

Il releva vivement la tête

— Alors elle t'a tout raconté, c'est ça ?

— Personne ne m'a rien dit, Philippe. J'ai des yeux pour voir.

— Et tu vas parler à Jimmy de... de cette nuit ?

— Non. Il te tuerait, s'il savait.

— Je regrette vraiment, Aurore, et je te promets que cela n'arrivera plus. J'essaierai de trouver un... enfin, quelqu'un à qui parler.

— Bonne décision, Philippe.

Il attacha sur moi un long regard plein de ferveur et s'en fut sans rien ajouter.

À l'instant où la porte se referma, je relâchai le souffle qui m'oppressait la poitrine. J'espérais de toutes mes forces que Philippe tiendrait sa promesse, et j'avais de bonnes raisons de ne rien dire à Jimmy. Je savais qu'il nourrissait toujours des soupçons à l'égard de Philippe ; et je n'osais même pas imaginer sa réaction si jamais il apprenait ce qui s'était passé.

Cette crainte était si présente en moi que lorsqu'il appela, une heure plus tard, j'eus le sentiment qu'il savait déjà. Je m'inquiétais à tort. Ce que Jimmy avait à me dire était si important qu'il ne pouvait songer à rien d'autre.

— Aurore, je t'avais dit que j'aurais peut-être de bonnes nouvelles pour toi aujourd'hui, n'est-ce pas ? Eh bien, j'en ai !

Son enthousiasme éveilla le mien.

— Dis vite, alors ! De quoi s'agit-il ?

— Tiens-toi bien. J'avais donné un peu d'argent à papa en vue d'un certain projet...

— Quel projet, Jimmy ?

— Patiente une seconde, et ouvre bien tes oreilles. Quand papa était en prison, il a connu un homme qui travaillait de temps en temps comme détective pour une agence, et c'est d'ailleurs comme ça qu'il a mal tourné. Il a déniché une sombre histoire et tenté de faire du chantage.

273

« Mais bon, l'important, c'est la suite. Dès que ce bon-homme a été libéré, papa l'a engagé pour son propre compte et devine quoi ? »

— Je donne ma langue au chat, Jimmy.

— Il a retrouvé Fern !

Je restai muette pendant de longues secondes. Mon cœur cognait comme un poing dans ma poitrine. Toutes sortes d'images défilaient dans ma tête à une vitesse éclair, accompagnées d'émotions diverses. Fern à la maternité, la première fois que je l'avais vue. Ma déception en découvrant qu'elle ne me ressemblait en rien. Ses cris pour que je la prenne dans mes bras et lui chante des chansons. Et maman, maman qui se reprochait sans cesse de ne pouvoir s'occuper elle-même du bébé. « Tu n'as même pas le temps d'être une petite fille, ma chérie. À peine rentrée de l'école, il faut que tu fasses mon travail à ma place. »

Est-ce que je m'en plaignais ? Oh non ! Je trouvais fasci-nant de voir Fern grandir et découvrir le monde. Pour moi, elle était une vraie poupée vivante, mon dernier jouet d'enfant.

Je retrouvai enfin la parole.

— Tu es certain, tout à fait certain qu'il s'agit bien de Fern ?

— Absolument.

— Tu l'as vue ?

— Bien sûr que non, elle ne vit pas au Texas ! Ses parents adoptifs ont déménagé, elle habite New York. À Manhattan, pas très loin de l'endroit où tu habitais toi-même, tu te rends compte ? Dire que tu l'as peut-être croisée dans la rue sans t'en douter !

Cette possibilité me donna le vertige :

— Mon Dieu ! Que devrions-nous faire, à ton avis ?

— Je rentre à la maison, pour commencer. Ensuite, nous irons tous les deux la voir. Je parie que c'est toi qui avais raison, elle ne doit même pas se douter de notre existence.

« Mais elle ne va pas tarder à savoir qui nous sommes, ajouta Jimmy d'un ton farouche. C'est moi qui te le dis !

13

Coup de théâtre

Jimmy m'appela le lendemain de bonne heure pour m'annoncer son retour et, dans la matinée, il fit irruption dans mon bureau. Il n'était même pas passé à la maison, n'avait pas encore vu Christie ; à l'hôtel, presque personne ne savait qu'il était revenu. Et maintenant, assis sur le canapé, il me débitait fébrilement son chapelet de nouvelles.

— Ces gens s'appellent Osborne, Clayton et Leslie. Clayton Osborne est agent de change à Wall Street. Sa femme est peintre et elle commence à connaître un certain succès. En plus, elle a un atelier à Greenwich Village.

— Quel âge a-t-elle ?

— Dans les trente-cinq ans, comme lui.

— Est-ce qu'ils ont d'autres enfants, adoptés ou pas ?

— Non. Ils possèdent une maison particulière dans la Première Avenue, ça fait neuf ans qu'ils vivent à Manhattan et avant, ils habitaient Richmond. Fern fréquente un collège ultra-chic, acheva Jimmy, tout fier de m'apprendre ce que M. Updike et son détective si grassement payé n'avaient pas réussi à découvrir.

Personnellement, je me sentais beaucoup moins à l'aise. Épier ainsi des gens qui ne se doutaient de rien...

Je me mettais à leur place. Être suivis, surveillés, faire l'objet de rapports : franchement, cela ne m'aurait pas plu. Et eux qui se croyaient bien tranquilles avec Fern ! J'avais l'impression d'espionner quelqu'un par le trou de la serrure.

— Ces Osborne me semblent parfaits à tous points de vue, Jimmy. Une maison particulière dans ce quartier, tu te rends compte !

— Et alors ? se hérissa-t-il. Qu'est-ce que ça change ?

Ce n'était pas le moment de le contrarier. Je m'empressai de jeter du lest.

— Rien, bien sûr. Je suis contente qu'elle ait une vie aisée, voilà tout.

— Oui, concéda-t-il, je crois que nous pouvons au moins nous réjouir de ça.

— Et maintenant, qu'allons-nous faire ?

— Je vais décrocher ce téléphone, composer leur numéro, leur dire qui nous sommes et ce que nous voulons, déclara-t-il d'un ton sans réplique.

— Mais que voulons-nous au juste, Jimmy ?

Il resta un moment tout déconcerté.

— Eh bien... voir Fern, pour commencer. Savoir comment elle va, ce qu'elle est devenue, à quoi elle ressemble. C'est ma sœur après tout, non ?

Il dit cela comme si ce fait justifiait tout, mais je n'en fus pas plus rassurée pour autant. Il ne ferait aucune concession, n'accepterait aucun avis ni conseil, c'était plus qu'évident. Et Clayton Osborne n'aurait qu'à bien se tenir. Il allait recevoir un choc, le malheureux ! Et il ne fallait pas s'attendre qu'il se montre accommodant, ce qui laissait présager de sérieux ennuis.

Jimmy se leva brusquement.

— Il est temps que je donne ce coup de fil.

Je lui cédai instantanément la place et me mis à arpenter la pièce tandis qu'il composait le numéro. Aussi impatiente que lui, je tentais sans résultat d'étouffer les émotions diverses qui se bousculaient en moi. Les nerfs à vif, je retins mon souffle quand Jimmy obtint la communication.

— Monsieur Clayton Osborne ? Mon nom est James Gary Longchamp, articula-t-il avec une lenteur menaçante.

À voir son expression, je devinai qu'à l'autre bout du fil régnait un silence de mort.

— Monsieur Osborne ? Vous savez très bien qui je suis.
Le frère de Fern.

Je plaignis le pauvre Clayton Osborne. Il devait éprouver à
peu près la même chose que papa quand on était venu l'arrêter, pour m'emmener aussitôt après. Je pensais sincèrement
ce que j'avais dit à Jimmy avant son départ pour le Texas : à
force de croire une chose, elle devient vraie. Papa et maman
étaient parvenus à me considérer comme leur fille, et je me
sentais leur fille. Ce devait être pareil pour les Osborne. Ils
avaient si profondément enterré la vérité au fond d'eux-
mêmes qu'elle n'existait plus, ou plutôt qu'elle avait changé.
Fern était vraiment devenue leur enfant. Et voilà que Jimmy
débarquait sans crier gare pour saccager leurs chères illusions et leur jeter la réalité en pleine figure, comme un seau
d'eau froide !

La conversation se poursuivit, entrecoupée de longues
interruptions, surtout après les questions que Jimmy posait
sans cesse. Finalement, je l'entendis confirmer le rendez-
vous qu'il avait obtenu pour le lendemain après-midi, entre
cinq et six heures, chez les Osborne. Il était tout pâle quand il
raccrocha, et il resta un bon moment silencieux, renversé
dans le fauteuil. Puis il passa la main dans ses cheveux et se
leva en soupirant lourdement

— C'est arrangé. Nous pourrons la voir, mais à condition
de ne pas révéler notre identité. Clayton Osborne a beaucoup
insisté là-dessus, et j'ai bien été forcé d'accepter, c'était ça ou
rien. Nous dirons que nous sommes des amis de passage et
nous aurons le droit de voir Fern. Au fait, elle ne s'appelle
plus Fern, évidemment. Ils se sont empressés de la rebaptiser !

— Et comment s'appelle-t-elle, maintenant ?

— Kelly. Kelly Ann Osborne, laissa tomber Jimmy d'un
air dégoûté.

J'estimai que cela sonnait bien, mais je gardai mon opinion pour moi.

— Et qu'as-tu appris d'autre à son sujet ?

— Osborne la trouve précoce pour son âge. Oui, c'est ce
qu'il a dit : précoce. J'en ai conclu qu'elle est en avance pour
son âge.

— Comme Christie, je suppose.

— Hmm... grommela-t-il, le front barré de rides.

— Il y a quelque chose qui ne va pas, Jimmy ?

— Je n'en sais rien. Clayton Osborne n'avait pas l'air très fier d'elle. Il parlait d'un ton pincé, mais pincé ! On aurait dit qu'il avait le nez bouché. Bof ! Il avait peut-être un rhume, après tout.

— Ou bien c'était le choc, tu ne crois pas ?

— Possible. Il m'a bombardé de questions, mais... J'ai fait la sourde oreille et c'est moi qui ai posé les miennes ! Tu te rends compte, Aurore ? Après presque neuf ans, nous allons revoir Fern !

À le voir si rayonnant, je sentis mon cœur s'emballer. Comment réagirait Fern ? Nous reconnaîtrait-elle du premier coup d'œil ? Jimmy, sans doute : ils devaient se ressembler beaucoup, maintenant. Mais peut-être y aurait-il autre chose, une intuition, une sorte d'éclair entre nous ? Je me souvenais de ma première rencontre avec Philippe, de cet élan que j'avais pris pour de l'amour. Quelque chose m'avait avertie que nous étions proches, et ce quelque chose était la voix du sang, mais je n'avais pas su la reconnaître. Peut-être en irait-il de même avec Fern. Trop jeune pour comprendre, elle serait sans doute émue, troublée, mais incapable de deviner la vérité. Après une brève rencontre, un pressentiment vague et rien de plus, nous passerions notre chemin, tels des vaisseaux se croisant dans la nuit.

— Oui, Jimmy, je me rends compte et je suis aussi impatiente que toi. Mais pour être tout à fait franche... j'ai un peu peur.

Il m'enveloppa de ce regard bien à lui qui me faisait fondre le cœur.

— Moi aussi, Aurore, avoua-t-il. Moi aussi.

Et sans perdre une minute, nous prîmes les dispositions nécessaires pour le voyage.

Christie fut assez désorientée, pour ne pas dire furieuse, de voir Jimmy repartir, à peine arrivé. Quand elle sut que je l'accompagnais, elle voulut venir aussi, pleura et tempêta, pour finir par bouder quand elle comprit que cela ne servait à rien. Par bonheur, Jimmy n'avait pas oublié de lui ramener un cadeau du Texas : un ranch miniature, au grand complet. Bétail, fermiers, cow-boys avec le lasso au poing, tout y était, y compris les femmes et les enfants. De minuscules ménagères vaquaient à leurs travaux, on en voyait qui barattaient le beurre. Et sur le porche, pourvu de meubles de jardin, une toute petite grand-mère se balançait dans son rocking-chair. Naturellement, la maquette était en pièces détachées, mais Jimmy ne fut pas fâché d'avoir à la monter. Au moins, cela l'empêchait de se tracasser. Il ne se coucha pas avant d'avoir assemblé le ranch et de l'avoir déposé dans la chambre de Christie.

— Ça devrait l'occuper jusqu'à notre retour, commenta-t-il en se glissant sous les draps.

Et il se blottit contre moi pour ajouter :

— Tu sais que tu m'as beaucoup manqué ?

— Toi aussi. Je m'en voulais vraiment de n'être pas venue.

— Tu aurais trouvé papa très changé. Différent.

— Comment cela, différent ?

— Eh bien, il s'est... assagi, en quelque sorte. Edwina dit qu'il ne va plus boire dans les bistrots. Il n'y a plus que son fils qui compte. Si seulement il avait pu être ce genre de père avec moi ! soupira-t-il tristement.

J'en eus les larmes aux yeux : cela faisait mal de l'entendre parler ainsi. Je l'attirai à moi, l'embrassai sur la tempe et aussitôt, il retrouva le sourire.

— Je t'aime tellement, chuchota-t-il en effleurant ma joue du revers de la main. Il ne faut plus jamais nous fâcher comme ça.

— Jamais, promis-je avec ferveur.

Mais il faut être bien naïf pour oser dire : jamais. Qui peut jurer qu'il ne sera plus jamais triste, plus jamais seul ou malheureux ? La réalité a tôt fait de nous éveiller de nos rêves...

Pelotonnés l'un contre l'autre, nous attendîmes que le sommeil vînt nous délivrer des ombres du passé.

Je me levai de très bonne heure le lendemain, et me rendis sans tarder à l'hôtel pour régler quelques menus problèmes en suspens. Tout le monde ignorait le véritable motif de notre voyage, y compris Philippe et Betty Ann. Ils croyaient que nous allions à New York faire la tournée des magasins, ce qui les surprit un peu, mais sans plus. Nous avions réservé au Waldorf, où nous arrivâmes au début de l'après-midi. Il faisait plutôt gris, mais le temps de nous installer, le vent avait balayé les nuages et le soleil brillait de tout son éclat. Il était un peu tard pour déjeuner, et d'ailleurs nous n'avions pas très faim. Nous nous contentâmes d'une brève halte au restaurant et je fis quelques courses dans les environs, histoire de me détendre un peu. Mais je me sentais toujours aussi fébrile quand Jimmy déclara qu'il était temps de partir pour notre rendez-vous.

La maison des Osborne était située dans une de ces enclaves préservées du centre ville, qu'une invisible frontière isole du vacarme et de la pollution. Pas de rôdeurs aux allures louches, pas de détritus sur les trottoirs. Je ne connaissais pas le quartier mais ce n'était pas loin de chez Agnès et je n'eus aucune peine à m'orienter. Et je ne fus pas dépaysée non plus quand notre taxi nous déposa devant la demeure victorienne avec sa grande porte en chêne massif. Mais lorsque, le chauffeur payé, il fallut nous décider à monter les marches du perron, je me sentis aussi nerveuse que Jimmy. Je vis sa mâchoire se crisper, son regard se durcir. Et il redressa les épaules comme un militaire au garde-à-vous avant d'appuyer sur la sonnette. Un carillon argentin retentit à l'intérieur et presque aussitôt, un chien aboya.

Quelques secondes plus tard, Clayton Osborne ouvrait la porte en morigénant son caniche, qui ne semblait pas décidé à se taire. Son maître le prit dans ses bras, gratta de ses longs doigts fins sa toison frisée, et si le chiot continua de gémir et de grogner, au moins il n'aboyait plus.

Ce petit manège nous laissa le temps d'examiner à loisir Clayton Osborne. Grand, très mince, les cheveux et les yeux bruns, tiré à quatre épingles dans son complet rayé, il

affichait une grande confiance en lui-même. Et je le soupçonnai d'exagérer encore sa raideur naturelle à seule fin de
nous impressionner.

— Bonjour, fit-il d'une voix pointue.

C'était vrai qu'il parlait du nez mais cela ne venait pas
d'un rhume. Je m'aperçus vite qu'il rejetait la tête en arrière
après chaque mot, serrant les dents comme s'il se préparait à
une inévitable querelle. Mais Jimmy ne se laissa pas
démonter.

— Bonjour. Je suis James Longchamp, et voici ma
femme, Aurore.

— Enchanté. (Clayton Osborne me tendit la main, mais
fit passer son chien d'un bras sous l'autre avant de serrer
brièvement celle de Jimmy.) Entrez, daigna-t-il ajouter en
s'effaçant devant nous.

Puis il referma soigneusement la porte et reprit avec la
même sécheresse :

— Soyons clairs. Kelly ne sait rien de son passé sordide.
Alors voilà : nous nous sommes connus à la Bourse, vous
êtes de passage, mais vous ne pouvez pas vous attarder. Vous
allez au spectacle à Broadway ce soir, au cas où elle poserait
des questions.

Je sentis Jimmy se raidir à mes côtés. Moi non plus je
n'aimais pas les grands airs de Clayton Osborne. À l'entendre, nous aurions dû lui être reconnaissants de s'abaisser à
nous adresser la parole.

Il attendit une réponse qui ne vint pas et reprit de sa voix
pompeuse :

— J'ai discuté de tout ceci avec mon avocat, qui a très
mal pris votre intervention. Elle est des plus intempestives,
pour ne pas dire illégale. Il existe des lois qui protègent les
parents adoptifs, et les enfants eux-mêmes, tout spécialement
contre ce genre de désagréments.

Je ne laissai pas à Jimmy le temps de répliquer.

— Nous ne sommes pas venus pour créer des ennuis à
qui que ce soit, monsieur Osborne. Je suis sûre que vous
comprenez notre désir de revoir Fern.

— Kelly, rectifia-t-il. Elle s'appelle Kelly. Vous ne devez en aucun cas prononcer le nom de Fern.

— Kelly, soit.

Sans me quitter un instant des yeux, il transféra une fois de plus son caniche sous l'autre bras.

— Êtes-vous... mari et femme, tous les deux ?

— Effectivement, répondit Jimmy.

Un instant désarçonné, Clayton Osborne retrouva aussitôt son assurance.

— Autre chose : pas de « monsieur » ni de « madame ». Je me prénomme Clayton et ma femme, Leslie. Kelly est très intuitive et, comme je vous l'ai déjà dit, très précoce. Ce genre de détail éveillerait immédiatement ses soupçons.

— Clayton ? appela une voix féminine.

Nous nous retournâmes tous les trois d'un seul mouvement vers la femme qui venait d'entrer. Silhouette élancée, seins menus, longues jambes musclées : elle me fit penser à une danseuse. Elle portait des jeans et un chemisier vert jade, assorti au ruban qui nouait ses cheveux châtain clair. Aucun maquillage, ce dont elle pouvait aisément se passer. Son teint d'albâtre faisait naturellement valoir la fraîcheur de ses lèvres rouges et le bleu transparent de ses yeux.

— Pourquoi restez-vous dans l'entrée, tous les trois ?

— M. et Mme Longchamp viennent d'arriver, expliqua son époux d'un ton rogue. James et Aurore, ma femme, Leslie.

Quand elle nous rejoignit, je vis briller les diamants qui ornaient ses oreilles percées.

— Comment allez-vous ?

Elle me tendait une main longue et fine, à la paume charnue et ferme. Une main d'artiste, pensai-je en la serrant. Je trouvai Leslie nettement plus chaleureuse que son mari, et son regard insistant ne me parut pas hostile. Plutôt amical, même.

— Excusez-moi de vous dévisager, dit-elle en souriant, c'est une déformation professionnelle. Je suis artiste peintre.

— Je comprends.

J'avais failli répondre « je sais », je ne m'étais retenue que de justesse. Inutile de révéler que nous savions déjà tant de choses à leur sujet ! Heureusement pour moi, Leslie s'était déjà retournée vers son mari.

— Clayton ? Qu'attendons-nous pour...

— Conduis-les dans le salon, ordonna-t-il de sa voix maussade. Je vais chercher Kelly.

— Par ici, indiqua-t-elle en nous invitant à la suivre.

Et nous eûmes au passage un aperçu de la demeure. De ce que nous avions déjà vu, je conclus que chaque pièce devait ressembler au salon. Grandes baies lumineuses, tapis de haute laine, meubles anciens impeccablement entretenus. Et partout des objets d'art et des peintures, presque autant que dans un musée. D'après les signatures, la plupart des nombreux tableaux étaient de la main de Leslie, mais pas tous. Je remarquai plusieurs paysages d'une autre facture. Ainsi, Fern avait grandi dans cette atmosphère élégante, luxueuse, artistique... mais quelle empreinte en avait-elle reçue ?

— Asseyez-vous, je vous en prie. (Leslie désigna du geste le canapé de soie tabac.) Et maintenant parlez-moi de vous avant qu'ils n'arrivent. Où habitez-vous ? demanda-t-elle en prenant place dans un fauteuil.

— À Cutler's Cove, en Virginie, où je dirige une affaire de famille. Un complexe de loisirs, l'hôtel Cutler's Cove.

— Mais j'en ai entendu parler ! Il paraît que c'est très beau et très bien situé.

— En effet.

— Et comment avez-vous fini par...

— Par nous marier ?

Elle inclina la tête en souriant et je consultai Jimmy du regard. Nous avions tous deux conscience que raconter notre histoire en deux mots ne serait pas chose aisée. Je me jetai à l'eau.

— Je crois que j'ai toujours su que nous nous aimions. Quand Jimmy s'est engagé, nous nous sommes juré fidélité. Et dès qu'il a été libéré, nous nous sommes mariés. Je vivais à Cutler's Cove à ce moment-là.

— Très romanesque, commenta Leslie.

Jimmy n'avait toujours pas ouvert la bouche et elle le dévisagea d'un air interrogateur, mais il n'eut pas le temps de placer un mot. Clayton Osborne et Fern apparurent sur le seuil de la pièce.

Et malgré notre promesse de cacher notre identité, il nous fut impossible de ne pas trahir notre curiosité à l'égard de Fern. Nous la dévorions des yeux. De son côté, je le sentis, elle remarqua immédiatement cette attention particulière de notre part. Ses sourcils devinrent deux accents circonflexes.

Elle était plutôt grande pour ses dix ans, on lui en donnait douze ou treize. Ce qui n'avait rien d'étonnant quand on pensait à maman au même âge. Ses cheveux d'ébène (les cheveux de maman) étaient coupés à la Jeanne d'Arc et luisaient comme du satin. Elle avait les yeux bruns de Jimmy, mais un peu moins grands. Et en la déclarant précoce, Clayton avait trouvé le mot juste.

Sa silhouette commençait à se former, on devinait le contour d'un soutien-gorge de sport sous son chemisier de fin coton vert. Svelte et souple, toute en bras et en jambes, elle avait quelque chose de félin. Et le fait est que ses yeux mi-clos, curieux, attentifs, évoquaient étrangement ceux d'un chat.

Une fort jolie fille, tout compte fait. La bouche et le nez de maman, le menton et la mâchoire énergiques de papa. Qui les eût vus côte à côte, Jimmy et elle, se fût aperçu instantanément qu'ils étaient de la même famille.

— M. et Mme Longchamp, annonça Clayton. Notre fille, Kelly.

— Après un instant de silence, je réussis à émettre un bref « bonjour », auquel Jimmy fit immédiatement écho.

— On répond quand quelqu'un vous salue, nasilla Clayton d'un ton réprobateur.

— Salut !

La voix de Clayton se durcit encore.

— Assieds-toi.

Avec une mauvaise volonté manifeste, Kelly-Fern s'avança en traînant les pieds vers une bergère et s'y affala, les yeux toujours fixés sur nous.

— Kelly ! jappa Clayton, en voilà une façon de traiter le mobilier ! Que vont penser nos amis ?

— Ce n'est rien, Clayton, intervint Leslie qui se tourna vivement vers nous. Il faut l'excuser, elle est un peu tendue. Elle a eu quelques petits ennuis à l'école, aujourd'hui.

— Ce n'était pas ma faute !

— Et ce n'est pas le moment de parler de tout ça non plus, rétorqua Clayton en toisant Fern avec sévérité.

Elle jeta un coup d'œil furtif dans notre direction et s'empressa de regarder ailleurs. Clayton enchaîna aussitôt :

— M. et Mme Longchamp sont de vieux amis. Ils ont fait un long voyage et ne peuvent pas s'attarder.

Cette insistance pour limiter la durée de notre visite attira l'attention de Fern.

— D'où venez-vous au juste ?

— De Virginie.

— En voiture ou en avion ?

— En avion, répondit Jimmy en souriant.

Fern parut sensible à la douceur de ce sourire, et pendant un instant fugitif, je crus sentir que quelque chose vibrait en elle. Un pressentiment ? De la simple curiosité, peut-être. Elle pivota vers Leslie.

— N'est-ce pas en Virginie que je suis née ?

— Je te l'ai dit je ne sais combien de fois, Kelly. Tu es née dans la salle des urgences d'un hôpital, près de Richmond. Nous étions en voyage, ce qui était une imprudence de ma part, au neuvième mois de ma grossesse.

Née sur la route, elle aussi ? Exactement ce que me racontaient papa et, maman ! La même histoire que moi, en somme... Un regard de Jimmy me fit comprendre qu'il ne trouvait pas cette invention très originale. Mais quand je me retournai vers Fern, je vis qu'elle m'observait avec acuité, encore plus désireuse de connaître ma réaction que moi de surprendre la sienne. Puis elle reprit son questionnaire.

— Et qu'est-ce que vous faites dans la vie ? Vous achetez des tas d'actions et de valeurs, comme papa et ses autres amis ?

— Nous gérons ensemble une entreprise de famille, un des plus grands hôtels de Virginia Beach.

— Vous avez de la chance. Je n'ai jamais été à Virginia Beach, moi !

— Pauvre petite fille ! grinça Clayton, sarcastique. On te prive de tout. Tu n'as connu que les plages de France, d'Espagne et des Antilles.

Elle l'ignora délibérément.

— Et vous avez des enfants ?

— Une petite fille, Christie.

— Quel âge a-t-elle ?

Kelly, protesta gentiment Leslie, ce n'est pas très poli de poser autant de questions. Excusez-la, reprit-elle à notre intention, c'est dans sa nature. Mon mari pense qu'elle ferait une très bonne journaliste.

— Ou un bon détective, commenta sèchement Clayton.

— C'est sans importance, affirmai-je en reportant mon attention sur Fern. Christie a un peu plus de cinq ans, cinq ans et demi très exactement.

— Comment se fait-il que vous n'ayez pas d'autre enfant ?

— Kelly ! rugit Clayton. Qu'est-ce que ta mère vient de te dire ? Tu dépasses les bornes.

— Je n'ai rien fait de mal. Ça m'intéresse, c'est tout.

— J'ai essayé d'avoir un autre enfant, répondis-je sans détour. Mais j'ai fait une fausse couche.

— Wouaoh !

Je vis un sourire se dessiner sur le visage de Jimmy. Il couvait sa sœur des yeux et mourait d'envie de la serrer dans ses bras. Tout comme moi, il avait remarqué sa ressemblance avec maman, et je pouvais sentir sa frustration. Il dut se contenter de demander :

— Quelle matière préfères-tu, en classe ?

— La rédaction. On peut raconter tout ce qui vous passe par la tête : j'adore ça.

Clayton ne perdit pas l'occasion d'intervenir.

— Comment se fait-il que tu obtiennes de si mauvais résultats, dans ce cas ?

— Le professeur me déteste.

— Tous tes professeurs te détestent, on dirait.

Une fois de plus, Leslie s'interposa.

— Kelly a eu un peu de mal à suivre, cette année.

— Cette année ? ironisa Clayton.

Mais sa femme elle aussi l'ignora.

— Kelly est très intelligente, et elle peut dépasser tout le monde quand elle s'en donne la peine. Mais comme les autres élèves restent à la traîne, elle s'ennuie. Et quand elle s'ennuie, tout se gâte.

— Pauvre petite Kelly ! Tu as dû t'ennuyer à mourir, ces temps-ci ?

— Parfaitement. Je déteste cette sale boîte de Marion Lewis et toute cette bande de pimbêches. Je voudrais retourner dans mon ancienne école.

— Où tu t'es montrée si brillante ! persifla Clayton. Vous comprenez, ajouta-t-il à notre intention, nous pensions que dans un collège privé, tout irait mieux. Mais les choses ne changeront pas comme ça, par miracle. C'est d'abord à Kelly de changer. Et il faut qu'elle le veuille !

Fern eut exactement la réaction que j'attendais : elle étreignit ses épaules et fit la moue. Ce que voyant, Leslie changea adroitement de sujet.

— Et comment vont les affaires, à Cutler's Cove ?

— Depuis deux ou trois ans, à merveille, et nous envisageons de nous agrandir l'année prochaine. Nous aurons de nouveaux courts de tennis et davantage de bateaux de plaisance. Notre clientèle rajeunit, ces temps-ci.

Ma description tira Fern de sa bouderie.

— Vous avez des bateaux à vous ?

— Mais oui, répondit vivement Jimmy. Des bateaux à moteur et des voiliers.

— Et quoi d'autre ?

— Une piscine olympique, des terrains de sport, des jardins, une salle de bal, une salle de jeu...

— Super !

— Kelly, je t'ai déjà demandé de ne pas employer ce jargon chez nous. Un des problèmes de Kelly, ajouta Clayton en se tournant vers nous, c'est qu'elle fréquente des enfants beaucoup plus âgés qu'elle. Leur influence ne lui réussit pas.

— Ce ne sont pas des enfants ! protesta Fern.

— Oh, pardon : des adolescents.

— Combien de temps restez-vous à New York ? voulut savoir Kelly, moins par curiosité que pour changer de conversation.

— Nous partons demain, lui répondis-je à regret.

— Et à quel hôtel êtes-vous descendus ?

— Au Waldorf.

— Fabul... C'est très bien, se reprit Fern en levant les yeux sur Clayton.

Pendant toute cette conversation, il était resté debout, le caniche sous le bras, montrant clairement sa hâte de nous voir partir. Il consulta ostensiblement sa montre.

— Je pense que Kelly devrait monter faire ses devoirs, maintenant. Ce n'est pas ton avis, Leslie ?

— J'ai tout le temps ! répliqua étourdiment Fern. Je ne vais pas à l'école pendant deux jours.

— Quoi ? Deux jours sans école ?

Clayton pivota vers sa femme, qui déclara sans se troubler :

— Nous en parlerons plus tard, si tu veux bien.

— Alors, elle a encore été renvoyée !

— Plus tard, s'il te plaît, insista Leslie en nous désignant d'un geste discret.

Son irascible époux se mordit la lèvre et sa peau blafarde vira au cramoisi.

— Kelly ! éructa-t-il. Dis au revoir à M. et Mme Longchamp et file dans ta chambre.

Fern se leva sans enthousiasme, se campa devant Jimmy qui n'avait pas cessé de la regarder et lui serra la main.

— Au revoir. Pourquoi est-ce que vos yeux brillent comme ça ? On dirait que vous avez envie de pleurer.

— Ah bon ? C'est peut-être parce que vous me rappelez quelqu'un que j'aimais, dit-il en se forçant à sourire. J'avais une sœur qui vous ressemblait beaucoup. Elle aurait juste votre âge, maintenant.

L'air se chargea d'électricité. Clayton Osborne, plus rouge que jamais, ouvrit une bouche de carpe. Le visage de Leslie s'était figé d'appréhension et moi, le cœur me battait dans la gorge. Quant à Fern, elle n'avait pas quitté Jimmy des yeux et un étrange sourire se dessinait sur ses lèvres.

— Et que lui est-il arrivé ? s'enquit-elle tranquillement.

— Elle est morte.

— Comment ?

Cette fois, Clayton explosa.

— Ça suffit, Kelly ! On ne pose pas de questions aussi personnelles, surtout d'aussi douloureuses. C'est non seulement grossier, mais cruel.

— Mais je ne l'ai pas fait exprès !

— Monte faire tes devoirs immédiatement, que tu aies du temps ou pas.

Fern baissa la tête et marcha vers la porte avec une lenteur qui en disait long. Sur le seuil, elle se retourna, nous jeta un dernier regard et disparut dans un bruit de cavalcade.

Une fois sûr qu'elle ne pouvait plus l'entendre, Clayton s'avança vers Jimmy, l'air menaçant.

— J'avais posé mes conditions pour vous recevoir, et vous les aviez acceptées, il me semble.

— En effet, riposta Jimmy avec dédain. Ai-je dit quoi que ce soit qui puisse démolir votre petit scénario ?

— Je crois que vous n'avez plus rien à faire ici, monsieur Longchamp. Et je vous avertis : si jamais vous essayez de reprendre contact avec Kelly...

— Pas de menaces ! gronda Jimmy en sautant sur ses pieds.

Ses yeux flamboyaient, il crispait la mâchoire et serrait les poings dans ses poches. Clayton Osborne fit un pas en arrière et il lui fallut quelques secondes pour retrouver la voix.

— Laissez-moi vous rappeler que vous vous aventurez en terrain glissant, monsieur Longchamp. J'ai eu la bonté de vous recevoir, mais je n'irai pas plus loin. Nous ne voulons pas compromettre nos rapports avec Kelly. S'il faut pour cela nous adresser aux tribunaux, soyez certain que nous n'hésiterons pas.

Jimmy ne répondit que par un regard furibond, et je me levai à mon tour.

— Merci, monsieur Osborne. Je suis désolée pour ce petit incident. Madame Osborne... (J'adressai un sourire à Leslie.) Merci à vous aussi.

Elle quitta son siège et me rendit mon sourire.

— C'est difficile pour tout le monde, je sais, mais les dés sont jetés, maintenant. Pour le bien de Kelly et pour le nôtre, il faut continuer ce qui a été commencé. Nous avons fait pour le mieux, je suis sûre que vous finirez par l'admettre, acheva-t-elle avec douceur.

Ses propos conciliants apaisèrent la colère de Jimmy. Sa tension se relâcha, il salua Leslie d'un signe de tête et nous sortîmes sans rien ajouter. Au moment de franchir la grande porte, toutefois, quelque chose me poussa à me retourner. Je levai les yeux et j'eus le temps d'apercevoir Fern agenouillée sur le palier, qui nous observait à travers les barreaux de la rampe. L'instant d'après, sans même un mot d'adieu, Clayton Osborne refermait la porte derrière nous.

— Je n'ai jamais pu encaisser ce genre de types ! grommela Jimmy en dévalant les marches du perron. Mais ça ne se passera pas comme ça, oh non ! Je ne sais pas quand ni comment, mais un de ces jours...

— Ne te mets pas dans des états pareils, Jimmy. Pour l'instant, j'ai peur que tu ne puisses rien y faire. Il a raison au moins sur un point : la loi est de son côté.

— Et tu trouves ça juste, Aurore ? Ne pas pouvoir dire à Fern qui nous sommes, dans un moment pareil ? Bon sang ! jura-t-il entre ses dents. Ces gens sont peut-être bourrés de fric mais on ne m'ôtera pas de l'idée qu'elle n'est pas bien chez eux.

Nous prîmes un taxi pour rentrer à l'hôtel, où notre premier soin fut d'appeler la maison pour avoir des nouvelles de Christie. Après nous avoir dûment rassurés, Mme Boston laissa la parole à notre fille. Tour à tour, Jimmy d'abord et moi ensuite, nous eûmes droit à une description enthousiaste de son ranch... ce qui ne l'empêcha pas de me demander si nous lui rapporterions quelque chose de New York.

— Christie Longchamp, dis-je en faisant la grosse voix, ce n'est pas beau de réclamer. Surtout quand on vient juste de recevoir un cadeau magnifique.

— On croirait entendre Clayton Osborne, me glissa Jimmy, l'oreille collée à l'écouteur. Nous pourrions lui ramener une petite bricole, quand même ?

— Ton papa te gâte beaucoup trop, Christie !

Devant mon regard de reproche, Jimmy leva les mains en riant.

— Bon, ça va, ça va. Je capitule.

Nous échangeâmes encore quelques mots avec Mme Boston avant de raccrocher, puis nous décidâmes de nous offrir un bon dîner en ville. Il nous restait amplement le temps de prendre une douche, et nous avions grand besoin de détente après les émotions de la journée. J'avais un instant caressé l'idée de m'annoncer chez Agnès et de passer chez elle, mais j'y avais renoncé. Jimmy était bien trop soucieux au sujet de Fern, et peu enclin aux mondanités. Je n'avais même pas appelé Trisha, et pourtant ! Son humour et sa verve auraient fait un excellent antidote à notre mélancolie. Mais Jimmy ne pouvait songer qu'à sa sœur et pendant que nous nous habillions pour dîner, il ne parla que d'elle.

— Ce qu'elle peut ressembler à maman, quand même ! Tu ne trouves pas ?

— Si. Surtout à cette photo de maman que j'ai toujours : celle où on la voit sous un arbre.

— Exactement ! s'exclama Jimmy, tout content.

Mais il se rembrunit presque aussitôt et je m'efforçai de lui remonter le moral.

— Nous avons vu Fern, Jimmy, c'est déjà ça. Nous savons qu'elle va bien et ne manque de rien.

— Elle va bien physiquement, d'accord : mais psychologiquement ? Ça, j'en suis moins sûr. Je n'arrête pas de penser à la façon dont ce Clayton lui parlait, et devant nous, encore ! Je sais bien qu'il est du genre pète-sec, mais quand même... On aurait dit qu'il s'adressait à une employée ou à une orpheline de l'Assistance Publique engagée au pair. Je n'ai pas eu l'impression qu'ils s'aimaient beaucoup, et toi ?

— Je n'en sais rien, Jimmy. Ce ne serait pas juste de le juger sur cette unique entrevue. Il s'inquiétait pour les études de Fern, qui semble avoir pas mal de problèmes dans ce domaine. Elle a peut-être besoin d'un peu de discipline, tu ne crois pas ? En tout cas, Leslie Osborne m'a paru charmante.

— M-m-oui, admit-il à contrecœur. En attendant, c'est Clayton qui mène la barque !

— Et Fern est élevée dans un milieu distingué, elle aura beaucoup d'atouts dans la vie, penses-y.

— Ça ne suffit pas toujours, Aurore. Clara Sue aussi a été élevée dans un bon milieu, elle aussi avait tous les atouts en main, et regarde ce qu'elle est devenue ! Non, il manque quelque chose dans cette maison, quelque chose d'essentiel : un peu de chaleur. Papa n'était pas drôle tous les jours, loin de là ! Mais même quand il était en colère, nous sentions qu'il nous aimait. Ce n'est pas vrai, ça ?

— Jimmy, dis-je avec douceur, j'ai peur que tu ne coures après une ombre. Nous ne pouvons rien faire, absolument rien.

Il acquiesça d'un battement de cils et baissa la tête, accablé. Je m'en voulais d'avoir dû lui parler si nettement, mais il le fallait. Nous achevâmes de nous préparer sans mot dire, et nous étions sur le point de sortir quand on frappa à la porte. Nous échangeâmes un regard intrigué. Une visite ? Un message ? Nous n'avions appelé personne, à New York, et nous venions juste de téléphoner à l'hôtel. Après une brève hésitation, Jimmy alla ouvrir. Et il resta cloué de surprise en voyant qui se tenait dans l'embrasure.

Fern ! Fern en jeans et veste de drap bleu marine, un béret enfoncé jusqu'aux oreilles.

— Kelly ! m'écriai-je, qu'est-ce que vous faites là ?

— Je me suis sauvée, annonça-t-elle, toute faraude.

— Sauvée ? Pourquoi ? Et pourquoi venir ici, justement ?

— Parce que je sais très bien qui vous êtes, tous les deux.

14

Retrouvailles

Le cœur battant et la gorge sèche, je m'entendis prononcer d'une voix méconnaissable :

— Entre, et assieds-toi.

Fern coula une œillade furtive en direction de Jimmy et fila jusqu'au canapé du salon, où je vins aussitôt la rejoindre. Elle déboutonna sa veste, arracha son béret, secoua ses cheveux, tout cela sous le regard fasciné de Jimmy, qui n'avait pas bougé. Je savais bien pourquoi, j'éprouvais la même chose : Fern ressemblait tellement à maman ! Ses yeux, ses cheveux, ses gestes réveillaient tant de doux souvenirs que j'avais envie de pleurer.

— C'est chouette ici, constata-t-elle en examinant les lieux. D'ailleurs je connais déjà. J'ai une amie, Mélissa Holt, qui est descendue ici avec son père, une fois, et il m'a invitée. On a dîné en ville et puis on est allés au cirque. Les parents de Mélissa sont divorcés, mais sa mère a un nouveau mari. Mélissa le déteste. Elle voudrait se sauver pour rejoindre son vrai père.

L'exubérance de Fern, son naturel, son plaisir évident de se trouver avec nous enchantèrent Jimmy. Il sourit, vint s'asseoir en face de nous et se pencha vers elle, les mains sur les genoux.

— Comment as-tu découvert la vérité ?

— Oh, en jetant un coup d'œil dans les dossiers de Clayton ! répliqua-t-elle avec un haussement d'épaules. Je suis tombée sur mon certificat de naissance et les papiers d'adoption. Mais seulement par hasard, attention ! Je ne fouillais pas : j'explorais. Je m'ennuyais tellement, ce jour-là ! J'en avais par-dessus la tête de ces devoirs idiots.

— Tu n'as pas eu peur que tes parents te surprennent ? Ils n'auraient pas du tout aimé ça.

— Oh, je ne risquais rien ! Leslie était à son atelier, comme toujours, et Clayton à un dîner d'affaires.

— Ils te laissent souvent toute seule à la maison ?

— Très souvent. Clayton a toujours des rendez-vous, et Leslie est censée rentrer plus tôt mais quand elle travaille, elle perd la notion du temps. Quelquefois, elle oublie les repas. Elle a déjà oublié l'anniversaire de Clayton, et le mien aussi. Et une fois, elle a laissé Pluche enfermé dans sa chambre et il a fait trois pipis sur la moquette.

— Pluche ?

— Le caniche. Leslie l'a baptisé Pluche parce qu'il est tout doux, mais Clayton m'a baptisée Kelly Ann parce que c'était le nom de sa mère. Elle était déjà morte quand ils m'ont adoptée.

— Tu appelles toujours tes parents par leur prénom ? demandai-je.

Les yeux de Fern étincelèrent.

— Ce ne sont pas mes parents, d'abord !

— Tu veux dire... que tu les appelles comme ça depuis que tu sais la vérité ?

— Mais non, je les ai toujours appelés par leur prénom ! C'est eux qui voulaient. Ils sont...

Fern hésita, passa le bout de la langue sur ses lèvres, et le sourire de Jimmy s'épanouit. Maman faisait exactement la même chose quand elle réfléchissait.

— ... ils sont progressistes ! annonça Fern. Ils ont des tas de livres sur la façon d'élever un enfant et ils les ont tous lus. Enfin, Leslie peut-être pas, elle se contente d'écouter Clayton. Il est toujours en train de rouspéter contre elle, d'ailleurs. Parce qu'elle manque des rendez-vous, ou bien qu'elle ne s'occupe pas assez de moi... ça, elle l'entend souvent ! Ils se sont même disputés à cause de ça, après votre départ.

— Mais à propos de quoi, au juste ?

— Clayton a dit que c'était sa faute, ce qui m'est arrivé à l'école, parce qu'elle ne s'intéresse pas assez à mes études.

— Et qu'est-il arrivé à l'école ? m'informai-je prudemment.

— Le matériel de Jason Malamud a pris feu au laboratoire.

— Quoi ! (J'échangeai un regard inquiet avec Jimmy.)

— Oh, c'était juste une espèce de truc électrique pour une expérience. Il y a eu un court-circuit ou je ne sais pas quoi, Jason a dit que c'était moi qui avais mis le feu et le prof l'a cru. Forcément, c'est son chouchou.

— Et ce n'était pas toi ?

Fern soutint mon regard sans sourciller.

— Bien sûr que non ! Et j'en ai assez d'être accusée de choses que je n'ai pas faites ! Je déteste cette école, c'est plein de... de sales petits snobinards, voilà !

— J'ai déjà entendu ça quelque part, observa Jimmy en m'adressant un clin d'œil. C'est exactement l'effet que me faisait Emerson Peabody.

Il semblait ravi par cette coïncidence, comme si ce genre de récriminations était un trait de famille. Mais je voulais en avoir le cœur net.

— Et pourquoi ce Jason t'accusait-il, toi ?

— Il me déteste depuis que j'ai dit à tout le monde qu'il avait fait dans sa culotte. Il a essayé de faire croire qu'il était malade et il est allé à l'infirmerie, mais ça n'a pas pris !

Jimmy éclata de rire et ce fut encore moi qui demandai :

— Depuis combien de temps sais-tu la vérité ?

— Deux ou trois ans, je suppose. Je ne me souviens pas de l'année mais c'était avant Noël ! je crois bien... oui c'est ça, avant Noël. Clayton m'avait offert une collection d'encyclopédies, mais moi je voulais une maison de poupée.

— Depuis des années ? Et tu ne leur as jamais posé de questions ?

Fern ouvrit de grands yeux effarouchés.

— Oh non ! Clayton aurait été furieux d'apprendre que j'avais fouillé dans ses précieuses paperasses. Il les garde sous clef mais un jour, j'ai vu où il cachait la clef. Je ne leur ai jamais parlé de rien.

— Ce sont quand même tes parents, du moins devant la loi. Ils t'ont élevée, éduquée...

— Je les déteste ! Surtout Clayton.

Le sourire de Jimmy s'évanouit et son attention s'aiguisa.

— Clayton ne veut que ton bien, expliquai-je. Il est certainement très intelligent, très capable et...

— Il est très dur et très méchant, tous mes amis le disent. Ils détestent venir chez moi, Clayton leur pose des tas de questions embarrassantes. Et après il me raconte que ce sont de mauvaises fréquentations, qu'ils sont trop vieux pour moi, il me défend d'aller chez eux ou de sortir avec eux, même pour...

— Je suis sûre qu'il n'agit ainsi que dans ton intérêt, ma chérie. En général, quand une fille de ton âge a des amis trop vieux pour elle, cela risque de finir mal. Je suis certaine que Clayton s'inquiète pour toi et qu'il croit bien faire.

Fern évita le regard de Jimmy et se couvrit le visage de ses mains.

— Si vous saviez les vilaines choses qu'il me fait !

— Quoi ! (Jimmy faillit bondir de son siège.) Comment ça, des vilaines choses ? Quel genre de vilaines choses ?

Fern secoua la tête, fondit en larmes et je me rapprochai d'elle pour l'entourer de mon bras.

— Ne pleure pas, ma chérie, raconte-nous ce qui ne va pas. Nous ne pourrons pas t'aider si tu ne t'expliques pas.

— Je ne peux pas, geignit-elle, le visage niché au creux de mon épaule. C'est trop... trop dégoûtant.

— Aurore !

Cette fois, Jimmy jaillit de son fauteuil. D'un battement de paupières, je lui fis comprendre qu'il devait garder son calme et me laisser parler.

— Tu sais que Jimmy est ton frère, ma chérie. Je suis sa femme, mais nous avons été élevés ensemble. Et c'est surtout moi qui m'occupais de toi, jusqu'à ce que la famille soit dispersée.

Fern se redressa brusquement.

— C'est vrai ?

— Mais oui. Tu adorais que je chante pour toi. Maman était tombée gravement malade, et je m'efforçais de la remplacer. Je te raconterai tout ça. Comment Jimmy et moi avons découvert que nous n'étions pas frère et sœur, et aussi que nous nous aimions. Tu sauras tout sur tes vrais parents.

— Qu'est-ce qui leur est arrivé ?

— Maman est morte, répondit Jimmy. Papa va bien, mais il s'est remarié. Il a eu un petit garçon, ce qui fait que tu as un petit frère : il s'appelle Gavin.

— Alors, pourquoi je ne vis pas avec mon vrai papa ? Pourquoi s'est-il débarrassé de moi ?

Fern pleurait à chaudes larmes, maintenant. Je tirai mon mouchoir de ma poche et lui tamponnai doucement les joues.

— Il ne s'est pas débarrassé de toi : on t'a enlevée à lui, par décision de justice. Nous t'expliquerons tout ça, ma chérie, mais tu dois nous faire confiance, toi aussi. Il faut nous dire ce qui se passe avec Clayton. Qu'est-ce qu'il te fait ? Depuis combien de temps cela dure-t-il ?

Fern avala péniblement sa salive, se renversa en arrière ferma les yeux. Et Jimmy retomba sur son fauteuil, prêt à entendre le pire.

— Depuis toujours, je crois bien, commença-t-elle en balayant ses larmes. C'était surtout Clayton qui s'occupait de moi, Leslie n'est jamais là. Il m'habillait, me donnait mon bain... (Elle rouvrit tout grands les yeux.) Et il continue, acheva-t-elle en regardant Jimmy.

Il rougit jusqu'à la racine des cheveux.

— Comment ça, il continue ?

— Tu es assez grande pour prendre ton bain toute seule, murmurai-je.

— Je sais bien ! Mais il entre toujours à ce moment-là et il me fait des reproches. Il dit que je ne me lave pas comme il faut, que j'oublie les endroits importants. Une fois je me suis enfermée à clef, alors il a donné des coups de poing dans la porte. Il a tapé comme un fou jusqu'à ce que je sorte de l'eau pour aller ouvrir.

Ramassé sur lui-même à l'extrême bord de son fauteuil, Jimmy semblait prêt à bondir jusqu'à la porte, et même à passer au travers. Les tendons de son cou saillaient et un muscle jouait sur sa mâchoire.

— Je le savais ! À la minute où j'ai vu ce...

— Pas de jugements téméraires, Jimmy.

— Des jugements téméraires ? Tu n'as pas entendu ?

Je me retournai vers Fern.

— Te rends-tu compte de la gravité de tes paroles, de leur signification ? Es-tu bien sûre de ce que tu affirmes ?

Elle hocha la tête.

— Ton père... Clayton... vient dans la salle de bains pendant que tu fais ta toilette, et il te touche ?

— Oui. Il me fait mettre debout et me retourner, et moi je ferme les yeux tellement c'est gênant. Il prend le gant et il commence par me laver le dos, mais sa main ne reste pas dans mon dos et...

Une fois de plus, Fern fondit en larmes et chercha refuge sur mon épaule. Je la serrai contre moi et la berçai doucement, en lui caressant les cheveux.

— Allons, tout va bien, c'est fini...

— Je crois bien que c'est fini ! fulmina Jimmy, levé d'un bond. (Il rejetait les épaules en arrière et bombait le torse, aussi agressif qu'un coq de combat.) Je vais aller lui dire deux mots, à cet individu, et pas plus tard que tout de suite !

— Du calme, Jimmy. Ne gâchons pas tout en voulant aller trop vite. Tu veux bien que j'appelle d'abord M. Updike ? Il ne s'agit pas de nous mettre dans notre tort. Lui, il connaît la loi, demandons-lui d'abord son avis.

Ses traits se détendirent légèrement, mais c'est sur un ton de commandement qu'il répondit :

— Bon, appelle-le. Mais tout de suite.

J'acquiesçai d'un signe de tête et me penchai vers Fern.

— Et si tu allais te passer un peu d'eau fraîche sur la figure, ma chérie ? Cela te ferait du bien.

— J'y vais, mais... vous n'allez pas me renvoyer là-bas ? J'ai peur. Clayton serait fou de rage s'il savait que je vous ai tout raconté. Il m'a fait jurer de ne jamais rien dire à

298

personne. Je vous en prie, implora-t-elle, la bouche tordue par une grimace de terreur, ne m'obligez pas à retourner chez eux !

— Tu n'y remettras pas les pieds, affirma Jimmy. Ni maintenant, ni jamais. C'est promis. Ne te tracasse pas pour ça... ni pour lui.

Elle sourit à travers ses larmes. Je l'aidai à se lever, la conduisis à la salle de bains et revins dans le salon pour décrocher le téléphone. Dès qu'il fut au courant de la situation, M. Updike nous donna les coordonnées d'un de ses confrères de New York, Mᵉ Simington, que nous appelâmes aussitôt. Il nous conseilla de recourir au Service de Protection de l'Enfance pour ouvrir une enquête, laquelle prendrait certainement du temps. En pareilles circonstances, la prudence et la réflexion s'imposaient.

— De leur côté, précisa-t-il, les Osborne ont certainement déjà pris contact avec leur propre avocat. Ils ont des droits, la loi les protège et il faut vous attendre à une action en justice.

— Mais que deviendra la sœur de mon mari, pendant ce temps-là ?

— Elle sera placée dans un foyer de la Protection de l'Enfance jusqu'à ce que la question soit tranchée. Moi qui ai l'expérience de ces choses, laissez-moi vous dire qu'elles sont pénibles pour tout le monde, surtout pour l'enfant. Elle devra probablement s'expliquer au tribunal et donner publiquement des détails assez déplaisants. Assurez-vous qu'elle comprend bien tout cela, et surtout qu'elle dit la vérité. Voyez-vous...

L'avocat hésita un instant avant de poursuivre.

— Les enfants qui, à tort ou à raison, s'estiment maltraités par leur entourage, inventent quelquefois des histoires à dormir debout, sans avoir conscience de leur portée.

— Oh, mais elle sait de quoi elle parle, soyez-en sûr. Elle est très perturbée par ces... ces choses, il n'y a qu'à la voir. Mais je préfère ne pas m'étendre là-dessus, elle a suffisamment souffert, et depuis des années semble-t-il.

— Hmm ! Nous verrons. Il arrive que ces cas soient réglés très vite, quand il est prouvé que l'enfant dit vrai. Les parents ne tiennent pas à la publicité. Un bon conseil, creusez sérieusement la question avant d'agir.

Je m'y engageai, et Mᵉ Simington me communiqua les numéros des agences du S.P.E. les plus proches.

— Appelez-moi demain à mon bureau si vous avez besoin de quoi que ce soit, dit-il avant de raccrocher.

Le temps que j'explique à Jimmy ce que je venais d'apprendre, Fern revenait de la salle de bains et s'installait sur le canapé avec une brassée de magazines. Elle se mit à les feuilleter tandis que nous conférions à voix basse et je ne pus m'empêcher de la trouver bien détendue, pour une enfant qui avait subi pareille épreuve. Je fis part de mes impressions à Jimmy, qui chuchota en réponse :

— Rappelle-toi ce que nous avons enduré, nous aussi ! Les enfants supportent tout, on dirait qu'ils sont en pâte à modeler. On a beau tirer dessus, ça ne casse jamais. On est élastique, à cet âge-là !

— Apparemment, Jimmy. Ça n'empêche pas d'être en miettes à l'intérieur.

— Je sais. C'est bien pour ça que je tiens à en finir dès ce soir, et non après des mois et des mois de procédure.

— Mais qu'allons-nous faire, exactement ?

Il réfléchit un moment et alla s'asseoir près de Fern, qui leva le nez de ses revues.

— Crois-tu que tu pourrais retourner là-bas avec nous ? demanda-t-il avec douceur. Juste une fois.

Elle nous dévisagea l'un après l'autre.

— Mais pourquoi ?

— Pour répéter devant Clayton ce que tu nous as dit.

Pour toute réponse, Fern se mordit la lèvre et se replongea dans ses journaux de mode. J'intervins à mon tour.

— Tu seras obligée de le faire, de toute façon, j'en ai peur.

— Je ne peux pas quitter New York tout de suite et aller vivre chez vous, alors ? Pourquoi ?

— Tu le sais, ma chérie : légalement, ce sont eux, tes parents.

— Mais Jimmy est mon vrai frère, et toi tu es sa femme !

— Cela ne nous donne pas le droit de t'emmener avec nous, Kelly.

— Fern ! riposta-t-elle avec la même hardiesse qu'elle avait mise à me tutoyer. Parfaitement : Fern.

Son regard flamboyant et résolu lui valut un nouveau sourire de Jimmy, et elle exploita aussitôt son avantage.

— Je veux venir avec vous. C'est vous, ma vraie famille, pas eux. Je les déteste ! tempêta-t-elle en se martelant les cuisses à coups de poing. Je ne pardonnerai jamais à Clayton ce qu'il m'a fait.

— C'est justement pour ça qu'il faut retourner lui parler, dit calmement Jimmy. Quand il verra que nous savons tout, il comprendra qu'il doit te laisser partir... ou aller en prison. N'aie pas peur ajouta-t-il en prenant la main de Fern. Je serai là, et si jamais il ose te menacer...

— Alors, il ne peut pas me forcer à rester ?

— Non, pas après ce que tu nous as dit. Sûrement pas.

Elle jeta un coup d'œil prudent de mon côté pour s'assurer que nous étions bien du même avis, tous les deux.

— Bon, d'accord. Du moment que je repars avec vous...

— À la bonne heure ! s'écria Jimmy en tapant du poing dans sa paume.

Un frisson d'appréhension me glissa le long du dos.

— Jimmy...

— Oui ?

— Nous ne pouvons pas lui garantir que nous repartirons avec elle.

— Bien sûr que si ! Ne t'inquiète pas, Fern, la rassura-t-il en lui ébouriffant les cheveux, tu n'as plus rien à craindre. Personne n'osera te faire quoi que ce soit tant que je serai dans les parages.

Elle lui sauta au cou.

— Oh, Jimmy ! Je suis si heureuse que vous m'ayez retrouvée !

Il me regarda par-dessus l'épaule de Fern, si rayonnant de joie et de fierté que je fus bien forcée de lui sourire. Mais une voix me soufflait que la vérité n'était pas si simple, que tout ceci cachait beaucoup, beaucoup d'autres choses. Et que le temps seul nous dirait si nous avions raison d'agir ainsi.

— Allons-y ! décidai-je en tendant la main à Fern pour l'aider à se lever. Finissons-en.

Jimmy lui tendit l'autre et nous sortîmes bras dessus, bras dessous. Ce ne fut qu'un peu plus tard, pendant que le portier appelait un taxi, que je pensai à m'informer :

— Comment es-tu venue jusqu'ici, au fait ?

— Je suis sortie en cachette, j'ai couru jusqu'au coin de la rue et j'ai fait des grands signes jusqu'à ce qu'un taxi s'arrête. Je l'avais déjà fait souvent avec Mélissa, et même toute seule, déclara-t-elle d'un petit air fanfaron. J'ai de l'argent, et je l'ai emporté avec moi. Tenez !

Elle ouvrit son porte-monnaie et nous le fourra sous le nez : il était bourré de billets froissés.

— Et combien as-tu, là-dedans ?

— Plus de cinq cents dollars.

— Tant que ça ! Comment les as-tu eus ? C'est une fortune !

— Je... je les ai économisés sur mon argent de poche, répondit-elle un peu trop vite. J'étais sûre que j'en aurais besoin un jour où l'autre.

— Clayton t'en donnait beaucoup, on dirait.

— Pas du tout, ça fait très longtemps que j'économise. Quelquefois, il ne me donne rien pendant des semaines, pour me punir. Il dit que je ne le mérite pas. Que c'est moi qui devrais le payer pour... tout ce qu'il fait pour moi.

— Ce qu'il fait pour toi ? grinça Jimmy. Sacré fils de...

— Jimmy ! Un peu de tenue, je t'en prie.

— Pardon, Aurore. Désolé.

Le taxi était là. Jimmy donna au chauffeur l'adresse des Osborne et nous prîmes place sur la banquette arrière Fern entre nous deux. Je m'attendais qu'elle montre des signes de frayeur à l'approche de la maison, mais non. Elle ne tarissait pas de questions sur l'hôtel, Christie, les autres membres de sa future famille, et je m'émerveillais de son courage. Elle avait moins peur que moi en tout cas ! Quand nous nous retrouvâmes sur le trottoir, j'agrippai le bras de Jimmy.

— Tu as promis de rester calme, lui rappelai-je. Surtout, pas d'esclandre : cela ne ferait qu'aggraver les choses.

— Ne t'inquiète pas, répliqua-t-il en fixant la porte d'un œil mauvais. Je sais mater ce genre d'oiseau. Prête, Fern ? (Il lui prit la main et la serra très fort.) N'oublie pas : tu n'as aucune raison d'avoir peur. Dis simplement la vérité.

Elle inclina la tête, mais j'eus subitement le sentiment qu'elle n'était pas si rassurée que ça, finalement. Elle me parut même terrifiée. Je me rapprochai d'elle et lui posai la main sur l'épaule.

— Tout ira bien, ma chérie, tu verras.

Ensemble, nous gravîmes les marches du perron et juste avant que Jimmy n'appuie sur la sonnette, Pluche lança une série d'aboiements aigus. Clayton Osborne ouvrit la porte et son expression d'étonnement se mua en colère quand il aperçut Fern.

— Qu'est-ce que tout ça signifie ? glapit-il. Kelly Ann, où étais-tu passée ? Comment oses-tu quitter cette maison sans permission ?

Il s'apprêtait à la saisir par l'épaule mais Jimmy lui happa le poignet au vol.

— Une minute, nous avons quelques petites choses à régler, monsieur Osborne. Et devant Fern, ajouta-t-il en soulignant le prénom par une intonation menaçante.

Clayton se dégagea brutalement.

— C'est comme ça que vous tenez vos engagements ! cracha-t-il en se massant le poignet. J'aurais dû m'en douter. Filez d'ici avant que j'appelle la police, tous les deux !

— C'est précisément ce que nous souhaitons, riposta Jimmy. Et si vous ne le faites pas, c'est nous qui le ferons.

— Qu'est-ce que vous dites ?

— Que se passe-t-il, Clayton ? (Leslie surgit derrière son époux.) Kelly ! Qu'est-ce que tu...

— Elle s'est sauvée pour aller les rejoindre, expliqua brièvement Clayton. J'en conclus qu'ils lui avaient dit où elle pourrait les trouver.

Une grimace désolée déforma les traits de Leslie.

— Oh, non ! Kelly chérie, ne prends pas ça au tragique. Il y a des tas d'enfants dans ton cas, et leurs parents les aiment autant que les autres. Je comprends que tu sois bouleversée, mais il ne faut...

— En effet, elle l'est, coupa Jimmy, et pas seulement parce qu'elle a découvert la vérité. Je crois que nous ferions mieux de discuter des vraies raisons qu'elle a de l'être, ajouta-t-il avec un regard noir qui força Clayton à reculer.

— Et puis quoi encore ! Si vous croyez nous intimider avec vos menaces...

— Fais-les entrer, Clayton, implora Leslie. Nous n'allons pas parler de tout ça sur le pas de la porte, et il est temps que Kelly aille se coucher. Est-ce qu'elle a mangé, au moins ?

— Nous avions des préoccupations plus urgentes que le dîner, répliquai-je d'un ton peu amène.

— Je vois. Clayton, je t'en prie, ne les laisse pas dehors ! Nous pouvons discuter de tout ceci comme des gens civilisés, quand même ?

À contrecœur, Clayton s'effaça devant nous et nous suivîmes Leslie dans le salon.

— Vous ne voulez pas vous asseoir ?

— Non merci, madame Osborne, répondis-je vivement.

Clayton, lui, passa devant nous comme pour nous défier, prit place dans un fauteuil et nous fusilla du regard. Surtout Fern qui, toujours cramponnée à la main de Jimmy, se blottissait contre moi.

— Très bien, attaqua Clayton en se penchant en avant, de quoi s'agit-il ?

— Des sévices que vous avez infligés à ma sœur, répondit tranquillement Jimmy.

— Des sévices ? répéta Clayton, la bouche tordue par un rictus ironique. (Une affreuse parodie de sourire, qui me fit froid dans le dos.) Qu'appelez-vous sévices ? Les centaines de dollars que nous ont coûté ses leçons de piano, avant de découvrir qu'elle ne travaillait pas ? Ou les camps de vacances que nous lui offrions — les plus chers qui soient, entre parenthèses — et dont elle se faisait régulièrement renvoyer ?

Les yeux de Clayton prirent une fixité inquiétante.

— Des sévices ! Vous voulez voir ses placards bourrés de vêtements, dont certains n'ont jamais été portés ? Ses piles de disques, ses cargaisons de poupées, sa chaîne stéréo, son poste de radio... les voilà, vos sévices ?

Un silence plana, Leslie elle-même semblait ébahie par la tirade explosive de son époux. Le visage écarlate, le regard au loin, Clayton reprit bruyamment son souffle.

— Nous savons que vous avez fait ce qu'il fallait dans ce domaine, monsieur Osborne. Ce n'est pas de cela que nous voulons vous parler.

— Mais de quoi diable voulez-vous parler, alors ?

— De sévices sexuels.

La foudre tombant du plafond n'aurait pas produit plus d'effet que la voix glacée de Jimmy. Les oreilles m'en tintaient, je tremblais rien qu'à imaginer la suite. Leslie avait porté la main à sa gorge et menaçait de s'étrangler. La bouche de Clayton Osborne s'ouvrit et se referma plusieurs fois de suite mais, pendant d'interminables secondes, aucun son n'en sortit.

— Quoi ! réussit-il enfin à prononcer. Qu'est-ce que vous avez dit ?

— Vous m'avez très bien entendu, et Fern peut répéter devant vous ce qu'elle nous a décrit.

Clayton dévisagea Fern qui soutint fermement son regard.

— Qu'as-tu été raconter à ces gens, Kelly ?

— Les choses que tu me fais dans mon bain, rétorqua-t-elle sans sourciller.

— Dans ton bain ?

Leslie eut un hoquet de surprise horrifiée.

— Ô mon Dieu, Kelly ! De quoi parles-tu ? Quelles choses ? Quand ?

— Elle parle des abus sexuels auxquels votre mari se livre sur elle quand elle prend son bain, et cela depuis des années.

— Ce n'est pas vrai ! Cela ne peut pas être vrai. Pourquoi avoir été raconter des horreurs pareilles, Kelly ?

— Parce que c'est vrai, renvoya Fern sans se troubler. Les yeux rétrécis, elle fixa Clayton avec une telle détermination qu'il en resta pantois.

— Je n'en crois pas mes oreilles, finit-il par dire en se tournant vers nous. Est-ce vous qui lui avez soufflé tout ça ?

Je réagis instantanément.

— Bien sûr que non ! Elle est venue nous voir d'elle-même, et il m'a fallu beaucoup de temps et de persuasion pour l'amener à nous confier ce qui n'allait pas. Elle était au bord de la crise de nerfs et complètement terrorisée. Vous semblez ignorer qu'elle connaît la vérité sur sa naissance depuis déjà un certain temps ; des années, en fait.

— Elle savait ? s'effara Leslie. Mais comment ?

— Elle a trouvé son extrait de naissance et le dossier d'adoption en fouillant dans un tiroir, je crois. Mais elle avait tellement peur d'être punie pour cela qu'elle n'a jamais osé poser de questions.

En ce moment aussi, Fern avait peur. Bien plus que lorsque j'avais mentionné ses révélations sur la conduite de Clayton. Elle osait à peine le regarder.

— C'est vrai, Kelly ? demanda Leslie avec douceur.

— Je ne m'appelle pas Kelly ! Mon nom, c'est Fern !

Leslie porta la main à sa bouche et cette fois je vis ses yeux s'emplir de larmes. Clayton, lui, se leva lentement et s'approcha de nous, le cou tendu en avant et le regard vissé sur Fern. On aurait dit un épervier prêt à fondre sur sa proie.

— Alors tu as découvert que tu n'étais pas notre véritable fille ? Et ça te fait plaisir, c'est ça ? Tu es contente d'être Fern Longchamp, et non Kelly Ann Osborne ? Tu es fière d'appartenir à une famille de voleurs d'enfants ?

Fern tourna vers moi un visage stupéfait.

— Ce n'est pas vrai, murmurai-je.

— Si, c'est vrai ! fulmina Clayton. Et maintenant les voilà qui se manifestent, et toi tu files les retrouver en cachette pour leur débiter une histoire à dormir debout dans l'espoir de les apitoyer ! Tu veux nous quitter pour aller vivre avec eux, c'est vraiment ça que tu veux ?

Une lueur de colère et de frustration flamboya dans les yeux de Clayton.

— Eh bien vas-y, alors ! Va vivre chez ces gens, et bien du plaisir !

— Non-on-on ! s'écria plaintivement Leslie.

— Si, s'obstina Clayton. Laissons-la partir. Quant à toi, ajouta-t-il en foudroyant Fern du regard, écoute-moi bien. Tu comprendras peut-être un jour ce que tu as perdu en nous quittant, mais ne viens pas me demander de te reprendre. Pas après tous ces ignobles mensonges que tu as forgés à mon sujet.

« Et voilà ce que tu as gagné à avoir des amis plus vieux que toi. Ils t'ont fourré toutes sortes d'idées malsaines en tête. Tu as raison : tu n'es plus notre fille.

— Clayton ! gémit Leslie, qu'est-ce que tu dis là ?

— Je dis que je ne veux plus d'elle dans cette maison, jusqu'à ce qu'elle me demande pardon pour ses calomnies. Emmenez-la, monsieur Longchamp. Prenez toutes les affaires dont elle aura besoin, et elle avec. Mais quand vous comprendrez votre erreur et de quelle méchanceté cette enfant est capable, ne vous avisez pas de venir mendier mon aide !

« C'est vous qui paierez les psychologues et les leçons particulières, maintenant. C'est votre sœur, à vous les problèmes ! (Cette idée parut sourire à Clayton : il se passa la langue sur les lèvres.) Je vais dans mon bureau, annonça-t-il en tournant les talons. Leslie, veille à ce que tout le monde soit parti d'ici une heure.

— Clayton ! appela-t-elle derrière lui.

Mais seul un bruit de pas rageur lui répondit, et elle se retourna vers nous.

— Kelly, va immédiatement t'excuser auprès de ton père.

— Non !

— Mais tu sais très bien qu'il n'aurait jamais fait des choses pareilles, voyons ? Tu le sais, n'est-ce pas ?

— Si ! trépigna Fern, il les a faites, et ça m'est bien égal qu'il soit en colère. Il les a faites, je te dis ! Tu veux que je te montre les endroits où il m'a tripotée ?

Leslie plaqua les mains sur ses oreilles et je me penchai vers Fern.

— Monte emballer quelques affaires, ma chérie. Tu n'as pas besoin de prendre grand-chose, nous t'achèterons tout ce qu'il faudra.

— D'accord ! approuva-t-elle joyeusement, courant déjà vers l'escalier.

Leslie Osborne recula lentement jusqu'au canapé, s'effondra sur les coussins et fondit en larmes. Je la rejoignis aussitôt et tentai de la réconforter.

— Je suis désolée, madame Osborne. Mais si Fern a été victime de ce genre d'abus, et continue à l'être...

— Mais c'est faux, je vous assure ! Clayton est incapable de ça. Il est sévère avec elle, il s'inquiète beaucoup pour elle, mais il n'aurait jamais pu lui faire le moindre mal.

— Peut-être que si, sans que vous le sachiez.

— J'aurais senti ce genre de choses, croyez-moi.

— Pas si vous êtes plongée dans votre peinture au point d'en oublier les repas et les anniversaires, observa Jimmy.

— Quoi ? Je n'ai jamais... (Leslie leva les yeux en direction de l'escalier et secoua lentement la tête.) C'est encore elle qui a inventé ça ?

— La place de ma sœur est chez nous, madame Osborne. Il est temps qu'elle revienne dans sa vraie famille.

Leslie pivota vers Jimmy et ses larmes se tarirent d'un seul coup.

— C'est *nous,* sa vraie famille. C'est *nous* qui avons bâti un foyer pour elle. Nous lui avons donné tout ce qu'elle voulait, tout ce dont elle avait besoin.

— Sauf un véritable amour, répliqua Jimmy, impitoyable.

Comment pouvait-il se montrer aussi dur ? Même moi, j'avais pitié de Leslie Osborne. Étourdie de chagrin, les joues encore humides, elle faisait mal à voir. Je n'eus pas le temps de m'attendrir : Fern dégringolait les marches quatre à quatre.

— Je suis prête ! annonça-t-elle en s'engouffrant dans le salon une petite valise à la main.

308

Déjà ? m'étonnai-je à part moi. Elle n'avait pas perdu de temps. Est-ce qu'elle n'aurait pas fait ses bagages à l'avance, par hasard ?

— En route, annonça Jimmy, tout souriant.

Ils s'apprêtaient à sortir, mais j'intervins :

— Fern, tu ne dis même pas au revoir à Leslie ?

Elle se retourna vers la femme qui avait tenté d'être sa mère et un petit sourire joua sur ses lèvres.

— Bien sûr ! Au revoir, Leslie, lança-t-elle en s'élançant vers la porte.

Une fois de plus, Leslie secoua la tête comme si elle n'en croyait ni ses yeux ni ses oreilles.

— Je suis désolée, madame Osborne, répétai-je. Vraiment désolée, mais je crois que c'est mieux ainsi. Pour tout le monde.

Leslie laissa couler ses larmes, ce fut tout ce que j'obtins comme réponse.

— Aurore ! appela Jimmy de l'entrée. Tu viens ?

Je le rejoignis, pour m'apercevoir que Fern était déjà en bas du perron.

— J'espère que nous avons pris la bonne décision, Jimmy.

— Évidemment ! Que pouvions-nous faire d'autre ? Nous ramenons Fern dans sa vraie famille. C'est ce que maman aurait voulu, tu ne crois pas ?

— Je pense... En tout cas, souhaitons-le !

— Écoute, Aurore. Si Clayton Osborne n'était pas coupable, tu te figures qu'il aurait laissé partir Fern comme ça, si vite et sans discuter ? Il ne s'attendait pas se trouver confronté à la vérité, tu as bien vu : il était sous le choc. Et cette crise de rage, c'est le seul moyen qu'il ait trouvé pour noyer le poisson.

Oui, ça tenait debout. La rapidité avec laquelle Clayton avait cédé me faisait réfléchir, moi aussi. Se séparer ainsi, après tant d'années, d'une enfant qu'on avait élevée (plus ou moins bien, mais peu importe), n'était-ce pas plutôt bizarre ? Et Fern paraissait bien pressée de quitter ses parents adoptifs, elle aussi ! Elle courut pratiquement jusqu'au carrefour où nous nous postâmes pour héler un taxi.

Après toutes ces émotions, nous étions aussi affamés, tous les trois, et ne nous fîmes pas prier pour l'avouer. Dès que nous eûmes déposé la valise de Fern à l'appartement, nous redescendîmes au restaurant. Je me demande encore comment nous réussîmes à dîner, ce soir-là : tout le monde avait quelque chose à dire. Et surtout Fern. Elle parla pendant tout le repas, et dès qu'elle se taisait, Jimmy posait une nouvelle question, comme s'ils voulaient rattraper le temps perdu à raison d'une année par minute. Quant à moi, je surveillais Fern avec inquiétude, guettant le moment où elle prendrait enfin conscience de la réalité. Elle quittait le seul foyer dont elle ait gardé le souvenir, et ceux qu'elle avait toujours pris pour ses parents. Je m'attendais à ce qu'elle fonde en larmes quand elle comprendrait ce qui lui arrivait. Mais elle avait dû être vraiment très malheureuse et profondément blessée par les actes de Clayton, car elle ne mentionna pas une seule fois son nom, ni celui de Leslie.

Apparemment, j'étais la seule à m'inquiéter. Mes yeux se tournaient sans arrêt vers la porte et chaque fois qu'elle s'ouvrait, je redoutais de voir entrer Clayton ou un officier de police. Quand nous eûmes regagné notre suite, je continuai à guetter un coup de téléphone, mais les Osborne ne donnèrent pas signe de vie.

Sur nos instructions, on avait déplié le divan-lit du salon, et j'aidai Fern à s'installer pour la nuit. Et cette fois encore, elle m'étonna. Elle allait dormir dans un endroit inconnu, en compagnie de gens qu'elle ne connaissait guère plus, elle se sentirait forcément angoissée, ou en tout cas dépaysée. Mais non elle ne manifesta pas la moindre appréhension. La seule chose qui l'ennuya, ce fut d'avoir oublié sa brosse à dents, et je descendis lui en acheter une à la boutique du rez-de-chaussée. Puis, pendant que Jimmy se déshabillait dans notre chambre, elle me montra ce qu'elle avait emporté.

Un peu de linge, ses chaussures de course préférées, des socquettes, quelques jupes et quelques chemisiers, une brosse à cheveux. Plus quelques revues sentimentales glissées sous les vêtements, avec un tube de rouge à lèvres dont elle avoua ne se servir qu'en dehors de la maison. Clayton lui en interdisait l'usage, précisa-t-elle. Et moi qui avais si souvent bouclé seule ma petite valise, je ne pus m'empêcher de me revoir telle que j'étais à son âge. Jamais je n'aurais oublié d'emballer ma poupée favorite, une vieille poupée de chiffon montrant sa trame, aux joues devenues transparentes à force d'usure. Fern n'avait pas de poupée, pas le moindre souvenir. Sa valise avait dû coûter une fortune, et ses vêtements aussi, mais elle n'emportait rien qui pût lui rappeler un être cher ou un moment heureux... J'en eus le cœur serré pour elle.

J'étais dans la salle de bains, en train de me brosser les cheveux, quand elle apparut sur le pas de la porte.

— Clayton déteste les cheveux longs, déclara-t-elle après m'avoir observée un moment. Maintenant, je vais laisser pousser les miens. Jusqu'au milieu du dos.

— Cela demande beaucoup d'entretien, je te préviens.

— Je sais, mais il y a un salon de coiffure à l'hôtel, non ? C'est Jimmy qui me l'a dit.

— En effet.

— Et vous avez une bonne, en plus ?

— C'est vrai, mais nous prenons soin de nos affaires nous-mêmes, Fern. La bonne est là pour nous aider, ce n'est pas une esclave.

— Oh, je ne suis pas du genre souillon, mais je voudrais pouvoir travailler à l'hôtel, moi aussi. Jimmy me l'a promis !

Devant un tel enthousiasme, je fus bien forcée de sourire. Quelle différence entre mon arrivée à Cutler's Cove et la sienne ! Elle serait accueillie à bras ouverts dans un foyer aimant, où l'on attendait sa venue.

— Et Christie, et les jumeaux ! reprit-elle en courant se fourrer dans son lit. Je meurs d'envie de les voir.

Je m'approchai d'elle et posai la question qui me brûlait les lèvres :

— Mais tu n'es pas un peu triste de quitter les Osborne, Fern ? Tu n'as vraiment aucun regret ?

— Eh bien...

Cette fois ça y est, pensai-je : elle va craquer. Mais j'avais pensé trop vite.

— Mes amis me manqueront, forcément, surtout Mélissa. Mais je m'en ferai de nouveaux, pas vrai ?

Je la dévisageai longuement, toute songeuse. J'avais été bien souvent transplantée brutalement d'un lieu à un autre, d'un monde à un autre. Chaque fois c'était un arrachement. Jamais je ne m'étais consolée de perdre une amie en pensant à la suivante. L'amitié, la vraie, n'est pas une chose qu'on peut remplacer, comme un vêtement. À chacun de ces départs, je laissais derrière moi un peu de moi-même. J'en étais arrivée à redouter qu'il ne me reste plus rien à donner. Sommes-nous si riches d'amour, de loyauté, de fidélité, pour les disperser aux quatre vents ?

Apparemment, Fern n'avait pas encore beaucoup donné d'elle-même à qui que ce soit. Pas même à ceux qu'elle croyait ses parents. Mais pouvait-on s'en étonner, après ce qu'elle avait enduré ? N'importe qui aurait pris la fuite, à sa place.

Comme c'était bon de la ramener chez nous ! Je retrouvai le sourire. Jimmy avait raison : nous avions bien fait. Je me penchai sur Fern et la bordai avec soin.

— Veux-tu que je laisse ta lampe allumée, ma chérie ?

— Non, ça ira. J'ai l'habitude des chambres d'hôtel.

— Comme tu voudras. Et si tu as besoin de quoi que ce soit, nous sommes juste à côté. Bonne nuit, Fern.

— Bonne nuit.

J'attendis encore un instant mais elle n'ajouta rien, et je rejoignis Jimmy dans notre chambre.

— Comment ça se passe ? demanda-t-il quand je me glissai près de lui.

— Très bien, pour le moment. À mon avis, elle n'a pas encore vraiment pris conscience de ce qu'il se passe.

Il eut un hochement de tête pensif, puis son visage s'illumina.

— Tu te rends compte, Aurore ? Nous avons retrouvé notre petite Fern ! Maman serait tellement heureuse, et papa, alors ! Il va être fou de joie. Quand on souhaite vraiment les choses très fort, elles arrivent. Tu ne crois pas, Aurore ?

— Je veux le croire, Jimmy.

Je le voulais, c'est vrai, mais je n'y parvenais pas. Le bonheur me faisait toujours aussi peur. Je m'efforçai de surmonter mes craintes et fermai les yeux, mais j'eus du mal à m'endormir. Je m'attendais à tout instant à entendre frapper à la porte, et pourtant cela ne se produisit pas, sinon dans mes cauchemars.

Mais quelque chose me disait de ne pas me réjouir trop vite.

15

Adaptation

Pour Fern, tout se passa comme si le sommeil l'avait interrompue au beau milieu d'une phrase. Sitôt debout elle se remit à babiller, sans montrer le moindre signe de regret ni de tristesse, au contraire. Son énergie débordante nous laissa tout pantois. Levée et habillée avant nous, elle s'attacha à mes pas tandis que je me préparais pour descendre à la salle à manger, en bavardant à jet continu. Sans même s'arrêter pour reprendre haleine elle me parla tour à tour de ses amies, de leurs préférences, de ses goûts personnels en tout genre, films, chanteurs et autres. J'eus même droit à une description du luxe qui régnait chez certaines de ses camarades, à savoir celles que Clayton Osborne lui permettait de fréquenter.

Ce qui nous frappa surtout, Jimmy et moi, c'est qu'elle avait vraiment beaucoup voyagé, avec Clayton et Leslie. Elle connaissait Londres et la campagne anglaise, la France, l'Espagne, l'Italie. Chaque hiver, les Osborne faisaient avec elle deux séjours aux Antilles. Et pendant le trajet du retour, nous eûmes la preuve qu'elle avait une grande habitude des voyages. Dans l'avion, elle boucla sa ceinture de sécurité avec une aisance d'expert et se renversa sur son siège sans manifester la moindre appréhension.

Au moment du décollage, surtout, je redoutais pour elle cette brutale prise de conscience de ce qu'elle laissait derrière elle. Je l'observai avec attention, mais elle ne montra qu'une vive curiosité pour ce qui se passait autour d'elle. Quand il vit qu'elle me souriait, Jimmy m'adressa un clin d'œil : il nageait dans la joie.

314

Il faisait un temps superbe. Bien que l'automne fût déjà fort avancé, la belle saison se prolongeait, les touristes continuaient d'affluer sur les plages et l'aéroport de Virginia Beach était noir de monde. On se serait cru en plein été.

Julius nous attendait à la sortie et il parut tout ébahi de nous voir surgir tous les trois, la main dans la main. Quand Jimmy lui présenta Fern comme sa sœur, il haussa le sourcil.

— Ravie de vous connaître, dit-elle en lui tendant aimablement la main.

Conquis, Julius lui ouvrit la portière et elle bondit dans la voiture.

— Tu vois, me souffla Jimmy, elle n'a pas besoin qu'on lui tape sur les doigts pour se conduire poliment !

Pendant tout le trajet, Fern s'émerveilla sur la beauté du paysage et à l'entrée de Cutler's Cove, elle battit des mains.

— J'adore cet endroit, on dirait un village de conte de fées. Surtout le port, avec tous ces pêcheurs, ces petits bateaux... et les boutiques ! Je meurs d'envie de tout visiter.

Jimmy était aux anges. Depuis le matin, il couvait sa sœur du regard les yeux si débordants de joie et de tendresse que j'en étais heureuse pour lui. Chaque fois qu'elle disait quelque chose d'amusant ou faisait une réflexion qui prouvait ses connaissances, il rayonnait d'orgueil. Et la rapidité avec laquelle Fern s'était attachée à lui me confondait. Elle l'avait instantanément accepté pour frère et le traitait comme s'ils ne s'étaient jamais quittés. Elle lui prenait la main, se serrait contre lui, le couvrait de baisers à la moindre occasion et il en paraissait ravi, lui d'ordinaire si réservé. En temps normal, ces débordements d'affection l'auraient mis au supplice, mais cette fois-ci c'était le contraire : toutes les demi-minutes, il se tournait vers moi pour me faire partager son allégresse.

Quand nous arrivâmes en vue de l'hôtel, l'enthousiasme de Fern atteignit son comble.

— Oh, Jimmy ! C'est exactement comme dans mon rêve !

— Dans ton rêve ?

— Mais oui ! Hier soir, je me suis endormie en pensant à l'hôtel et j'en ai rêvé. C'était pareil : en haut d'une colline, et on voyait la mer jusqu'à l'horizon !

Jimmy me lança une œillade pleine de sous-entendus. Il semblait croire que cette vision de Fern, simple fruit de son imagination enfantine, était un véritable signe du destin.

— Oh, si seulement vous étiez venus plus tôt ! gémit-elle, avec une telle nostalgie dans la voix que j'en eus les larmes aux yeux.

— Nous nous rattraperons, petite sœur, je te le promets.

— Je le sais bien, Jimmy ! s'écria-t-elle en lui sautant au cou.

Mais je tressaillis. Chaque fois que Jimmy promettait quelque chose à Fern, je me crispais malgré moi. Pour une petite fille, les promesses sont autant d'étoiles qui s'allument au ciel de ses rêves. Que ces étoiles viennent à s'éteindre, et l'enfant reste seule et désemparée devant l'univers des adultes, incapable de retrouver sa confiance en eux. Jimmy ne faisait-il pas miroiter trop de choses aux yeux de Fern ? À chaque nouvelle promesse, l'adoration qu'elle éprouvait pour lui s'exaltait davantage.

Nous avions décidé de ne pas nous arrêter à l'hôtel, et Julius nous conduisit directement à la maison. Christie était rentrée de l'école et devait déjà nous guetter. Elle jaillit sur le perron, suivie de près par Mme Boston, dévala les marches en faisant danser ses couettes blondes et sauta dans les bras de Jimmy. Fern plissa les paupières et sourit d'un air contraint quand Jimmy déclara en se retournant vers elle :

— Christie, voici ma petite sœur Fern : elle est venue habiter chez nous.

Les yeux de Mme Boston faillirent lui sortir de la tête. Fern émit un bref : « Salut, Christie. » Et Christie, partagée entre l'excitation de la nouveauté et la crainte d'avoir une rivale dans le cœur de Jimmy, ne dit rien du tout.

— Tu veux bien que je t'embrasse ? demanda Fern.

Ma petite fille me consulta du regard, vit que je souriais, inclina la tête. Le baiser reçu, elle se mit à tortiller du doigt une de ses couettes, encore bouche bée de surprise. Je jugeai opportun d'intervenir :

— Voici Mme Boston, notre gouvernante et aussi notre grande amie.

— Bonjour, dit simplement Fern.

— Sois la bienvenue, ma mignonne, répondit aimablement Mme Boston.

Et je la vis échanger des regards intrigués avec Julius, tandis qu'ils transportaient nos bagages à l'intérieur.

— Fern occupera la chambre voisine de celle de Christie, madame Boston.

— Entendu, je vais faire le lit et donner un petit coup d'air, dit la gouvernante en partant aussitôt s'acquitter de sa tâche.

Je m'adressai à Christie, toujours muette :

— Et si tu faisais visiter la maison à Fern, ma chérie ?

Jimmy la reposa par terre et elle leva un regard interrogateur vers Fern, qui hocha la tête en souriant. De toute évidence, l'idée lui plaisait.

— Alors viens, s'écria Christie en pirouettant. On y va !

Devant la porte, elle se retourna pour s'assurer que Fern la suivait, et toutes deux s'engouffrèrent dans le hall.

— Est-ce que ce n'est pas beau, ça ? exulta Jimmy.

Je lui pris la main et nous entrâmes à notre tour, sur les traces des deux fillettes.

Christie était transportée par cette jeune tante qui lui tombait du ciel. Elle grillait d'impatience de lui montrer ses jouets, ses jolies robes, et même sa balançoire et son toboggan, derrière la maison. Quand Fern eut tout vu, y compris la gloriette, et qu'elle eut installé ses affaires dans sa chambre, nous partîmes pour l'hôtel. Jimmy voulait la présenter à tout le monde, sans perdre une minute. Elle avait à peine fait connaissance avec Philippe et Betty Ann, que déjà Christie l'entraînait d'autorité chez les jumeaux. J'en profitai pour me rendre dans mon bureau et m'informer de ce qui s'était passé en mon absence. En écoutant les messages du répondeur, je vis que Mère avait appelé toute la journée. Je composai aussitôt son numéro.

— Pourquoi ne m'as-tu pas dit que vous faisiez des courses à New York ? s'indigna-t-elle. J'aurais tellement aimé y aller aussi ! Mais vous n'aviez peut-être pas envie que je vienne ? gémit-elle sur un ton accusateur.

Quand je lui expliquai la véritable raison de notre voyage, elle en resta sans voix. Enfin... pendant quelques secondes. Puis, à ma profonde stupéfaction, elle exprima sa sympathie pour Fern. Moi qui m'attendais à des discours sur les difficultés et les problèmes que sa présence allait me créer !

— Pauvre petite, dit Mère avec douceur. Je comprends ce qu'elle doit ressentir. Elle a dû se replier complètement sur elle-même, je suppose ?

— Pas du tout, Mère. C'est une enfant très expansive.

— Ah oui ? C'est bizarre. J'étais tellement déprimée quand mon beau-père m'a... quand il a abusé de moi.

— C'est sans doute parce qu'elle est restée très petite fille, malgré tout. Les enfants sont beaucoup plus résistants que nous, comme dit Jimmy. Et quand je pense à ce que nous avons vécu, lui et moi, je lui donne raison.

Mère ne tenait pas du tout à s'étendre sur le sujet.

— Possible. En tout cas, voilà une bonne occasion de donner un dîner. Je t'appelle dès que j'ai pris mes dispositions.

— Un dîner très simple, alors, Mère. Inutile d'ameuter les populations.

— Franchement, Aurore ! Est-ce que c'est mon style ?

— Tu me comprends très bien, Mère. Nous ne voulons pas que Fern se sente mal à l'aise.

— Je sais quand même ce que c'est qu'un dîner de famille ! riposta Mère, outragée.

— Très bien, capitulai-je. Merci beaucoup, Mère.

Et là-dessus, je raccrochai.

Je consacrai beaucoup de temps à Fern, les jours suivants. Je l'emmenai dans les magasins compléter sa garde-robe et acheter des fournitures scolaires. Jimmy affirmait que Clayton Osborne ne lui ferait pas suivre ses effets personnels.

— Il est bien trop radin, tu penses !

Un harpagon, Clayton Osborne ? Je me posais des questions. Fern choisissait systématiquement les choses les plus chères, elle connaissait les grandes marques, les griffes des meilleurs couturiers. À mon avis, Clayton Osborne n'avait

318

jamais dû serrer les cordons de la bourse. Quand je fis part de mes impressions à Fern, en sortant d'un grand magasin de Virginia Beach, elle répliqua du tac au tac :

— Il m'achetait tout ce que je voulais, bien sûr, pour que je ne raconte à personne ce qu'il me faisait !

— Mais il t'a refusé une maison de poupée, pourtant ?

Elle réfléchit quelques secondes avant de répondre :

— Oh, il a fini par me l'offrir... après m'avoir donné un nouveau bain. Est-ce que je dois te raconter ça aussi ?

— Bien sûr que non, ma chérie. Ça m'étonnait, c'est tout.

Elle parut très satisfaite d'en rester là.

Le lendemain, j'allai la faire inscrire au collège. M. Youngman, le directeur, m'apprit qu'il devait d'abord demander son dossier scolaire à l'institution Marion Lewis.

— Nous avons besoin d'évaluer son niveau, afin de la placer dans la classe qui lui convient le mieux. Jouez-vous d'un instrument, Fern ?

— Non ! répondit-elle aussitôt, en me jetant un regard en coulisse. J'aurais aimé jouer de la flûte, mais mon père adoptif trouvait que c'était du temps perdu.

— Je vois. Eh bien, vous pourrez commencer la flûte chez nous, si cela vous tente. Votre nièce Christie se débrouille déjà très bien au piano, vous savez ?

Je m'attendais qu'elle se montre enchantée, mais pas du tout. Pour la première fois depuis son arrivée, je la vis se renfrogner. Je mis cela sur le compte de la nervosité, bien naturelle à la veille de sa rentrée dans une nouvelle école. Et Dieu sait si je sympathisais ! Combien de fois n'avais-je pas connu les affres du changement ? Les nouveaux venus étaient toujours l'objet d'un examen critique de la part des autres élèves, surtout quand ils arrivaient en cours d'année. Chaque fois que j'entrais pour la première fois dans une classe, j'avais l'impression d'être passée au scanner. Je savais que les filles détaillaient sans pitié ma toilette et ma coiffure ; que les garçons jaugeaient ma silhouette et mon visage ; et que les professeurs se demandaient quel genre de numéro venait s'ajouter à leur collection.

D'après les confidences de Fern, elle aussi avait changé plusieurs fois d'école et vécu ce genre d'expériences. Je m'efforçai de la rassurer.

— Le règlement est très souple, dans cette école. Tu t'y plairas beaucoup. Les étudiants ont une bonne mentalité, les professeurs connaissent très bien les élèves et leur famille. Nous formons une petite communauté, tu comprends ? (Elle n'eut pas l'air très emballée.) Et Julius vous déposera tous les jours à la porte, Christie et toi.

J'avais espéré lui remonter le moral, ce fut le contraire. Elle serra les dents en étirant les coins de la bouche, ce qui était sa façon de manifester son mécontentement.

— Pour que les autres me traitent de gosse de riche ? Ah non, alors !

— C'est comme ça qu'ils t'appelaient, avant ?

— Des fois. Et les profs aussi vous en veulent quand on a des tas de choses qu'ils n'ont pas.

— Mais non, Fern, cela ne t'arrivera pas ici. Christie adore ses professeurs, et eux l'aiment tout autant. Je suis sûre que tu vas t'adapter très vite et que tout ira bien.

Elle eut une petite moue sceptique, puis son visage s'éclaira.

— Quand est-ce que je pourrai travailler à l'hôtel ?

J'éclatai de rire devant tant d'ingénuité. Si seulement nous pouvions conserver cette jeunesse de cœur, et considérer le travail comme un jeu !

— Tout de suite, si tu veux. Qu'aimerais-tu faire ?

— L'accueil ! répondit-elle instantanément.

— Très bien, je te présenterai à Mme Bradley. C'est elle qui dirige les employés de la réception.

La mine de Fern s'allongea.

— Je croyais que tu commandais tout le monde !

— C'est vrai, mais chaque service a son responsable.

— C'est quand même toi qui donnes des ordres à cette femme, alors ?

— Je pourrais, en effet, mais Mme Bradley n'a pas besoin qu'on lui dise ce qu'elle doit faire. Elle était déjà ici bien avant moi.

Mme Bradley était une aimable sexagénaire aux cheveux gris argent, élégante et discrète d'allure et de manières. Amicale, efficace, un perpétuel sourire au fond de ses yeux verts, elle faisait si bien partie de la maison que les clients n'eussent pas imaginé l'hôtel sans elle et ses souhaits de bienvenue. Demeurée veuve, elle vivait seule dans une petite maison de pêcheurs du village. Ses deux filles étaient mariées, l'une à Richmond et l'autre à Washington, et elle avait déjà trois petits-enfants. Je ne connaissais personne qui ne pût s'entendre avec elle, du plus petit au plus grand : c'était la bonté même. Et, comme il fallait s'y attendre, elle accueillit Fern à bras ouverts.

— J'avais justement besoin d'une assistante qualifiée, déclara-t-elle avec un sourire chaleureux.

Celui de Fern le fut nettement moins. On aurait dit la grimace d'un enfant qui entend faire comprendre aux adultes naïfs qu'il ne croit plus au Père Noël.

— Bon, eh bien... je te laisse ici, Fern, décidai-je. Mme Bradley te mettra au courant de ce que tu dois savoir, d'accord ?

Elle acquiesça d'un bref signe de tête, et je pris Mme Bradley à part. Sans entrer dans les détails, je lui appris que Fern venait de traverser une épreuve difficile et qu'elle avait grand besoin d'affection.

— Pour ça, comptez sur moi, Aurore. Je n'ai pas si souvent l'occasion d'exercer l'art d'être grand-mère.

— Merci, madame Bradley.

J'avais du travail et je pris le chemin de mon bureau, rassurée de savoir Fern entre de bonnes mains.

Mais je n'étais pas au bout de mes surprises, avec elle. Je la savais exubérante et démonstrative, mais pas à ce point-là. Elle faisait tout ce qu'il fallait pour que tout le monde sache bien qu'elle était la sœur de Jimmy. Elle ne perdait pas une occasion de le rejoindre, l'accompagnait dans le parc pendant ses tournées de surveillance, parfois des heures durant. Elle aimait beaucoup les dîners à l'hôtel, et s'asseyait aux côtés de Jimmy avec une fierté qui frisait l'arrogance. Il ne lui fallut pas longtemps pour appeler par leur prénom les serveurs, coursiers, chasseurs et garçons d'étage. En fait, elle s'installa si vite et si bien dans la routine de l'hôtel que j'en fus sidérée. On aurait dit qu'elle vivait à Cutler's Cove depuis toujours. Un soir, environ une semaine après son arrivée, j'en fis la remarque à Jimmy. Il haussa les épaules.

— En effet, je m'en suis aperçu. C'est sans doute parce qu'elle a pris l'habitude d'être laissée à elle-même, tu ne crois pas ? Leslie Osborne n'était pas la mère idéale, et vivre avec ce pervers... On comprend qu'elle ait cherché de la compagnie ailleurs.

— Possible, admis-je sans conviction.

Puis j'éclatai de rire, au grand étonnement de Jimmy.

— Eh bien, qu'y a-t-il de si drôle ?

— Je pensais à Fern quand elle était bébé. Tu te rappelles comme elle exigeait que je la prenne dans mes bras, que je m'occupe d'elle, que je chante ? Elle piquait de vraies crises quand elle n'obtenait pas immédiatement ce qu'elle voulait. Elle n'avait déjà pas froid aux yeux, en ce temps-là, on ne voit pas pourquoi elle aurait changé !

Jimmy se détendit.

— Papa se prépare au voyage, m'annonça-t-il en souriant. Quand il a su que Fern était avec nous, j'ai cru qu'il allait pleurer dans le téléphone ! Il m'appellera d'ici quelques jours pour me dire quand ils arriveront, tous les trois. Ce n'est pas merveilleux, ça ? Nous allons nous retrouver tous ensemble !

— Sans maman, commentai-je tristement.

Je ne voulais pas lui gâcher sa joie, mais maman me manquait tellement ! Je ne pouvais pas m'empêcher de penser qu'elle aurait dû être là, elle aussi.

Les yeux de Jimmy se brouillèrent, mais il ravala bravement ses larmes.

Chaque soir, quand nous revenions de l'hôtel, Christie suppliait Fern de venir jouer avec elle dans sa chambre. Mais je tenais à ce que Fern commence bien l'année scolaire, et j'intervenais fermement.

— Il faut que tu laisses Fern faire ses devoirs, Christie. Quand elle aura terminé, elle ira te rejoindre.

Christie fronçait son petit nez et s'en allait, l'air boudeur. En général, elle n'attendait pas longtemps. Fern allait la retrouver dans sa chambre et elles coloriaient des albums d'images, habillaient les poupées ou s'amusaient avec les jouets de Christie. Un soir, en passant, j'entendis Fern lui donner l'ordre de l'appeler désormais « tante Fern ». Intriguée, je m'arrêtai sur le seuil et prêtai l'oreille.

— Je suis la sœur de Jimmy, donc ta tante. À partir de maintenant, tu devras m'appeler « tante », sinon je ne te répondrai pas. C'est compris ?

— C'est compris, répéta docilement Christie.

— Je suis beaucoup plus âgée que toi, mais ça ne me dérange pas de jouer avec toi et de t'apprendre des choses, reprit Fern sur un ton soudain très sérieux.

Pas seulement sérieux, pire : une imitation parfaite de celui de Clayton Osborne. On croyait l'entendre !

— Bien, poursuivit-elle, tu peux me poser des questions sur tout, maintenant. Et même, ajouta-t-elle en baissant la voix, même sur les garçons. Tu sais que les garçons ne sont pas comme les filles ? Non, tu ne le sais pas. Inutile d'avoir l'air au courant, je vois bien que tu ne sais rien.

Je me raclai la gorge pour signaler ma présence et Fern leva vers moi un regard ulcéré, frustré, furieux. Exactement celui qu'aurait pu avoir un adulte dérangé dans ses projets. Puis ses traits s'adoucirent et elle parvint même à sourire.

— Tiens, Aurore !

— Puis-je te parler une minute, ma petite Fern ?

Je lui fis signe de me rejoindre dans le couloir et elle s'exécuta, la mine candide et les yeux ronds.

— Je n'ai pas pu m'empêcher d'entendre ce que tu disais à Christie, expliquai-je en souriant, et je crois qu'elle est un peu trop jeune pour ce genre de conversation. Elle n'a pas encore six ans, n'oublie pas.

— Moi, à son âge, je savais déjà tout ça, grâce à Clayton !

— Mais tout est différent maintenant, ma chérie. Tu n'es plus chez lui, et il est un peu tôt pour faire l'éducation sexuelle de Christie. Laissons-lui le temps d'être une petite fille, tu veux bien ? Je sais que tu voulais seulement te conduire comme une aînée, mais...

— Clayton aussi faisait ça ! lança Fern avec rancune.

— Faisait quoi, ma chérie ?

— Il m'espionnait quand je recevais des amis.

— Mais je ne t'espionnais pas, moi ! Je passais par là et...

— C'est pareil. Quand deux personnes sont en tête à tête, ce qu'elles se disent ne regarde qu'elles !

Je sentis mes joues s'embraser.

— Je suis désolée que tu prennes les choses comme ça, Fern, mais Christie est ma fille et tout ce qu'elle fait, voit ou entend est aussi mon affaire. Désormais, évite ce genre de sujets avec elle, d'accord ? Je sais que tu pourras beaucoup lui apprendre, le moment venu. Tu es une jeune fille très précoce et...

— Bon, ça va, j'ai compris, ronchonna-t-elle. Nous en resterons aux histoires pour enfants. Et puis d'ailleurs je suis fatiguée, je vais me coucher et lire un peu dans mon lit avant de dormir. Je peux m'en aller ?

— Bien sûr, ma chérie. Bonne nuit.

— Bonsoir, lança-t-elle en s'éloignant d'un pas traînant.

Et j'allai retrouver Christie dans sa chambre.

— Où est tante Fern. ? s'écria-t-elle en me voyant revenir seule.

— Elle était fatiguée, trésor. Elle est allée se coucher et tu ferais bien de te mettre au lit, toi aussi.

— Mais on jouait à... à l'école. Elle était la maîtresse et moi son élève.

— Vous pourrez continuer le jeu demain, non ?

Christie me jeta un regard furibond et partit en rechignant vers la salle de bains pour se laver les dents.

En redescendant, je trouvai Jimmy au salon, plongé dans un de ses éternels magazines automobiles. Je le mis au courant de ce qui venait de se passer, sans rien omettre.

— Et Fern a très mal pris le fait que je la réprimande, tu sais ?

Il leva le nez de sa revue et son front se plissa.

— Pauvre petite ! Après tout ce qu'elle a enduré, on la comprend !

— Tu ne crois pas qu'elle devrait voir un psychologue, Jimmy ?

— Je ne pense pas, non. Maintenant qu'elle va mener une vie normale, entourée d'affection, tout ça devrait finir par s'arranger tout seul.

— Je n'en suis pas si sûre, Jimmy. D'après ce qu'elle nous a dit, elle a souffert pendant des années, et il lui faudra du temps pour oublier. En plus, j'ai peur que Christie...

— Quoi ! rugit-il en fermant bruyamment son magazine. Ne me dis pas que Fern risque d'avoir une mauvaise influence sur elle !

Ses yeux avaient foncé d'un ton, et j'y vis flamboyer la même lueur de rage que dans ceux de Fern, un peu plus tôt.

— Je n'ai jamais dit ça, Jimmy, mais elle n'a pas l'habitude des enfants, et encore moins d'une petite fille aussi éveillée que la nôtre. Si tu pouvais simplement... lui parler, suggérai-je avec douceur.

Ses traits se détendirent. Il se carra dans son fauteuil.

— Entendu, je lui parlerai, mais il faudra nous montrer patients. Elle vient d'en voir de toutes les couleurs, il ne faut pas qu'elle tombe d'une calamité dans l'autre.

— Je n'imaginais pas que vivre ici soit une calamité, Jimmy.

— Non, bien sûr, se radoucit-il, ce n'est pas ce que je voulais dire. Je vais m'occuper de ça. Je m'excuse d'avoir été si brutal mais quand je pense à tout ce qu'elle a dû supporter... je vois rouge.

— Je comprends, Jimmy, murmurai-je en me penchant pour l'embrasser sur la joue.

Il sourit et se replongea dans son magazine, mais le mal était fait. L'invisible fissure qui menaçait notre union venait de s'agrandir, je le sentais... mais pour quelles raisons ? Voilà qui m'échappait totalement.

Si Fern m'avait tenu rigueur de mes reproches, il ne restait plus trace de sa rancune le lendemain matin. Pour la première fois, au moment de partir pour l'école, elle attendit que Christie m'ait donné son baiser d'adieu pour venir m'offrir le sien.

— Au revoir, Aurore, dit-elle en me sautant au cou. Je viendrai te voir en sortant de l'école.

Puis elle m'embrassa sur la joue et entraîna Christie vers la voiture sans me laisser le temps de répondre. Tout ébahie, je portai la main à mon visage et me retournai vers Jimmy : il avait un grand sourire.

— Tu vois bien ? Quand on enterre une fleur dans une cave, elle dépérit, forcément. Mets-la au soleil et elle s'épanouit : pour Fern, c'est pareil. C'est une petite fille comme les autres, finalement.

— J'espère que oui, répondis-je, encore sous le coup de la surprise.

Mais mon fragile optimisme s'évanouit l'après-midi même, lorsque le directeur du collège m'appela.

— Je sais que vous êtes très occupée, madame Longchamp, c'est pourquoi je préfère vous téléphoner plutôt que de vous demander de passer à mon bureau. Pouvez-vous m'accorder un instant ?

Une appréhension soudaine me fit battre le cœur.

— Naturellement, monsieur Youngman. De quoi s'agit-il ?

— Nous avons reçu le dossier de Fern, enfin... de Kelly Ann. Et je dois vous dire que ses résultats laissent beaucoup à désirer. Saviez-vous à quel point ils étaient médiocres ?

— Nous avons cru comprendre que cela ne se passait pas très bien à Marion Lewis, en effet.

— Elle était mauvaise dans toutes les disciplines, sans exception. Mais ce n'est pas tout : ses anciens professeurs se plaignent également de sa conduite.

— Je crois qu'on peut expliquer ceci par sa vie familiale particulièrement difficile, monsieur Youngman. Peut-être ferions-nous mieux de vous rencontrer, mon mari et moi. Il existe certaines circonstances assez... inhabituelles.

— Dans ce cas, mieux vaudrait en parler ensemble, cela pourrait nous aider. Je suis navré de vous déranger, madame Longchamp.

— Pas du tout, je suis certaine que mon mari voudra venir, lui aussi, et le plus tôt possible. Quand pouvez-vous nous recevoir ?

Rendez-vous fut pris pour le jour même et je m'empressai d'aller prévenir Jimmy, qui approuva cette solution.

— Il ne faudra rien cacher à M. Youngman, Aurore, et il vaut mieux que les professeurs aussi soient au courant. Cela les rendra plus compréhensifs.

Un peu plus tard, quand nous eûmes exposé la situation au directeur, il nous félicita de nous être confiés à lui.

— Voilà qui éclaire beaucoup de choses, commenta-t-il gravement. Je suis certain que ce rejet de l'école était pour cette enfant un moyen d'appeler au secours. D'ailleurs, ce désir de changer de prénom montre bien à quel point elle souhaite oublier tout ceci, non ? Pauvre petite ! Soyez assurés que nous garderons une discrétion absolue, monsieur et madame Longchamp. Nous ferons de notre mieux pour réparer les dégâts.

— N'hésitez pas à nous appeler s'il y a le moindre problème, recommandai-je au directeur avant de prendre congé.

Il s'y engagea, et nous sortîmes un peu réconfortés de l'entrevue.

— Voilà ce que j'appelle un homme intelligent ! constata Jimmy. Tâchons de nous montrer aussi compréhensifs et indulgents.

J'acquiesçai, mais sans mot dire. D'où me venait cette inquiétude sourde qui me tenaillait l'estomac ? D'un sixième sens, probablement. Et les événements se chargèrent de me prouver la justesse de mes intuitions.

Deux jours plus tard, je vis entrer dans mon bureau une Mme Bradley bouleversée, méconnaissable : elle était en larmes. Je bondis de mon fauteuil et m'avançai à sa rencontre.

— Que se passe-t-il, madame Bradley ? Vous avez reçu de mauvaises nouvelles ?

Comme elle secouait la tête, sans répondre, je la fis asseoir sur le canapé et lui versai un verre d'eau. Elle l'avala d'un trait.

— Merci, Aurore, soupira-t-elle en se laissant aller en arrière.

Puis, après une profonde inspiration, elle se décida à me révéler la cause de son souci.

— Il nous manque trois cents dollars dans la caisse d'appoint. C'est la première fois que pareille chose nous arrive depuis que je travaille ici, et Dieu sait que ça ne date pas d'aujourd'hui !

— Vous êtes certaine que cet argent manque, madame Bradley ?

— J'ai tout vérifié avec Florence Eltz, reçu par reçu. Nous tenons les comptes au cent près, et il n'y a aucun doute possible : l'argent a disparu.

Le cœur battant, je m'effondrai sur le canapé aux côtés de Mme Bradley. Je savais ce qu'elle pensait, ce que sa délicatesse l'empêchait de dire et qu'elle attendait que j'exprime. Mais je m'accordai un dernier espoir.

— Que s'est-il passé, d'après vous ? Quelqu'un a-t-il pu ranger cet argent au mauvais endroit ou faire une erreur quelconque ? Oublier de signer un reçu, par exemple ?

— Aurore, Florence et moi avons fait le tour de la question avant que je vienne vous en parler, vous pensez bien. Nous avons obligé cette pauvre Mme Avery à refaire tous ses comptes de la semaine, y compris ceux du bar et de la caisse de dépôts. Ce qui représente un travail énorme, comme vous le savez, mais elle n'a pas protesté. Elle était aussi désireuse que nous de trouver d'où venait l'erreur. Seulement...

Mme Bradley poussa un profond soupir.

— Il n'y avait pas d'erreur. Non, Aurore, le doute n'est plus permis : on a volé cet argent. Je connais mes employées depuis des années, je réponds de chacune d'elles comme de moi-même, sauf... d'une seule, acheva-t-elle sourdement.

Je courbai la tête, accablée. Mais je voulais savoir.

— L'avez-vous interrogée, madame Bradley ?

— Pour quoi faire ? Elle était là pendant que nous cherchions frénétiquement cette soi-disant erreur. Elle savait que nous avions découvert la disparition de cet argent. Mais elle n'a pas dit un mot.

Il me fallut faire un effort pour lever la tête : j'avais l'impression que mon cerveau s'était changé en plomb.

— Avait-elle accès à la caisse ?

Mme Bradley se mordit la lèvre et acquiesça, les yeux à nouveau pleins de larmes.

— Il n'y a pas d'autre explication, j'en ai peur. Dès qu'elle a vu quel branle-bas soulevait cette histoire, elle a déclaré qu'elle devait rentrer faire ses devoirs à la maison. Je lui ai demandé si elle savait quelque chose, elle m'a répondu non et elle a filé sans rien ajouter. Je suis bien désolée d'avoir à vous dire ça, Aurore, croyez-moi.

— Voyons, madame Bradley, vous avez eu raison de venir me trouver. Mon mari ne sait rien, au moins ?

— Oh non, je ne lui ai rien dit, et j'ai bien recommandé à mes employées de tenir leur langue. Aucune d'entre elles ne parlera, soyez-en sûre.

— Très bien, je vais faire ma petite enquête, annonçai-je avec un calme que j'étais loin d'éprouver.

Cette fois encore, Mme Bradley parut sur le point de fondre en larmes et je lui tapotai la main pour la réconforter, puis je l'aidai à se lever.

— N'ayez aucune inquiétude, affirmai-je. Vous n'êtes absolument pas en cause.

— Merci, Aurore. Je suis vraiment désolée, répéta-t-elle.

Et elle se retira manifestement soulagée.

Saisie d'un froid soudain, j'étreignis mes épaules en frissonnant. Je me souvins de ma surprise en découvrant le porte-monnaie de Fern bourré de billets, au moment de quitter New York. Ses économies sur son argent de poche, selon elle. Se pouvait-il qu'elle ait menti ? Avait-elle volé cette somme à Clayton ? Il fallait que je tire les choses au clair, mais sans y mêler Jimmy, si possible. Je quittai aussitôt mon bureau et pris le chemin de la maison.

Mme Boston vint à ma rencontre pour m'apprendre que Fern était dans sa chambre, et je montai immédiatement à l'étage. Je comptais m'annoncer en frappant à la porte, mais elle était entrouverte et ce que je vis par la fente n'améliora pas mon humeur. À plat ventre sur son lit, Fern lisait un magazine sentimental.

— Je croyais que tu étais rentrée faire tes devoirs, Fern ?

Elle se retourna instantanément et me jeta un regard noir.

— C'est du joli d'espionner les gens !

— Je ne t'espionne pas, je viens voir si tu travailles. Tu as dit à Mme Bradley que tu rentrais faire tes devoirs, alors pourquoi ne les fais-tu pas ?

— J'ai dit ça parce que j'en avais assez de rester plantée derrière ce comptoir, répliqua-t-elle en s'asseyant, après avoir vivement refermé son magazine. C'est beaucoup plus ennuyeux que je n'aurais cru ! J'aimerais bien essayer autre chose, aider les serveurs ou les chasseurs, par exemple.

Je m'avançai vers son lit sans la quitter des yeux, et finalement ce fut elle qui détourna les siens. D'un air plutôt coupable, me sembla-t-il.

— Ton désir subit de quitter la réception aurait-il un rapport avec l'argent disparu, par hasard ?

— Je ne sais pas ce qu'il est devenu ! cracha-t-elle, retrouvant toute sa morgue. C'est Mme Bradley qui t'a dit que je savais où il était ?

— Pas du tout. J'espérais que tu pourrais nous aider à le retrouver, simplement.

— Eh bien, je ne peux pas. Je ne vois pas du tout où il a pu passer. C'est peut-être une des employées qui l'a pris ? Elles n'ont pas l'air très riches, il y en a sans doute une qui s'est laissé tenter.

— Impossible. Toutes ces femmes travaillent ici depuis des années, elles sont au-dessus de tout soupçon.

— Eh bien moi aussi ! Je ne suis pas une voleuse !

— Personne ne t'accuse de vol, Fern. Tout ce que je veux savoir, c'est si tu as une idée de l'endroit où cet argent peut se trouver. Il a peut-être été glissé dans la mauvaise enveloppe ou rangé dans le mauvais tiroir.

— Je ne l'ai jamais vu !

Je n'avais pas cessé de la regarder, ni elle de fixer obstinément le dessus-de-lit. Je ne me tins pas pour battue.

— Si tu voulais changer de travail, pourquoi n'es-tu pas venue m'en parler ?

— Je... je voulais le faire ce soir, justement.

— Cela t'aurait évité de raconter des mensonges, Fern. Rien ne t'oblige à continuer ce travail. Tu n'as aucune raison de mentir. Et si tu as besoin de quoi que ce soit...

— Je n'ai pas volé cet argent ! glapit-elle en se martelant les cuisses de ses poings, si violemment que j'en eus mal pour elle.

— Très bien, n'en parlons plus. As-tu des devoirs pour demain ?

— J'ai largement le temps de les faire, geignit-elle.

Mon regard tomba sur le magazine, et je me souvins d'en avoir vu d'autres dans sa valise.

— Depuis combien de temps lis-tu ce genre de revues ?

— Je n'en sais rien, bougonna-t-elle en haussant les épaules. Mais ce n'est pas du porno, si c'est à ça que tu penses !

— Je n'ai jamais rien dit de tel, Fern. Je trouve que ces romans sont un peu au-dessus de ton âge, c'est tout.

— Eh bien tu te trompes et je les adore. Tu ne vas pas me les prendre, au moins ? Clayton me les confisquait toujours.

— Non, je ne vais pas te les prendre, mais...

— Tu es aussi méchante que lui ! hurla-t-elle en enfouissant le visage dans son oreiller, les épaules secouées de sanglots.

— Voyons, Fern, dis-je en m'asseyant à côté d'elle. Je n'ai jamais eu l'intention de te priver de tes illustrés !

Je posai doucement la main sur son bras. Mais elle bondit de son lit comme si le contact de ma main l'avait brûlée, et recommença à se battre les cuisses à coups de poing forcenés.

— Je n'ai pas volé cet argent ! C'est faux ! Mme Bradley n'est qu'une sale vieille menteuse et toi... toi tu la crois, c'est encore pire ! hurla-t-elle en courant vers là porte.

— *Fern !*

Je voulus la suivre, mais elle dévala les marches quatre à quatre et sortit en claquant la porte. Mme Boston s'avança jusqu'au pied de l'escalier et leva la tête.

331

— J'ai peur de n'avoir pas très bien su la prendre, lui dis-je d'un air penaud.

— Je veux bien le croire, soupira bruyamment la gouvernante. En voilà une qui ne sera pas facile à manier !

Là-dessus, elle retourna vaquer à ses occupations et je repartis pour l'hôtel. Je travaillais depuis dix minutes à peine quand Jimmy entra dans mon bureau, le regard lourd de reproches. Il s'assit en face de moi et demanda d'une voix tendue, assourdie par l'effort qu'il s'imposait pour se contrôler :

— Que s'est-il passé avec Fern ?

— Jimmy, dis-je avec douceur en me penchant vers lui, je crois que Fern a pris de l'argent dans la caisse d'appoint.

Et sans lui laisser le temps de m'interrompre, je lui racontai ce que Mme Bradley m'avait appris.

— Mais enfin, Aurore ! Pourquoi aurait-elle volé cet argent, et à nous, encore ! Elle peut avoir tout ce qu'elle veut, elle n'a pas besoin de ça !

Je lui parlai de la liasse que j'avais vue dans le porte-monnaie de Fern, à New York. Il m'écouta sans broncher.

— Et alors ? Ça prouve bien qu'elle n'a pas besoin d'argent : elle en a plus qu'il ne lui en faut.

— Mais on ne vole pas toujours par nécessité, Jimmy.

— Elle ne nous aurait jamais volés, nous, affirma-t-il avec force. Et je suis vraiment surpris que tu aies pu l'accuser.

— Je ne l'ai pas accusée, Jimmy. Je lui ai simplement demandé si elle savait quoi que ce soit au sujet de cet argent, et elle a piqué une crise de nerfs.

— C'était mon affaire ! s'emporta-t-il. Tu sais à quel point elle est sensible et fragile, après tout ce qu'elle a subi. Et tu aurais dû faire preuve de compréhension, toi plus qu'une autre ! Elle sanglotait tellement quand elle est venue me trouver que je n'arrivais pas à la consoler. Tiens, regarde ma chemise : elle est trempée !

— Je suis désolée, Jimmy. Nous avions un gros problème et j'essayais seulement de le résoudre. J'ai cru...

— Je lui ai promis de te parler, et qu'après tu irais lui faire des excuses.

332

Je le regardai un moment sans comprendre, les yeux brouillés de larmes contenues.

— Mais je n'ai rien fait de mal, Jimmy...

— Il ne s'agit pas de ce que tu as fait, mais de ce que Fern éprouve. Elle a un besoin fou d'être aimée, de se sentir entourée. Je croyais que tu l'avais compris.

Je ravalai ma fierté.

— Très bien, Jimmy. J'irai m'excuser auprès de Fern, si tu crois que c'est la chose à faire.

— J'en suis sûr, dit-il en se levant. Et la prochaine fois qu'elle aura un problème, Aurore... viens m'en parler avant de t'en mêler, tu veux ?

C'en était trop. Mon cœur s'alourdit comme une pierre dans ma poitrine, mes larmes débordèrent. Mais Jimmy ne s'aperçut de rien : il avait déjà presque atteint la porte.

— Jimmy !

Il s'immobilisa et lança par-dessus son épaule :

— Oui ?

— Où a pu passer cet argent, à ton avis ?

— Je n'en sais rien, Aurore. Mme Bradley n'est plus toute jeune. Je ne serais pas étonné qu'elle le retrouve en dessous d'un tas de paperasses, un de ces jours ! conclut-il d'un ton désinvolte en quittant la pièce.

Et je compris soudain que l'amour lui-même pouvait parfois être mauvais, dangereux, trompeur. Et qu'alors, tel un sortilège, il nous égarait et nous aveuglait, nous faisant prendre le bien pour le mal et la nuit pour le jour.

16

Fern

Je n'étais pas très pressée de m'excuser auprès de Fern, certaine que cela lui ferait plus de mal que de bien. Elle avait subi une terrible épreuve, soit. Ce qui ne l'empêchait pas de se conduire en enfant gâtée, je m'en rendais parfaitement compte. Et en lui passant ses quatre volontés, nous ne l'aiderions pas à s'améliorer. Mais Jimmy était si bouleversé que je n'avais pas le choix : en rentrant à la maison, je montai voir Fern dans sa chambre. Elle me laissa frapper deux fois avant de me dire d'entrer et annonça dès que je franchis la porte :

— Je fais mes devoirs !

— Je ne suis pas venue pour ça, Fern.

Elle était assise dans son lit, des livres et des cahiers sur les genoux, mais je vis pointer sous un carnet le coin d'un magazine. Le nez baissé, elle tripotait un crayon.

— Tu es allée dire à Jimmy que je t'avais accusée de vol, Fern.

— C'est bien ce que tu as fait, non ?

Je m'humectai les lèvres. La pilule était amère, mais il fallait l'avaler.

— Je n'avais pas l'intention de t'accuser, Fern. Si c'est ce que tu crois, je le regrette. Jimmy et moi t'aimons beaucoup et nous voulons que tu sois heureuse avec nous.

— Non, tu ne m'aimes pas, riposta-t-elle en levant sur moi un regard si farouche que j'en restai bouche bée.

Une vraie Longchamp, aucun doute là-dessus ! J'avais déjà vu cette lueur de colère dans les yeux de papa, surtout quand il avait trop bu. Et chaque fois, j'avais frissonné.

— Bien sûr que si, voyons.

— Non, tu ne m'aimes pas. Dès que tu as su que je n'étais pas ta vraie sœur, tu t'es désintéressée de moi.

— Ce n'est pas vrai, Fern. Je me suis toujours occupée de toi, inquiétée pour toi, surtout après notre séparation, et tu m'as beaucoup manqué. Sais-tu que tu as appris mon nom avant celui de tous les autres ? ajoutai-je en souriant. Je crois même que c'est le premier mot que tu as dit.

— Je ne m'en souviens pas, maugréa-t-elle, mais son regard s'adoucit sensiblement.

— Tu ne peux pas t'en souvenir, tu étais trop petite. Nous ne sommes pas sœurs, d'accord. Mais nous sommes belles-sœurs, maintenant, qu'est-ce que tu dis de ça ?

— Belles-sœurs ? répéta-t-elle, intriguée.

— Bien sûr, puisque je suis la femme de ton frère. Et pour moi, tu es vraiment une sœur, maintenant.

— Les femmes n'aiment pas toujours que leur mari soit trop attaché à leur petite sœur, ça je le sais.

Je retins le sourire qui me venait aux lèvres.

— Pas possible ? Qui t'a raconté ça ?

— Je l'ai lu.

— Ah, je vois. Dans un de tes romans, je suppose ?

— Ça ne veut pas dire que c'est pas vrai !

— Eh bien, dans mon cas, ça ne l'est pas, déclarai-je avec fermeté. Jimmy a le cœur assez grand pour nous trois, toi, Christie et moi. Et je ne suis pas si égoïste, quand même ! Je vois bien à quel point il est heureux depuis que nous t'avons retrouvée.

— C'est *lui* qui est content de m'avoir retrouvée. Et il déteste me voir triste, précisa-t-elle en me regardant droit dans les yeux.

Était-ce un avertissement ? Cela m'en avait tout l'air...

— Moi non plus je ne veux pas que tu sois triste, Fern.

— Tant mieux. Je pourrai travailler avec les serveurs et les chasseurs, alors ?

— Je crois que tu devrais surtout penser à ton travail de classe, ma chérie. C'est beaucoup plus important.

Elle se renfrogna instantanément.

— Jimmy a dit que je pourrais. Il me l'a promis. Alors c'est oui ? (Je secouai la tête.) Je savais que tu dirais non. J'en étais sûre !

Devant sa mine de petit chat en colère, je capitulai.

— Très bien, je parlerai à Robert Garwood, le premier chasseur. Il pourra te trouver de petites courses à faire pour les clients. Mais si tu n'as pas de bons résultats en classe...

— Je travaillerai bien ! promit-elle.

— Tu aimes ta nouvelle école ?

— Ça peut aller. Je pourrais commencer demain ?

Je me souvins brusquement que papa arrivait justement le lendemain. Dès qu'il avait su quel jour lui convenait, Jimmy lui avait envoyé l'argent nécessaire au voyage.

— Mais ton père arrive demain, Fern ! Tu préfères sûrement garder ton temps libre pour lui et ton petit frère ?

Elle eut cette grimace de contrariété qui lui faisait pincer les lèvres et serrer les dents.

— Je ne suis pas obligée de passer *tout* mon temps avec eux, quand même !

— Cela ne te ferait pas plaisir ? Papa est si content et si impatient ! Pas toi ? C'est ton véritable père, après tout.

— Et il m'a laissée partir chez les Osborne !

— Nous t'avons expliqué comment tout ça s'était passé, Fern. Je croyais que tu avais compris.

Elle n'ignorait plus rien, en effet. Un soir, Jimmy et moi lui avions raconté toute l'histoire. Mais au lieu de s'intéresser à papa, elle avait montré une grande curiosité pour ma vie à New York et la naissance de Christie. Ses questions, posées devant Jimmy, étaient même devenues si embarrassantes que j'avais préféré changer de sujet. En tout cas, elle en savait assez pour comprendre ce que signifiait ce voyage de papa. Mais apparemment, c'était le cadet de ses soucis.

— Je pourrais travailler jusqu'à ce qu'ils arrivent, alors ?

J'abandonnai la partie.

— Si tu veux. Demain matin, je parlerai à Robert Garwood, tu n'auras qu'à aller le voir en sortant de l'école. Mais ne sois pas en retard pour le dîner. Papa et sa famille arriveront juste avant, nous mangerons à la maison.

— Pourquoi ? J'adore dîner à l'hôtel, moi ! C'est plus amusant.

— Mais tu n'as pas envie d'un peu d'intimité avec ton père et ton petit frère, Fern ?

— Si, bien sûr, admit-elle à contrecœur. Ils restent combien de temps ?

— Juste quelques jours. Papa ne peut pas s'absenter trop longtemps, à cause de son travail.

— Tant mieux ! s'exclama-t-elle en baissant le nez sur ses livres.

Tant mieux ? Je la regardai, toute pensive. Comme j'aurais accueilli différemment la nouvelle, à sa place ! Papa m'avait manqué longtemps, après notre séparation. Je mourais d'envie de le voir, d'entendre sa voix, de me jeter à son cou. Il aurait fallu m'arracher de ses bras au moment de nous quitter.

— Je peux entrer ?

Christie se tenait sur le pas de la porte, serrant une de ses plus grosses poupées sur son cœur.

— Fern fait ses devoirs, mon trésor.

— Elle peut entrer, décréta Fern. À condition de rester tranquille. Assieds-toi là et attends, ordonna-t-elle en désignant le tabouret de sa coiffeuse.

Je n'eus pas le temps d'intervenir. Toute souriante, Christie courut s'asseoir à la place indiquée, installa sa poupée sur ses genoux et croisa les mains, pour bien montrer son intention d'être sage. Quand je levai les yeux vers Fern, mon sang ne fit qu'un tour dans mes veines : elle arborait une expression satisfaite qui me déplut souverainement. Bouillonnant de rage contenue, je me hâtai de sortir avant qu'elle ne prenne conscience de ma frustration.

En bas, Jimmy attendait que je l'informe du résultat de ma démarche. Je lui dis avec quelle désinvolture Fern traitait l'arrivée de son père, mais cela ne parut pas l'inquiéter le moins du monde.

— Je la comprends, que veux-tu ! Elle vient à peine d'apprendre qu'elle a un nouveau père : c'est encore un étranger pour elle.

— Mais elle devrait quand même être plus émue, ou au moins curieuse, tu ne crois pas ?

— Non, pas elle, pas après tout ça ! Elle a trop souffert à cause de gens qui étaient censés l'aimer, elle se méfie, maintenant. C'est pour ça que nous devons faire tout notre possible pour nous faire aimer d'elle. C'est le seul moyen de l'aider.

— C'est aussi le meilleur moyen de lui gâter le caractère, Jimmy.

— Aurore ! Comment peux-tu dire ça, après tout ce qu'elle a enduré ? Tu imagines ce qu'elle ressentait chaque soir, en allant se coucher, après que cet homme lui avait fait subir toutes ces horreurs ? Elle se crispait rien qu'à le voir approcher. Et il ne lui donnait pas son baiser au coucher sans l'avoir d'abord tripotée sous les couvertures.

— Jimmy ! Mais... comment sais-tu tout ça ?

Il eut une grimace douloureuse.

— Elle me l'a si souvent raconté ! Elle a confiance en moi, maintenant. Elle est sûre de mon affection.

— Mais avec moi elle ne parle jamais de ces choses, c'est bizarre, non ? Si j'y fais la moindre allusion, elle s'empresse de changer de sujet.

— Elle croit que tu ne l'aimes pas, Aurore. Elle s'imagine que tu lui en veux.

— Moi ! Mais je l'ai emmenée s'acheter tout ce dont elle avait besoin, sans compter ce qui lui faisait plaisir. J'ai fait de mon mieux pour qu'elle s'adapte à sa nouvelle école, je lui ai trouvé un travail à l'hôtel, celui qu'elle voulait...

— Tout ça vient de ses problèmes affectifs, Aurore, coupa Jimmy en abaissant son journal. Et cette histoire d'argent volé n'a rien arrangé. C'est pourquoi j'ai insisté pour que tu lui fasses des excuses. Fern est comme un petit oiseau qu'on aurait essayé d'empêcher de voler. Maintenant, chaque fois qu'on tente de l'approcher, elle se méfie. C'est sûrement pour ça qu'elle ne paraît pas très emballée de voir papa, suggéra Jimmy d'un ton pensif. Ce n'est pas ton avis ?

Il attendait si anxieusement ma réponse que je ne voulus pas le décevoir.

338

— Si, je suppose.

Ses yeux s'illuminèrent.

— Ne te tracasse pas, Aurore et pense plutôt à ça : papa sera là demain !

J'y pensai toute la soirée, et j'y pensais encore en me retournant dans mon lit. La dernière fois que j'avais vu papa, c'était dans un commissariat de police, avant qu'on me conduise à Cutler's Cove. On venait de m'apprendre que papa m'avait enlevée, qu'il avouait, et moi je ne pouvais pas croire à ce qui m'arrivait. J'ignorais où se trouvait Jimmy, ce que Fern était devenue, et j'étais terrifiée à l'idée d'être emmenée à des kilomètres de là, chez des gens que je n'avais jamais vus : ma famille ! J'attendais que papa fasse quelque chose, n'importe quoi, pour mettre fin à cette histoire de fous. J'avais espéré jusqu'à la dernière seconde. Puis, alors qu'on m'entraînait vers une voiture de police, une porte s'était ouverte et j'avais vu papa, tassé sur une chaise, le menton sur la poitrine.

J'avais crié de toutes mes forces : « Papa ! » Il avait levé sur moi un regard vide, halluciné, exactement comme s'il ne me voyait pas, et je l'avais supplié :

— Papa, dis-leur que ce n'est pas vrai, qu'il s'agit d'un affreux malentendu !

Il avait ouvert la bouche, comme s'il allait parler, pour la refermer aussitôt en courbant la tête, l'air accablé.

C'est alors qu'une main s'était posée sur mon épaule, et j'avais hurlé mon angoisse. Je ne comprenais pas pourquoi papa ne se défendait pas, lui si fort et si prompt à la riposte. On m'avait quand même arrachée à cette porte, et papa avait levé les yeux :

— Je suis désolé, ma chérie. Je te demande pardon.

Et j'avais dû me contenter de ça, jusqu'au moment où j'avais enfin découvert la vérité sur mon « enlèvement ». Toute cette histoire n'était qu'une ignoble machination de Grand-mère Cutler. Et en m'emmenant avec eux, papa et maman avaient cru agir pour mon bien. Comme tout le monde, ils s'étaient laissé manipuler par mon abominable aïeule.

Mais le cauchemar était fini, et demain j'allais revoir papa ! La joie me tint éveillée pendant une bonne partie de la nuit et le lendemain matin, je ne trouvai qu'un moyen de calmer mon impatience : je m'abrutis de travail. Ou du moins j'essayai. Mais toutes les cinq minutes, je me surprenais à guetter la pendule, le cœur battant la chamade.

En fin de matinée, j'allai parler à Robert Garwood. Il ne parut pas très emballé à l'idée d'employer Fern.

— Elle tourne toujours autour des serveurs et des coursiers, madame Longchamp. Vous allez dire que cela ne me regarde pas, mais...

— Mais quoi, Robert ?

— En bien... elle fume. Elle suit les employés quand ils vont faire une petite pause en bas, du côté de la buanderie, et... elle leur réclame des cigarettes.

— Elle fait *quoi* ?

Je n'en croyais pas mes oreilles.

— Je sais bien que c'est une enfant précoce, reprit Robert Garwood, mais j'ai une sœur qui a presque son âge et je ne la vois pas en train de faire ça. Sauf votre respect, madame Longchamp, je ne crois pas que ce soit une bonne idée de l'adjoindre à notre équipe, juste pour quelques petites courses par-ci, par-là.

Je devinai qu'il gardait beaucoup de choses pour lui, et je regrettai la promesse inconsidérée de Jimmy. Mais puisque le mal était fait...

— Je suis navrée d'avoir à vous demander cela, Robert, mais j'ai mes raisons. Acceptez-la pour quelque temps, ayez l'œil sur elle, et si vous remarquez la moindre chose qui ne va pas, prévenez-moi immédiatement, d'accord ?

Il acquiesça, mais sa mine renfrognée en disait long.

J'avais bien l'intention de discuter de tout ça avec Jimmy, mais je n'en eus pas le temps : Julius revint de l'aéroport où il était allé chercher papa et sa famille. J'avais dû me rendre au salon de thé, où Jimmy me rejoignit pour m'apprendre que la limousine arrivait. Un tressaillement me parcourut. Je saisis la main de Jimmy, l'entraînai en courant à travers le hall et nous débouchâmes sur le perron à l'instant où papa sortait de la voiture. Edwina le suivit aussitôt, tenant Gavin par la main.

Dès que mon regard croisa celui de papa, les années de séparation s'envolèrent, poussière emportée par le vent. Il était toujours aussi grand, mais beaucoup plus mince, et son visage avait légèrement changé. Il s'était creusé, durci, laissant apparaître plus nettement l'ossature. Mais son beau regard sombre n'avait rien perdu de son éclat. Et malgré ses tempes grises et ses mèches blanches, papa conservait une chevelure magnifique. Il portait une veste bleu marine, un pantalon rentré dans des bottes noires et une large ceinture de cuir, avec une boucle d'argent en forme de tête de cheval. Après tout, il était devenu texan, maintenant !

Gavin ouvrait des yeux ronds. Je le trouvai grand pour ses six ans, et tout à fait adorable dans son petit costume bleu. Il avait les cheveux de papa, son nez ferme et droit, mais le teint beaucoup plus clair et la bouche plus petite.

Quant à Edwina, elle me parut nettement plus jeune que sur les photos. J'aimai tout de suite son sourire tendre et chaleureux, si pareil à celui de maman. Ce devait être cela qui avait si vite attiré papa vers elle, supposai-je. Longue et svelte, tout en bleu elle aussi, elle se tenait très droite, la tête haute. Son manteau ouvert laissait voir sa robe élégante qui faisait joliment valoir sa taille fine. Ses cheveux châtains étaient simplement tirés en arrière par des peignes de nacre, et son maquillage se bornait à un soupçon de rouge à lèvres et de rose aux joues. Je la trouvai délicieuse.

Jimmy courut serrer la main de papa, embrassa Edwina et souleva Gavin dans ses bras.

Papa me regardait venir en souriant et je le buvais des yeux, fascinée par ce charme viril et un peu félin qui n'appartenait qu'à lui. Il ouvrit les bras, je courus m'y jeter, et je compris en un instant à quel point il avait souffert de notre séparation, lui aussi. Autant que moi, plus peut-être. Tout cela, je le sentis dans la force de son étreinte, quand il me serra sur sa poitrine. Puis il m'embrassa sur le front et, du revers de sa longue main fine, balaya les larmes de mes joues.

— Allons, allons... Tu ne vas pas pleurer pour nos retrouvailles, quand même ?

— Non, papa, articulai-je en souriant.

— Laisse-moi faire les présentations, dit-il en se retournant vers Edwina.

Nous échangeâmes une poignée de main chaleureuse, et elle m'adressa un sourire sincère et confiant qui m'alla droit au cœur.

— Comment allez-vous, Aurore ? J'avais hâte de faire votre connaissance.

— Moi aussi, Edwina. Soyez la bienvenue.

— Je vois que Jimmy n'avait pas exagéré : c'est vraiment un endroit magnifique !

Elle s'émerveillait à bon droit : Cutler's Cove resplendissait, par ce bel après-midi de fin d'automne. Les pelouses étaient encore vertes, les arbres rutilaient de toutes les nuances de jaune, de brun et de rouge. Le ciel avait viré au bleu outremer et de petits nuages neigeux y dérivaient au ralenti.

— Merci, Edwina.

Je ne trouvai rien de plus à dire : je sentais mon cœur palpiter. Ce fut papa qui vint à mon secours en se tournant vers son fils.

— Et voilà notre Gavin, Aurore.

Toujours dans les bras de Jimmy, l'enfant me dévorait du regard.

— Bonjour Gavin. Je suis très impatiente de te présenter Christie, tu sais ?

— Et Fern, ajouta aussitôt Jimmy.

— Et où est-elle, cette petite ? s'étonna papa.

— À l'intérieur, elle donne un coup de main aux chasseurs, m'empressai-je d'expliquer.

— Vous n'avez pas perdu de temps pour la mettre au travail on dirait !

Cette fois, Jimmy me devança.

— C'est elle qui a voulu, papa, elle adore ça. Dès qu'elle rentre de l'école, elle expédie ses devoirs pour venir ici. Et si nous entrions, au fait ? Julius portera vos bagages à la maison, mais nous aimerions bien vous montrer l'hôtel, pour commencer. Personne n'a faim ? Edwina ?

— Non, nous venons juste de manger dans l'avion.

— Moi, j'ai faim ! lança la petite voix de Gavin, ce qui fit rire tout le monde.

— Il a toujours faim, commenta papa. C'est à croire qu'il a un estomac de rechange !

Papa et Edwina parurent grandement impressionnés par l'hôtel, mais surtout papa.

— Je ne me souvenais pas que c'était si grand ! s'ébahit-il, les poings sur les hanches.

Jimmy s'était chargé de faire les honneurs des lieux à Edwina.

— Bon, commençons par ici. Voici la salle à manger, ensuite le salon de thé, que nous appelons aussi salon de bridge, et par là... (il tendit le bras de l'autre côté)... la salle de bal : on y donne souvent des spectacles, le soir. Nous vous montrerons aussi la piscine, les tennis, les...

Jimmy s'interrompit net : Fern débouchait dans le hall. Mais elle se dirigea droit vers la réception, sans même remarquer notre présence.

— C'est elle, papa, souffla Jimmy. Notre petite Fern.

Papa plissa les paupières, observant sa fille du coin de l'œil. Elle finit par se retourner, vit Jimmy lui faire signe de la main et dit quelques mots à Robert Garwood. Puis, sans se presser le moins du monde, elle s'avança dans notre direction.

— C'est Sally Jean tout craché, marmonna papa entre ses dents.

— Fern, voici ton père, annonça Jimmy.

Papa lui sourit, mais n'obtint en retour qu'un regard aigu totalement dépourvu de chaleur. Je ne pus m'empêcher d'intervenir.

— Tu n'embrasses pas ton papa, ma chérie ?

Elle haussa les épaules, toujours muette.

— Laissons-lui un peu de temps, dit papa d'un ton indulgent, je comprends très bien... nous pouvons toujours nous serrer la main, pas vrai ?

Fern jeta un coup d'œil dégoûté sur la main qu'il lui tendait, y plaça la sienne à contrecœur et la retira aussitôt comme si elle craignait de se salir.

— Salut ! On ne se ressemble pas beaucoup, dis donc !

Papa renversa la tête et rit à gorge déployée, ce qui ne parut pas du goût de Fern. Elle détourna les yeux avec une grimace méprisante.

— Non, on ne se ressemble pas, petite ! Tu es tout le portrait de ta mère.

— Et voici Gavin, présenta Jimmy, ton petit frère.

L'intérêt de Fern parut s'éveiller. Elle se tourna vers Gavin et, tout intimidé qu'il fût, le garçonnet lui rendit son regard. Ses yeux bruns la détaillèrent des pieds à la tête. Et brusquement, elle lui planta un gros baiser sur la joue, le laissant tout aussi étonné que le reste d'entre nous.

— Je peux l'emmener faire un tour, proposa-t-elle. Christie prend justement sa leçon de piano dans la salle de bal, on pourrait aller la voir.

— Gavin ? demanda Jimmy, ça te tente ?

Après avoir consulté son père du regard et vu qu'il souriait, Gavin hocha gravement la tête et Jimmy le déposa sur le sol. Fern le prit par la main et il s'en fut à sa suite, trottinant pour accorder son pas au sien.

— Fern ! appelai-je (Elle se retourna, l'air furibond.) Tu n'as pas dit bonjour à Edwina.

— Bonjour.

— Bonjour, Fern.

Le doux sourire d'Edwina resta sans effet. Fern poursuivit son chemin.

— Non, mais vous l'avez vue ? s'attendrit papa. Quelle fille ! Elle n'a pas fini de briser des cœurs, c'est moi qui vous le dis.

— Je l'espère bien ! renchérit Jimmy, tout réjoui. Allez, en route pour la visite ! Vous êtes sûrs que vous ne voulez pas manger un morceau avant, ou boire quelque chose ?

— Je suis bien trop impatiente ! affirma Edwina en glissant un bras sous celui de papa.

Ils formaient un très beau couple, du moins à mon avis. Il suffisait de voir comment papa la regardait pour comprendre à quel point il l'aimait.

Et moi, ce fut seulement en leur faisant faire le tour du propriétaire que je compris à quel point j'étais fière de Cutler's Cove. Tout les émerveillait, et papa ne cessait de s'exclamer sur tous les tons :

— Je n'en reviens pas, ma chérie ! Et dire que tout ça est à toi ! C'est maman qui serait contente de voir ça !

Quand il eut constaté tous les changements survenus depuis son départ, nous allâmes rechercher les enfants pour nous rendre à la maison. Et là, naturellement, le concert de compliments recommença. Jimmy voulut absolument donner à papa une vue d'ensemble de l'architecture des lieux. Je promenai Edwina dans les pièces du bas pour lui faire admirer nos meubles et nos œuvres d'art. Et les enfants montèrent chez Christie, qui mourait d'envie de montrer tous ses jouets à Gavin. Fern s'était adaptée à son rôle de grande sœur avec une rapidité surprenante.

C'est fou ce qu'elle est mûre pour son âge ! s'étonna Edwina quand nous fûmes seules. Je n'en reviens pas.

Je savais que Jimmy n'avait rien caché à papa du passé de Fern, et ne crus pas nécessaire d'y revenir. Je préférais qu'Edwina me parle d'elle-même, et elle ne se fit pas prier. J'appris ainsi qu'elle avait été mariée, mais que son mari était mort deux ans plus tard, au volant d'un camion. Moins d'un an après l'accident, elle avait rencontré papa et ils s'étaient liés très vite. Nous eûmes le temps de nous confier beaucoup de choses pendant que Jimmy et papa continuaient leur inspection. Je compris tout de suite qu'elle exerçait une influence favorable sur papa, et aussi que j'allais beaucoup l'aimer. Elle était en train de me dire combien papa était apprécié par son patron quand ils revinrent tous les deux, Jimmy et lui.

— Elle n'a pas sa pareille pour chanter mes louanges ! s'égaya-t-il.

Edwina lui sourit, il vint l'embrasser et j'échangeai avec Jimmy un regard complice. C'était si bon de voir papa heureux ! Jimmy avait raison, il avait changé. Il était plus stable, plus doux et plus réfléchi. Un autre homme en somme !

Un peu plus tard, nous allâmes voir ce que devenaient les enfants. Nous les trouvâmes tous les trois dans la chambre de Christie, les deux petits assis par terre au milieu des jouets éparpillés. Debout, les bras croisés comme un maître d'école, Fern les surveillait d'un air sévère.

— Tout va bien, annonça-t-elle, les petits sont sages.

Papa secoua la tête, tout ému.

— Vous avez vu ça ? Une vraie petite femme !

— Si seulement les adultes prenaient modèle sur les enfants, le monde irait bien mieux, soupira Edwina.

— Je ne te le fais pas dire, ma chérie !

Nous les conduisîmes à leur chambre pour qu'ils puissent prendre une douche et s'habiller pour le dîner. Une merveille, ce dîner. Mme Boston avait préparé une dinde, avec la garniture traditionnelle : un vrai repas de *Thanksgiving*.

Le lendemain, sur les instances de Jimmy, je permis à Fern et Christie de manquer l'école pour tenir compagnie à Gavin.

— Le malheureux va s'ennuyer à mourir s'il reste seul toute la journée, Aurore !

Il m'avait bien fallu en convenir, et cette solution arrangeait tout le monde. Après le petit déjeuner, Jimmy emmena papa pour lui montrer quel genre de travaux il supervisait, et je m'en réjouis pour eux. Ils adoraient parler mécanique, tous les deux. Je présentai papa et Edwina au jeune ménage Cutler, et les deux femmes s'entendirent tout de suite. Betty Ann emmena Edwina chez les jumeaux, lui fit visiter l'aile familiale, et je retournai à mes occupations.

Pour le déjeuner, nous nous retrouvâmes tous à la salle à manger de l'hôtel et, à ma grande surprise, Philippe se proposa pour emmener les deux jeunes femmes faire un tour en ville. Jimmy et papa reprirent leur tournée d'inspection, et Fern, toute à son rôle de grande sœur, ramena Gavin et Christie à la maison. Quant à moi, je retournai dans mon bureau pour y conférer avec M. Dorfman. Notre entrevue se prolongea bien au-delà de ce que j'avais prévu : quand nous nous séparâmes, je découvris avec étonnement qu'il était près de quatre heures. Que pouvaient bien faire les enfants tout seuls ? Je décidai de faire un saut à la maison pour m'en rendre compte par moi-même.

Je trouvai Mme Boston dans la cuisine, occupée à préparer un énorme roast-beef. Nous devions être nombreux à table ce soir-là. Papa s'en allait le lendemain matin, et nous avions invité Philippe, Betty Ann et les jumeaux pour l'occasion. La gouvernante avait donc fort à faire.

— J'espère que les enfants ne vous ont pas ennuyée, madame Boston ? m'informai-je en passant.

— Les enfants ? répéta-t-elle. Seigneur ! Je les avais oubliés, ceux-là. Ils sont tellement sages, là-haut...

— Tant mieux, alors. Je vais voir quand même.

Je ne me fiais pas trop à ce calme apparent : il se pouvait que Mme Boston ait été trop occupée pour entendre, simplement. Je montai rapidement à l'étage, pour découvrir que les enfants n'étaient pas chez Christie, mais dans la chambre de Fern. J'allais frapper quand j'entendis sa voix, et je restai le doigt en l'air.

— Tu peux le toucher, Christie. Il ne va pas te mordre.

Est-ce qu'ils avaient amené un rat des champs dans la maison, par hasard ? Mme Boston s'évanouirait, si jamais elle le voyait ! Je souriais toute seule en ouvrant la porte. Mais mon sourire se figea sur mes lèvres quand je vis Gavin et Christie debout face à face, complètement nus. Fern me tournait le dos et, apparemment, ne m'avait pas entendue entrer.

— Maman ! s'écria Christie.

Fern pivota et rougit comme une pivoine.

— Mais qu'est-ce que... (La voix faillit me manquer.) Qu'est-ce que vous fabriquez, Fern ?

— Rien du tout, répliqua-t-elle en s'écartant précipitamment des deux autres. Je veux dire... je n'en sais rien.

— Tu n'en sais rien ? Pourquoi sont-ils tout nus ?

— Ils se sont déshabillés tout seuls. Je... j'étais en bas et quand je suis remontée, je les ai trouvés comme ça. C'est

347

Gavin qui a eu l'idée, affirma-t-elle en pointant le doigt vers le garçonnet. Il a dit à Christie qu'il lui montrerait le sien si elle faisait pareil.

Je me tournai vers Gavin : le pauvre petit bonhomme roulait des yeux terrifiés.

— C'est la vérité, Christie ?

Elle ébaucha un geste de dénégation, mais un regard d'avertissement de Fern l'arrêta : elle fondit en larmes.

— Aide-les à se rhabiller, ordonnai-je à Fern, et en vitesse.

Elle entraîna Gavin vers le lit jonché de vêtements et commença à lui passer les siens, tandis que je m'occupais de Christie.

— Je ne comprends pas, ma chérie. Qu'est-ce qu'il t'a pris ? Tu ne sais pas que c'est très vilain de se déshabiller devant les garçons ?

Elle pleura de plus belle, mais ma fureur ne s'apaisa pas pour autant. Je savais que Fern mentait et je voulais que Christie me le dise.

— Pardon, maman ! gémit-elle toute contrite.

— Le papa et la maman de Gavin ne seront pas contents, eux non plus.

— Alors tu ferais mieux de ne rien leur dire, s'interposa Fern. Le papa de Gavin l'écorcherait vif, s'il savait.

Cette fois, j'explosai.

— Fern ! Tu vas terroriser cet enfant, il n'osera même plus se montrer devant son père !

— Bof ! Il ne s'est rien passé du tout, dit-elle en haussant les épaules. Ils se sont juste regardés, tu n'as pas besoin d'en parler.

— Nous verrons ça plus tard. Finis de l'habiller.

Dès que les deux enfants eurent remis tous leurs vêtements, je les envoyai attendre en bas que j'en aie fini avec Fern.

— Comment as-tu pu faire une chose pareille avec des enfants aussi jeunes ? m'indignai-je, oubliant qu'elle n'était pas beaucoup plus âgée elle-même.

Elle s'assit sur son lit et fixa le tapis d'un air boudeur.

— Mais puisque je viens de te dire que je n'ai rien fait !

— Inutile de mentir, j'ai entendu ce que tu leur disais.

Cette fois elle releva la tête, me jeta un regard de haine et pleurnicha :

— Alors tu vas tout répéter à Jimmy et à papa Longchamp, et tout le monde va me détester. Et toi tu seras bien contente !

— Tu sais bien que non, Fern. Pourquoi voudrais-je que les gens te détestent ?

Au lieu de répondre, elle se mit à sangloter si convulsivement que j'eus pitié d'elle.

— Bon, je ne dirai rien.

Ses sanglots s'arrêtèrent instantanément.

— Vrai ? Tu n'en parleras pas ? À personne ?

— Non, mais tu as très mal agi. Pourquoi as-tu fait ça ?

Elle réfléchit quelques instants.

— Les petits jouaient à la poupée, et Gavin a demandé pourquoi les poupées garçons n'avaient pas de zizi. Alors Christie a voulu savoir ce que c'était, et je me suis dit qu'il fallait leur montrer la différence entre un garçon et une fille. C'était juste une leçon de sciences naturelles, tu vois. Comme à l'école.

— Ce n'est pas la bonne façon de faire leur éducation, Fern, et je t'avais demandé de ne jamais parler de ces choses avec Christie. Elle est trop jeune.

— Bon, ça va, d'accord. Tu ne diras rien, c'est vrai ?

— Je te l'ai promis, mais ça n'empêche pas que je sois très fâchée. Cela ne doit plus jamais se reproduire.

Elle fit signe qu'elle acceptait ces conditions, puis je vis ses yeux se rétrécir.

— Si tu parles à Jimmy maintenant que tu m'as promis de ne pas le faire, je te détesterai pour toujours, cracha-t-elle d'une voix venimeuse.

Et si chargée de menaces que j'en restai sans souffle. Il me fallut plusieurs secondes pour retrouver la parole.

— Ce n'est pas beau de menacer les gens, Fern.

Elle ne baissa pas les yeux, ne dit pas un mot et conserva un visage de glace. Le cœur battant, je pris le parti de m'en aller.

Ce fut peut-être une erreur, mais je ne dis rien à Jimmy de l'incident. Tout le monde se réjouissait de la présence de papa et d'Edwina, je ne voulais pas gâcher la soirée. Le dîner fut une vraie fête, et moi qui redoutais un froid entre papa et Philippe, je fus agréablement surprise. Loin de le traiter avec dédain, Philippe se montra très cordial envers papa. Il voulait se faire pardonner son affreuse conduite en l'absence de Jimmy, supposai-je. À tout moment, il me jetait des regards en coulisse pour s'assurer que j'étais contente de lui.

Plus tard, je m'assis au piano, jouai, chantai, et je vis les yeux de papa s'embuer. Quand j'eus terminé, il se leva pour venir me prendre dans ses bras, me serra très fort contre lui et chuchota dans mes cheveux :

— Si seulement maman pouvait voir ça !

Nous avions très envie de pleurer, tous les deux, et il nous échappa quelques larmes. Puis Betty Ann invita Christie à jouer à son tour, et le petit Gavin ne la quitta pas un instant des yeux. Il suivait le moindre de ses mouvements avec fascination, et de nous tous, ce fut certainement lui qui applaudit le plus fort.

Après cela, je me remis au piano pour accompagner les jumeaux, qui nous régalèrent d'une petite danse. Leurs boucles dorées voltigeaient, ils tapaient du talon, tournoyaient et battaient des mains, fort contents d'eux-mêmes. Leur petite performance s'acheva dans l'attendrissement général.

Tout le monde était heureux, détendu... excepté Fern. Assise à l'écart, la mine revêche, elle ne quittait pas Jimmy des yeux. Mais dès qu'il prenait la parole ou se tournait de son côté, elle s'illuminait et lui adressait un sourire plein d'adoration. Vers la fin de la soirée, papa tenta de la dérider, la questionna sur sa vie à l'école, mais elle lui répondit du bout des lèvres, et avec un manque d'intérêt si flagrant qu'il finit par abandonner.

C'était l'heure de mettre les enfants au lit, de toute façon. Philippe et Betty Ann emmenèrent les jumeaux, non sans nous avoir fait promettre de prendre le petit déjeuner du lendemain avec eux, à l'hôtel. Et une fois les enfants couchés, nous nous retrouvâmes tous les quatre au salon pour parler de Fern.

— Je suis vraiment content que vous l'ayez ramenée, répéta papa pour la énième fois. Elle en a fini avec toutes ces turpitudes, et elle a vraiment gagné au change. C'est une chance merveilleuse pour elle d'être élevée dans un endroit pareil !

— Alors ça ne t'ennuie pas trop qu'elle ne veuille pas venir tout de suite vivre avec vous, papa ?

— Mais non, Jimmy. Maintenant que je l'ai vue, je me rends compte qu'elle sera mieux ici. Elle est déjà grande et, d'autre part, nous arrivons déjà tout juste à joindre les deux bouts. Pour tout dire... nous voulons faire de notre mieux pour Gavin, voilà.

Une ombre de tristesse passa dans les yeux de Jimmy, et j'en devinai la raison. Il aurait tellement aimé que papa ait eu les mêmes ambitions pour lui, quand il avait l'âge de Gavin ! Mais tout était bien différent, alors. Tellement différent. C'était une autre époque... un autre monde.

— Entendu, papa. Nous ferons de notre mieux pour Fern, nous aussi, et nous vous tiendrons au courant de tout.

— Oh, je ne m'en fais pas pour ça, se hâta d'affirmer papa. Je sais que tout ira tout seul.

Un silence suivit ses paroles, et pendant quelques secondes, nous ne fîmes qu'échanger des regards, tous les trois. Jimmy et moi savions très bien quelles pensées, quelles images occupaient en ce moment l'esprit de papa. Pour lui, nous avions toujours été ses enfants, et maintenant nous étions mari et femme. Cela le troublait, et il s'efforçait de nous le cacher.

— Bon ! dit-il en se levant, je crois que nous devrions aller dormir, Edwina et moi. Nous avons un long voyage devant nous. Merci pour ce fabuleux dîner.

— Nous sommes si contents de vous avoir, papa ! répliqua Jimmy avec chaleur. Ce n'était vraiment pas grand-chose.

— Ça fait quand même une sacrée différence avec ce que je pouvais vous offrir, pas vrai ?

— On se débrouillait avec ce qu'on avait, papa.

— Oui, on n'avait pas le choix. En tout cas, c'est fini tout ça ! Il faut penser à l'avenir, maintenant, et s'efforcer d'être heureux. Bonsoir, fiston.

— Bonsoir, papa.

Les larmes aux yeux, Jimmy lui serra la main, puis Edwina vint l'embrasser. Papa s'approcha de moi.

— Merci, Aurore. Merci pour ce vieux cœur qui ne s'attendait plus à une joie pareille ! dit-il en m'attirant à lui.

Et, à nouveau, il inonda de baisers mes cheveux et me serra sur sa poitrine. Je pouvais à peine respirer, et encore moins parler. Quand il s'éloigna brusquement, emmenant Edwina, je crus défaillir de tristesse. Jamais je n'avais éprouvé pareil accès de mélancolie.

Jimmy le devina, me sourit, et je courus à lui pour pleurer sur son épaule. Puis il m'entraîna doucement vers la porte, me conduisit jusqu'à notre chambre et, comme nous l'avions déjà fait tant de fois, nous attendîmes le sommeil dans les bras l'un de l'autre.

Papa et Edwina se levèrent de bonne heure, le lendemain, pour faire leurs adieux à Fern. J'espérais — et papa aussi — qu'elle se radoucirait et consentirait à l'embrasser, au moins une fois, mais non. Elle se contenta de lui serrer la main et quand Edwina la prit dans ses bras, elle se tortilla pour se libérer au plus vite. Seul Gavin eut droit à un baiser de sa part. Après quoi, papa sortit avec moi sur le perron pour assister au départ des fillettes pour l'école et fit une dernière tentative.

— Au revoir, Fern, je tâcherai de revenir bientôt. Ta mère serait folle de joie de te voir si grande et si belle, tu sais ?

Fern daigna à peine lui jeter un coup d'œil avant de monter en voiture, et quand il agita la main en signe d'adieu, elle se tourna vers la fenêtre opposée.

— Pas étonnant qu'elle soit comme ça ! grommela-t-il entre ses dents. Avec tout ce qu'ils lui ont fait subir, elle s'est fermée comme une huître.

— C'est aussi mon avis, papa.

— Et il faut se mettre à sa place. Voir débarquer un vieux bonhomme habillé en cow-boy... on comprend qu'elle ne m'ait pas sauté au cou ! ajouta-t-il d'un ton philosophe.

Dès qu'Edwina eut bouclé les valises, nous partîmes pour l'hôtel. Philippe et Betty Ann étaient déjà à table, et nous bavardâmes longuement tous les cinq. Puis, à son retour de l'école, Julius alla chercher les bagages à la maison et se gara devant l'entrée principale pour attendre Edwina et papa. Jimmy et moi sortîmes avec eux pour leur dire au revoir sur le perron.

— Merci pour votre hospitalité, dit Edwina, j'ai vraiment apprécié nos petites vacances. Peut-être pourrez-vous nous rendre visite, un de ces jours ?

— Je l'espère, affirmai-je avec sincérité.

Nous échangeâmes un dernier baiser, les deux hommes une dernière poignée de main, et Jimmy prit le petit Gavin dans ses bras.

— Un de ces jours, me confia papa, j'irai voir Sally Jean au cimetière. On me prendra sûrement pour un vieux gâteux quand je lui raconterai tout ce qui t'est arrivé ! Elle a toujours su que tu deviendrais quelqu'un, ma chérie.

— Oh, papa ! Je n'ai rien fait pour ça : j'ai bénéficié de circonstances particulières, c'est tout.

— Peut-être, mais il fallait être à la hauteur, insista-t-il. C'est tout de même quelque chose, une situation pareille ! N'importe qui ne s'en serait pas tiré comme toi. (Il fit claquer un gros baiser sur ma joue.) À bientôt, ma chérie. Et pardon pour tout ce gâchis.

— Papa !

Déjà courbé vers la portière, il se retourna.

— Je t'aime, papa.

Il me sourit, et pendant un instant je le revis tel que je l'avais chéri toute mon enfance. Jeune, fort, beau et charmeur. L'homme le plus fort et le plus beau du monde.

Puis la portière claqua et nous nous retrouvâmes tout seuls, Jimmy et moi, regardant la voiture disparaître au tournant de l'allée. Quand je me retournai vers lui, je m'aperçus qu'il avait les yeux pleins de larmes. Le vent d'automne ébouriffait ses cheveux, et j'eus le sentiment étrange qu'il vieillissait à vue d'œil.

— Il faut que je retourne travailler, marmonna-t-il en s'éloignant à la hâte.

Il avait raison. Le travail seul pouvait nous distraire de cette affreuse mélancolie. Je regagnai mon bureau et m'absorbai dans la paperasse, jusqu'au moment où le téléphone sonna. J'éprouvai un choc en reconnaissant la voix de Leslie Osborne.

— Clayton serait furieux s'il savait que je vous ai appelée, commença-t-elle, mais je n'ai pas pu m'en empêcher. Comment va-t-elle ?

— Elle se plaît beaucoup à l'hôtel et je crois qu'elle aime sa nouvelle école, mais je n'ai toujours pas vu ses bulletins. Ni rencontré ses professeurs, d'ailleurs.

— Tant mieux, alors ! Je n'ai jamais osé en parler à Clayton mais ça ne se passait pas très bien, à Marion Lewis.

— Je sais, on a fait suivre son dossier. Le directeur pense que sa conduite était une façon d'appeler au secours.

— Oh, désolée. Mais je refuse toujours de croire ce qu'elle a raconté sur Clayton. Il n'est pas comme ça, je vous assure.

— Madame Osborne, il faut que vous sachiez que Fern a de sérieux problèmes psychologiques. Il s'est certainement passé quelque chose de grave.

— Elle a toujours eu des problèmes, depuis le début. Nous étions déjà inquiets dès sa première année d'école. Je ne sais vraiment pas quoi penser.

— Eh bien, contentons-nous d'espérer qu'elle changera !

Mais Leslie Osborne restait sur ses positions.

— Ce n'est pas notre faute si ça ne va pas, croyez-moi. Nous nous efforcions de satisfaire tous ses désirs.

— Justement, madame Osborne. Il semble qu'elle ait été beaucoup trop gâtée. Donner tellement d'argent de poche à une enfant si jeune...

— Quel argent de poche ? Nous ne lui en donnions pas tant que ça. Et surtout, pas régulièrement, Clayton désapprouvait cet usage. Il lui donnait ce qui était nécessaire, mais

354

n'a jamais consenti à lui verser un fixe hebdomadaire pour le gaspiller en dépenses inutiles.

— Pas de fixe ? Mais alors comment a-t-elle pu économiser des centaines de dollars ? J'ai vu les billets dans son porte-monnaie.

Un petit cri étouffé résonna dans l'écouteur.

— Que se passe-t-il, madame Osborne ?

— C'est mon argent ! Elle me le prenait en cachette, j'en ai bien peur. Je me demandais pourquoi j'en trouvais toujours moins que je ne croyais en avoir sur moi !

« Et il faut que je vous dise... elle en a déjà volé à un ami qui passait la nuit chez nous. Je n'en ai jamais parlé à Clayton parce qu'il est très à cheval sur ces questions-là, mais j'aurais dû comprendre. Mais pourquoi voler ? Elle n'a jamais manqué de rien ! Elle ne continue pas chez vous, au moins ? »

— Non, mentis-je sans hésiter.

— Tant mieux, c'est peut-être bon signe. Vous voulez bien faire quelque chose pour moi ?

— Bien sûr. De quoi s'agit-il ?

— Quand vous pourrez, quand le moment s'y prêtera, dites-lui que je l'aime toujours très fort. Vous voulez bien ?

— Oui.

— Merci. J'essaierai de vous rappeler bientôt. Au revoir !

Un peu plus tard, je croisai Jimmy dans le hall et l'arrêtai pour lui faire part de ma conversation avec Leslie Osborne. Instantanément, son regard se durcit.

— Je suis tout à fait de l'avis du directeur, Aurore. Cette histoire de vol, ses mauvais résultats en classe, pour moi c'est pareil. Elle subissait des choses horribles et elle essayait de prévenir quelqu'un de ce qui lui arrivait.

— Mais il ne lui arrive rien de tel chez nous, Jimmy ! Alors pour quelle raison a-t-elle volé ?

— *Si* c'est elle, souligna-t-il avec ostentation. Je dis bien : *si*. À mon avis, cet argent a tout simplement été égaré. Et en admettant que ce soit elle : il s'agit d'une mauvaise habitude, voilà tout. À mesure qu'elle prendra confiance en elle et en nous, elle s'en corrigera, tu verras.

« Et à ta place, ajouta-t-il avec humeur, je ne croirais pas ce que raconte cette femme. Ces deux-là... Comment aurait-elle pu savoir ce que faisait son mari, d'abord ? Elle était bien trop égoïste ou trop occupée pour voir ce qui lui crevait les yeux ! La prochaine fois qu'elle t'appellera, raccroche-lui au nez, m'ordonna-t-il en tournant les talons.

Et il partit à grands pas vers le couloir qui donnait accès aux sous-sols.

Oh, Jimmy, pensai-je en le regardant s'éloigner, c'est toi qui refuses de voir la vérité, maintenant ! Quand accepteras-tu d'ouvrir les yeux ?

17

Le vernis craque

Comme promis, Mère donna en l'honneur de Fern ce qu'elle appelait un dîner de famille, et moi un banquet. Pourquoi tenait-elle tant à éblouir une gamine de dix ans et demi ? Impossible à savoir, mais elle fit ce qu'il fallait pour cela. Nous nous retrouvâmes donc tous à sa table, Jimmy et moi, Philippe et Betty Ann, Fern, Christie et les jumeaux. Mère était sur son trente et un, Bronson arborait une de ses élégantes vestes lie-de-vin, et les domestiques allaient et venaient en silence, prêts à devancer nos moindres désirs. Un bon point pour Mère, toutefois : elle ne nous avait pas imposé la présence d'étrangers à la famille. Et comme il fallait s'y attendre, elle avait insisté pour que Fern occupe le haut bout de la table.

— Après tout, c'est notre invitée d'honneur, et une invitée ravissante, de surcroît.

Fern avait hautement apprécié le compliment. Elle était le point de mire, ce soir-là. Jimmy avait tenu à lui offrir une toilette neuve pour l'occasion, et je l'avais emmenée dans un des meilleurs magasins de la ville. Son choix s'était porté sur une robe en velours bleu à col et poignets de dentelle, ornée d'une large ceinture nouée. Une des plus chères de la boutique, entre parenthèses, et d'un style qui aurait mieux convenu à une jeune fille. Il avait fallu faire quelques retouches pour l'ajuster à ses mesures. En outre, elle m'avait pratiquement forcé la main pour que je lui achète un soutien-gorge rembourré, sous prétexte que toutes ses amies en portaient. J'en avais conclu qu'elle fréquentait des élèves au-dessus de son âge, exactement comme à New York. Mais je m'étais bien gardée de faire la moindre observation.

Naturellement, j'avais dû acheter aussi les chaussures qui allaient avec la robe. Et en passant devant une bijouterie, Fern avait louché avec une telle convoitise sur un collier en or et les boucles d'oreilles assorties qu'il m'avait été impossible de les lui refuser. Elle m'avait sauté au cou et remerciée avec effusion, mais je commençais déjà à regretter mon geste.

N'étais-je pas en train d'essayer d'acheter son affection, exactement comme Clayton et Leslie Osborne ?

Je lui avais également permis de se rendre au salon de coiffure de l'hôtel, d'où elle était sortie transformée. Non seulement sa nouvelle coiffure la vieillissait de façon spectaculaire, mais l'esthéticienne avait sans rien m'en dire accepté de la maquiller. En la voyant apparaître dans sa robe neuve, avec sa nouvelle coiffure, du rose aux pommettes et du crayon aux paupières, Jimmy ouvrit des yeux grands comme des soucoupes.

— Est-ce que c'est bien ma petite sœur, ou je rêve ? s'écria-t-il en lui ouvrant les bras.

Il rayonnait, mais le regard que me lança Fern par-dessus son épaule me fit frémir. On aurait juré qu'elle se considérait comme ma rivale dans le cœur de Jimmy... et une rivale triomphante.

— Merci, minauda-t-elle en l'embrassant sur la joue.

— Ce n'est pas moi qu'il faut remercier, ma chérie, je n'y suis pour rien. C'est Aurore qui t'a offert tout ça.

Fern vint m'embrasser à mon tour, sous l'œil attendri de Jimmy. Je savais ce qu'il pensait à cet instant précis : que nous avions raison de gâter Fern. Qu'à force de lui prodiguer notre affection, nous la rendrions meilleure.

Avec Mère, en tout cas, elle fut parfaite. Les Osborne l'avaient bien élevée, ses manières à table ne laissaient rien à désirer. Elle surprit beaucoup Bronson en lui donnant du « cher monsieur ». Et chaque fois que Mère ou lui l'interrogeaient, elle répondait d'une voix mesurée, décrivant avec aisance les endroits qu'elle avait visités, leurs particularités intéressantes, et donnant même son opinion sur les pièces de théâtre qu'elle avait pu voir. Elle faisait preuve d'une expérience du monde très au-dessus de son âge, et ils en furent tous deux favorablement impressionnés. Quant à Jimmy, il éclatait d'orgueil.

— Quelle délicieuse jeune fille ! nous dit Mère à la fin de la soirée. On voit qu'elle a été à bonne école.

Jimmy n'apprécia pas du tout ce compliment qui s'adressait aux Osborne : je le vis se rembrunir et m'empressai de parler avant lui.

— Fern a tout le temps de paraître dans le monde, Mère. C'est encore une petite fille. Elle a été très bien élevée, c'est entendu, mais aussi très malheureuse.

— Je sais, je sais, mais que veux-tu... c'est tellement agréable de voir une enfant qui sait se conduire en société, de nos jours. Au fait...

Mère plaqua la main sur son cœur comme si elle allait défaillir et poussa un soupir à fendre l'âme.

— J'ai des nouvelles de Clara Sue. Elle vit avec son camionneur, ce Skipper, près de Raleigh, en Caroline du Nord. Nous l'avons su quand elle a écrit à Bronson pour lui réclamer de l'argent. Ils vivent dans ce camion et traînent dans toute la région, vous vous rendez compte ? Mais qu'est-ce que j'ai fait au bon Dieu pour avoir une fille pareille ?

Son ton geignard commençait à me porter sur les nerfs, et je répliquai un peu vivement :

— Demande-toi plutôt ce que tu n'as pas fait, Mère.

— Ah, s'il te plaît, Aurore, pas de sermons ce soir ! Ne nous gâche pas la joie de fêter le retour de la petite sœur si longtemps perdue de notre cher Jimmy ! débita-t-elle.

Et elle décocha au cher Jimmy son plus éblouissant sourire. Il la remercia comme il se devait et tout le monde en fit autant, avant de prendre congé. Mère se plaignit de nous voir partir si tôt, mais je tins bon. Le lendemain était un jour de classe et j'aurais pu jurer que Fern n'avait pas terminé ses devoirs. J'étais loin du compte : elle n'en avait fait aucun, et cela depuis des jours et des jours. M. Youngman m'appela le lendemain matin pour me donner un aperçu de ses résultats scolaires depuis son arrivée à Cutler's Cove.

— Tous ses professeurs sont du même avis, madame Longchamp : elle est terriblement irrégulière. Elle peut travailler très bien pendant quelque temps, et rester ensuite plusieurs jours sans rien faire. Elle trouve toujours des excuses, invraisemblables d'ailleurs, et qui ne trompent personne.

« Par deux fois, elle a fait preuve d'insolence, et dans l'une de ces occasions au moins son professeur a jugé nécessaire de l'envoyer s'expliquer devant moi. Je crains que ses problèmes ne soient plus sérieux que nous ne l'avions d'abord supposé, je vous l'avoue. Cette enfant a sans doute besoin d'affection et de soins, mais encore bien davantage d'une discipline très stricte.

— Merci pour votre appel, monsieur Youngman. Je vais immédiatement parler à mon mari et réfléchir avec lui aux mesures à prendre.

Une note de soulagement perça dans la voix du directeur.

-- Merci à vous, madame Longchamp. Et bonne chance.

J'allai aussitôt rendre compte de cette conversation à Jimmy, qui m'écouta d'un air soucieux, et je lui exprimai mon opinion.

— Je crois que M. Youngman a raison, Jimmy. Nous devons nous montrer plus fermes avec elle.

— Et moi qui croyais que tout allait si bien !

— C'est ce qu'elle nous disait, oui. Seulement... ce n'était pas vrai.

— Entendu, admit-il. Nous discuterons de tout ceci avec elle.

Le soir même, nous allâmes tous deux faire la morale à Fern dans sa chambre, et lui mettre les points sur les i.

— Tu rentreras directement à la maison après l'école, décréta Jimmy, et tu feras ton travail de classe avant toute autre chose. Dès qu'il sera fini, tu iras montrer tes devoirs et réciter tes leçons à Aurore. Si elle est satisfaite, tu pourras occuper ton temps à ta guise.

« Mais attention ! Si j'apprends que tu as encore été insolente avec un professeur, tu ne remettras plus les pieds à l'hôtel. Tu resteras enfermée dans ta chambre. Nous savons que tu es passée par de mauvais moments, Fern, mais ce n'est pas une excuse. Il faut que tu travailles et que tu nous fasses honneur, sinon nous serons tous considérés comme de mauvais tuteurs et nous n'aurons pas le droit de te garder. Est-ce que tu comprends ça ?

Elle hocha la tête sans lever les yeux vers Jimmy, et je fus seule à voir combien il lui en coûtait d'être sévère. Mais il savait qu'il le fallait.

— Bien, conclut-il, voyons si tu es capable de repartir du bon pied.

Fern se taisait toujours, mais au moment où nous allions sortir elle releva la tête et tourna vers moi un visage convulsé de rage. Les yeux réduits à deux fentes sombres, les lèvres étirées sur ses dents serrées, elle me jeta un regard de haine qui me glaça le sang dans les veines. Je savais qu'elle m'accusait d'avoir monté Jimmy contre elle, mais cela ne fit que renforcer ma conviction. Il fallait la reprendre en main avant qu'il ne soit trop tard.

Elle aurait pu bouder ou se plaindre, mais il n'en fut rien. Pendant quelques semaines, elle étonna tout le monde par une conduite irréprochable. Elle se concentra sur son travail, aussi bien en classe qu'à la maison, et, loin de se montrer agressive envers moi, elle m'apporta ses devoirs à vérifier avec une soumission exemplaire.

Elle cessa de tourner autour des chasseurs, offrit spontanément ses services à Mme Boston et consacra même un peu de temps à Christie pour l'aider dans ses devoirs. Un revirement tellement spectaculaire, en fait, que M. Youngman m'appela pour m'exprimer sa gratitude et son entière satisfaction. Je m'empressai d'en faire part à Jimmy et le soir même, à table, nous adressâmes nos félicitations à Fern.

— Merci, dit-elle avec une étonnante modestie. Je suppose que je me suis conduite en enfant gâtée, c'est tout.

Jimmy me sourit, tout heureux. Mais avant la fin du dîner, Fern le mit dans l'embarras en lui soumettant une requête inattendue.

— Je suis invitée à une soirée dansante à l'école, annonça-t-elle. J'ai la permission ? Je pourrais mettre la robe et les bijoux qu'Aurore m'a offerts pour le dîner à Bel Ombrage.

— Une soirée dansante ? s'effara Jimmy. À l'école primaire ?

Il me consulta du regard et je ne pus que secouer la tête : j'ignorais tout de ce soi-disant bal d'écoliers.

— À vrai dire, ce n'est pas exactement à l'école, précisa Fern. C'est un bal entre élèves du premier cycle.

— Au collège, alors ? Et qui donc t'y a invitée ? voulut savoir Jimmy.

— Oh, un garçon que je connais ! Alors, je peux y aller ? insista Fern en se tournant carrément vers lui. Je peux ?

Il balbutia, pris de court :

— Le collège... euh... je ne sais pas si...

— Mais je rentre en sixième l'année prochaine, quand même ! C'est presque comme si j'étais déjà en secondaire !

Je dressai l'oreille.

— Quel âge a ce garçon, Fern ?

— Qu'est-ce que ça peut bien faire ? C'est juste un bal !

— Est-ce que d'autres filles de ta classe y vont aussi ?

J'étais de plus en plus méfiante, et la réponse hâtive de Fern aiguisa mes soupçons.

— Je n'en sais rien. Elles sont tellement gamines !

— Mais ce garçon, lui, en quelle classe est-il ? En sixième, en cinquième ?

— En seconde, avoua-t-elle.

— En seconde ! Mais c'est déjà le second cycle, ça !

— Et après ? C'est le même bal, non ?

— Mais pourquoi un garçon de cet âge t'inviterait-il à un bal ? Tu n'as pas onze ans, il me semble que c'est un peu jeune pour...

— Je savais que tu dirais non ! explosa-t-elle. J'en étais sûre, j'en étais sûre !

— Écoute un peu, au lieu de t'énerver, intervint Jimmy.

Mais Fern était lancée. Elle hurla comme une furie :

— Elle me déteste ! Elle me déteste depuis que j'ai mis les pieds ici ! Elle est toujours en train de te dire du mal de moi.

— Fern, ça suffit !

Cette fois, Jimmy avait haussé le ton. Fern le regarda dans les yeux, piqua du nez vers son assiette et fondit en larmes. De vraies larmes, qui ruisselaient sur ses joues, à la profonde stupéfaction de Christie : la pauvre petite était sous le choc. Mais Jimmy demeura inflexible.

— Aurore a raison. Il n'est pas normal qu'un élève de seconde s'intéresse à une fille de ton âge. Tu grandis trop vite.

— Et vous, alors ? riposta-t-elle en relevant la tête. Vous avez attendu, peut-être ?

Jimmy rougit jusqu'à la racine des cheveux.

— Tu es injuste, Fern, protestai-je avec douceur. Nous vivions dans des circonstances tout à fait différentes.

— Et j'estime que tu nous dois des excuses, appuya Jimmy. Je les attends.

— Je vous demande pardon, maugréa-t-elle, la tête basse. Je peux monter, maintenant ?

— Tu n'as pas fini de manger, répliqua Jimmy.

— Je n'ai plus faim.

— Fern, dis-je à mon tour, tu ferais bien de nous écouter, pour une fois. Nous ne voulons que ton bien.

Elle se frotta les joues avec sa serviette.

— Ça va, j'ai compris. J'aimerais seulement aller lire un peu dans ma chambre.

— Bon, vas-y, consentit Jimmy.

Dès qu'elle fut partie, Christie tourna vers moi sa frimousse curieuse.

— Qu'est-ce qui lui arrive, à tante Fern ?

— Elle grandit trop vite, ma chérie, voilà tout.

— Et moi, maman, est-ce que je grandis trop vite aussi ?

— J'espère que non, mon trésor. J'espère que non !

Jimmy sourit, mais il reprit bien vite son air soucieux. Il ne pouvait pas s'empêcher de regarder sans arrêt du côté du hall, l'esprit tout occupé de Fern.

— Je te promets d'aller lui parler, affirmai-je en posant ma main sur la sienne.

Et je tins ma promesse. Un peu plus tard, je frappai doucement à la porte de Fern, qui cette fois s'empressa de répondre. Je la trouvai couchée en chien de fusil sur son lit, devant un livre.

— Fern, attaquai-je sans ambages, je crois que nous devrions avoir une conversation sérieuse, toutes les deux.

— Tu veux dire... à propos du sexe et des garçons ?

— Exactement. Il est évident que tu grandis très vite. Leslie n'a jamais parlé de ces choses avec toi ?

— Leslie ? Sûrement pas ! D'ailleurs...

Fern s'adossa au chevet du lit, m'invita du geste à prendre place à ses côtés et se pencha vers moi d'un air de conspiratrice.

— Je crois qu'elle ne couchait même plus avec Clayton, tu vois ? Ils avaient chacun leur chambre. Et c'est peut-être même pour ça qu'il m'a fait... ce qu'il m'a fait, conclut-elle en se redressant.

J'en restai sidérée. Comment une enfant de cet âge pouvait-elle en savoir aussi long ? Puis je réfléchis, et je crus comprendre. Fern avait grandi à New York, et on apprend vite dans un pareil environnement...

— Tu me parais beaucoup plus avertie que je ne l'étais à ton âge, observai-je. Où as-tu appris tout ça, si Leslie ne t'a rien dit ?

Elle haussa les épaules.

— Bof ! Avec des amies, à l'école, et tout ça...

— Qu'est-ce que tu appelles « et tout ça » ?

— Les livres, les magazines, des tas de trucs, quoi !

— Je vois. Est-ce que tu veux bien que je te dise, moi aussi, certaines choses qui peuvent t'intéresser ?

Cette fois, j'avais éveillé son attention.

— Bien sûr !

— Tu es en train de devenir femme, Fern. Tu te transformes. ton corps se transforme et...

— Je sais, je commence à avoir de la poitrine. Les garçons aussi s'en aperçoivent, constata-t-elle avec satisfaction.

— Il n'y a pas que cela, Fern. Devenir femme implique beaucoup d'autres changements. Dans le caractère, les sentiments, l'humeur, par exemple... On pleure pour un rien, on veut soudain ce qu'on n'a jamais voulu. Et les garçons...

« Les garçons deviennent tout à coup fascinants. On remarque chez eux des tas de détails qui ne vous avaient jamais frappée. On a beaucoup plus envie de les fréquenter, de s'occuper d'eux. Et surtout, on commence à se voir autrement soi-même.

« C'est ce qui t'arrive, n'est-ce pas ? Tu te sens plus femme que petite fille. C'est pour cela que tu tournes autour des garçons plus âgés que toi... et que tu vas rejoindre les chasseurs au sous-sol pour leur demander des cigarettes.

— Qu'est-ce qui t'a raconté ça ? Ce chameau de Robert Garwood, je parie. Le sale menteur !

— Je sais très bien que tu vas fumer au sous-sol, Fern, mais je n'ai rien dit à Jimmy, repris-je sans me laisser troubler. Tu as tort de croire que je cherche à le monter contre toi, ce n'est pas vrai. Mais c'est toi qui vas y arriver, si tu continues à te conduire comme ça.

« Tu vas peut-être me trouver stupide, mais je te le répète : n'essaie pas de grandir trop vite. Sois prudente, ou tu pourrais faire des choses que tu regretterais plus tard.

— Comme toi quand tu t'es retrouvée enceinte de Christie ?

— Oui, mais j'ai eu la chance d'avoir Jimmy, qui m'aimait vraiment. Tout le monde n'a pas cette chance-là, Fern, et je ne te conseille pas de miser là-dessus. Compte plutôt sur ta sagesse. Si tu te jettes à la tête des garçons, ils pourraient te prendre pour une fille légère et profiter de toi. Tu vois de quoi je veux parler ?

Elle fit un signe d'assentiment et bougonna :

— C'est juste un bal, quand même !

— Pour toi, oui. Mais ce collégien qui t'a invitée pourrait bien avoir d'autres idées en tête. Il est plus âgé que toi, d'abord. Et il a dû voir chez toi quelque chose qui lui fait penser que tu seras une proie facile. Sinon, il ne t'aurait pas invitée.

— Et pourquoi pas ? Je suis aussi jolie que les grandes, j'en suis sûre !

— Et moi aussi, Fern, tu es peut-être même plus jolie que la plupart, mais là n'est pas la question. Pourquoi t'a-t-il invitée, toi ? Réfléchis un peu à ça. Tout ce que nous te demandons, c'est de prendre le temps de grandir. Ton heure viendra, ne t'inquiète pas. Tu auras une armée de soupirants et tu ne perdras pas une miette de la vie, j'en suis certaine.

— Mais quand pourrai-je aller danser, alors ?

Je lui tapotai affectueusement la main.

— Bientôt, crois-moi, affirmai-je en me levant. Et quand le moment viendra, nous ne ferons rien pour t'en empêcher, au contraire. Nous nous en réjouirons pour toi.

— Est-ce que Jimmy est très fâché contre moi ?

— Fâché, non, mais il s'inquiète pour toi. Et si tu descendais lui parler ?

— D'accord, acquiesça-t-elle en se laissant glisser à bas du lit pour bondir vers la porte.

Je me préparais à lui emboîter le pas, quand elle se retourna sur moi. Je crus qu'elle voulait me remercier d'avoir mis les choses au point, mais elle me demanda tout à trac :

— Un jour tu me raconteras comment tu es tombée amoureuse et comment tu as fait pour avoir Christie aussi jeune ?

— Un jour, oui.

Elle sourit et s'en fut en toute hâte, me laissant complètement désarçonnée.

Il y avait bien longtemps que je n'avais pas pensé à Michaël Sutton, sinon très fugitivement. Quand Trisha venait me voir ou me téléphonait, il lui arrivait d'y faire allusion. Elle me communiquait les quelques rumeurs qu'elle avait glanées par-ci, par-là, sur sa carrière et ses conquêtes. Mais cette fois, il en alla tout autrement. La question de Fern, sa curiosité pour ma tragique histoire d'amour agirent comme un mauvais sort jeté par une sorcière. Moins d'une semaine plus tard, en décrochant mon téléphone, j'éprouvai un véritable choc : l'appel émanait de Michaël Sutton !

— Aurore ?

366

Je sus instantanément que c'était lui. Je n'avais pas oublié cette voix vibrante et mélodieuse qui avait donné vie à mes rêves d'adolescente, quand j'étudiais la musique à New York. Jamais je ne l'oublierais. Et maintenant, elle gommait miraculeusement les années d'absence et c'était le temps qui se dissolvait comme un rêve. Le cœur me battait. J'étais incapable d'articuler un son.

— C'est Michaël, Aurore.

— Michaël ?

Il éclata de rire.

— En personne ! Je sais que tu ne t'attendais plus à recevoir de mes nouvelles, et je suppose que tu n'y tenais pas. Mais je n'ai pas pu m'empêcher de t'appeler : je suis à Virginia Beach.

— À Virginia Beach ?

— Eh oui, à quelques kilomètres de chez toi. Après tout ce temps, quand on y pense ? Alors, qu'est-ce que tu es devenue ?

Ce que j'étais devenue ? Il osait me le demander, lui ? L'homme qui prétendait m'adorer, qui m'avait juré fidélité, qui s'était déclaré fou de joie en apprenant que j'étais enceinte et s'était empressé de m'abandonner ? L'homme qui m'avait laissée partir en larmes dans les rues de New York, toute seule, en pleine tempête de neige ?

— Ce que je suis devenue ? répétai-je, comme si je voulais m'assurer que j'avais bien entendu.

Michaël rit encore, mais cette fois un peu plus nerveusement, je l'aurais juré. Nerveux, le grand Michaël Sutton ? Cela ne lui ressemblait guère, et encore moins de le laisser voir. Où voulait-il en venir ? J'attendis.

— Dès mon retour aux États-Unis, j'ai mené ma petite enquête à ton sujet, et me voilà en Virginie. Tu as hérité d'un complexe de vacances très coté, à ce qu'il paraît ? Un endroit tout ce qu'il y a de huppé !

— En effet, Michaël, répliquai-je avec une froideur distante que m'eût enviée Grand-mère Cutler. Et je suis non seulement mariée, mais très heureuse.

— Je sais, je sais ! gloussa-t-il dans un petit ricanement, sans joie aucune cette fois. Tu as épousé ce militaire que tu prenais pour ton frère, c'est ça ?

— Et qui est également un père merveilleux, aimant et généreux, ripostai-je, retournant la flèche à l'envoyeur.

Apparemment, Michaël avait le cuir épais.

— Ah oui ? Tant mieux, alors. N'empêche que j'aimerais bien te voir.

— Vraiment ? Et pourquoi justement maintenant, Michaël ?

— Je sais que tu as de bonnes raisons de m'en vouloir, Aurore. Mais si tu me laisses une chance de m'expliquer...

— T'expliquer ?

Cette fois, ce fut moi qui éclatai de rire, mais Michaël revint à la charge.

— Si je te disais certaines choses dont je ne pouvais pas te parler à ce moment-là, tu comprendrais. Et puis... j'aimerais voir notre enfant, ajouta-t-il un ton plus bas.

— Notre enfant ? Ce n'est plus notre enfant, Michaël, mais la mienne et celle de Jimmy. Nous avons rempli toutes les formalités légales : il l'a adoptée officiellement.

— Je comprends bien mais... j'aimerais la voir, c'est tout. Juste une fois.

— Tout d'un coup, comme ça, après tant d'années ? Où étais-tu passé, au fait ?

— Je t'ai dit que je t'expliquerais, ce n'est pas le genre de choses dont on peut discuter par téléphone. Je suis descendu à l'hôtel des Dunes.

J'hésitai, affreusement partagée entre ces deux moitiés si contradictoires de moi-même, le rêve et la raison. Tout ce qui en moi était mûr, fort, lucide, me poussait à crier ses quatre vérités à Michaël, à lui raccrocher au nez... et même à lui interdire de me rappeler. Mais une autre voix, celle de la tendresse et de la pitié, me conseillait la douceur et le pardon. Pouvais-je les empêcher de se voir, Christie et lui ? Peut-être avait-il éprouvé des remords et souhaitait-il faire amende honorable du moins envers sa fille ? De quel droit le lui aurais-je interdit ? En outre, j'étais assez curieuse d'entendre ce qu'il aurait à dire pour sa défense, après tant d'années. Comment allait-il se justifier ?

D'autre part, si jamais Jimmy découvrait ma démarche, il serait furieux. Non, pas furieux : profondément blessé, ce qui était bien plus grave... Je ne savais quel parti prendre.

— Elle n'aura pas besoin de savoir qui je suis, dit Michaël, devançant mes objections. Nous dirons que je suis un ami de passage, et personne ne sera au courant. D'ailleurs je ne chante pas, en ce moment, et personne ne sait que je suis en ville.

— Il faut que je réfléchisse, Michaël...

— Comment s'appelle-t-elle ?

J'éprouvai un élan de compassion pour lui, et pour elle. Quelle tristesse de penser que son propre père ne connaissait même pas son nom !

— Christie.

— Joli nom. Nous l'avons choisi ensemble ?

— Non, Michaël.

— Peu importe, enchaîna-t-il adroitement. L'essentiel c'est que je la voie. Être si près de vous deux et vous manquer, ce serait un péché !

— C'est bien à toi de me parler de péché ! répliquai-je d'une voix coupante.

— Ne le prends pas mal, voyons ! Si quelqu'un est à blâmer, c'est moi seul. Je veux dire que... ce serait un péché de plus à ajouter aux miens, c'est tout. Je t'en prie, Aurore, laisse-moi la voir, ne serait-ce que dix minutes...

Je n'eus pas le courage de lui opposer un refus.

— Il faudrait que ce soit en fin d'après-midi, alors. Demain, quand Christie sera revenue de l'école ?

— Parfait. Nous prendrons le thé à mon hôtel. Quelle heure ?

— Quatre heures, m'entendis-je répondre, tout éberluée de consentir à sa requête.

— Merci, alors à demain. Je voudrais déjà y être ! dit-il en raccrochant, au moment où je me ravisais.

— Écoute, Michaël...

Le bourdonnement de la tonalité me répondit et je reposai le combiné, toute songeuse. Fallait-il avertir Jimmy, ou pas ? Je ne voulais pas agir en cachette, mais s'il savait, il serait fou de rage. Il pourrait très bien arriver à l'hôtel des Dunes avant moi et en faire sortir Michaël Sutton à grand fracas, de préférence par une fenêtre.

Non, il valait mieux régler cette affaire en quelques minutes, et discrètement. Tout se passerait comme le voulait Michaël : je dirais à Christie que je rendais visite à un vieil ami retrouvé par hasard, et voilà tout.

En attendant, je tremblais comme une feuille, et sans trop savoir pourquoi. Était-ce l'appréhension... ou l'attente ? Des images que je croyais à jamais enfouies au plus profond de moi resurgissaient, terriblement vivaces, réveillant tout un cortège de souvenirs environnés de musique. Je revoyais le sourire provocant de Michaël, j'entendais son rire, sa voix merveilleuse, j'éprouvais à nouveau cet élan qui m'avait jetée dans ses bras. Comment une adolescente naïve eût-elle résisté à l'amour d'un homme aussi beau, aussi séduisant, aussi brillant que Michaël ? Je m'étais laissé éblouir, et maintenant encore, je retombais sous le charme. La puissance de ces souvenirs était telle que j'en restais sans souffle, les joues en feu et le cœur battant.

J'eus beau faire, il me fut impossible de penser à autre chose qu'à mon rendez-vous du lendemain. La voix, le rire de Michaël emplissaient chaque instant de silence. Dès que je m'arrêtais de travailler, ma mémoire me jouait des tours. Je me retrouvais à New York, dans les couloirs de Sarah-Bernhardt, le long des rues, n'importe où... mais toujours avec Michaël. À la maison, je me montrai si distraite pendant le dîner que Jimmy finit par s'en apercevoir.

— Tu as l'air préoccupée, Aurore. As-tu de nouvelles raisons de t'inquiéter ? demanda-t-il en désignant discrètement sa sœur du regard.

Je pris subitement conscience de ma mine de coupable.

— Oh non, pas du tout ! Je... je pensais à certaines suggestions de M. Dorfman concernant nos projets d'expansion.

— Je croyais que nous devions laisser tous les soucis professionnels à la porte ? me rappela-t-il. Tu me l'avais promis. La maison, c'est sacré.

— C'est vrai, admis-je. Tu as raison, je te demande pardon.

Et je me joignis à la conversation générale, où il était principalement question de l'école.

Un peu plus tard, en allant dire bonsoir à Christie, je lui annonçai que nous irions faire des courses à Virginia Beach après la classe.

— Avec tante Fern ? voulut-elle aussitôt savoir.

— Non, ma chérie, juste nous deux. Tante Fern a trop de travail. Et comme cela pourrait la fâcher de ne pas venir avec nous, je préférerais que tu ne lui en parles pas.

Je détestais mentir à ma fille, mais je n'avais pas le choix.

— Ce sera un secret, alors ?

— Si tu veux, approuvai-je en l'embrassant, on peut voir ça comme ça. Bonsoir, mon trésor.

Tu vas bientôt voir ton vrai père, ajoutai-je à part moi, et tu ne le sauras même pas. En tout cas, pas de sitôt. Mais au moins, tu pourras t'en souvenir quand je t'en parlerai, pensai-je en l'embrassant une fois de plus.

— Dors bien, ma chérie.

Je refermai la porte et m'attardai quelques instants dans le couloir. J'avais un peu peur à l'idée de revoir Michaël. Comment allais-je me comporter devant lui ? Seraient-ce des paroles de colère qui me viendraient aux lèvres, ou de simples mots de regret ? Peut-on ne plus rien ressentir pour qui vous a inspiré un tel amour ?

Dans moins de vingt-quatre heures, je le saurais...

Je passai la matinée du lendemain sur des charbons ardents, et l'après-midi à guetter le retour des enfants. J'avais déjà donné mes instructions à Julius et quand la limousine se gara devant le perron, je l'attendais. Je dévalai les marches et rejoignis Christie sur la banquette arrière aussi vite que cela me fut possible, avec le sentiment d'agir en cachette. J'avais prévenu Jimmy que j'emmenais Christie à Virginia Beach pour lui acheter quelques vêtements, et il n'avait pas posé de questions. Je lui avais même demandé s'il n'avait besoin de rien.

— Non, m'avait-il répondu sans méfiance. J'aurais bien aimé venir avec toi, mais nous avons un petit problème avec un incinérateur. Dommage...

— Ce n'est pas grave, Jimmy, nous faisons juste un aller et retour, m'étais-je empressée d'expliquer, redoutant qu'il ne propose de nous rejoindre plus tard.

Et maintenant, en route pour Virginia Beach, je ressassais tous ces petits mensonges, dévorée de remords. La voix de Christie me tira de ma rêverie.

— Tante Fern a voulu savoir pourquoi je sortais en voiture, maman.

— Comment ? Ah oui... et qu'est-ce que tu lui as dit ?

— Que j'allais à l'hôtel. Et elle m'a regardée d'un air bizarre.

— Ce n'est rien, ma chérie. Tu as bien fait.

— Et où est-ce que nous allons ?

— Oh, juste faire quelques courses et voir un vieil ami de passage. Il est descendu dans un hôtel de Virginia Beach, ajoutai-je d'un ton détaché, ou qui voulait l'être.

Mais rien n'échappait à l'esprit aiguisé de ma fille.

— Si c'est un vieil ami à toi, pourquoi n'est-il pas venu chez nous, alors ?

— Il a des affaires à traiter à Virginia Beach, et il ne reste qu'un jour, voilà pourquoi.

Était-ce mon imagination ? J'eus l'impression que Christie n'était pas convaincue.

Je demandai à Julius de nous conduire directement à l'hôtel des Dunes. J'avais l'intention d'en finir tout de suite avec cette entrevue et d'emmener aussitôt Christie dans un grand magasin. Je comptais lui acheter du linge de corps, des chaussettes et un pull supplémentaires. L'hiver s'annonçait, nous avions déjà eu quelques gelées et le ciel devenait de plus en plus menaçant au nord-ouest. Les nuages me paraissaient plus noirs que jamais. Je redoutais cette période intermédiaire entre l'automne et l'hiver : elle me déprimait.

Les arbres dépouillés n'étaient pas encore chargés de neige, rien ne compensait la désolation de leurs branches nues. Et en attendant cette blancheur cristalline qui les rendait si beaux dans le clair de lune, ils seraient bien tristes à voir à la nuit tombée. Il faudrait patienter un peu pour qu'ils scintillent comme des arbres de Noël...

— Nous y sommes, annonça Julius.

Il n'eut même pas le temps de descendre. Le portier de l'hôtel des Dunes jaillit comme un diable de sa boîte et nous ouvrit la portière. Christie sortit la première, le remercia, et je la suivis, le cœur battant. J'étais si émue que je dus m'arrêter pour reprendre mon souffle, et elle leva sur moi un regard étonné.

— Nous en avons pour un quart d'heure à peine, Julius, déclarai-je avec assurance.

— Bien, madame Longchamp. Je vous attendrai ici :

— Merci. Allons-y, Christie chérie.

Je serrai la main de ma petite fille et m'avançai vers la grande porte, les jambes molles. J'avais l'impression de tituber et je lançais des regards en tous sens pour m'assurer qu'on ne me suivait pas des yeux, mais non. Personne ne semblait me remarquer. Le portier s'effaça devant nous et nous pénétrâmes dans le grand hall.

Tout d'abord je ne vis pas, ou plutôt ne reconnus pas, Michaël, assis juste en face de nous en train de lire un journal. Il l'abaissa, nous sourit... et mon cœur manqua un battement. Le sang se retira de mon visage, et j'eus le temps de penser que ce serait affreusement gênant de m'évanouir en public. Mais Michaël se leva et mon émoi se changea en stupeur, puis en curiosité pure et simple.

L'homme qui s'avançait vers nous était bien plus âgé que celui dont je gardais le souvenir. Ses cheveux châtains, maintenant striés de mèches blanches, avaient perdu leur lustre d'autrefois. Il était toujours aussi grand, bien sûr, mais ses épaules s'affaissaient, il n'avait plus ce port altier qui le distinguait jadis. Il était plus maigre, aussi, le visage presque aussi émacié que celui de papa. Et malgré l'élégance de son complet sport bleu foncé, sa mise offrait une apparence négligée. Son pantalon avait nettement besoin d'un coup de fer et son nœud de cravate lui-même avait un je-ne-sais-quoi de relâché. Disparu, le magnétisme auquel j'avais si facilement succombé. Cet homme-là n'aurait même pas tourné la tête à une de nos femmes de chambre.

Quand il me tendit la main, je remarquai aussitôt l'absence de sa chevalière et de sa montre en or massif : envolées, elles aussi...

— Aurore ! Quel plaisir de te revoir après tant d'années !

Ses yeux bleu saphir pétillèrent, et je retrouvai au moins cela de l'ancien séducteur : son regard provocant.

— Bonjour, Michaël.

Il recula d'un pas pour mieux examiner sa fille.

Et voici Christie, je suppose ? Je t'aurais reconnue entre mille. Elle est ravissante, observa-t-il à mon intention. Félicitations ! Tu me dis bonjour, jeune fille ?

Il lui tendit la main, qu'elle serra gravement, ce qui parut l'amuser beaucoup. Puis il fouilla dans sa poche de poitrine et en tira une petite boîte.

— Tiens, j'ai un cadeau pour toi.

— Oh, Michaël ! protestai-je, tu n'aurais pas dû.

— Ce n'est rien, voyons... juste un colifichet.

— Mais il faudra que j'en explique la provenance, moi !

— Désolé, mais je n'ai pas pu résister. Je voulais absolument lui apporter quelque chose.

— Qu'est-ce que c'est ? voulut savoir Christie.

Michaël me décocha un clin d'œil complice.

— Un échantillon de ma marchandise. Je suis représentant en joaillerie.

Christie s'empara vivement du paquet.

— Qu'est-ce qu'on dit, Christie ?

— Merci, monsieur. Je peux l'ouvrir ?

— Bien sûr ! Et si nous allions prendre quelque chose ? suggéra Michaël en désignant le salon-bar.

— Nous n'avons pas beaucoup de temps, mon chauffeur m'attend dehors.

— Je sais, mais tu m'accorderas bien quelques minutes, quand même ? Je ne t'en demande pas plus.

Il prit la main de Christie, l'entraîna vers le bar et je les suivis, le cœur battant. Nous prîmes place dans un box et Michaël commanda aussitôt un lait-grenadine pour Christie.

— Et pour toi, Aurore ? Un thé ou un alcool ?

— Un thé me suffira.

— Alors un thé pour madame et un whisky-soda pour moi, annonça-t-il au garçon. Du scotch.

Puis il se pencha en travers de la table.

— Tu te souviens du premier jour, quand je t'ai emmenée boire un cappuccino ?

— Je m'en souviens très bien. Et encore mieux du jour où tu n'étais pas là, ripostai-je vertement.

J'avais craint de retomber sous le charme de Michaël, mais le charme n'opérait plus. L'idole avait perdu la couche de clinquant que j'avais prise pour de l'or. Loin des feux de la rampe et des trémolos de l'orchestre, j'avais devant moi un homme ordinaire, et rien de plus.

— Oh ! Regarde, maman !

Christie avait ouvert la boîte, elle élevait vers moi une chaîne et un médaillon en or, sur lequel était gravée une note de musique. Un La... ou encore un A, selon la notation anglo-saxonne. Mon initiale...

— Oooh ! s'exclama Christie, émerveillée, en balançant le pendentif.

— J'ai offert un médaillon semblable à quelqu'un que j'aimais beaucoup, autrefois, dit Michaël en me regardant droit dans les yeux.

Je m'en souvenais, c'était un soir de *Thanksgiving*. Mais je ne possédais plus ce bijou, maintenant. Je l'avais laissé derrière moi, comme tant d'autres choses, quand on m'avait emmenée de force à Grand Prairie pour y accoucher en secret.

— On dirait un La, observa Christie, ce qui fit sourire Michaël.

— Ne me dis pas qu'elle est musicienne, en plus !

— Elle étudie le piano.

— Et je suis sûr qu'elle est très douée, elle a de qui tenir. En quelle classe es-tu, Christie ?

— Au cours préparatoire, mais dans le premier groupe, annonça-t-elle fièrement.

— Le premier groupe ?

— C'est une classe à deux niveaux, expliquai-je. En fait, Christie fait le travail du cours élémentaire.

— Je vois. C'est remarquable, commenta Michaël. Et Christie est la plus adorable petite fille que j'aie jamais vue. Ah ! Quand je pense à tout ce que j'ai manqué...

Le serveur apporta nos consommations et je trempai mes lèvres dans mon thé, mais Michaël avala une grande gorgée d'alcool, comme s'il éprouvait le besoin d'un remontant.

— En effet, Michaël, tu as manqué beaucoup de choses. Tu leur as tourné le dos, sans un mot d'explication. As-tu la moindre idée de ce que j'ai enduré ? demandai-je, emplie d'une colère soudaine. Partir comme ça, sans rien dire, en coupant tous les ponts derrière toi ?

Son regard se fit câlin, tendre, soumis, et je sentis mes paupières se gonfler de larmes. Mais je m'interdis de pleurer. Je ne voulais pas lui donner cette satisfaction, surtout pas.

Il baissa les yeux, contempla un moment son verre et releva la tête.

— Je me suis affreusement mal conduit, je sais, mais j'étais amoureux. Je n'ai pas pu m'empêcher de t'aimer, tout en sachant que je n'en avais pas le droit.

— Nous étions décidés à surmonter tous les obstacles, Michaël. Nous avions fait des projets. Et tu savais que je méprisais l'opinion des gens, y compris celle de ma soi-disant famille. Notre différence d'âge ne comptait pas, et même si tu risquais ta carrière, quelle importance ? Tu étais célèbre, et tu n'avais pas l'intention d'enseigner toute ta vie.

Il évita mon regard.

— Ce n'est pas à tout ça que je pensais, Aurore, tu ne m'as pas bien compris. C'est pour d'autres raisons que je n'étais pas libre de t'aimer.

— D'autres raisons, Michaël ? Et lesquelles ? Je crois qu'il est temps de tout me dire, tu ne crois pas ?

Il se mordit la lèvre, prit une grande inspiration et se renversa en arrière.

— Quand je t'ai rencontrée à New York et que nous avons commencé à nous voir, à nous aimer, je... j'étais déjà marié.

— Quoi !

— Oui, j'étais marié. Depuis au moins deux ans.

— Je ne te crois pas. Personne n'en a jamais parlé, ni les journaux ni...

— Personne ne le savait, coupa-t-il. Mon imprésario tenait à garder le secret. D'après lui, c'était vital pour ma carrière. Il affirmait que si mes admiratrices apprenaient la nouvelle, je perdrais mon prestige d'idole inaccessible. J'accueillis cette explication avec scepticisme.

— Et où était ta femme, pendant tout ce temps ?

— À Londres. C'était une Anglaise et elle faisait partie de l'équipe de décorateurs, pour un opéra que je répétais à ce moment-là. Nous avons eu le coup de foudre, exactement comme toi et moi. Et un beau jour nous sommes partis sans rien dire à personne à la campagne, pour nous marier dans une vieille église. J'étais romanesque et impulsif, en ce temps-là ! Et comme je te l'ai dit, mon manager et mon imprésario n'ont pas du tout apprécié. Et puis...

Michaël poussa un soupir interminable.

— ... et puis tout s'en est mêlé. Je travaillais trop, je voyageais trop. Nos sentiments n'y ont pas résisté. J'avais la ferme intention de lui parler de toi, tu sais ? Je voulais demander le divorce, mais je n'en ai pas eu le temps. Juste à ce moment-là, j'ai appris qu'elle était atteinte d'une grave maladie des reins et qu'on la soignait à Londres. Alors je t'ai quittée pour la rejoindre et j'ai accepté un engagement là-bas. Elle a traîné pendant des mois et des mois, et quand elle est morte d'une crise d'urémie, tu étais déjà partie. Je t'ai cherchée partout, mais tu avais disparu. Personne ne savait rien de toi. Alors je me suis senti très seul, trahi, et je suis retourné en Europe pour y poursuivre ma carrière. C'est par hasard que j'ai appris ton mariage et ce que tu étais devenue.

— Et pourquoi ne m'as-tu jamais rien dit de ta femme ?

— Je n'ai pas osé. J'avais peur que tu me quittes.

— Tu aurais au moins pu m'en parler au dernier moment, ou me laisser une lettre !

— Je n'ai pas su tenir tête à mon manager, ni à mes agents de publicité. C'est de la faiblesse, je sais. Je n'aurais jamais dû les laisser prendre le contrôle de ma vie. Ils disaient que notre mariage serait un suicide pour moi, et ils menaçaient de m'abandonner. Que puis-je te dire de plus ? (Il semblait prêt à pleurer, maintenant.) J'ai dû choisir entre l'amour et ma carrière... et j'ai opté pour ma carrière.

« Au fond, je crois que c'est à elle que je suis marié, depuis toujours. Elle a été mon premier amour, elle comptait plus que tout pour moi. J'étais encore jeune, et tellement occupé de moi-même et de ma gloire ! Seulement maintenant... quand je vous vois, toi et cette merveilleux petite Christie, je comprends tout ce que j'ai manqué.

« Mais tout n'est pas forcément perdu, ajouta-t-il précipitamment. J'ai retrouvé la raison. Un peu tard, j'en conviens, mais je suis quand même revenu, n'est-ce pas ?

— Qu'est-ce que tu racontes, Michaël ? À quoi penses-tu ?

— Nous avons connu des moments magiques, tous les deux, et c'est une expérience qui n'est pas donnée à tout le monde. Un amour comme le nôtre ne peut pas disparaître sans laisser de traces, affirma-t-il d'une voix brisée par l'émotion.

Cela me fit mal à entendre. On aurait dit un petit garçon qui implorait un miracle.

— Et moi j'ai le meilleur mari qui soit, Michaël. Je suis la plus heureuse des femmes et je ne quitterais Jimmy pour rien au monde. Nous avons connu un amour merveilleux, même s'il n'a pas duré, mais c'est toi qui l'as détruit. Je regrette ce qui t'est arrivé. Je regrette que tu ne m'aies pas dit cela quand nous vivions ensemble. Rien n'aurait pu nous séparer, mais je ne suis plus la même. L'ingénue que tu fascinais tellement est morte depuis longtemps.

Michaël avala d'un trait le reste de son verre.

— Je savais que tu dirais quelque chose comme ça, observa-t-il en souriant.

Puis il regarda Christie, qui finissait son lait-grenadine, et son sourire s'élargit encore.

— Nous allons te laisser, Michaël. J'emmène Christie faire des courses.

— Oh... oui, bien sûr, approuva-t-il en faisant signe au garçon.

— Et que fais-tu à Virginia Beach, au juste ?

— C'était sur mon chemin. Je reviens d'Atlanta et je repars immédiatement pour New York.

— En voiture ?

— Oui. J'ai du temps devant moi, et ça me permet de faire un peu de tourisme. Il y a tant de choses à voir...

Le garçon apporta l'addition et Michaël palpa la poche de sa veste. Il en tira son portefeuille, l'ouvrit et compara son contenu au prix des consommations.

— Il faut que j'aille changer un chèque à la réception, déclara-t-il. Je suis à court de liquide.

— Ne te dérange pas, je réglerai.

Il se racla la gorge et se pencha en avant.

— À vrai dire... j'avais une autre raison de vouloir te parler.

— Ah bon ?

Il sourit avec assurance.

— Puisque te voilà si riche, maintenant, j'ai pensé que tu pourrais faire quelque chose pour moi.

— Pardon ?

— Il faut que je retombe sur mes pieds. Si tu pouvais m'avancer cinq mille dollars, ce serait parfait.

— Cinq mille dollars !

— Pour la propriétaire du plus grand complexe hôtelier de la côte, je suis sûr que c'est une misère.

Mes yeux se dessillèrent. Ce n'était pas *aussi* pour m'emprunter de l'argent qu'il avait tenu à me rencontrer, c'était uniquement pour cela ! Son soi-disant désir de voir Christie n'était qu'un prétexte. Je ne l'aurais jamais cru si mesquin, ni si malhonnête.

— Michaël, même si je consentais à te prêter cette somme, ce qui n'est pas le cas, je ne pourrais pas le faire sans attirer l'attention. C'est un comptable qui gère le budget de l'hôtel.

— Mais tu as sûrement des revenus personnels, non ?

— *Nous* avons des revenus personnels, rectifiai-je. Jimmy et moi.

— Eh bien alors ?

— Alors ? (Il ne manquait vraiment pas de toupet !) Tu te figures que Jimmy me donnerait son accord ?

Il haussa les épaules.

— S'il n'en sait rien, qu'est-ce que ça peut lui faire ?

Je me raidis sur ma banquette et le foudroyai du regard.

— Jimmy et moi n'avons pas de secrets l'un pour l'autre, Michaël. Notre mariage est bâti sur la sincérité la plus totale.

Ses yeux se rétrécirent et leur petite flamme espiègle fit place à une expression toute différente, dure, sournoise et calculatrice.

— Tiens donc ! Alors il sait que nous avons rendez-vous aujourd'hui ?

— Bien sûr que non ! Il serait furieux, et il ne m'aurait jamais permis de venir.

Michaël retrouva brusquement le sourire.

— Tu vois bien ! triompha-t-il, tu lui as déjà menti.

Je secouai la tête, écœurée.

— Tu es vraiment au-dessous de tout, Michaël. C'est uniquement par pitié pour toi que je suis venue. Je trouvais trop dur que tu n'aies jamais vu Christie, c'est tout, mais il a fallu que tu fasses de cette rencontre une entrevue sordide ! Je m'en vais, dis-je abruptement. Viens, Christie.

Je me levai, jetai quelques pièces de monnaie sur la table et entraînai ma petite fille par la main.

— Une minute, Aurore. Je n'ai pas fini.

— Non, Michaël, c'est inutile. Je n'ai plus rien à faire ici.

Il me dévisagea fixement.

— Il me faut cet argent, Aurore. J'ai besoin d'une seconde chance et tu peux me la donner.

— Tu oses me le demander, après ce que tu m'as fait ? Peu importent tes bonnes raisons, insistai-je. C'est non.

— Aurore !

Je ne daignai même pas tourner la tête et mis le cap sur la sortie.

— Maman, le monsieur t'appelle...

— Aucune importance, Christie. Sortons d'ici.

Elle se retourna et je dus la remorquer à travers le hall, dans ma hâte à fuir cet étranger, ce survivant, pitoyable caricature de l'homme que j'avais jadis aimé.

18

Chacun son dû

Je n'étais pas encore assise à mon bureau que le téléphone sonnait. Je sus avant de décrocher que c'était Michaël.

— Aurore, attaqua-t-il de but en blanc, tu n'avais pas le droit de me traiter comme ça !

— Je n'avais pas le droit ? Et toi, alors ? Tu ne m'as pas traitée beaucoup mieux, il me semble.

— Je croyais m'être expliqué là-dessus ?

— Nous n'avons plus rien à nous dire, Michaël. Chacun de nous doit vivre sa vie, un point c'est tout.

— Mais c'est exactement ce que je cherche à faire, et voilà pourquoi j'ai besoin de cet argent.

— Michaël, il m'est impossible...

— Hé là, pas si vite ! J'ai des droits, moi aussi.

— Des droits ?

— Sur Christie. Elle est ma fille autant que la tienne. J'ai eu la gentillesse de me prêter à ton petit jeu et de passer pour un étranger, mais s'il me prenait la fantaisie de venir chez toi...

Je me laissai tomber dans mon fauteuil.

— Serais-tu en train de faire du chantage, Michaël ?

— Je ne te demande pas la lune ! J'ai seulement besoin de cinq mille dollars, pour l'instant.

— Pour l'instant ?

— Et tu pourras continuer à faire croire à Christie qu'elle est la fille de Jimmy. Je ne contesterai pas l'adoption.

— Parce que tu penses le faire ? Tu as séduit une mineure, tu l'as abandonnée quand elle était enceinte, et tu penses avoir une chance de gagner ton procès ?

— Peut-être pas, mais ça fera parler de moi. Toute publicité est bonne à prendre, comme dit mon imprésario. Dans mon métier, il n'y en a pas de mauvaise. Tu as déjà vu un artiste se plaindre de faire la une des feuilles à scandales ?

« D'ailleurs, un bon avocat pourrait brosser un tableau tout à fait différent de la situation. Je serais le brave type qui voulait tenir ses engagements, mais tu as disparu pour épouser le garçon que tu prenais pour ton frère. (Michaël émit un petit ricanement déplaisant.) Tu imagines l'effet que ça ferait dans la presse ?

— Tu es encore plus ignoble que je ne le croyais !

— Mais je ne te demande qu'un peu d'argent, voyons ! Qu'est-ce que c'est pour toi ? Une goutte d'eau dans l'océan. Et moi cela suffirait à me remettre en selle.

— Tu te trompes, ce ne serait pas une goutte d'eau pour moi, et ce n'est pas seulement une question d'argent. Jimmy serait...

— Il serait certainement furieux de savoir que tu lui as menti et que tu m'as revu en cachette, glissa Michaël d'un ton plein de sous-entendus équivoques.

— Seigneur, tu ne recules vraiment devant rien !

— Je te donne deux jours. Apporte-moi l'argent à l'hôtel, j'en ai besoin pour payer ma note. Deux jours, répéta-t-il d'une voix péremptoire.

Et il raccrocha.

Les joues en feu, le cœur en tumulte, je contemplai le combiné d'un air hébété. Comment me tirer de là ? Jimmy serait fou de rage, s'il savait, et surtout mortellement déçu. Mais si je cédais, le chantage n'aurait pas de fin. Michaël réclamerait de plus en plus d'argent, me menacerait de représailles de plus en plus graves. J'avais eu mon compte de souffrances, je ne voulais pas que Christie connaisse le même sort. Elle ne manquait de rien, elle menait une vie tranquille et heureuse, aimée, entourée, à l'abri de toute influence néfaste. Je voulais à tout prix continuer à la protéger.

Si je parlais à Jimmy, il entrerait dans une colère terrible et cela n'empêcherait pas Michaël de mettre sa menace à exécution. Il était aux abois, prêt à tout. Il n'avait rien à perdre et même quelque chose à gagner : une publicité douteuse, certes, mais toujours bonne à prendre. En déformant la vérité, ses avocats pouvaient très bien me donner le mauvais rôle. Christie serait considérée comme une sorte de bâtarde, elle grandirait dans une atmosphère empoisonnée, entourée d'allusions et de chuchotements. Les filles pouvaient être affreusement cruelles, surtout les adolescentes, j'en savais quelque chose. Ce scandale pèserait sur toute son existence, je ne pouvais pas accepter cela.

Mais que pouvais-je faire, alors ?

J'enfouis mon visage dans mes mains et j'éclatai en sanglots. Ce cycle infernal n'aurait donc jamais de fin ? Les erreurs de ma jeunesse devaient-elles nous suivre pendant la vie entière, moi et ceux que j'aimais ? Accablée, exténuée de désespoir et de chagrin, je me renversai contre le dossier de mon fauteuil.

Et mon regard tomba sur le portrait de mon père. Ses yeux paraissaient rivés aux miens et son sourire ambigu semblait m'indiquer quelque chose. On aurait dit qu'il guettait ma réaction, ma façon de faire face à cette nouvelle épreuve. Allais-je me montrer forte ou faible, gagner ou perdre la partie ? J'occupais la place de Grand-mère Cutler, je travaillais au bureau qui avait été le sien, je dirigeais l'entreprise qu'elle avait si solidement bâtie. Alors... pas de panique. Dans une telle crise, Grand-mère Cutler ne serait certainement pas restée à pleurnicher ni à s'apitoyer sur elle-même. Je détestais l'idée de prendre modèle sur elle, si dure et si froide, mais je me fis une raison. Apparemment, les gens de son espèce avaient leur place et leur utilité dans la vie. Il arrivait même qu'on ait besoin d'agir comme eux.

Cette réflexion fut pour moi comme une révélation. Oui, nous pouvions être contraints de porter le masque, d'imiter ceux que nous méprisions ou admirions, peu importe. Et plus nous avions de responsabilités, plus nous étions exposés à ce risque. J'en venais à comprendre Grand-mère Cutler, tout à coup, et même à l'apprécier... ou enfin presque. Et la force dont j'avais si désespérément besoin me fut donnée, la solution m'apparut ; ce fut comme si elles me parvenaient à travers ces quatre murs si longtemps habités par Grand-mère. Non, je ne laisserais pas Michaël ravager mon bonheur, et encore moins celui de ma fille. S'il ne renonçait pas à son égoïsme implacable, il allait trouver à qui parler. Et s'il croyait avoir affaire à l'adolescente naïve qu'avaient éblouie son charme et sa gloire, il allait mesurer son erreur.

Je me redressai, le dos aussi rigide que celui de Grand-mère Cutler, décrochai le téléphone et composai le numéro de M. Updike. Il m'écouta avec une attention extrême. Je lui exposai en détail les menaces de Michaël et conclus avec un peu d'embarras :

— Désolée de vous mêler à une nouvelle histoire de famille, monsieur Updike, mais j'ai besoin de vos conseils et d'un avis autorisé.

— Vous avez bien fait, Aurore. Ces procès pour la tutelle d'un enfant... (Une pause inquiétante suivit cette entrée en matière.) Ces procès peuvent être vraiment très, très déplaisants, comme vous avez failli l'apprendre à vos dépens il y a quelques années, quand vous avez voulu reprendre Christie.

Je dus contrôler ma voix pour demander :

— Mais lui, a-t-il encore des droits après tout ce qu'il a fait ?

— Les parents naturels en ont toujours, aux yeux de la loi. Il est vrai qu'il vous a abandonnées, l'enfant et vous, mais la situation n'est pas si simple. On vous a envoyée au loin pour accoucher discrètement. Il peut très bien prétendre qu'en apprenant votre état, il a cherché à vous joindre mais que vous aviez disparu.

— Et toutes ces années sans donner signe de vie, alors ?

— Cela ne parle pas en sa faveur, effectivement. Mais il n'en est pas moins le vrai père de l'enfant, et cela ne le prive pas de ses droits parentaux, si la Cour est disposée à lui en reconnaître. Et n'oublions pas qu'en cas de procès, toutes sortes de détails scabreux seraient étalés au grand jour. Et cela d'autant plus qu'ils concernent une personne jouissant d'une certaine célébrité. En bref, nous n'aurions aucun moyen de l'empêcher d'intenter une action en justice. Et je ne crois pas me tromper en prédisant que toutes ces turpitudes seraient non seulement très pénibles pour vous tous, mais désastreuses pour l'hôtel.

J'avalai péniblement ma salive.

— Alors que me suggérez-vous, monsieur Updike ? De lui donner cet argent ?

— Non. Laissez-moi un peu de temps pour me renseigner sur lui. Je vous rappellerai, ce ne sera pas long.

À moi, cela parut très long, en tout cas. J'eus beau essayer de m'absorber dans mon travail, je ne faisais que penser à ma conversation avec le notaire. Chaque fois que le téléphone sonnait, je décrochais en toute hâte, le cœur battant, espérant que ce serait M. Updike. Finalement, ce fut lui. Il m'apprit qu'il avait prié un de ses amis, avocat à Londres, de faire certaines recherches précises. Il m'appelait pour m'en fournir le résultat.

— La carrière de Michaël Sutton est en chute libre, commença-t-il. L'année dernière, il s'est vu refuser plusieurs grands rôles, à cause de son penchant un peu trop prononcé pour l'alcool.

— Je soupçonnais quelque chose comme ça.

— Et quant à cette histoire de mariage et d'épouse décédée...

— Ce n'était pas vrai ?

— Une invention pure et simple, j'en ai peur : il a une réputation bien établie de coureur de jupon. Ses incartades avec les chanteuses et autres sont plutôt scandaleuses, et elles portent souvent tort à ses producteurs.

— Et où cela nous mène-t-il ?

— Ma foi, son avocat aura bien du mal à le présenter comme un père honorable et responsable, injustement privé de ses droits. Reste le fâcheux effet qu'aurait un procès dans ces conditions...

« Non, notre meilleure chance est d'exploiter cette tentative de chantage, puisque chantage il y a. Je veux que vous retourniez le voir, Aurore. Toute seule.

— Et pourquoi ? Rien que d'y penser, j'en suis malade !

— Je comprends, mais je me vois obligé d'insister.

— À quoi bon, monsieur Updike ? Ce sera toujours sa parole contre la mienne, de toute façon !

— Non. Je serai là, moi aussi, avec un de mes associés que je charge de certaines enquêtes. Et à l'insu de M. Sutton, cela va de soi. J'ai l'intention d'enregistrer votre conversation. Vous croyez pouvoir vous en sortir ?

J'hésitai. Et si je me trahissais ? Michaël découvrirait le piège et se montrerait encore plus acharné à me nuire. Une fois de plus, je levai les yeux vers le portrait de mon père. Le petit sourire énigmatique était toujours là, mais plus pensif, me sembla-t-il. Et même un peu crispé.

— Oui, monsieur Updike, annonçai-je d'une voix ferme. Je m'en sortirai. Comment devrons-nous procéder ?

— Nous allons mettre cela au point avec mon associé, je vous donnerai tous les détails demain.

Inutile de dire dans quel état de nerfs je passai la soirée, et que je dormis très mal cette nuit-là. Heureusement, Jimmy était préoccupé par un problème de maintenance assez ardu et il ne remarqua rien. Le lendemain, M. Updike appela dans la matinée.

— Arrangez-vous pour rencontrer ce monsieur au même endroit, me conseilla-t-il. Nous serons dans le box voisin. Je passerai à votre bureau cet après-midi pour vous expliquer comment diriger l'entretien, afin de faire apparaître clairement le chantage.

— Je préférerais me rendre moi-même à votre bureau, monsieur Updike.

Un petit silence éloquent suivit ma déclaration : M. Updike tirait ses conclusions.

— Vous n'avez rien dit à Jimmy, n'est-ce pas ?

— Non, j'espérais venir à bout de ce problème sans qu'il y soit mêlé. Il s'emporte vite et...

— Je comprends très bien, rassurez-vous. Alors chez moi, deux heures précises.

Je fus exacte au rendez-vous et le notaire me présenta son associé, une sorte de colosse pas loin de la quarantaine. J'appris que M. Simons était un ancien officier de police qu'un accident avait contraint de quitter le métier. Mis à la retraite d'office, il augmentait ses revenus en se livrant à des enquêtes privées. Il boitait légèrement, ce qui n'ôtait rien à sa taille ni à sa force. Je l'aurais très bien vu en videur de boîte de nuit.

Quand j'eus assimilé toutes les recommandations de M. Updike, son associé me montra le petit magnétophone à piles qui allait servir à enregistrer les menaces de Michaël.

— N'ayez pas peur de paraître nerveuse devant lui madame. Il trouvera cela tout naturel, vu la situation. Essayez de nous oublier, et laissez-le s'enferrer tout seul. C'est généralement ce qui se passe, dans ces cas-là.

L'assurance tranquille de M. Simons m'apporta un grand réconfort. De retour à l'hôtel, j'appelai Michaël et pris rendez-vous avec lui pour le lendemain après-midi, à une heure, au même endroit. Il ne posa qu'une question :

— Tu auras l'argent sur toi ?

— À demain, Michaël. Une heure, dis-je simplement.

Et je m'empressai de raccrocher.

J'arrivai à l'hôtel des Dunes avec quelques minutes d'avance, et je vis de loin le notaire et son associé, déjà installés. M. Updike m'adressa un petit signe de tête rassurant. Quelques instants plus tard, un Michaël tout pimpant faisait son entrée dans le hall. Veste sport bleu clair, pantalon assorti, mocassins de peau souple... tout était neuf.

— Comment me trouves-tu ? demanda-t-il sans même penser à me dire bonjour. Je me suis habillé à la boutique de l'hôtel.

— Tu es superbe, Michaël.

Il sourit avec complaisance et me décocha un regard suggestif.

— Eh bien, si nous allions prendre un café ?

Il me tendit le bras, mais j'ignorai son geste et m'avançai dans la salle. M. Updike avait pris toutes les dispositions nécessaires : une serveuse vint au-devant de nous et nous pilota jusqu'à notre box, contigu à celui des deux hommes. Je passai aussitôt ma commande.

— Un café pour moi, s'il vous plaît.

— Un café, c'est tout ? protesta Michaël en dépliant le menu. Moi, j'ai un petit creux. Je vais prendre, voyons... le sauté de crevettes, avec un café noir, annonça-t-il à la serveuse.

Elle se retira aussitôt et Michaël croisa les mains sur la table, l'air plus satisfait que jamais.

— J'espère que tu n'as pas tout apporté en liquide, au moins ?

— Et moi je n'arrive toujours pas à croire que tu sois venu jusqu'ici pour me demander de l'argent, Michaël.

Il haussa les épaules.

— Tu peux bien faire ça, non ? C'est si peu de chose, pour toi !

— Et si je refuse ?

— Attention, Aurore, je ne plaisantais pas. Ou tu paies, ou je prends un avocat et je réclame la garde de Christie.

— Tu n'as aucune chance de l'obtenir.

— Et après ? Je te l'ai déjà dit, je m'en soucie comme d'une guigne ! C'est la publicité qui m'intéresse. Toi, elle te fera du tort, mais moi elle m'arrangera.

— Et le mal qu'elle pourra faire à ta fille, tu y penses ?

— Bof ! Elle s'en remettra. Les enfants oublient vite.

— Tu te trompes lourdement, Michaël. Christie ne te pardonnerait jamais.

— Qu'est-ce que ça change ? Elle ne sait même pas que j'existe. Écoute-moi, Aurore, je suis très sérieux. C'est la seconde fois que nous nous rencontrons, et je suis sûr que tu n'as rien dit à ton mari. C'est moi qui le mettrai au courant, s'il le faut. Seulement... (Il eut un sourire torve, accompagné d'un clin d'œil égrillard.) J'ajouterai quelques petits détails croustillants, si tu vois ce que je veux dire ?

La serveuse apporta nos cafés, et j'attendis qu'elle s'en aille pour répondre.

— Non, Michaël, je ne vois pas du tout.

— Tant pis pour toi. Tu as les cinq mille dollars ?

— Non, Michaël. Si je commençais à te donner de l'argent, ça n'en finirait pas.

— Je te préviens, Aurore...

Je me levai.

— J'espère que tu as de quoi régler l'addition, Michaël.

Sur ce, je m'éloignai d'un pas vif, le laissant bouche bée de stupeur. Au moment de quitter la salle, je coulai un regard par-dessus mon épaule. M. Updike et son associé avaient quitté leur box et prenaient place en face de Michaël. Effondré sur sa banquette, il pâlit dès les premiers mots qu'ils lui adressèrent. Puis M. Simons exhiba son magnétophone de poche.

Michaël jeta un coup d'œil rageur dans ma direction, mais je lui tournai le dos, carrément et pour toujours. En tout cas, j'osais l'espérer...

Dès mon arrivée à Cutler's Cove, je sentis que quelque chose n'allait pas. Tout était trop silencieux, trop calme. Devant le comptoir de la réception, quelques membres du personnel et un petit groupe de clients s'entretenaient à voix basse. Mme Bradley m'aperçut et quitta instantanément son poste pour venir à ma rencontre. Son air troublé n'annonçait rien qui vaille.

— Que se passe-t-il, madame Bradley ?

— C'est Mlle Clara Sue, madame Longchamp. Elle... Il y a eu un terrible accident, quelque part en Alabama. Le... le camion...

Les larmes empêchèrent la brave femme d'en dire plus et je m'écriai d'une voix fébrile :

— Où est Jimmy ? Où est mon mari ?

— Dans votre bureau, je crois. Oh, quel malheur, madame Longchamp !

Je ne fis qu'un bond jusqu'à mon bureau, où je trouvai Jimmy au téléphone. Il secoua tristement la tête à mon entrée.

— Voilà Aurore, nous arrivons tout de suite dit-il en raccrochant. C'était Philippe, m'expliqua-t-il ensuite. Betty Ann et lui sont à Bel Ombrage. Où étais-tu ?

Je m'approchai de lui et préférai ignorer la question.

— Que s'est-il passé, Jimmy ? Dis vite !

— La remorque a décroché. Elle s'est retournée, a percuté la cabine et l'a écrasée.

— Oh, Jimmy ! C'est affreux. Quelle mort épouvantable !

— Oui, même pour une fille comme elle, c'est vraiment terrible.

— Et Mère ?

— Elle est dans tous ses états, tu t'en doutes. Elle n'arrête pas de te réclamer. Où étais-tu ? demanda-t-il une fois de plus.

Je baissai les yeux, honteuse de mentir.

— J'ai dû aller consulter M. Updike, au sujet des nouvelles lois fiscales.

— Nous ferions mieux de partir tout de suite pour Bel Ombrage, alors. J'ai déjà prévenu Mme Boston, elle s'occupera de Fern et de Christie. Ta mère réclame des médecins à grands cris, m'a dit Philippe. Bronson ne sait plus à quel saint se vouer.

Jimmy me prit la main et nous sortîmes en toute hâte pour monter dans sa voiture. J'étais encore sous le choc lorsque nous arrivâmes à Bel Ombrage, et le pauvre Livingston faisait peine à voir. Son visage ordinairement si pâle était couleur de cendre. Il nous conduisit au salon, où Philippe et Betty Ann prenaient le thé. Ils se levèrent en nous voyant et Betty Ann me serra dans ses bras.

— Je crains d'avoir de pénibles nouvelles à vous donner, annonça Philippe d'une voix enrouée. (Il avait pleuré, on voyait encore la trace des larmes sur ses joues.) Il a fallu des heures pour sortir Clara et son ami de cette cabine.

Il devait être bouleversé, car il se tourna vers Jimmy comme s'il s'adressait à un étranger :

— Nous nous étions éloignés l'un de l'autre, depuis quelques années, mais nous étions si proches autrefois ! Père et Mère étaient toujours occupés, et la plupart du temps nous étions laissés à nous-mêmes. Nous nous étions fait une petite vie à nous...

« Nous avions même construit une imitation de l'hôtel, dans la remise. Les enfants des employés venaient jouer avec nous, et même ceux des clients, quelquefois. Naturellement, j'étais le directeur, et Clara Sue...

Il eut un sourire attendri.

— Clara Sue devait être Grand-mère Cutler, j'imagine. Si vous l'aviez vue donner ses ordres, en remuant ses couettes ! Les mêmes que Christie, exactement. « Toi, tu dormiras là. Toi, file me nettoyer ce coin »... elle menait tout le monde à la baguette. Nous prenions des tas de choses à l'hôtel, pour meubler le nôtre. Nussbaum a fini par s'apercevoir qu'il manquait de l'argenterie, naturellement. Il a prévenu Grand-mère, et elle n'a pas tardé à découvrir le pot aux roses.

« Je revois encore sa mine éberluée. Pendant un moment, elle n'a rien trouvé à dire, vous vous rendez compte ? Et puis... les choses ont changé, ajouta tristement Philippe, et Clara Sue aussi. J'aurais dû lui consacrer plus de temps, je suppose. Quand on manque à ses devoirs... (il attacha sur moi un regard appuyé)... le destin se charge de vous taper sur les doigts.

Je m'empressai de changer de sujet.

— Où est Bronson ?

— En haut, m'apprit Betty Ann, et je me précipitai à l'étage.

La porte de la grande chambre était entrouverte, et je frappai légèrement pour m'annoncer. On avait tiré les rideaux, une clarté diffuse baignait la pièce. Renversée sur ses oreillers de soie, Mère se protégeait les yeux de son bras. Bronson était assis au bord du lit.

— Aurore, murmura-t-il en se levant. (Mère abaissa la main et regarda de mon côté.) Je suis bien content que tu sois là, tu vas peut-être faire entendre raison à ta mère. Elle s'imagine que tout est sa faute, a-t-on idée ?

— C'est vrai ! larmoya Mère en ramenant la main sur ses yeux.

Je m'approchai lentement de son lit.

— Voyons, Mère, ce n'est quand même pas ta faute si ce camion s'est retourné !

— Elle ne se serait pas trouvée dans ce camion avec ce... cet individu, si j'avais insisté pour qu'elle vive chez nous.

— Cela n'aurait rien changé, Mère. Clara Sue n'en faisait qu'à sa tête, nous le savons tous. Si elle n'avait pas rencontré ce chauffeur, elle serait partie avec un autre. C'était une révoltée.

Bronson m'approuva d'un signe de tête, mais Mère s'obstina.

— Justement, j'aurais dû m'en soucier plus tôt. Cela m'arrangeait qu'elle aille faire la mauvaise tête ailleurs, et maintenant, regarde ce qui est arrivé.

— Qu'est-ce que tu aurais voulu, l'enchaîner au mur ? Elle serait partie de toute façon.

Mère abaissa le bras, une fois de plus.

— Tu m'as toujours rendue responsable de sa conduite, Aurore. Tu dis ça uniquement pour me réconforter.

— Non, Mère. Tu pouvais faire quelque chose pour elle, c'est vrai, mais il aurait fallu t'y prendre bien avant. Elle était devenue adulte pour le meilleur ou pour le pire, et seule responsable de ses actes. À quoi bon accuser quelqu'un d'autre ? C'est terrible, ce qui lui est arrivé, mais aucun d'entre nous n'aurait souhaité cela, n'est-ce pas ? Alors, inutile de nous culpabiliser, cela n'arrangera rien pour personne.

Mère me dévisagea longuement et quand elle parla, sa voix se nuança d'admiration.

— Tu l'entends, Bronson ? Elle est exactement comme ma belle-mère : forte, logique, sûre d'elle... et elle a toujours raison. Tu es la plus forte d'entre nous, Aurore. Vraiment.

— Tu te trompes, Mère.

— Pas du tout, je t'assure, et je m'en réjouis pour toi. Tu ne finiras pas comme moi, tout juste bonne à sangloter dans un lit, vieille avant l'âge à cause de tout ce qu'on t'aura fait subir ! J'ai besoin de toi, dit-elle en me tendant les bras. Viens me consoler, ma chérie.

Bronson paraissait sur le point de fondre en larmes. Je le consultai du regard avant de me pencher sur Mère, qui me serra de toutes ses forces contre son cœur.

Quelques instants plus tard, le médecin se fit annoncer. Il prescrivit quelques sédatifs à Mère et nous nous retirâmes, Bronson et moi, pour aller rejoindre les autres au salon.

— Je pars tout de suite pour l'Alabama, décida Philippe. Je prendrai les dispositions nécessaires pour ramener Clara Sue à Cutler's Cove.

— Veux-tu que je t'accompagne ? proposa Bronson.

— Non, vous serez plus utile auprès de Mère.

J'approuvai Philippe et lui dis de ne pas s'inquiéter pour les démarches concernant les funérailles : je m'en chargeais. Bronson parut soulagé, mais au moment de nous séparer, il attendit que Jimmy soit sorti et me prit à part.

— Philippe sait-il que je suis le père de Clara Sue ?

— Pas par moi, en tout cas, et je suis sûre que Mère ne le lui a jamais dit. Comme il ne m'en a jamais parlé non plus, je suppose que Clara tenait à garder le secret là-dessus. Tout le monde a un cadavre dans son placard, n'est-ce pas ? Quelquefois, il vaut mieux le laisser où il est !

Le visage de Bronson s'éclaira.

— Laura Sue a raison, tu sais ? Tu es la plus forte d'entre nous, le véritable soutien de la famille. Surtout en ce moment. Je devrais être plus ferme avec ta mère, mais j'avoue que je n'en ai pas le courage. Pauvre Clara Sue ! ajouta-t-il tristement. Je l'aurai à peine connue.

Il m'embrassa sur la joue, et je me hâtai de rejoindre Jimmy dans la voiture.

Un message m'attendait à la réception : M. Updike avait téléphoné. Jimmy et moi nous séparâmes dans le hall lui pour aller achever son travail et moi pour appeler le notaire de mon bureau. Il commença par m'exprimer ses condoléances.

— Je viens d'apprendre la nouvelle, Aurore. Je suis navré pour vous, cela fait beaucoup d'épreuves en même temps. Mais en voilà déjà une de terminée, en tout cas. Quand il a entendu l'enregistrement, M. Sutton a promis de vous laisser en paix. Je garde toujours la bande sous clef, au cas où.

— Merci, monsieur Updike. Je ne vous l'ai jamais dit, mais je comprends pourquoi ma grand-mère vous estimait tellement.

— C'est très gentil de votre part, Aurore. Si seulement vous vous étiez mieux connues, toutes les deux ! Je suis certain que les choses auraient tourné autrement.

— Au point où nous en sommes, j'avoue que je suis prête à tout croire, monsieur Updike. Merci encore pour votre aide, ajoutai-je avant de raccrocher.

Les jours suivants, nous fûmes tous très occupés par les préparatifs des funérailles et par la cérémonie elle-même. Il y eut beaucoup de monde, comme pour l'enterrement de Randolph. Toute la communauté, tous les vieux amis de la famille étaient là. Et, rendons-lui cette justice, Mère se conduisit très dignement. Loin de se donner en spectacle, elle manifesta un chagrin profond et sincère. Encadrée par Philippe et Bronson qui la réconfortaient de leur mieux, elle supporta bravement l'épreuve, à l'église comme au cimetière. Mais, de retour à Bel Ombrage, elle se retira dans sa chambre et ce fut à Betty Ann et à moi qu'échut le rôle d'hôtesses. Côte à côte, nous reçûmes les amis et connaissances venus exprimer leur sympathie à la famille. Jimmy passa le plus clair de son temps à s'occuper des quatre enfants et, naturellement, l'hôtel demeura fermé pendant quelques jours.

Nous entrions dans une période creuse, de toute façon. La plupart de nos habitués passaient leurs vacances d'hiver sous des climats plus chauds, et une partie du personnel nous avait quittés temporairement pour la Floride. Nous avions estimé le moment opportun pour procéder aux travaux d'agrandissement. De cette façon, nous exposions le moins de monde possible au bruit, aux allées et venues et désagréments divers. Mais Jimmy, qui supervisait les chantiers, n'eut bientôt plus une minute à lui. En l'espace de quelques jours, son caractère changea : il se montrait distrait avec moi, et même distant. On aurait dit qu'il m'évitait. J'attribuai cela au surmenage et à la fatigue, du moins au début. Puis, un beau matin, alors que je vérifiais le bilan de fin d'année remis par M. Dorfman, Jimmy fit irruption dans mon bureau et je compris enfin la véritable raison de son étrange comportement.

Je ne lui avais jamais vu ce regard incendiaire, effrayant. Son visage dur était celui d'un homme furieux, mais aussi profondément blessé. Il s'approcha sans mot dire, plaqua les mains sur le bureau et se pencha en avant, les yeux brûlant d'une flamme inquiétante.

— Je veux la vérité, Aurore. La vérité sans restriction.

Sa voix glacée m'atteignit comme un coup dans la poitrine. Je dus faire un effort sur moi-même pour demander :

— De quoi parles-tu, Jimmy ?

— La semaine dernière, quand tu es allée faire des courses avec Christie, qui as-tu rencontré ?

Cette fois, je fus incapable de répondre. Je ne respirais plus, je ne sentais plus battre mon cœur. La colère de Jimmy me paralysait.

— La vérité ! rugit-il en abattant le poing sur le bureau.

Je faillis sauter en l'air.

— Michaël, articulai-je péniblement.

Jimmy hocha la tête, me tourna le dos sans un mot et prit le chemin de la porte.

— Je voulais te le dire, je te le jure ! (Il revint lentement vers moi.) Je voulais seulement attendre un peu !

— Comment as-tu pu accepter de le revoir après ce qu'il t'a fait ? Comment as-tu pu t'abaisser ainsi ?

— Jimmy, je ne voulais pas y aller, mais il m'a suppliée par téléphone. Il disait qu'il voulait voir Christie, au moins une fois, et je n'ai pas eu le cœur de le lui refuser. Mais quand je me suis trouvée en face de lui, j'ai découvert qu'il avait de tout autres intentions.

Les yeux de Jimmy flamboyèrent.

— Et lesquelles s'il te plaît ?

Calmement mais rapidement, je lui racontai tout. Quand j'en arrivai à l'intervention de M. Updike et de M. Simons, il se laissa tomber dans un fauteuil et m'écouta jusqu'au bout.

— Et tu as pu faire tout ça sans m'en parler ! s'exclama-t-il amèrement quand j'en eus terminé.

— Je pensais que si je pouvais en finir au plus vite...

— Mais je suis ton mari, Aurore, et c'est moi le père de Christie, maintenant. C'était à moi d'intervenir et de vous protéger, toutes les deux. Mais tu m'as menti !

— J'avais peur que tu n'en viennes aux mains avec lui, Jimmy. Je voulais éviter une scène. J'ai essayé plusieurs fois de t'en parler, mais je n'y arrivais pas. Et puis Clara Sue est morte et...

— Tu as essayé, vraiment !

— Oui, Jimmy. Vraiment. Je ne supportais pas de te mentir, j'en étais malade.

— Et tu as mêlé Christie à cette mascarade ! Alors comme ça, c'était un représentant qui lui offrait un échantillon de sa marchandise ? Compliments.

— Il valait mieux qu'elle ne sache pas qui il était, Jimmy. Je regrette tellement de ne pas t'avoir parlé plus tôt, si tu savais !

Il me jeta un regard si glacial que je dus baisser les yeux.

— Et tu n'en aurais probablement rien fait. Je n'aurais jamais rien su, sans Fern.

— Fern ?

— Elle a demandé à Christie d'où lui venait ce collier, a reconnu le nom du soi-disant bijoutier et est venue tout me raconter.

— C'était seulement pour me blesser, Jimmy ! Pour nous faire du mal et nous séparer. C'est affreux ce qu'elle a fait.

— C'est ça, déforme tout, c'est plus facile ! En tout cas, Fern n'a pas menti, d'accord ? Elle m'a parlé parce qu'elle m'aime. Il y a au moins quelqu'un qui m'aime, dans cette maison ! vociféra-t-il en se levant.

Et il sortit en faisant claquer la porte.

— Jimmy ! appelai-je, en pure perte.

Je m'effondrai sur mon bureau, la tête entre les bras, et j'éclatai en sanglots.

J'avais blessé le seul être qui m'aimait plus que lui-même, plus que tout au monde. Quelle sottise de lui avoir caché la vérité ! Je ne le méritais pas, et j'allais le perdre... Non. Pas ça. J'étais prête à tout pour obtenir son pardon, même à me traîner à ses pieds.

Je me levai précipitamment et sortis en courant pour me mettre à sa recherche. Il fallait que je le retrouve, dussé-je arpenter tout le parc, chantiers compris. J'interrogeai les quelques jardiniers et ouvriers que je rencontrai, mais personne n'avait vu Jimmy. L'idée me vint qu'il était peut-être parti faire un tour et j'allai jusqu'au garage, mais sa voiture s'y trouvait toujours. Inquiète et ne sachant plus que penser, je revins lentement vers l'hôtel. C'est en passant près de la gloriette que mon regard dériva par hasard vers les anciens bâtiments et s'arrêta sur une certaine petite porte. Je reconnus l'entrée de ce qui avait été jadis la cachette de Philippe, puis celle de Jimmy. Elle était ouverte...

Un flot de souvenirs m'assaillit, bouleversant de douceur. C'était là, dans cette petite retraite oubliée, que Jimmy et moi nous étions avoué nos véritables sentiments. C'était là que nous avions échangé notre premier baiser d'amoureux, et des caresses qui n'avaient plus rien de fraternel. Et c'était là aussi que mon cher Jimmy, malheureux par ma faute et se croyant trahi, avait couru chercher refuge. Émue jusqu'aux larmes, je traversai vivement la pelouse et m'arrêtai en haut de l'escalier. L'unique ampoule nue de la petite cave était allumée, sa lumière jaunâtre luttait pauvrement avec l'ombre environnante. Je descendis sans bruit les quelques marches et risquai un coup d'œil à l'intérieur. Étendu sur le vieux lit de fer, les mains sous la nuque, Jimmy contemplait fixement le plafond.

— Jimmy, chuchotai-je.

Il abaissa lentement son regard sur moi, secoua la tête et la tourna vers le mur. En un instant, je fus à ses côtés. À genoux sur le ciment poussiéreux, je m'abattis en sanglotant sur sa poitrine.

— Je te demande pardon, Jimmy, je voulais seulement éviter de te blesser. Ne sois pas fâché contre moi, je t'en supplie... Pardonne-moi, pardonne-moi !

— Je ne suis pas fâché contre toi, Aurore, mais tu me fais peur. Tu ressembles de plus en plus à la femme que tu méprisais le plus au monde.

— Non, ce n'est pas vrai !

Il m'enveloppa d'un long regard pensif.

— Tu sais ce qui m'a fait le plus mal quand j'ai su que tu avais revu cet homme ?

— Oui, c'est que je t'avais menti.

398

— Non, Aurore. J'ai cru que je t'avais perdue, que tu allais me quitter pour lui.

— C'est vrai ? (Il acquiesça en silence.) Je ne te quitterai jamais, Jimmy. Jamais, jamais ! Tout à l'heure, quand tu es sorti de mon bureau comme un fou, j'ai cru que *je* t'avais perdu.

— Je ne veux plus que pareille chose nous arrive, Aurore. Il faut nous promettre de ne plus rien nous cacher. Tu promets ?

— Je le jure, Jimmy.

Il regarda longuement autour de lui... et me sourit.

— Je me rappelle chaque instant passé ici avec toi. Notre premier baiser, et le temps qu'il m'a fallu pour oser approcher tes lèvres.

— Et nous avons fait semblant de nous rencontrer pour la première fois, rêvai-je à voix haute.

— C'était la première fois, d'une certaine façon. Notre premier rendez-vous d'amoureux.

— Et maintenant, nous voilà mari et femme.

Le sourire de Jimmy se fit encore plus tendre.

— Qu'est-ce que je vais faire de toi, Aurore, dis-moi ? Je crois que je vais devoir te surveiller de près.

— Ce n'est sûrement pas moi qui m'en plaindrai, murmurai-je contre sa bouche.

Il m'aida à me lever, m'enferma dans ses bras et m'attira fermement vers lui.

— Jimmy ! protestai-je à mi-voix. Ici ?

— Nous aimer à l'endroit même où nous avons échangé notre premier baiser, tu vois quelque chose de plus romantique, toi ?

Pour toute réponse, je me coulai à son côté, lui tendis mes lèvres et m'offris à la douceur de ses caresses.

Nous avions l'air de deux adolescents qui ont fait l'école buissonnière, en quittant notre cachette, et Jimmy s'assura prudemment qu'il n'y avait personne aux environs. Nous nous séparâmes près de la mare aux canards, lui pour retourner au chantier de l'aile sud et moi pour regagner mon bureau. L'après-midi s'avançait, un pâle soleil d'hiver argentait les gros nuages blancs qui se bousculaient dans le bleu du ciel. Et comme toujours, le spectacle de la nature m'incitait à la rêverie.

J'avais bien failli perdre Jimmy, qui m'aimait tellement ! J'osais à peine croire à ma chance. Lui aurais-je avoué la vérité, sans la trahison de Fern ? Mes pensées changèrent subitement de cours. Fern. Pourquoi me haïssait-elle à ce point ? Pourquoi s'acharnait-elle à me séparer de Jimmy ? Moi qui l'avais tellement aimée, soignée, entourée, comme si elle avait été ma propre fille, je trouvais cela bien amer. Dans quelle mesure ce qu'elle avait subi pouvait-il excuser ce qu'elle était devenue ? Combien de malices et de méfaits devrions-nous encore laisser passer, oublier, pardonner ?

Je renonçai à rentrer tout de suite à l'hôtel et pris le chemin de la maison. J'étais résolue à m'expliquer avec Fern aujourd'hui même, avant le dîner. Je voulais qu'elle sache combien elle avait tort. Que Jimmy et moi nous aimions profondément, et qu'elle ne pourrait jamais nous séparer. Mais j'avais beau y réfléchir, la raison de ses actes m'échappait. Elle vivait dans un foyer heureux, aimant, chaleureux. N'était-ce pas ce qu'elle avait tellement souhaité ?

Je montai directement à sa chambre : elle devait être en train de faire ses devoirs, à cette heure-ci. Je frappai, attendis, frappai encore et, ne recevant toujours pas de réponse, j'ouvris la porte. Pas de Fern, mais quel désordre ! Des vêtements éparpillés partout, sur les dossiers de chaises, le lit mal fait, et jusque sur la coiffeuse. Une ballerine traînait sous un fauteuil, l'autre devant la penderie grande ouverte. Et là encore, quel spectacle ! Les vêtements pendaient de travers sur les cintres ou s'entassaient pêle-mêle, à même le plancher. Dans cet amas informe, quelque chose attira mon attention : le coin d'une boîte à chaussures entrouverte. Je me baissai lentement, ôtai le couvercle et un coup d'œil me suffit pour vérifier ce que j'avais cru voir. La boîte était bourrée de billets de banque. Ceux qui manquaient à la réception ? Je les comptai rapidement et parvins au total de huit cents dollars et quelque. Je n'en fus pas surprise. Fern soutiendrait sûrement qu'il s'agissait de ses économies, mais il y avait beaucoup plus d'argent dans cette boîte que je n'en avais vu dans son porte-monnaie, à New York. Trois cents dollars de plus, à peu de chose près.

Je me relevai et me dirigeai vers la porte, quand mon regard se posa sur une des revues romanesques étalées sur le lit. Ce qui me frappa, c'est que Fern en avait souligné certains passages. Intriguée, je revins en arrière pour lire le début et le sang m'afflua au visage quand je vis le titre. Comme pour m'assurer que je ne rêvais pas, j'éprouvai le besoin de le relire à haute voix : *Mon beau-père m'a violée mais je n'ai personne à qui me confier.*

Je me laissai tomber sur le lit, saisis le magazine d'une main tremblante et me concentrai sur ma lecture.

« Ma mère n'a jamais eu le temps de s'occuper de moi. Elle était styliste et toujours bien trop absorbée par son travail. C'est mon beau-père qui s'occupait de tout à sa place, qui m'habillait, et même qui me préparait mes repas. J'en avais tellement l'habitude que je n'y faisais pas attention, jusqu'au jour où j'en ai parlé à une camarade d'école, en cours moyen. Je lui ai dit par hasard que, pendant que je prenais mon bain, mon beau-père venait voir souvent si je n'oubliais pas « les endroits importants ». Elle m'a regardée d'un air bizarre et elle m'a demandé :

« — Quels endroits importants ?

« Moi j'ai ri et j'ai juste répondu :

« — Tu sais bien... les endroits importants, quoi !

« Comme elle n'avait toujours pas l'air de comprendre, je lui ai donné des précisions, alors elle a eu l'air très effrayée. Elle ne m'en a plus jamais reparlé, mais j'ai vite compris pourquoi elle était si gênée. Les autres, leur père ne leur fait pas ce que mon beau-père me fait. »

Je reposai le magazine sur le lit et pendant un moment, je restai comme paralysée, les tempes bourdonnantes et le sang aux joues. Puis je me repris, quittai la chambre de Fern et passai dans la nôtre pour téléphoner à l'hôtel. Je demandai

Robert Garwood et, d'une voix que j'avais du mal à contrôler, le priai de m'envoyer Jimmy de toute urgence.

— Je m'en occupe tout de suite, madame Longchamp. En attendant Jimmy, je repris ma lecture. L'héroïne de l'histoire donnait beaucoup d'autres détails. Comment sa mère oubliait ses anniversaires (Fern avait souligné la phrase). Comment son beau-père avait commencé par la caresser sous les couvertures en venant l'embrasser dans son lit, le soir. Et comment il avait fini par se glisser à ses côtés pour abuser d'elle. (Ce paragraphe aussi était souligné.)

Je lisais toujours quand la porte d'entrée claqua.

— Aurore ! appela Jimmy d'une voix angoissée.

— Monte, Jimmy.

Il escalada les marches, courut tout le long du couloir et s'arrêta sur le seuil de la chambre. Il haletait.

— Que se passe-t-il, Aurore ? Qu'est-ce qui ne va pas ? Je lui tendis le magazine à bout de bras.

— C'est Fern. C'est... tout ça !

— Quoi ! Ces romans à l'eau de rose ? Mais nous avons toujours su qu'elle lisait ce genre de fariboles...

— Regarde, lis les passages qu'elle a soulignés.

Il me prit la revue des mains, commença à lire et son visage pâlit graduellement jusqu'à devenir couleur de cendre. Je vis ses yeux s'agrandir de surprise et d'horreur.

— Seigneur Dieu ! s'exclama-t-il en me rendant le journal, elle a tout pris là-dedans !

— Oui, elle a forgé cette histoire de toutes pièces et le pire, c'est que nous l'avons crue. Nous avons accusé ces gens de choses abominables.

— Mais pourquoi Clayton Osborne a-t-il cédé si facilement, au lieu de nous attaquer en justice ?

— Il a dû avoir peur du scandale, et il savait que Fern s'en tiendrait à sa version. Mais ce n'est pas tout. Il y a une boîte pleine de billets dans son placard, dont une bonne partie provient de la réception de l'hôtel, j'en suis sûre.

Jimmy s'affala dans un fauteuil.

— Qu'est-ce que nous allons faire, maintenant ?

— La confronter aux faits, Jimmy. Elle doit comprendre que nous savons absolument tout.

— Faudra-t-il... la renvoyer ?

Il était prêt à faire tout ce que j'exigerais, je le savais. Et j'étais fortement tentée de me débarrasser de cette enfant ingrate et méchante. Nous n'étions pas au bout de nos peines, avec elle, sans compter la mauvaise influence qu'elle exercerait sur Christie.

Mais elle était la sœur de Jimmy, et quelque chose en moi se refusait à la chasser. La famille avant tout ! J'avais suffisamment souffert d'être séparée des miens.

— Je ne crois pas que ce soit la bonne solution, Jimmy. Les Osborne sont certainement moins mauvais que ne le prétend Fern, mais ils ne savent pas la prendre. Et peut-être ne sont-ils pas disposés à lui consacrer le temps, l'énergie et l'amour qu'elle réclame, à sa façon. Même si ce n'est pas la bonne.

« Non, nous la garderons, mais en lui imposant nos conditions cette fois.

Jimmy hocha la tête et dans le silence qui suivit, nous entendîmes la porte d'entrée s'ouvrir et se refermer. Les enfants étaient de retour. Christie courut à la cuisine, où Mme Boston avait préparé son goûter, mais Fern monta lentement l'escalier. Nous attendîmes qu'elle fût arrivée sur le palier pour nous avancer à sa rencontre.

— Comment se fait-il que tout le monde soit déjà rentré ? demanda-t-elle d'un ton soupçonneux.

Mais c'était moi qu'elle défiait du regard. Moi seule. Et ce fut moi qui répondis.

— Nous voulons te parler, Fern.

— Maintenant ? Pourquoi ?

— Ne discute pas, Fern. Allons dans ta chambre.

Cette fois elle s'empressa d'obéir, et même nous précéda. À peine entrée, elle jeta ses livres sur son lit, s'y laissa tomber et croisa les bras sur la poitrine. Ce fut encore à moi qu'elle s'en prit.

— Alors ? Tu es furieuse parce que j'ai dit à Jimmy que tu avais revu Michaël Sutton, c'est ça ?

— Oui, Fern, je suis fâchée pour ça aussi, et surtout à cause de ta façon d'agir, mais ce n'est pas de ça que nous voulons te parler pour l'instant.

Son intérêt parut s'aiguiser.

— Ah bon ? Et de quoi ça peut bien être ?

— De ceci.

Dès qu'elle vit ce que je tenais en main, son visage se décolora. Les yeux agrandis de frayeur, elle essaya de donner le change en feignant la colère.

— Tu fouilles dans mes affaires, maintenant ?

— Aurore ne fouille dans les affaires de personne, intervint sévèrement Jimmy en se rangeant à mes côtés.

— Et c'est sans importance pour le moment, Fern. Ce qui compte, c'est ce que nous avons lu dans cette revue, tout comme toi. Ce que tu as appris par cœur en prétendant que cela t'était arrivé.

— C'est faux ! se défendit-elle en fondant en larmes.

— C'est vrai ! (J'abattis le magazine sur ma paume avec un claquement sec, et Fern cessa instantanément de pleurer.) Assez de comédie, tu vas nous dire toute la vérité, d'un bout à l'autre. Et je te préviens, Fern. Encore un mensonge, un seul, et tu retournes d'où tu viens. Et si les Osborne ne veulent pas de toi, ce sera la maison de redressement.

Je ne sais pas où je trouvai la force et la dureté de prononcer des mots pareils, mais je crus entendre Grand-mère Cutler en personne. Je m'étais exprimée avec sa voix, sa hauteur, sa cruauté impitoyable.

Fern se fit toute petite devant moi.

— Je... Je détestais ces gens, voilà !

— Il aurait suffi de nous dire la vérité, releva Jimmy.

— Je savais que vous ne pouviez pas me réclamer : ils m'avaient adoptée légalement.

— Alors tu as tout inventé, en calquant ton histoire sur ce journal ? Réponds, insistai-je, décidée à lui faire avouer ouvertement les faits.

— Oui, reconnut-elle après un instant d'hésitation. J'ai tout inventé. Mais Clayton est vraiment méchant, il ne m'aimait pas, et je ne pouvais pas compter sur Leslie. Il la traite comme une enfant, elle aussi !

— Et cet argent ? poursuivis-je en désignant la boîte d'un geste du menton, d'où vient-il ?

— Je l'ai volé, marmonna-t-elle sourdement.

Jimmy bondit.

— Quoi ! Tu peux répéter ça, s'il te plaît ?

— Je l'ai volé ! s'écria-t-elle à travers ses larmes, de vraies larmes cette fois. Une partie à Clayton et Leslie, et le reste dans la caisse de la réception.

— Mais pourquoi nous voler, nous ? demanda Jimmy. Tu ne manquais de rien, et nous ne t'avons jamais rien refusé.

— J'avais peur que vous ne vouliez plus de moi, et je gardais l'argent pour me sauver.

— Tu as très mal agi, Fern, déclarai-je avec fermeté. Tu as non seulement volé de l'argent, mais cherché à voler notre affection en calomniant les Osborne. Même si tu n'étais pas heureuse avec eux, c'est très mal, ce que tu as fait.

— Alors vous... vous allez me renvoyer ? hoqueta-t-elle entre deux sanglots.

— Je laisse Aurore en décider, Fern.

Les yeux agrandis, redoutant le pire, elle attendit mon verdict.

— Nous devrions, Fern. Tu disais que tu voulais un foyer aimant et heureux, mais depuis que tu es là tu n'as cherché qu'à nous dresser l'un contre l'autre par tous les moyens possibles. Jimmy et moi nous aimons profondément, Fern, et rien au monde ne pourra nous séparer, sache-le.

Elle baissa la tête et je repris, un peu radoucie :

— Mais cela ne nous rend pas indifférents aux autres, Fern, au contraire. C'est même cela qui nous fait comprendre combien tout le monde a besoin d'amour. Si l'on veut que les autres vous aiment, il faut savoir donner de soi. Et, ce qui est encore plus important, on ne peut aimer personne si l'on s'aime trop soi-même. Tu comprends ça ?

Elle fit un signe affirmatif, mais je ne sentis chez elle ni compréhension, ni même désir de comprendre. Vis-à-vis de moi, elle restait sur la défensive.

— Alors vous me renvoyez ? répéta-t-elle.

— Non. Tu peux rester. (Elle leva sur moi un regard étonné.) Et si nous te gardons, c'est parce que nous voulons t'aimer, comme nous voulons que tu nous aimes. Mais il faudra y mettre de la bonne volonté, Fern. Plus de tricheries ni de mensonges, sinon rien ne sera possible.

— Il faudra faire tes preuves, intervint sévèrement Jimmy. Tu comprends ce que ça veut dire ?

— Oui, Jimmy.

— Alors c'est très bien. Tu vas commencer par aller rendre cet argent à Mme Bradley, en lui présentant les meilleures excuses que tu pourras trouver.

— Non ! Pas ça, je ne peux pas !

— Il faut souvent plus de courage pour faire le bien que pour faire le mal, ma chérie, reprit-il moins durement, mais tu verras. On se sent beaucoup mieux après.

— Tout le monde va me détester, se lamenta-t-elle. On racontera plein de vilaines choses sur moi !

— Pendant un moment, sans doute, dis-je à mon tour. Mais si tu tiens à l'estime des gens, il faut la mériter.

— Allons, Fern, ordonna Jimmy. Vas-y !

Elle avala sa salive, se leva sans hâte et alla s'agenouiller devant le placard. Puis elle compta les billets volés, fourra la liasse dans sa poche et quitta la pièce.

— Tu crois qu'elle va vraiment changer ? s'enquit Jimmy.

— Je ne sais pas. On n'efface pas d'un coup des années de mensonges et de mauvaises habitudes, soupirai-je... Mais laissons-lui sa chance, Jimmy.

Il m'entoura les épaules de son bras.

— Tu sais que tu es ma seule vraie bonne raison de me lever le matin, toi ? Je ne te l'ai jamais dit ?

— Non, enfin... pas depuis cinq minutes.

— Alors laisse-moi te le dire, reprit-il en me faisant pivoter vers la porte. Ou mieux encore... laisse-moi te le prouver.

Et il m'entraîna vers notre chambre.

19

Un souffle d'air nouveau

Bien des changements se produisirent dans notre vie cet hiver-là, mais le comportement de Fern, lui, resta le même. Malgré ses promesses, elle persistait à se montrer insolente en classe, et Jimmy fut convoqué deux fois chez le directeur pour s'entretenir avec l'équipe de professeurs. Quand nous la punissions, sa conduite s'améliorait momentanément, puis, pour une raison ou pour une autre, elle récidivait... et tout était à recommencer.

Égoïste, sans-gêne, elle faisait trembler la maison entière avec ses disques de rock and roll, trouvait toujours un prétexte pour échapper aux travaux du ménage et, quand elle sortait, rentrait presque toujours après l'heure fixée. Ses sautes d'humeur tenaient du tour de magie. Elle passait sans transition de la dépression la plus noire à la joie la plus folle. Pleurant pour un rien, mangeant du bout des lèvres durant ses périodes sombres, on la voyait soudain errer en pleine extase à travers la maison, parlant toute seule au nouveau garçon de ses rêves.

Elle promettait de devenir une merveilleuse beauté brune. Elle s'était laissé pousser les cheveux et restait des heures à les brosser devant son miroir, pendant que Christie, assise à ses pieds, l'écoutait bavarder de tout et de rien. Malheureusement, Fern continuait à choisir des amis beaucoup plus âgés qu'elle. Malgré cela, nous consentîmes à la laisser assister à un bal entre élèves. Elle s'y rendit avec un garçon qui avait trois ans de plus qu'elle et rentra le soir avec deux heures de retard.

Jimmy ne savait plus comment la prendre. Il avait beau tempêter, menacer, punir, rien n'y faisait. Fern recourait toujours aux mêmes excuses, qui devinrent vite une véritable rengaine : « J'ai été si malheureuse. C'est affreux d'être abandonnée par sa famille. Je fais ce que je peux. » Et à chaque fois, Jimmy se sentait coupable et lui pardonnait.

— Laissons-lui un peu de temps, plaidait-il. Je suis sûr que cela finira par s'arranger...

Au printemps, Christie donna son premier récital devant les clients de l'hôtel. Elle portait une robe en mousseline rose à volants, et ses longs cheveux d'or lui tombaient jusqu'au milieu du dos. Rien qu'en traversant la pièce et en faisant sa révérence, elle avait déjà conquis tous les cœurs. Puis elle prit place au piano, joua une sonate de Mozart et une berceuse de Brahms. Assis au premier rang, entre Philippe et Betty Ann, Richard et Mélodie applaudirent au point que leurs menottes en devinrent toutes rouges. Après quoi, on servit une collation et Christie accueillit les compliments avec des mines adorables. Il fallait la voir battre des cils devant les vieux messieurs et tendre la joue à leurs femmes... Jimmy et moi étions aussi émus et fiers l'un que l'autre.

— Quelle aisance ! me fit remarquer M. Updike. Cette enfant sera une hôtesse parfaite, elle s'en tire déjà mieux que ne le faisait Mme Cutler. Aucun doute, elle a ça dans le sang.

Je souris, mais je n'en pensais pas moins. Je rêvais d'un autre avenir pour ma petite Christie.

Vers la fin du printemps, papa, Edwina et Gavin nous rendirent visite à nouveau. Gavin était fou de joie de retrouver Christie, Fern et les jumeaux. Nous savions par papa qu'il racontait monts et merveilles à ses amis sur l'hôtel et ses splendeurs.

— Depuis que nous sommes rentrés au Texas, il ne s'est pas passé un jour sans qu'il nous demande quand nous comptions revenir !

Fern ne se montra pas plus chaleureuse envers son père que la fois précédente. On aurait même pu croire qu'elle avait honte de lui. Elle voulut bien s'asseoir avec nous et répondre à ses questions pour éviter les reproches, mais à la première occasion, elle s'esquiva pour aller téléphoner à son ami du moment.

— Elle devient de plus en plus jolie, observa papa. Je me doute qu'elle doit vous donner du fil à retordre, mais vous vous en tirez très bien, tous les deux. Je suis même rudement fier de vous.

Tout allait si bien que je commençais à redouter une catastrophe. C'était plus fort que moi, je me comportais comme si le ciel allait nous tomber sur la tête, et Jimmy dut me faire la leçon.

— Arrête de prévoir le pire, Aurore. Si le sort nous réserve de mauvaises surprises, inutile d'y penser d'avance, elles arriveront bien assez tôt. En attendant, profitons de la vie, d'accord ? Apprends à te détendre. N'oublie pas que la marmite ne bout jamais quand on la surveille !

Je savais trop bien à quoi il faisait allusion. Le médecin m'avait avertie plus d'une fois que ma tension et mon angoisse étaient sans doute le seul obstacle à cette grossesse qui se faisait attendre.

— Je sais, Jimmy, je sais. Ce n'est pas de la mauvaise volonté, c'est juste... de la prudence.

— Alors au diable la prudence, au moins pour un moment. Et puis tu travailles beaucoup trop, si tu veux mon avis.

Cela, je ne pouvais pas le nier. Nos projets d'expansion étaient devenus réalité, nous recevions en moyenne cent vingt-cinq clients de plus qu'avant, ce qui impliquait une considérable augmentation de personnel. Tout le monde avait vu ses responsabilités s'alourdir, et pas seulement moi.

Juste après la visite de papa et de sa famille, nous acceptâmes pour la première fois d'héberger un congrès. Pas un très grand congrès, mais quand même : l'innovation était de taille. C'était la plus grande infraction que j'eusse jamais faite aux règles sacro-saintes de Grand-mère Cutler. M. Dorfman en était malade. Il regardait sans arrêt par-dessus son épaule, comme s'il s'attendait à voir Grand-mère surgir du fond d'un couloir pour l'accabler de reproches.

Mais l'initiative s'avéra une réussite, et Philippe décida de se consacrer désormais à cette nouvelle activité. Au cours de nos réunions hebdomadaires, nous avions déjà évoqué la possibilité d'une expansion plus large. Cette fois, c'est du côté de la salle de bal que nous envisagions des agrandissements, afin de pouvoir accueillir des groupes de plus en plus importants.

La seule note de tristesse qui troubla cette époque bénie nous vint de Bel Ombrage. Peu après la mort de Clara Sue, une transformation alarmante se produisit chez Mère. Elle commença à se replier sur elle-même, ses fabuleux dîners s'espacèrent et Bronson et elle ne se montrèrent plus nulle part. Son physique aussi se ressentit de ce changement. Elle ne se teignait plus les cheveux, et des mèches blanches firent leur apparition parmi ses boucles blondes. Elle renonça aux soins de beauté de toutes sortes, et le défilé d'esthéticiennes qui hantaient Bel Ombrage prit fin.

J'étais si occupée que je ne remarquai pas tout de suite qu'elle me téléphonait de moins en moins, ni qu'il s'était passé beaucoup de temps depuis notre dernier dîner de famille. Jusqu'au jour où Bronson m'appela au secours. Il me demandait de venir la voir et d'essayer de l'arracher à ses idées noires.

— Elle est redevenue aussi dépressive qu'avant, Aurore. Elle ne sort plus de sa chambre, pour ne pas dire de son lit. Et tu n'imagines pas comme elle a grossi !

Mère, se laisser grossir ? Elle qui surveillait si sévèrement sa ligne et que la pensée d'avoir un double menton faisait frémir ? Bronson avait raison, j'avais peine à l'imaginer.

— Elle reste au lit toute la journée à grignoter des sucreries, reprit-il. Et elle est tout à fait consciente de ce qui lui arrive : elle a fait voiler tous les miroirs ! Je sais qu'elle avait tendance à exagérer dans l'autre sens, avant. Je l'ai laissée dépenser une fortune en soins de beauté, tellement elle redoutait de vieillir. Mais j'aimerais mieux la voir continuer ses folies que se négliger comme ça. Et je ne sais jamais à quoi m'attendre !

« Depuis quelques jours, elle n'a presque rien mangé : elle ne fait que dormir. On dirait que... qu'elle ne veut plus vivre, acheva-t-il d'une voix brisée.

— J'irai la voir ce soir, Bronson. Promis.

— Merci, Aurore. Je t'avoue que tu es mon dernier espoir. Elle ne jure plus que par toi, maintenant, et je m'empresse de lui transmettre toutes les bonnes nouvelles qui concernent l'hôtel et les enfants. Moi aussi je suis très fier de toi, conclut-il. Alors à ce soir.

Quand j'eus raccroché, je me renversai dans mon fauteuil, toute songeuse. Quelle ironie du sort !... Dire que c'était sur moi que Mère s'appuyait, maintenant ! Mais je n'avais pas le cœur à lui refuser mon aide. Si les cruautés de la vie m'avaient enseigné quelque chose, c'était bien la tolérance et la compassion. Nous étions tous victimes du destin. Et je me sentais prête au pardon envers tous... sauf Grand-mère Cutler, dont le fantôme continuait à nous hanter.

Quand j'arrivai à Bel Ombrage, en fin de journée, je pus me rendre compte que Bronson n'avait rien exagéré. Je trouvai Mère couchée dans son grand lit à baldaquin, sans fard, sans bijoux, le visage pâle et les cheveux défaits. Cela me fit un choc : je ne l'avais jamais vue ainsi. Mais elle-même ne semblait pas se soucier du spectacle qu'elle offrait ; j'eus l'impression que son regard me traversait.

— Elle va encore plus mal que je n'ai osé te le dire, me chuchota Bronson. Depuis quelques jours, elle n'a pratiquement pas ouvert la bouche.

Je fis quelques pas vers le lit.

— Mère ?

Ses paupières battirent, elle tourna lentement la tête vers moi et c'est alors que j'eus vraiment peur : elle ne parut même pas me reconnaître.

— Laura Sue, dit doucement Bronson, Aurore est là. C'est toi qui as demandé à la voir, et elle est venue.

Mère émit un petit rire étrange, qui n'avait plus rien de léger ni de joyeux. Puis, la grimace qui lui tenait lieu de sourire s'effaça et elle me jeta un regard courroucé.

— Qui êtes-vous ? Encore une de ces infirmières ? Répondez-moi ! Qui êtes-vous ?

— Dieu du ciel ! s'exclama Bronson à mi-voix.

— Qui je suis ? (Je m'avançai jusqu'au bord du lit.) Tu ne me reconnais pas, Mère ?

Elle eut un sursaut de recul.

— Non, allez-vous-en ! Ce n'est pas ma faute. Allez-vous-en, répéta-t-elle en agitant la main comme pour chasser des insectes importuns. Partez tous, laissez-moi tranquille !

Bronson courut à son chevet.

— Laura Sue, ma chérie... que se passe-t-il ?

Elle se recroquevilla sous ses draps, les yeux agrandis de frayeur, et se mit à secouer la tête avec frénésie.

— Je ne comprends pas, me souffla Bronson, éperdu. Qu'est-ce qui lui arrive ?

— Cela ne s'était jamais produit ?

— Non, pas jusqu'à présent. Elle était juste un peu... renfermée, c'est tout. (La voix de Bronson se fit câline pour s'adresser à Mère.) Laura Sue, je t'en prie...

Elle fondit en larmes.

— Ce n'est pas ma faute, gémit-elle avec une voix d'enfant coupable. Ce n'est pas ma faute, papa !

— Papa ? répéta Bronson épouvanté. Mais que lui arrive-t-il, mon Dieu ?

Je saisis la main de Mère.

— Allons, Mère, reprends-toi ! Dis-nous ce qui se passe.

— Tout le monde me regarde, larmoya-t-elle en détournant les yeux. Chaque fois que je descends, ils me dévisagent tous, tous ! Ils savent. Elle leur a tout raconté. Elle les a montés contre moi. Elle a inventé des tas de mensonges sur mon compte et ils la croient.

Mère happa mon poignet de sa main libre et s'y agrippa comme à une planche de salut.

— Aide-moi ! Dis-leur que ce n'est pas ma faute !

— Très bien, Mère, je leur dirai, affirmai-je, comprenant qu'il ne fallait pas la contrarier.

Elle relâcha aussitôt ma main.

— Ah, tant mieux ! soupira-t-elle, tant mieux ! Docteur...
(C'est à Bronson qu'elle s'adressait, maintenant.) J'ai besoin
d'un sédatif, quelque chose de très fort qui me fasse oublier.
Je ne peux pas dormir, docteur. Dès que je ferme les yeux,
j'entends ses pas derrière ma porte. Je l'entends respirer,
appeler, supplier. Je veux qu'on mette un autre verrou à cette
porte ! Et que personne n'entre chez moi, sauf les domestiques. Personne, c'est bien compris ?

Elle leva sur moi des yeux égarés, si pleins de terreur et de
tristesse que j'en eus le cœur serré pour elle.

— Le viol, murmura Bronson à mon oreille. Elle est en
train de revivre toute cette histoire. C'est du vieux M. Cutler
qu'elle parle.

— Mère, tu n'as plus rien à craindre, la rassurai-je.
Personne n'entrera dans ta chambre sans ta permission, je te
le promets.

Ses lèvres tremblèrent, et à nouveau un flot de larmes
inonda ses joues.

— Juste une fois, je vous en supplie. Laissez-moi la voir
une dernière fois, je ne la toucherai pas. Je veux simplement
la regarder, pour lui dire au revoir. Je peux ? (Un sourire
fleurit sur ses lèvres.) Elle n'en saura rien, elle est si petite...
bien trop petite pour se souvenir. Alors je peux ? S'il vous
plaît, juste une dernière fois...

— C'est à toi qu'elle pense, maintenant, constata tristement Bronson.

— Tout va bien, Mère, ne t'inquiète pas. Tout va bien.

Elle n'eut pas l'air d'entendre et son regard dériva, nous
échappa. Ce n'était plus nous qu'il fixait mais quelque chose
qui se passait dans sa tête et qu'elle était seule à voir.

— C'est un nouvel adieu, n'est-ce pas ? On vient de m'en
prendre encore une. Elle avait de si jolis... de si jolis cheveux
d'or...

La voix de Mère faiblit, sa tête retomba sur l'oreiller.

— Je suis si fatiguée, laisse-moi dormir, chuchota-t-elle.
Après, je te promets de me lever et de me faire belle. Aussi
belle qu'avant. (Elle eut à nouveau son inquiétant sourire.)
Oui, je vais lui montrer que je suis belle. Plus elle me haïra,

413

plus je serai jolie. Et plus elle vieillira, plus je rajeunirai !
Éteins la lumière, s'il te plaît. Il faut que je me repose... pour
être belle, acheva-t-elle en fermant les yeux.

L'instant d'après, elle était endormie.

Je me penchai pour la border avec soin, Bronson éteignit
la petite lampe de chevet et je le suivis dans le couloir.

— Quelle pitié ! s'écria-t-il en s'épongeant le front avec
son mouchoir. Je ne me rendais pas compte qu'elle en était
arrivée là.

— Elle a besoin de soins, Bronson. Il faut la faire entrer
dans une clinique spécialisée.

— Ça, jamais ! se récria-t-il. Elle sera soignée à la maison, quel que soit le traitement. Personne ne doit être au
courant, excepté la famille. D'ailleurs elle va guérir tu verras.
Elle redeviendra la femme ravissante qu'elle a été, j'en suis
sûr.

« Ce n'est qu'une dépression passagère, le contrecoup de
son deuil. Elle a tellement souffert ! Tout le monde se figure
qu'elle a mené une vie d'enfant gâtée, mais nous savons ce
qu'il en est, toi et moi. Alors, c'est assez normal qu'elle soit
dans cet état, tu ne crois pas ?

— Si, Bronson, et je suis sûre que le traitement lui fera du
bien.

J'étais loin de partager son optimisme, mais que pouvais-
je répondre ? Il avait tellement besoin d'encouragements...

— Moi aussi, et je vais lui trouver les meilleurs médecins
qui soient, compte sur moi. Dès que tu seras partie, je
décroche mon téléphone, affirma-t-il. Tu reviendras ?

— Bien sûr, Bronson.

— Et tu amèneras les enfants ? N'oublie pas, surtout.
Quand elle verra les beaux petits-enfants que Dieu lui a
donnés, elle se sentira moins malheureuse.

— Promis, Bronson, mais laissez-moi le temps de les
préparer. Il faut d'abord qu'ils comprennent que leur grand-
mère n'a plus toute sa tête.

Il se mordit la lèvre et une larme roula sur sa joue.

— Nous aurons au moins connu quelques moments
heureux, tous les deux...

— Et ce n'est pas fini, Bronson, tout va s'arranger. Vous avez encore des années de bonheur devant vous.

— Oui, je le crois, je veux le croire... Sais-tu au moins combien elle vous aimait, Clara et toi ? Elle était partagée entre des forces tellement contradictoires, la pauvre ! Ces derniers temps je me suis plusieurs fois réveillé en l'entendant pleurer et vous appeler par votre nom.

« Enfin ! conclut-il en soupirant, je pense qu'aucune femme n'échappe à son destin de mère. Elle reste liée d'une façon charnelle aux enfants qu'elle a mis au monde. Et même si elle ne veut pas en convenir, elle entend toute sa vie son bébé l'appeler en pleurant. Je me trompe ?

— Non, Bronson. C'est parfaitement vrai.

J'étais sincère. Je me souvenais si bien de ma détresse, quand ma petite Christie m'avait été enlevée... Nous échangeâmes un baiser plein d'affection et je quittai un Bronson plein d'espoir, très pressé d'aller téléphoner.

Au début de l'été, les infirmières de Mère avaient déjà obtenu une certaine amélioration. On l'habillait, elle sortait un peu, allait jusqu'au patio ou au pavillon de jardin. Il y avait de bons et de mauvais jours. Tantôt elle reconnaissait les enfants et se réjouissait de les voir. Tantôt elle nous traitait tous en étrangers, ou nous confondait avec des personnages de son passé. L'une de ses infirmières l encouragea à broder, et ce fut sans doute le traitement le plus efficace. Mère se concentrait des heures entières sur un canevas, et elle semblait toujours désolée d'avoir achevé son ouvrage.

Bronson refusait de se laisser abattre. Mais son optimisme diminua sensiblement, et il finit par se faire à l'idée que les choses ne redeviendraient jamais ce qu'elles avaient été. J'en fus très triste pour lui, et c'était avant tout pour lui remonter le moral que j'allais à Bel Ombrage ; surtout les jours où Mère ne reconnaissait personne, même pas lui. Je le plaignais beaucoup. Il avait passé une grande partie de sa vie à s'occuper d'une sœur invalide, et voilà qu'il devait se charger d'une autre ! L'épreuve le marqua, lui aussi. Il commença à accuser son âge et perdit cette allure fringante qui lui connait tant de charme. Tous deux se retrouvaient soudain au seuil de la vieillesse, comme si le temps les avait brusquement rattrapés.

Pour nous, la saison s'annonçait comme une des plus réussies de toute l'histoire de Cutler's Cove, ce qui nous valait un surcroît de besogne. Naturellement, nous trouvions toujours le temps de nous rendre à Bel Ombrage, mais nos visites s'écourtaient et s'espaçaient. Mon travail accaparait toute mon attention, désormais : je peux dire que je vivais au rythme de l'hôtel.

Un jour, en me hâtant le long d'un corridor, je surpris par hasard mon reflet dans un miroir et m'arrêtai tout net. C'était moi, ça ? Pas étonnant que Mère ait du mal à me reconnaître : je ne me reconnaissais pas moi-même. Les soucis et les responsabilités avaient creusé de fines rides sur mon front. Je ne portais plus que des tailleurs et des chemisiers, j'avais adopté une coiffure plus sévère, et je n'utilisais même plus mon bâton de rouge à lèvres. Cette nouvelle image de moi-même m'épouvanta : j'eus l'impression que le fantôme de Grand-mère Cutler était entré en moi.

Et ce fut à cet instant précis que Fern déboucha en courant dans le couloir, pour m'annoncer qu'un homme à l'accent bizarre demandait Lilian Cutler au téléphone

— Lilian Cutler ? Mais... tu sais qui elle était, Fern. Tu n'as pas dit à cet homme qu'elle était morte ?

— Si, je lui ai même dit que c'était toi la patronne, maintenant. Alors il a demandé à te parler. « Sûr qu'elle saura qui c'est », répéta Fern en imitant l'accent d'un paysan du Sud.

— Il a dit ça ? Comment s'appelle-t-il ?

— Luther Je-ne-sais-pas-quoi.

— Luther ?

Luther, l'homme à tout faire de Grand Prairie ! Pour quelle raison m'appelait-il ?

Je lorgnai une dernière fois vers le miroir. Était-ce une illusion ? J'aurais juré qu'il me renvoyait le sourire satisfait de Grand-mère Cutler. Je m'empressai de tourner les talons.

— C'est rapport à Mlle Emily, dit abruptement Luther quand je repris la communication dans mon bureau.

416

— Qu'est-il arrivé à Mlle Emily, Luther ?

— L'a passé de l'autre côté.

— Elle est morte ? (Je n'aurais pas cru cette sorcière capable de mourir. Il me semblait que sa cruauté tortueuse aurait dû faire reculer la mort elle-même.)

— Ouais. Je vous appelle de l'épicerie Nelson, précisa Luther, comme si c'était le fait le plus important à signaler.

— Que s'est-il passé, Luther ?

— Son cœur a lâché, peut-être bien.

Elle avait donc un cœur, finalement ? Un cœur vivant, et non pas une hideuse mécanique animée par la seule volonté de nuire ?

— Ce matin, Charlotte est venue me prévenir que Mlle Emily était pas descendue préparer le petit déjeuner, alors je suis monté voir chez elle. Elle a pas répondu quand j'ai frappé, ça fait que je suis rentré dans sa chambre. L'était couchée dans son lit, les yeux et la bouche tout grands ouverts.

— Avez-vous appelé un médecin ?

— Pour quoi faire ? L'est tout ce qu'y a de plus morte, je vois pas ce qu'un docteur pourrait y changer.

— Il faut quand même en appeler un, Luther. Le décès doit être constaté légalement, et vous devrez aussi faire le nécessaire pour les obsèques.

— Pour ça, c'est tout vu. Le cimetière de famille, il est dans la propriété. Je creuserai un trou dans un coin et je la mettrai dedans.

Je me dis que cette harpie n'en méritait pas davantage, mais je me vis obligée d'insister :

— Appelez quand même un médecin, Luther. Pour le certificat de décès.

— Ça va coûter gros, tout ça, et je sais pas où elle gardait l'argent.

— Ne vous inquiétez pas pour les frais, Luther, je m'en occuperai. Comment va Charlotte ?

— Rudement bien ! s'égaya-t-il ouvertement. Elle se fait des œufs dans la cuisine et elle arrête pas de chanter.

J'aurais ri, si je ne m'étais pas souvenu des repas de forçat que nous imposait Emily. L'affreuse bouillie d'avoine du matin, allongée de vinaigre pour nous rappeler l'amertume du péché. L'unique pomme de midi, et la ration spartiate qui servait de dîner. Même l'eau nous était mesurée.

— Sûr que vous allez venir vous occuper de tout ça, ceux de la famille, pas vrai ?

Ceux de la famille ? L'expression du vieux serviteur me fit tiquer, mais il avait raison. Nous ne pouvions pas les laisser dans l'embarras, surtout la pauvre Charlotte.

— Oui, Luther, nous allons venir tout de suite. Mais prévenez quand même le médecin.

— Comme vous voulez, mais c'est de l'argent jeté par les fenêtres, commenta-t-il.

Dès que j'eus raccroché, j'allai prévenir Jimmy et Philippe. Il fut décidé que nous irions seuls à Grand Prairie, Jimmy et moi. Philippe préférait s'abstenir. Il avait à peine connu Emily et Charlotte et se souciait fort peu de leur sort.

— Ne vous inquiétez pas pour les petites, nous rassura Mme Boston. Je m'en occuperai bien. Ça m'étonnerait que Miss America fasse des bêtises en votre absence.

Jimmy et moi échangeâmes un sourire, et ce fut un des rares que je me permis pendant toute cette funèbre équipée. Je n'étais pas près d'oublier l'horreur de ma détention à Grand Prairie, où Grand-mère Cutler m'avait envoyée pour y accoucher en secret. Sa sœur Emily était sage-femme, peut-être. Mais c'était surtout une fanatique religieuse, bien décidée à me faire souffrir mille morts pour expier mes péchés.

Elle continuait à hanter mes cauchemars avec son visage osseux et blafard, ses lèvres sans couleur et ses yeux glacés. Je la voyais planer au-dessus de moi tel un épervier prêt à fondre sur sa proie, en proférant d'abominables menaces où il n'était question que des tourments de l'enfer.

Toute ma vie je me souviendrais de l'ignoble réduit sans lumière où elle m'obligeait à dormir. Des corvées dont elle m'accablait. Des bains hebdomadaires que nous prenions dans l'eau dont elle s'était servie. Et du flacon d'huile de ricin qu'elle m'avait forcée à boire en entier, dans l'espoir de me faire perdre mon bébé.

En m'envoyant chez elle, Grand-mère Cutler devait très bien savoir ce qui m'attendait. Emily et elle avaient comploté derrière mon dos de m'enlever Christie à sa naissance. Et je ne sais pas ce que je serais devenue moi-même, si Jimmy n'était pas arrivé juste à temps pour me sauver.

Et maintenant, nous étions en route pour la vieille plantation, ou plutôt ce qu'il en restait. Nous n'avions pas perdu une minute, bien que ni lui ni moi n'eussions grande envie d'y retourner. Mais j'avais pitié de Charlotte, l'innocente et douce Charlotte dont Emily avait fait son souffre-douleur.

Dès notre arrivée à l'aéroport, nous louâmes une voiture et je m'étonnai de retrouver si facilement la route qui menait d'Upland à Grand Prairie. C'était comme si chaque détail demeurait gravé en moi, imprimé au fer rouge. Après avoir cahoté sur le macadam défoncé, nous nous engageâmes sur le chemin de terre où commençait la propriété des sœurs Booth. Et une fois de plus, je vis pointer derrière les arbres les hautes cheminées de brique et les pignons de la vieille maison.

Rien n'avait changé. Les statues de marbre fendillées s'inclinaient toujours au milieu des fontaines vides, les haies desséchées gardaient la même apparence échevelée, les murs continuaient de s'écailler. Dans le jour déclinant, la vigne vierge qui enlaçait de ses branches mortes les piliers de la galerie faisait plus que jamais penser à des cordes pourries. En descendant de voiture, je levai la tête vers le toit aigu qui semblait toucher les nuages. Et comme autrefois, j'eus l'impression que les fenêtres des mansardes étaient autant de petits yeux méchants qui me jetaient des regards de colère. Non, rien n'avait changé dans la sinistre demeure.

Nos pas résonnèrent lugubrement sur le sol du porche branlant, et comme jadis, je soulevai le marteau de cuivre. Presque aussitôt, un trottinement se fit entendre à l'intérieur et la porte s'ouvrit à la volée. Charlotte se tenait devant nous, ses yeux bleus arrondis de stupeur et de curiosité. Elle portait toujours la même robe informe et les pantoufles de son père, bien trop grandes pour elle.

Et elle nattait toujours ses cheveux gris. À part le fait qu'elle avait pris un peu de poids, elle me parut tout à fait semblable à l'image que je gardais d'elle.

— Bonjour, Charlotte. Vous vous souvenez de moi ?

Elle inclina la tête, mais je conservai quelques doutes.

— Emily est morte, annonça-t-elle. Elle est morte et elle est montée au ciel sur un balai, c'est Luther qui l'a dit.

Jimmy m'adressa un sourire perplexe.

— Sur un balai ?

— Je t'expliquerai, lui glissai-je à mi-voix. Est-ce que le docteur est venu, Charlotte ?

Nouveau signe de tête affirmatif.

— Et où est Luther ?

— Au cimetière, en train de creuser un trou. Il dit que c'est la première fois de sa vie qu'il est content de creuser.

Cette fois, Jimmy éclata de rire.

— Pouvons-nous entrer, Charlotte ?

— Oh oui ! Et on peut aussi prendre un thé à la menthe.

— Bonne idée, approuvai-je.

Mais en passant le seuil de ce qui restait pour moi la maison des horreurs, je frissonnai. À l'instant où je me retrouvai dans le hall obscur, les souvenirs m'assaillirent comme une nuée de chauves-souris. Je retrouvais tout : le coffre de chêne, les bancs sévères conçus pour qu'on y fût mal assis, les chaises dont la tapisserie conservait si bien la poussière. Et les portraits de famille. Femmes en vêtements sombres, cheveux tirés et bouche pincée, hommes au visage sévère... Aucun doute. Ces gens sinistres étaient bien les ancêtres de « mademoiselle » Emily.

— Emily est toujours en haut, dans son lit.

Je sursautai à la voix de Charlotte.

— Comment ? Luther n'a pas appelé les pompes funèbres ?

— Je monte jeter un coup d'œil, annonça Jimmy.

En route, nous avions décidé de nous partager les tâches. Je prévoyais que j'aurais besoin de beaucoup de temps pour éplucher les papiers d'Emily.

— Je viens aussi, chantonna Charlotte. Nous prendrons le thé après.

— Montrez-moi le chemin, dit Jimmy en lui cédant le pas.

Elle le précéda en traînant les pieds avec sa curieuse démarche de geisha, bras le long du corps et tête basse. De mon côté, je pris la direction de ce qui avait été le cabinet de travail d'Emily. À l'instant où j'en franchissais le seuil, l'horloge sonna comme pour m'en interdire l'entrée. J'allai droit au bureau et m'empressai d'allumer la lampe à pétrole. La flamme dansa sur le gigantesque portrait du vieux M. Booth, et j'eus l'impression que le père d'Emily fronçait le sourcil. Est-ce qu'il me reprochait de gâcher du combustible, lui aussi ? Qu'à cela ne tienne. Je me fis un plaisir d'allumer toutes les lampes que je pus trouver dans la pièce.

Puis je m'assis dans le grand fauteuil et me plongeai dans les paperasses de la vieille fille, qui consistaient pour la plupart en de vulgaires notes d'épicerie.

— Si c'est un testament que vous cherchez, c'est pas la peine !

Luther avait surgi sans crier gare dans le cadre de la porte. Tant qu'il resta dans cette zone d'ombre, il me parut vieilli et amaigri, mais quand il s'approcha, je vis que lui non plus n'avait guère changé. Ses cheveux sales et hirsutes attendaient toujours un improbable coup de peigne, et il aurait eu grand besoin de se faire la barbe. De vilaines plaques de poil rude posaient des taches grisâtres sur ses joues blêmes. On aurait pu croire que tout ce qui se trouvait dans cette maison, vivant ou pas, était à jamais figé dans le temps... à moins que ce ne fût dans un de mes cauchemars.

Luther frotta ses mains terreuses sur sa salopette.

— Elle m'a dit une fois qu'elle ferait pas de testament. Elle se moquait pas mal de ce qui arriverait aux autres après elle, voyez ?

— Je vois. Il faudra donc suivre la procédure légale de succession. Avez-vous déjà commandé le cercueil, Luther ?

— L'était déjà prêt ! Ça fait longtemps qu'il attend dans la grange.

Je retins de justesse un sourire.

— Asseyez-vous, Luther.

Il lorgna d'un œil méfiant le fauteuil que je lui désignais, comme si je lui tendais un piège. J'insistai.

— Je vous en prie, Luther, j'aimerais vous parler. Nous n'avons rien à craindre l'un de l'autre, voyons ! Surtout maintenant que Mlle Emily est morte.

La remarque parut lui plaire : il consentit à s'asseoir.

— Luther... Pourquoi êtes-vous resté si longtemps à Grand Prairie, si vous détestiez tellement Mlle Emily ?

— Je vous l'ai déjà dit, j'avais pas d'autre endroit. Elle se figurait que tout était à elle, ici, mais c'est pas vrai. Elle y connaissait rien à rien. Faut travailler dans un endroit, pour qu'il soye à vous.

— Elle vous a traité comme un esclave parce que vous aviez fait un enfant à Charlotte, n'est-ce pas ? C'est comme ça qu'elle vous tenait ?

Je me souvenais des confidences naïves de Charlotte. Luther lui avait fait « des guilis », comme elle disait, et elle s'était retrouvée enceinte.

— Y a pas de quoi avoir honte, commenta-t-il en guise de réponse. Cette Emily, elle se prenait pour l'envoyée du bon Dieu, comme tous les autres. Y avait que Mme Booth qui s'en croyait pas. Y z'ont fait trimer mon vieux comme un esclave et tué ma pauvre mère à l'ouvrage, mais je connais leurs péchés.

Il se pencha en avant et grimaça un sourire.

— Déjà tout petit, j'y voyais clair, allez ! D'ailleurs ma pauvre mère, elle me racontait tout ce qui se passait....

— Et que se passait-il, Luther ?

J'étais surprise de le voir devenu si bavard, mais je croyais comprendre. La mort d'Emily lui rendait la vie.

— Eh ben... Le patron, c'était un bon fermier, ça oui. Mais il courait le jupon et il aimait un peu trop lever le coude.

— Lever le coude ?

— Vider son verre, autant dire. Et du bon cognac, tout comme si c'était de l'eau ! Mme Booth, elle était bien gentille. Elle me donnait toujours des choses en cachette. Mais elle avait pas de santé, la pauvre ! Ma mère disait toujours que le patron, il lui en faisait trop voir. Ça lui a tourné les sangs, pour sûr !

— Elle est tombée malade juste après la naissance de Charlotte, je crois, et elle en est morte ?

Luther se carra dans son fauteuil et un curieux sourire lui fendit la face d'une oreille à l'autre.

— Jamais de la vie ! C'est pas Mme Booth qu'a mis Charlotte au monde. C'est ce qu'on a raconté et elle aussi, mais moi je sais bien ce que mes vieux m'ont dit. Ma pauvre mère...

Luther se pencha en avant, l'air mystérieux.

— L'a fallu qu'elle s'occupe de la maîtresse... et de Liliane aussi.

— De Liliane ? Vous voulez dire... Grand-mère Cutler ?

Jimmy se montra sur le seuil mais se garda de faire un pas de plus, pour ne pas interrompre Luther.

— C'est Liliane qu'a eu Charlotte, dans cette petite chambre où qu'on vous avait mise. C'est là qu'ils ont gardé le bébé, après ça.

— Alors Charlotte n'était pas vraiment sa sœur... ni celle d'Emily, finalement ?

— Ben... (Le vieux serviteur jubilait, maintenant.) On peut pas dire ça non plus. L'étaient sœurs quand même, d'une certaine façon.

Jimmy, qui avait tout entendu, s'avança vers le bureau et je levai sur lui un regard perplexe.

— Je ne comprends plus.

— C'est pourtant bien simple, reprit Luther. Le père de Liliane, c'est...

Il n'osa pas aller plus loin et j'énonçai la hideuse vérité à sa place.

— Celui de Charlotte !

— Voilà. C'est comme ma mère m'a dit, et elle mentait jamais quand elle parlait des riches, ma mère. C'est eux qui racontaient des mensonges.

« Ils ont fait comme si Mme Booth était enceinte, pour cacher la honte. Et quand Charlotte est née, ils l'ont traitée comme une bête sauvage, s'emporta Luther. Ils la fouettaient, même qu'elle venait me montrer les marques. Et quand elle était privée de manger, c'est moi qui lui donnais quelque chose ! ajouta-t-il avec véhémence.

Et je compris qu'à sa façon, il avait aimé Charlotte et l'aimait probablement toujours.

Mais quelle horrible histoire, quelle maison, quelle famille ! À en juger par sa différence d'âge avec Charlotte, Grand-mère Cutler ne devait pas avoir plus de quatorze ans à l'époque de cette ignominie. Mon regard croisa celui de Jimmy, et je devinai qu'il pensait la même chose que moi.

Rien d'étonnant à ce que la malheureuse fût devenue ce qu'elle était !

Ni lui ni moi ne vîmes la moindre raison de différer l'enterrement d'Emily. Qui aurions-nous prévenu ? Elle ne devait pas avoir de vrais amis : sur ce point, mes souvenirs et les propos de Luther concordaient. Il m'indiqua le nom du pasteur et Jimmy me conduisit à Upland, pour que je puisse téléphoner. Le révérend Carter savait qui était Emily Booth. Je lui expliquai la situation et il accepta de venir célébrer un service au cimetière familial.

Dès mon retour, je prévins Luther que tout était en règle et il s'empressa d'aller chercher le cercueil. Il le porta au premier, y plaça le corps d'Emily et entreprit aussitôt de clouer le couvercle. Il y allait de si bon cœur que ses coups de marteau ébranlèrent toute la maison. Après quoi, Jimmy et lui ramenèrent le cercueil en bas et le transportèrent dans la camionnette de Luther, pendant que je m'occupais de Charlotte.

La pauvre fille n'avait rien à se mettre pour sortir, et il faisait très froid. La gelée blanche luisait d'un éclat sinistre sous le ciel noir. Je montai chez Emily, dénichai un manteau de laine bleu marine et l'apportai à Charlotte, qui tout d'abord n'osa pas l'accepter. Je dus insister.

— Tout ce qui était à Emily vous appartient, maintenant. Elle vous a tout laissé.

Rassurée, Charlotte s'empressa d'enfiler le manteau. Elle achevait de le boutonner quand le révérend Carter arriva, escorté de sa femme comme lui vêtue de noir. Avec ses yeux gonflés, sa bouche qui ne devait jamais sourire et ses mines désolées, la pauvre Mme Carter me fit penser à une pleureuse professionnelle. En tout cas, méditai-je pendant que nous roulions vers le cimetière familial, si elle verse une larme pour Emily, elle sera certainement la seule...

Des générations de Booth dormaient côte à côte dans le petit enclos où Luther avait creusé la tombe d'Emily. Bien plus profondément qu'il n'eût été nécessaire, me sembla-t-il. Comme s'il tenait à enfouir la vieille fille sous d'innombrables pelletées de terre, afin d'être certain qu'elle ne sortirait jamais de son trou. Quand Jimmy et lui descendirent la bière dans la fosse, je cessai un instant d'écouter le pasteur lire sa Bible pour regarder Charlotte. Savait-elle seulement ce qui se passait ? Elle souriait aux anges.

Puis le révérend dit quelques mots sur la joie que devait connaître Emily, enfin parvenue à la place qu'elle méritait... et ce fut tout. Nous repartîmes, laissant Luther combler la tombe, ce qu'il voulut absolument faire seul. Quand je me retournai sur lui, je crus lire de la jubilation sur ses traits. Il retournait la terre avec une vigueur surprenante, comme si chaque motte jetée sur le cercueil lui rendait une année de jeunesse. Avec Emily Booth, j'en aurais juré, c'était une vie de souffrances et de misères qu'il enterrait.

Je remerciai le pasteur, lui remis une offrande pour ses peines et Charlotte put enfin nous servir son thé à la menthe. Elle le prépara elle-même, sans aide. Et tout en la regardant s'activer dans la cuisine, je m'avisai qu'elle était bien plus capable et dégourdie qu'elle ne le soupçonnait elle-même. C'était Emily qui l'avait persuadée qu'elle était stupide. Libérée de cette oppression paralysante, Charlotte revenait rapidement à la vie.

— Où aimeriez-vous aller, maintenant ? lui demandai-je.

— M'en aller, moi ? (Son regard fit le tour de la pièce.) Nulle part. J'ai du ménage à faire, aujourd'hui. Et ma broderie à finir.

— Elle brode comme une fée, expliquai-je à Jimmy.

J'en aurais volontiers dit plus, mais la porte d'entrée battit et des pas s'approchèrent.

— J'ai planté une pancarte avec son nom, annonça Luther en entrant dans la cuisine.

Jimmy haussa le sourcil.

— Vous ne comptez pas lui commander une pierre tombale ?

— Pas la peine, je l'ai presque finie ! gloussa le vieux serviteur en se laissant tomber sur une chaise. Ça fait des années que je m'échine dessus !

— Et maintenant, demandai-je, que comptez-vous faire ?

— Ce que je vais faire ?

— Vous avez l'intention de rester ici ?

— Pour sûr, à moins qu'on me jette dehors ! J'ai pas d'autre endroit, et faut bien quelqu'un pour... pour s'occuper de Mlle Charlotte.

— Excellente idée, approuvai-je en souriant, c'est très gentil à vous. Dès mon retour à Cutler's Cove, je verrai mon notaire pour régler les détails de la succession. De toute façon, je ne vois pas ce qui pourrait vous empêcher de rester à Grand Prairie, Charlotte et vous. Je veux dire... si vous êtes vraiment décidé à prendre soin d'elle, évidemment.

Il retrouva brusquement son sérieux et son regard brun s'attacha fixement au mien.

— J'ai jamais rien fait d'autre de toute ma vie, affirma-t-il gravement. Ou alors je m'en souviens pas.

— J'en suis sûre, Luther, j'en suis sûre.

— Et voilà ton thé à la menthe ! chantonna Charlotte en posant une tasse devant lui, toute rose de fierté.

— Merci, Charlotte.

Elle battit des mains et son visage s'illumina.

— Oh, j'y pense ! Demain, c'est mon anniversaire.

J'éclatai de rire. Comment aurais-je pu oublier l'innocente manie de Charlotte ? Pour elle, c'était tous les jours son anniversaire. Je riais encore quand je surpris le regard pétillant de malice de Luther.

— Elle a raison, s'égaya-t-il. C'est vraiment son anniversaire !

Épilogue

J'éprouvai un curieux sentiment d'allégresse en laissant Grand Prairie derrière nous, ce jour-là. Tandis que nous roulions vers l'aéroport, je pensais aux deux êtres qui restaient là-bas, sur les lieux où ils avaient tant souffert, et qui allaient enfin pouvoir y être heureux. Il y avait une justice, finalement. Tant qu'Emily avait régenté la maison, sa sordide avarice y avait interdit la lumière. Le mal engendré par son esprit malsain trouvait asile dans les recoins obscurs, il pouvait se déchaîner sous sa protection. À présent, j'en étais certaine, les ombres et les maléfices avaient suivi Emily dans sa tombe.

De retour à Cutler's Cove, je pris contact avec M. Updike et lui fis part de mes intentions. Il s'engagea à faire ce qu'il fallait pour que Charlotte et Luther puissent demeurer à Grand Prairie, sans soucis matériels, aussi longtemps qu'ils le souhaiteraient. Mis au courant de la situation, Philippe n'éleva aucune objection. Il ne voulait plus entendre parler de la plantation, qui n'était pour lui qu'un mauvais souvenir.

Personnellement, je n'eus pas à regretter d'avoir assisté à l'enterrement d'Emily. Constater de mes yeux le bonheur de Luther et de Charlotte m'avait fait du bien. L'influence néfaste que cette mauvaise femme avait exercée sur eux comme sur moi cessa brusquement : je fus délivrée de mes cauchemars.

J'avais une vie trop bien remplie pour m'attarder là-dessus, de toute façon. Christie poursuivait ses études musicales, il y avait toujours quelque chose à faire à la maison... et à l'hôtel aussi, naturellement. Jimmy et moi n'attendions que la fin de la saison pour prendre nos premières vacances en amoureux. Nous avions décidé de retourner au cap Cod, pour y achever notre lune de miel interrompue.

Ce fut la semaine la plus romantique de notre mariage. Tout nous était prétexte à nous prouver notre amour, et nous trouvions pour cela mille moyens divers. C'étaient de petites attentions, un sourire échangé, une main doucement posée sur une épaule, un coucher de soleil contemplé en silence ou une promenade sur la plage avant l'aube... Chaque instant, chaque jour, chaque nuit s'enchantait de douceur et de tendresse.

En rentrant à Cutler's Cove, nous découvrîmes que Bronson avait déjà fait des projets pour Thanksgiving. Il nous invitait tous à Bel Ombrage, persuadé qu'une réunion de famille ferait le plus grand bien à Mère. Et nous nous rassemblâmes tous autour d'elle, Philippe et Betty Ann, les jumeaux, Fern et Christie, Jimmy et moi. Pendant tout le repas, Mère parut avoir l'esprit ailleurs, mais quand Christie et moi nous assîmes au piano, je la vis sourire à travers ses larmes. Et à la fin de la soirée, elle permit à chacun des enfants de venir lui donner un baiser d'adieu. Bronson rayonnait.

— Merci, me souffla-t-il en m'embrassant. C'est le plus beau dîner de Thanksgiving de toute ma vie !

Puis j'allai souhaiter bonsoir à Mère. Elle me serra très fort sur sa poitrine, et m'y garda longtemps. On aurait dit qu'elle ne voulait plus me lâcher.

— Tu es revenue, dit-elle à mi-voix, les yeux étrangement agrandis. Tu es de retour...

— Oui, Mère. Je suis revenue.

— Ah, tant mieux ! Tant mieux !

Elle s'agrippait toujours à moi, et Bronson s'approcha pour lui entourer l'épaule de son bras.

— C'est l'heure de coucher les enfants, Laura Sue...

— C'est vrai ? Alors bonne nuit, tout le monde, s'exclama-t-elle à la cantonade. Bonne nuit à tous !

Les enfants sortirent en se bousculant, et chacun regagna ses pénates.

Il neigea le lendemain, comme il avait rarement neigé à Cutler's Cove à cette époque de l'année. Mais tout le monde se réjouit de l'événement, car il annonçait les vacances de Noël. Il y avait comme un son de carillon dans l'air. Jamais les décorations n'avaient paru aussi brillantes ni aussi merveilleuses à voir. Dans l'après-midi, les enfants s'équipèrent pour aller faire de la luge : une épaisse couche de poudreuse recouvrait les hauteurs, derrière l'hôtel.

Comme je m'apprêtais à rentrer à la maison, le téléphone sonna. C'était Trisha.

— Je voulais juste te souhaiter de bonnes vacances, Aurore ! Cette fois, je vais passer les miennes en famille. Papa s'est montré tellement persuasif !

Elle éclata de rire, passa aux nouvelles des uns et des autres et, finalement, à celles de Michaël. Nous nous étions déjà parlé au téléphone, elle et moi, depuis l'incident de Virginia Beach. Elle savait ce qu'il en était.

— Ça ne marche pas très fort pour lui, d'après ce qu'on raconte. Il vit en donnant des leçons de chant à Greenwich Village.

— Le pauvre ! soupirai-je, il me fait presque pitié. Je sais que je ne devrais pas, et que Jimmy serait furieux s'il le savait, mais je n'y peux rien.

— Il n'a pas changé, tu sais ? Toujours en train de draguer ses élèves ! gloussa Trisha.

— Rien ne pourra le faire changer : il est incorrigible ! Bonnes vacances, Trisha, et appelle-moi en rentrant. Je veux tout savoir sur ta prochaine audition.

— Tu sauras tout, promis juré. Mais toi, tu es sûre que ça va bien ? Tu as quelque chose, je l'entends à ta voix.

— Oh, c'est juste que... je me sens un peu nostalgique, ces temps-ci.

— Tu veux que je te dise ? Envoie promener cet hôtel de malheur et remets-toi au chant !

— Il se pourrait que je le fasse, un de ces jours. Ça t'étonnerait ?

— Oui.

Nous nous séparâmes sur un éclat de rire.

En rentrant chez nous, j'allai m'asseoir au piano et laissai courir mes doigts sur le clavier, toute songeuse. J'y étais encore lorsque Jimmy et Christie firent leur entrée, aussi trempés l'un que l'autre. Je me fâchai tout rouge et les envoyai tous les deux prendre un bain chaud.

Heureusement, ils n'avaient pas pris froid, ils allaient très bien. Ce fut moi qui donnai des signes de malaise. Un peu plus tard, alors que je séchais les cheveux de Christie, une violente nausée me souleva le cœur. Je me sentais si mal que je dus m'asseoir. Cela passa, mais la nuit je fus réveillée par le même genre de spasme ; je dus me lever pour aller vomir. Et le matin, quand la nausée revint, j'eus toutes les peines du monde à ne rien dire à Jimmy. Il s'inquiétait toujours tellement quand j'étais malade ! Mais comme cela n'allait toujours pas mieux dans la journée, j'appelai le Dr Lester et me rendis à son cabinet.

Et comme toujours, Jimmy l'apprit. Il n'était pas facile de garder un secret à Cutler's Cove, en tout cas pas pour moi. Les murs avaient des yeux et des oreilles. Après ma visite, je rentrai directement à la maison et une fois de plus, j'allais m'asseoir au piano. Chaque fois qu'il m'arrivait quelque chose, j'éprouvais ce besoin de me retirer dans la musique. Après avoir joué un moment, je laissai retomber mes mains sur mes genoux et fermai les yeux, recueillie dans mes pensées. Ce fut ainsi que Jimmy me trouva. Je ne l'avais pas entendu rentrer, mais je relevai la tête quand il posa la main sur mon épaule.

— Que se passe-t-il, ma chérie ? Quelque chose ne va pas ?

— James Gary Longchamp...

— Oui ?

— Tu vas être papa.

Jimmy s'illumina comme un soleil. Transfiguré de joie, il me souleva dans ses bras, m'étreignit à m'étouffer, m'emporta dans une valse folle autour de la pièce.

Quand il s'arrêta, devant les grandes baies, je vis un rayon doré percer les nuages. Ils s'écartèrent devant lui, l'éclaircie s'agrandit à vue d'œil, et le bleu du ciel se refléta dans l'océan qui lui renvoyait sa lumière.

Notre étreinte eut une qualité toute particulière, cette nuit-là. Nous restâmes longtemps dans les bras l'un de l'autre, sans éprouver le besoin de parler. Jimmy pensait-il au passé, lui aussi ? À ces heures où nous nous serrions l'un contre l'autre pour nous rassurer, en attendant papa et maman ? C'était seulement quand ils étaient rentrés que nous nous sentions en sécurité. Et seulement alors que Jimmy et moi nous embrassions pour nous dire bonsoir.

Après de longues minutes de silence, la voix de Jimmy me ramena dans l'instant présent.

— N'aie pas peur, Aurore. Tout ira bien pour le bébé, cette fois, tu verras. Sois heureuse, tout simplement...

— J'essaierai, Jimmy. Je n'aurai pas peur, pas tant que tu seras à mes côtés.

— Je serai toujours à tes côtés, tu le sais bien. Bonsoir, mon amour.

— Bonne nuit, Jimmy...

Le sommeil me ferma les yeux et j'accueillis le songe familier qui, tant de fois, m'avait rendu la douceur des jours anciens. Nous étions tout enfants, Jimmy et moi, et environnés de musique. Il y avait toujours de la musique. Main dans la main, plus légers que des elfes, nous traversions un étincelant gazon bleu pour courir au-devant du soleil.

Cet ouvrage a été réalisé par la
SOCIÉTÉ NOUVELLE FIRMIN-DIDOT
Mesnil-sur-l'Estrée
pour le compte de France Loisirs
123, boulevard de Grenelle, Paris
en octobre 1994

Imprimé en France
Dépôt légal : novembre 1994
N° d'édition : 24571 - N° d'impression : 28380